KB132127

옥루몽 4

한국
고전
문학
전집
029

옥루몽 4

남영로 지음 | 장효현 옮김

문학동네

차례

【 일러두기 】

1. 적문서관積文書館에서 1924년에 간행된 한문언토漢文諺吐 활자본을 저본으로 했다. 적문서관본은 가장 널리 읽힌 이본일 뿐 아니라 『활자본고전소설전집』(아세아문화사, 1977) 제6권에 영인되어 대부분의 연구자에게 대본 역할을 했다.

2. 원문은 적문서관본 그대로 한문언토의 형태로 수록했다. 내용에 어긋나게 언토가 달린 곳을 몇 군데 손질했으나, 따로 밝히지는 않았다.

3. 현대어역본은 원문에 충실하게 번역하는 것을 원칙으로 하고, 그 어투는 고전의 맛이 느껴질 수 있도록 했다.

4. 주석은 내용을 이해하는 데 꼭 필요하다고 여겨지는 경우에는 현대어역본에 달았으나, 그 외에는 원문에 달아주었다. 주석은 해당 표제어가 처음 나오는 부분에 한 번 다는 것을 원칙으로 하되, 뒤에 다른 문맥에서 나온 경우에는 이해를 돕고자 한 번 더 달아주었다.

5. 교감은 원문에 교감주 형태로 달았다. 활자본의 조판 과정에서 자형字形의 유사함 혹은 단순한 누락이나 착오로 빚어진 오식誤植은 교감주를 따로 달지 않고 바로잡았다. 1918년에 간행된 한문언토 활자본인 덕흥서림본德興書林本은 상대적으로 오식이 적은 이본이기에 주요 교감 대상으로 삼았다. 적문서관본과 덕흥서림본에 모두 오류나 누락이 있는 경우, 1912년에 간행된 국문활자본인 신문관본新文館本을 주요 교감 대상으로 삼았다. 신문관본은 『옥루몽』 한문본 원본을 국역한 계통을 잇는 중요한 선본善本이다.

【 주요 등장인물 】

양창곡楊昌曲

천상계 문창성군文昌星君의 화신. 처사 양현楊賢과 부인 허씨 슬하에서 자라, 다섯 여인과 차례로 인연을 맺고 출장입상하는 영웅적 인물이다. 파란만장한 생애 가운데 여러 벼슬을 맡으면서 다양한 호칭으로 불린다. 과거에 급제해 한림학사가 되어 '양한림'으로, 유배에서 풀려난 후 예부시랑에 이어 병부시랑이 되어 '양시랑'으로, 남만을 토벌하러 나설 때는 병부상서 겸 정남대원수征南大元帥가 되어 '양원수'로, 홍도국 정벌에 나설 때는 대도독大都督이 되어 '양도독'으로, 전쟁에서 승리를 거둔 후에는 우승상 겸 연왕燕王에 봉해져 '양승상'과 '연왕'으로 불린다.

강남홍江南紅

천상계 홍란성紅鸞星의 화신. 본래 성은 사씨謝氏. 3세에 변란 속에서 부모와 헤어져 기녀가 되었고, 가무와 문장에 모두 뛰어나 항주 제일의 기녀로 꼽힌다. 압강정 잔치에서 양창곡과 만나 인연을 맺는다. 소주 자사 황여옥의 핍박을 받다가 전당호에 투신하는데, 살아남아 남방 탈탈국에서 표류하여 백운도사를 만나며 그에게서 무예와 도술을 배우고 부용검을 물려받아 천하무적의 여성 영웅이 된다. 백운도사의 지시에 따라 홍혼탈紅渾脫이라는 이름으로 남만 왕 나탁을 돕다가 투항하여 양창곡과 재회한다. 이후 양창곡의 공로를 대부분 이루어준다. 우사마에 제수되어 '홍사마'로 불리고, 이어 병부시랑 겸 정남부원수에 제수되어 '홍원수'로 불리고, 전쟁에서 승리한 후에는 병부상서 겸 난성후鸞城侯에 봉해진다. 흉노 침략 시에는 표요장군嫖姚將軍에 제수되어 '홍표요'로 불린다. 그녀의 소생으로 양창곡의 첫째 아들인 양장성이 전쟁에서 공을 세워 진왕秦王에 봉해진 뒤에는 '진국태미秦國太媺'의 칭호를 받는다.

벽성선碧城仙

천상계 제천선녀諸天仙女의 화신. 본래 성은 가씨賈氏. 태어난 지 며칠 만에 병란으로 부모를 잃고 기녀가 되지만, 뛰어난 음악적 재능을 지니며 한사코 요조숙녀다운 지조를 지킨다. 양창곡이 강주에 유배되었을 때 인연을 맺어 그에게 옥퉁소를 가르쳐준다. 양창곡의 두번째 소실로 들어간 후 황부인의 질투로 모진 시련을 겪지만, 천자에게 음악으로 풍간하여 어사대부御史大夫에 제수되고, 태후와 복장을 바꿔 입고 흉노에 대신 끌려가 태후를 구한다. 양창곡이 연왕에 봉해지자 '숙인淑人'에 봉해져 '선숙인'으로 불린다. 나중에 자개봉 대승사의 보조국사普照國師가 그녀의 아버지로 밝혀진다. 그녀의 소생으로 넷째 아들인 양기성은 빼어난 외모를 지닌 풍류남자로, 설중매와 빙빙과의 결연 과정이 흥미롭게 펼쳐진다.

일지련一枝蓮

천상계 도화성桃花星의 화신. 남방 축융왕의 딸로, 쌍창을 쓰는 무예에 뛰어나 명나라 군대와 대적하다가 투항하고, 강남홍을 따라 중국으로 들어와 나중에 양창곡의 세번째 소실이 된다. 흉노 침략 시에 공로를 세워 표기장군驃騎將軍에 제수되어 '연표기'로 불리고, 숙인에 봉해져 '연숙인'으로 불린다. 그녀의 소생으로 셋째 아들인 양인성은 도학군자로, 스승 손선생의 학통을 이어받아 '신암愼庵선생'으로 불린다.

윤소저

천상계 제방옥녀帝傍玉女의 화신. 항주 자사 윤형문과 소부인 슬하에서 자란 요조숙녀로, 강남홍이 천거하여 양창곡의 첫째 부인이 된다. 양창곡이 연왕에 봉해져 '연국상원부인'이 된다. 그녀의 소생으로 둘째 아들인 양경성은 어진 행정을 펼쳐 강서태수江西太守, 호부상서戶部尙書, 참지정사參知政事에 잇따라 제수된다.

황소저

천상계 천요성天妖星의 화신. 승상 황의병과 위부인의 딸. 황의병이 천자에게 간청해 양창곡의 둘째 부인이 된 후 벽성선을 질투해 집요하게 해치려 하지만, 이후 개과천선한다. 양창곡이 연왕에 봉해져 '연국하원부인'이 된다. 그녀의 소생으로 다섯째 아들인 양석성이 천자의 딸 숙완공주와 결혼한다.

양현楊賢 · 허부인許夫人

양창곡의 어버이. 여남汝南 옥련봉玉蓮峰 자락에 살다가, 양현의 나이 40세에 옥련봉의 관음보살 석상에 발원하고 양창곡을 낳는다. 양창곡이 과거에 급제해 한림학사가 되자 양현은 예부원외랑禮部員外郎 벼슬을 제수받아 '양원외'로 불린다. 양창곡이 연왕에 봉해지고 나서 양현은 '연국태야燕國太爺' 즉 '양태야'로 불리고, 허부인은 '태미太嬭'로 불린다.

윤형문尹衡文 · 소부인蘇夫人

윤소저의 어버이. 윤형문은 어진 인품을 지녀 항주 자사 시절 딸 윤소저를 강남홍과 지기로 맺어준다. 병부상서兵部尙書에 이어 우승상에 제수된다. 흉노의 침략을 받았을 때 양현과 함께 의병을 일으켜 태후로부터 삼군도제독三軍都提督에 제수되며 이후 '각로閣老'로 불린다.

황의병黃義炳 · 위부인衛夫人 · 황여옥黃汝玉

황의병은 승상 벼슬에 있지만 소인배다. 천자에게 아첨해 딸 황소저를 양창곡에게 억지로 시집보낸다.
위부인은 어머니 마씨馬氏가 태후의 외종사촌인 것만 믿고 교만 방자하게 굴며, 딸 황소저가 벽성선을 모해하는 것을 부추긴다. 태후의 명으로 추자동楸子洞에 유폐되었을 때 꿈에 마씨가 나타나 위부인의 오장육부를 꺼내 씻고 뼈를 갈아 독을 빼낸 후 개과천선한다.
황여옥은 황소저의 오빠로, 소주 자사로 있을 때 강남홍에게 흑심을 품고 핍박하지만, 강남홍이 투신하자 잘못을 뉘우치고 정사에 힘써 예부시랑이 된다.

연옥蓮玉 · 손삼랑孫三娘

연옥은 강남홍의 신실한 여종이다. 강남홍이 전당호에 투신한 후 연옥은 그녀가 죽은 줄로만 아는데, 오갈 데 없는 연옥을 윤소저가 한동안 거두어준다. 나중에 연옥은 동초 장군의 소실이 된다.
손삼랑은 연옥의 이모로, 자맥질에 능해 수중야차水中夜叉라는 별명을 가져 '손야차孫夜叉'로 불린다. 전당호 물속에 몸을 숨기고 있다가 투신한 강남홍을 구하고, 함께 남방 탈탈국을 표류해 백운도사 문하에서 무예를 익혀 강남홍의 부장副將으로 활약한다.

소유경蘇裕卿 · 뇌천풍雷天風

소유경은 윤형문의 처조카로, 방천극方天戟을 잘 쓴다. 우사마右司馬 벼슬을 해 '소사마'로 불리다가 남방을 평정한 공로로 형부상서刑部尙書 어사대부御史大夫가 되어 '소상서' '소어사'로 불린다. 노균의 전횡에 대하여 간하다가 남방으로 유배되는데, 흉노가 침략해오자 군사를 모아 달려와 천자를 구한다. 흉노와의 전쟁에 이긴 공로로 여음후汝陰侯에 봉해지고, 양창곡의 둘째 아들 양경성을 사위로 맞이한다.

뇌천풍은 벽력부霹靂斧를 잘 쓴다. 남방을 평정한 공로로 상장군上將軍에 제수된다. 노균의 전횡에 대하여 간하다가 돈황敦煌으로 유배되지만, 이후 풀려나 흉노와 싸우던 중 역적 노균을 도끼로 두 동강 내서 죽인다. 흉노와의 전쟁에 이긴 공로로 관내후關內侯에 봉해진다.

동초董超 · 마달馬達

양창곡이 남방 원정 중에 발탁한 장수. 남방을 평정한 공로로 각각 좌익장군, 우익장군에 제수된다. 양창곡이 운남에 유배되었을 때 벼슬을 버리고 은밀히 양창곡을 뒤따르며 돕는다. 흉노가 침략해왔을 때 양창곡의 상소문을 가지고 천자를 찾아가, 동초는 흉노의 대군을 막고 마달은 천자를 피신시킨다. 죽음을 무릅쓰며 흉노의 대군에 맞서 싸운 공로로 동초는 표기장군驃騎將軍에, 마달은 전전장군殿前將軍에 제수된다. 흉노와의 전쟁에 이긴 공로로 각각 관동후關東侯, 관서후關西侯에 봉해지고, 동초는 강남홍의 여종 연옥을, 마달은 벽성선의 여종 소청을 소실로 맞이한다.

노균盧均

노균의 벼슬은 참지정사參知政事로, 탁당濁黨의 영수이자 나라를 어지럽히는 간신이다. 악기 연주에 재능이 있는 동홍을 끌어들여 천자를 미혹시키고, 자기 누이동생을 동홍에게 시집보낸다. 양창곡이 천자에게 극간하다가 운남으로 유배되자, 하인과 자객을 연달아 보내 양창곡을 살해하려 한다. 천자에게 봉선封禪과 구선求仙을 권유하고, 청운도사를 끌어들여 도술로 천자를 미혹시켜 자신전태학사紫辰殿太學士에 제수된다. 흉노가 침략하자 투항해 좌현왕左賢王이 되어 명나라를 배반하는데, 전쟁중에 뇌천풍에게 몸이 두 동강 나서 죽는다.

나탁哪咤 · 축융왕祝融王

나탁은 중국에 대항해 반란을 일으킨 남만 왕이다. 백운도사에게 도움을 청해 강남홍이 남만에 합세하지만, 강남홍이 양창곡을 알아보고 투항하자 축융왕을 찾아가 도움을 청한다. 그러나 축융왕도 딸 일지련과 함께 투항한다. 양창곡과 강남홍은 나탁의 요새를 차례로 정복하고, 강남홍의 신비한 검술로 끝내 나탁을 굴복시킨다. 홍도국 왕 발해의 반란이 잇따라 일어나자 양창곡의 군대는 이를 진압하고 축융왕이 홍도국을 다스리게 해준다.

옥루몽 4

명 천자가 오랑캐 왕을 모아 크게 사냥하고 홍사마가 검술로 흉악한 호랑이를 잡더라

제40회

명나라 천자가 진영 문을 활짝 열고 군례로 오랑캐 왕들을 만나 특별히 하교하시길,

"야율선우가 천명을 거역해 스스로 도끼 아래 죽임을 당했으니, 그 나라를 진정시킬 자가 없는지라. 오랑캐 장수 척발랄이 명나라에 귀순하매 충성되고 공손해 인품과 재능이 북방을 진정시킬 만하니, 척발랄로 대선우를 삼으라."

척발랄이 머리를 조아리고 사양해 마지않거늘, 천자가 더욱 기특히 여겨 군례를 행하길 재촉하시더라. 대선우 척발랄 이하 몽고·토번·여진·대붕·적경·구사·섭리·대유·광야 등 십여 나라의 왕이 차례로 입조해 네 번 절하고 머리를 조아려 군례를 마치고, 좌우로 나뉘어 앉아 군악으로 승전곡을 연주하고, 대군이 함께 개선가를 부르니, 천지가 진동하고 산천이 서로 응해, 푸른 하늘의 비바람을 이루고, 환한 대낮의 우레와 번개를 만들더라. 천자가 어탑御榻에 나와 앉아 엄숙한 위엄으로 태아검太阿劍을 어탑 앞에 놓고, 온화한 얼굴로 모든 오랑캐 왕을 돌아보

며 하교하시길,
"내가 천명을 받아 천하를 통치하고 백성을 교화하니, 하늘에는 해가 둘일 수 없고 땅에는 왕이 둘일 수 없는지라. 그대들이 나를 거역하는 것은 하늘을 거역하는 것이요, 나를 따르는 것은 하늘을 따르는 것이라. 내가 천명을 받아, 따르는 자는 표창하고 거역하는 자는 베리니, 그대들은 삼갈지어다."
천자가 하교하매 오랑캐 왕들이 한꺼번에 머리를 조아리며 숙연히 명을 듣고 감히 우러러보지 못하더라. 이에 대군을 배불리 먹이고 군례를 마치실 새, 천자가 또 하교하시길,
"내가 오늘은 군례로 모든 왕을 만나고, 내일은 하란산賀蘭山 아래에 사냥터를 열고 크게 사냥해 모든 왕과 더불어 즐겁게 놀고자 하노라."
모든 오랑캐 왕이 머리를 조아리며 사례하더라.
이튿날 천자가 다시 군복을 입고 대완마大宛馬를 타고 하란산 아래에 이르시니, 양원수가 이미 사냥터를 닦고 대군으로 진영을 이루었더라. 천자가 단 위에 앉으시고, 모든 나라의 오랑캐 왕에게 명해 단에 올라 자리에 앉게 하시고, 얼굴에 화락한 기운이 가득하여,
"오늘은 그대들과 더불어 종일 노닐며 회포를 풀고자 하니, 그대들은 그리 알라."
모든 왕이 황공하여 은혜에 사례하더라. 몽고 왕이 몸을 일으켜 아뢰길,
"신들이 북방 오랑캐 땅에서 태어나 자라 중국의 문화를 보지 못하더니, 일찍이 듣건대 연왕과 홍원수는 천하의 명장이라. 남만南蠻이 아직까지 홍원수의 이름을 들으면 혼백이 달아나고 간담이 떨어진다 하니, 신들이 비록 극히 당돌하나 연왕의 진법陣法과 홍원수의 무예를 한번 보길 원하나이다."
천자가 미소하시고 연왕과 홍원수를 돌아보시니, 연왕이 오랑캐 왕

들을 향해 몸을 굽히고 대답하길,

"창곡은 작은 재주를 가진 사람이라. 중국에 창곡과 같은 자는 무수히 많으니, 남방 사람들이 다만 창곡과 홍원수를 보고, 중국의 인재들을 미처 다 보지 못함이라. 바야흐로 이제 성스러운 천자께서 위에 계시어 인재를 등용하시니, 조정의 인재로 말할진대 음양의 이치를 다스려 도를 논하고 나라를 다스림은 고요皐陶·기夔·후직后稷·설契 아닌 사람이 없고, 백성을 다스리고 교화함은 사람마다 공수龔遂·황패黃覇·두시杜詩·소신신召信臣이요, 문장은 반고班固·사마천司馬遷을 압도하고, 변론은 소진蘇秦·장의張儀를 조롱하며, 도학은 공자孔子·맹자孟子를 사모하고, 사업은 한기韓琦·부필富弼을 아래로 보며, 장수로서의 재능은 손빈孫臏·오기吳起·사마양저司馬穰苴의 병법과 주유周瑜·제갈량諸葛亮의 지혜와 맹분孟賁·오획烏獲의 용맹과 위청衛青·곽거병霍去病·정불식程不識의 지략을 겸비한 자가 무수하니, 창곡은 기를 휘두르며 북을 치는 용렬한 장수에 불과함이라. 어찌 족히 셀 수 있으리오?"

몽고 왕이 놀라,

"내가 중국을 유람할 기회가 없으니, 원수의 진법을 보길 원하나이다."

양원수가 미소하고 홍사마를 돌아보고 깃발과 신전[1]을 주며 진의 형세를 펼치라 하니, 홍사마가 즉시 진영 위로 올라가, 대포 소리가 한번 울리매 대군을 몰아 북을 치며 깃발을 휘둘러 하나의 방진方陣을 연결하고 몽고 왕을 돌아보며,

"왕께서 이 진법을 아시나이까?"

원래 모든 오랑캐 왕 가운데 몽고 왕이 대략 진법을 이해하는 까닭에,

---

1) 신전(信箭): 임금이 교외(郊外)에 거둥할 때 선전관(宣傳官)을 시켜 각 영(營)에 군령(軍令)을 전하는 데 쓰던 화살. 수효는 다섯이고, 살촉에 '영(令)'자를 새기고, 깃 아래에 '신(信)'자를 쓴 삼각형으로 된 각색 비단 조각의 표를 하나씩 나누어 달았다.

원수의 명성을 듣고 진법을 보고자 함이더니, 몽고 왕이 웃으며,

"이것은 옛적 한漢나라 장수 위청衛青의 무강진武强陣이라. 북방에서는 길거리 아이들이라도 모르는 자가 없으니, 내가 어찌 모르리오?"

홍사마가 미소하고 깃발을 휘두르며 북을 쳐 진의 형세를 바꾸어 좌우 날개를 벌려 일자一字로 진을 이루고 몽고 왕에게 말하길,

"왕께서는 이 진을 아시나이까?"

몽고 왕이 말하길,

"이것이 어찌 병서에서 이른바 적진을 들이쳐 죽이는 조익진鳥翼陣이 아니리오?"

홍사마가 미소하고 진의 형세를 바꾸어 여섯에 여섯의 서른여섯으로 여섯 방위의 진을 펼치니, 몽고 왕이 자세히 보다가 탄식하길,

"내가 일찍이 이 진의 이름이 육화진六花陣임을 들었으나 진을 펼치는 법을 보지 못하더니, 과연 신이한 진이로다."

홍사마가 또 미소하고 다시 여덟에 여덟의 예순넷으로 여덟 방위의 진을 펼치니, 몽고 왕이 바라보고 정신이 어지러워 한참 있다가,

"이것이 무슨 진이오?"

홍사마가 웃으며,

"이 진은 기정팔문진奇正八門陣이니, 팔괘 음양의 이치와 천지조화의 오묘함에 응해, 기정문奇正門·동정문動靜門·음양문陰陽門·생사문生死門이 있으니, 대왕께서 진 안쪽을 구경하고자 하실진대, 먼저 붉은 깃발 문으로 들어가 푸른 깃발 문으로 나오되, 만약 잘못해 흰 깃발 문으로 들어가면 반드시 낭패하리이다."

몽고 왕이 크게 기뻐해 모든 왕을 돌아보며 함께 구경하길 청하니, 모든 왕이 일제히 응낙하고 각각 본국의 병사 사백여 기騎를 거느리고 진영 앞에 이르러 붉은 깃발 문으로 들어가 진의 형세를 두루 살펴보니, 항오行伍가 엄숙하고 깃발이 가지런해 각각 방위에 응해 진영의 문을 이

루매, 그 진법을 탐구하되 현묘한 이치를 깨닫기 어렵더라. 살펴보기를 마치고 푸른 깃발 문을 찾아 진영 문을 나와, 몽고 왕이 토번 왕을 보며,

"이 진이 비록 가지런하고 엄숙해 조금도 어수선하지 않으나, 자못 신이한 곳은 없는지라. 다시 검은 깃발 문으로 들어가봄이 어떠리오?"

척발선우가 말리길,

"만약 홍사마가 경계한 문으로 출입한즉 반드시 낭패하리니, 왕께서는 들어가지 마소서."

몽고 왕이 웃고 몰래 토번 왕에게 말하길,

"중국 사람이 본디 허풍이 많고, 홍사마를 보니 재기才氣가 얼굴에 가득해 반드시 우리를 농락함이니, 무슨 낭패가 있으리오?"

도리어 척발선우의 겁 많음을 비웃고, 모든 왕이 한꺼번에 검은 깃발 문으로 돌입해 십여 걸음을 가서 돌아보니, 진영 문은 자취가 없고 칼과 창이 서릿발 같더라. 앞길이 또한 희미해 수레와 방패와 창이 겹겹이 있고, 깃발과 창과 칼이 햇빛을 가려 서늘한 바람과 소슬한 기운이 사방에 가득하여 구름과 안개 속에 들어간 듯, 정신이 혼미하고 눈이 어지러워 갈 곳을 모르겠더라. 동쪽에 문 하나가 열리거늘 그 문으로 들어간즉 문이 갑자기 닫히고, 서쪽 문이 또 열리거늘 그 문으로 들어간즉 그 문이 또한 닫혀, 여덟에 여덟의 예순네 방위를 두루 돌아, 넷에 여덟의 서른두 문으로 들어가되, 각 문에 칼과 창이 서릿발 같고 들어가도 길이 없는지라. 몽고 왕이 크게 노하여,

"이는 홍원수가 속임수로 나를 속여 죽이고자 함이라."

분연히 휘하의 병사들을 돌아보며 사방으로 공격하고자 하되 탈출할 수 없고, 모든 명나라 병사가 한꺼번에 무기를 들어 찌르고자 하니 몽고 왕이 노하여,

"우리는 천자의 명을 받들어 진영 안쪽을 구경하고자 들어왔거늘, 어찌 이처럼 핍박하는가?"

군문도위軍門都尉가 아뢰길,
"군대에서는 다만 장군의 명령을 들을 따름이니, 왕께서는 죽음의 땅에 잘못 들어오심이라. 만약 깊이 들어온즉 이는 곧 백호방白虎方이라. 비록 두 날개가 있더라도 벗어나고자 하되 벗어날 수 없음이라."
그 가운데 대유국大猶國 왕과 광야국廣野國 왕이 서로 손을 잡고 대성통곡하며,
"우리는 작은 나라의 하찮은 왕이라. 어찌 이처럼 죽을 줄 알았으리오?"
이때 홍사마가 동초와 마달 두 장수에게 명하길,
"오랑캐 왕이 모두 오래도록 돌아오지 않으니, 반드시 사문死門에 들어갔다가 벗어나지 못함이라. 두 장군은 가서 그들을 구하라."
두 장수가 즉시 말을 달려 바로 생문生門으로 들어가 바라보니, 오랑캐 왕들이 백호방에 모여 어찌할 줄을 모르거늘, 두 장수가 급히 외쳐,
"오랑캐 왕들은 함부로 움직이지 말고, 다만 내가 휘두르는 깃발을 보고 나오라."
모든 왕이 한꺼번에 두 장수의 깃발을 바라보고 앞다투어 길을 찾아 나올 새, 다시 여덟에 여덟의 예순네 방위를 지나, 넷에 여덟의 서른두 문을 나오니, 이미 진영 밖으로 나왔더라. 오랑캐 왕들이 서로 놀라 탄식하고 돌아와 양원수와 홍사마를 보고 사례하길,
"내가 북방의 작은 나라에서 태어나고 자라, 보고 들은 것이 우물 안 개구리와 다름이 없더니, 이제 원수의 진법을 보니 바야흐로 중국이 크다는 것을 깨닫겠나이다."
양원수가 웃으며,
"이것은 곧 평범한 진법이라. 어찌 말할 바이리오? 내가 일찍이 듣건대 북방 사람이 사냥을 잘한다 하니, 모든 왕은 본국 병사들을 거느려 각기 그 재주를 다해 천자의 구경을 도우시라."

왕들이 다 기꺼이 응낙하고 모두 사냥터로 내려가 사냥 도구를 준비하니, 연왕이 또한 진왕과 더불어 단에서 내려와 병사들을 지휘할 새, 천자가 단에서 내려가 구경하시더라. 연왕은 홍사마·뇌천풍·일지련·동초·마달 등 모든 장수와 더불어 우림군羽林軍 삼천 기騎를 지휘해 오른쪽에 서고, 진왕은 본국 철기 삼천 기를 거느려 왼쪽에 서고, 모든 오랑캐 왕은 각각 자기 나라의 병사들을 지휘해 좌우로 갈라서고, 선우가 대군을 풀어 하란산 앞뒤 십 리를 에워싸고 짐승을 쫓으니, 깃발과 창검이 산과 들에 가득하고 북소리와 함성이 천지를 진동해, 위로 날짐승과 아래로 길짐승이 모두 놀라 곳곳에 가득하더라. 갑자기 한 쌍의 백조白鳥가 구름 사이로 높이 날거늘, 동초가 오랑캐 왕들을 보며,

"내가 듣건대 북방 사람들의 새를 쏘는 법이 신이해, 활시위를 당기면 떨어진다 하니, 한번 보고자 하노라."

몽고 왕이 웃으며 활을 당겨 한 번 쏘되 그 백조가 맞지 않고 더욱 높이 날아가니, 몽고 왕이 말을 돌려 웃으며,

"나의 활 쏘는 재주가 부족함이 아니라, 백조의 날아가는 것이 빠름이로다."

홍사마가 가을 물결 같은 눈길을 흘려 흰구름 사이를 가만히 우러러보고, 허리의 백우전白羽箭을 빼어 옥 같은 손을 한번 번뜩이니, 한 마리 백조가 공중에서 떨어지거늘, 오랑캐 왕들과 오랑캐 병사들이 서로 보며 놀라,

"우리가 비록 새 쏘는 법이 능숙하나, 저처럼 높이 날아가는 백조는 감히 생각하지도 못하더니, 홍장군의 활 쏘는 재주는 양유기[2]로도 당하지 못하리로다."

홍사마가 다시 말을 달려 나아가며 또 공중을 향해 한번 쏘니 백조와 화살이 간 곳을 알 수 없는지라. 몽고 왕이 웃으며,

"장군의 활 쏘는 법이 비록 신이하나, 이번은 실수로다."

홍사마가 미소하고 말을 돌려 오더니, 이윽고 한 병사가 말을 달려와서 백조를 들어 홍사마에게 드리며,

"저는 짐승을 쫓던 병사인데, 갑자기 한 마리 백조가 공중에서 떨어지기에 주워서 보니 꼬리 밑에 화살이 박혀 있고, 화살을 보니 홍사마의 신전信箭이기에 감히 바치나이다."

하니 원래 백조가 화살을 맞고 날아가다가 땅 위에 떨어짐이더라. 홍사마가 웃으며,

"내가 시력이 부족하고 백조가 높이 날아, 머리와 꼬리를 구분하지 않고 쏜 까닭에 이러함이라."

오랑캐 왕들과 좌우의 사람들이 크게 놀라 기이함을 칭송하지 않는 이가 없더니, 갑자기 한 무리의 바다제비가 바람을 따라 높이 날아 오르락내리락하거늘 몽고 왕이 왕들과 더불어 바라보며 담소하다가 홍사마에게 말하길,

"장군의 활 쏘는 법이 이처럼 신묘하니, 저 제비를 쏘아 맞힐 수 있나이까?"

홍사마가 미소하고 공중을 우러러보니, 예닐곱 마리 바다제비가 바람을 따라 오르락내리락하거늘 가만히 허리의 쇠화살을 빼어 쏘고자 하는데 몽고 왕이 홍사마의 소매를 잡고 웃으며,

"장군은 나와 더불어 내기로써 승부를 정하사이다. 장군이 만약 저 제비를 쏘아 맞히면 대완국大宛國에서 난 나의 말을 마땅히 장군께 바치리니, 만약 맞히지 못하면 장군의 쌍검을 나에게 주소서."

2) 양유기(養由基): 중국 춘추시대 초(楚)나라 사람. 활을 아주 잘 쏘아 백 걸음 밖에서 활을 쏘아 버들잎을 꿰뚫었다고 한다. BC 575년 초나라와 진(晉)나라 사이에 벌어진 언릉(鄢陵) 전투에 앞서 반당(潘黨)과 활쏘기 연습을 했는데, 화살 한 발로 일곱 겹 갑옷을 뚫었다. 전투가 벌어지자 공왕(共王)이 여기(呂錡)가 쏜 화살에 눈을 다쳤는데, 공왕이 화살 두 발을 양유기에게 주면서 쏘라고 하니, 한 발로는 여기를 쏘아 죽이고 한 발은 돌려주었다. 그의 뛰어난 활솜씨로 진나라 군대의 추격을 막았다고 한다.

홍사마가 한참 생각하다가 허락하고, 허리의 쇠활과 쇠화살을 끌러 보름달처럼 당겨 정신을 모으고 별 같은 눈을 굴려 옥 같은 손을 번뜩이니, 한 마리 바다제비가 말 앞에 떨어지더라. 홍사마가 연달아 화살 일곱 발을 쏘매, 빠르기가 폭풍우 같아 바다제비 일곱 마리가 차례로 땅에 떨어지니, 몽고 왕이 멍하니 서서 반나절 정신을 잃고 있다가 탄식하며,

"장군은 신인神人이라. 범상한 사람이 아니로다. 이 제비는 평범한 제비가 아니고, 바다 위의 돌제비라. 북해北海 가에 연석鷰石이 있으니, 바닷바람이 장차 일어나려 하면 공중으로 날아 제비와 비슷한 까닭에, 그 이름이 돌제비라. 장군은 집어 보소서."

홍사마가 좌우에 명해 집어오게 하여 보니, 과연 검은 돌이 단단하기가 쇠 같고, 돌마다 화살촉 자국이 분명하더라. 몽고 왕이 거듭 탄식하며,

"한漢나라의 이광[3] 장군이 북평北平 땅에서 사냥하다가 수풀 속 바위를 큰 호랑이로 오인하고 쏘아, 화살촉이 들어가 그 자국이 이제까지 있고, 북방에 서로 전해져 천고에 짝이 없는 궁법弓法이라 하더니, 이제 홍장군의 재주는 오히려 이광 장군보다 나음이라. 수풀 속 바위는 오히려 깨뜨리려니와 공중의 돌을 어찌 쏘아 뚫을 수 있으리오?"

하고 자기의 말을 바치고자 하니 홍사마가 웃으며,

"제가 비록 왕의 부귀를 당할 수는 없으나, 십여 필의 대완마가 있으니 한때의 장난을 고집하지 마소서."

3) 이광(李廣, ?~BC 119): 전한(前漢)의 명장. 감숙성(甘肅省) 농서(隴西) 출생. 문제(文帝) 때 흉노(匈奴)를 물리친 공으로 중랑(中郞)이 되었고, 경제(景帝) 때 북부 변방과 칠군(七郡)의 태수(太守)를 지냈으며, 무제(武帝) 때 표기장군(驃騎將軍)·북평태수(北平太守)를 지냈다. 팔이 원숭이 팔 같아서 활을 잘 쏘았는데, 일찍이 북평에서 저물녘에 돌아오다가 바위를 호랑이로 잘못 보고 활을 쏘니, 화살촉이 그 바위에 박혀 바위가 벌어졌다고 한다. 흉노가 두려워하는 장수로서 '비장군(飛將軍)'으로 일컬어졌다. 그러나 막북(漠北)의 전투에 대장군 위청(衛靑)을 따라 참전했다가 사막에서 길을 잃어 문책을 받자 자살했다.

몽고 왕이 말에서 내려 몸소 말고삐를 끌러 바치며,

"내가 이제부터 진심으로 장군께 항복하나니, 이 말이 귀중하지 않으나 다만 사모하는 정을 표하나이다."

홍사마가 부득이 받더라.

이때 병사들을 풀어 하란산에서 크게 사냥할 새, 깊은 산과 골짜기를 일일이 수색하되 한 마리의 여우와 토끼도 없는지라. 몽고 왕이 양원수에게 아뢰길,

"이는 반드시 흉악한 짐승이 산속에 있어, 호랑이와 표범 따위가 감히 모습을 드러내지 못함이로소이다."

말을 마치매 산봉우리로부터 갑자기 한바탕 광풍이 일어나더니, 벼락같은 소리가 공중에서 떨어지매 모든 병사가 한꺼번에 고함을 지르고 사방으로 흩어져 달아나는데, 온몸이 눈처럼 희고 두 눈이 등불 같은 큰 호랑이 한 마리가 붉은 입을 크게 벌리고 사냥터로 돌입하니 그 형세가 폭풍우 같더라. 십여 나라의 오랑캐 병사가 일제히 창을 들고 쫓으니, 호랑이가 크게 한번 포효하매 간 곳이 없는지라. 오랑캐 왕들이 서로 돌아보며 두려워하여,

"이것이 어찌 야율선우의 철창을 삼키던 흉악한 짐승이 아니리오? 북방에 하나의 화근이 있으니, 사람의 힘으로는 제어하기 어려운 바라. 하란산 동쪽에 흉험한 산 하나가 있으니 이름은 음산陰山이요 산속에 흉악한 호랑이 한 마리가 있어, 전설에 이르길 '이미 사천 년 묵은 큰 호랑이라' 하니, 야율선우가 용맹을 믿고 이 호랑이를 잡고자 하여 세 차례 사냥해 철창을 던진즉, 그 흉악한 짐승이 천여 근의 철창을 지푸라기처럼 삼키고, 오랑캐 장수와 오랑캐 병사 중 피해를 입은 자가 셀 수 없더라. 어찌할 수 없어 북방 사람들이 상의해 음산에 제단을 쌓고 봄가을로 소와 양을 잡아 제사를 지내되, 만약 한번이라도 빠뜨리면 이 흉악한 짐승이 산 아래로 내려와 사람 목숨을 해치는 것이 백배나 더 심하니, 이미

죽은 자가 수천여 명이라. 이로부터 북방의 사냥을 폐하고 비록 다른 호랑이라도 감히 경솔하게 잡지 못하더니, 오늘 천자께서 사냥하시므로 대포 소리를 듣고 난리를 피우는 것이로소이다."

홍사마가 웃으며,

"만리장성 이북에 있는 많은 나라의 용맹한 장수와 병사로, 어찌 한 마리 맹수를 잡지 못하리오?"

몽고 왕이 탄식하며,

"이 호랑이는 평범한 흉물이 아니라. 이른바 비호飛虎이니, 창을 던져도 찌를 수 없고 불을 질러도 불이 침범하지 못하니, 바람 같고 벼락 같아 그 오고가는 것을 알 수 없나이다."

천자가 이 말을 듣고 하교하시길,

"북방의 백성도 또한 나의 자식이라. 어찌 맹수의 밥이 되는 것을 보고 구원하지 않으리오? 내가 비록 대군을 머물게 해 즉시 궁궐로 돌아가지 못하더라도 반드시 이 호랑이를 잡아 백성들의 화근을 없애고 돌아가리라."

연왕이 이에 천자의 뜻을 받들어 모든 장수와 오랑캐 왕을 대하여 호랑이 잡을 방책을 의논하더니, 갑자기 대군이 다시 고함을 지르고 사방으로 흩어져 달아나고, 하란산 가운데 봉우리에 모래와 돌이 드날려 하늘을 뒤덮어오거늘 몽고 왕이 놀라,

"흉악한 짐승이 난리를 피우는도다."

말을 마치기 전에 몇몇 오랑캐 병사와 그들이 탄 말이 간 곳이 없거늘, 홍사마가 일지련을 보며

"우리가 진실로 창법과 검술을 자랑하는 것이 아니나, 이 짐승의 기세가 몹시 흉악해 반드시 사람을 많이 살상하리니, 어찌 편안히 앉아서 보리오? 내가 장군의 창법을 알고 있으니 우리 두 사람이 한 마음으로 힘을 모으면 잡지 못할 리 있겠소?"

일지련이 웃으며,

"장군께서는 스스로 믿는 바가 있거니와 저는 믿는 바가 없으니, 어찌 서로 도울 수 있으리오?"

홍사마가 또 웃고 연왕에게 아뢰길,

"짐승의 난리가 이처럼 포악하니 평범한 방략으로는 잡을 수 없는지라. 대군과 모든 장수를 모아 천자를 호위하시고 사냥터에 한 사람도 없게 하소서. 제가 일지련과 더불어 약속한 바가 있나이다."

연왕이 당황하여,

"장군이 장차 어찌하려 하는가?"

홍사마가 웃으며,

"변변치 못한 늙은 호랑이가 이미 제 손 안에 들어 있으니, 지나치게 염려하지 마소서."

즉시 징을 쳐 군대를 한곳에 모아 사냥터를 겹겹이 둘러싸게 하고, 연왕으로 하여금 진왕과 모든 오랑캐 왕과 동초·마달 등 모든 장수와 더불어 다만 단 위에 올라 천자를 호위하고 단에서 내려오지 말도록 하니, 사냥터 안에는 한 사람도 없더라. 홍사마가 일지련에게 말하길,

"장군은 필마단기에 쌍창으로 호랑이를 유인해 사냥터에 이르게 하라."

하고 홍사마가 또한 단 위에 올라서니, 이때 일지련이 쌍창을 들고 말을 달려 몇 바퀴 돌다가 갑자기 말을 채찍질해 곧바로 하란산을 향해 가니, 구경하는 자들이 마음이 두려워 얼굴빛이 가라앉더라. 이윽고 갑자기 흉악한 소리가 있어 푸른 하늘에 벼락이 치는 듯 하란산을 온통 흔들더라. 일지련이 쌍창을 휘두르며 이르러, 달리기도 하며 돌기도 하며 쌍창으로 큰 호랑이를 농락하니, 큰 호랑이가 백설 같은 흰 털을 거꾸로 세우고 우레같이 포효해, 앞발을 들고 산악같이 일어서 쌍창에 항거하더라. 호랑이는 일지련을 희롱하고 일지련은 호랑이를 희롱해, 호

랑이가 물러서면 일지련이 달려들고 일지련이 물러서면 호랑이가 달려들어, 흉악한 소리와 당돌한 형상이 서로 물러서지 않아 모골이 송연해 바로 볼 수 없더라. 이미 사냥터에 들어가니 갑자기 단 위에서 크게 외치길,

"표기장군은 빨리 물러나라."

하거늘 일지련이 창을 거두어 단 위로 오르니, 다만 서늘한 바람과 휘날리는 눈발이 사냥터를 둘러싸 사방이 어두운 가운데 호랑이가 동쪽으로 뛰고 서쪽으로 달아나며 남쪽으로 부딪고 북쪽으로 물러나, 한번 달려들매 하늘이 무너지고 땅이 갈라지는 듯, 박차고 날뛰어 난리를 피우되 마침내 사냥터를 나가지 못하니, 이는 호랑이가 이미 홍사마의 검술에 들어옴이라. 반나절이 못 되어 푸른 기운이 사냥터를 두루 뒤덮더니 쨍그랑 칼소리가 점점 급해지매, 호랑이가 갑자기 크게 포효하고 몇 길 깊이의 땅을 파다가 사냥터 가운데 쭈그리고 앉아 다시 숨을 쉬지 않거늘, 단 위아래에서 바라보던 사람들이 모두 쓸개가 떨어지고 얼이 빠져 정신을 수습하기 어려워하는데 갑자기 단 위에서 크게 외치길,

"우림군羽林軍은 저 호랑이를 끌고 오라."

모든 사람이 바라보매 홍사마가 그대로 서 있더라. 오랑캐 왕들이 당황해 다투어 홍사마를 붙들고 묻기를,

"장군은 그사이 어느 곳에 갔다가 돌아왔으며, 저 호랑이는 어찌 죽은 듯이 쭈그리고 앉아 있나이까?"

홍사마가 웃으며,

"저는 잠시 측간에 갔다 왔거니와, 저 호랑이가 이미 죽은 지 오래되었으니, 끌고 와보소서."

오랑캐 왕들이 놀랍기도 하고 기쁘기도 하여, 오랑캐 병사들에게 호랑이를 끌고 오라 명하니, 병사들이 오히려 호랑이가 살아 있는가 의심해 감히 가까이 가지 못하거늘, 오랑캐 왕들이 크게 노해 끌고 올 것을

재촉하니 오랑캐 병사들이 한꺼번에 돌입해 끌고자 하나 태산처럼 무거워 움직이기 어렵더라. 또 육칠십 명이 힘을 합쳐 끌어 움직여 겨우 단 아래에 이르렀는데, 오랑캐 왕들과 모든 장수가 한꺼번에 단 아래로 내려가보니 호랑이의 흉악함은 형언할 수 없고, 그 털이 바늘 같아 손에 닿은즉 상하고, 허리 가장자리에 한 근의 살이 달려 있더라. 모두 말하길,

"이것이 호랑이의 날개인 까닭에, 그 이름이 '비호飛虎'라."

호랑이의 온몸을 자세히 보니, 칼자국이 낭자해 한 조각도 완전한 가죽이 없고, 뼈마디가 모두 스스로 어긋나 있더라. 홍사마가 미소하고 동초와 마달을 돌아보며,

"이것은 천지 사이의 악한 기운을 부여받아 생겨난 것이라. 털과 뼈의 단단함이 쇠와 돌보다 더하니, 만약 홍혼탈의 부용검이 아니라면 반드시 잡기 어려웠으리라. 장군은 창으로 한번 시험해보소서."

몽고 왕이 허리에 찬 칼을 뽑아 한 번 치니, 쨍그랑 하고 칼이 부러지고 한 터럭도 상하지 않거늘, 오랑캐 왕들이 한꺼번에 창을 들어 맹렬히 찌르나, 창이 모두 부러지고 호랑이에게 창의 자국이 없더라. 오랑캐 왕들이 손을 모으고 사례하길,

"장군의 영웅스러움은 참으로 하늘의 신장神將이라 일컬을 만하도다. 감히 말로써 칭찬할 바 아니나, 이 흉악한 호랑이를 잡아 북방의 화근을 없애주시니, 천년만년 이러한 은덕을 장차 어찌 보답하리이까?"

홍사마가 사례하여,

"이는 모두 황상의 은덕이요, 모든 왕의 복이라. 어찌 저의 공로를 말하리오?"

날이 저문 뒤 천자가 사냥을 끝내실 새, 병사들을 배불리 먹이시고 오랑캐 왕들에게 명해 단 위에 오르라 하시어 각각 술과 안주를 주시고 얼굴에 온화한 기운이 가득해 말씀하시길,

"그대들이 중국의 군대를 보매, 북방과 비교해 어떠하오?"
오랑캐 왕들이 머리를 조아리며,
"신들이 변방에서 태어나고 자라, 중국의 위의威儀를 보지 못하더니, 이제 하늘이 높음을 알리로다. 서리와 눈과 비와 이슬이 내리고 봄이 만물을 살리고 가을이 만물을 죽이는 것이 폐하의 교화 아님이 없나이다."
천자가 기뻐 웃으시며,
"진시황은 천고의 어리석은 임금이라. 헛되이 만리장성을 쌓아 남과 북을 막으니, 풍토가 현격히 달라지고 정의情誼가 통하지 못해 중국과 북방이 자주 전쟁을 일으켜 천하의 백성들로 하여금 그 재앙을 입게 하니, 이는 내가 늘 원통해하는 바로다. 그대들은 각기 스스로 살피고 삼가 다시 배반하지 말고 오랑캐 왕의 부귀를 대대로 누리도록 하라."
오랑캐 왕들이 한꺼번에 머리를 조아리며 사례하고, 땅에 엎드려 눈물을 뿌리더라. 몽고 왕이 다시 아뢰길,
"폐하께서 몸소 북방에 이르시어 은혜와 위엄을 아울러 행하여, 북방의 백성들이 인자한 어머니를 뵙는 것 같사오니, 신들이 생사당生祠堂을 건립하고자 하되 폐하의 초상肖像을 받들어 안치함은 극히 외람되어 할 수 없사오나, 양원수와 홍사마의 초상은 그려 안치하여, 봄가을로 향불을 올려 그 공덕을 기념할까 하나이다."
천자가 미소하고 허락하시니 오랑캐 왕이 물러나 연왕과 홍사마에게 청하거늘, 연왕이 비록 엄격하게 사양하나 오랑캐 왕이 어찌 들으리오? 즉시 북방의 화가 십여 명을 불러 연왕과 홍사마의 초상을 그리게 하니, 화가들이 먼저 연왕의 얼굴을 그리고 이어 홍사마의 얼굴을 그릴 새, 세 번 그리되 참모습을 그려내기 어려운지라. 화가들이 붓을 던지고 오랑캐 왕에게 아뢰길,
"신들의 재능이 둔해 홍사마의 얼굴을 그려내기 어렵나이다."
오랑캐 왕이 크게 노해 화가들의 머리를 베고자 하니, 그 가운데 한

화가가 아뢰길,

"신이 마땅히 고명한 화가를 추천하리니, 이는 천하의 독보적인 인재라. 연세가 백 세가 넘었으나, 사람의 용모만 보고도 수명과 복을 알 수 있나이다."

몽고 왕이 크게 기뻐해 즉시 불러오게 하니, 눈썹은 희고 눈이 맑아 평범한 인물이 아님을 알지라. 화가가 홍사마를 오랫동안 보고 탄식하길,

"아깝도다. 장군의 얼굴이여! 만약 여자로 태어났다면 부귀와 공명이 한 시대를 덮을 것이거늘, 불행히 남자로 태어났으니 아마도 수명이 부족하리로다."

홍사마가 웃으며,

"그대는 화가라. 어찌 관상을 아는가?"

화가가 말하길,

"저는 본디 중국 사람이라. 한漢나라 모연수[4]의 후예로, 북방에 사로잡혀 왔다가 고국으로 돌아가지 못하고 대대로 그 자손들이 그림으로 생업을 삼았으니, 제 손으로 얼굴 그린 자를 셀 수 없는지라. 그런 까닭에 자연히 많은 사람을 거쳤으니, 어찌 궁달窮達과 수명을 모르리이까?"

홍사마가 웃으며,

"내가 여자로 태어났다면 수복壽福과 궁달은 어떠하며, 남자로 태어났다면 또한 어떠한가?"

화가가 말하길,

4) 모연수(毛延壽): 후한(後漢) 때의 『서경잡기西京雜記』에 의하면, 궁녀들이 화공(畵工)에게 뇌물을 바쳐 아름다운 초상화를 그리게 해 황제의 총애를 구했으나, 전한(前漢) 원제(元帝) 때의 왕소군(王昭君)은 뇌물을 바치지 않아 얼굴이 추하게 그려져 흉노의 아내로 뽑히게 되었다. 왕소군이 떠날 즈음에 원제가 보니 절세의 미인이어서 크게 후회했으나 어쩔 수 없는 일이었다. 원제는 크게 노해 왕소군을 추하게 그린 화공 모연수를 참형에 처했다 한다.

"장군의 얼굴로 만약 여자로 태어났던들 벼슬은 왕후王侯에 이를 것이요, 수명은 아흔아홉이라. 슬하에는 일곱 아들이 있어 각기 부귀공명이 왕후장상에 이를 것이나, 이제 남자로 태어났으니 비록 공명은 빛나되 수명은 아마도 사십을 넘기지 못할까 하나이다."

홍사마가 미소하고 연왕의 초상을 보여주니, 화가가 뒷걸음질로 자리를 피하며,

"이는 인간세상의 범상한 얼굴이 아니라. 참으로 선풍도골仙風道骨이니 그 귀함은 천하의 둘째가 될 것이요, 수명은 또한 아흔아홉이로소이다."

모든 사람이 칭찬하고, 동초·마달·뇌천풍이 차례로 물으니, 화가가 말하길,

"이 자리에 부귀와 수복을 겸비한 자가 어찌 이리 많은고?"

일지련이 밖에서 들어오니, 화가가 자세히 보다가,

"장군은 어떤 귀인이기에, 생김새가 홍장군과 더불어 비슷하니이까? 다만 두 뺨에 도화색桃花色이 지나치니, 부귀공명이 홍장군에 미치지 못하리이다."

몽고 왕이 홍사마의 초상을 그리라 명하니, 그 늙은 화가가 모든 화가를 보고 웃으며,

"그대들은 눈 먼 화가라 하리로다. 북방에서 태어나 자랐으면서 어찌 저 용모를 모르고 헛되이 붓과 먹을 낭비하는가? 홍장군의 초상은 이미 북방에 있으니, 새로 그려 무엇하리오?"

좌우에서 그 까닭을 물으니, 그 화가가 미소하며 대답하니, 어떠한 까닭인지 모르겠도다. 다음 회를 보라.

홍랑이 명비묘를 수리하고 위씨가 추자동에서 괴로움을 겪더라

제41회

이때 늙은 화가가 오랑캐 왕을 대하여,

"왕성王城 북쪽 푸른 초원에 한 오래된 묘가 있으니, 이름은 명비묘[1]라. 한나라 왕소군의 초상이 있으니, 이제 홍장군의 용모가 왕소군의 초상과 더불어 조금도 어긋남이 없나이다."

오랑캐 왕이 말하길,

"왕소군의 초상은 눈썹 사이에 살짝 찡그린 흔적이 있으니, 두 눈의 뛰어난 정기와 두 뺨의 미소 띤 자태의 홍장군을 어찌 당하리오?"

좌우에서 반신반의해 즉시 왕소군의 초상을 가져오라 하여, 홍사마와 더불어 동서로 서로 마주해 보니, 두 송이 연꽃이 서로 마주하는 듯, 무르녹은 봄빛과 아름다운 모습이 서로 조화造化를 자랑해 한 판으로 찍

1) 명비묘(明妃廟): 전한(前漢) 원제(元帝)의 궁녀로, 원제의 사랑을 받지 못하고 흉노에게 시집가 그곳에 묻힌 왕소군(王昭君)의 묘당(廟堂). 왕소군의 무덤은 푸른 풀이 시들지 않아 '청총(靑塚)'으로 불렸다 한다. 서진(西晉)의 문제(文帝)로 추존된 사마소(司馬昭)의 이름과 글자가 같은 것을 피하기 위해 왕명군(王明君)이라 했고, 명비(明妃)라고도 불렸다.

어낸 듯하더라. 동쪽을 향해 보면 팔월 남포南浦에 갓 피어난 연꽃이요 서쪽을 향해 보면 십리 서호西湖에 반쯤 핀 부용芙蓉이라. 부용이 곧 연꽃이요 연꽃이 곧 부용이거늘, 모르는 자는 혹 부용으로써 연꽃과 비교하며 혹 연꽃을 가리켜 부용을 평하니, 어찌 우열이 있으리오? 북쪽 나뭇가지는 초췌해 서릿바람이 소슬하고, 남쪽 나뭇가지는 번화해 봄빛이 흐드러지니, 홍사마는 본디 강개하면서도 다정한 사람이라. 같은 여자로서 고금이 비록 요원하나, 가까이 있는 얼굴이 말을 나누는 듯 그 처지를 가엾게 여겨, 쓸쓸히 눈물을 머금고 오랑캐 왕을 향해,

"내가 왕소군과 더불어 비록 남녀의 차이는 있으나, 다 같이 중국 사람이라. 저런 아름다운 얼굴로 청춘의 나이에 고국에서 천자의 궁궐을 이별하고, 늙어 백룡퇴白龍堆의 푸른 풀이 시들지 않는 무덤에 묻혔으니, 타고난 아름다운 자질로 지기知己를 만나지 못하고, 천추의 원한을 비파琵琶로써 화답했으니, 왕께서는 저 초상을 보소서. 어찌 애석하지 않으리오?"

오랑캐 왕이 미소하며,

"내가 보건대, 왕소군의 초상은 애석할 것이 없거니와 홍사마가 남자로 태어난 것이 참으로 애석하도다. 만약 여자로 태어났다면 연왕이 비록 저처럼 정대하나 반드시 황금 집을 지어 장군을 깊이 숨겨두고 한수의 향기[2]를 누설할까 두려워하리니, 어찌 휘하의 부장副將으로 삼아 다른 사람들과 대하게 하리오?"

말을 마치고 크게 웃으니, 연왕이 또한 미소하더라. 오랑캐 왕이 화가

---

2) 한수(韓壽)의 향기: 한수는 서진(西晉) 사람. 권신 가충(賈充, 217~282)의 잔치에 초대되었다가 그의 딸 가오(賈午)가 한수에게 반해 정을 통하게 되었다. 마침 서역에서, 몸에 지니면 한 달 동안 향기가 지속되는 진귀한 향을 무제(武帝)에게 바쳤고, 무제는 이 향을 가충에게 하사했는데, 가오가 이 향을 훔쳐(偸香) 한수에게 주었다. 가충의 친구가 한수와 담소하다가 그 향을 맡고 가충에게 이야기해, 딸과 한수의 관계를 알게 된 가충은 결국 딸을 한수에게 시집보냈다. 이로부터 남녀가 비밀스럽게 교제하는 것을 '투향(偸香)'이라 부르게 되었다.

에게 명해 왕소군의 초상을 베껴 생사당生祠堂에 모셔놓고 공양하게 하니, 홍사마가 또한 돈과 비단을 내어 명비묘明妃廟를 수리하게 하더라.

이튿날 천자가 연연산燕然山에 올라 비석을 세워 공덕을 기록하고 회군하실 새, 모든 오랑캐 왕이 돈황敦煌에 이르러 어가御駕를 전송하고 양원수와 홍사마를 작별하며 눈물을 머금고 차마 손을 놓지 못하시더라. 천자가 대군을 재촉해 진왕·연왕과 장수를 다 거느리고 돌아오실 새 모든 군대가 개선가를 부르더라. 상군上郡 땅에 이르러 북방 군대를 돌려보내고, 태원군太原郡에 이르러 산서山西 군대를 돌려보내고, 곳곳에서 백성들을 위로하시며 황성에 이르러 남방 군대를 돌려보내며, 모든 고을에 조서를 내려 요역徭役과 세금을 감면하시니, 비록 새로 전쟁을 겪었으나 백성들이 편안해 천자의 덕을 칭송하지 않음이 없더라.

천자가 종묘사직에 헌괵獻馘해 제사지내고, 천하의 죄수들을 크게 사면하고 공을 논해 상을 내리시더라. 연왕과 진왕은 벼슬이 이미 높은 까닭에 다만 식읍食邑 삼만 호를 더하고, 소유경은 여음후汝陰侯를 봉하고, 동초와 마달은 관동후關東侯와 관서후關西侯를 봉하고, 손야차에게는 황금 천 일鎰을 내리고, 일지련은 아직 규수이므로 여자의 벼슬은 그 남편의 직책을 따름이나 표기장군은 태후가 내려주신 바이니 그대로 두고, 특별히 탕목읍湯沐邑 일만 호와 황성의 저택과 하인 백 명과 황금 천 일과 비단 천 필을 내리고, 전부선봉前部先鋒 뇌천풍은 관내후關內侯를 봉하고, 연국태야燕國太爺 양현은 의병을 일으켜 태후를 보호했으니 마땅히 벼슬을 더할 것이나, 천성이 부귀공명에 뜻이 없고 벼슬이 이미 한 나라의 태야에 있으니 다만 탕목읍 오천 호를 내리고, 좌승상 윤형문은 원로대신인지라 그 공로를 논할 바 아니로되, 태후를 보호한 공로가 있으니 '내가 어찌 공을 표함이 없으리오?' 하고 탕목읍 일만 호를 더하시더라.

천자가 자신전紫宸殿에 이르러, 모시어 좇았던 공신들을 보시고 공신록功臣錄에 그 성명을 기록하고 말의 피를 입가에 발라 맹세하시며 태산과 황하에 자손 대대로 그 공훈을 기록하게 하시더라. 다시 조서를 내려 태청궁太淸宮을 풍운경회각風雲慶會閣이라 고쳐 친필로 편액을 쓰시고 천자의 초상과 연왕 이하 모든 신하의 초상을 그려 경회각에 걸어 일월과 같은 충성을 천년 후세에 전하게 하시더라. 이날 신하를 모아 잔치를 베풀고 법주法酒를 내시니, 신하들이 한꺼번에 잔을 받들고 만세를 세 번 부르더라. 천자가 좌우를 돌아보시며,

"내가 덕이 없어 수백 년 종묘사직을 하루아침에 거의 잃게 되었거늘, 그대들의 충성으로 종묘사직이 반석과 태산같이 단단해지니, 업적이 주周나라 선왕宣王과 한漢나라 선제宣帝의 중흥에 비견할 만한지라. 이로 보건대 나라의 운수가 사람의 힘으로 할 수 있는 바가 아니거늘, 어리석은 오랑캐가 하늘의 때를 모르고 스스로 도끼에 죽임당하는 형벌에 나아가니 어찌 우습지 않으리오?"

하시니 좌우의 신하들이 연달아 만세를 부르고 표문을 올려 하례하더라. 연왕이 반열에서 나와 아뢰길,

"옛글에 이르기를 '하늘은 믿기 어렵도다. 왕 노릇 하기 쉽지 않도다' 했으니, 천명天命만 믿을 것이 아니요 오직 덕을 닦을 따름이라. 나라의 다스려짐과 어지러워짐이, 평안함 가운데 위태로움이 생기고 위태로움 가운데 평안함이 생기는 까닭에, 옛적의 성스러운 임금은 안일함을 경계해, 다스려져 비록 이미 평안하더라도 늘 그 위태로움을 잊지 않았으니, 엎드려 바라건대 폐하께서는 지난날 연소성鷰巢城에서의 위태로움을 늘 생각하시어 오늘 자신전 위의 모든 신하를 대하소서."

천자가 얼굴빛을 고치시고,

"그대의 충성된 말은 나의 약석藥石이라. 마땅히 마음에 새겨 잊지 않으리라."

하시더라. 여음후 소유경이 아뢰길,

"오늘날 조정이 나라를 세운 초기와 다름이 없어, 간신 노균의 당파가

조정에 가득해 아직 당론을 주도하니, 올바른 의론이 막혀 있는지라. 노균의 당파를 조정 관리의 명부에서 일절 삭제해 쫓아내길 청하나이다."

연왕이 아뢰길,

"왕도王道는 크고 넓어 치우침도 없고 당파도 없는지라. 폐하께서는 다만 어진 자를 쓰시고 못난 자를 멀리하실지니, 어찌 당론으로써 어진 자와 못난 자를 분별하리이까? 무릇 임금이 인재를 등용함은 장인匠人이 재목을 사용함과 같으니, 어진 장인은 버리는 재목이 없음이라. 폐하께서 어찌 후직后稷·설契의 충성과, 공자·맹자의 도학과, 백이의 청렴[3]과 미생의 신의[4]를 겸비한 뒤에야 등용하고자 하시나이까? 한 가지의 능함이 있으면 그 능함을 취하시고, 한 가지의 재주가 있으면 그 재주를 시험하시어 각기 그 직분을 맡긴다면, 도를 논해 나라를 다스림과, 세금과 곡식과 군대의 소임을 거의 그르치지 않으리이다. 지난날 노균이 조정의 권세를 잡아 생사와 화복이 그의 손바닥 안에 있었으니, 약한 자는 그 권세를 겁내고 능한 자는 자신을 보호하길 꾀하며, 곤궁한 자는 그 부귀를 사모해 뜻을 굽히고 욕됨을 참아 그 문하에 출입하니, 이 또한 괴이할 것 없는 인지상정이라. 어찌 당색으로써 명예와 절개를 말해 천하 사람들을 논하리이까? 엎드려 바라건대 폐하께서는 청당淸黨과 탁당濁黨의 당론이나 노균과의 친하고 친하지 않음을 묻지 마시고, 다만 재주 있고 능함이 있는 자를 등용하시며 어질고 어질지 못함을 헤아리소서."

---

3) 백이(伯夷)의 청렴: 백이는 상(商)나라 말기 고죽국(孤竹國)의 왕자. 아버지가 동생 숙제(叔齊)에게 왕위를 물려주려고 하자 숙제가 백이에게 양보하니, 백이가 달아났다. 숙제 또한 왕위에 오르지 않고 두 사람이 함께 서백(西伯, 주周나라의 문왕文王)에게 갔다. 서백의 아들로서 즉위한 무왕(武王)이 상나라 주왕(紂王)을 정벌하려 하자, 두 사람이 어질지 못한 행동이라고 간언했다. 주나라가 상나라를 멸망시키자 주나라 음식을 먹는 것을 부끄럽게 여겨 수양산(首陽山)에 숨어 고사리를 캐먹다가 굶어죽었다 한다.

4) 미생(尾生)의 신의: 미생은 서주(西周) 때 노(魯)나라 사람. 전설에 따르면, 여자와 다리 아래에서 만나기로 했으나, 약속한 기일이 되어도 여자가 오지 않았다. 마침 홍수가 나서 강물이 갑자기 불어났는데, 약속을 지키기 위해 다리 기둥을 붙잡고 있다가 익사하고 말았다 한다.

천자가 그 말이 어질다 칭찬하시고,

“노균의 문인 가운데 연좌의 죄를 두려워해 도망한 자가 있거든 모두 사면하라.”

하시더라. 천자가 다시 연왕을 돌아보시며,

“그대의 소실 벽성선碧城仙의 소식을 근래 들었는가? 바닷가 행궁에서 갑자기 나를 하직하고, 바람에 나부끼는 듯한 자취가 어찌되었는지 모르나, 그 충성을 내가 아직 잊지 못하도다.”

연왕이 아뢰길,

“나랏일이 바쁘고 번거로우매 사사로운 일에 겨를이 없어, 생사의 소식을 아직 듣지 못했나이다.”

천자가 탄식하시며,

“선랑의 지조와 절개는 한 가지 일로 미루어 알 수 있는지라. 나라를 위해 충성을 품은 자가 어찌 음란한 행실과 간사함이 있으리오? 내가 밝지 못해, 왕세창王世昌의 근거 없는 비방의 말을 믿고, 절개가 뛰어난 여인으로 하여금 그 뜻을 잃고 산수 간에 떠돌며 실망의 탄식을 내뱉게 했으니, 어찌 부끄럽지 않으리오? 내가 이제 마땅히 선랑을 위해 시비를 가리고 흑백을 밝혀 애매한 것을 풀어주리라.”

즉시 왕세창을 엄히 질책하시고 고을마다 지시해 자객을 잡으라 하시니, 왕세창이 두려움을 이기지 못해 위씨衛氏에게 몰래 알려,

“벽성선의 일이 이제 뒤집혀 장차 큰 화가 있으리라.”

하니 위씨가 크게 놀라 춘월을 불러 꾸짖기를,

“네가 일찍이 선랑을 이미 죽였다 하더니, 오히려 살아 있어 일이 뒤집혔으니, 이를 장차 어찌하리오?”

춘월이 웃으며,

“세상만사가 모두 예측하기 어려운지라. 죽었던 자도 혹 다시 살아나는 도리가 있거늘, 산 자를 어찌 다시 죽이지 못하리오?”

하고 위씨의 귀에 대고 아뢰길,

"천자께서 자객을 잡아오라 하시니, 이 기회가 참으로 묘한지라. 부인이 만약 천금을 다시 쓰신다면, 저에게 한 가지 계교가 있어 마땅히 이리이리 하리니, 선랑이 비록 살아 있고 소진蘇秦과 장의張儀의 변론이 있더라도 어찌 변명할 수 있으리오?"

위씨가 탄식하며,

"천자께서 선랑을 보호하심이 이처럼 깊고 무거우니, 비록 천금이 있으나 천자의 엄한 명령 아래에서 혹 탄로 날까 두렵도다."

춘월이 말하길,

"큰일이 누설되면 재앙이 먼저 저에게 미치리니, 제가 어찌 허술하게 생각하리이까?"

위씨가 크게 기뻐해 즉시 천금을 내어주더라. 하루는 천자가 조회를 받으시는데 경조윤京兆尹 왕세창이 아뢰길,

"신이 성스러운 말씀을 받들어 자객을 잡고자 하나 그 자취를 모르더니, 어제 자금성 동쪽 문밖 주점에서 수상한 여자를 하나 잡았는데 행동거지가 자객이 분명한지라. 거듭 따져 물으나 끝내 성명을 드러내지 않고 또 선랑의 일에 대해 물으니 전혀 모른다 하기에, 양민을 잘못 잡은 것인가 하는 생각도 들었나이다. 그런데 황부黃府의 여종 춘월을 잡아들여 대질 심문한즉 지난날 황부에 몰래 들어갔던 자객이라 하기에, 특별히 엄한 형벌로 다시 문초하고자 하나이다."

천자가 노하여,

"비록 조정의 큰일은 아니나, 이는 백성의 풍속 교화에 관련된 사건이고, 황씨는 나의 외척 신하라. 규중의 일을 법관이 조사하면 안 되니, 내가 마땅히 몸소 국문鞫問하리라."

하시고 자객을 잡아들여 천자가 국문하실 새, 곤장을 내리기 전에 자객이 일일이 실토하길,

"소녀의 성은 장張이요 이름은 오랑五娘이라. 자객으로 장안長安에서 노닐더니, 연왕의 소실 선랑이 천금을 주며 위씨 모녀를 죽이라 하기에 밤을 틈타 황부黃府에 들어갔다가 여종 춘월에게 들켜 도망했으니, 소녀가 천금을 탐해 그 지시를 따른 것이라. 다시 다른 말씀이 없사오니, 엎드려 그 죄 받기를 청하나이다."

천자가 진노하시어 다시 형벌을 가하고자 하는데 왕세창이 아뢰길,

"죄인의 자백이 전해진 것과 모두 부합하오니 어찌 형벌을 남용해 사람의 목숨을 상하는 탄식이 있게 하리이까?"

말을 마치기 전에, 갑자기 대궐 문밖에 신문고 치는 소리가 진동하더니, 수문장이 아뢰길,

"한 늙은 여자가 어떤 여자를 붙들어와, 원통함을 밝힐 일이 있다 하나이다."

천자가 의아해 즉시 그 사람을 불러들이라 하시니, 과연 백발의 늙은 여자가 신장이 오 척에 불과하나 맹렬한 기운이 눈썹에 가득해, 한 손으로 코 없는 여자를 붙들고 땅에 엎드려 아뢰길,

"저는 자객이라. 평생 의리를 숭상해, 사람을 위해 원수를 갚아주고자 하여 협객으로 노닐더니, 황각로 부인 위씨가 그 여종 춘월로 하여금 변복하게 하여, 천금을 지니고 와서 그릇된 수단으로 저를 얻어 양승상의 소실 선랑의 머리를 베어오라 하더이다. 제가 위씨의 용모와 거동을 본즉 전혀 좋은 사람이 아닌지라 마음속으로 의아해했는데, 양부楊府에 이르러 선랑의 창밖에서 자취를 숨기고 그 움직임을 엿보니, 거적자리와 베 이불에 남루한 의상과 초췌한 용모가 터럭만큼도 간악한 태도가 없는지라. 칼을 멈추고 주저하던 중, 갑자기 촛불 아래에서 선랑이 몸을 돌려 눕는데 낡은 적삼이 잠깐 말려 올라가며 한 점 앵혈鸚血이 완연히 드러난 까닭에, 제가 의아해 또 자세히 보니 분명한 붉은 점이라. 젊은 규수의 빙설 같은 지조를 분명히 알겠거늘, 위부인과 춘월의 흉악한 말

을 잘못 듣고 저를 불의한 데 빠지게 하였으니 마음과 쓸개가 모두 서늘해 제가 칼을 던지고 선랑의 방에 들어가 유래를 갖추어 말하고, 울분을 참지 못해 즉시 발길을 돌려 위씨 모녀를 죽이고자 했나이다. 그러자 선랑이 강개한 말과 삼엄한 의리로 처첩의 분별을 군신의 분별에 비유하며 그렇게 해서는 안 된다고 꾸짖으니, 아아! 제가 칠십년 협객으로 천하를 두루 다녔으나, 어찌 앵혈 있는 음란한 여인과 의리 있는 간악한 사람을 보았으리오? 제가 선랑의 얼굴을 보아 위씨의 죄악을 용서하고 다만 춘월을 벌주어 혹 허물을 고치길 바라더니, 이제 저의 일로 인해 다시 선랑의 죄를 더하오니 밝은 하늘 아래 어찌 이러한 일이 있으리이까? 제가 춘월을 놓칠까 두려워 잡아왔사오니 일일이 국문하시어 옥석을 가려주소서."

말을 마치매 장오랑에게,

"너는 우격虞格의 누이 우이랑虞二娘이 아닌가? 위씨의 천금을 탐내어 엄한 명령 아래에서도 폐하를 속이니 어찌 흉악하지 아니한가?"

하니 곁에서 모시고 있던 신하들이 통쾌하게 여기지 않는 이가 없고, 천자가 진노하시어 춘월과 우이랑을 엄한 형벌로 국문하시니, 어찌 터럭만큼도 속일 수 있으리오? 일일이 실토하니 천자가 하교하시길,

"늙은 여자는 비록 자객이나 이처럼 스스로 드러냈으니, 열협烈俠의 뜻이 몹시 가상한지라. 그 공로로써 죄를 용서해 특별히 풀어주고, 우이랑과 춘월은 형부刑部에 내려 엄한 형벌로 국문해 관련된 사람을 모두 일일이 조사하라."

법관이 황명을 받들어 춘월과 우격은 십자로 길에서 목을 베고, 춘성과 우이랑은 외딴 섬으로 유배하고, 특별한 지시로 왕세창은 벼슬을 깎아 쫓아내더라. 천자가 연왕을 불러 보시고 얼굴빛이 측은하여,

"옛말에 이르길, '여자가 원한을 품으면 오월에 서리가 내린다' 하니, 내가 어두워 선랑과 같은 절개로 산중의 도관에 떠돌게 하여 그 생사존

망을 모르니, 어찌 평화로운 기운을 상하게 하는 탄식이 없으리오? 또 하물며 나라를 위한 충성을 다해 종묘사직에 공로가 있음이리오? 내가 그 충성에 의지하고서도 공로를 갚지 못하니, 혈혈단신의 여자가 만약 전란을 만나 불행을 면하지 못했다면 어찌 슬프고 놀랍지 않으리오?"

하시고 얼굴이 기쁘지 않아 애석해 마지않으시더라. 연왕이 물러나 집으로 돌아와 어버이에게 아뢰길,

"황씨의 죄악이 스스로 드러나 황상께서 명백히 처리하시니, 칠거지악에서 벗어나기 어려운지라. 즉시 내쫓는 것이 마땅하리이다."

하고 의절하는 뜻을 황부黃府에 통보하니, 황소저는 마치 하늘이 무너지고 땅이 갈라지는 듯해 정신이 날아가고, 위부인은 심장이 쪼개지고 배가 갈라지는 듯해, 악독한 마음이 속에 가득 차 얼굴이 파래지고 쓸개가 흔들려, 황소저를 보고 괴로워 도리어 냉소하며,

"내 딸이 어찌 생과부가 된단 말인가? 네 아비가 늙어 정신이 흐릿해 나쁜 사위를 잘못 골라 너의 신세를 그르쳤으니 누구를 원망하고 누구를 탓하리오?"

황의병 각로가 소식을 듣고 즉시 내당으로 들어오거늘 위부인이 소저를 가리키며,

"상공은 급히 딸아이의 혼처를 구하소서."

황각로가 당황하여,

"부인은 이것이 무슨 말이오?"

위부인이 웃으며,

"쫓겨난 여자의 개가改嫁는 예로부터 있는 바라. 상공이 이미 처음을 그르쳤으니, 어찌 그 나중을 잘하고자 않으시나이까?"

황각로가 대답하지 않으니, 위부인이 땅을 두드리며 발악하길,

"내 딸아이가 얼굴이 추한가, 마음이 악한가, 문벌이 부족한가? 어느 천한 기생의 손안에 들어가 평생을 그르치니, 상공의 부귀는 어디에 쓰

며, 승상의 권세는 어디에 쓰리오? 저와 딸아이를 한꺼번에 죽여 이 욕됨을 모르게 하소서."

황각로가 묵묵히 대답하지 않고 외당으로 나가더라. 위부인이 분을 이기지 못해 반나절 자리에 누워 있더니, 갑자기 앙심이 가득한 얼굴로 몸을 일으켜,

"내가 마땅히 태후를 뵙고, 원통한 속마음을 한바탕 아뢰리라."

하고 즉시 궐내로 들어가더라.

한편 천자가 선랑의 일을 처리하시고 즉시 연춘전延春殿에 이르러 태후에게 아뢰길,

"위씨 모녀의 죄악이 드러나 소자가 이미 처리했사옵니다. 다만 그 좌우의 모든 사람을 죄 주면서 주범의 죄를 묻지 않는 것이 비록 불가하나 위씨 모녀가 대신의 부인일 뿐 아니라 모후께서 사랑하시는 바라. 소자가 참으로 처리하기 어려우니, 엎드려 바라건대 모후께서 엄히 교훈하시어 그 허물을 징계하소서."

태후가 자못 불쾌하게 여기시는데 갑자기 가궁인賈宮人이 아뢰길,

"위부인이 태후마마를 뵈려고 밖에 와 있나이다."

태후가 더욱 진노하시어 즉시 위부인을 섬돌 아래 꿇게 하시고, 몸소 죄를 논하시길,

"내가 너의 어미와 더불어 정의情誼가 친자매 같은 까닭에 너를 내 딸과 다름없이 돌보았고, 또한 네가 나이 많고 대신의 아내로 있거늘, 아녀자의 덕을 닦지 않고 낭자한 죄악이 궐내에 들리니 이것이 무슨 도리인가? 무릇 질투는 여자의 더러운 행실이라. 스스로 범해도 남을 대할 낯이 없는데 하물며 딸자식을 도와 칠거지악을 스스로 저지르리오?"

태후가 죄를 논하시길 마치매 위부인이 천연덕스럽게,

"궁중이 깊어 바깥 사정을 듣지 못하심이라. 푸른 하늘이 비추고 태양이 밝으니 제 모녀는 백옥처럼 흠이 없는지라. 저의 운명이 기구해 어머

니를 일찍 잃고 태후마마를 하늘과 땅처럼 믿었는데 오늘날 끝없는 원한을 살피지 않으시고 이처럼 엄히 꾸중하시니 제가 다시 누구를 의지하리이까?"

말을 마치매 비녀를 빼어 머리를 두드리며 눈물을 흘리거늘 태후가 더욱 진노하시어,

"네가 비록 나를 속이나 어찌 천지신명을 속이며, 비록 천지신명을 속이나 어찌 스스로 마음에 부끄럽지 않으리오? 내가 너의 마음을 모르고 뉘우치기를 바랐거늘 오늘의 행실은 더욱 한심하도다. 저승에 있는 마씨馬氏에게 혼령이 있다면, 너를 제대로 이끌지 못한 나를 반드시 책망하리라."

하고 하교하시길,

"위씨 모녀를 추자동楸子洞에 가두어, 그 죄를 깨닫게 하라."

원래 추자동은 마씨의 묘소가 있는 곳이라. 태후가 눈물을 머금고 가궁인을 명해 위씨를 즉시 몰아내라 하시니, 위씨가 분을 이기지 못해 대성통곡하며 집으로 돌아가더라. 가궁인이 태후의 엄한 지시를 받들어 몹시 재촉하거늘, 위씨가 어찌할 수 없이 황소저와 도화를 데리고 추자동으로 향하니 황성에서 오십여 리 떨어져 있더라.

이때 황상서는 모친을 모셔 뒤를 따르고, 황각로는 두렵고 불안해 고향으로 돌아가고자 할 새 위씨 모녀의 손을 잡고 탄식하길,

"이는 나의 죄라. 부인과 딸아이는 부디 스스로 보중해 때를 기다리라."

위씨가 냉소하며,

"때를 기다리면 무슨 유익이 있으리오? 내가 나라의 원로대신의 아내요 상서의 어미로서 천한 기생에게 모욕을 받고 원통한 죄인이 되었으니, 한번 지옥에 들어간즉 반드시 아귀餓鬼가 될 것이라."

하고 수레를 재촉해 추자동에 이르러 마씨 묘 앞에서 한바탕 통곡하

고 처소에 이르니, 푸른 산은 겹겹이 둘러싸고 솔바람은 쓸쓸히 부는데, 산의 한쪽 귀퉁이에 기대어 한 칸 흙집을 지었으니, 사면의 흙벽에 구멍을 뚫어 창을 만들었고, 가시나무가 울타리를 이루어 하늘의 해를 보기 어렵더라. 두 명의 궁노宮奴가 태후의 엄명을 받들어 문을 지키고 바깥 사람의 출입을 금하니, 황소저가 이 광경을 보고 두 눈에서 슬픈 눈물을 줄줄 흘리더라. 모친과 도화와 더불어 방안으로 들어가니 거적자리에 서늘한 기운이 침입해 앉을 곳이 없거늘, 세 사람이 손을 잡고 대성통곡하다가 위씨가 오히려 도화를 호령해 침구를 풀어 비단자리와 수놓은 요를 겹겹이 깔고 편안히 앉아 웃으며,

"내가 삼강오륜의 큰 죄를 범하지 않았고, 또한 대역부도한 죄를 범하지 않았으니, 비단옷과 좋은 음식으로 지내던 몸이 하루아침에 어찌 이런 고초를 감수하리오?"

황소저가 대답하지 않고 눈물로 옷깃을 적시며 가만히 비단 이불을 밀고 거적자리에 앉거늘 위씨가 꾸짖으며,

"네가 이처럼 궁박하니, 평생 생과부를 면하지 못하리로다."

한편 선랑이 진왕의 구함을 입어 별 탈 없이 진국秦國에 도착하니, 진국 공주가 그 사람됨과 자태를 보고 어찌 사랑하지 않으리오? 기뻐하며 묻기를,

"그대가 태후궁의 시녀라 하니, 오래도록 입조하지 못해 얼굴을 기억하지 못하나, 어찌 적병에게 사로잡힌 바 되었는고?"

선랑이 이때를 당해 어찌 자취를 속이리오? 한참 생각하다가 실상을 아뢰길,

"저는 실은 궁인이 아니라. 연왕 양승상의 소실 벽성선이로소이다. 제가 운명이 괴이해 집안에 있을 수 없어 산중에 떠돌다가 산화암散花庵에 머물더니, 태후와 황후께서 전란을 피해 산화암에 오시니, 적병이 암자를 에워싸 형세가 몹시 헤아리기 어려운지라. 제가 태후의 몸을 대신해

오랑캐 병사들을 잠깐 속이고 적진에 갇혀 거의 살아 돌아오기 어려울까 했는데 하늘이 돌아보시어 진왕 전하의 은덕을 입어 다시 하늘의 해를 보게 되니, 떠돌아다니는 자취가 비록 다른 사람을 속였으나 어찌 공주님을 속일 수 있으리오?"

공주가 이 말을 듣고 더욱 기특히 여겨 선랑의 손을 잡고 눈물을 머금으며,

"그런즉 그대는 나의 은인이로다."

하고 태후와 황후의 안부를 묻고, 선랑과 여종을 특별히 사랑하시니, 선랑이 공주의 현숙한 덕과 너그러운 풍모에 더욱 탄복해 정이 날로 깊어지더라. 공주가 조용히 묻기를,

"그대에게 늘 근심스러운 기색이 있으니 어떠한 까닭이며, 이러한 자질로서 어찌하여 집안에 있지 못하고 산수 사이를 떠돌아다녔는고?"

선랑이 머리를 숙이고 멍하니 있을 따름이요 속마음은 말하지 아니하더니, 하루는 공주가 선랑과 더불어 쌍륙을 놀며 점수를 다투다가 공주가 웃으며 선랑의 손을 잡으니, 비단 적삼이 잠깐 말려 올라가매 한 점 앵혈이 드러나는지라. 공주가 마음속으로 놀라고 감탄해 그 까닭을 알고자 소청小蜻을 보고 조용히 캐물으니, 소청이 감히 속이지 못해 그간의 환난을 대략 아뢰더라. 공주가 바야흐로 선랑의 처지를 알게 되어 그 정황을 가엾게 여기고 위씨 모녀의 행실을 통분히 여기더라.

이때 천자가 북방을 토벌하고 궁궐로 돌아오시니, 공주가 태후를 뵙고자 선랑과 더불어 함께 황성에 이르더라. 선랑이 아뢰길,

"제가 공주님의 총애를 입어 고국에 살아 돌아왔으니 본댁으로 돌아가고자 하나이다."

공주가 웃으며,

"그대가 여러 해 동안 산속에서 거의 본댁을 잊고 방황하다가, 오늘은 무슨 일이 있어 이처럼 급히 가려 하는고? 태후께서 만약 그대가 살아

돌아온 소식을 들으시면 반드시 불러보고자 하시리니, 그대는 나를 좇아 궁중에 들어가 먼저 태후와 황상을 뵙고 나서 본댁에 돌아감이 좋을까 하노라."

선랑이 어찌할 수 없어 공주를 모시고 궁중에 들어가니, 태후가 공주와 더불어 회포를 다 펴지도 못하시고 선랑의 손을 잡아 눈물을 머금으며,

"선랑아! 하늘이 어찌 무심하리오? 이 늙은 몸이 그대를 적진에 보내고 홀로 살아남아 천하의 봉양을 편안히 누리매, 그대의 기신紀信 같은 충성으로 큰 재앙을 면하지 못할까 두려웠는데, 이제 살아 있는 얼굴을 마주하니 이것이 어찌 천지신명의 도움이 아니리오?"

황후와 비빈과 가궁인이 한꺼번에 손을 잡고 기뻐하는데 천자가 공주 들어온 소식을 들으시고 진왕의 소매를 이끌어 내전으로 들어오시다가 선랑을 보고 놀라 묻기를,

"저기 서 있는 사람은 연왕의 소실 선랑이 아닌가?"

공주가 웃으며 대답하길,

"폐하께서 재상 가문의 규중에 있는 미인을 어찌 아시나이까?"

천자가 탄식하며,

"선랑은 나의 귀중한 신하라. 내가 누이보다 먼저 알았거늘, 어찌 누이를 따라올 줄 알았으리오?"

공주가 이에 진왕이 길에서 만나 구해 진국으로 보냈던 일을 일일이 아뢰니 천자가 기특히 여기시며,

"그대가 어찌 일찍 말하지 않았는고?"

진왕이 웃으며,

"신은 다만 태후궁 시녀로 알고, 연왕의 소실인 것은 몰랐나이다."

천자가 근심스러운 얼굴로 공주를 돌아보시며,

"선랑은 우리 남매의 크나큰 은인이라. 어떻게 갚으리오?"

이에 행궁에서의 꿈에 옥황상제를 모시던 일과, 선랑의 용모가 꿈속의 소년과 흡사하던 일과, 음악으로 풍간諷諫하며 노균을 크게 꾸짖던 일을 모두 말씀하시니, 태후가 탄식하며,

"혈혈단신 여자의 약한 몸으로 동분서주해 우리 모자를 이처럼 구했으니, 이는 천고의 역사책에서 보지 못한 일이로다."

선랑이 태후에게 아뢰길,

"제가 공주님의 사랑을 입어, 바로 본댁으로 가지 못하고 당돌하게 궁중으로 찾아뵈었으니, 살아 돌아왔다는 소식을 빨리 남편에게 알리고자 하여 이로부터 물러감을 청하나이다."

진왕이 미소하고 태후에게 아뢰길,

"신이 평생에 지기로 사귀는 벗이 없더니, 근래 연왕과 더불어 전쟁터에서 고초를 함께 겪으며 지기로 사귀었으나 자연히 나라에 일이 많아 한 번도 조용히 술을 나누며 회포를 풀지 못한지라. 이제 변방의 침략을 물리치고 나라에 일이 없으니, 오늘 신이 연왕의 총애하는 여인을 찾았으되 갑자기 돌려보내면 자못 재미가 없으니 잠깐 연왕을 속여 폐하의 웃음거리를 돕고자 하나이다."

태후가 크게 기뻐하시며,

"사위가 어떻게 속이리오?"

진왕이 웃으며,

"폐하는 선랑을 연왕부燕王府로 보내지 마시고, 오늘 연왕을 명해 부르소서."

태후가 허락하시니 진왕이 다시 공주를 보며,

"공주는 술과 안주를 준비하고, 잠시 선랑을 머무르게 하여 천천히 그 움직임을 구경하소서."

공주가 웃고 응낙하더라. 이 밤에 태후가 연왕을 편전便殿으로 부르시니, 연왕이 입궐해 먼저 천자를 뵈니 천자가 미소하시며,

"모후께서 그대를 사위와 같은 반열로 사랑하시어 그대와 진왕을 불러 보고자 하시니, 그대는 진왕과 더불어 모후의 슬하膝下의 즐거움을 함께 도우라."

연왕이 공경해 절하더라. 이윽고 태후가 연왕을 불러 연춘전에 이르길 명하시니, 어떠한 까닭인지 알지 못하겠도다. 다음 회를 보라.

황소저가 꿈에 상청궁에서 노닐고
위부인이 회생하여 악한 마음을 바꾸더라

제42회

연왕이 연춘전에 이르니, 진왕이 이미 태후를 모시고 주렴 밖에 앉아 있더라. 태후가 궁녀를 명해 연왕의 자리를 가까이 내려주고 하교하시길,

"이 늙은이가 그대를 사랑하는 것이 다른 신하와는 다른 까닭에 늘 이처럼 불러 보고자 했으나, 체면에 구애되어 마음이 편안하지 않은지라. 갈수록 뜻이 간절하더니, 오늘밤 진왕을 대해 그대를 생각함이 더욱 간절해 이처럼 특별히 불렀으니 그대는 이 늙은이의 번잡함을 용서하라. 그대가 남방에 유배 가고 북방에 출전해 수고로움이 많았으니, 비록 젊어 건장한 나이이나 지내는 동안 다친 곳은 없는가?"

연왕이 머리를 조아리며,

"천은이 망극해 만물이 이루어지게 하시는 덕이 바다 같사와, 저의 몸은 아무런 병이 없나이다."

진왕이 웃고 연왕을 향해,

"양형이 오늘밤 태후께서 이처럼 불러 보시는 뜻을 아는가? 형의 첩

선랑이 태후와 황후를 위해 기신의 충성을 본받으니, 혈혈단신의 여자가 살아 돌아올 수 없음은 당연한 일이라. 이제 태후께서 그 소식 없음을 염려해 마지않아, 형이 총애하는 여인을 잃은 것이 자기 때문이라 탄식하시며 궁녀 가운데 가장 아름다운 자를 뽑아 선랑을 대신해 첩으로서 받들게 하여 미안한 마음을 풀고자 하시니, 형의 뜻은 어떠한가?"

연왕이 웃으며,

"태후께서 내려주시는 은덕이 비록 지극하나 따를 수 없는 까닭이 두 가지라. 선랑이 비록 가냘픈 여자의 몸이나, 나라를 위해 충성을 다함을 창곡이 어찌 터럭만큼이라도 안타까워하는 마음이 있으리오? 하물며 다른 처첩이 있어 이미 분수에 넘치니, 이것이 따를 수 없는 첫번째 까닭이라. 잠시 전란을 겪어 달아난 백성 중 아직 집으로 돌아오지 못한 자가 많으니, 어찌 선랑의 생사를 알리이까? 만약 다행히 살아 돌아온다면, 선랑이 비록 질투의 마음을 품지는 않더라도 창곡이 어찌 그를 저버리는 부끄러움이 없으리오? 이것이 따를 수 없는 두번째 까닭이로소이다."

진왕이 크게 웃으며,

"형은 지나치도다. 선랑을 위해 수절하고자 하는가? 내가 이미 중매를 하여 한 궁녀를 선정했으니, 만약 그만둔다면 어찌 서리가 내리는 원망이 없으리오?"

연왕이 웃으며,

"형은 참으로 대책이 없는 중매쟁이로다. 원하지 않은 혼인을 이처럼 중매하니, 어찌 한갓 말을 허비할 따름이 아니리오?"

진왕이 다시 태후에게 아뢰길,

"연왕이 비록 겉으로는 사양하나, 그 뜻을 엿보매 신이 무염 땅의 추녀[1]를 중매할까 하여 이처럼 주저하니, 청하건대 그 얼굴을 보여주소서."

좌우의 궁녀를 돌아보며 그 미인을 부르라 명하시니, 진국 공주가 단장시킨 선랑을 시녀로 하여금 부축해 주렴 밖으로 나가게 하더라. 선랑이 태후 앞에 나아가 부끄러움을 머금고 모셔 서거늘 태후가 그 손을 잡고 연왕을 보며 미소하시어,

"이 늙은이가 혼인을 주관하고 진왕이 중매하니, 어찌 아름답지 않은 여인을 그대에게 추천하리오? 이 여인은 이 늙은이가 딸처럼 사랑하는 까닭에, 그대에게 스스로 자랑하거니와 부끄러운 바가 거의 없을까 하노라."

연왕이 눈을 들어 잠깐 보니, 비록 남과 북의 전쟁터에서 그 자취가 아득해졌으나, 자나깨나 한결같이 잊지 못하던 선랑이라. 연왕이 비록 마음속으로 신기하나 기색을 드러내지 않고 태연히 웃으며,

"화진 형이 월하노인의 붉은 끈으로 아름다운 여인을 중매하는 줄 알았거늘 이제 보니 성도의 쪼개진 거울[2)]로 옛 거울을 찾아준 것이라. 무슨 드러내어 자랑할 바 있으리오?"

진왕이 크게 웃고 좌우를 돌아보며,

"좋은 날에 아름다운 약속이 순조롭게 이루어졌으니, 이러한 자리에 어찌 한 잔 술이 없으리오?"

---

1) 무염(無鹽) 땅의 추녀: 무염은 중국 산동성(山東省) 동평현(東平縣)에 있는 지명. 전국(戰國)시대 제(齊)나라 선왕(宣王) 때 무염 땅에 살던 종리춘(鍾離春)이라는 여자가 얼굴이 몹시 추해 마흔 살이 되도록 시집을 가지 못했다. 그러나 큰 도량이 있어, 자청해 제나라 선왕을 찾아가 네 가지 위태로운 상황에 대해 개진하니, 선왕이 크게 기뻐해 그를 왕후로 삼았다. 그후로 제나라는 크게 편안해졌다고 한다.

2) 성도(成都)의 쪼개진 거울: 중국 남북조시대 남조의 진(陳)나라가 망하게 되었을 때, 마지막 임금이었던 후주(後主)의 누이동생 낙창공주(樂昌公主)는 서덕언(徐德言)의 아내였다. 589년 정월 북조인 수(隋)나라 대군이 쳐들어오자, 서덕언은 공주에게 "거울을 반으로 쪼개 각각 지니고 있다가, 나중에 정월 보름날 다시 만나길 기약합시다." 했다. 진나라가 망하고 공주는 양소(楊素)의 첩이 되어 끌려갔다. 이듬해 정월 보름날, 피란을 갔다가 성도(成都)로 돌아온 서덕언이 시장에 갔더니, 쪼개진 거울을 비싼 가격으로 파는 하인이 있었다. 거울을 맞추어 합친 뒤에 그 뒷면에 시를 써서 보내매 공주가 그 거울을 잡고 우니, 양소가 애처로운 사정을 듣고는 공주를 서덕언에게 돌려보냈다 한다.

하고 술상을 재촉하니, 진국 공주가 궁녀를 명해 술상을 받들어 올리니, 진왕이 큰 술잔에 술을 가득 부어 태후에게 아뢰길,

"연왕이 순식간에 말이 일치하지 않아, 아까는 엄한 명령을 거역하고 굳이 사양하는 기색이 있더니, 지금은 또 미인을 잃을까 두려워하는 기색이니, 벌이 없을 수 없나이다."

하고 연왕에게 권하니, 연왕이 받아 마시고 또 한 잔을 부어 손에 들고 태후에게 아뢰길,

"천은이 망극해 미인을 내려주시거늘 진왕이 무례하여 자신의 공로를 자랑하니 벌이 없을 수 없나이다."

하고 진왕에게 권하니, 이에 술상이 낭자해 두 왕이 모두 취한지라, 이윽고 좌우로 넘어지더라. 천자가 이르러 기뻐하며 태후를 모셔 앉으니, 태후가 두 왕의 주고받음을 일일이 말씀하시고 탄식하며,

"예로부터 충신과 열사가 많으나, 여자 가운데 어찌 선랑 같은 자가 있으리오? 바야흐로 오랑캐 병사들이 에워싸매 담대한 대장부라도 간담이 서늘하고 손발이 허둥지둥해 각기 살길을 꾀하려 하기 마련인데 하물며 나약한 여자는 어떠리오? 개연히 죽기를 각오하고 십만 오랑캐 병사들을 지푸라기처럼 보아 태연히 죽음의 땅으로 나아가니, 이는 억지로 할 수 있는 바가 아니라. 옛적에 기신이 한나라 임금을 대신해 그 충절이 빛났으나, 이는 당당한 대장부요 벼슬자리에 있어 책임을 지고 있었거니와, 오늘날 선랑은 아무런 직책이 없는 여자라. 타고난 충성의 마음이 아니라면 어찌 창졸간에 이런 계책을 낼 수 있으리오? 충신을 효자의 가문에서 찾는다 하니, 이는 선랑의 충성심이 탁월할 뿐 아니라, 평소 연왕이 집안을 바르게 감화시킨 힘에서 나오는 것이로다."

천자가 쓸쓸히 얼굴빛을 고치고 진왕을 돌아보시며,

"선랑의 기질이 저처럼 맑고 약하나, 거문고를 밀치고 늙은 역적을 꾸짖을 새 아름다운 눈썹에 서릿바람이 서늘하니, 보는 자로 하여금 충성

과 분노가 저절로 일어나게 하는지라. 의봉정 앞에서 연왕의 충성으로도 그 마음을 바르게 하지 못했던 어두운 임금을, 거문고 몇 곡조로 조용히 풍간諷諫해 불현듯 깨닫게 하니, 이는 참으로 고금에 없는 일이로다."

두 왕이 머리를 조아리더라. 날이 저물어 두 왕이 물러갈 새 태후가 궁녀를 명해 두 왕을 부축해 섬돌을 내려가게 하시고 선랑을 본댁으로 보내니 태후와 황후와 공주와 비빈이 모두 서운해 가까운 날에 입궐하라 하시며 애틋한 정이 멀리 이별하는 것 같더라. 연왕이 선랑을 데리고 본댁에 이르니 모두 크게 놀라고, 허부인은 선랑의 손을 잡고서 죽은 사람이 다시 살아난 것처럼 반기고, 하인들은 지난날 강주江州로 향하던 일을 말하며 하늘의 이치가 밝음을 탄복하더라.

한편 세월이 훌쩍 흘러 황소저가 추자동에 거처한 지 이미 한 달이 지났더라. 음식을 전혀 먹지 않고 밤낮으로 통곡해 아름다운 용모가 날로 초췌해지고 해진 옷과 거적자리에 눈물자국이 마르지 않으니, 위씨가 꾸짖어,

"네가 시댁에서 쫓겨남을 슬퍼하는 것이냐? 나라의 죄인 됨을 탄식하는 것이냐? 스스로 목숨을 끊어 천한 기생의 소원을 이루어주고자 하느냐? 차라리 빨리 죽어 늙은 어미로 하여금 이러한 청상과부의 광경을 보게 하지 말라."

황소저가 전혀 대답하지 않고 더욱 통곡하길 그치지 않더라. 하루는 가을바람이 잠깐 일어나 날씨가 으스스한데, 적막한 산속 곳곳에서 두견새가 울고 서늘한 섬돌 앞에 점점이 반딧불이 흐르니, 처량한 근심과 슬픈 회포를 더욱 건드리는지라. 위씨와 도화는 잠들었고, 황소저가 홀로 외로운 베개에 기대어 가물거리는 등불을 바라보며 잠을 이루지 못하고 지난 일을 생각하며 신세를 탄식하더니, 갑자기 비몽사몽 가운데 정신이 아득하고 어지러워 한 곳에 이르렀더라. 누각 하나가 공중에 솟

아 있어 뜨락이 깊숙하고 담장이 굉장해 인간세상의 궁궐과 다른데, 무수한 선녀가 혹 푸른 난새를 타고 혹 봉황을 타고 쌍쌍이 오가거늘 황소저가 앞으로 나아가 선녀를 보고 묻기를,

"이곳은 어떤 곳이며 이 누각은 누구의 집인고?"

선녀가 대답하길,

"이곳은 하늘나라의 옥경이요 이 누각은 이른바 상청궁上清宮이니, 궁중에 상청부인上清夫人이 계시니라."

황소저가 또 묻기를,

"상청부인은 어떤 부인인고?"

선녀가 웃으며,

"그대는 어떤 여자이기에 상청부인을 모르는가? 상청부인은 주周나라의 태사太姒라. 상제의 명을 받들어 상청궁에 계시어 천상의 선녀들을 가르치시느니라."

황소저가 이 말을 듣고 마음속으로 생각하되,

"내가 일찍이 듣건대, 태사는 맑은 덕이 있어 천년 후세에 부인의 모범이라 하니, 이는 어떠한 사람인가? 한번 가서 보리라."

하고 문 앞에 이르러 뵙기를 청하니, 한 선녀가 앞으로 인도해 궁중에 들어가니, 열두 난간에 구슬발이 높이 걸혀 있고, 삼천궁녀가 둥근 달 모양의 패옥을 울리며 전각 위에 모시고 서 있으니, 기이한 향이 코를 찌르더라. 거동이 우아하고 용모가 단정한 부인이 검소한 의복 차림에 유순한 태도로 백옥 의자에 높이 앉아 있으니, 봉황을 수놓은 부채와 구름 같은 깃발이 엄숙하게 호위하고 있더라. 황소저를 인도해 전각 위로 오르니 상청부인이 묻기를,

"그대는 어떠한 사람인고?"

황소저가 고개를 들고 대답하길,

"저는 인간 세상 명나라 연왕의 둘째 부인 황씨니이다."

상청부인이 허둥지둥 의자에서 내려오며,
"인간세상과 하늘나라가 어찌 다르리오? 부인이 이미 연왕의 부인이 되었으면 또한 귀인이라. 어찌 이곳에 이르셨소?"
시녀에게 명해 칠보七寶자리를 베풀고 앉기를 청하니, 황소저가 사양하지 않고 자리에 나아가,
"제가 부인께 현숙한 덕이 있으시다는 소문을 듣고, 가르침을 얻고자 왔나이다."
상청부인이 웃으며,
"내가 무슨 현숙한 덕이 있으리오? 부인은 예의의 나라의 높은 가문 출신이요 존귀한 왕후의 부인이기에 반드시 규방의 법도를 많이 들었으리니, 어찌 이처럼 겸양하시오?"
황소저가 말하길,
"제가 다른 말씀을 듣고자 함이 아니라. 부인께서 인간세상에 계실 때, 여러 첩이 「관저關雎」·「규목樛木」의 시를 지어 성스러운 덕을 칭송했고 터럭만큼도 질투하는 마음이 없으셨다고 하니, 만약 교묘하게 꾸미는 것이 아니라면 반드시 칠정七情에도 다름이 있는 것인가 하나이다."
상청부인이 당황하여,
"이른바 질투라는 것이 무엇이오?"
황소저가 말하길,
"여자의 평생이 남편에게 달렸거늘, 남편이 평소 여러 첩을 두어 그 은총을 옮긴다면 어찌 질투하는 마음이 없으리이까?"
상청부인이 이 말을 듣더니 불쾌한 얼굴빛을 보이고, 몸을 일으켜 의자에 앉아 좌우에 호령해 황소저를 끌어내어 섬돌 아래에 꿇게 하고 크게 꾸짖기를,
"너는 어떠한 추한 인물이기에 더러운 말을 감히 내 귀에 들리게 하는가? 내가 인간세상에서 아흔 살을 살았어도 일찍이 질투라는 말을 듣

지 못했는데 네가 음란한 마음과 부끄러운 구실로 깨끗하지 않은 말을 입에 올려 나를 떠보려 하니, 이같이 음란한 여자는 옥경청도玉京淸道에 잠시도 머무를 수 없도다. 빨리 돌아가 인간세상 여자들에게 전할지어다. 무릇 여자는 유순하고 단정해 한결같을 따름이니, 만약 이에 어긋나면 어찌 군자의 행실이라 하리오? 만약 이러한 당연한 행실로써 나를 칭찬한다면 어찌 받아들일 수 있으리오?"

상청부인이 꾸짖기를 마치고 시녀에게 호령해 황소저를 쫓아내더라. 황소저가 분하기도 하고 부끄럽기도 하여 길을 찾아 나가다가 문득 한 곳을 바라보니, 음습한 기운이 가득하고 구슬픈 곡소리가 은은히 들리거늘, 앞으로 가보니 큰 웅덩이가 있고 더러운 오물이 가득해 악취가 코를 찌르는데, 무수한 여자가 그 속에 빠져 탈출하지 못하고 혹 머리를 내밀고 팔을 뻗어 황소저를 보며 부르짖더라. 황소저가 악취를 피해 감히 가까이 가지 못하고 멀리서 바라보며 묻기를,

"그대들은 어떠한 사람이기에 이 고초를 당하는고?"

한 여자가 울며 아뢰길,

"저는 한漢나라 여후[3]이니, 전생에 질투로 척부인戚夫人을 죽이고 유여의劉如意를 독살한 죄로 이 고초를 당하나이다."

또 한 여자가 울며 아뢰길,

"저는 진晉나라 왕도의 아내 마씨[4]이니, 전생에 질투로 여러 첩을 모

3) 여후(呂后, ?~BC 180): 한(漢)나라 고조(高祖) 유방(劉邦)의 황후. 성은 여(呂), 이름은 치(雉). 유방이 왕위에 오른 지 12년 만에 죽자, 어린 아들 혜제(惠帝)를 즉위시키고 실권을 잡았다. 유방이 총애한 후궁 척부인(戚夫人)의 손발을 자르고 눈알을 뽑고 귀에 뜨거운 김을 불어넣었으며, 벙어리 약을 먹여 변소에 던져두고 '인체(人彘)'라고 불렀다. 유방이 한때 태자로 삼고자 했던 척부인의 아들 유여의(劉如意)도 혜제가 사냥 나간 사이에 독살했다. 혜제가 23세의 나이로 죽자, 혜제의 어린 왕자들을 차례로 등극시켜 황제의 권한을 대행했는데, 여씨 일족으로 사실상의 여씨 정권을 수립했다. 여후가 죽자 여씨 정권은 붕괴하고, 유방의 차남 유항(劉恒)이 즉위해 문제(文帝)가 되었다.

4) 왕도(王導)의 아내 마씨(馬氏): 왕도(276~339)는 동진(東晉)의 정치가이자 서법가(書法家).

함하고 남편을 욕한 죄로 이 고초를 당하나이다."

또 한 여자가 아뢰길,

"저는 가충의 아내 왕씨[5]이니, 여러 첩을 질투해 그 자식을 독살한 죄로 이 고초를 당하나이다."

그뒤를 이어 여자들이 다 차례로 울며 호소하길,

"저희는 높은 벼슬아치 가문의 부귀한 여자로서, 평생 다른 죄악이 없으나 다만 질투로써 집안의 질서를 어지럽혀 이 고초를 당하나이다."

황소저가 그 모습을 보고 모골이 송연해 한마디도 대답하지 못하고 소매를 들어 얼굴을 가린 채 되돌아 달아나니, 모든 여자가 크게 외쳐,

"연왕의 부인은 달아나지 말라. 그대 또한 우리와 같은 무리이니 마땅히 이 고초를 함께 겪어야 하리라."

하고 더러운 물건을 움켜쥐어 던지며 한꺼번에 쫓아오거늘, 황소저

호족(胡族)이 침입해 316년 서진(西晉)이 멸망하자, 사마예(司馬睿)를 지지해 양자강(揚子江) 이남을 근거지로 동진을 건국해 원제(元帝)로 옹립했다. 부드러운 처세술의 정치가로서, 3대에 걸쳐 승상을 지내며 동진의 통치를 공고하게 다졌다. 왕도의 아내는 본래 조씨(曹氏)인데, 이 대목에서 마씨(馬氏)로 적힌 것은, 왕도의 족인(族人)들이 많이 요직에 올라, 원제(元帝)로 옹립된 사마예와 함께 권력을 누리므로 "왕씨와 마씨가 천하를 가졌다(王與馬, 共天下)"는 말이 있었던 데에 연유해 작가의 착오가 있었던 듯하다. 『진서晉書』「왕도열전王導列傳」에, 왕도가 투기가 심한 아내 조씨(曹氏)를 두려워한 나머지 은밀히 별관(別館)을 지어 첩들을 살게 했는데, 조씨가 이 사실을 알고 찾아가려고 하자, 첩들이 욕을 당할까 두려워해 자신이 먼저 달려가려고 우마차를 몰아가면서, 잡고 있는 주미(麈尾)의 자루로 소를 두들기며 달려갔다는 일화가 전한다.

5) 가충(賈充)의 아내 왕씨(王氏): 가충(217~282)은 중국 삼국시대 위(魏)~서진(西晉)의 권신. 위나라 말의 실권자 사마소(司馬昭)의 충성스러운 신하가 된 뒤, 사마염(司馬炎)이 제위(帝位)를 물려받아 서진의 무제(武帝)로 즉위하자 노군공(魯郡公)에 봉해지고, 오(吳)나라를 공격할 때 대도독(大都督)이 되었다. 가충의 첫 부인은 이풍(李豊)의 딸 이완(李婉)이었으나, 이풍이 모반죄로 살해되자, 곽배(郭配)의 딸 곽괴(郭槐)를 부인으로 맞아들였다. 곽괴는 질투심이 많아, 자신이 낳은 아들이 유모에게 안겨 가충이 달래는 것을 보고는 유모를 질투해 채찍질해 죽였고, 아들은 유모를 생각하다가 병들어 죽었다. 둘째 아들을 낳았으나 또 유모를 질투해 죽였고, 둘째 아들도 병들어 죽었다. 뒤에 대사(大赦)와 복권(復權)이 이루어져, 무제가 가충에게 두 명의 부인을 둘 수 있도록 조칙을 내렸으나, 곽괴가 가충의 멱살을 잡으며 반대해 이완과의 재결합은 이루어지지 못했다. 가충의 질투심 많은 아내는 곽괴였는데 이 작품에서 왕씨로 적힌 것은 작가의 착오가 있었던 듯하다.

가 크게 놀라 부르짖으며 깨어나니 곧 베개 위의 한 조각 꿈이라. 땀이 온몸에 흘러 베개와 이불이 다 젖었더라. 부끄럽고 분한 마음을 이기지 못해 몸을 뒤척이며 잠을 이루지 못하고 마음속으로 생각하되,

'나는 어떠한 사람이며, 상청부인은 어떠한 사람인가? 높은 벼슬아치 가문의 왕후 부인인 것은 마찬가지요 이목구비와 오장육부는 똑같은 사람이거늘, 저는 어찌 저처럼 존귀해 하늘나라 선녀의 으뜸이 되고 나는 어찌 이 고초를 당하며 모욕을 겪는가? 그 가운데 더욱 통분한 것은 무수한 여자가 불결한 오물을 뒤집어쓰고 나를 같은 무리라 하니, 내가 평생 부귀한 가문에서 자란 보물 같은 몸으로 어찌 저들과 같은 무리가 되리오? 내가 이제 귀를 씻고 뼈를 갈아 그 더러움을 씻고자 하나 후회한들 어찌 그리되리오?'

하다가 갑자기 놀라 깨달아,

'저 웅덩이 가운데 있는 무수한 여자 또한 부귀한 가문의 왕후 부인이라. 일찍이 나보다 못함이 없거늘 이제 저 고초를 감수하니, 이는 다름이 아니라 사람의 귀하고 천함이 겉모습에 있지 않고 다만 마음에 있는 까닭이라. 높은 누대와 넓은 집에 앉아 있더라도 마음이 악하면 그 몸이 낮아지고, 비단옷과 좋은 음식으로 자랐더라도 마음이 천하면 몸도 따라 천하리니, 상청부인의 저런 존귀함도 마음에 달렸음이요, 무수한 여자의 저런 더러움도 마음에 달렸음이라. 내가 다만 겉모습의 더러움은 알되 마음의 더러움을 모르고, 겉모습의 존귀함은 흠모하되 마음의 존귀함을 흠모하지 않았으니 어찌 어리석은 일이 아니리오? 아아! 내가 규중의 부녀자로서 죄악이 세상에 낭자해 이처럼 적막한 산속 죄수의 몸이 되었으니 이것이 누구의 허물인가? 만약 하늘이 하신 바라 한다면 세상 무수한 사람 중에 어찌 홀로 나를 미워하시는 것이며, 만약 운수가 곤궁한 것이라 한다면 밝고 밝은 조물주가 어찌 홀로 곤궁한 운수를 나에게 내리시리오? 내가 부모의 은덕으로 부귀한 가문에 태어나

고 자라 안하무인이다가, 시댁에 들어간 뒤로 조금도 부녀자의 덕이 없고 다만 교만한 마음을 품어 첩을 없애버리고 은총을 독차지하고자 했으니, 이것이 참으로 더럽고 천한 마음이라. 내가 대대로 높은 벼슬을 한 가문에서 남자로 태어나지 못하고 여자로 태어났으나, 어찌 차마 편협한 성품으로 보잘것없는 잡념을 두어 여러 첩과 더불어 은총을 다투리오? 내 몸을 닦고 내 도리를 지켜 천지신명께 부끄러움이 없고, 같은 반열의 처첩들에게 모욕을 받지 않는다면, 군자가 비록 허물을 찾고자 한들 어찌 찾을 수 있으리오? 취한 꿈이 희미해 스스로 깨닫지 못하니 오늘 이 고초를 받음은 진실로 스스로 만든 것이로다. 선랑은 참으로 흠 없는 옥이요 빙설 같은 지조라. 내가 일찍이 모해하고자 하여, 별당의 달빛 아래 춘성으로 하여금 놀라게 하고 산화암에서 우격으로 하여금 겁탈하게 했으니, 한 해 동안 행랑에서 거적자리와 베이불에서 그 고초가 어떠했으리오? 천도天道가 순환해 내가 이제 보복을 받음이라. 그 가운데 더욱 모골이 송연한 것은 노랑老娘의 일이라. 흉악한 모습으로 서리 같은 칼을 옆에 끼고 한밤중 삼경에 창틈으로 엿볼 때 선랑의 위태로움이 경각에 있었으니, 내가 장차 그 보복을 받으리라.'

하여 마음이 스스로 두렵더니, 갑자기 한줄기 서늘한 바람이 창틈으로 불어 들어와 등잔불을 꺼뜨리며 창밖에 사람 그림자가 번쩍이거늘, 황소저가 크게 놀라 급히 외마디소리를 지르고 땅에 엎어져 기운이 막히더라. 무릇 이때는 이미 사오 경이니, 서산의 기우는 달이 나무 그림자를 옮겨 창밖에 비춘 것이더라. 위씨와 도화가 소저의 외마디소리에 놀라 깨어 소저를 붙들고 그 까닭을 물으니, 소저가 바야흐로 정신을 수습해 위씨를 붙잡으며,

"어머니! 노랑이 창밖에 왔나이다."

하거늘 위씨가 꾸짖으며,

"딸아이가 무슨 까닭으로 이런 황잡한 말을 하는고? 노랑은 어떤 노

랑인고?"
소저가 다시 대답하지 않고 마음이 흐릿하더니, 이윽고 또 부르짖어,
"어머니! 선랑은 죄가 없으니 죽이지 말고 이 노랑을 물리치소서."
위씨가 이에 촛불을 밝히고 외쳐,
"딸아이는 꿈에서 깨어 정신을 수습하라. 네 어미가 여기 있으니, 노랑이 어찌 이곳에 왔으리오?"
소저가 잠들면 놀라고 깨면 울어, 모습이 초췌하고 자리에서 일어나지 못하더니, 하루는 한밤중에 소저가 갑자기 위씨를 부르며,
"소녀의 병이 평범한 것이 아니니 비록 죽더라도 애석함이 없사오나, 어버이께서 살아 계시는 가운데 시댁에 큰 죄를 지어 쫓겨난 며느리라는 이름을 씻기 어려운지라. 바라건대 어머니는 딸아이를 생각하지 마시고 귀한 몸을 보중하소서. 소녀가 불효해 슬하의 맑은 덕을 훼손하고, 죽어 지하에서도 눈을 못 감을까 하나이다."
말을 마치매 다시 외마디소리를 지르고 기절하니, 위씨가 손을 잡고 부르며,
"늦게 낳은 딸아이가 재치 있고 민첩해 수복을 누리고 영예를 드러내길 바랐건만 남편을 잘못 만나 이 지경에 이르니, 차라리 먼저 죽어 아무것도 모르고자 하노라."
소저가 눈을 떠 위씨를 자세히 보고 눈썹을 찌푸리며,
"소녀가 이제 실낱같은 목숨이 끊어지면 아득한 모든 일을 오히려 잊으려니와 다만 두 가지 품은 생각이 있나이다. 첫번째는 연왕이 소녀를 저버린 것이 아니라 소녀가 연왕을 저버린 것이요, 선랑이 소녀를 모해한 것이 아니라 소녀가 선랑을 모해한 것이니, 이제부터 연왕과 선랑의 말을 입에서 내지 마시어 소녀의 돌아가는 혼령으로 하여금 부끄러움을 면하게 하소서. 두번째는 소녀가 죽은 뒤에 황씨 선산에 묻고자 한즉 시집간 여자로서 흔한 일이 아니요, 양씨 선산에 묻고자 한즉 시부모님

의 인자함과 연왕의 너그러움으로 소녀의 신세를 측은히 여겨 비록 묻히는 것을 허락하더라도 혼령이 어찌 부끄럽지 않으리오? 소녀 같은 자는 천지 사이의 죄인이라. 혼령과 백골이 갈 곳이 없으니, 바라건대 어머니는 소녀가 죽은 뒤에 시체를 화장해 더러운 뼈를 이 세상에 머물게 하지 마소서."

말을 마치매 한숨지으며 탄식하고 다시 외마디소리를 지르고선 숨이 갑자기 끊어지니, 가련하다. 황소저의 평생이여! 총명과 지혜는 있으나 잠시 조물주가 시기한 바 되어, 그 낭자한 죄악에 대하여 들은 사람들이 모두 황소저를 죽이고자 하더니, 갑자기 하루아침에 창공의 구름을 씻어내고 백옥의 티끌을 갈아 없앤 듯한 몇 마디 말로서 천고의 현숙한 부인이 되어 숨이 끊어지니, 만약 나중의 참회하는 일이 없다면, 어찌 천도가 있다 하리오? 위씨가 이 참담한 광경을 보고 가슴을 두드리며 통곡하다가 또한 기절하니, 정신이 산란해 꿈꾸는 듯 취한 듯한 가운데 갑자기 한 부인이 크게 꾸짖으며,

"이 못난 짐승은 얼굴을 들어 나를 보라."

위씨가 머리를 들어 우러러보니, 곧 어머니 마씨馬氏라. 놀랍고 기뻐 묻기를,

"어머니! 이것이 참이니이까? 꿈이니이까?"

눈물이 샘솟듯 하여,

"소녀가 슬하를 떠난 지 이미 마흔 해라. 어머니 얼굴이 늘 눈에 아른거리더니, 이제 어디에서 오시나이까?"

마씨가 냉소하며,

"네가 네 어미를 알겠느냐?"

위씨가 오열하며,

"저를 낳아 기르시고 돌보시고 품어주셨으니, 어찌 모녀의 천륜을 모르리이까?"

마씨가 크게 노하여,

"내가 전생에 큰 죄를 지어 한 점 혈육이 없다가 늦게 너를 낳으니, 아들같이 보아 세 살에 말을 가르치고 네 살에 바느질을 가르치고, 여남은 살에 남편을 거스르지 말고 시부모께 효도할 것을 가르쳤으니, 이는 다름이 아니라, 훗날 네가 시집가 큰 허물이 없다면 사람들이 모두 '마씨가 비록 아들은 없으나 딸을 잘 가르쳐 남편의 가문을 번창하게 함이라' 말하리니, 그리하여 아득한 저승의 의탁할 곳 없는 혼령이라도 영예롭고 즐겁기를 바랐건만, 오늘 보매 부질없이 너를 한 점 혈육으로 낳아 인간 세상에 남겨두었다가, 생각하면 눈을 감을 수 없고 잊고자 해도 잊을 수 없도다. 아아! 가풍과 문벌이 혁혁한 여자로서 비록 규방의 법도에 혹 죄를 짓는 자가 많으나, 간특한 천성으로 자기 딸을 그르쳐 남편의 가문을 어지럽힐 줄 어찌 생각했으리오? 네가 모녀의 정을 알진대 어찌 네 어미를 욕보이며, 천륜의 중요함을 알진대 어찌 자기 딸을 그르치리오?"

위씨가 통곡하며 변명하고자 하니 마씨가 더욱 노하여,

"못난 딸이 천지신명을 속이고, 이제 다시 그 어미를 속이고자 하도다."

하고 지팡이를 들어 수십 대를 때리니, 위씨가 고통을 이기지 못해 놀라 깨니, 도화는 곁에서 통곡하고 소저 또한 회생했더라. 위씨가 정신을 수습해 몸을 어루만지니 지팡이 자국이 분명하고, 또 고통을 이기지 못해 한편으로 분하고 한편으로 부끄럽더라. 가만히 생각하되,

'기이하도다, 꿈자리여! 마흔 해를 저승에 계시매 무슨 혼령이 이처럼 분명하시며, 혼령이 이미 계실진대 어찌 나를 돕지 않고 이러한 고초를 이 몸에 더하시는고? 이는 반드시 내 마음이 연약해 꿈자리가 어지러움이로다.'

이윽고 정신이 아른거려 자연히 눈이 감기니, 마씨가 또 흰 옷 입은 노인과 더불어 와서 위씨를 가리키며,

"이는 저의 못난 딸이라. 천성이 악독해 교훈으로는 지도하기 어려우니, 선생께서 그 심장을 고쳐 그 성품을 바꾸어주소서."

노인이 위씨를 자세히 보더니 주머니에서 단약 한 개를 꺼내어 삼키기를 재촉하더라. 위씨가 받아 삼키매 가슴이 찌르는 듯하고 입속으로부터 오장이 함께 쏟아져나와 유혈이 낭자하거늘, 위씨가 고통을 견디지 못해 목숨을 애걸하니 노인이 소매 속에서 붉은 호로병을 꺼내 감로수를 쏟아 위씨의 오장을 깨끗이 씻어 배 속에 다시 넣고 마씨에게 말하길,

"배 속의 악의 뿌리가 다만 오장육부에 있을 뿐 아니라 이미 뼈마디에 들어갔으니, 마땅히 그 뼈를 갈아 독한 기운을 없이 하리라."

하고 허리춤에서 작은 칼을 꺼내어 위씨의 피부를 가르고 뼈마디를 긁으니 날카로운 칼소리에 모골이 송연하거늘, 위씨가 어머니를 부르며 외마디소리를 지르고 깨니 한 꿈이더라. 배 속과 뼈마디에 오히려 통증이 남아 있고 정신이 혼미하고 생각이 어지러워 구름안개 속에 있는 듯한지라. 이로부터 위씨의 성품이 크게 바뀌어 매사에 두려워하고, 지난 일을 돌이켜보면 아득히 봄꿈 같아 한 명의 심약한 여자가 되었더라. 무릇 세상 사람들이 어찌 스스로 허물을 모르리오마는, 혹 천성이 나약해 알고도 고치지 못하기도 하며, 혹 기운이 세어 고집을 부리는 자도 있으며, 혹 물욕이 앞서 짐짓 고치지 않는 자도 있으며, 혹 교활해 임시방편으로 처리하는 자도 있으니, 이러한 자들은 반드시 크게 놀라고 크게 액운을 당한 뒤에야 바야흐로 고치나니, 어찌 후세 사람들이 삼가고 경계할 바가 아니리오?

이때 위씨의 꼼꼼한 천성과 소저의 똑똑한 자질로, 허물을 깨달아 덕을 닦으니 도리어 출중한 인물이 되었으나, 소저의 병세가 이미 골수에 깊고 위씨의 매맞은 상처가 종기가 되어 모녀 두 사람의 참혹한 모습을 차마 눈뜨고 볼 수 없더라. 태후가 이 소식을 들으시고 가궁인을 가만히

보내어 참인지 거짓인지 탐지하고 오라 하시어 가궁인이 즉시 추자동에 이르러 보니, 쓸쓸한 산속의 황량한 흙집이 비바람을 가리지 못하고, 가시울타리에 산새가 둥지를 틀고 짧은 처마에 거미줄이 쳐 있어, 살아 있는 사람의 거처가 아니더라. 방안으로 들어가니, 거적자리 베이불에서 위씨는 신음하고 소저는 혼미해하며 쑥대머리에 귀신의 얼굴로 초췌하게 누워 있더라. 가궁인은 본디 천성이 연약한지라. 눈물을 머금고 모녀의 두 손을 잡고 탄식하며,

"부인이 오늘날 이런 고초를 당하시는데 과연 그 까닭을 아시나이까?"

위씨가 쓸쓸히 말하길,

"이는 내가 스스로 만든 것이라. 남을 모함하는 자가 어찌 재앙과 보복을 면하리오? 지난 일을 돌이켜보매 꿈속처럼 아득해 해석하기 어렵거늘 그대가 이처럼 찾아오고 이처럼 물으니, 도리어 절실히 부끄럽도다."

가궁인이 얼굴빛을 고치고 위로하여,

"부인의 밝으심으로 한때의 허물을 이처럼 후회하시니 하늘이 반드시 감동할지라. 잠시 동안의 고초를 서러워하지 마소서. 어찌 다시 밝은 해를 보는 이치가 없으리이까? 전하여 듣건대 부인과 소저의 병환이 평범하지 않다 하니, 과연 어떤 증세이며 지금은 어떠하나이까?"

위씨가 부끄러워 탄식하며,

"그대는 한집안 사람과 다름이 없는지라, 어찌 속마음을 숨기리오?"

하고 모녀가 꿈에서 겪은 일을 말하고, 매맞은 상처를 어루만지며 눈물이 비 오듯 하거늘 가궁인이 놀라,

"평범한 상처는 오래되면 나으려니와, 귀신에게 맞은 상처는 사라지기 어려우니, 부인께서는 약을 붙여 치료하소서."

위씨가 눈물을 머금고,

"나의 온몸은 어버이께서 주신 바라. 비록 뼈가 가루가 되고 몸이 부서지더라도 그 은덕을 갚기 어렵거든, 하물며 저승으로 헤어져 마흔 해 동안 뵙지 못하던 얼굴을 꿈속에서 잠깐 뵙고 깨어나니, 얼굴빛이 아득하고 음성이 아련해, 분명한 가르침과 아끼시는 정이 다만 여러 곳 매자국에 남아, 그 가르치시는 뜻을 잊지 못하니, 어찌 차마 약을 붙여 그 상처가 빨리 없어지길 바라리오?"

가궁인이 탄식함을 마지않더라. 이때 황소저는 전혀 말이 없고, 얼굴을 가리고 돌아누워 있거늘, 위씨가 다시 가궁인을 대하여,

"딸아이의 병세가 참으로 가볍지 않고, 꿈의 징조가 더욱 괴이해 심상치 않으니, 이 부근에 혹 오래된 절이 있는가? 한번 정성껏 기도드려 액운을 없앨까 하노라."

가궁인이 웃으며,

"이로부터 서북쪽으로 십여 리를 가면 암자가 하나 있으니, 이름은 산화암散花庵이라. 암자에서 삼불제석三佛帝釋을 공양하고, 암자 뒤에 시왕전十王殿이 있어 자못 영험하니, 부인은 스스로 헤아리소서."

위씨가 크게 기뻐 가궁인을 보낸 뒤에 향불과 종이와 초와 비단을 갖추어 도화를 산화암으로 보내어 정성껏 기도드리더라. 이때 가궁인이 돌아가 태후를 뵙고 위씨 모녀가 허물을 뉘우친 일을 일일이 아뢴 뒤, 측은해하며 눈물을 머금고 흙집에서의 고초를 거듭 아뢰어 그 죄를 용서하고 집으로 돌려보내길 청하니, 태후가 웃으시며,

"위씨를 아끼는 마음이 내가 어찌 그대만 못하리오? 이제 비록 지난 허물을 후회하고는 있으나, 황소저가 시댁에서 쫓겨난 신세인 것을 장차 어찌하리오? 그런 까닭에 고초를 더 겪게 하여, 연왕으로 하여금 저절로 감동하게 하리로다."

하시니 가궁인이 사례하더라. 마침내 연왕이 어떻게 감동하리오? 다음 회를 보라.

선숙인이 산화암에서 기도하고 여도사가 추자동에 몰래 들어가더라

제43회

선숙인이 죄인의 이름을 씻어내고 천자의 총애를 얻어 집안으로 돌아오니 모두 기뻐하고 존귀함이 지극하나, 황소저의 일을 안타깝게 여겨 늘 기쁘지 않더라. 하루는 연왕이 정사당政事堂에 나아가 종일 업무를 처리하고 저물어 집에 돌아와 어버이를 뵈온 뒤에, 동쪽 별당에 이르러 관복을 벗고 술상을 들이라 하여 황혼의 달빛 아래 서로 여러 잔을 마실 새, 난성후가 쓸쓸해 흥취가 별로 없더라. 연왕이 그 까닭을 물으니 대답하길,

"다름이 아니라, 상공의 일처리에 자못 의아함이 있는 까닭에 자연히 기쁘지 않나이다. 상공께서 선숙인을 소실의 반열에 두신 지 여러 해가 된지라. 그 지조와 자색을 사랑하심이 지극하시나, 마침내 그 팔의 붉은 점을 그대로 두어 부부의 정이 아직 흡족하지 않으시니, 만약 다른 까닭이 없다면 제가 부끄러워하는 바로소이다."

연왕이 탄식하며,

"선숙인이 우리집으로 들어온 뒤 거듭 환란을 겪어 그 처지가 괴이한 까닭에 화촉의 인연을 맺을 겨를이 없었으니, 이는 나라에 일이 많아 느긋한 풍정을 생각하지 못했을 뿐만 아니라 선랑의 지조와 절개를 돕고자 하여 늦어짐이라. 이제 마침 조정과 가문에 큰일이 없고, 나 또한 한가한 틈이 있으니, 그대의 말을 따라 선숙인의 십 년 절개를 깨뜨리리라."

난성후가 크게 기뻐해 연옥을 명해 상공의 침구를 별당에 베풀라 하고 즉시 연왕을 모셔 선숙인의 처소에 이르니, 선숙인이 맞이하여 앉아 쓸쓸히 얼굴빛을 고쳐 난성후를 향해 탄식하며,

"옛사람이 벗을 사귐에 대해 논할 때 늘 '마음의 사귐'을 귀하게 여겼으니, 무엇을 일컬어 '마음의 사귐'이라 하리오?"

난성후가 웃으며,

"그 마음을 아는 것을 일컬어 '마음의 사귐'이라 하리라."

선숙인이 말하길,

"이미 이러할진대 벗이 된다 함은 한 조각 마음에 달린 것이라, 어찌 손을 잡고 어깨를 나란히 하여 다정한 얼굴빛과 허물없는 뜻을 보인 뒤에야 벗이라 일컬으리오? 내가 듣건대 부부 사이의 정의情誼도 벗과 마찬가지라. 만약 이부자리의 풍정으로만 부부의 금슬을 논한다면 어찌 부끄러운 일이 아니리오?"

난성후가 웃으며,

"숙인의 뜻은 대략 알리로다. 이는 황씨의 일을 생각하고 자신의 처지를 어색하게 여김이나, 그대의 뜻을 상공께서 아시고 상공의 뜻을 그대가 아나니, 무슨 구애됨이 있으리오? 나는 본디 천성이 방탕해 지아비가 멀리하고 가까이함에 온갖 생각으로 평안하지 못하니, 어찌 석가세존께서 보살을 대하고 보살이 석가세존을 대하듯 하여, 서로 만난 지 여러 해에 이름만 있고 실상은 없는 부부가 되리오?"

말을 마치매 낭랑히 웃거늘, 연왕이 또한 미소하고 오른손으로 난성

후를 이끌고 왼손으로 선숙인의 손을 잡아 누각에 오르더라. 이때 뜨락 가운데 온갖 꽃이 만발해 향내가 바람결에 나부껴 온 별당을 두르고, 동쪽 언덕의 밝은 달이 빛을 비추니, 수풀에 깃든 새들은 푸드덕 놀라 날고, 어지러운 꽃그림자는 섬돌 앞에 어른거리더라. 연왕이 바람에 나부끼듯 난간에 기대어 있는데 갑자기 쟁그랑 패옥 소리가 들리고 한 줄기 그윽한 향내를 풍기며 윤부인이 오다가 꽃수풀 사이에 걸음을 멈추고 주저하는 기색이 있거늘 난성후가 웃으며 누각에서 내려가 맞이하니, 윤부인이 부끄러워하며,

"내가 마침 무료해 달빛을 띠어 동쪽 별당에 갔다가 문이 닫혀 있고 고요한 까닭에 이곳으로 왔으니, 어찌 상공께서 이르셨음을 알았으리오?"

연왕이 웃으며,

"부인도 이러한 흥취가 있소? 내가 바야흐로 꽃과 달을 보며 오히려 자리에 손님이 가득하지 않음을 한탄했는데, 부인이 스스로 찾아온 손님이 되었소이다."

하고 세 사람이 자리를 정해 앉으니, 빼어난 자질에 한 점 티끌이 없고 연꽃이 물 위에 뜬 듯하여 달빛을 다투어 총명하고 지혜로운 자는 윤부인이요, 자연스러운 태도와 무르녹은 풍정이 해당화 한 가지가 이슬을 머금은 듯 꽃향기를 시기해 영롱하고 찬란한 자는 난성후요, 가느다란 허리는 버들가지가 동녘바람에 흔들리는 듯하고 붉은 빰은 복숭아꽃이 저녁비에 피는 듯해 사뭇 아리땁고 자못 부끄러움을 띤 자는 선숙인이라. 달빛이 밝게 비치어 그 광채를 돕고 꽃그림자는 산란해 그 아리따움을 더하거늘 연왕이 미소하며,

"예로부터 충신이 참소를 만나고 효자가 죄를 얻는 자가 많았으나, 어찌 선랑의 처지와 같은 자가 있으리오? 내가 강주江州에서 선랑을 처음 만나 그 빙설 같은 지조를 알고, 터럭만큼도 잡념이 없음을 사랑해 화촉

의 인연을 강박할 수 없었으니, 이는 그 뜻에 맞추어 십 년 청루의 한 점 붉은 앵혈을 아낌이더니, 어찌 오늘 한 점 붉은 앵혈로써 근거 없는 누명을 분별하게 될 줄 기약했으리오?"

난성후가 탄식하고 선숙인의 팔을 당겨 소매를 걷어 올리고 앵혈을 가리키며,

"기이하다, 이 붉은 점이여! 본디 궁중 풍속으로 이제는 점을 찍지 않는 자가 없으나, 세상 사내들이 한갓 팔 위 붉은 점은 말하되 마음 위 붉은 점은 모르도다. 비록 선숙인이 탁월한 절개가 있더라도 만약 이 붉은 점이 아니었다면, 상공의 지기知己의 마음으로도 어찌, 증자曾子의 어머니가 소문을 듣고 아들의 살인을 의심해 베틀의 북을 던지고 달아난 것 같은 의심을 갖지 않았으리오?"

선숙인이 부끄러워 소매를 내려 팔을 가리고 사례하며,

"제가 몸을 수양해 남에게 믿음을 얻지 못하고 구차한 한 조각 앵혈로 군자의 의심을 밝히고자 하니 이는 부끄러운 일이라. 무슨 말할 것이 있으리오?"

윤부인이 얼굴빛을 고치고 칭찬하더라. 이윽고 술상이 들어와 한껏 즐기다 밤이 깊어서야 윤부인과 난성후가 각기 처소로 돌아가니, 연왕이 화촉을 물리고 휘장을 내리고는 푸른 물의 원앙새가 날개를 서로 잇듯이 양대陽臺에서의 운우의 즐거움에 꿈이 몽롱해, 새벽 북이 울리고 동쪽이 이미 밝은 것을 깨닫지 못하더라. 선숙인이 먼저 일어나 옷을 차려입을 새 스스로 소매를 걷어올려 팔을 보니 붉은 앵혈의 흔적이 간데없거늘, 마음속으로 놀랍고 또한 서운하더라. 갑자기 창밖에서 기침 소리가 있더니 연옥이 한 조각 채전彩牋을 드리매, 열어 보니 절구 한 수가 적혀 있더라.

가냘픈 벽성산碧城山의 달이

자줏빛 은하수에 솟았도다.
인간세상으로 귀양 왔으니
인간세상의 봄이 어떠한고?

선숙인이 미소하고 즉시 화답하니, 그 시에,

하늘나라의 난새에 사례하노니
오작烏鵲을 대신해 은하수를 건너게 했도다.
봄빛은 다만 스스로 헤아리나니
감히 어떻다 말하지 못하리로다.

선숙인이 쓰기를 마치니 붓 던지는 소리에 연왕이 잠에서 깨어 묻기를,

"쓴 것이 무슨 글이오?"

선숙인이 부끄러워 채전을 감추고자 하거늘, 연왕이 웃고 빼앗아 보니 두 사람의 시가 모두 뛰어나더라. 연왕이 선숙인을 보고 "봄빛이 어떠하기에 다만 스스로 헤아릴 뿐 말하지 못하는고?" 하며 놀리자 선숙인이 얼굴에 홍조를 가득 띠어 고개를 숙이고 대답하지 않더라. 연왕이 시 한 수를 지어 그 아래에 쓰니, 그 시에,

어젯밤의 밝디밝은 달.
하늘에는 반짝이는 은하수.
이때 누각에 오른 나그네
잠들고자 하나 어찌 잠들지 못하는고?

연왕이 쓰기를 마치고 연옥에게 주어 보내더니 이윽고 문밖에 발소

리가 나며 난성후가 웃고 들어오더라. 연왕이 짐짓 벽을 향해 잠든 체하니 난성후가 소매 속에서 채전을 꺼내어 선숙인과 더불어 평론하여,

"내가 비록 시를 보는 안목은 없으나, 나의 시는 속세의 기상은 없고 참으로 신선의 말투요, 그대의 시는 솜씨가 영롱하고 문장이 찬란해 참으로 성당盛唐의 풍모요, 상공의 글은 나를 조롱하는 글로서 호방한 남자의 평범한 말씀이니, 우리가 복종할 바 아니로소이다."

하고 낭랑히 웃거늘, 연왕이 몸을 굽히고 돌아누워,

"그대들이 스스로 짓고 스스로 화답해, 한가로운 사람의 봄졸음을 괴롭히도다. 그러나 홍혼탈은 장수인지라. 어찌 시를 논할 수 있으리오? 내가 마땅히 우열을 정하리라. 난성후의 시는 문장이 비록 좋으나 앙큼한 뜻이 있어 겉을 꾸미는 태도를 벗어나기 어렵고, 선숙인의 시는 정묘하고 기이한 가운데 말하고자 하면서도 토로하지 않아 특별히 아리따운 태도가 있도다. 나의 시는 도량이 광대해 여러 첩을 감싸주는 뜻이 있으나, 어찌 그대들이 그 뜻을 알리오?"

세 사람이 서로 돌아보며 크게 웃더라. 이때 연왕이 비록 나이 어리고 건장하나, 만리 전쟁터에 남과 북으로 말을 달렸으니 어찌 추위와 더위에 상해 병이 생기지 않으리오? 몸이 갑자기 불편해 자리에 누우니 모든 집안 사람이 근심하더라. 하루는 한 노파가 향탁을 짊어지고 입으로 시왕보살十王菩薩을 외우며 시주할 것을 청하니, 두 낭자가 심란해 앉아 있다가 대청에 오르길 명하여,

"노파의 행색을 보니 반드시 운수를 점치는 선생이라. 저희를 위해 한 괘를 시험해보소서."

노파가 쌀을 던져 그 숫자로 괘를 베풀어,

"이제 그대들 가문에 비록 길운이 크게 통하겠으나, 잠시 살벌한 기운이 있으니 급히 살벌한 기운을 막으소서."

선랑이 "어떻게 살벌한 기운을 막으리오?" 하고 묻자 노파가 쌀을 거

두며,

"수명을 빌고 복록을 구함은 칠성성군七星星君이 으뜸이요, 비명횡사를 막는 것은 시왕보살이 으뜸이니, 시왕전에 치성을 올리소서."

하니 선숙인이 복채를 후하게 내려주고 허부인에게 아뢰길,

"세상에 믿지 못할 것이 무당과 점쟁이로되, 상공의 병환이 이러하시니 정성이 지극하면 하늘이 감동함이라. 제가 지난날 머물러 있던 산화암의 금부처께서 가장 영험하니 태후께서 황상을 위해 해마다 기도하시는 곳이라. 암자에 친한 여스님이 많으니 제가 내일 가서 기도하고자 하나이다."

허부인이 크게 기뻐하여,

"내가 아들을 낳을 때 관음불에 치성을 드린 까닭에 늘 불공드리는 일을 생각하되 그에 미치지 못하더니, 너의 정성이 기특하도다. 급히 가서 치성을 드리고 한없는 수복을 발원하라."

이튿날 선숙인이 소청과 연옥을 데리고 향불과 종이와 초를 갖추어 암자에 이르니, 푸른 산봉우리와 솔바람이 귀와 눈에 익숙해 지난 일을 생각하고 슬픔을 이기기 어렵더라. 암자 앞에 이르러 가마에서 내리니 모든 여승이 허둥지둥 맞이해 선숙인의 손을 잡고 기뻐 눈물을 머금고 한바탕 떠들썩하더라. 선숙인이 일일이 회포를 편 후 목욕재계하고 시왕전에 나아가 향불과 차를 베풀고 축원기도를 마치매 탑塔 위를 우러러보니, 보개寶盖와 운번雲幡은 꽃비에 젖고 채화彩花와 연탑蓮榻에 향불 연기가 사라지지 않아, 도량이 방금 파한 것을 알겠더라. 다시 관음전에 이르러 공경해 예배하고 은근히 마음으로 축원한 뒤 탑榻 위를 우러러보니, 한 조각 비단에 몇 줄 축원하는 글이 적혀 있거늘, 집어 보니 그 글에,

"제자 황씨는 육근六根이 탁하고 오욕五慾에 가리어져 이승에서의 악업이 산처럼 겹겹이 쌓였으니, 비록 공덕을 닦아 연화대 위에 칠보로 만든

탑榻을 쌓더라도 어찌 속죄할 수 있으리오? 장차 티끌세상의 인연을 끊고 부처님께 귀의해 여생을 마치고자 하오니, 모든 부처님과 보살님은 큰 자비를 베푸소서."

선숙인이 그 글씨를 보니 자못 익숙하고 사연이 서글퍼 평범한 축원이 아니더라. 거듭 자세히 보고 여승들을 돌아보며,

"이는 어떠한 사람의 기도 발원인고?"

여승이 다 한꺼번에 눈물을 머금고 합장하여 대답하길,

"세상에 가련한 사람이 많더이다. 이로부터 남쪽으로 수십 리를 가면 골짜기가 하나 있으니 이름이 추자동이라. 한 달 전에 황성으로부터 두 부인이 여종 한 명을 데리고 와 산 아래 한 칸 초가집에 의지해 머무니, 모습이 참혹하고 신세가 처량해 거적자리와 베이불에 흡사 죄인의 형상이라. 노부인은 꼼꼼하고 다정하고 활달하며, 젊은 부인은 총명하고 민첩한 가운데 얼굴이 아름다우나 병이 뼈에 사무쳐 죽기를 자처하더이다. 그 까닭은 모르오나 불공 축원할 때 사정을 들으니, 노부인은 '평생 악을 쌓아 이 지경에 이르렀으니 부처님께 치성을 드려 속죄하길 바람이라' 하고, 젊은 부인은 전혀 말씀이 없고 다만 몇 줄 글을 써주며 '부처님께 이렇게 발원하라' 하고 눈물이 가득하니, 우리 부처님의 법은 큰 자비의 마음으로 중생을 구제하는 까닭에, 지성으로 기도하면 반드시 발원을 얻으리이다."

선숙인이 이 말을 듣고 마음속으로 크게 놀라,

'이 어찌 황소저가 아니리오? 그 글씨가 익숙하고, 여스님들의 전하는 바가 전혀 의심할 바 없겠으나, 황씨 모녀의 간악함으로 이처럼 허물을 고침은 기약하기 어려울지라. 그러나 만약 허물을 고쳐 여스님들이 전한 바와 같을진대 처음의 죄악이 나로 인함이니 내가 만약 구하지 않는다면 의리가 아니로다.'

즉시 집으로 돌아와 부처님께 치성드린 일을 허부인에게 아뢰더니,

이로부터 연왕의 병세가 점차 회복되더라. 선숙인이 침소에 돌아와 황소저의 일을 생각하며 구제할 방책을 생각하더라.

한편 황소저가 자기 죄를 깨달으니, 참회하는 마음을 이기지 못해 침식을 전폐하고, 위씨와 도화를 대해서 한 마디 말이 없더라. 모습이 더욱 초췌해 하루 사이에 여러 번 혼절하더니, 갑자기 길게 탄식하고 위씨를 부르며,

"스스로 생각건대, 소녀의 실낱같은 목숨을 오래 보존하기 어려울지라. 간절한 회포는 이미 우러러 아뢰었으니, 간절한 소원을 저버리지 마시고, 슬픈 마음을 억누르시어 백세百歲를 누리소서."

말을 마치매 갑자기 불어오는 바람에 촛불이 문득 꺼지니, 위씨가 가슴이 막혀 도리어 한마디 통곡도 한 방울의 눈물도 내지 못하더라. 황의병 각로와 황여옥 상서가 급한 소식을 듣고 와서 보니, 떨어진 꽃에 향기가 사라지고, 깨진 옥을 붙이기 어렵더라. 위씨가 그 뜻을 저버리기 어려워 화장하고자 하여, 도화를 산화암으로 보내어 조용히 여승을 청하니, 여승들이 이 말을 듣고 더욱 놀라 추자동으로 향할 새, 선숙인을 방문해 황소저의 흉한 소식을 전하니 선숙인이 놀라 눈물을 머금고 생각하되,

'황소저는 총명하고 재능이 많은 사람이라. 다만 질투의 병이 있으나, 만약 벽성선이 없었다면 어찌 오늘의 일이 있으리오? 내가 평생에 악을 쌓은 일이 없었는데 황소저가 나로 인해 원혼이 되니 이제 내가 더욱 몸 둘 곳이 없도다. 하물며 마음을 돌려 지난 일을 후회하고도 그뒤를 잘 마치지 못하니 이는 나의 죄악이 드러남이라. 세상에 어찌 이처럼 비참한 일이 있으리오?'

지난날 쌍륙을 놀던 일과, 때때로 방문하던 일과, 다정하게 말을 나누던 모습이 눈앞에 아련해 눈물을 머금고 슬퍼하는 가운데 측은한 마음이 앞서니, 여러 해 적국敵國으로 지내며 기괴했던 일 가운데 정근情根이

이미 깊은지라. 울고자 한즉 곁의 사람이 그 간사함을 조롱할 것이요, 태연히 있고자 한즉 곁의 사람이 잔인하다고 놀랄 것이니, 아무 까닭 없이 눈물이 옷깃을 적시더라. 문득 난성후가 들어오거늘 선숙인이 황씨의 일을 말하며 눈물을 머금고,

"내가 황소저의 죽음을 슬퍼하는 것이 아니라 벽성선의 구차한 삶을 탄식함이로다. 같은 청춘의 나이로 풀잎이슬 같은 인생이 아름다움을 시기하다가 나방이 날아 등불에 부딪히니, 희로애락이 일장춘몽이라. 한 사람은 저승으로 원한을 품어 처량하게 떠나가고, 한 사람은 화려한 집에서 부귀를 편안히 누리니, 사람이 목석이 아니거늘 어찌 서글프고 미안한 마음이 없으리오? 오늘 나의 처지가 진퇴양난으로 얼굴을 들 수 없으니, 차라리 장자방을 본받아 문을 닫은 채 벽곡辟穀을 하고, 적송자를 좇아 속세를 끊고 세상 생각을 없애 여생을 마치리라."

말투가 서글프고 기색이 처량하거늘, 난성후가 한참 생각하다가 탄식하며,

"황소저가 앓는 병의 뿌리가 무엇인지 대략 들으니, 짐작되는 바가 있는지라. 내가 일찍이 백운도사를 좇아 한 가지 처방을 배웠으니, 이른바 태식진결太息眞訣이라. 무릇 하늘에 일곱 기운이 있으니, 바람과 구름과 비와 이슬과 서리와 눈과 안개요, 사람에게 일곱 성정이 있으니, 기쁨과 노함과 슬픔과 즐거움과 사랑함과 미워함과 욕심이라. 하늘의 일곱 기운이 서로 압박하면 재앙이 되어 절서가 바뀌고, 사람의 일곱 성정이 서로 격동하면 괴질이 되어 호흡이 통하지 않나니, 비록 자세히 알지는 못하나 황소저의 기운이 막힌 것이 이에서 벗어나지 않을 듯하오."

선숙인이 이 말을 듣고는 난성후의 손을 잡고,

"난성후여! 사람이 지기를 귀하게 여김은 그 근심과 즐거움을 함께하기 위함이라. 오늘 나의 처지가 참으로 먼저 죽느니만 못하니, 그대는 재능을 다해 한 사람의 목숨을 구해 두 사람의 신세를 펴게 해주오."

난성후가 미소하며,

"이것이 비록 어렵지 않으나, 나의 행색이 괴이해 만약 상공께서 아신다면 거북하게 여기실지라. 거리낌이 없지는 않으나, 사람의 목숨이 귀중하니 어찌하리오?"

하니 마침내 어찌 구하리오? 다음 회를 보라.

선숙인이 장신궁에 글을 올리고 황소저가 매설정에서 향불을 피우더라

제44회

선숙인이 난성후의 말을 듣고 손을 잡으며 눈물을 머금고,

"나를 알아준 사람도 나를 사랑한 사람도 포숙鮑叔 같은 그대라. 오늘 만약 황소저가 불행하게 된다면, 나는 단연코 기산과 영수[1]에 자취를 감추어 누명을 벗으리니, 그대는 벽성선의 얼굴을 보아 한 사람을 살려 두 사람의 신세를 펴게 하오."

난성후가 흔쾌히 승낙하며,

"이것이 어찌 다만 선숙인을 위함이리오? 상공께서 청춘의 나이에 앞길이 만리이거늘, 황소저로 하여금 저승의 원혼이 되게 한다면, 어찌 안타깝지 않으리오? 다만 가서 본 뒤에 그 생사를 결정하리니, 그대는 빨

1) 기산(箕山)과 영수(潁水): 중국 하남성(河南省) 등봉현(登封縣) 동남쪽에 있는 산과 강. 요(堯)임금 때 은자(隱者)인 소부(巢父)와 허유(許由)가 절조(節操)를 지키며 숨어살던 곳이다. 이들이 기산 아래 영수 가에 살았는데, 요임금이 허유에게 천하를 물려주려고 하자, 허유가 더러운 말을 들었다 하여 영수에서 귀를 씻었다. 소부가 영수로 소를 끌고 와 물을 먹이려고 하다가, 그 귀를 씻은 물을 먹이면 소의 입이 더러워진다며, 소를 끌고 상류로 올라가 물을 먹였다고 한다.

리 산화암의 여스님에게 청해 서로 약속하되 이리이리하오."

이때 황소저의 호흡이 끊어진 지 이미 이틀이 지났으되 오히려 얼굴이 평소와 같아 편안히 잠든 것과 다름이 없거늘, 차마 염습하는 예를 행하지 못하고 위씨가 끌어안고 통곡해 마지않더라. 밤이 깊은 뒤에 산화암의 여승이 찾아와 위씨를 보고 몰래 아뢰길,

"마침 지나가던 도사가 저의 암자에 이르니, 그 도사는 구름처럼 떠도는 자취로 도술이 신이해, 만약 비명횡사한 사람이 있으면 사흘 안에 영약을 쓴즉 기사회생할 수 있다 하기에 간청해 함께 왔사오니, 부인께서 청해 한번 시험해보소서."

위씨가 탄식하며,

"죽은 사람은 다시 살 수 없으니, 어찌 그런 일이 있으리오마는, 스님의 지극한 정성에 감동해 잠시 시험해보고자 하노라."

여승이 크게 기뻐하며,

"그 도사는 여도사라. 천성이 부끄러움이 많아 비록 여종이라도 잡인을 절대 꺼리나이다."

위씨가 말하길,

"이는 어렵지 않도다."

즉시 주위 사람들을 물러가게 하니, 여승이 밖으로 나가 과연 두 도사를 인도해 들어오거늘, 위씨가 촛불 아래 바라보니, 한 도사는 눈매가 맑고 빼어나며 행동이 단아해 규중 여자의 태도가 있되 얼굴이 절대가인이고, 한 도사는 검푸른 눈썹과 붉은 뺨에 봄빛이 무르녹고, 두 눈은 새벽별과 흡사해 정신이 뚜렷하고 풍정이 슬기롭고 민첩하여 참으로 경국지색이니, 모두 속세 인물이 아니더라. 위씨가 놀라고 또 사랑해 도사를 향해 사례하며,

"선생이 사람의 목숨을 불쌍히 여겨 누추한 곳에 이르시니, 감사하기 그지없나이다."

도사가 미소하며 대답하지 않고, 맑고 단아한 도사가 먼저 소저 앞에 나아가 등불을 들고 자세히 보더니, 갑자기 기색이 참담해 두 눈에 눈물이 가득하거늘 위씨가 괴이히 여겨 묻기를,

"선생은 어떠한 사람이기에, 비참하게 죽어 호소할 곳 없는 사람을 보고 이처럼 슬퍼하시나이까?"

슬기롭고 민첩한 도사가 말하길,

"이 도사는 천성이 어질고 약해, 비록 만난 적이 없더라도 같은 청춘의 나이로서 놀라운 광경을 보고 이처럼 슬퍼함이로소이다."

말을 마치기 전에, 슬피 우는 도사를 한쪽으로 밀치고 앞으로 나앉아 손을 들어 소저의 손을 받들고 한참 진맥하다가, 다시 이불을 걷고 온몸을 어루만지고 그 얼굴을 거듭 자세히 본 뒤 주머니에서 환약 세 개를 꺼내어 위씨에게 주며,

"제가 무슨 아는 바 있으리오마는 이러한 일을 거듭 겪었사오니, 다탕茶湯에 이 약을 달여 입에 흘려넣고 그 움직임을 보소서."

말을 마치매 몸을 일으켜 가더라. 위씨가 반신반의해 즉시 환약 한 개를 시험해보되 별로 움직임이 없더니, 한 개를 더 사용하니 명치에 따뜻한 기운이 생겨나고 연달아 한 개를 더 사용하니 갑자기 길게 한숨을 쉬며 돌아눕더라. 위씨가 크게 놀라고 또 기이해 도화를 불러 말하길,

"네가 산화암으로 가서 아까 왔던 두 도사가 계시거든 소저가 회생할 가망이 있음을 아뢰고 다시 약에 대해 여쭙고 오라."

도화가 웃으며,

"부인께서 속으셨으니 그 도사는 진짜 도사가 아니로소이다."

위씨가 더욱 크게 놀라,

"그러면 누구인고?"

도화가 다시 웃으며,

"제가 피하는 척하고 엿보니 앞의 도사는 선숙인이요, 뒤의 도사는 난

성후로소이다."

위씨가 당황해 그 까닭을 깨닫지 못하더라.

이때 난성후가 황소저를 처음 보고 돌아가 길게 탄식하며,

"내가 비록 안목이 없으나, 황소저는 반드시 부귀하고 복이 많은 사람이라. 한때의 액운을 피하기 어려워 잠시 고초를 겪었거니와, 이후로 반드시 현숙한 부인이 되리니, 이것이 어찌 우리 상공의 복이 아니리오?"

윤부인이 묻기를

"그 병세가 어떠하오?"

난성후가 말하길,

"황소저의 병은 다름이 아니라 이른바 '환장換臟'이라. 사람이 하늘과 땅의 음양의 기운을 받아 오장육부가 생기나니, 음의 기운이 성한 자는 마음이 악하고, 양의 기운이 성한 자는 마음이 길한 까닭에, 길로써 악을 제어하는 자는 복록이 창성하고 크게 길한 귀인이 되는지라. 이제 황소저가 길로써 악을 제어했으되 악은 이미 다하나 길이 미처 돌아오지 못하니, 이것이 이른바 '환장'이라. 비록 기혈氣血이 잠깐 멈추었으나 오장육부와 뼈와 살이 상함이 없는 까닭에, 제가 이미 세 개의 환혼단還魂丹으로 선천先天의 정기精氣를 되돌렸으니, 마땅히 다른 염려는 없으리이다."

윤부인이 웃으며,

"그대들이 두 도사로 변장해 본색을 드러내지 않을 수 있었는가?"

난성후가 웃으며,

"한 도사가 마음이 약해 비밀을 누설할 뻔했나이다."

하고 선숙인의 행동을 일일이 아뢰니, 선숙인이 부끄러운 기색이 있어 눈물을 머금고,

"대여섯 해 동안 적국이었으되 이 또한 인연이라. 갑자기 하루아침에 음성과 용모가 적막해 은혜도 원망도 모두 사라지고, 옥 같은 얼굴이 처

량해 눈뜨고 볼 수 없는지라. 난성후는 만약 이 지경을 당한다면 한줄기 눈물이 없을 수 있으리오?"

난성후가 웃으며,

"나는 본디 우직한 사람인지라 거짓으로 간교하게 꾸밀 수 없노라."

하고 모두 크게 웃더라.

이때 양태야楊太爺와 허부인이 황소저의 나쁜 소식을 듣고 목메어 우시며,

"황소저가 시댁에 들어온 뒤에 시부모에게 순종하지 않음이 없고, 민첩한 성품과 총명한 자태를 내가 아직 잊지 못하거늘, 오히려 허물을 조금 고쳐 다시 여러 해 옛정을 잇기를 바라더니, 세상에 어찌 이런 비참한 일이 있으리오?"

연왕이 얼굴빛을 고쳐 온화한 얼굴과 기쁜 목소리로 어버이에게 아뢰길,

"죽고 사는 것은 천명이라. 세상에 이런 자가 얼마나 많은지 알지 못하나이다. 황소저를 위해 생각건대, 허물을 고치지 못하고 사는 것이 허물을 고치고 죽느니만 못하니, 황소저가 허물을 고치고 죽었다면 비록 외로운 혼이라도 즐거울까 하나이다."

말을 마치기 전에, 한 미인이 허리띠를 풀고 비녀를 빼고 땅에 엎드려 죄를 청하거늘, 모든 사람이 보니 선숙인이라. 근심스럽게 눈물을 머금고 머리를 조아리며,

"제가 청루의 천한 자취로서 품행이 슬기롭지 못해, 지아비의 가문에 환난이 거듭 생기니, 이는 모두 저의 죄라. 어찌 다만 황소저에게 허물을 돌리리오? 하물며 황소저가 덕을 닦아 이제 현숙한 부인이 되었으니, 산속 토굴에서 하늘의 해를 보지 못하고, 처량한 마음과 궁박한 신세가 자연히 병을 이루어, 남은 목숨이 아침저녁에 달려 있으니, 마땅히 지아비가 가련히 여길 바라. 집안의 큰일을 제가 어찌 감히 당돌하게 입

에 올리리오마는, 제가 아니라면 오늘의 일이 없었을지라. 가령 황소저가 허물을 고치지 못하고 이 불행을 당했더라도, 하늘 끝 저승에 머물며 저로부터 비롯되었다는 탄식이 없지 않아 제가 참으로 몸 둘 곳을 알지 못하겠거든, 이제 지난 일을 후회해 허물을 고쳐 선한 데 나아가되, 이를 밝히지 못하고 홀로 죄목을 뒤집어써 어두운 저승의 원혼이 되니, 제가 어찌 양양자득해 뭇사람의 손가락질을 면하리이까? 상공께서 만약 황소저의 죄를 용서하지 않으시면 제가 반드시 머리를 풀고 입산해 처지의 불안함을 피할까 하나이다."

양태야가 그 뜻을 기특히 여겨, 좌우의 여종으로 하여금 선랑을 부축해 대청에 오르게 하고 탄식하며,

"너의 말이 간절하고 측은해 족히 남편의 마음을 감동시키려니와, 황소저가 이미 가망이 없으니 이를 장차 어찌하리오?"

선숙인이 자리에서 일어나 대답하길,

"제가 비록 아뢰지 않은 죄가 있사오나, 남녀의 분별 때문에 물에 빠진 형수兄嫂를 구하지 않는 것[2]은, 옛적의 성현께서도 허락하지 않으신 것이라. 생사의 겨를이기에 권도權道를 피하지 않고, 난성후와 더불어 상의하고 이러이러한 일이 있었나이다. 비록 끊어진 목숨을 잠깐 돌렸으나 죄목이 지극히 무거워, 안으로는 마음이 상하고 밖으로는 거처가 누추해 병을 조섭할 길이 없사오니, 만약 보호하지 않는다면 회생하기 어려우리이다."

2) 물에 빠진~않는 것: 『맹자孟子』「이루 상離婁 上」에 나오는 구절. "순우곤(淳于髡)이 말하길, '남자와 여자가 주고받는 것을 몸소 하지 않는 것이 예법입니까?' 맹자가 말하길, '예법이라.' 순우곤이 말하길, '형수가 물에 빠졌다면, 손으로 잡아당겨도 되겠습니까?' 맹자가 말하길, '형수가 물에 빠졌는데 손으로 잡아당기지 않는다면, 이는 승냥이나 이리와 같은 것이라. 남자와 여자가 주고받는 것을 몸소 하지 않는 것은 예법이요, 형수가 물에 빠졌는데 손으로 잡아당기는 것은 권도(權道)라.'(淳于髡曰, '男女授受不親, 禮與.' 孟子曰, '禮也.' 曰, '嫂溺則援之以手乎.' 曰, '嫂溺不援, 是豺狼也. 男女授受不親, 禮也. 嫂溺援之以手者, 權也.')"

양태야가 이 말을 듣고, 얼굴빛을 고치고 길게 탄식하며,

"너희 마음의 덕이 이러하니, 우리 가문의 복이로다."

하고 연왕을 보며,

"허물을 고쳐 선한 데 나아감은 옛 성현께서 인정한 바라. 너는 주저하지 말고 즉시 이를 밝히고 병든 마음을 위로하라."

연왕이 한참 생각하다가 대답하길,

"황소저 모녀의 간특한 천성은 하루아침에 고칠 수 없는 것이니, 소자가 끝내 믿기 어렵나이다."

양태야가 얼굴빛을 엄정히 하여,

"네 아비가 비록 부족하나, 도리가 아닌 것으로 가르치지 않음이라. 나이 어린 너는 마땅히 마음을 관대하게 가져 사람을 포용해야 할지라. 어찌 편협한 말로써 조화로운 기운을 상하게 하리오?"

연왕이 공손히 대답해 명을 받고 이튿날 추자동으로 가고자 하더라.

이때 선숙인이 침실로 돌아가 생각하되,

'내가 이제 비록 상공의 관대한 처분을 얻었으나, 태후의 엄한 뜻을 누가 돌릴 수 있으리오?'

반나절 생각하다가 탄식하며,

"내가 이미 천자의 은총을 입어, 집안의 자녀처럼 사랑해주시니, 오늘 간절한 마음을 우러러 아뢸 자가 나 아니고 누구리오?"

즉시 한 폭의 상소문을 지어 가궁인을 통해 태후에게 아뢰니, 그 상소문에,

"신첩臣妾 벽성선은 감히 천자의 은총을 믿고, 외람되이 간절한 마음으로 백번 절하고 태후폐하께 우러러 아뢰나이다. 제가 듣건대, 허물을 고쳐 선한 데 나아감은 선왕께서도 인정하신 바라. 저의 집안의 정실인 황소저는 총명한 천성과 민첩한 자질로서, 주위 사람들을 잘못 만나 애매한 죄목이 구중궁궐에 알려졌으나, 삼강오륜에 죄를 범함이 없고, 한때

의 허물은 진실로 아녀자의 편협한 성품으로 인함이라. 아득한 지난 일들을 제가 감히 말할 바 없사오나, 황소저가 이제 이미 덕을 닦아 현숙한 데 나아가고 허물을 후회하니 거의 천지신명의 도우심을 얻으려니와, 다만 죄목이 지극히 무거운 까닭에 질병과 원한이 깊이 뼈에 사무쳐 산속 토굴에서 남은 목숨이 위급하기가 아침저녁에 달렸사오니, 엎드려 생각건대 태후께서는 천하의 부모라. 만약 돌아보지 않으신다면 누가 돌아볼 수 있으리이까? 제가 본디 청루의 창기로서 부모친척이 없고 혈혈단신 의지할 곳 없이 떠돌다가, 복록이 분에 넘치고 부귀가 재앙을 불러 남편의 가문에 외람되이 몸을 의탁하오니, 비록 평생을 편안히 지내더라도 노류장화路柳墻花의 부끄러운 지목이 많겠거든, 하물며 풍파환난이 저로 말미암아 정실을 쫓아내 저승의 원한을 품게 하고도 양양자득해 처지의 불안함을 모른다면 스스로 부끄러움이 없으리이까? 오늘 저의 간절한 소원은 진실로 황소저를 위함이 아니라 스스로 신세를 슬퍼함이요, 다만 스스로 신세를 슬퍼할 뿐 아니라 성스러운 조정의 덕을 그르쳐 조화로운 기운을 상하게 할까 두렵나이다. 신첩이 천한 몸으로서 존엄을 알지 못하고 다만 총애하심을 믿사와 자질구레한 사정을 이처럼 번거로이 아뢰오니, 당돌한 죄는 만번 죽어도 아깝지 않나이다."

태후가 보시기를 마치매, 공주를 돌아보시고 탄식하며,

"이 어찌 가상하지 않으리오? 이 상소를 보니 황소저 모녀가 더욱 지극히 통한스럽도다. 그 고초를 받음이 어찌 당연하지 않으리오?"

공주가 말하길,

"선숙인이 전에 진국秦國에 있을 때 저와 더불어 베개를 나란히 해 같이 지내며 지극히 가가까웠으나 조금도 황소저를 원망하는 기색이 없고 다만 낙심해 즐거워하지 않았으니, 이는 법도 있는 가문에서 교훈을 받은 선비 집안의 부녀라도 당할 수 없을까 하나이다."

태후가 거듭 칭찬하시고 또 가궁인을 돌아보시어,

"내가 어찌 선숙인의 요청을 듣지 않으리오? 네가 마땅히 이 상소를 가지고 추자동으로 가서 위씨에게 보여주고 나의 말을 전하라. 이런 정숙한 아름다운 여인을 모함해 억지로 음란하고 악독한 여자로 만들었거늘, 하늘이 오히려 무심하시어 너의 모녀로 하여금 구차하게 오늘까지 살려두시니, 여러 달 토굴에서 겪는 약간의 고초를 어찌 감히 원통하다 하리오? 산 같은 죄를 결코 용서할 수 없으나, 선숙인의 얼굴을 소홀히 하기 어려워, 이제 특별히 집으로 돌아감을 허락하니, 앞으로 더욱 삼가 지난날의 허물을 깁도록 하라."

가궁인이 명을 받고 추자동으로 가더라.

이때 황소저가 두 낭자의 구함을 얻어 다시 회생해 정신이 점차 회복되니, 위씨가 탄식하며,

"네가 어찌하여 회생한 줄 아느냐? 평생의 원수가 오늘 도리어 은인이 됨이라."

하고 난성후와 선숙인 두 낭자가 도사로 변장하고 와서 구해준 일을 자세히 알려주더라. 황소저가 놀라고 또 부끄러워 오랫동안 말이 없다가 마침 가궁인이 와서 선숙인의 상소를 보여주고 태후의 말씀을 전하니, 위씨 모녀가 더욱 오열해 감격의 눈물을 비 오듯 흘리고 가궁인의 손을 잡고 탄식하며,

"우리 모녀의 살을 베어 그 허물을 깁고 터럭을 뽑아 죄악을 세고자 하나 이루 다 깁기 어려우리라. 차라리 죽어 잊고자 하나 어찌 그리될 수 있으리오?"

하고 선숙인과 난성후가 와서 구한 일을 말하며,

"세상에 선숙인 같은 이는 천성이 어찌 저처럼 착하며, 우리 모녀는 천성이 어찌 이처럼 악한고? 지난 일을 되돌아보니 마디마디가 후회스럽고 곳곳이 안타깝도다. 나의 배를 가르고 그 속을 보고자 하나 이는 모두 나의 죄요 진실로 딸아이의 본성이 아니거늘, 악한 어미를 잘못 만

나 앞길이 만리인 딸아이로 하여금 천고의 누추한 죄목을 뒤집어쓰게 하니 이것이 어떠한 더러운 몰골인고? 그대는 돌아가 태후께 아뢰어라. 저희 모녀는 만번 죽어도 아깝지 않은지라. 다행히 살려주시는 은혜를 입사와 다시 하늘의 해를 보고 집으로 돌아가나, 진실로 우러러 대답할 말씀이 없사오니 다만 이로부터 남은 평생을 삼가 다시는 근심을 끼치지 않으리이다."

말을 마치지 않았는데 문밖이 소란스럽더니 황의병 각로와 황여옥 상서가 연왕을 안내해 오니, 위부인과 황소저가 창졸간에 어찌할 줄 모르더라. 연왕이 방안으로 들어오자마자 좌우를 돌아보니, 사방 벽에 젖은 흙이 저절로 떨어지고 거적자리와 베이불에 기색이 참담하고 위씨가 남루한 옷차림으로 처량하게 앉아 있거늘, 연왕은 군자인지라. 수려한 얼굴에 측은함을 이기지 못해 앞으로 나아가 인사하니, 위씨가 고개를 숙이고 눈물을 머금고 부끄러워 말이 없더라. 연왕이 쓸쓸히 말하길,

"사위가 부족해 처첩을 감화시키지 못하고 부인께 근심을 끼침이 이에 이르니, 부끄럽기 그지없나이다."

위씨가 이 말을 듣고, 큰 화롯불이 얼굴을 때린 듯 붉은 기운이 얼굴에 가득해 억지로 대답하길,

"천은이 넓고 크시며 신명이 용서하시어, 여기서 다시 승상을 뵈오니 무슨 말씀을 하리오?"

연왕이 웃으며,

"아득한 지난 일은 이미 깨진 시루와 같으니, 어찌 마음에 두리오? 인생 백년에 괴로움과 즐거움이 서로 짝을 이루니, 이러한 고초는 장래의 복이 되리이다. 또 듣건대 소저의 병세가 자못 위급하다 하더니, 이제 어떠하니이까?"

위씨가 바야흐로 베이불을 걷으며 가리켜,

"모두 스스로 취함이거늘, 이처럼 물으시니 감격을 이기기 어렵나이

다."

연왕이 눈길을 흘려 황소저를 보니, 달 같은 태도와 꽃 같은 얼굴이 자못 쓸쓸해, 피골이 상접하고 숨소리가 가쁜 채 정신이 아득해 누워 있거늘, 연왕이 그 앞에 다가가 손을 잡고 진맥하니 황소저의 두 눈에 소리 없는 눈물이 샘솟듯 흐르는지라. 연왕이 얼굴빛을 고치고 엄정히 하여,

"내가 비록 부족하나 옛 책을 읽고 옛 말씀을 들었으니, 대장부의 마음으로 너무 파고들지 않겠소. 어찌 지난날을 기억해 새로움을 도모하지 않으리오? 부인의 밝음으로 이제 허물을 뉘우치니, 이는 진실로 나의 복이라. 부인이 친정에는 백발의 어버이가 계시고 시댁에는 백발의 시부모님이 계시니, 마땅히 마음을 너그럽게 하여 병을 조섭해 근심을 끼치지 말아야 하거늘 어찌 마음을 초조하게 가져 이 지경에 이르렀는고?"

황소저가 다시 눈물을 흘리며 대답하지 않자 연왕이 황상서를 돌아보며,

"누이의 병세가 이러하여 이곳에서 조섭하기 어려우니, 태후께 이 뜻을 우러러 아뢰고 빨리 집으로 돌아감이 좋을 듯하나이다."

황상서가 말하길,

"조금 전에 태후께서 하교하시어 특별히 집으로 돌아감을 허락하셨으니, 이제 어머니와 누이를 인도해 집으로 돌아가고자 하나이다."

위씨가 바야흐로 겨우 말하길,

"이는 모두 승상이 내려준 것이요, 선숙인의 덕이라. 덕으로써 원수를 갚는 것은 성인聖人도 하기 어려운 것이거늘, 이제 선숙인은 은혜로써 원수를 갚으며, 또 난성후와 더불어 와서 딸아이의 목숨을 구하고 다시 태후께 상소해 용서하심을 입으니 우리 모녀가 장차 어찌 보답하리오?"

연왕이 미소하며,

"선랑과 홍랑이 황소저를 구한 것은 이미 들었거니와, 태후께 상소한 것은 미처 듣지 못한지라. 이는 모두 부인과 소저가 마음을 바꾸고 뜻을 돌린 까닭이니, 어찌 다만 선랑의 공이리오? 무릇 사람이 착한 마음을 가지면 길한 일이 생기고, 길한 일이 생기면 돕는 자가 많음은, 천지가 감응하는 이치라."

한편 황각로가 태후의 용서하시는 명을 얻어, 다시 황성 안의 저택을 청소하고 부인과 소저를 거느려 돌아오니, 황소저가 또한 부모를 좇아 본댁에 이른 뒤로, 더욱 부끄러워 면목이 없어 바깥사람을 대하지 않고, 집안 후원에 방 하나를 얻어 거처하니, 그 이름은 매설정梅雪亭이라. 경치가 그윽하고 바깥사람이 이르지 않는 까닭에 황소저가 여종 몇 명을 거느리고 거처하며 화장을 하지 않고 책상머리에 『열녀전』을 펴놓고, 향불을 피우고 세상근심을 물리치고 여생을 보내고자 하니, 장차 어찌되리오? 다음 회를 보라.

허부인이 상춘원에서 꽃을 구경하고 일지련이 비파를 타며 오랑캐 노래를 부르더라

제45회

연왕이 황소저가 황성으로 들어왔다는 소식을 듣고 즉시 황부黃府에 이르니, 위부인이 허둥지둥 나와 맞이해 술과 음식을 내와 대접하며 기뻐해 마지않더라. 연왕이 또한 그 허물을 고침에 감동해, 술이 여러 잔 지나매 옥 같은 얼굴에 취홍을 띠어 웃으며,

"사위가 오늘 이에 이른 것은 소저의 병을 묻고자 함이라. 지금 어느 곳에 있나이까?"

위부인이 몸가짐을 가지런히 하고 부끄러움을 이기지 못하여,

"딸아이가 병을 앓고 난 뒤에 천성이 완전히 바뀌어 사람 만나기를 바라지 않는 까닭에 후원의 한 작은 정자를 깨끗이 청소해 지낸다오."

연왕이 미소하고 즉시 여종으로 하여금 길을 안내하라 하여 매설정을 찾아갈 새, 몇 굽이 담장을 지나 층층 석대에 꽃나무가 숲을 이루고 백학 한 쌍이 나무그늘 속에 잠들어 있으니, 참으로 부귀한 재상의 후원이더라. 꽃수풀 속으로 몇 걸음을 가니, 푸른 대나무와 소나무는 자연히 울타리를 이루었고, 푸르고 붉은 이끼에 사람의 발자취가 드물어, 수풀

속 새소리와 대나무 숲 바람소리가 그대로 산림의 기상이 있어 정신이 청량하고 물욕이 담박하니, 참으로 세속 밖 별천지요 티끌세상이 아니더라. 대나무 사립문을 두드리니 여종이 나와 문을 열거늘, 연왕이 즉시 정자 앞에 이르니 몇 칸 초가집에 갈대발이 드리워 있고 삼층 흙계단에 이끼 자국이 그대로인데, 전후좌우에 붉고 흰 매화 수십 그루를 심어 꽃이 흐드러지게 피니 온갖 향내가 사람을 휘감더라.

연왕이 정자 위에 올라 침소 문을 밀어 여니 황소저가 무심히 앉아 있다가 놀라 일어나 맞이하거늘, 연왕이 방안을 돌아보니 다만 책상 위에 책 몇 권과 향로가 있을 따름이더라. 황소저는 수척한 얼굴에 구름 같은 귀밑머리가 쓸쓸하고 남루한 옷에 병색이 초췌하더라. 그 모습이 도량의 보살이 겁진을 벗어난 듯하고 요대의 신선이 환골탈태한 듯해, 아름다운 눈썹에 풍정이 사라지고 가을물결 같은 눈길에 물욕이 청정하여 전혀 속세인간의 기상이 없더라. 연왕이 자리에 나아가 웃으며,

"내가 황소저의 문병을 왔다가, 잘못하여 승당僧堂과 도관道觀에 들어왔도다."

하고 황소저의 손을 잡고 탄식하며,

"오늘의 황소저가 지난날의 황소저가 아니니, 오늘의 양창곡이 어찌 다시 지난날의 양창곡의 뜻을 가지리오? 이제 소저의 거처를 보건대 소저의 뜻을 알지니, 이 또한 아녀자의 합당한 도리가 아니로다. 무릇 신하가 임금을 섬김에 몸가짐을 자유로이 못하거든, 하물며 여자가 시집가서는 생사고락을 반드시 그 지아비를 따를지니, 어찌 그 뜻을 고집해 임의로 지내리오? 이제 소저가 지난 일을 후회해 스스로 부끄러운 마음을 갖고 인간세상의 번뇌를 잊고자 하나, 이것은 이른바 허물을 부끄러워하다가 허물을 짓는 것이라. 시부모님과 남편을 멀리하고 그 몸을 깨끗이 하고자 함은 승려나 도사의 패륜의 풍속이라. 소저의 밝음으로 결의가 이에 이르니, 이는 만약 의심할 바 없는데도 나를 의심하는 것이

아니라면, 밝히기 어려운 단서로 인해 지난 일을 꺼리어, 구차하게 뜻을 굽혀 나의 아내가 되지 않고자 함이니, 어찌 하나의 허물을 고치고 하나의 허물을 범하는 것이 아니리오?"

황소저가 눈물을 머금고 슬퍼하며,

"제가 목석이 아니오니, 어찌 상공을 의심하며 지난 일을 꺼리리이까? 다만 고질병이 회복될 기약이 없으니, 비록 아내로서의 직분을 다하고자 하나 억지로 할 수 없으니, 엎드려 바라건대 상공께서는 저의 처지를 굽어 살피시어 그 뜻을 용서하고 그 몸을 허락해, 세상일을 잊고 이곳에 거처하며 다시 사람의 무리에 참여해 죄를 거듭 짓지 않게 하소서."

연왕이 얼굴빛을 엄정히 하고 물러나 앉으며,

"내가 어리석어 부인이 허물을 고친 것으로 생각했는데, 이제 그 말을 들으니 아직 옛 습관을 버리지 못했도다. 부인이 백발의 어버이가 늦게 얻은 딸로서 교훈을 모르고 다만 사랑 가운데 자라나, 교만한 뜻이 자기 몸만 알고 터럭만큼도 조심하는 뜻이 없어, 모든 행동을 임의로 결정하니 이것이 무슨 도리인고?"

황소저가 고개를 숙이고 대답하지 못하거늘 연왕이 몸을 일으키며,

"부인이 오늘 만약 나를 남편으로 여긴다면, 빨리 돌아와 시부모님께서 문에 기대어 기다리시는 정을 우러러 위로할지어다."

한편 이때는 늦봄 아름다운 계절이라. 시절이 조화롭고 풍년이 들며 나라가 태평하고 백성이 편안하니, 장안의 모든 집에 음악이 흐드러지고 남쪽 거리와 동쪽 성에 꽃과 버들이 낭자해, 번화한 물색과 호탕한 풍광이 사람의 마음을 움직이더라. 하루는 연왕이 조회를 마치고 돌아와 어머니 허부인을 뵙고 웃으며,

"이즈음 봄 날씨가 화창하고 꽃과 버들이 무성하오니, 어머님께서는 어찌 후원에 올라 꽃구경을 하지 않으시나이까?"

허부인이 기뻐하시며,

"내가 또한 이런 뜻이 있더니, 아들의 말이 늙은 어미의 흥을 도움이로다. 내일 며느리를 모두 다 데리고 후원에 오르고자 하노니, 황소저를 데리고 오라."

연왕이 즉시 여종들로 하여금 황부에 가마를 보내어 허부인의 말씀을 전하니, 황소저가 감히 사양하지 못하고 담박한 화장과 검소한 옷차림으로 시부모를 뵈올 새 유순한 태도와 공손한 모습이 지난날의 황소저가 아니더라. 시부모의 사랑과 기쁨은 말할 것 없고, 종들도 모두 놀라고 승복해 마지않더라. 허부인이 황소저의 손을 잡고 기뻐하며,

"하늘이 우리 시어미와 며느리를 사랑하시어 오늘이 있게 되니, 새로운 사람을 대하는 듯해, 깨닫지 못하는 사이에 조화로운 기운이 집안에 가득하도다."

양태야楊太爺가 말씀하길,

"사람이 허물이 있은 뒤에 그 앞길을 힘쓰나니, 며느리는 이제부터 더욱 아녀자의 덕을 닦음에 힘쓰도록 하라. 무릇 아녀자의 덕은 유순함과 정숙함일지니, 그 외에 다른 무엇이 있으리오?"

황소저가 시부모의 가르침을 듣고 물러나 자기 침실로 돌아오니, 난성후와 선숙인이 와서 뵈거늘, 황소저가 자못 부끄러워 먼저 선숙인을 대하여,

"나는 천지 사이의 죄인이라. 다행히 낭자의 지극한 정성을 입어 다시 높은 가문에 들어와 이처럼 서로 만나니, 어찌 부끄럽지 않으리오?"

선숙인이 말하길,

"이는 모두 저의 부족한 죄라. 부인의 말씀이 이처럼 너그러우시니, 제가 다시 몸 둘 곳을 모르겠나이다."

윤부인이 또 와서 웃으며,

"아득한 지난 일이 일장춘몽 같거늘 어찌 굳이 다시 말하리오? 자리

에 새로운 사람이 있으니 서로 인사하는 예를 펴도록 하라."

황소저가 웃으며,

"난성후의 명성을 우레와 같이 한껏 들었으나, 나는 스스로 지은 허물로 인해 세상일을 모두 폐했다가, 이제 서로 만나니 어찌 어색하지 않으리오?"

난성후가 말하길,

"저 또한 떠돌아다니던 자취요, 풍파를 겪고 살아난 인생이라. 산속의 도동道童과 물속의 원혼이 어찌 다시 귀한 가문에 들어와, 부인 아래 여러 첩의 반열에 참예할 줄 알았으리오?"

황소저가 눈길을 흘려 난성후를 자세히 보고 마음속으로 감탄하며,

'이른바 경국지색이요 출중한 인물이로다.'

윤부인이 미소하고 난성후를 가리키며 황소저를 향하여,

"저 도사는 부인과 구면이 아닌가?"

황소저가 부끄러워 선숙인을 보며,

"두 도사가 부질없이 도술을 베풀어, 이미 끊어진 목숨을 다시 살려주시니, 괴로움으로 가득한 인생이 그 감사함을 전할 말을 알지 못하나이다."

난성후가 낭랑히 웃으며,

"저는 구름처럼 떠도는 자취라. 부인과 더불어 은혜도 원망도 없으니, 다만 스스로 그 도술을 자랑하고자 함이나, 이 어질고 나약한 도사는 인간세상의 정근情根을 벗어나지 못해 서글픈 기색과 몇 줄기 눈물로 노부인의 의심을 도우니, 자취를 숨기고자 한 저의 당황스러움을 어찌 아시리이까?"

황소저가 이 말을 듣고 슬퍼하며 눈물을 머금으니, 선숙인이 또한 슬퍼하며 얼굴빛을 고치고,

"오늘 자리에 우리 두 사람과 두 부인께서 한 뜻으로 모였으니, 어찌

펼 만한 정담이 달리 없어, 부질없이 이러한 말씀으로 마음을 격동시키리오?"

난성후가 웃으며,

"이는 천고의 아름다운 일이라. 질투하는 마음은 사람이 모두 갖고 있으나 허물을 고치는 것은 사람마다 다 할 수 있는 일이 아닌데, 부인께서는 지나치게 겸연쩍어하여 기운이 꺾이고 세상 생각이 담박해, 이미 추자동에서 크게 깨달은 세존世尊이 되었거늘 다시 매설정 위의 청정한 마음을 본받고자 하시니, 어찌 지나치지 않으리오?"

이는 난성후가 황소저를 격동해 그 마음을 너그럽게 하고자 함이더라. 이윽고 연왕이 들어와 두 부인과 두 낭자에게 이튿날 어머니가 후원에서 꽃구경하실 뜻이 있음을 말하며,

"집안에 놀이를 위해 소용되는 것들이 새롭지 않으니, 부인과 두 낭자는 각기 한 그릇의 별식을 준비해 흥취를 돕도록 하오."

하니 모든 낭자가 응낙하더라.

한편 연왕부燕王府 안에 상춘원賞春園이란 후원이 있어 기이한 꽃과 풀, 진귀한 새와 돌이 황성에서 제일이요, 중향각衆香閣이란 별원이 있어 난성후가 연왕에게 말해 일지련의 처소로 삼았더라. 이튿날 연왕이 두 부인과 두 낭자와 더불어 허부인을 모시어 상춘원과 중향각에 잔치 자리를 베풀고 허부인이 가운데 자리에 앉으시니, 연왕이 두건과 붉은 도포 차림으로 슬하에 모시어 앉고 윤부인·황부인과 난성후·선숙인이 좌우에서 모시어 서고, 일지련은 시집가지 않은 처녀인지라 자리에 참여함을 스스로 부끄러워해 방에서 나오지 않더라. 설파薛婆와 손야차孫夜叉와 연옥蓮玉·소청小蜻·자연紫鷰 등 모든 여종이 또한 좌우에서 모시어 서 있더라. 이때 후원 가운데 온갖 꽃이 만발하여 한바탕 봄바람이 꽃향기를 불어 향기가 자리에 가득하거늘, 허부인이 웃고 모든 낭자를 돌아보며,

"세상의 온갖 꽃이 그 아름답기는 한가지이나 그 사랑스러움은 각기

다르니, 모든 낭자는 무슨 꽃을 가장 사랑하는고? 각기 그 뜻을 말해보라."

윤부인이 한참 생각하다가 말하길,

"정숙한 자질이 자못 자연스러워 조금도 꾸밈이 없으니 사랑스러운 것은 연꽃이로소이다."

황부인이 말하길,

"모란은 꽃 중의 왕이라. 부귀번화한 기상을 띠었으니 사랑스러운 것은 모란이로소이다."

난성후가 말하길,

"한 가지가 창밖에서 봄빛을 압도하고 황혼에 그윽한 향기가 담박하고 또 극히 아리따우니 홍매화를 사랑하나이다."

선숙인이 말하길,

"담담한 맑은 향기가 세속을 벗어나 한 점 세상 티끌도 감히 침범하지 못하니 수선화를 사랑하나이다."

허부인이 기뻐 크게 웃으시고, 좌우로 하여금 일지련을 불러오게 하여 묻기를,

"낭자도 또한 그 뜻을 말해 노인의 놀이를 돕도록 하라. 낭자는 무슨 꽃을 사랑하는고?"

일지련이 부끄러워 대답하지 못하다가 허부인이 거듭 물으시니 미소하며,

"저는 남방 오랑캐 사람이라. 남방에 복숭아꽃이 많은 까닭에 복숭아꽃을 사랑하나이다."

난성후가 웃으며,

"『시경』에 이르길, '복숭아의 무성함이여. 그 꽃이 활짝 피었도다. 시집가는 처녀여, 온 집안을 화목하게 하리로다' 했으니, 일지련은 과연 그 뜻을 말함이로다."

모든 사람이 크게 웃으니, 일지련이 붉은 기운이 얼굴에 가득해 방으로 돌아가더라. 허부인이 다시 연옥을 보며,

"너는 무슨 꽃을 좋아하는고?"

연옥이 웃으며 대답하길,

"살구꽃을 가장 좋아하나이다."

허부인이 말씀하길,

"어째서 그러한가?"

연옥이 말하길,

"멀리서 바라보면 더욱 분명한 까닭이니이다."

허부인이 말씀하길,

"너의 말이 활발하니 평생 번화하리로다. 소청은 무슨 꽃을 좋아하는고?"

소청이 말하길,

"앵두꽃을 가장 좋아하나이다."

허부인이 말씀하길,

"어째서 그러한가?"

소청이 말하길,

"봄빛을 머금어 정신이 열매에 있는 까닭이니이다."

허부인이 칭찬하시어,

"너의 말이 얌전하니 늘그막의 운수가 무궁하리로다. 자연은 무슨 꽃을 좋아하는고?"

자연이 말하길,

"봉선화를 가장 좋아하나이다."

허부인이 웃으시며,

"너는 소견이 비록 얕으나 일생이 편안해 분수에 넘침이 없으리로다."

허부인이 또 도화를 보며,

"너는 무슨 꽃을 좋아하는고?"
도화가 말하길,
"분꽃을 가장 좋아하나이다."
허부인이 말씀하길,
"어째서 그러한가?"
도화가 말하길,
"한 그루에 각색 꽃이 피니 더욱 아름답더이다."
허부인이 말씀하길,
"너의 말이 가장 번화하니 늘그막의 운수가 화려하리로다."
허부인이 또 손야차를 향하여,
"그대는 무슨 꽃을 좋아하는고?"
손야차가 대답하길,
"저는 강남의 어부라, 강 위의 갈대꽃을 가장 좋아하나이다."
허부인이 말씀하길,
"그대의 신세가 잠시 맑고 한가로우나, 갈대꽃은 소리를 내는 풀이라. 명성이 반드시 세상에 드러나리로다."
허부인이 또 설파에게 말씀하길,
"설파는 무슨 꽃을 좋아하는고?"
설파가 그 뜻을 알지 못하고, 머리를 흔들고 눈썹을 찌푸리며,
"무슨 좋은 것이 있으리이까? 세상일이 늙어갈수록 괴롭더이다."
연옥이 웃고 크게 소리쳐,
"세상일을 말하지 말고, 꽃에 대해 의론하소서."
설파가 웃으며,
"유치한 말을 하지 말라. 의론이 병이니라. 남을 의론한즉 남도 또한 너를 의론하느니라."
연옥이 웃음을 참지 못해 벽을 향해 돌아서니, 설파가 웃으며,

"바른말은 이처럼 듣기 싫어하도다."

하거늘 모두 포복절도하더라. 허부인이 다시 연왕을 보며,

"아들은 무슨 꽃을 좋아하는고?"

연왕이 웃고 대답하길,

"저는 세상의 온갖 꽃을 다 좋아하니, 바라건대 봄바람에 나비가 되어, 이 꽃 저 꽃을 두루 구경하며 다 사랑할까 하나이다. 그러나 그 가운데 우열과 장단이 있으니 제가 다시 평론하리이다. 연꽃은 맑고 약해 규중 부인의 본색이요, 모란은 화려하니 그 기상이 부귀한 재상의 딸로서 부귀한 재상의 아내가 됨이요, 홍매화는 한 해의 봄빛을 독점해 아리따운 태도와 무르녹는 화장으로, 낮은 가지는 창밖에서 그림자를 희롱해 주인의 사랑을 요구하고 높은 가지는 담장 머리를 엿보아 보는 이로 하여금 넋이 사라지고 애를 끊게 하며, 수선화는 맑고 높고 깨끗해 맑은 향기가 방의 문밖으로 새어나가지 않으니, 저는 수선화의 담백함을 사랑하고 홍매화의 얌전함을 미워하나이다."

난성후가 웃으며,

"봄바람이 호탕해 초목에 싹을 틔우니, 마땅히 고운 빛을 토해 천지 사이의 번화한 기운을 도울지라. 어찌 소슬하고 담박한 수선화를 본받아, 방과 문 사이의 풍정으로 군자의 은근한 사랑을 도우리이까?"

허부인이 크게 웃으시며,

"아들이 비록 난성후를 조롱하고자 하나, 무슨 까닭에 지난날의 말과 이처럼 서로 다른가? 내가 일찍이 옥련봉 아래 있을 때, 아들의 나이가 불과 예닐곱 살이라. 후원에 올라 동무들을 모아 꽃싸움할 때 말하길, '이름난 꽃이 아니면 나는 취하지 않으리니, 서호西湖 매화梅花의 담박한 절개로 해당화海棠花의 조는 듯한 태도를 겸한 뒤에 바야흐로 이름난 꽃이라 일컫나이다' 했으니, 이것이 어찌 홍매화를 가리킴이 아니리오? 내가 보건대 아들이 평소 사랑하는 꽃은 홍매화로다."

하니 연왕과 모든 사람이 크게 웃더라. 문득 난간 아래에 쟁그랑 소리가 들리매 양태야가 지팡이를 끌고 이르러 미소하시며,

"부인은 어찌 혼자 즐기시는고?"

하고 담소하는 까닭을 물으시기에 허부인이 일일이 아뢰니 양태야가 웃으시며,

"모든 말이 다 좋으니, 그 기상을 볼 수 있는지라. 부인은 무슨 꽃을 사랑하시는고?"

허부인이 말씀하길,

"저는 본디 시골 늙은이라. 울타리 아래 호박을 심어 꽃을 구경하며 열매를 따니, 호박꽃을 가장 사랑하나이다."

양태야가 웃으시며,

"어리석은 늙은이의 그 말이 또한 어리석으나, 호박은 본디 넝쿨진 풀이라. 복이 오래 이어지리로다."

허부인이 말씀하길,

"상공께서는 무슨 꽃을 사랑하시나이까?"

양태야가 웃으시며,

"우리 두 늙은이가 늘그막에 영화롭게 봉양받음이 지극한지라. 아들과 모든 며느리를 데리고 영화로움이 눈앞에 가득하니, 이것이 곧 쉽게 얻기 어려운 기이한 꽃이라. 인간세상의 범상한 온갖 꽃을 어찌 말할 수 있으리오?"

곧 모든 며느리가 술과 음식을 바칠 새, 윤부인과 황부인은 각기 본댁으로부터 갖추어올리고, 난성후는 난성부鸞城府로부터 갖추어오고, 선숙인은 연왕부燕王府로부터 갖추어오니, 모두 진수성찬이요 희귀한 음식이더라. 이윽고 날이 저물고 술이 반쯤 취하매 양태야가 먼저 일어나시며,

"불청객이 지체하며 오래 앉아 있어 자칫 부인과 며느리들의 흥을 깰까 하노라."

말을 마치매 즉시 나가시거늘 모두 대청에 내려 배웅하고 다시 자리에 앉으니 연왕이 미소하고 두 낭자를 돌아보며,

"내가 듣건대, 강남의 규방에서는 음식을 만듦에 삶고 지지고 맛을 내는 방법이 천하에 유명하다 하니, 그대들이 만약 민첩할진대 한 소반의 진미로써 강남의 풍미를 떨쳐, 석양 무렵 술자리의 미흡한 흥을 돕지 않으리오?"

말을 채 마치지도 않았는데 선숙인이 미소하더니 곧 소청이 백옥소반에 농어회를 받들어 자리 위에 드리거늘, 사람들이 보니 물고기를 실처럼 가늘게 썰어 터럭만큼도 어긋남이 없어 수단이 정묘하고 안목이 황홀하더라. 연왕이 크게 기뻐하며,

"이는 참으로 갑자기 이루어진 음식이로다. 이것이 강남의 은설회銀雪膾 아닌가? 일찍이 듣건대 은설회는 천하에 둘도 없는 진미라. 송강松江에서 잡히는 농어와 병주並州에서 만드는 연엽도蓮葉刀가 아니면 요리하기 어렵다 하더니, 선숙인의 민첩함이 이러할 줄 어찌 짐작했으리오?"

난성후가 갑자기 불쾌해 윤부인을 대하여 탄식하며,

"세상에 믿기 어려운 것은 적국敵國의 간사함이로다. 제가 선랑과 함께 청루의 천한 자취로서 지기로 서로 좇아 귀한 가문에 들어온 뒤로 터럭만큼도 시기하는 마음이 없더니, 오늘 솜씨를 자랑해 상공의 뜻에 영합해 저로 하여금 무색하게 할 줄 어찌 짐작했으리오?"

말을 마치매 노기등등하거늘, 연왕이 미소하며,

"난성후는 노하지 말라. 우연한 일을 어찌 마음을 두어 책망하는고?"

선숙인이 부끄러워 변명하길,

"이는 상공께서 난성후의 모습을 보고자 하여, 저와 몰래 약속함이니, 제가 어찌 재능을 자랑하고자 함이리오?"

난성후가 더욱 불쾌하여,

"저는 본디 부족한 자라. 상공의 뜻을 어찌 미리 알리오? 다만 한 접

시 추한 떡이 남아 있으니, 낭자는 역아[1] 같은 재능이 없음을 웃지 말지어다."

하고 연옥에게 명해 가져오라 하니, 연옥이 미소하고 푸른 소반에 받들어 자리 위에 드리거늘, 모두 보니 청강석靑剛石 연엽완蓮葉碗에 백여 송이 연꽃을 담았으니 낱낱이 꽃봉오리가 터지는 듯해 기이한 재주와 영롱한 솜씨를 형용하기 어렵더라. 윤부인이 미소하고 허부인에게 아뢰길,

"이는 곧 강남 연자병蓮子餠이로소이다. 지난날 아버님을 따라 항주에 갔을 때 이 떡을 맛보았으나, 만드는 법이 극히 교묘해 강남 사람들도 다 알기 어렵다 하더이다."

허부인이 칭찬하시고 난성후를 돌아보며 만드는 법을 물으시니, 난성후가 말하길,

"이는 연밥으로 만든 것이니, 연밥을 곱게 빻아 사탕물에 넣어 휘저어 잡물을 없애 석류 물에 섞은 뒤에 무수히 찧어 연잎처럼 떡을 만들어 백옥 시루에서 백단향白檀香을 태워 쪄내나이다. 만약 잘 못하면 열 송이에 한 송이를 얻기 어렵나이다."

허부인이 몇 송이를 집어 맛보고 칭찬해 마지않으시어,

"여자들만 먹을 것이 아니로다."

연왕에게 내려주며 양태야에게 나누어 보내고, 좌우의 여러 사람과 윤부·황부의 여종들에게도 몇 송이를 나누어주니, 여종이 각기 한 송이씩 가지고 꽃수풀 속에 흩어져 떠들며 구경하며 애지중지하니, 그대로 팔월 남포에서 오나라와 월나라의 여자가 연밥을 따는 듯하더라. 윤부

1) 역아(易牙): 중국 춘추시대 제(齊)나라 사람. 환공(桓公)의 음식을 만들던 요리사로, 당대 제일가는 요리 솜씨를 지녔고, 맛을 잘 알아 치수(淄水)와 민수(澠水)의 물맛을 가려냈다고 한다. 환공이 늘 새롭고 기이한 음식을 맛보기를 원하자, 나중에는 자기 자식을 죽여서 음식을 만들어 바쳤다고 한다.

인이 연왕을 보며,

"상공께서 부질없이 난성후를 조롱하시더니, 도리어 난성후에게 조롱을 받음이로소이다."

허부인이 웃고 그 까닭을 물으니, 연왕이 웃고 대답하길,

"난성후는 당돌해 이기기 좋아하는 마음이 있고, 선랑은 나약해 겸양하는 기풍이 너무 지나친 까닭에, 제가 선랑과 더불어 약속하고 난성후가 무색해하는 모습을 보고자 하더니, 도리어 낭패가 됨이로소이다."

난성후가 웃으며,

"상공께서 비록 백만 대군 가운데 지략이 뛰어나시나, 홍혼탈의 작은 계책을 당하기 어려우리이다. 제가 어찌 그 기미를 모르리이까?"

연왕이 또 크게 웃더라. 난성후가 선숙인을 보며,

"오늘 이 자리에 위아래 사람이 같이 즐기나, 오직 한 사람이 무료하고 적막하니, 어찌 꺼림이 없으리오?"

선숙인이 웃고 방으로 들어가더니, 일지련의 손을 이끌어 나와 자리에 앉힌 뒤에,

"낭자가 화살과 돌, 바람과 먼지 날리는 전쟁터에서 갑옷과 투구 차림으로 활약하다가 만리 먼 곳에 지기知己를 좇아왔으니, 웬만한 사내들도 당하지 못할지라. 오늘 어찌 이처럼 부끄러워하는고? 낭자가 만약 나를 성글게 여기지 않는다면, 반드시 옛친구의 한 잔 술을 사양하지 않으리라."

일지련이 끝내 연왕이 자리에 있어 부끄러워 대답하지 않거늘 선숙인이 얼굴빛을 바꾸어,

"이 자리에 특별히 바깥사람이 없거늘 낭자가 이처럼 부끄러워하니, 이는 반드시 나를 거리끼는 것이라. 내가 마땅히 자리를 피해 낭자로 하여금 어색한 부끄러움이 없게 하리라."

일지련이 웃으며,

"제가 만리타국에서 친척도 한 명 없으니, 바깥사람으로 말한다면 바깥사람 아닌 사람이 없는지라. 어찌 특별히 선숙인을 어색하게 생각하리오?"

선숙인이 냉소하며,

"낭자의 말은 진심이 아니로다. 낭자는 오늘의 자리를 보라. 시어머님께서 이제 늘그막에 자못 무료하신 까닭에 젊은 낭자들과 더불어 허물없이 즐기고자 하시니 조금도 부끄러울 바 없고, 두 부인이 계시나 낭자가 이미 이 집안에 머물러 주인과 손님 사이의 정이 한집안과 다름이 없으니 또 부끄러울 바 없으며, 난성후는 뜻과 기상이 서로 통하니 더욱 부끄러울 바 없고, 연왕 상공께서 자리에 계시나 낭자가 이미 항복한 장수로서 군막 앞에서 무릎을 꿇어 이미 한바탕 부끄러움을 겪었으니 무슨 남은 부끄러움이 있으리오? 오직 선숙인 한 사람이 뜻과 기상이 합하지 않고, 얕고 깊음을 몰라 속마음을 드러내고자 하지 않음이라. 내가 어찌 오래 자리에 앉아 일지련의 괴로운 손님이 되리오?"

일지련이 웃고 잔을 받아 마시니 난성후가 또 기뻐하지 않으며,

"낭자가 홍혼탈과 더불어 만리 밖 바람 먼지 날리는 전쟁터에서 고락을 같이하면서도 오히려 마음을 허락함이 없어 일찍이 술 한잔 마시지 않더니, 오늘 어떤 사람은 처음 만나서도 옛친구처럼 저리 다정한고?"

일지련이 웃으며,

"낭자가 일찍이 차가운 술 한잔도 권함이 없더니, 다만 마시지 않았다고 책망하나이까?"

난성후가 미소하고 큰 잔에 가득 부어 권하자 일지련이 또 사양하지 않고 연달아 마시니, 이는 일지련이 원래 남보다 주량이 많음이더라. 연왕이 미소하고 윤부인과 황부인에게 이르길,

"나는 끝내 바깥사람인지라 체면이 있거니와, 부인은 주인이거늘 어찌 한 잔 술로써 스스로 온 손님을 대접하지 않는고?"

두 부인이 차례로 권하니, 일지련이 연달아 세 잔을 마시고 기상이 활발해 두 눈에 봄빛이 무르녹아 한 떨기 복숭아꽃이 저녁비에 젖은 듯하거늘, 선숙인이 자세히 보다가 사랑스러워 손을 잡고 웃으며,

"친구 사이에 지기를 소중히 여김은 그 마음을 속이지 않기 때문이라. 낭자가 집안에 들어온 지 오래되었으나 한 번도 술 마시는 즐거움을 보지 못했으니, 내가 이미 친구의 속마음을 모르거든, 친구가 어찌 나의 간담肝膽을 비추리오?"

일지련이 서글퍼하며,

"제가 천성이 성글어서 말씀으로 속마음을 잘 드러내지 못하는지라. 오늘 풍경이 이처럼 극히 아름답고 지기가 자리에 가득하니, 바라건대 한 곡 음악을 연주해, 위로는 어머님의 즐거움을 돕고 아래로는 친구에게 속마음을 허락할까 하나이다."

선숙인이 일찍이 일지련의 음률의 재능을 모르더니, 이 말을 듣고 크게 기뻐하며,

"낭자가 어떤 음악을 알고 있는고?"

일지련이 웃으며,

"오랑캐 땅에 어찌 여러 가지 음악이 있으리오? 야랑[2] 노강[3]의 흐르는 물이 소상과 동정호로 통하는 까닭에 상령보슬[4]의 한 흐름이 전해

2) 야랑(夜郞): 중국 광서성(廣西省)의 서북부, 운남성(雲南省)의 동북부에 있던 부족으로, 한때 세력이 강했다. 진시황이 중국을 통일하자 진(秦)나라의 판도로 들어갔으나, 진나라가 망한 뒤 한(漢)나라가 북방의 흉노(匈奴)를 막느라 서남 지방을 돌볼 겨를이 없자, 야랑 등의 소수민족은 각각 왕을 칭하고 자립했다.

3) 노강(瀘江): 중국 운남성(雲南省)에서 발원하여 양자강(揚子江)으로 흘러가는 강. 양쪽 기슭 봉우리에 사람을 해치는 나쁜 기운이 있어 더운 여름에 건너지 못하는데, 촉한(蜀漢)의 제갈량(諸葛亮)이 5월 심한 더위에 이 강을 건너 남만(南蠻)의 맹획(孟獲)을 평정했다.

4) 상령보슬(湘靈寶瑟): 상령(湘靈)은 순(舜)임금의 죽음을 슬퍼하여 상수(湘水) 가에서 슬피 울다가 강에 몸을 던져 죽은, 순임금의 두 비(妃)인 아황(娥皇)·여영(女英)의 혼령을 가리킨다. 호남성(湖南省)의 동정호(洞庭湖) 남쪽 소수(瀟水)·상수(湘水)가 합치는 곳을 소상(瀟湘)이라 부르는데, 동정호의 동안(東岸)에 위치한 악양루(岳陽樓) 앞에 있는 상산(湘山)에 아황·여영을 모시

져와 제가 일찍이 스물다섯 현絃의 여러 곡을 배웠사오니, 이 자리에서 하나의 웃음거리를 도울까 하나이다."

선숙인이 소청에게 명해 보슬寶瑟을 가져오라 하여 일지련에게 주니, 일지련이 옥 같은 손으로 줄을 고르고 오랑캐 노래 삼장을 연주하더라.

땅에는 풀이 나지 않고
바다에는 물결이 드날리도다.
촉룡燭龍이 싸우니
불 같은 구름이 일어나도다.
하늘 끝에 기대어 북두성을 바라보니
그곳은 황제의 땅이라.

흰 용은 뒤에 있고
붉은 표범은 앞에 있도다.
오랑캐 왕을 좇아 들에서 사냥하니
그 떠드는 것이 시끄럽도다.
눈썹을 찌푸리고 즐기지 않으니
넋을 잃고자 함이라.

가을바람이 일어나니
기러기 한 마리가 날아가도다.
그대를 따라 중국 땅에 노닐더니
어버이 생각에 눈물이 옷을 적시도다.

는 묘우(廟宇)가 있다. 보슬(寶瑟)은 굴원(屈原)의 『초사楚辭』「원유遠遊」에 "상령으로 하여금 비파를 타게 한다(使湘靈鼓瑟兮)"에서 온 말이다.

어버이는 딸을 생각하거니와
딸은 누구를 위하여 돌아가길 잊었는고.

일지련이 연주하기를 마치매, 곡조가 애절하고 서글퍼 원망하는 듯 호소하는 듯 듣는 이로 하여금 쓸쓸함을 느끼게 하니, 선숙인이 눈물을 머금고 일지련의 손을 잡으며,

"운금雲錦은 서촉西蜀의 비단이요, 공작孔雀은 남방의 새라. 그 땅이 멀어 본색을 속이지 못하나니, 일지련의 아름다운 재능으로 자신을 알아주는 이를 만나지 못한 탄식이 어찌 이에 이르렀으리오?"

즉시 좌우에 명해 거문고를 가져오라 하여 한 곡을 연주해 화답하니, 이는 종자기鍾子期의 「아양곡峨洋曲」이라. 그 소리가 질탕하고 화락해 듣는 이들이 기쁘지 않음이 없어, 인간세상 번뇌를 거의 잊겠더라. 난성후가 기뻐 웃으며 자리 위의 옥피리를 집어 「유선사遊仙詞」를 연주해 화답하니, 저녁 해는 산에 기울고 꽃그림자가 어지럽더라. 연왕과 세 낭자가 모두 살짝 취해 한꺼번에 음악을 연주하니, 연왕의 옥 같은 얼굴은 취한 기운으로 봄바람이 화창하고 세 낭자의 달 같은 태도와 꽃 같은 얼굴은 꽃빛을 시기해, 청아한 옥피리 소리와 맑은 거문고 소리, 비파 소리가 질탕하게 화답하니, 늦봄의 풍경이 모두 상춘원 가운데 들어와 있더라.

날이 저물어 잔치를 파하니 허부인이 즐거움을 이기지 못해 세 낭자를 돌아보며,

"오늘은 늙은 이 몸이 즐거이 시간을 보냈도다."

하고 각기 처소로 돌아갈 새 허부인이 연왕을 돌아보시며,

"내가 오늘 일지련을 자세히 보니, 얼굴이 빼어날 뿐 아니라 무예가 출중하고 식견의 민첩함과 기상의 활발함이 평범한 인물이 아닌지라. 난성후와 매우 비슷하니, 아들은 장차 어떻게 처리하고자 하는고?"

연왕이 웃으며 대답하길,

"소자가 방탕해 만리 먼 곳으로부터 부질없이 데려왔으니 어찌 다른 가문에 보내리오마는, 아무리 생각해도 세 명의 첩이 너무 넘치는 까닭에 감히 아버님께 아뢰지 못함이로소이다."

허부인이 웃으시며,

"아까 네 아버지께 이 일을 아뢰었더니 대답하시길, '나이 어린 아들이 첩을 여럿 두는 것이 어버이 된 자로서 바라는 바 아니나, 일이 이미 이에 이르렀으니 빨리 수습해 일지련으로 하여금 억울한 탄식이 없게 하라' 하시니, 아들은 빨리 도모할지어다."

연왕이 응낙하고 물러나 난성후의 침실에 이르니 연옥이 아뢰길,

"낭자께서 아까 일지련을 찾아 중향각으로 가셨나이다."

연왕이 즉시 선숙인의 침실로 가니, 선숙인이 취한 술이 깨지 않아 촛불 아래 책상에 기대어 졸거늘 연왕이 웃으며,

"낭자는 세 잔 술에 아직 깨지 못했는고?"

선숙인이 놀라 맞이하니 연왕이 말하길,

"오늘의 놀이가 즐겁던가?"

선숙인이 얼굴빛을 고치고 대답하길,

"사람의 마음이 같지 않고 처지가 또한 다르니, 혹은 꽃을 보고 웃는 자도 있으며 혹은 꽃을 보고 우는 자도 있나이다. 상공께서 어찌 오늘 놀이에서 모든 사람이 즐겁되 한 사람이 슬퍼함을 모르시나이까?"

연왕이 놀라 묻기를,

"슬퍼하는 자가 누구인고?"

하니 선숙인이 어떻게 대답하리오? 다음 회를 보라.

중향각에서 연왕이 잔치를 주관하고 매화원에서 모든 낭자가 결의를 맺더라

제46회

이때 선숙인이 연왕을 대하여,

"저 사람은 나를 아는데, 나는 저 사람을 모른다면 어떠하니이까?"

연왕이 말하길,

"안 될 일이오."

또 말하길,

"임금이 문벌로써 신하를 택하고, 그 재능과 덕을 묻지 않는다면 어떠하니이까?"

연왕이 말하길,

"안 될 일이오."

선숙인이 개연히 말하길,

"일지련은 둘도 없는 인물이요, 세상에 없는 자색이라. 만리타국에 부모를 떠나 상공을 좇아온 것은, 상공의 풍채를 흠모해 지기로서 믿은 때문이거늘, 규방에 거처한 지 여러 해인데 상공께서 끝내 수습하길 주저하시니, 이는 반드시 오랑캐 사람을 꺼리심이라. 이것이 어찌 일지련은 상공을 알되 상공은 일지련을 모르는 것이 아니리이까? 그것이 임금이 문벌로써 신하를 택하고 그 재능과 덕을 묻지 아니함과 어찌 다르리이까? 제가 보건대, 오늘 잔치 자리에서 모든 사람이 다 취해 즐기되, 일지련 혼자 외롭고 서글퍼 자신을 알아주는 사람을 만나지 못한 탄식이 있거늘, 상공께서 어찌 모르시나이까?"

연왕이 미소하며,

"일지련이 난성후를 남자로 알고 그 뒤를 따라옴이니, 어찌 나를 사모함이리오?"

선숙인이 탄식하길,

"세상에 남을 안다는 것이 이처럼 어렵나이다. 상공의 밝은 안목으로도 일지련의 마음을 이처럼 모르시나이까? 일지련의 남보다 뛰어난 총명으로 어찌 남녀를 분간하지 못하고 평생을 의탁하고자 하리오? 그런 까닭에 오늘 잔치에서 오랑캐 노래 삼장으로써 본심을 호소했으니, 초장은 그 처지를 슬퍼함이요, 중장은 속마음을 토로함이요, 종장은 자신을 알아주는 사람을 만나지 못한 탄식을 말함이라. 제가 그 마음을 위로하고자 「아양곡」으로써 지기가 서로 만난 것을 치하했고, 난성후가 평생 함께 지내고자 하는 까닭에 「유선사」로써 여유롭게 회포를 풀었으니, 상공께서는 거듭 생각하시어 화락한 기운이 손상되지 않게 하소서."

연왕이 웃으며 대답하지 않더라.

한편 난성후가 다시 일지련을 찾아 중향각에 이르니, 이때 해가 서산으로 넘어가고 달이 동산에 떠올라 은은한 달빛이 꽃그림자를 옮겨 난간머리에 어른거리더라. 일지련이 상춘원에서 마신 술의 노곤함을 이기지 못해 달 아래에서 꽃을 보다가 난간에 기대어 취해 졸거늘, 난성후가 가만히 보니, 복숭아꽃 같은 두 뺨에 붉은 기운이 가득해 봄빛이 무르녹고, 눈썹에 풍정이 드러나 근심하는 기색이 은은하고, 눈물자국이 마르지 않아 화장이 얼룩지고 비단 적삼이 살짝 젖어 있더라. 난성후가 미소

하고 크게 외쳐,

"낭자는 밝은 달을 대하여 졸지 말지어다."

일지련이 놀라 비단 적삼을 수습하고 예를 갖추어,

"제가 나이가 어린 탓에 낭자들의 강권을 저버리기 어려워 이처럼 취해 쓰러지는 지경에 이르니 부끄럽기 그지없나이다."

난성후가 웃으며,

"인생 백년이 풀잎의 이슬 같으니 취하지 않고 어찌하리오?"

함께 난간에 기대어 달을 구경하고 꽃을 바라볼 새 난성후가 웃으며 일지련을 보고,

"하늘 가운데의 보름달이 초순의 반달과 비교해 어떠하며, 아침에 반쯤 핀 꽃과 석양 무렵 한껏 핀 꽃 가운데 어느 꽃이 사랑스러운고?"

일지련이 웃으며,

"저는 반달과 반쯤 핀 꽃을 더욱 사랑하나이다."

난성후가 웃으며,

"이는 사람들이 모두 사랑하는 것이나, 꽃이 어찌 오래도록 반쯤 핀 채로 있으며, 달이 어찌 오래도록 반달로 있으리오? 봄날에 즐겁게 노닒이 만약 때를 놓치면, 화사한 얼굴에 생기는 흰 머리칼이 쉽게 사람을 속이나니, 낭자가 이제 고요한 후원에서 홀로 중향각을 지키니 어찌 그윽한 근심이 없으리오?"

일지련이 부끄러워 대답하지 않거늘, 난성후가 일지련의 손을 잡고,

"낭자가 만리 먼 곳으로부터 부모 친척을 떠나 중국에 온 뜻을 내가 어찌 모르리오마는, 이제 마침 조용하니 속마음을 속이지 말고 명쾌히 말해 백년가약을 그르치지 마오."

일지련이 붉은 기운이 얼굴에 가득하더니, 머리를 숙이고 한참 있다가,

"낭자가 이미 저의 뜻을 아노라 하시면서 다시 제게 물으시니, 어찌

이처럼 핍박하시나이까?"

난성후가 웃으며,

"그런즉 내가 낭자의 품은 뜻을 알지라. 내가 장차 연왕께 천거하고자 하나니, 낭자의 뜻은 어떠하오?"

일지련이 더욱 부끄러워 대답하지 않더라. 난성후가 말하길,

"낭자가 끝내 나를 어색해함이로다. 혼인은 인륜의 큰일이라. 낭자의 평생 고락이 모두 여기에 있으니, 낭자가 이미 부모를 떠나 다시 아뢸 곳이 없거늘, 어찌 낭자의 한마디 말을 듣지 않고 내가 스스로 함부로 하리오?"

일지련이 자연스럽게 말하길,

"저의 마음이 또한 낭자의 마음이라. 제가 비록 오랑캐 땅에서 태어나 자랐으나, 여인의 몸으로 낭자를 좇아 여기에 이른 것은, 장차 평생을 의탁해 생사고락을 낭자와 더불어 같이하려 함이니 무슨 다른 말이 있으리오마는, 세 가지 약속할 것이 있으니, 낭자는 깊이 헤아리소서. 연왕께서 만약 저의 마음을 모르고 다만 그 자색을 취한다면 안 될 일이요, 처지를 불쌍히 여겨 억지로 거두신다면 안 될 일이요, 곁의 사람이 힘써 권해 마지못해 따르는 것이라면 안 될 일이라. 이 세 가지 가운데 만약 한 가지라도 있을진대, 제가 차라리 영수穎水의 물에 귀를 씻고, 노중련[1]처럼 동해에 빠질지언정, 구차히 살지 않으리이다."

1) 노중련(魯仲連): 중국 전국시대 말기 제(齊)나라 사람으로, 높은 절개를 지녔던 인물. 노련(魯連)으로도 불린다. 진(秦)나라가 조(趙)나라를 포위한 후 위(魏)나라의 신원연(新垣衍)을 조나라 평원군(平原君)에게 보내 진나라 소왕(昭王)을 추대해 황제로 삼고자 했는데, 조나라에 와 있던 노중련이 그 말을 듣고 신원연을 찾아가 '포악한 진나라를 황제로 추대하면, 나는 차라리 동해 바다에 빠져 죽겠다' 하여 신원연의 의논을 중지시켰다. 진나라 장수가 그 소문을 듣고 30리를 퇴각했고, 마침 각 나라의 지원병이 와서 조나라는 포위를 면했다. 그후 제나라 장군 전단(田單)이 제나라 땅을 회복하려고 요성(聊城)을 공격했지만 함락시키지 못했는데, 노중련이 이해관계로 설득해 싸우지 않고도 항복을 받아냈다. 전단이 제나라 왕에게 말해 노중련에게 작위를 주려고 했으나, 노중련은 동해(東海) 바닷가로 달아나 여생을 마쳤다.

난성후가 감탄하고 곧바로 윤부인의 침실에 이르니, 연왕과 윤부인이 자리에 있더라. 연왕이 얼굴빛을 바르게 하여,

"근래 난성후의 기색이 겨를 없이 분주하고 좌불안석하니, 무슨 좋은 일이 있는고?"

난성후가 말하길,

"저에게 좋은 일이라면 곧 상공께 좋은 일이라. 어찌 감추리이까? 진주가 진흙 속에 묻히고 이름난 꽃이 측간에 떨어짐은 옛사람들이 애석해하는 바라. 제가 일지련을 잠깐 보매 진주요 이름난 꽃이라. 오랑캐 땅에서 헛되이 늙는 것을 불쌍히 여겨 거두어 함께 온 것은 상공께서 아시는 바이거니와, 만리타국에서 자취가 불안해 도리어 저의 근심이 됨이라. 상공께서 만약 거두어 좌우에 두신다면 민첩한 재질로써 첩실의 위치에서 지아비를 받드는 것은, 저희도 미치지 못함이 있을까 하나이다."

연왕이 이 말을 듣고 윤부인을 돌아보며,

"여자의 질투는 진실로 아름다운 일이 아니니라. 그러나 남편을 위해 미색을 천거하는 것도 온당하지 않으니, 이것이 어찌 난성후의 본뜻에서 나온 것이리오?"

난성후가 탄식하며,

"제가 비록 부족하나, 방탕한 일로써 상공의 맑은 덕을 손상시키지 않겠거늘, 상공의 말씀이 과연 이러할진대 또한 일지련 낭자의 바라는 바가 아니로소이다."

연왕이 다시 미소하며,

"일지련 낭자의 바라는 바가 무엇인고?"

난성후가 말하길,

"일지련 낭자의 말이, 상공께서 그 마음을 모르고 다만 자색을 취하신다면 바라는 바가 아니요, 처지를 불쌍히 여겨 억지로 거두신다면 바라

는 바가 아니요, 곁의 사람이 힘써 권함으로 인해 마지못해 따르신다면 바라는 바가 아니라. 이 세 가지 가운데 만약 한 가지라도 있을진대, 노중련처럼 동해에 빠지고, 영수의 물에 귀를 씻을지언정, 구차히 살지 않겠노라 하더이다."

연왕이 웃으며,

"일지련 낭자의 말이 비록 활달하나 마음을 아는 자가 몇 사람이나 되리오? 내가 본디 여색과 풍정에 담박하지 않으니, 만리타국에 경국미인을 데리고 와서 어찌 차마 다른 가문에 보내리오? 이미 부모님께 아뢰고 마음에 정한 바가 있으니, 난성후는 매파媒婆라. 빨리 월하노인의 붉은 끈으로 아름다운 기약을 이룰지어다."

난성후가 시무룩해 대답하지 않고 윤부인을 향하여,

"세상에 나처럼 부질없는 자가 없으리로다. 첩실을 구해 지아비에게 충성으로 바치고자 하다가 도리어 무정한 책망을 받으니, 그 번잡한 허물을 스스로 자책하나이다."

연왕이 웃으며,

"난성후가 충성으로 바치는 것이 어찌 오늘뿐이리오? 자리에 앉아 있는 부인도 또한 낭자가 충성으로 바쳤으니, 낭자는 너무 번뇌하지 말고, 시작 때부터 끝까지 변함이 없게 하오."

난성후가 대답하길,

"나이 찬 규수와 늙은 신랑이 아름다운 기약을 손꼽아 고대하니, 어찌 천천히 혼례를 치르리오? 이달은 늦봄 아름다운 때이고, 중순은 복덕이 있는 날이니, 이날에 초례[2]를 치르소서."

연왕이 흔쾌히 응낙하며,

---

2) 초례(醮禮): 신랑과 신부가 처음 만나 절하는 교배례(交拜禮)와, 서로 합환주를 마시는 합근례(合巹禮)의 예식.

"이는 나의 마지막 혼인이라. 부인과 두 낭자는 무슨 물건으로 도우려오?"

두 부인은 의상을 담당해 봉황과 원앙 비단으로 섬세하고 부드러운 명품을 만들어 전하고, 두 낭자는 진미의 음식을 준비하더라. 이때 연왕이 일지련 표기장군驃騎將軍과 혼인을 이룰 새, 소문이 낭자해 천자와 태후께서 각각 비단과 물품을 내려주시고, 조정 백관이 구름처럼 모여 어지러이 치하하더라. 눈길 돌리는 사이에 길일이 이르러 중향각에 잔치를 베풀고 연왕이 오사모烏紗帽와 붉은 도포 차림으로 초례를 치를 새, 일지련은 비단 적삼과 화관 차림으로 초례 자리에 나아가니, 이때 황성의 높은 벼슬아치 집안의 여종들과 민간의 부녀자들이 길거리를 메울 만큼 몰려와 구경하며 인산인해를 이루었더라.

이때 가궁인이 태후의 명을 받들어 십여 명 궁녀를 데리고 초례를 구경하고자 연왕부에 이르니, 온 후원이 울긋불긋 몸단장한 여인들로 온통 꽃세계를 이루어 연왕의 젊은 풍채와 일지련의 아름다운 자질을 칭찬하지 않음이 없더라. 난성후가 잔을 들어 연왕에게 권하며,

"좋은 날 좋은 때 신부를 맞이하시니, 상공께서는 이 합환주 잔을 받아 백년해로하시고 부귀다남하시어 새로운 정을 예전과 같이 하시고 옛정을 새롭게 하소서."

연왕이 마시고 웃으며,

"난성후는 다른 사람의 합환을 핑계해, 겸하여 자기의 합환을 이룸이로다."

모두 크게 웃더라. 난성후가 또 잔을 들어 일지련에게 권하며,

"낭자는 이 술을 받아 지아비를 모셔 백년해로하되, 젊은 날의 아름다운 얼굴이 오래도록 늙지 않아, 삼가 나처럼 박대받음이 없도록 하오."

모두 또 크게 웃더라. 초례를 마치매 연왕이 두 낭자로 하여금 일지련을 이끌어 어버이에게 뵈오니, 어버이가 크게 웃고 자리를 내려주고, 그

총명한 자질과 어린 자태를 자못 사랑해 기뻐함을 이기지 못하더라. 이 밤에 연왕이 중향각에 화촉을 밝히고 두 낭자를 머물게 하여 신부를 위로하라 하고, 즉시 어버이에게 저녁문안을 드리러 가니, 일지련이 두 낭자를 대하여 갑자기 눈물을 머금고 시무룩해 즐겁지 않더라. 난성후가 묻기를,

"낭자가 무슨 생각이 있기에 이처럼 슬퍼하는고?"

일지련이 시무룩하여,

"오랑캐 땅의 인물이 중국에 손님으로 와서, 장차 여생을 지아비의 문중에 의탁하니 비록 여한이 없으나, 어버이와 친척을 멀리 떠나 소식이 아주 끊어지고, 하물며 혼인은 인륜의 큰일이거늘 어버이께 아뢰지 못하고 스스로 주관하니 자연히 신세를 돌아보아 슬픔을 이기기 어렵나이다."

난성후가 또한 쓸쓸히 일지련의 손을 잡고 탄식하며,

"나 또한 어버이께서 길러주시는 은혜를 모르는 채 자랐도다. 오늘밤 이 자리에 우리 세 사람의 처지와 신세가 자못 비슷해, 한 지아비를 섬겨 백년을 기약하니, 영광과 쇠락, 근심과 즐거움이 어찌 다른 바 있으리오? 우리가 마땅히 술을 가지고 달빛을 띠어, 평생을 맹세해 유비·관우·장비 세 사람의 도원결의를 본받고자 하나니, 알지 못하겠도다. 어떻게 생각하는고?"

두 낭자가 한꺼번에 응낙하거늘, 즉시 술을 한 병 가지고 달을 향해 앉아 각기 한 잔을 들어 가만히 축원하길,

"천첩 강남홍은 나이가 열여덟이니 항주 사람이요, 천첩 벽성선은 나이가 열입곱이니 강주 사람이요, 천첩 일지련은 나이가 열다섯이니 남방 사람이라. 동시에 합장하고 향불을 피워, 우러러 월광보살께 축원하나이다. 저희 세 사람이 비록 고향도 다르고 성도 다르나 한 마음으로 한 사람을 섬겨 생사고락을 함께하길 맹세하니, 이로부터 만약 다른 마

음을 가지는 자가 있거든 한 조각 밝은 달님이 거울처럼 비춰주소서."

세 사람이 축원하기를 마치매 술을 꽃수풀 사이에 붓고 동시에 합장해 두 번 절하고 서로 손을 잡고 돌아올 새, 난성후가 두 낭자를 보고 탄식하며,

"우리가 만약 인간세상의 티끌 인연을 마치고 다시 옥경청도玉京淸道에서 모이면 오늘밤의 맹세를 잊지 않으리라."

하고 낭랑히 담소하며 패옥을 울리고 신발을 끌어 배회하더라. 갑자기 화원 뒤에서 담소하는 소리가 들리거늘 난성후가 발을 멈추고 가만히 들으니, 소청과 연옥이 꽃수풀 가운데 앉아 서로 손을 잡고 연옥이 소청을 돌아보며 달을 가리켜 말하더라.

"소청아! 꽃을 비추는 저 달빛을 보라. 봄빛을 헛되이 보냄을 알지 못하더니, 오늘밤 광채가 두 배로 아름답도다. 내가 지난날에는 달을 대하여 정신이 쾌활하더니, 오늘은 밝은 달을 대함에 무단히 서글퍼 정다운 사람을 이별함 같으니, 이것이 무슨 까닭인고?"

소청이 한참 생각하다가,

"나는 달 밝은 밤에는 자연히 마음이 흔들려 뒤척이며 잠을 이루지 못하니, 이것이 무슨 병인고?"

연옥이 미소하며,

"속된 말에 이르길 '사람이 죽으면 반드시 다음 생애가 있다' 하니, 너는 다음 생애에 바라는 바가 무엇인고? 높은 벼슬아치 집안의 왕후 부인이 되는 것인가? 청루의 이름난 기녀가 되어 풍류남자를 마음을 다해 택하여, 평생 사랑받는 첩이 되는 것인가? 너의 생각을 말하라."

소청이 웃으며,

"네가 먼저 말하라. 나는 일지련 숙인의 팔자를 부러워하노라."

연옥이 웃으며,

"네가 오늘 일지련 낭자의 초례를 보고 마음속으로 부러워하나, 내가

생각건대 너는 우리 낭자를 잘 모르도다. 육례六禮를 갖추어 혼례를 치름은 인간세상의 일상사라. 우리 낭자는 상공을 만나실 때 애틋한 풍정과 기묘한 수단으로 놀리어, 압강정 잔치 자리에서 노래와 춤으로 아름다운 언약을 정하고, 달빛 아래 남복을 입고 시로써 화답하니, 은근한 정과 무궁한 운치는 듣는 자로 하여금 넋을 사르고 창자를 끊게 하니, 어찌 재자가인才子佳人의 바라는 바가 아니리오? 내가 바라는 바는 이에서 벗어나지 않음이로다."

말을 마치매 크게 웃거늘, 난성후가 선숙인을 보며,

"소청과 연옥의 말은 참으로 청루 기녀의 말이나, 달을 바라보는 탄식이 자못 봄빛을 재촉하니 어찌하면 좋으리오?"

선숙인이 미소하고,

"마달이 소청에게 뜻을 두었고, 동초가 일찍이 연옥을 놀렸으니, 이 일이 어떠하오?"

난성후가 미소하더라. 이때 연왕이 어버이에게 저녁 문안을 마치고 중향각에 이르니, 구슬발과 은빛 병풍과 연꽃 비단 휘장이 사면에 겹겹이 둘러 있어 향기로운 연기가 한 줄기 화촉 속에 몽롱하고 백옥 침상에는 원앙이불이 펼쳐져 있더라. 세 낭자는 간 곳이 없거늘 여종에게 물으니 대답하길,

"두 낭자께서 연숙인蓮淑人과 더불어 후원에서 달구경하나이다."

연왕이 미소하고 즉시 후원에 이르니 달빛이 환히 비치고 꽃그림자가 땅에 가득한데, 옷의 향내가 끼쳐오고 쟁그랑 패옥 소리가 꽃 사이에서 들리더라. 연왕이 걸음을 멈추고 바라보니, 세 낭자가 서로 손을 잡고 아름다운 말소리가 그치지 않아 수놓은 신발과 비단버선으로 달빛을 밟으며 오다가, 연왕이 수풀 사이에 서 있는 것을 보고는 놀라 서로 잡은 손을 놓고 낭랑히 웃거늘 연왕이 웃으며,

"오늘밤의 달빛은 온전히 모든 낭자를 위해 이처럼 밝음이로다."

난성후가 대답하길,

"저희가 지기로서 서로 만나 각기 속마음을 얘기하다가 상공의 화촉이 늦어짐을 깨닫지 못했나이다."

연왕이 기뻐하며 꽃수풀 가운데 자리를 정해 앉고 소청과 연옥에게 명해 술을 내오라 하여 각기 여러 잔을 마실 새, 연왕이 연숙인에게 명해 술잔을 돌리라 하니 난성후가 선숙인을 보고 탄식하며,

"사람의 정이 새로운 것을 좋아함이라. 달도 반달을 사랑하고 꽃도 막 피는 꽃을 좋아하나니, 우리는 옛것이라. 다만 돌아오는 잔을 받아 배를 채울 따름이니 어찌 감히 다시 술잔을 돌려 지아비의 특별한 은총을 받으리오?"

연숙인이 부끄러움을 이기지 못해 붉은 기운이 얼굴에 가득하거늘, 연왕이 미소하며,

"난성후는 신부를 너무 조롱하지 말지어다."

이윽고 밤이 깊고 모두 조금 취하니 연왕이 몸을 일으키며,

"신부가 겨우 초례를 마쳤으니 어찌 피곤하지 않으리오? 화촉 아래에서 마땅히 조용히 주고받으리라."

난성후가 아뢰길,

"오늘은 이미 밤이 깊고 술도 취했으니, 존체를 보중하시어 곧 잠자리에 드소서. 저희는 각기 침소로 돌아가나이다."

하고 각기 흩어져 돌아가니, 연왕이 연숙인의 손을 잡고 중향각으로 돌아와, 휘장을 내리고 촛불을 돋우고 침상에 나아가, 옥을 안고 향을 품으매 풍정이 흐드러지고 애틋하여,

"낭자는 오랑캐 왕의 딸이요, 나는 여남汝南 땅의 선비라. 만리 하늘 끝의 부평초 같은 인연은 참으로 하늘이 정한 바라 하겠으나, 낭자의 뜻을 오히려 풀지 못한 것이 있으니, 낭자가 중국에 노닒은 실로 누구를 위함인고?"

연숙인이 한참 동안 부끄러워하다가 대답하길,

"상공께서 진심으로 물으시니, 저의 본심을 어찌 감히 감추리이까? 저는 축융왕의 일곱번째 딸이라. 부왕께서 북해에서 사냥하시다가 저의 어머니 야율씨耶律氏가 바닷가에서 빨래하는 것을 보고 그 아름다운 얼굴을 탐해 한번 가까이한 뒤에 왕비 척발씨拓跋氏의 질투를 스스로 겁내어 다시 찾지 않았나이다. 저의 어머니 야율씨가 저를 낳아 나이가 네다섯 살 되매 저를 품에 안고 부왕을 찾아가니, 부왕께서 그 처지를 불쌍히 여겨 후궁에 두고자 하였으나, 저의 어머니가 굳이 사양하길, '저는 이미 왕께서 버리신 바라. 불행히 한 혈육을 남긴 까닭에 천륜을 찾음이거니와, 이미 끊어진 인연을 어찌 구차히 다시 이으리오' 하고 저를 궁중에 남겨두고는 간 곳을 모른다 하더이다. 그뒤에 전해지는 얘기를 듣건대 산속에 몸을 의탁해 머리를 깎고 스님이 되었다 하오나 소식이 아주 끊어졌고, 저는 궁 안에서 길러져 척발씨의 손안에서 고초를 겪다가 나이가 여남은 살에 이르매 어머니의 자취를 알고자 하여 남방 산천을 두루 다니되 끝내 만나지 못하고, 다행히 한 신인神人을 만나 쌍창雙鎗 쓰는 법을 배웠나이다. 저의 천성이 남달라 어려서부터 오랑캐 땅에서 늙고자 하지 않아 중국 문물을 보길 바라더니, 뜻밖에 난성후를 진영에서 잠깐 보매 지기로서 마음을 허락하고 사모함이 더욱 간절해 창 쓰는 법을 다하지 않고 일부러 사로잡혔으니, 명나라 진영에 이르러 그가 여자임을 확실히 알게 되어 비록 후회했으나 어찌하리이까? 뜻밖에 또 상공을 뵈오니 곧 평생에 바라던 바라. 부끄러움을 무릅쓰고 만리 먼 길을 좇아 부중에 이르렀으나, 세상의 안목이 다만 아름다운 얼굴을 취하고 그 마음을 몰라 종자기의 「아양곡」을 듣고는 사마상여의 「봉황곡」으로 의심하니, 자취가 불안하고 신세가 어색함이라. 한밤중 등불 앞에서 서릿발 같은 삼척검을 자주 돌아보며 구차하게 살아가는 부끄러움을 면하고자 했는데 상공께서 이처럼 거두어주시니, 제가 의심하는 것은 상공께서 저의 얼굴을 취하심이니이까, 저의 신세를 가련히 여기심이니이까, 혹은 조금이라도 그 마음을 알아 지기로서 허락하심이니이까?"

연왕이 탄식하며,

"세상의 남자가 어찌 자색을 탐하지 않으리오마는, 나는 그 마음을 모르면 결코 취하지 아니하나니, 난성후의 의롭고 활달한 기풍과 선숙인의 맑고 담박한 지조를 각기 그 마음을 알고 취함이거늘, 어찌 유독 일지련의 그 마음을 모르리오? 다만 남방을 평정하고 회군한 뒤에 조정에 일이 많고 어버이께 미처 아뢰지 못한 까닭에 동방화촉의 아름다운 기약을 맺을 겨를이 없었음이라. 무슨 다른 뜻이 있으리오?"

하니 일지련이 감사해하더라.

이때 연왕이 화촉의 예를 마치고 다시 집안의 처소를 정할 새, 정당正堂인 영수각靈壽閣은 어머니 허부인의 처소로 정하고, 동쪽의 백자당百子堂은 윤부인의 침소로 정하고, 서쪽의 백화당百花堂은 황부인의 침소로 정하고, 후원의 취봉루翠鳳樓는 홍난성이 거처하고, 그 옆의 벽운루碧雲樓는 선숙인이 거처하고, 일지련은 중향각衆香閣에 거처하게 하더라.

이때는 늦봄 초여름이라. 꽃다운 풀은 무성하고 나무그늘은 어스레하여, 풍류 소년들이 떨어진 꽃을 밟으며 맛좋은 술이 있는 주점을 찾으니, 관동후關東侯 동초와 관서후關西侯 마달이 마침 조회를 마치고 나와 말머리를 나란히 하여 갈 새, 동초가 마달에게 이르길,

"우리가 본디 강남 청루에서 노닐던 방탕한 무뢰배로서, 부귀공명이 이 몸을 구속해 청춘 행락이 도리어 무료하니, 어찌 우습지 않으리오? 오늘 하늘이 맑고 바람이 따뜻하며 우리 또한 일이 없으니, 마땅히 주점을 찾아 여러 잔을 유쾌히 마시고 울적한 회포를 풀리라."

두 사람이 크게 웃고 평상복으로 말을 달려, 황성의 붉은 티끌을 두루 밟아 주점을 찾아 여러 잔을 유쾌히 마시고, 다시 여러 청루에 이르러 노래와 춤과 물색을 구경하고 취흥을 띠어 돌아올 새 동초가 탄식하며,

"황성의 사람과 물색이 비록 번화하다고 하나, 강남의 물색을 당하지 못하리로다. 우리는 무인이라. 변방에 일이 없으면 일생이 이처럼 한가하리니, 강물처럼 흐르는 세월을 어찌 허송하리오? 마땅히 나이 어린 첩妾을 구해 소년 행락을 저버리지 않으리라."

마달이 웃으며,

"우리가 이미 청루의 물색을 보았으나 별로 출중한 자가 없는지라. 그대는 어떠한 미색을 구하고자 하는가?"

동초가 웃으며,

"처첩을 구하는 일이 각자 다르니, 드높은 가문에서 가도家道를 바르게 하려는 자는 반드시 얌전하고 점잖은 여자를 구할 것이요, 생애가 담박해 재산을 이루려는 자는 반드시 길쌈하고 물긷고 절구질하는 여자를 취할 것이요, 후사後嗣를 이으려 하는 자는 다만 혈기가 넉넉하며 말을 복스럽게 하는 여자를 구하려니와, 나 같은 자는 청춘 호협이요 풍류 방탕한 자라. 규방의 법도에 부녀자의 덕을 겸비한 여자는 도리어 우환이 될지니, 반드시 지혜로운 풍정과 민첩한 자질로 노류장화의 행색을 띠고 월태화용의 자색을 겸해, 화려한 누각에 구슬발을 길게 드리우매 황금 채찍을 들고 백마에 탄 채 멈추어 서서, 바라고자 하나 얻기 어렵고 가까이하고자 하나 길이 없는 그런 미인이 곧 내가 구하는 바로다."

마달이 크게 웃으며,

"이런 요사스러운 첩을 구한다면, 참으로 방탕무뢰한 무리를 면하기 어려우리로다. 내가 이제 그대를 위해 장차 한 미인을 중매하리니, 알지 못하겠도다. 그대의 뜻이 어떠한가?"

동초가 손을 잡으며,

"내가 너의 안목을 시험하리라. 어찌 길가에 주점 깃발을 꽂고 몸단장을 하여 행인을 속이는 부류가 아니리오? 혹시 이런 여자에게 정신이 황홀해 나에게 중매하고자 함이 아닌가?"

마달이 웃으며,

"그대가 내 말을 믿지 않을진대 다시 논할 필요 없도다. 나는 한 명의 나이 어린 첩을 이미 마음에 정했으니, 훗날 홀로 즐김을 책망하지 말라."

동초가 말하길,

"어떠한 여자인고? 빨리 어떤 사람인지 말하라."

마달이 말하길,

"돌 속의 옥이요 피지 아니한 꽃이니, 만약 알아보는 자가 있어 한번 가려 뽑아 망치와 숫돌로 다듬고, 갈고羯鼓를 연주해 꽃이 피게 한즉 어찌 절대가인이 아니리오?"

동초가 이 말을 듣고 마달의 소매를 잡고 캐묻거늘 마달이 이윽고 말하길,

"난성후 휘하의 여종 연옥과 선숙인의 심복 여종 소청은 타고난 아름다운 자질이라. 그 몸이 미천한 까닭에 알아보는 자가 적고, 나이가 아직 어린 까닭에 자색이 다 피지 못한 꽃 같고 다듬지 않은 옥 같으니, 그대가 어찌 알리오?"

동초가 무릎을 치고 웃으며,

"마달아! 네가 능히 알아보았는가? 나 또한 마음에 둔 지 오래이나 홍원수와 선숙인의 뜻을 몰라 짐짓 발설하지 못했는데, 네가 이제 먼저 말하니 너는 누구에게 뜻을 두었는가?"

마달이 이윽고 말하길,

"내가 남방에서 첩서捷書를 가지고 오다가 선숙인과 여종이 겪는 재앙을 구했노라."

하고 소청에게 뜻을 둔 것을 거듭 말하니, 동초가 웃으며,

"흉악한 놈아! 네가 충심으로 주인을 구한 것이 아니라 은근히 아름다운 여자를 낚음이로다. 내가 마땅히 정대히 취하리니, 다만 수단을 보

라."

두 사람이 서로 돌아보며 크게 웃고, 다시 주점을 찾아 몇 잔을 유쾌히 마셔 각자 크게 취한지라. 동초가 마달을 이끌어 웃으며,

"대장부는 모든 일을 상쾌하게 결단함이 마땅하니, 우리가 곧바로 연왕부燕王府로 가서 연왕을 뵙고 청함이 어떠한가?"

마달이 말하길,

"우리가 이미 크게 취했으니 일의 기미를 자세히 살펴 도모함이 좋을까 하노라."

동초가 웃으며,

"연왕이 비록 위엄이 정대하나 또한 풍류남자요 소년호걸이라. 주색의 풍정을 능히 알아 책망하지 않을 것이요 또 우리를 사랑하시니, 반드시 한 명의 여종을 아끼지 않으시리라."

즉시 말을 달려 연왕부로 가니, 마침내 어찌하리오? 다음 회를 보라.

동초·마달이 소청·연옥과 결혼하고
진왕·연왕이 연춘전에서 태후에게 헌수하더라

제47회

이때 동초와 마달이 연왕부에 이르러 연왕에게 뵙기를 청하거늘, 연왕이 마침 후원의 석대에 올라 세 낭자와 더불어 나무그늘을 감상하다가, 좌우에서 관동후와 관서후가 찾아왔음을 아뢰니 연왕이 웃으며,

"두 장수는 바람 먼지 날리는 전쟁터에서 괴로움을 함께한 사람이요, 또 선숙인의 은인이라. 모든 낭자가 서로 대하여 거리낄 바 없으니, 후원의 문을 열어 안내하라."

동초와 마달이 후원 문으로 들어와 꽃수풀 석대 아래 멈추어 알리니, 연왕이 즉시 석대에 오르게 하여,

"이 자리에 앉은 사람이 장군들의 벗 아닌 사람이 없음이라. 내가 마침 무료해 모든 낭자와 더불어 나무그늘 속에 앉아 있으니, 오늘은 장군들도 한가한 사람인지라, 함께 마음을 풀어봄이 어떠하오?"

두 장수가 황공해 사례하고 모든 낭자에게 인사드리니, 연왕이 다시 소청과 연옥에게 명해 술을 가져오라 하여 여러 잔을 돌리매 옥 같은 얼굴에 붉은 기운이 돌아 봄바람이 화창하거늘, 동초가 이윽고 아뢰길,

"저희에게 간절한 마음이 있기에, 감히 사랑해주심을 믿고 당돌함을 무릅써 청하고자 하나이다."

연왕이 웃으며,

"그 마음이 무엇인고?"

동초가 말하길,

"저희는 본디 방탕한 자취라. 다행히 망극한 천자의 은혜를 입고 또 상공께서 뽑아주시는 은덕을 입어 외람되이 공후公侯의 반열에 이르러 부귀가 지극하오나, 티끌세상의 명리에 구속된 몸이 되어 꽃 피는 아침과 달 밝은 저녁에 마음이 적막하더이다. 자연히 옛 습관을 억제하기 어려워 천금 값어치의 준마를 나이 어린 첩으로 바꾸어 무료한 풍정을 위로하고자 하오나, 원래 군중軍中에 별로 뜻에 맞는 자가 없어 간절한 마음을 두 분 낭자께 아뢰고, 소청과 연옥을 천금으로 값을 치르고 양민이 되게 하여 황금으로 높은 집을 짓고 부귀를 함께 누리고자 하오니, 상공께서는 그 당돌한 죄를 용서해주소서."

연왕이 웃으며,

"두 장군의 부귀와 업적이 한 시대에 드러나고 또 청춘의 나이인지라. 좌우에서 시중들며 은총을 입고자 하는 자가 무수하리니, 어찌 굳이 아름답지 않은 천한 여종을 들이고자 하는고?"

두 장수가 웃으며,

"식욕과 색욕은 사람마다 다른지라. 고량진미를 마다하고 나물국을 좋아하는 자가 있는 법이니, 소청과 연옥 두 여종의 정묘한 자질은 하늘이 내려주신 바라. 반드시 종의 신분으로 오래도록 있지 않으리이다."

연왕이 미소하고 두 낭자를 돌아보며,

"주인들이 이 자리에 있으니 상의해 결정하오."

선숙인이 마달을 향하여,

"제가 일찍이 장군의 의로운 도우심을 입어 살아난 은혜를 갚고자 하나 길이 없더니, 오늘의 요청을 어찌 허락하지 않으리이까?"

동초가 또 난성후를 향하여,

"저희 두 사람이 문하에 출입해 일거일동에 조금도 다름이 없었거늘, 여종 소청을 마달에게 내리시어 소원을 이루어주시되 저는 홀로 뜻을 이루지 못하니, 어찌 좋은 기회를 만나지 못한 한탄이 없으리이까?"

난성후가 웃으며,

"관서후는 선숙인이 그 은혜에 보답함이니 논할 바 없거니와, 연옥은 나의 총애하는 여종이라. 백년의 의탁을 어찌 한마디 말로 결정하리이까?"

동초가 크게 웃으며,

"제가 비록 부족하나 또한 공로가 없지 않나이다. 연왕께서 선비로서 과거 보러 가시다가 소주에서 녹림객을 만나 낭패하시더니, 만약 저의 인도함이 없었다면 어찌 난성후를 만났으리이까? 이로 말할진대 오늘 난성후의 이러한 부귀는 저의 공로 아님이 없나이다."

말을 마치고 크게 웃거늘, 난성후 또한 미소하며,

"장군께서 이처럼 간청하시니 어찌 받들지 않으리오마는, 연옥은 어버이도 친척도 없는지라. 나와 더불어 비록 주인과 종의 이름이 있으나, 그 정으로 말할진대 친자매와 다름이 없으니, 장군께서 비록 수습하지 않더라도 장차 값을 치르고 양민이 되게 하여 귀인을 중매해 부귀영화를 누리게 하려 함이더니, 장군께서 좌우에 두시고자 한즉 이것이 어찌 연옥의 복이 아니리오? 그러나 나에게 두 가지 약속이 있으니, 먼저 장군의 응낙을 받은 후에 허락하리이다."

동초가 말하길,

"열 가지 약속이라도 받들어 행하리이다."

난성후가 웃으며,

"연옥이 비록 천한 이름이 있으나, 내가 쾌히 양민이 되는 것을 허락했으니 장군께서 천한 첩으로 대우하지 못할지라. 날을 택해 혼례를 행하고 전안奠雁과 납폐納幣를 함이 첫번째 약속이요, 장군께서 연옥을 좌우에 두신 뒤에는 다른 첩을 두지 않아 탁문군이 사마상여가 첩 두는 것을 한탄해 부른 「백두음白頭吟」을 연옥은 부르지 않도록 하는 것이 두번째 약속이라. 장군께서는 스스로 헤아려 처리하소서."

동초가 크게 웃으며,

"이는 곧 저의 소원이라. 홍원수의 군막 앞에서 어찌 감히 두 말씀을 하리이까?"

난성후가 다시 근심스레,

"저와 연옥은 장군과 더불어 고향이 같은 사이라. 만 번 죽을 고비에서 살아나매 신의를 잃지 않고 끊어졌던 인연을 다시 이으니, 그 정으로 논할진대 평범한 주인과 종의 관계에 비할 수 없음이라. 일거일동에 잠시도 떨어지지 않아 서로 헤어질 마음이 없으나, 여자가 시집가는 것은 귀천에 다름이 없는지라. 하루아침에 장군을 위해 양민이 되게 함을 허락하나 자연히 마음이 서글퍼 말이 장황해짐을 깨닫지 못하오니, 바라건대 장군께서는 그 고단한 신세를 불쌍히 여기시어 특별히 깊은 사랑을 베풀어주소서. 천성이 전혀 어리석지 않으니 마땅히 장군의 뜻에 어긋남이 없어 아마도 은총을 잃지 않으리이다."

동초가 개연히 말하길,

"홍원수의 말씀은 깊이 뼈마디에 사무쳐 비록 목석이라도 감동하지 않음이 없을지라. 만약 이 뜻을 받들지 않으면 복을 누리기 어려울 것이요, 제가 또한 이 말씀을 저버린다면 경박한 무리를 면하기 어려울까 하나이다."

이에 술을 내와 두 장수를 대접하더라. 이윽고 두 장수가 물러감을 아뢰어, 다시 후원 문을 열고 문밖을 나갈 새 동초가 마달을 돌아보며,

"난성후의 뜻이 이러하시니, 우리가 마땅히 위의를 펼쳐 난성후의 뜻

을 저버리지 않으리라."

이튿날 난성후가 손야차를 불러 동초와 마달 두 장수의 일을 말하고 혼례를 재촉하니, 두 장수가 이에 예의와 절차를 갖추어 패물과 비단으로 같은 날에 예물을 들이더라. 난성후가 선숙인과 더불어 난성부鸞城府를 깨끗이 소제하고 혼례를 행할 새, 비단 휘장과 수놓은 자리에 비취 이불과 원앙 베개를 겹겹이 펼쳐놓고, 난성부의 여종과 하인들은 녹의홍상으로 향초를 받들어 쌍쌍이 벌여 섰으니, 높은 벼슬아치 집안에서 육례를 갖추어 친영하는 혼례라도 이보다 성대하지 않겠더라.

난성후가 연옥을 단장시키고 선숙인은 소청을 단장시킬 새 각기 그 재능을 다해, 낙매장[1]에 초승달 모양 눈썹을 그리고, 덧넣은 다리머리에 자줏빛 비단 허리띠로 꾸미니, 머리를 꾸민 패물은 붉고 푸른 빛이 서리었고 허리에 드리운 비단치마는 휘황하게 수를 놓아, 연옥 낭자의 정묘함은 한 떨기 해당화가 아침 이슬에 젖은 듯하고 소청 낭자의 청아함은 눈 속의 향기로운 매화가 봄빛을 흘려내는 듯하여, 구경하는 사람들이 난성부에 가득해 문 앞이 떠들썩하더라.

대장군 뇌천풍이 한 무리의 무장武將을 거느려 손님이 되고, 전쟁터에서 괴로움을 함께한 모든 장수가 일제히 이르러 수레와 말이 골목에 가득하고 오영五營의 군졸들이 군악을 연주하며 문밖에서 기다리니, 황성의 남녀노소가 제일방第一坊 동네 어귀에 구름 모이듯 하여 찬탄하길,

"이런 혼례는 고금에 드문 바라."

동초와 마달이 각기 융복을 입고 대완마大宛馬를 타고, 따르는 수레와

1) 낙매장(落梅粧): 매화꽃무늬를 이마에 그리는 화장. 화전(花鈿)이라고도 한다. 중국 남북조 시대 남조의 송(宋)나라 무제(武帝, 363~422)의 수양공주(壽陽公主)가 신년점(新年占)을 치는 정월 7일에 함장전(含章殿) 다락에 기대어 졸고 있었는데, 어디선가 매화꽃 한 잎이 날아와 공주의 이마에 들러붙어 떼어내려 해도 떨어지지 않았다. 매화꽃잎이 붙은 얼굴이 몹시 예뻐 보여, 궁녀들이 이를 흉내내어 이마에 붉은 꽃 모양을 그리거나 붙인 것이 그 유래라고 한다.

말이 큰길을 따라 행진해 난성부 문 앞에 이르러 말에서 내려 초례의 자리에 나아갈 새, 갑자기 문밖에 수십 명의 기녀가 아름다운 화장과 화려한 치장으로 줄을 지어 들어오니, 동초와 마달은 본디 청루의 호협한 소년이라. 황성 청루의 모든 기녀가 두 장수가 두 여종과 혼인한다는 소문을 듣고 구경하고자 옴이더라. 일제히 잔치 자리에 둘러서서 소청과 연옥 두 낭자의 자색을 보고는 각자 찬탄하며,

"이는 타고난 아름다운 자색이라 하리로다. 우리의 미칠 바가 아니로다."

난성후가 두 기녀에게 명해 인사하는 예를 베풀라 하니, 두 기녀가 큰 술잔을 들어 맛있는 술을 가득 부어 사랑스러운 웃음과 아름다운 이야기로 정을 보내며 풍류가 흐드러지니, 두 장수가 기쁨을 이기지 못하더라. 관동후가 관서후를 돌아보고 웃으며,

"마달아! 너의 소청 낭자는 천성이 겁이 많아 너를 보면 떤다 하니 훗날 집안의 법도가 마땅히 엄숙하려니와, 나의 연옥 낭자는 천성이 굳세어 일 년 동안 문하에 있으며 한 번도 마음을 두어 나를 보지 않으니, 도리어 근심하는 바라."

초례를 마친 뒤 외당으로 나갈 새 대장군 이하 모든 손님이 어지러이 떠들며 옛 동상례[2]에 대해 토론하거늘, 난성후가 좌우에 명해 외당에 잔치자리를 베풀고, 술과 안주를 보내고 기악妓樂을 바쳐 한바탕 질탕하니, 구경하는 자들이 난성후의 풍류 솜씨를 칭송하지 않음이 없더라. 두 장수가 이에 두 낭자를 데리고 자기 집으로 가길 청하니, 난성후가 연옥

2) 동상례(東床禮): 혼례가 끝난 뒤에, 신부집에서 신랑이 자기 벗들에게 음식을 대접하는 일. '동상(東床)'은 왕희지(王羲之, 307~365)의 고사에서 유래해 '남의 새 사위'를 가리킨다. 동진(東晉) 때 태위(太尉) 치람(郗鑒)이 사람을 시켜 사위를 왕희지의 집에서 구하고자 했다. 왕희지의 아버지 왕도(王導)가 치람이 보낸 사람을 동쪽 평상(東床)으로 인도해 자제들을 두루 보게 했는데, 다른 자제들은 모두 스스로 뽐냈지만 왕희지는 배를 드러내고 편안히 누워(坦腹) 음식을 먹으며 개의치 않았다고 한다. 치람이 이 말을 전해 듣고 그를 사위로 삼았다 한다.

낭자를 보낼 새 몸소 섬돌 아래에 내려가 가마의 구슬발을 내리며,
"내가 너와 마찬가지로 미천한 사람이라. 천자의 은혜가 망극하고 연왕께서 수습해주시는 은덕을 입어 오늘날 영화가 지극하나, 너 또한 어버이가 안 계셔 일찍이 한마디의 교훈을 듣지 못했으니, 반드시 공경하고 경계해 지아비에게 어긋남이 없어야 함은 귀천이 일반이라. 네가 청루에서 자라 비록 보고 들은 것이 없으나 평생 삼가 그 몸에 욕됨이 없게 하라. 우리 두 사람의 주인과 종의 분별은 오늘로 마치나, 옛정을 저버리지 말라."
연옥이 눈물을 머금고,
"천한 여종의 머리부터 발끝까지 낭자께서 내려주시지 않음이 없는지라. 세상에 살아 있는 동안에 주인과 종의 이름이 어찌 달라질 수 있으리이까?"
이로부터 소청과 연옥이 비록 존귀한 공후의 소실이 되었으나, 연왕부에 이른즉 옷깃을 걷고 모든 여종을 좇아 일거일동에 주인과 종의 예절을 공손히 지켜 터럭만큼도 태만함이 없으니, 연왕부의 위아래사람이 그 신의를 지킴에 탄복해 연옥을 '옥랑玉娘'이라 부르고, 소청을 '청랑蜻娘'이라 부르더라. 연왕이 난성후를 보고,
"소청과 연옥 두 낭자의 혼인을 어찌 그리 요란스럽게 하는고?"
난성후가 웃으며,
"저는 미천한 자취이고, 두 여종은 더욱더 미천한 인생이라. 제가 일찍이 예를 갖추어 혼인하지 못한 한스러움이 있는 까닭에, 이제 두 여종을 통하여 그 한스러움을 씻고자 함이로소이다."
연왕이 미소하더라.
세월이 훌쩍 흘러 문득 팔월 열엿새가 되니, 이날은 태후의 탄신일이라. 천자가 큰 잔치를 베푸실 새, 진국秦國 공주가 본국의 기악妓樂을 특별히 선발해 이르니, 원래 태후가 공주를 편애하시고 공주의 성품이 풍류

호방해 본디 남자의 기상이 있기에 항상 말하길,

"부녀자의 질투는 대장부의 기상을 쓸쓸하게 만드는 것이라."

하여 진왕秦王을 위해 비빈과 궁첩을 택해 좌우에 두게 하니 그 가운데 노래와 춤과 문장, 활쏘기와 말타기 재능을 겸비한 자가 수십 명이라. 그중에서도 특별히 뛰어난 자가 세 명이니, 첫째는 반귀비潘貴妃요, 둘째는 괵귀비虢貴妃요, 셋째는 철귀비鐵貴妃라. 공주가 모후 탄신일의 즐거움을 돕고자 하여 본국의 기악과 세 귀비와 더불어 한꺼번에 잔치에 참여하니 천자가 웃으시며,

"누이의 지난날 풍류가 오히려 줄지 않음이라."

공주가 아뢰길,

"신이 노래자[3]의 재롱을 본받아, 모후의 한 번 웃으심을 돕고자 함이로소이다."

태후가 웃으시며,

"딸아이가 어려서부터 총명하고 재능이 많은지라. 선제先帝께서 사랑하시어 품안에 안고 글자를 가르치시고, 혹 궁녀를 따라 늘 후원 잔치의 춤과 궁중의 음악을 보고는 일일이 흉내내어 놀더니, 이제 나이가 이미 스물이 넘었으되 오히려 어린아이 시절의 버릇을 고치지 못했도다."

공주가 웃으며,

"진왕이 황성에서 돌아와 연왕의 소실 홍혼탈과 오랑캐 왕의 딸 일지련의 무예와 자색을 칭찬하니, 이는 어떠한 사람이니이까?"

태후가 미소하며,

"이는 여인 가운데 호걸이라. 문장과 자색, 무예와 노래와 춤을 통달

3) 노래자(老萊子): 중국 춘추시대 말기 초(楚)나라 사람. 난세를 피해 몽산(蒙山) 기슭에서 농사를 지었다. 초나라 왕이 그가 인재임을 듣고 불렀으나 응하지 않았다. 효성이 지극해 나이 일흔이 되어서도 어버이를 즐겁게 해드리기 위해, 어린아이처럼 색동옷 입고 병아리를 가지고 장난하며 춤을 추어, 이로부터 '농추무반(弄雛舞斑)'의 성어가 생겨났다.

하지 않음이 없으니, 세 귀비의 재능으로 감히 당하지 못하리로다."

공주가 크게 기뻐하며 탄신일을 손꼽아 기다리더라. 이튿날 천자가 조회를 마치시고 특별히 연왕을 머무르게 해 편전에서 얘기를 나누실 새 술과 안주를 내오게 해 임금과 신하가 살짝 취하니, 천자의 얼굴에 화색이 가득해 연왕을 돌아보시며,

"그대의 나이가 스물한 살이요, 내가 그대보다 네 살이 많으니, 마땅히 아우의 예로써 대우할지라. 임금과 신하의 관계를 벗어버리고, 한 집안 형제의 관계처럼 보리라. 내가 그대와 더불어 일찍이 선비로서 서로 만나지 못하고, 늘 체면을 돌아보아 바쁜 조정에서 속마음을 다하지 못함을 한스러워하노라."

연왕이 황공해 머리를 조아리니, 천자가 다시 하교하시길,

"내일은 태후의 탄신일이라. 내가 만승 천자의 부유함으로도 사해四海의 맛난 진미로 봉양함을 뜻대로 못한 것은 자연히 나라에 일이 많았던 때문이라. 태후께서 아들과 딸을 느지막이 얻으셨으니, 나는 맏이요 진국 공주는 둘째라. 진국이 아득히 멀고, 여자가 시집감에 오래 입조入朝하지 못하더니, 이제 진국의 기악을 거느리고 와서 노래자의 재롱부리는 효성을 본받고자 하니, 내일 종실宗室 부인과 명부命婦·비빈妃嬪으로 하여금 궁중의 잔치에 모두 참여하게 하려니와, 진왕은 사위의 반열에 있고, 그대도 또한 바깥사람이 아니라. 태후께서 마씨馬氏로 더불어 외종형제이나 정으로는 친형제와 같으니, 그대는 곧 마씨의 손자사위라. 태후께서 그대를 친사위처럼 사랑하시니, 진왕과 더불어 헌수연獻壽筵에 함께 나와 모후의 총애하시는 뜻을 저버리지 말라."

연왕이 머리를 조아리고 명을 받들거늘 진왕이 미소하며 아뢰길,

"신이 듣건대 연왕부의 기악이 황성에서 이름나 있다 하오니, 특별히 명하시어 내일 잔치 자리에 모두 참여하게 하소서."

천자가 웃으며 명하시길,

"내가 의봉정儀鳳亭을 없앤 뒤로 음악을 전혀 가까이하지 않은 까닭에, 교방敎坊이 형식을 갖추지 못한지라. 내일은 궁중에서 기녀를 쓰지 않을 수 없으니, 연왕부의 기악으로 하여금 잔치에 참여하게 하라."

연왕이 명을 받고 물러나 집에 돌아오니, 가궁인이 태후의 명을 받들어 연왕부에 이르러 허부인에게 전하길,

"우리는 늙은지라. 거리낄 바 없으니, 평상복으로 대궐에 들어와 서로 정을 펴도록 하라."

하시니 허부인이 감히 사양하지 못해 명을 받들더라.

이때 연왕이 취봉루翠鳳樓에 이르러 난성후와 선숙인을 보고,

"황상께서 내일 기악을 부르시니 받들지 않을 수 없는지라. 근래 집안의 기악이 어떠한고?"

난성후가 대답하길,

"제가 조금 전에 궁인께 들으니, 진국 공주께서 풍류 호방하시어 세 귀비와 일등 기악을 거느려 잔치에 참여해, 장차 연왕부의 기악과 승부를 겨루고자 하신다 하니, 상공께서는 장차 어떻게 처리하고자 하시나이까?"

연왕이 미소하고, 이에 진왕이 아뢰던 말씀을 전하며,

"이는 낭자들의 일이라. 진왕이 낭자들이 본디 강남 청루의 이름난 기녀로 이 시대에 독보적이라 함을 들은 까닭에 한번 견주고자 함이니, 내일 이기지 못함도 낭자들의 수치요, 승전곡을 아룀도 또한 낭자들의 솜씨로다."

난성후가 미소하고 즉시 연왕부의 기녀 수십 명을 선발해 취봉정에서 밤새도록 연습할 새, 선숙인이 웃으며,

"풍류는 한때 마음을 푸는 것일 따름이니, 어찌 반드시 남에게 이기는 것을 위주로 하리오?"

난성후가 웃으며,

"낭자는 청춘의 기상으로 스스로 노숙함을 자처하지 말라. 나는 평소 이기고 싶어하는 버릇은 없으나, 타인에게 앞자리를 양보하고자 하지 않노라."

하고 몸소 단판檀板을 두드리며 가곡을 가르치고, 관현을 잡아 음률을 가르쳐 날카로운 기세가 등등하니, 연왕부의 모든 기녀 또한 날카로운 기운을 내어 조금도 태만함이 없더라. 난성후가 다시 난성부에 분부해 수십 필 비단으로 모든 기녀의 옷을 새로 준비하되 일일이 점검해 강남 풍속을 따르니, 그 사치스러움과 번화함이 황성 교방으로는 당할 수 없더라.

이튿날 천자가 연춘전에서 모든 관리를 거느려 헌수연을 베푸실 새, 자리에 나아가 만년배萬年盃에 받들어 구하주九霞酒를 따라 만세를 외치시니, 모든 궁녀가 한꺼번에 외치는 산호만세[4] 소리가 음악 소리와 어울려 드높은 하늘에 멀리 퍼지더라. 천자가 연춘전 위에 오르시어 태후를 모시어 동쪽을 향해 앉거늘, 진왕이 또한 곤룡포와 면류관 차림으로 머리에 채화彩花를 꽂고 잔을 받들어 만세를 외치니, 진국 기녀들이 한꺼번에 진국의 음악을 연주하고, 연왕은 오사모烏紗帽에 붉은 도포와 통천서대通天犀帶 차림으로 머리에 채화를 꽂고 잔을 받들어 만세를 외치니, 연왕부의 기녀들이 또한 한꺼번에 연왕부의 음악을 연주하더라. 진왕과 연왕이 연춘전 위에 올라 서쪽을 향해 모시어 서니, 문무백관이 또한 일제히 북쪽을 향해 절하고 만세를 외쳐 진하進賀의 예를 마치고 차례로 엎드리니, 천자가 좌우에 명해 음식을 내오게 하시고 어배御盃와 법주法酒로 기녀들에게 명해 잔을 돌리게 하시더라. 궁중의 법악法樂과 양부兩府의 음악을 한꺼번에 연주해 한바탕 질탕한 뒤에 모든 관리가 물러나니,

4) 산호만세(山呼萬歲): 나라의 큰 의식(儀式)에서, 임금의 축수(祝壽)를 표하기 위해 신하들이 두 손을 치켜들고 '만세'를 일제히 외치던 일.

황후가 이에 종실과 대신의 명부·비빈을 거느려, 내반內班을 베풀어 헌수하실 새 그 의례가 어떠한고? 다음 회를 보라.

두 왕이 벌주를 마시며 풍류진으로 싸우고 낭자들이 연촉을 읊어 칠보시를 바치더라

제48회

이때 황후가 칠보七寶의 붉고 푸른 장식으로 궁양계宮樣髻 쪽찐 머리를 꾸미고, 몸에 온갖 꽃을 금빛 실로 붉게 수놓은 적의[1]를 입고 헌수연獻壽筵에 이르러 동쪽을 향해 서시고, 진국 공주는 머리에 두 마리 봉황을 금으로 박은 부용관芙蓉冠을 쓰고, 몸에 초록 비단에 금빛 실로 나비떼를 수놓은 치마를 입고 서쪽을 향해 서니, 동반東班에는 대신의 명부로부터 차례로 벌여 서더라. 연왕은 왕작王爵이 있는 까닭에 윤부인과 황부인이 머리에 화관을 쓰고 장복章服 차림으로 반열을 주관하고, 난성후와 선숙인은 머리에 물총새 꼬리털 모양의 덧넣은 다리머리에 몸에 금빛 실로 수놓은 요의腰衣를 입고 그 뒤를 따르고, 위부인衛夫人·소부인蘇夫人과 종실 비빈이 각기 예복을 갖추어 동반과 서반으로 나뉘어 만세를 외치면서 잔을 들어 헌수하니, 패옥珮玉은 쟁그랑 울리며 음악 소리에 어우러지고,

---

1) 적의(翟衣): 황후(皇后)가 입던, 붉은 비단 바탕에 청색의 꿩을 수놓고, 옷깃의 뒷부분 둘레에 붉은 선은 두르고, 선 위에는 용(龍)이나 봉(鳳)을 그린 옷.

향기로운 바람은 흩날리어 상서로운 구름을 불러일으키더라. 헌수의 예를 마치매 태후가 모든 부인에게 명해 연춘전 위에 오르라 하시니 가궁인이 아뢰길,

"연왕의 어머님께서 아직 반열에 들지 못하고 밖에 계시나이다."

태후가 크게 기뻐해 즉시 불러 보시니, 허부인이 문안인사를 마치매 모든 부인이 좌우에 모시어 서더라. 태후가 기뻐 웃으시고 허부인을 보시며,

"우리는 서산의 지는 해 같은지라. 그대의 얼굴 보기를 원해 오래도록 간절했는데, 오늘에야 이처럼 서로 얼굴을 대하니, 어찌 서먹하지 않으리오?"

허부인이 대답하길,

"저는 옥련봉 아래에서 나물 캐던 시골 노파라. 천자의 은혜가 망극해 외람되이 잔치 자리에 참석하오니, 어찌할 바 모르겠나이다."

태후가 미소하시고 특별히 명해 난성후·선숙인·연숙인에게 가까이 오라 하시어, 손을 잡고 하교하시길,

"선랑과 연랑은 바람 먼지의 환란 가운데 이미 친숙한 얼굴이 되었으나, 난성후는 다만 그 성명을 듣더니 오늘에야 비로소 얼굴을 대하도다."

진국 공주가 태후에게 아뢰길,

"난성후가 어떤 사람이니이까?"

태후가 미소하시고,

"딸아이가 늘 난성후를 만나지 못한 것을 한탄하더니, 네가 알아볼 수 있겠느냐?"

공주가 웃고 자리를 둘러보다가 난성후를 가리키며,

"이분이 홍혼탈이 아니니이까?"

태후가 웃으시며,

"딸아이의 안목이 탁월하다 하리로다. 서로 인사하는 예를 베풀라."

난성후가 잠시 눈길을 흘려 공주를 보니, 아름다운 눈썹과 꽃다운 얼굴이 달처럼 빛나고, 뛰어난 기상과 빼어난 자색은 묻지 않아도 알 수 있는 금지옥엽이더라. 태후의 슬하에 가까이 모시고 있거늘, 난성후가 즉시 몸을 일으켜 자리를 피하니, 공주가 자리를 내려주고 웃으며,

"그대의 성명을 우레같이 들었거늘, 과연 이름이 헛되이 전해지는 것이 아니로다."

다시 연숙인을 찾아 일일이 예를 베푼 뒤에 세 귀비를 불러 모든 낭자에게 보이며,

"이들은 먼 지방에서 온 사람이라."

난성후가 세 귀비를 보니, 반귀비·곽귀비는 달 같은 자태와 꽃다운 얼굴이 자못 아름답고, 철귀비는 신장이 팔 척이요 기상이 준수해 당당한 장부의 기풍이 있더라. 태후가 다시 선숙인을 보시고 소청을 찾으시니 가궁인이 웃으며,

"소청이 그사이 관서후 마달의 소실이 되어 오늘 연왕부의 여종의 반열에 있지 아니하나이다."

태후가 크게 웃고 그 사연을 물으시니 가궁인이 이에 앞뒤 일들을 아뢰고,

"제가 밖으로부터 소문을 들으니 난성부에서 초례를 치를 때 난성후와 선숙인이 두 여종을 극히 사치스럽게 단장해, 제도의 찬란함과 위의의 번화함이 전에 보기 드물었다 하더이다."

태후가 크게 웃으시며,

"이는 반드시 난성후의 젊은 나이의 날카로운 기운이로다. 동초와 마달은 나라에 공로가 있는 신하라. 두 여종이 이미 소실이 되었으니 어찌 오늘 잔치 자리에 불참할 수 있으리오? 즉시 명해 부르도록 하라."

이윽고 소청과 연옥이 들어와 모시거늘, 태후가 자세히 보시고,

"너희가 이미 공후公侯의 소실이 되었거늘, 어찌 예전의 의복을 고치지 아니했는고?"

연옥이 대답하길,

"태후폐하께서 이르러 계시고, 모든 부인과 공주께서 자리에서 모시고 계시니, 천한 여종이 어찌 감히 지난날과 다름이 있으리이까?"

태후가 더욱 기특히 여기시더라. 천자가 밖의 조정에서 진하進賀를 받으신 뒤에, 왼손으로 진왕의 손을 잡고 오른손으로 연왕의 소매를 이끌어 다시 연춘전에 이르시어,

"그대들은 한집안 사람이라. 함께 모후母后를 모시어 오늘의 즐거움을 돕도록 하라."

하시고 궁녀에게 명해 태후 침전에 구슬발을 드리워 명부·비빈들은 구슬발 안에서 태후를 모시게 하고 천자는 구슬발 밖에 앉으시니, 진왕과 연왕이 좌우에서 모시더라. 천자가 연왕을 돌아보시며,

"칠촌七寸의 친척은 멀지 아니한지라. 그대가 진국 공주와 서로 대면하지 못할 바 없으나, 번거로운 예절이 사가私家와 다른 까닭에 도리어 서먹한 일이 많도다."

진왕이 웃으며 연왕을 대하여,

"공주는 금지옥엽이라. 제가 뜻대로 하기 어렵거니와, 저에게 세 명의 첩이 있으니, 두 사람은 본디 장안의 기녀요, 한 사람은 본부本府 양가良家의 여자라. 노래와 춤과 문장, 활쏘기와 말타기의 재능이 있어, 형의 아름다운 여인들을 대적할 만하니 잠시 구경함이 어떠하오?"

연왕이 사양하니 진왕이 웃으며 천자에게 아뢰길,

"신이 듣자오니 연왕이 출장입상出將入相해 소년호걸로 풍류가 남보다 뛰어나다 하더니, 끝내 이처럼 옹졸하니 대장부의 기상이 없음을 알겠나이다."

천자가 크게 웃으며,

"내가 그대들을 좌우에 두니, 조정에 오르면 대들보와 주춧돌이요 사석에서 대하면 친구이자 형제라. 오늘 풍류진風流陣 앞에서 그 승부를 구경하고자 하노니 굳이 사양하지 말라."

진왕이 이에 세 귀비를 부르니, 세 귀비가 즉시 구슬발 밖으로 나와 진왕을 따라 모시어 서니 진왕이 또 연왕을 보며,

"형의 아름다운 여인들을 내가 이미 보았으나, 바람과 먼지, 화살과 돌이 날리는 전쟁터에서 얼굴을 대함이 흐릿했으니, 다시 자랑하고 싶지 않은가?"

궁녀에게 명해 세 낭자를 부르니 난성후·선숙인·연숙인이 또한 구슬발 밖으로 나와 연왕을 좇아 모시어 서거늘 진왕이 자세히 보고 웃으며,

"형의 소실이 비록 아름다우나 저의 소실 철귀비의 쾌활함을 당하지 못하리니, 이 사람은 진국의 미인이라. 평소 격구擊毬와 말달리기를 좋아하니, 형이 장차 어찌 대적하고자 하는고?"

연왕이 말하길,

"왕께서 그 재능을 먼저 자랑하시니, 속마음으로 겁내심을 알겠나이다."

진왕이 크게 웃더라. 천자가 이에 진왕부와 연왕부의 모든 기녀로 하여금 연춘전 위로 오르라 하고 하교하시길,

"내가 음률에 있어 비록 총명은 없으나 대략 조금 아나니, 음악을 들어 우열을 정하되 그 승부에서 지는 자는 큰 잔으로 두 왕을 벌하리라."

두 왕이 머리를 조아리니 천자가 즉시 진국 기녀들에게 명해 예상우의무霓裳羽衣舞를 아뢰라 하시더라. 진국 기녀가 한꺼번에 노래와 춤과 음악을 아뢰니, 청아한 곡조는 높은 하늘에 다다르고 펄럭이는 소매는 향기로운 바람에 나부껴 청아하고 화창하거늘, 천자가 칭찬하시어,

"진국 기녀의 음악이 이런 정도에 이르렀단 말인가? 궁중의 법악으로 당하지 못하리로다."

또 연왕부 기녀들에게 명해 예상우의무를 아뢰라 하시니, 원래 우의무는 악조가 느릿느릿해 춤추는 법이 지루하고 그 재능을 나타내기 어려운 까닭에 천자가 이처럼 한 가지로 명하심이더라. 연왕부의 기녀들이 의상을 가지런히 하고 춤추는 자리에 나아가 소매를 드리우고 동서로 나뉘어 서서 「보허사步虛詞」를 아뢰니 천자가 묵묵히 보시더라. 바야흐로 「보허사」를 바꾸어 「예상곡」을 아뢰며 푸른 옷소매를 떨쳐 춤추거늘 천자가 옥 같은 손으로 안석을 치며 칭찬하시니, 두 기녀가 우아한 태도와 느릿느릿한 소매로 거닐며 펄럭여, 맑게 울리는 패옥 소리는 마치 월궁항아가 공중에 거니는 듯하고, 펄펄 날리는 의상은 마치 광한전의 선녀가 바람결에 내려오는 듯해 반나절을 휘날리더라. 제삼장에 이르러 「예상곡」을 다 마치지 않고 모든 기녀가 갑자기 붉은 현絃을 울려 「황성별곡皇城別曲」을 아뢰니, 관현이 질탕하고 춤추는 소매가 영롱해 번화한 곡조와 화창한 음률이 한바탕 어우러지니, 일천 궁녀가 한꺼번에 무릎을 치며 깨닫지 못하는 사이에 손과 발이 춤을 추더라.

천자가 크게 기뻐하시어 연왕부의 모든 기녀를 보며,

"내가 먼저 우의무를 아뢰도록 명했거늘, 너희가 먼저 「보허사」를 아룀은 어째서인고?"

기녀들이 아뢰길,

"우의무는 옛적에 당나라 현종께서 중추절 달밤에 양귀비와 더불어 홍교虹橋에 올라 광한전을 구경하실 새, 달 속 선녀의 우의무를 보다가 찬 기운이 뼈에 사무쳐 다 보지 못하고 돌아오시어, 그 곡을 본받은 것인지라. 「보허사」로 시작함은 홍교에 오르심을 뜻함이요, 우의무로 이어짐은 광한전에 오르심을 뜻함이요, 그 곡을 마치지 못함은 찬 기운이 사무쳐 오래 보지 못함을 뜻함이요, 「황성별곡」으로 마침은 궁중에 돌아와 선경仙境이 비록 좋으나 백성과 더불어 즐김을 뜻함이니이다."

천자가 얼굴빛을 고치고 칭찬하시길,

"노래와 춤이 아름다울 뿐 아니라 풍간諷諫의 뜻이 또한 그 가운데 있으니, 이는 반드시 가르친 자가 있음이로다."

난성후를 돌아보며 미소하시더라. 즉시 좌우에 명해 술을 내오라 하여 큰 잔으로 먼저 진왕을 벌하시고 또 한 잔을 들어 연왕에게 내려주시며,

"벌이 있은즉 상이 없을 수 없으니, 그대는 사양하지 말라."

이어 술과 안주를 내오게 하여 모든 낭자와 기녀가 먹도록 하시니, 진왕이 웃으며 아뢰길,

"신의 나라는 경계가 북방에 가까워, 아이와 병졸은 「소융시小戎詩」를 노래하고, 민간의 부녀자는 「장성곡長城曲」을 화답해, 사나운 풍속에 조금도 아리따운 기상이 없으니, 예상우의무는 본디 잘하는 바가 아니라. 반귀비·괵귀비와 난성후·선숙인으로 하여금 각기 한 가지 악기를 가지고 잘하는 바로써 우열을 견주길 바라나이다."

천자가 웃고 허락하시니 진왕이 두 귀비를 돌아보며,

"내가 열아홉 살에 토번을 격파하고 평소 지략에서 남에게 양보함이 없더니, 오늘 풍류진에서 연왕 앞에 항복 깃발을 꽂으니 이는 나의 수치일 뿐 아니라 또한 그대들의 수치라. 그대들은 각자 재능을 힘써 이 수치를 씻으라."

모든 귀비가 웃으며,

"저희가 무능해 다만 낭자군娘子軍에 숫자만을 채웠으니, 말채찍을 잡고 깃발을 흔들며 휘하의 지휘를 좇을 따름이라. 자웅을 겨루고 승부를 다툼은 병사에게 있지 않고 장수에게 있음인가 하나이다."

천자와 진왕이 크게 웃으시니, 연왕이 또한 웃으며 진왕을 조롱하여,

"강한 장수에게는 약한 병졸이 없다 하니, 왕께서는 너무 분노하지 마소서. 분을 품은 병졸은 반드시 패하나니, 다시 본국으로 돌아가 지략을 배우고 재능을 닦아 오소서."

진왕이 크게 웃더라.

이때 이미 날이 저물어 동쪽 산에 달이 떠오르니, 만리 먼 하늘에 한 점 티끌이 없더라. 천자가 후원으로 잔치 자리를 옮겨 푸른 비단 휘장을 베풀고 태후를 모시어 명부·비빈과 더불어 달을 감상하며 음악을 들으실 새, 진왕이 몸소 자리 위에 놓인 아쟁을 잡아 먼저 한 곡조를 켜니, 그 소리가 호방하고 쾌활해 자리 위의 흥취를 자못 드높이더라. 천자가 미소하며,

"그대의 풍류 솜씨가 비록 번화하나 수법이 생소하니, 참으로 귀인의 음률이로다."

진왕이 켜기를 마치매 즉시 아쟁을 밀어 연왕에게 주며

"연왕은 한 곡조를 아끼지 말라."

연왕이 사례하길,

"저는 본디 옹졸한 선비라. 음률을 배운 바 없어 받들기 어렵나이다."

진왕이 웃으며 좌우에 명해 술을 가져오라 하여 큰 잔에 가득 부어 천자에게 아뢰길,

"연왕이 스스로 체면을 무겁게 여기느라 재능을 아껴 폐하의 즐기심을 돕지 않으니, 벌이 없을 수 없는지라. 술로써 벌하고자 하나이다."

천자가 웃으며 허락하시니, 연왕이 두 손으로 받들어 마시고 다시 한 잔을 들어 아뢰길,

"진왕이 무례해 어수선한 솜씨로 현란한 음악을 아뢰어 폐하의 귀를 어지럽히니, 벌이 없을 수 없나이다."

천자가 웃으며 허락하시고 궁녀들을 돌아보시어,

"두 왕이 벌주를 빙자해 서로 마실 따름이며 자리 위의 늙은 형에게 한 잔을 권하지 않으니, 벌이 없을 수 없는지라. 두 잔 술로 두 왕을 벌하라."

하시니 두 왕이 한꺼번에 받들어 마시니, 난성후가 모시고 서 있다가

나아가 다른 잔으로 한 잔을 받들어 탑전榻前에 바치며 아뢰길,

"달 기운이 차갑고 밤이 서늘하오니, 한 잔 바치나이다."

천자가 흔쾌히 받으시며,

"난성후는 남편의 허물을 잘 깁거늘, 두 귀비는 어찌 권하지 않는가?"

괵귀비가 또한 잔을 받들어 바치니, 뿔잔과 산算가지가 뒤섞이고 술잔과 그릇이 어지러워 밝은 달 맑은 밤에 임금과 신하가 모두 취했더라. 천자가 낭자들을 돌아보며 음악 아뢰길 재촉하시니 반귀비·괵귀비가 먼저 비파와 보슬寶瑟을 타 한 곡조를 아뢰더라. 비파는 간절하고 보슬은 맑고 시원해 옥쟁반에 구슬을 굴리는 듯, 삼경 창밖에 차가운 빗방울이 떨어지고 창 너머 소녀가 속마음을 하소연하는 듯해, 번화한 가운데 애절하고 질탕한 가운데 서글퍼, 정묘한 솜씨와 청신한 음률이 다른 기녀들이 미칠 바가 아니더라. 천자가 무릎을 치며 칭찬하시고 난성후와 선숙인이 큰 소리로 칭찬하며 탄복하니, 진왕이 크게 기뻐해 연왕을 보며 자랑하는 기색이 얼굴에 가득하더라.

두 귀비가 타기를 마치니, 난성후와 선숙인이 이에 한 쌍 옥피리로 달을 향해 맑고 은은한 한 곡조를 아뢰더라. 아랫소리는 청아해 잔치자리를 두르고 윗소리는 격렬해 허공에 다다르니, 단산丹山의 봉황 암수가 화답하고 푸른 하늘 흰 학이 처절하게 울며 가을바람은 소슬하고 달빛이 깨끗해, 비빈과 궁녀들의 얼굴빛이 한꺼번에 쓸쓸히 바뀌되 천자는 그 쾌활함을 칭찬하시더라. 두 낭자가 다시 푸른 눈썹을 펴고 붉은 입술을 모아, 자웅률雌雄律을 합해 한 쌍의 옥피리가 한 소리를 이루어 삼 장에 이르더라. 청아한 곡조가 나긋나긋 끊어지지 않아 산천이 서로 응하고 풍운이 가득 일어나, 농옥[2]의 퉁소가 허공에 내려오고 왕자진王子晉

2) 농옥(弄玉): 중국 춘추시대 진(秦)나라 목공(穆公)의 딸. 농옥이 퉁소를 잘 부는 소사(簫史)를 좋아해 그에게 시집갔다. 소사가 퉁소로 「봉명곡鳳鳴曲」을 지어 부르니, 그 곡을 듣고 봉황이 찾아와 머물자, 목공이 봉황대(鳳凰臺)를 만들어주었다. 부부가 봉황대에 올라가 여러 해 동안

의 생황이 달 아래 아련한 듯하여, 뜨락에서 졸던 학이 은은히 길게 울며 검은 다리에 흰 깃으로 훨훨 날아 들어와 두 날개를 펼치고 쌍쌍이 배회하며 춤추거늘, 천자가 넋을 잃고 두 낭자를 보시며,

"내가 천리 바닷가에서 부질없이 신선을 구했도다. 두 낭자의 옥피리는 인간의 소리가 아니라. 나로 하여금 우화등선羽化登仙의 뜻이 있게 하여, 오늘밤 바람에 나부껴 옥경玉京 요대瑤臺에 앉아 있는 듯하도다."

두 낭자가 불기를 마치고 옥피리를 놓으니 여운이 공중에 남아 반나절 내내 그치지 않더라. 천자가 웃으며 두 낭자를 돌아보시어

"두 귀비의 음악이 비록 아름다우나 옛글에 이르길, '「소소簫韶」 아홉 장이 끝까지 연주되자 봉황이 와서 춤을 추었다' 했으니, 음악이 만약 신과 사람을 감동시킬 수 없다면 어찌 온갖 짐승이 따라와 춤을 추리오? 두 낭자의 옥피리는 내가 평론할 수 있는 것이 아니라. 흰 학 한 쌍이 이제 증명했으니, 다시 진왕을 벌하라."

하시니 진왕이 잔을 받들어 아뢰길,

"신이 만약 이 자리에서 연왕을 벌하지 못하면 맹세코 고국에 돌아갈 뜻이 없사오니 이제 음악으로는 서로 다투지 못할지라. 두 낭자로 하여금 각각 시를 한 수씩 짓게 해 그 재능을 견주길 바라나이다."

천자가 허락하시니 연왕이 아뢰길,

"가을달이 자못 서늘하고 밤이 이미 깊었사오니 잔치 자리를 다시 연춘전 안으로 옮기시길 청하나이다."

천자가 그 말을 좇으시어 연춘전으로 옮겨 앉으시고 자리를 베푸실새, 본래 진왕은 한번 노닐고자 함이요 억지로 승부를 겨루고자 함이 아니나, 젊은 나이의 날카로운 기상으로 두 번 패하니 마음속으로 분해 가만히 생각하되,

---

내려오지 않다가, 어느 날 봉황을 따라 함께 승천해 신선의 세계로 갔다고 한다.

'난성후가 비록 재능이 많으나, 일찍이 장수로서 다만 무예를 일삼은 지라, 시율에 어찌 민첩한 익힘이 있으리오?'

하여 한 계책을 생각하고 반귀비·괵귀비와 더불어 몰래 약속하길,

"천자께서 마땅히 그대들에게 명해 난성후·선숙인과 더불어 시를 지으라 하시리니, 그대들은 미리 생각해 창졸간에 허술하게 짓는 잘못이 없도록 하라."

두 귀비가 웃으며,

"시의 제목을 모르오니 어찌 미리 지을 수 있으리이까?"

진왕이 한참 생각하다가,

"어전御前의 금련촉金蓮燭으로 칠보시七步詩를 짓도록 하리라."

약속을 정하고 앉아 있는데 천자가 낭자를 다 부르시어 각각 채전彩牋과 필묵을 내리시고 글을 지으라 명하시더라. 두 왕을 돌아보며 시의 제목을 물으시니 진왕이 짐짓 오래 생각하는 체하다가 아뢰길

"달빛 아래 음악이 이미 그치고 촛불 아래 시장試場을 베푸셨사오니, 어전의 금련촉으로 제목을 내심이 좋을까 하나이다."

천자가 허락하시니 진왕이 또 아뢰길,

"시율의 재능을 보시고자 할진대 반드시 그 민첩함을 취함이니, 칠보시를 명하심이 어떠하리이까?"

천자가 칭찬하시고 한 기녀에게 탑전에서 일곱 걸음을 걸으라 하시고, 모든 낭자의 흥취를 돕고자 연춘전 위에 북을 걸고 한 번 북을 울리매 기녀가 일곱 걸음을 걸어 들어가니, 채전이 빗줄기처럼 날아 떨어지더라.

괵귀비는 여섯 걸음에 지으니 그 시에,

한밤 내내 달빛은 가득하고
봄날 내내 꽃은 시들지 않네.

몇 번이나 금란전에서
촛불 거두어 학사에게 보냈던가?[3)]

반귀비는 일곱 걸음에 지으니 그 시에,

구중궁궐의 밤은 바다와 같아
한 조각 붉은 마음을 먼저 토하네.
이제는 임금의 정무에 여유가 생겨
서늘한 새벽까지는 이르지 않네.

난성후는 여섯 걸음에 지으니 그 시에,

밤 깊도록 조서詔書를 쓰시니
촛불의 남은 빛이 휘장에 드문드문하네.
장명루[4)] 오색실을 꿰어
임금 위하여 색동옷에 수놓으리.

선숙인은 일곱 걸음에 지으니 그 시에,

별자리 움직이고 물시계 돌아가고

3) 촛불 거두어 학사에게 보냈던가: 당나라 선종(宣宗) 때 한림승지(翰林承旨) 영호도(令狐綯)가 밤중에 황제의 소대(召對)를 받고 궁중에 들어갔다가 한림원(翰林院)으로 돌아올 때 어전(御前)의 금련촉(金蓮燭)을 밝혀 돌아가게 하자, 관리들이 모두 황제의 행차로 여겼다 하며, 송나라의 소동파(蘇東坡)도 한림학사로 있을 때 같은 일이 있었다 한다.
4) 장명루(長命縷): 중국에서 단오(端午)에 복을 기원하고 재앙을 면하게 해달라는 뜻에서 팔에 매던 오색실을 가리키며, 채사(彩絲)라고도 했다. 당나라에서는 단오에 궁중에서 이를 신하들에게 나누어주었다고 한다.

바람은 불어와 사향 냄새 서늘하네.
밤마다 임금께 가까이 하여
한 조각 마음이 더욱 붉어진 듯하네.

각각 이름을 봉해 바치거늘 천자가 몸소 보시니, 모든 낭자의 시가 아름답지 않은 것이 없으나, 그 가운데 한 수가 더욱 절창이더라. 마음속에 뽑으시고 두 왕에게 내리시어,

"그대들이 우열을 정하라."

진왕이 받들어 본즉 그 가운데 한 수가 생각이 영롱하고 뜻이 정밀해 창졸간에 지은 바가 아니요 또 여섯 걸음에 지은 것이라. 마음속으로 생각하되,

'이는 반드시 괵귀비가 미리 지은 것이라.'

하고 연왕을 보며,

"내 생각에는 이 시가 으뜸이라."

연왕이 보니 과연 재주가 아름답고 뜻이 기이하여 자못 난성후가 지은 듯하거늘, 마음속으로 생각하되,

'두 낭자가 이미 두 차례 이겼으니, 이번은 양보함이 좋으리로다'

하고 미소하며 답하길,

"이 글이 비록 아름다우나 촛불 금련촉과 맞지 않으니, 제가 보건대 '몇 번이나 금란전에서 촛불 거두어 학사에게 보냈던가?'의 시구가 제목에 가장 잘 맞아 으뜸이 될까 하나이다."

진왕이 이 말을 듣고 더욱 의심하되, '연왕의 안목으로 어찌 이 시가 으뜸인 것을 모르리오마는, 반드시 두 낭자가 지은 것이 아님을 알고, 이기고 싶은 마음으로 이처럼 훼방을 놓는 것인가' 하여 웃으며,

"예로부터 시 짓는 사람은 진부한 말을 꺼리고 청신함을 취하나니, 금련촉 시에서 '촛불 거두어 학사에게 보냈던가?'는 늙은 선비의 일상적

인 말인데 무엇이 신기하리오?"

하여 서로 다투어 마지않거늘, 천자가 두 수 시를 가져오라 명하여 한참 자세히 보시고 말씀하길,

"진왕의 말이 옳도다. 오늘밤 금련촉에 '색동옷에 수놓으리繡斑衣' 세 글자가 과연 제목에 잘 맞도다."

하시고 붉은 붓을 들어 몸소 골라 으뜸으로 뽑아 봉한 것을 열어보니, 곧 난성후라. 진왕이 크게 웃고 '촛불 거두어 학사에게 보냈던가?'의 시를 열어보니 이는 곧 괵귀비의 시라. 천자와 두 왕이 크게 웃고 궁녀에게 명해 한 잔을 가져오라 하여 진왕을 벌하시니, 진왕이 말하길,

"신이 또 이 잔을 마시게 되니, 더욱 분함이라."

하고 이에 괵귀비와 몰래 약속한 일을 아뢰니, 천자가 우스워 몸을 가누지 못하시더라. 이윽고 새벽 물시계 소리가 이미 끊어지고, 북두성이 동쪽으로 기울어 새벽빛이 푸르스름하니, 천자가 잔치를 마치실 새 진왕이 아뢰길,

"신이 오늘밤 세 번 싸워 세 번 패한 수치를 씻을 길이 없사오니, 내일 다시 상림원上林苑에 격구장擊毬場을 닦아 두 낭자와 궁녀들을 거느려 그 재주를 겨루고자 하나이다."

천자가 흔쾌히 허락하시고, 두 낭자와 명부·비빈들을 궁중에 머물도록 명하시니, 마침내 승부가 어찌되리오? 다음 회를 보라.

철귀비가 말을 달려 채구를 치고
난성후가 칼춤을 추어 공작새를 희롱하더라

제49회

진왕이 젊은 나이의 날카로운 기상으로 세 차례 모두 패하니, 어찌 분한 마음이 없으리오? 이에 태후를 뵈옵고 청하길,

"신이 오늘 음악과 시와 술로 두 낭자의 재주를 겨루고자 함은, 참으로 승부에 마음을 둔 것이 아니라, 경사스러운 잔치의 화락한 기운을 도와 한번 웃으시는 것을 돕고자 함이나, 세 번 겨뤄 세 번 지니 어찌 부끄럽지 않으리이까? 내일 다시 후원에서 격구擊毬를 하여 오늘의 수치를 설욕하고자 하오니, 궁중의 시녀 가운데 말 잘 타는 자 수십 명을 빌려주소서."

태후가 웃으시며,

"궁녀들은 격구하는 솜씨가 반드시 서투르리라."

진왕이 말하길,

"진국의 풍속이 온전히 격구를 일삼고 철귀비는 또한 군중에서 유명하니, 궁녀들을 지휘해 잠시 가르친즉 반드시 해득하리이다."

태후가 허락하시니, 이튿날 진왕이 상림원上林苑에 격구장을 닦고 천자

와 태후와 황후를 모시어 대臺 위에 앉으니, 장막과 구슬발이 좌우에 드리웠고 명부·비빈이 늘어서 구경할 새, 삼천 궁녀가 한꺼번에 고운 화장과 화려한 장식으로 구름처럼 모였으니 후원이 온통 큰 꽃다발을 이루어, 푸른 소매와 붉은 화장은 햇빛에 빛나고 패옥 소리는 바람결에 맑게 퍼지더라. 모든 낭자가 각각 기구와 복장을 갖추어 격구장에 오르니, 철귀비는 진국의 모든 기녀와 반귀비·괵귀비를 거느려 서쪽에 늘어서 있고, 난성후는 연왕부의 모든 기녀와 선숙인·연숙인을 거느려 동쪽에 늘어서 있으며, 진국 공주가 또 궁녀 수십 명을 뽑아 철귀비를 돕도록 하더라.

이때 천자가 대 위에 몸소 이르시어 연왕을 돌아보시며,

"격구라 하는 놀음이 언제부터 생겨났으며 무엇을 본뜬 것인고?"

연왕이 아뢰길,

"남방에 사자가 있는데 나면서 목 아래에 한 무더기 털이 있어 그 이름을 '구毬'라 하니, 사자의 새끼가 어려서부터 밤낮으로 구를 가지고 놀아 발로 차고 움키어 짐승 잡는 법을 익히옵니다. 짐승 가운데 사자가 가장 용맹하다 함은, 사자는 힘이 있을 뿐 아니라 발로 차고 움키어 짐승 잡는 법이 출중한 까닭이니이다. 후세 사람들이 이 법을 흉내내어 격구擊毬를 만드니, 다리로 차는 것을 '각구脚毬'라 일컫고 손으로 받드는 것을 '격구'라 일컬어, 이로써 창검 쓰는 법을 익혔사옵니다. 당나라에 이르러 이 법이 성행해 재상宰相 귀인들이 때때로 격구로 그 재주를 겨루니, 실수한즉 얼굴을 상해 죽는 수도 있는지라. 체통의 해괴함과 거동의 위험이 정인군자正人君子의 할 바가 아니로소이다."

천자가 미소하시고 좌우에게 명해 격구하는 기구를 다 가져오라 하여 보시니, 나무를 둥글게 깎아 수놓은 비단으로 쌌으니 이는 곧 '채구彩毬'요, 나무를 깎아 만든 지팡이에 단청丹靑을 아로새겨 그 끝에 상모象毛를 다니 이는 곧 '채봉彩棒'이라. 동쪽과 서쪽으로 나뉘어 채봉으로 채구

를 받아 서로 치다가 만약 실수해 땅에 떨어진즉 그 승부를 결정하니, 교묘한 솜씨가 점점 더 기이해 치고받는 수법이 신출귀몰하더라. 연숙인이 난성후에게 가만히 묻기를,

"그대의 격구 솜씨가 어떠하오?"

난성후가 말하길,

"비록 대강 듣기는 했으나, 서투름을 면하기 어렵도다."

연숙인이 웃으며,

"격구는 남방의 놀음이나, 제가 일찍이 배운 바 없으니, 이번은 양보해 철귀비의 솜씨를 드러내줌이 좋으리이다."

난성후가 웃으며,

"나 또한 이런 뜻이 있으나, 늘 일이 닥치면 이기고자 하는 마음이 앞서니 어찌하리오?"

두 사람이 크게 웃거늘, 픽귀비가 바라보고 웃으며,

"두 낭자는 무슨 일로 웃느뇨?"

난성후가 말하길,

"연숙인이 격구하는 법을 묻거늘 대략 가르치되, 깨닫지 못하는 까닭에 웃은 것이라."

철귀비가 웃으며,

"쌍창을 쓰는 자가 어찌 격구하는 법을 모르리오? 난성후가 다른 사람은 속이려니와 저는 속이기 어려우리라."

이윽고 대 위에 북을 달고 한 번 울리니, 두 낭자와 모든 기녀가 일제히 말에 올라 동쪽과 서쪽으로 나뉘어 서고, 두번째 북이 울리니 일제히 비단 적삼을 걷고 채봉을 휘두르며 뛰어오르고, 세번째 북이 울리니 한 기녀가 말을 몰아 나오며 좌우의 채구를 들어 공중에 던지고 오른손으로 채봉을 휘둘러 한 번 치고 말을 달려가니 그 빠르기가 질풍 같더라. 채구가 공중에 솟아올라 거의 난성후의 머리 위에 떨어지거늘, 난성후

가 웃고 말을 돌려 몇 걸음 물러서니, 연왕부의 기녀 가운데 한 사람이 채봉을 들고 말을 달려 격구장으로 나와 한번 받아치니, 철귀비가 웃으며,

"난성후의 솜씨가 이처럼 노숙한가?"

채구가 이미 솟아올라 괵귀비의 머리 위를 지나가니, 뒤에 있던 궁녀들과 양부兩府의 기녀들이 서로 다투어 받고 치기를 반나절에, 어수선한 채봉이 북소리에 응해 비 오듯 어지럽고, 분주한 채구가 공중에 드날려 빠르기가 유성 같더라. 철귀비가 자세히 보다가 마음이 격동해 말을 달려나오거늘, 진국의 기녀들이 채봉을 빼앗아 두 손의 쌍봉으로 채구를 받아, 오른손으로 치며 왼손으로 받고 왼손으로 치며 오른손으로 받아 한바탕 서로 희롱하다가, 갑자기 버들 같은 허리를 한 번 굽히매 쌍봉이 한번 휘날리더니 채구가 백여 장丈을 솟아오르니, 이는 이른바 '곤풍구鯤風毬'이니, 바람처럼 일어남을 일컬음이라.

연숙인이 또 말을 달려 나오며 손 안의 채봉을 공중에 던지매 채봉이 공중에 날아올랐다가 내려오며 채구를 치니, 채구가 다시 구름 사이로 솟아오르거늘 좌우의 기녀가 일제히 갈채를 보내니, 이는 이른바 '유성구流星毬'이니, 빠르기가 유성 같음을 일컬음이라.

철귀비가 이에 성난 기운을 내어 말을 달려 나오면서 두 손의 채봉으로 채구를 받아 동쪽으로 치고 서쪽으로 달리며 서쪽으로 치고 동쪽으로 달리더니, 갑자기 채구를 맹렬히 치매 채구가 화살처럼 빠르게 난성후 곁에 떨어지니, 이는 이른바 '벽력구霹靂毬'이니, 빠르기가 벼락같음을 일컬음이라.

난성후가 웃으며 말고삐를 잡고 조금도 요동하지 않으면서 채봉을 높이 들어 떠오는 채구를 번개처럼 치니, 말 앞에 떨어지던 채구가 다시 몇 장丈을 솟아오르거늘, 난성후가 채봉을 들어 한 번 쳐 아득히 공중으로 솟아오르니, 이는 이른바 '춘풍구春風毬'이니, 봄바람이 땅에서 일어남

을 일컬음이라.

철귀비가 바야흐로 난성후와 연숙인의 솜씨가 출중함을 보고 소매 안에서 몰래 채구를 하나 꺼내 공중에 던지고 쌍봉을 들어 공중으로 치니, 채구 한 쌍 중 한 개는 난성후를 향해 옆으로 날아오고 한 개는 높이 솟아올라 머리 위로 향하더라. 난성후가 미소하고 즉시 다른 기녀의 채봉을 빼앗아 두 손의 쌍봉으로 채구를 되돌려 쳐 땅에 떨어뜨리고 낭랑히 크게 웃으며,

"규약에 없는 채구를 어찌 받으리오?"

철귀비 또한 크게 웃고 쌍봉을 거두고 예를 갖추어,

"난성후의 격구 솜씨는 제가 미칠 수 없음이라. 하물며 정묘한 우익羽翼이 계시니 어찌 대적하리오? 다른 낭자들을 뒤로 물리고 우리 두 사람이 채구 한 쌍을 받아 자웅을 겨룸이 어떠하오?"

난성후가 허락하고 철귀비와 더불어 각기 채봉을 가지고 격구장에 나아가 평소 배운 재주를 다하니, 난성후의 민첩함은 제비가 꽃송이를 치는 듯하고, 철귀비의 쾌활함은 바람이 나뭇잎을 쓸어버리는 듯하더라. 채구 한 쌍이 해가 동해에 솟는 듯하며 달이 서산에 지는 듯해, 반나절에 이를 때까지 다투어도 승부와 우열을 나누기 어렵더라. 천자와 두 왕이 대 위에서 바라보시고 칭찬해 마지않더니, 갑자기 철귀비의 쌍봉 쓰는 솜씨가 점점 떨어지고 난성후의 솜씨는 더욱 활발해지니, 원래 철귀비는 격구하는 법을 알 따름이요, 난성후는 검술을 겸해 쌍검 쓰는 법으로 채봉을 쓰니, 철귀비가 어찌 당할 수 있으리오? 난성후가 손 안의 쌍봉을 말 앞에 던지고 웃으며,

"스스로 물러나는 자는 이길 수 없음이라. 제가 힘이 다하고 재능이 궁하니, 귀비의 솜씨를 대적하기 어려우리이다."

철귀비가 또한 웃으며,

"난성후의 재능은 사람의 힘으로 당할 수 없음이라. 이에 겸양의 기풍

이 있어 제 마음을 위로하고자 하시니, 제가 어찌 모르리오?"

이때 진왕이 난성후의 양보하는 뜻을 보고 또한 미소하며, 큰 잔 술로 연왕을 벌하여,

"통쾌하도다. 내가 이제 수치를 씻었도다."

철귀비가 앞으로 나와 아뢰길,

"이는 난성후가 거짓 패함이라. 자랑할 바가 없을까 하나이다."

진왕이 웃으며,

"거짓 패함도 패함이요 진짜 패함도 패함이니, 이긴 것은 마찬가지라."

하고 진국의 모든 기녀로 하여금 음악을 아뢰어 승전의 북을 울리게 하고 이윽고 격구장을 마치더라. 진국 공주가 다시 낭자를 모아 궁중에서 노닐 새, 세 귀비를 보고 말하길,

"그대들이 용맹이 없어 거듭 패하니, 내가 마땅히 몸소 쌍검을 잡아 화살과 돌을 무릅쓰고 수치를 씻으리라."

하고 좌우 시녀에게 명해 쌍륙을 가져오라 하여, 윤부인과 더불어 편을 나누어 앉을 새, 윤부인은 난성후·선숙인·연숙인과 더불어 한편이 되고 진국 공주는 철귀비·반귀비·픽귀비와 더불어 한편이 되었더라. 공주가 윤부인과 약속하길,

"만일 부인이 이긴즉 한 잔 술로 나를 벌하고, 내가 이긴즉 또한 한 잔 술로 부인을 벌하리라."

윤부인이 미소하고 대국對局할 새, 공주가 먼저 주사위를 던지매 철귀비가 말을 쓰고, 윤부인이 주사위를 던지매 난성후가 말을 써, 세 낭자와 세 귀비가 차례로 주사위를 던져 판세가 뒤집히고 승부를 나누기 어렵더라. 갑자기 진국 공주가 좋은 점수를 얻거늘 철귀비가 크게 소리치며 말을 써 기세등등하더니, 윤부인이 또한 좋은 점수를 얻으매 난성후가 크게 소리쳐,

"철귀비는 너무 기뻐하지 말라. 남정북벌하시던 양원수의 부인으로서 항복 깃발을 꽂는 것이 어찌 쉬우리오?"

크게 소리치며 말을 쓰거늘, 좌우에서 구경하는 자들이 일제히 크게 웃더라. 철귀비가 또한 주사위를 집어 들고 크게 소리쳐,

"여섯 나라를 통일하던 진국의 철귀비가 여기 있으니, 난성후는 물러갈지어다."

주사위를 굴려 과연 높은 점수를 얻은지라. 판세가 변해 윤부인 편이 자못 위태해 승부가 한 번의 주사위에 달렸거늘 난성후가 힐끗 판세를 바라보고 웃으며,

"하늘이 홍혼탈을 내시어 위급한 형세를 늘 홀로 감당케 하심이로다."

하고 옥 같은 손을 높이 들어 정신을 모아 한번 던지며 물러앉거늘, 좌우에서 보니 곧 높은 점수를 얻어 한 판을 크게 이겼더라. 난성후가 낭랑히 웃고 앵무배鸚鵡盃에 포도주를 가득 부어 철귀비에게 주며,

"공주는 금지옥엽이라. 감히 벌을 내리기 어렵고, 철귀비가 말을 잘못 써 패했으니 마땅히 벌해야 할지라."

공주가 웃으며,

"군중軍中에 농담이 없는 것이니, 이 잔을 내가 마땅히 마시리라."

하고 받아 마시니, 무릇 다음에 윤부인에게 권하고자 함이더라. 공주가 또 한 판을 베풀고 주사위를 던져 몸소 말을 쓸 새, 반 판이 못 되어 윤부인의 판세가 자못 위태하니 난성후가 웃고 주사위를 집어 말하길,

"내 쌍검과 설화마雪花馬를 가져오라. 홍혼탈이 아니면 이 위급함을 구하기 어려우리라."

한 번 주사위를 던지매 판세가 다시 변해 공주의 위급함이 한 번 던지는 데 달렸거늘, 공주가 웃으며 소매를 걷고 반귀비가 가진 주사위를 빼앗으며,

"적의 형세가 매우 급한즉 천자께서도 흉노를 몸소 정벌하셨으니, 내

가 마땅히 스스로 장수로서 출전해 자웅을 결정하리라."

몸소 주사위를 던지고 무릎을 치며 낭랑히 웃으니, 모두 본즉 과연 높은 점수를 얻어 크게 이겼더라. 공주가 크게 웃고 몸소 한 잔을 들어 윤부인에게 권하니, 윤부인이 웃으며,

"저는 본디 주량이 없어, 공주님의 벌주를 감당할 수 없나이다."

공주가 다시 웃으며,

"벌을 받는 자가 어찌 주량이 없다고 사양하리오? 나 또한 아까 취한 술이 깨지 않았으니, 부인은 사양하지 마소서."

윤부인이 어찌할 수 없어 잠시 입술만 대고 난성후에게 밀어주니, 난성후가 웃으며,

"저는 공로가 있고 죄가 없으니, 이 벌주를 맛보는 것이 어찌 원통하지 않으리이까?"

공주가 또한 크게 웃고 이에 술상을 내와 모든 낭자에게 권하니 좌중이 한꺼번에 크게 취하더라. 철귀비가 다시 쌍륙판을 당겨 난성후를 보며,

"제가 비록 재능이 없으나 낭자와 더불어 내기를 정하고 두 판을 벌여 자웅을 결정하리이다."

이때 난성후가 또한 살짝 취해 얼굴에 시원스러운 기상을 가득 띠고,

"철귀비는 먼저 내기를 정하소서."

철귀비가 웃으며,

"제가 패하면 난성후가 청하는 바를 명대로 따를 것이요, 난성후가 패하면 잠시 검술 구경하기를 청하나이다."

난성후가 웃으며,

"제가 귀비의 재능을 모르니, 마땅히 무엇을 청하리오?"

곽귀비가 옆에 있다가 미소하며,

"철귀비의 「장성곡長城曲」은 진국에서 유명하니 난성후는 이 곡을 청

하소서."

철귀비가 웃으며 허락하고 두 사람이 대국하니, 철귀비의 등등한 기세와 난성후의 민첩한 솜씨가 바람 먼지 날리는 전쟁터에서 초·한이 창끝으로 다투는 듯해 반나절까지 이어지더라. 좌우에서 구경하는 사람들이 쌍륙에는 뜻이 없고 철귀비의 쾌활함과 난성후의 민첩함을 소리 높여 칭찬하더라. 갑자기 난성후가 주사위를 던지며 큰 소리로,

"귀비는 빨리 「장성곡」을 부를지어다."

모든 사람이 보니 철귀비의 판세가 이미 곤궁하게 되었더라. 철귀비가 웃고 다시 판을 벌이며,

"「장성곡」은 제 가슴속에 있으니, 다시 한 판을 겨루어 난성후의 검술을 보고자 함이라."

주사위를 굴리며 말 쓰기를 재촉할 새, 판세는 난성후가 끝내 이길 듯한지라. 공주로부터 좌우의 궁녀와 자리에서 구경하는 사람들이 난성후의 검술을 구경하고자 하여 모두 철귀비를 응원해 이길 것을 바라더니, 난성후가 또 좋은 점수를 얻으니 반귀비와 괵귀비가 한꺼번에 손으로 쌍륙판을 치며 큰 소리로,

"난성후는 검술을 아끼지 말라."

그 주사위가 다시 굴러 철귀비가 이겼더라. 난성후가 웃으며,

"사람이 많으면 하늘도 이김이라. 선숙인과 연숙인은 제 몸을 아껴 가만히 있으며, 어찌 조금도 돕지 않는고?"

모든 사람이 크게 웃더라. 철귀비가 이에 몸을 일으켜 반귀비와 괵귀비를 보며,

"그대들은 비록 나의 거친 모습을 조롱하고자 하나, 나는 본디 화장을 한 대장부라. 어찌 아녀자의 부끄러워하는 태도를 지으리오?"

진국의 모든 기녀에게 명해 큰 북을 전각 위에 달게 하고, 북채를 들고 소매를 떨쳐, 한 번 나아가며 북을 울리고 한 번 물러서며 「장성곡」

을 부르더라. 북소리는 깊숙하고 노랫소리는 맑고 커 자못 쾌활하니, 그 노래에,

만리장성 쌓은 장사壯士 흙도 지고 돌도 지고
황하수를 메웠으나 봉래蓬萊 바다 못 메웠다.
동남동녀 싣고 간 배, 가더니 아니 오네.
두어라. 막아도 못 막을 건 여류세월如流歲月인가 하노라.
삼척검 손에 들고 만리장성 올라보니
만고영웅 큰 경륜이 이뿐일까.
장성 밑에 집을 짓고 장성 아래 뽕을 따니
북방 찬바람에 얼굴 고운 저 각시야.
양도 몰고 돼지도 몰고 낙타 타고 시집갈 때
구태여 왕소군王昭君의 고운 태도 나는 부러워 아니하네.

철귀비가 노래를 마치매, 북채를 던지고 웃으며,
"이는 진국 여자가 뽕을 따며 서로 화답하는 노래라. 제가 또한 민간에서 태어나고 자라 어렸을 때의 옛 습관을 아직 기억하니, 비록 자리에 모인 분들의 웃음거리를 잠깐 보탬일 뿐이나, 난성후의 검술을 구경하고자 하여 이처럼 보잘것없는 것을 드러냈나이다."
난성후가 미소하며 그 쾌활함을 칭찬하고, 좌우에 명해 부중府中에 가서 부용검을 가져오라 하니, 이때 해는 서쪽 산으로 지고 궁중에 등불이 휘황한지라. 난성후가 공주에게 아뢰길,
"오늘밤 달빛이 매우 아름다우니, 잠깐 후원에 올라 거닐며 회포를 푸심이 좋을까 하나이다."
공주가 흔쾌히 몸을 일으켜 모든 낭자와 궁녀를 거느리고 다시 후원에 이르니, 달빛이 가득하고 찬 이슬이 내려 가을 경치가 상쾌하고 정신

이 깨끗하더라. 이윽고 연왕부의 모든 기녀가 쌍검을 가져오기에 보니, 금옥으로 단장하고 진주로 장식했으며 길이는 삼척을 넘지 못하고 가볍기가 풀잎 같더라. 난성후가 달을 바라보고 칼을 한 번 뽑으니, 서리 같은 칼빛이 달빛과 빛을 다투어 한 줄기 상서로운 기운이 북두성과 견우성 사이를 쏘아 안목이 휘황하고 차가운 기운이 사람을 엄습하더라. 공주가 얼굴빛을 고치고 탄식하며,

"이는 지극한 보배라. 하늘이 난성후에게 내려주신 것이니, 그 광채가 사람을 움직임은 난성후의 재질이요, 범하기 어려운 기상은 난성후의 지조로다. 푸른 이끼와 붉은 티끌이 가을의 맑은 물 같은 정신을 가리지 못해, 한 조각 신령한 마음이 천년만년 묻히지 않으리니, 만약 난성후가 아니라면 이 칼이 반드시 주인 없는 칼이 될 것이요, 이 칼이 아니라면 난성후의 재주를 드러내기 어려우리로다."

철귀비가 칼을 보며 더욱 사랑해 거듭 어루만지고 차마 손에서 놓지 못하거늘, 괵귀비가 웃으며,

"칼 쓰는 법을 모르면서 저같이 사랑하니, 낭자로 하여금 이 칼을 갖게 한다면 무엇에 사용하리오?"

철귀비가 웃으며,

"내가 만약 이 칼을 먼저 얻었다면 남북으로 정벌하는 공로를 타인에게 양보하지 않았으리니, 어찌 괵귀비와 같은 반열이 되어 은총을 다투며 질투를 감수하리오?"

모든 사람이 우스워 몸이 넘어가더라. 난성후가 칼을 받아들고 서서 달을 바라보며 배회하더니 갑자기 간 곳을 알 수 없고, 한 줄기 맑은 바람이 수풀 끝에서 일어나며 쟁그랑 칼소리가 공중에서 들리거늘, 모두 크게 놀라 달빛 아래 우러러보니 자욱한 푸른 노을이 공중에서 일어나 상림원上林苑을 둘러, 나뭇잎이 어지러이 한바탕 비바람처럼 떨어지더라. 이때 공작새 한 쌍이 숲 가운데 잠들어 있다가 놀라 날아 헤매어, 동쪽

을 향하니 동쪽에 칼소리가 들리고, 서쪽을 향하니 서쪽에 또 칼소리가 들리더라. 동서남북에 칼빛이 서리 같으며 칼소리가 끊이지 않거늘, 공작새가 형세가 매우 급한지라 날개를 펼치고 향할 곳을 몰라 사람 앞으로 날아드니, 철귀비가 이에 푸른 소매를 들어 공작새를 보호하더니, 문득 번쩍이는 칼빛이 철귀비의 머리 위를 둘러 쟁그랑 칼소리에 모골이 송연해 공작새를 놓아두고 공주 앞으로 달려들어가니, 공주가 웃으며,

"귀비의 담대함으로 어찌 놀란 공작새의 신세가 되었는고?"

모두 손뼉 치며 크게 웃더라. 이윽고 난성후가 공중으로부터 나부끼듯 칼을 들고 내려오니 모두 두려워 말이 없거늘, 난성후가 낭랑히 웃으며,

"귀비는 머리 위의 채화彩花를 빼어 살펴보소서."

철귀비가 놀라 손을 들어 채화를 빼어 보니, 잎마다 칼자국이 아로새긴 듯 낭자해 자못 교묘한지라 모두 크게 놀라 감탄하더라. 난성후가 웃으며 좌우에 이르길,

"후원의 낙엽을 가져와 살펴보라."

하니 칼자국이 모든 잎에 있어 낱낱이 갈라져 있더라. 철귀비가 이에 난성후의 손을 잡고,

"내가 다만 낭자를 경국미인傾國美人으로 알았는데, 이제 보니 하늘과 땅의 현묘한 재능을 품어, 옥경玉京 선녀가 세상에 귀양 온 것이 아니라면, 남해 관음보살의 후신이 세상에 나옴이로소이다."

공주가 웃으며,

"검술이 세상에 전해진다 함을 일찍이 들었으나, 이제 비로소 보게 되었도다. 한 칼로 만 명을 대적함은 혹 괴이하지 않거니와, 삽시간에 수많은 나뭇잎을 낱낱이 베는 것은 하고자 하여도 할 수 없는 것이요, 육신이 둔탁함에도 공중으로 횡행해 형체를 볼 수 없음은, 만약 환술이 아니라면 사람의 안목을 속이는 것이라. 이것이 어찌된 것인고? 그 상세

한 것을 듣기 원하노라."

난성후가 웃으며 대답하니, 장차 어찌 대답하리오? 다음 회를 보라.

상춘원의 단풍 국화 속에서 지기를 만나고
자신전의 겨울 우레에 간사한 무리를 깨뜨리더라

제50회

난성후가 공주에게 말하길,

"옛 시에 이르길, '한번 음이 되었다 한번 양이 되는 것이 도道이고 음과 양을 헤아릴 수 없는 것이 신神이라' 하니, 현묘한 이치를 말로 형용하기 어려우나, 무릇 세상에 세 가지 도가 있으니 유가와 도가와 불교라. 유가의 도는 정대해 도리를 위주로 하고, 도가와 불교는 신묘해 허황한 데에 가까우니, 이 검술은 도가의 작은 술법이라. 만약 사람이 정대한 도리를 닦아 평소에 화락하다면 검술의 신묘함을 어디에 사용하리이까? 그러므로 정인군자正人君子는 이에 뜻을 두지 않나니, 제가 떠도는 자취로서 운명이 괴이해 총명한 정신을 잡술로 소모하니 후회막급인지라. 어찌 들으실 바이리오?"

공주가 얼굴빛을 고쳐 찬탄하며 그 말이 정대함에 탄복하더라. 밤이 깊은 뒤 잔치 자리를 끝내고 각기 그 처소로 돌아갈 새, 공주가 두 부인과 모든 낭자의 손을 잡고 작별하며,

"모후께서 연로하시어 멀리 떠남을 허락하지 않으시는 까닭에, 진국

으로 돌아갈 때를 정하지 못했으니, 우리가 마땅히 이곳에서 다시 모이리라."

철귀비가 특별히 난성후의 손을 잡고 애틋해 놓지 못하며,

"저는 거친 사람인지라 어찌 감히 지기의 벗이 되길 바라리오마는, 혹시 깊이 흠모하는 이 정을 받아줄쏘냐?"

난성후가 웃으며,

"이는 입에 발린 빈말이라. 과연 그러할진대 어찌 훗날의 기약으로 미루며 벗을 방문하지 않는고?"

철귀비가 쾌히 응낙하고 괵귀비·반귀비를 돌아보며,

"우리 세 사람이 며칠 사이에 마땅히 연왕부로 가서 오늘밤 다하지 못한 회포를 펴리라."

반귀비가 말하길,

"만약 진왕께서 허락하시지 않으면 어찌하리오?"

난성후가 웃으며,

"귀비가 일찍이 장안 청루의 방탕한 습관을 버리지 못한 까닭에 진왕께 단속을 받음이나, 연왕부의 취봉루翠鳳樓는 붉은 문이 바다와 같고, 난성후 홍혼탈은 선정禪定에 들어간 보살과 다름이 없으니, 무엇을 근심하시리오?"

모두 박장대소하면서 어느덧 걸음이 궁궐 문밖에 이를 새, 갑자기 "물렀거라" 소리가 나며 등불이 휘황하고 진왕과 연왕이 또한 조회에 물러나 합문閤門으로부터 소매를 나란히 하여 나오거늘, 모든 낭자가 바삐 작별을 아뢰고 수레에 오르니, 연왕이 또한 진왕에게 작별을 아뢰고 윤부인과 세 낭자를 데리고 수레를 나란히 하여 부중에 이르더라. 며칠 뒤에 철귀비가 진왕에게 아뢰길,

"난성후는 제가 진심으로 좋아해 따르는 벗이라. 한번 방문할 약속이 있사오니, 내일 두 귀비와 더불어 연왕부에 함께 갈까 하나이다."

진왕이 말하길,

"그대들이 난성후를 방문하고자 함이 참으로 좋은 일이거니와 나 또한 연왕과 좋은 벗이 되었도다. 내가 나이 서른이 못 되어 부마도위의 높은 자리에 있어 품계가 왕자와 같은 까닭에 바깥 관리들과의 사귐이 늘 적어 평소 벗이 없음을 한스러워하더니, 특별히 천자의 은혜를 입어 며칠 잔치 자리에서 연왕과 더불어 형제의 정의情誼를 맺어 속마음을 터놓았을 뿐 아니라, 문무를 다 갖추고 충효를 아울러 갖춘 것을 보니 참으로 불세출의 단정한 군자요 풍류인물인지라. 장차 지기로서 마음을 허락해 영원히 금석 같은 사귐을 맺고자 하노라. 연왕부의 상춘원이 자못 좋다고 하기에 중양절[1] 좋은 계절에 용산의 술잔치[2]를 위해 조용히 찾아가리니, 그대들도 그때를 기다려 말을 나란히 하여 찾아가 난성후에게 사례하는 것이 좋으리로다."

세 귀비가 크게 기뻐하며 응낙하더라. 물 흐르듯 흐르는 세월이 절기를 재촉해, 늙은 농부의 노란 국화는 늦가을 향기를 토하고 서리 맞은 단풍잎은 이월의 봄꽃을 시기하니, 이때는 구월 초아흐렛날이라. 연왕이 취봉루에 이르니 난성후가 웃으며,

"몇 말의 국화주를 빚어 중양절 좋은 때의 흥취를 돕고자 하오나, 다만 공북해의 손님[3]이 없어, 관모가 바람에 날려 떨어지는 풍모[4]를 보지

1) 중양절(重陽節): 음력 9월 9일. 9는 원래 양수(陽數)이기 때문에, 양수가 겹쳤다는 뜻으로 중양(重陽)이라 한다.

2) 용산(龍山)의 술잔치: 동진(東晉) 때 명제(明帝)의 부마도위(駙馬都尉)인 환온(桓溫, 312~373)이 중양절(重陽節)에 용산에서 모든 막료가 참가하는 큰 잔치를 열었다.

3) 공북해(孔北海)의 손님: 공북해는 후한(後漢) 말기의 학자 공융(孔融, 153~208). 어려서부터 재능이 뛰어났고 문필에도 능해 건안칠자(建安七子)의 한 사람으로 꼽힌다. 헌제(獻帝) 때 북해(北海)의 재상이 되어 공북해(孔北海)라 불렸다. 성품이 빈객(賓客)을 좋아해 좌중에 손님이 가득하고 술잔에 술이 비지 않았다 한다. 당시 세력을 확장하던 조조(曹操)를 비판 조롱하다가 일족과 함께 처형당했다.

4) 관모(冠帽)가 바람에 날려 떨어지는 풍모: 동진(東晉) 때 환온(桓溫)이 중양절(重陽節)에 용산(龍山)에서 모든 막료가 참가하는 큰 잔치를 열었을 때, 갑자기 거센 바람이 불어 맹가(孟嘉)의

못할까 하나이다."

연왕이 웃으며,

"내가 남방의 선비로서 어린 나이에 과거에 급제해 벗과의 교유가 없으니 그대의 조롱을 받을 만하나, 근래에 새로 사귄 벗이 있어 조용히 서로 만나길 약속했으니 그대가 갑작스레 음식을 차려낼 수 있으랴?"

난성후가 기뻐 웃으며,

"이는 제가 듣고 싶었던 말씀이라. 제가 집안에 들어온 지 몇 해에 일찍이 상공께서 벗과 사귀는 것을 뵈옵지 못하더니, 감히 묻사오니 누구시니이까?"

연왕이 말하길,

"이는 다른 사람이 아니라 곧 진왕이니, 진왕의 사람됨이 겉으로 보면 풍류 호탕하나, 그 중심을 보면 넓은 뜻과 깊은 식견이 우리의 미치지 못할 곳이 때때로 있으니, 내가 장차 깊이 사귀고자 함이로라."

말을 마치기 전에 좌우에서 아뢰길,

"진왕께서 오셨나이다."

연왕이 즉시 외당으로 나가 자리를 정해 인사를 마치니, 진왕이 웃으며,

"오늘은 중양절 좋은 절기라. 객관의 술잔이 매우 무료한 까닭에 문득 벗을 생각해 왔으니, 형께서 높은 곳에 올라[5] 마음을 후련히 풀 흥취가 있는고?"

연왕이 웃으며,

관모가 땅에 떨어졌는데, 맹가는 이를 모르고 계속 흥취에 젖어 있었다. 옛날 중국에서는 관모가 벗겨지는 것을 수치로 여겼다. 이에 환온이 당대의 문호 손성(孫盛)에게 맹가를 조롱하는 글을 짓게 했는데, 맹가는 전혀 개의치 않고 호방하면서 기품이 넘치는 문장으로 화답하니, 모두 탄복했다 한다.

5) 높은 곳에 올라: 중국에서 중양절에 조상에게 차례를 지내고 높은 곳에 올라(登高) 국화주를 마시며 수유(茱萸)를 머리에 꽂아 액땜을 하는 풍속이 있었다.

"저는 본디 허술한 선비인지라. 담담히 절기가 지나가는 것을 잊고 지내다가 한 소첩小妾이 국화로 빚은 술을 부지런히 권하는 까닭에 참으로 형을 생각하더니, 형이 스스로 찾아온 손님이기는 하나 참으로 제가 바라는 바로소이다."

이에 난성후와 나눈 말을 들려주고 서로 크게 웃더라. 상춘원 서쪽의 석대 위로 자리를 옮길 새 연왕이 진왕의 손을 이끌어 상춘원 가운데 이르니, 흐드러진 단풍은 아침 햇살에 비치어 비단 장막을 드리운 듯하고, 아름다운 노란 국화는 서리 기운을 띠어 그윽한 향내를 풍기더라. 두 왕이 석대 위에 올라 황성皇城의 물색을 굽어보고 성밖의 경치를 멀리 바라보니, 드넓고 시원하며 그윽한 정취가 있더라. 자리를 정한 뒤에, 하인을 불러 낙엽을 주워 차를 끓이라 하고, 담소가 이어져 끊이지 않더라.

이때 철귀비가 반귀비·괵귀비와 더불어 이미 취봉루에 이르렀거늘, 난성후가 선숙인·연숙인과 더불어 취봉루에서 잔치 자리를 베풀어 안으로는 세 귀비를 접대하고 밖으로는 상춘원에 술상을 마련해, 한편으로 투호投壺와 쌍륙雙陸으로 승부를 겨루고, 또 노래와 춤과 음악으로 좌우에 펼쳐, 손님을 대접함이 매우 정성스럽더라.

이때 두 왕이 국화 가지를 꺾어 술잔의 산算가지를 삼아 서너 잔을 마시니, 진왕이 취해 연왕을 보며,

"양형楊兄이여! 옛사람이 중양절이 좋은 절기라 일컬음이 어찌 양기陽氣를 아낌이 아니리오? 천지만물이 그 기운을 빌려 활발히 움직이나니, 옛 성인께서 성리性理의 학문을 말씀하시니 그에 깊이 침잠해 배움은 장차 이 기운을 길러 크게 쓰고자 함이라. 제가 대여섯 살에 말을 배우고 열 살에 글을 읽어 고금의 역사와 흥망성쇠를 가슴속에 익힘은, 장차 임금께 몸 바쳐 충성하고 백성에게 은택을 베풀며 도를 논하고 나라를 다스려 고요皐陶·후직后稷·설契을 기약함이더니, 불행히 어린 나이에 과거에

급제하고 열여섯 살에 또 부마도위가 되니, 천자의 은혜가 망극해 부귀가 비록 지극하나, 조정의 관례가 자못 괴이해 부마도위는 작위가 매우 높아 천자의 종친과 다름이 없으니, 비록 간절한 포부가 있더라도 장차 어디에 쓰리오? 옛사람이 말하길, '변변치 못한 나물 뿌리를 먹어본 뒤에야 온갖 일을 경영할 수 있다' 했으니, 이제 비단옷과 기름진 음식이 저의 평생을 그르쳐, 게으르고 무료한 신세가 되게 하니 어찌 우습지 않으리오? 송宋나라의 왕진경[6]은 재능과 학식을 겸비했으나, 부마도위가 된 뒤로는 조정의 일에 참예하지 아니하고 자신의 좋아하는 것으로써 평생 홀로 즐겼으니, 알지 못하는 자들은 왕진경의 풍류와 재능 많음을 칭찬하나 식견이 있는 자들은 마땅히 그의 평생을 애석하게 여기었거늘, 저는 비록 왕진경의 재능과 학식에 미칠 수도 없거니와 그 뒤를 따라가려고 꾀하지 않았소이다. 그러나 그동안 진국에 가서 선정을 베풀지 못해 교화와 은택이 백성에게 미치지 않았는데, 태후께서 그 멀리 떨어져 있음을 슬퍼하시어 다시 진국에 나아감을 허락하지 않으시니, 뼈에 새길 그 은혜를 보답할 길이 없으나 이는 저의 평소의 뜻이 아니라. 그리하여 무료한 속마음을 풍류로 소일하니, 양형은 덕망이 높고 밝으며 업적이 환히 빛나 옛사람에게 앞서는지라. 어찌 저의 방탕함을 웃지 않으리오?"

연왕이 웃으며,

"제가 비록 안목이 없으나 어찌 화형花兄을 방탕하다 일컬으리오? 다만 간절한 소망은, 화형이 비록 대신大臣·간관諫官의 직간直諫하고 출척黜陟하는 책임은 없으나 또한 국가와 더불어 안위를 함께하는지라. 조용하

6) 왕진경(王晉卿, 1036~1104): 북송의 화가(畵家) 왕선(王詵). 진경(晉卿)은 그의 자. 영종(英宗)의 둘째 딸인 위국대장공주(魏國大長公主)에게 장가들어 부마도위가 되었다. 시사(詩詞)를 잘 지었고 서예에 능했으며 산수화를 잘 그렸다. 소동파·황정견과 깊이 사귀었는데, 소동파와의 친분으로 당화(黨禍)를 당해 귀양 갔다가 피살되었다.

고 평안히 머물며 천자를 가까이에서 모시어, 한집안의 아버지와 아들처럼 얘기를 나누며 넌지시 간언함은 반드시 조정의 재상보다 나으리니, 이 또한 업적이라. 어찌 스스로 그 마음을 게을리하리오?"

진왕이 얼굴빛을 고치고 대답하길,

"형의 말씀은 과연 금석과 같은지라. 마땅히 허리띠에 적어놓고 잊지 않으려니와, 제가 깊은 궁궐에서 날마다 궁녀들을 대해 조정의 득실에 어두우니, 어찌 감히 양형의 부탁을 감당하리오? 바야흐로 이제 성스러운 천자께서 위에 계시어 백성들의 살림이 넉넉하고 사방이 무사하니, 저는 장차 이때를 틈타 진왕秦王 인수印綬를 풀고, 시와 술과 풍류와 자연 경치를 즐기며 여생을 마치고자 함이라."

연왕이 탄식하며,

"형이 젊은 나이임에도 깊은 마음이 이처럼 노숙하니 저의 미칠 바가 아니라. 저는 본디 남방의 선비로 성은이 망극해 외람된 관직이 과분하고 무딘 재능으로 그 직분을 다하지 못해, 두려운 마음이 늘 전전긍긍해 살얼음을 밟는 듯하더이다. 마땅히 표를 올려 관직에서 물러나 어버이를 모시고 전원으로 돌아가, 달이 이지러지고 해가 기우는 탄식이 없도록 하리이다."

진왕이 이에 연왕의 손을 잡고 탄식하며,

"옛사람이 지기를 귀중히 여김은 속마음을 속이지 않기 때문이라. 제가 무엇을 알리오마는, 형이 나이 서른이 못 되어 출장입상하고 공명과 업적이 한 시대에 진동하니, 권세는 조정을 기울일 만하고 화복禍福이 그 손안에 달렸는지라. 우리 황상의 일월과 같은 밝으심으로 바람과 구름이 떨어지지 않듯 물고기와 물이 떨어지지 않듯 임금과 신하의 만남이 두터우나, 이때가 바로 식견이 있는 군자가 겸양해 스스로 물러날 때라. 저의 이 말이 다만 벗을 사랑하고 나라를 돌아보지 아니함 같으나, 양형은 나라의 대들보요 백성의 본보기라. 양형의 안위는 곧 국가의 안

위이니, 제가 사귄 지 얼마 안 됨에도 말이 절박한 것을 괴이히 여기지 마소서."

연왕이 이 말을 듣고 놀라 옷깃을 가지런히 하고 탄식하며,

"근래 벗 사이의 도리가 없어진 지 오래더니, 형이 창곡의 부족함을 저버리지 않고 그 미치지 못함을 이끌어주시니, 약석藥石의 말씀을 어찌 허리띠에 적고 폐에 새기지 않으리오?"

이로부터 연왕은 진왕의 충직하고 믿음직함을 탄복하고, 진왕은 연왕의 정대하고 겸양함을 공경해 서로 지기가 되더라. 이윽고 지는 해에 단풍이 환히 비쳐 눈길을 빼앗아 가을 풍경이 바로 취흥을 돋우는지라. 다시 몇 잔을 마시고 서로 헤어지더라.

한편 세월이 훌쩍 흘러 천자가 즉위하신 지 아홉 해가 되었더라. 십일월 갑자일 동짓날에 천자가 자신전紫宸殿에 이르시어 신하들의 진하進賀 받기를 마치고 모든 관리가 물러날 새 갑자기 우렛소리가 울려 전각을 흔들거늘, 천자가 크게 놀라 좌우를 돌아보며 물으시길,

"겨울 우레는 상서롭지 않은 징조가 아닌가?"

한 신하가 아뢰길,

"동짓날에 일양一陽이 생겨나니, 오늘의 우렛소리는 재앙이 아니라 상서로움이로소이다."

천자가 고개를 끄덕이시니 그 뜻을 받들어 여러 관리가 상서로움을 칭송하되, 연왕이 듣고 분연히 상소하더라.

"신 양창곡은 듣건대, 옛적의 밝은 임금들께서 재앙은 말하되 그 상서로움은 묻지 아니한 것은, 하늘을 공경해 덕을 닦고자 하심이라. 그런 까닭에 『시경』에 이르길, '하늘의 노여움에 공손하며, 감히 행락을 일삼지 말라' 했으니, 상나라의 상곡[7]과 주나라의 반풍[8]이 모두 재앙으로 인해 덕을 닦은 것이라. 후세의 임금은 재앙을 듣고도 두려워하지 않고 신하는 상서로움을 칭송해 아첨하니, 한나라의 기린[9]과 송나라의 천

서[10]는 천년 세월의 웃음거리인지라. 그리하여 나라를 좀먹고 임금을 우롱하니, 신이 『사기』를 볼 때마다 이에 이르러는 깨닫지 못하는 사이에 책을 덮고 길게 탄식해 분연히 눈물을 흘렸나이다. 불행히 오늘 다시 쇠락한 시대의 기상을 폐하의 조정에서 다시 보게 되니 신은 마음이 서늘하고 뼈가 놀라 일컬을 바를 알지 못하나이다. 신이 생각건대 상서로움과 재앙이 임금께 달려 있사오니, 바라건대 폐하께서는 돌이켜 스스로 생각하시어, 어진 정치와 은택이 온 세상에 흡족하고 백성에게 미친즉 비록 우연한 비바람이라도 상서로움이 되려니와, 그렇지 않은즉 상서로운 별과 구름이 하늘에 나타나고 기린과 봉황이 땅에 가득하더라도 귀할 바 없을지라. 하물며 겨울 우레는 심상치 않은 재앙이거늘 아첨하는 신하들이 조정을 우롱하니 어찌 한심하지 않으리이까?

신이 비록 하늘과 땅의 음양의 도를 알지 못하오나 이치로써 헤아린즉 짐작 가는 바가 있사오니, 신이 먼저 하늘의 도를 말씀드리고 이어

7) 상곡(桑穀): 뽕나무와 닥나무. 『사기史記』「은본기殷本紀」에 나오는 고사로, 중국 상(商)나라의 9대 임금으로 이름이 태무(太戊)인 중종(中宗) 때, 상서롭지 않은 나무인 뽕나무와 닥나무가 도읍인 박(亳) 땅에 자라나 하룻저녁에 두 움큼이 되도록 크므로 태무가 두려워했다. 이에 덕을 닦을 것을 권하는 재상 이척(伊陟)의 말을 듣고 태무가 덕을 닦자, 뽕나무와 닥나무가 저절로 말라죽었다 한다.

8) 반풍(返風): 주(周)나라의 기초를 세운 주공(周公)은 어린 나이에 즉위한 조카 성왕(成王)을 도와 섭정했다. 주공이 세상을 떠난 뒤 추수하기 전에 갑자기 벼락이 쳐 곡식이 쓰러지고 나무가 뽑히자 백성들이 두려워했다. 이에 성왕이, 금띠(金縢)로 봉한 상자에 보관했던, 앓는 무왕(武王)을 대신해 스스로 죽기를 하늘에 기도한 주공의 축문(祝文)을 꺼내 보고는, 주공의 바른 충성을 알게 되었다. 성왕이 교외로 나가 주공을 받드는 제사를 올리자, 바람의 방향이 바뀌고(返風) 곡식이 모두 일어섰다고 한다.

9) 한(漢)나라의 기린(麒麟): 전한(前漢)의 무제(武帝)가 무리를 거느리고 사냥에 나서 다리가 하나밖에 없는 특이한 모습의 흰 기린을 포획하자, 많은 신하가 이를 상서로운 것으로 여겼다. 이에 기린을 포획한 해를 기념하기 위해 연호를 '원수(元狩)'로 정하니, BC 122년이 원수 원년이 된다.

10) 송(宋)나라의 천서(天瑞): 송나라 진종(眞宗) 때 왕흠약(王欽若, 962~1025)이 민심을 안정시킨다는 명목으로 진종을 부추겨 태산(泰山)에서 봉선(封禪)할 것을 권하면서 '하늘의 상서(天瑞)'로 내려왔다는 천서(天書)를 조작했다. 진종의 공덕을 칭송하는 이 천서(天書)로 인해 연호도 '대중상부(大中祥符)'로 바꾸었다. 그뒤로 천서(天瑞)를 조작해 올리는 자가 쏟아져나왔다.

사람의 일을 논하리이다. 동지는 곧 음의 기운이 다하는 달이라. 천지가 닫혀 감추어지고 만물이 몸을 웅크리니 『주역』의 이른바 지뢰복[11)]의 괘라. 우레가 땅 밑에 감추어져 있으니, 어찌 그 소리가 들리리이까? 그런 까닭에 『예기』 「월령」에 '삼월 뒤에 우레가 소리를 낸다' 하니, 이제 늦봄의 월령이 한겨울에 나타남은 때아닌 재앙이라. 또 사람의 일로 말할진대, 전쟁을 겪은 나머지 백성들이 곤궁해, 풍년을 만나도 굶주림을 면치 못하고 흉년을 당한즉 길거리를 떠돌아, 약한 자는 골짜기에 엎어지고 강한 자는 도적이 되거늘, 궁중이 깊숙하고 조정이 멀어, 비참한 모습은 눈에 보이지 않고 원망의 소리는 귀에 들리지 않으나, 지극히 높고 지극히 공평한 하늘이 내려 비추시니 어찌 알지 못하시리이까? 화창한 기운이 있으면 비와 바람이 순조로워 음양이 조화를 이루고, 원통한 기운이 가득하면 하늘과 땅이 막혀 재앙을 내리나니, 이는 변함 없는 당연한 이치라. 지금 천하가 이처럼 좋지 못한 몰골인데 장차 무슨 상서로움을 바라리이까? 아아! 애통한지라. 폐하의 신하들이 하늘의 도를 속이고 임금을 우롱함이 이 지경에 이를 줄 어찌 알았으리이까? 엎드려 바라건대, 폐하께서는 오늘 표를 올려 상서로움을 말하는 자들을 일일이 멀리 쫓아내어 아첨하는 풍조와 속이는 버릇을 징계하소서.

신이 다시 엎드려 생각건대, 우레는 천지의 호령이라. 조화造化를 북돋워 만물이 생겨나게 하나니, 우레가 한겨울에 이처럼 급히 나타남은, 천하의 온 백성이 몸을 웅크리고 곤궁해 큰 추위에 봄볕이 비치길 폐하께 바라는 까닭에, 하늘이 겨울 우레로 폐하를 경계해 총명예지를 더욱 힘쓰시도록 호령을 발해 감히 나태함이 없게 함이라. 엎드려 바라건대, 폐

11) 지뢰복(地雷復): 동지(冬至)에 해당되는 복괘(復卦). 땅을 상징하는 곤(坤)괘가 위에 놓이고 진(震)괘가 아래에 놓여 이루어진, 우레가 땅속에서 우는 형상의 곤상진하(坤上震下)의 괘다. 다섯 음효(陰爻) 아래에 하나의 양효(陽爻)가 솟아오르는 모양으로, 쌓인 음(陰)의 기운 속에 한 줄기 양(陽)의 기운이 새롭게 나옴을 나타내고, 음력 11월을 가리킨다.

하께서는 성스러운 뜻을 더욱 힘쓰시어 과감하게 다스리시고, 정신을 기울여 정치에 힘쓰시어 안일을 일삼지 마시고, 경계하고 두려워하는 마음을 늘 품으시어 하늘의 뜻에 보답하소서. 신이 외람되이 대신大臣의 반열에 있으되 음양을 섭리할 수 없어 이런 심상치 않은 재앙이 있게 되오니, 직분을 게을리한 죄를 벗어날 수 없는지라. 엎드려 바라건대 신의 벼슬을 갈아 쫓아내시어 뭇 관료를 감독하소서."

천자가 읽기를 마치매, 두려워해 좌우를 돌아보며 탄식하시길,

"좋도다! 충성스러운 말이여!"

하고 즉시 비답批答을 내리시길,

"그대의 임금을 사랑하고 나라를 사랑하는 정성은 글자마다 간폐肝肺에 닿으니, 어찌 평소 바라던 바가 아니리오? 아름다운 말은 잊지 않으려니와, 사직을 청하는 문장은 참으로 뜻밖이라. 사직은 허락할 수 없으니 그대는 더욱 충성을 다해 나의 허물을 깁게 하라."

즉시 조서를 내리시어 상서로움을 치하한 자들을 내쫓으라 하시니 모두 십여 명이더라.

이때 탁당濁黨이 아직 조정에 있어, 노균盧均이 죽은 뒤로 각기 두려워해 은근히 모여 흉계를 꾀하고자 하더니, 뜻밖에 천자가 연왕의 말을 따라 노균 문하에 출입하던 사람들을 용서해 죄를 묻지 않으시니, 아아! 소인의 심장이여! 망극한 천자의 은혜를 알지 못하고, 살길을 이미 얻었거늘 다시 이해득실을 꾀해 예부상서 한응덕韓應德과 간관諫官 우세충于世忠 등 수십 명이 몰래 의논하길,

"우리가 비록 용서해주시는 명을 입었으나, 탁당으로 지목된 것을 벗어날 수 없으리니, 만약 조정의 벼슬을 사직하고 초야에서 여생을 보내고자 한즉 그만이거니와, 다시 벼슬길에 뜻을 두어 여생을 보내고자 한다면 어찌 방법이 없으리오?"

한상서가 탄식하며,

"내가 비록 부족하나, 조정에 가득한 청당清黨에서 두려워할 자가 없되, 오직 연왕 한 사람은 노참정의 재능으로도 감당하지 못한지라. 이미 그를 제어하지 못할진대, 도리어 그 사람에게 무릎 꿇고 문하에 출입해, 우리의 원하는 바를 꾀함만 못하리라."

우세충이 탄식하며,

"각하의 계책은 안 될 일이니, 어깨를 으쓱이며 아첨하는 웃음의 유혹에 귀를 기울이는 자는 따로 있음이라. 연왕은 비록 나이가 적으나 무겁기가 태산泰山 교악喬嶽 같으니, 어찌 평범한 수단으로 유혹할 수 있으리오? 옛말에 이르길 '임금의 신임을 얻은 뒤에 도를 행하라' 했으니, 만약 먼저 천자의 총애를 얻지 못하면 어찌 우리가 원하는 바를 이룰 수 있으리오? 군자는 정도로 임금의 신임을 얻고 소인은 권도로 임금의 신임을 얻나니, 정도는 우리가 할 수 있는 바가 아니나 어찌 권도가 없으리오?"

서로 귀엣말하여 웃으며,

"이는 노참정의 평소 마음 쓰는 법이라. 우리가 또 때를 틈타 도모하리라."

이로부터 탁당 가운데 심복을 풀어 그릇된 수단으로 조정의 움직임을 엿보아 살피었는데, 천도天道가 밝아 마른하늘의 벼락이 소인의 잔당들을 깨뜨리고자 하여 한겨울 우렛소리가 자신전紫宸殿을 흔들었으니, 모르는 자들은 천자의 요·순 같은 성스러움과 연왕의 후직·설 같은 충성으로 음양을 다스리고 사계절을 순조롭게 하리라 생각해 태평성대의 때아닌 재앙을 의심하려니와, 다음 회를 본즉 천도가 소인을 미워해 그 복선화음의 이치를 드러냄을 알리니, 다음 회를 보라.

충성과 반역을 분별하여 천자가 윤음을 반포하고 전원에 돌아가고자 연왕이 표를 올리더라

제51회

한응덕과 우세충 등이 노균의 잔당으로서 흉악한 마음을 이어받아 구차한 말과 아첨하는 태도로 재앙을 가리켜 상서로움이라 일컬어 임금을 속이고자 했으나, 한 조각 뜬구름이 일월 같은 밝음을 가리기 어려운지라. 연왕의 상소가 정대하고 삼엄해 재난이 임박하니, 가파른 산비탈을 내리닫는 형세요 이미 엎질러진 물이라. 오히려 사마귀의 앞다리로 수레바퀴를 막아서고 반딧불의 빛으로 햇빛과 다투고자 하여, 한응덕이 우세충을 거느려 상소문을 지어 천자에게 바치니, 그 대략은 이러하더라.

"예부상서 신 한응덕 등은 황제폐하께 삼가 상소를 올리나이다. 엎드려 생각건대, 하늘과 땅이 생겨난 뒤에 음과 양이 생기나니, 옛사람이 양기를 북돋우고 음기를 억누르고자 함은, 하늘의 도를 주장해 조화造化를 행하려 함이라. 시월을 일컬어 양월이라 함은, 순수한 음기의 달에 양기가 스러짐을 아쉬워함이요, 십일월이 되면 자시子時 한밤중에 한 양기가 비로소 생겨나는 까닭에, 소강절[1]의 시에 '문득 한밤중 우렛소리에, 모든 집의 문이 차례로 열리도다' 했으니, 이는 한 우렛소리에 닫혀 감추어졌던 기운이 스스로 열림을 기꺼워함이라. 이로 보건대 동짓달 우렛소리가 재앙이 아님을 알 수 있고, 한漢·당唐의 풍속이 동짓달이 되면 자손 된 자들이 잔을 받들어 어버이께 헌수獻壽하고 덕담으로 복록을 축원하니, 이는 옛것을 버리고 새것을 취하여 화락한 기운을 부름이니, 이로 보건대 표문을 올려 축하를 올리는 것이 의리에 크게 어그러지지 않을지라. 엎드려 생각건대, 황제폐하께서 지혜롭고 성스러우며 문무를 겸비하시어 태평성대의 요堯·순舜의 다스림을 넘으시니, 비바람이 순조롭고 나라가 태평하여 풍년이 들어, 재앙이 사라지고 상서로움을 기다리는 것은 폐하와 신하의 당연한 마음이라. 하늘과 땅의 음양이 불행은 사라지고 행운은 다가와 동짓날 우렛소리가 양기를 아뢰거늘, 폐하의 겸양하시는 성스러운 덕으로 삼가고 조심하시어 안색이 놀라시어 재앙이 아닌가 물으시니, 가까이 모시는 신하들이 실상을 우러러 아뢰고 조정의 모든 관료가 표를 올려 축하드림은 다름이 아니라, 임금을 사랑하는 간절한 충성으로 까닭 없이 놀라심을 위로하고 하늘과 땅의 운행하는 이치를 밝히고자 함이라. 그런데 이제 연왕 양창곡이 상소하여 논박하니 그 모함하는 말과 억누르는 말은 모든 신하를 논박할 뿐 아니라 참으로 폐하를 속임이요, 폐하를 속일 뿐 아니라 또 하늘의 도를 속임이오니 신 등이 그 뜻을 알지 못하겠나이다. 아아! 임금께 아첨함은 은총을 구하고 부귀를 탐하는 데에 불과하나, 임금을 두렵게 하고 조정을 억누름은 어찌 임금을 무시하는 마음을 품은 것이 아니리이까? 신 등이

1) 소강절(邵康節, 1011~1077): 북송 때의 철학자 소옹(邵雍). 강절(康節)은 시호(諡號). 도가사상의 영향을 받고 유교의 역철학(易哲學)을 발전시켜 특이한 수리철학(數理哲學)을 만들었다. 역(易)이 음(陰)·양(陽)의 이원(二元)으로 우주의 모든 현상을 설명함에 대하여, 그는 음·양·강(剛)·유(柔)의 사원(四元)으로 모든 것을 설명했다. 『황극경세서皇極經世書』 62편을 지어 천지의 모든 현상의 전개를 수리로서 해석했고, 자유로운 시체(詩體)의 시집 『이천격양집伊川擊壤集』을 남겼다.

듣건대, 사방의 오랑캐와 모든 백성이 다만 중국에 연왕이 있음을 칭송하고 폐하의 은덕을 말하는 자가 없다 하니 이것이 어찌 나라의 복이리이까? 신 등이 듣건대……"

이때 한림학사가 탑전榻前에 엎드려 이 상소문을 읽는데 읽는 중에 문득 천자의 안색이 변하며 분노한 기색으로 크게 소리쳐,

"학사는 읽기를 멈추라!"

하시고 좌우를 돌아보시며,

"이 상소가 어떠한가?"

모두 묵묵히 있는데 진왕이 마침 구슬발 밖에 서 있는지라. 천자가 진왕을 향해 묻기를,

"그대가 보건대 한응덕의 상소가 어떠한가?"

진왕이 분연히 아뢰길,

"폐하의 일월 같은 밝으심으로 충성과 반역의 분별을 거울처럼 비추시니 신이 어찌 감히 말씀드리오마는, 간사한 무리의 무엄함이 이에 이르러 종이에 가득 나열한 말의 뜻이 옛 책을 인용해 천자의 총명을 어지럽히고 어진 신하를 모함해 조정을 뒤집고자 하오니, 음흉한 경륜과 불측한 마음이 노균에게서 이어받은 마음 쓰는 법과 같나이다."

천자가 진노해 하교하시길,

"내가 지난날 노균의 당을 용서하도록 명함은 참으로 연왕의 공평한 마음에 감동함이요, 또 그 가운데 인재가 있어 옥석이 함께 불타는 탄식이 있을까 염려함이더니, 역적의 문하에 어찌 충신이 있으리오? 오늘 안으로 노균의 당을 일일이 쫓아내어, 위로 공경公卿으로부터 아래로 미관말직에 이르기까지 노균의 문하에 출입한 자는 모두 조정의 명부에서 쫓아내 죽을 때까지 벼슬을 금하고, 상소한 한응덕과 우세충 등 십여 명은 먼저 금의옥禁義獄에 포박해 엄히 가두고 아뢰도록 하라."

천자가 하교를 마치매 급히 연왕을 부르라 하시니, 연왕이 사람들의

말을 듣고 이미 성밖에서 죄 받기를 기다리는지라. 천자가 얼굴빛이 참담해 눈물을 머금고,

"연왕의 충성으로 이런 참소를 만나니, 이는 내가 연왕을 사랑함이 연왕이 나를 사랑함만 못한 것이라. 아아! 나로 하여금 쓰러지는 집에 앉혀놓고 대들보를 빼앗고자 하니, 예로부터 지금까지 천하에 어찌 이런 역적이 있으리오?"

손으로 서안을 치며 어탑에 옮겨 앉아 한림학사를 보시고 종이를 가져와 전지傳旨를 쓰라 명하시어 몸소 열 줄의 윤음綸音을 부르시니, 그 대략은 이러하더라.

"어진 신하를 가까이하고 소인을 멀리함은 옛 임금들의 큰 정치라. 나의 덕이 모자라 간사한 무리가 조정을 시험하니 어찌 한심하지 않으리오? 옛적에 주공周公이 유언비어를 만나고 곽광[2]이 참소를 입었으니, 주나라 성왕成王과 한나라 선제宣帝가 나이가 어렸던 까닭에 관숙·채숙[3]과 상관걸[4]이 그 뜻을 시험하고자 한 것이라. 만약 성왕과 선제의 총명이 아니라면 주·한 두 나라의 종묘사직이 위태로웠으리니 지금 생각하매 모골이 송연하도다.

---

2) 곽광(霍光, ?~BC 68): 전한(前漢)의 정치가. 곽거병(霍去病) 장군의 이복동생으로 무제(武帝)를 측근에서 섬기다가, 무제가 죽자 여덟 살에 즉위한 소제(昭帝)를 보필했고, 소제의 형인 연왕(燕王) 단(旦)의 반란을 기회 삼아 실권을 장악했다. 소제가 죽은 뒤에는, 무고(巫蠱)의 난 때 죽은 여태자(戾太子)의 손자를 옹립해 선제(宣帝)로 즉위하게 했다. 또 선제의 황후 허씨(許氏)를 독살하고 자신의 딸을 황후로 만들어 일족의 권세를 강화했다. 그러나 곽광이 죽은 뒤 그의 일족은 반역죄로 모두 죽임을 당했다.

3) 관숙(管叔)·채숙(蔡叔): 주(周)나라 때 무왕(武王)의 아우요 주공(周公)의 형들. 무왕이 앓자 주공이 대신 죽기를 하늘에 기도한 축문을 지어 금띠(金縢)]로 봉한 상자에 보관했는데, 무왕이 죽고 어린 아들 성왕(成王)이 즉위해 주공이 섭정하니, 관숙·채숙이 주공을 비방하는 유언비어를 퍼뜨렸다. 주공은 두려워 동도(東都)로 피했으나, 뒤에 성왕이 상자를 열어보고는 주공의 바른 충성을 깨달아 다시 주공을 불러들였다. 이에 관숙·채숙이 반란을 일으키자, 성왕의 명을 받아 주공이 토벌했다.

4) 상관걸(上官桀): 전한의 정치가. 괴력을 가진 역사(力士)로서 항상 무제의 신변을 보호하여 두터운 신임을 받았다. 무제의 뒤를 이어 소제가 제위에 오르자 막강한 권력을 행사했으며, 연

이제 나의 나이가 서른이요, 즉위한 지 십 년이라. 간사한 무리의 대담함이 어진 신하를 모함해 임금을 농락하고자 하니, 만약 이 버릇을 징계하지 않으면 장차 임금 없는 나라가 될 것이라. 오늘 나의 윤음은 소인의 소인 됨과 어진 신하의 어진 신하 됨을 밝히고자 함이라. 지난날 노균이 조정을 어지럽히고 나라를 병들게 하여 종묘사직의 존망이 아침저녁에 달려 있었으니, 지난 일을 돌이켜 생각하면 마음과 쓸개가 서늘하도다. 이제 한응덕과 우세충이 역적의 잔당으로서 용서를 받고 목숨을 보전하니, 마땅히 예전의 버릇을 고쳐 백배 삼가야 할 것이거늘, 도리어 흉악한 마음으로 노균 원흉을 이어받아 아첨의 말로 상서로움을 칭송하니, 어찌 태산泰山 명당明堂에 천서天書를 만들어내고 태청궁太淸宮 안에 신선을 불러내던 수단이 아니리오? 내가 비록 어리석으나, 반드시 두 번 그런 속임을 당하지 않을지라.

연왕의 해를 뚫을 만한 충성은 천지신명이 비추는 바이니, 남방에 출전해 나탁을 평정함은 몸과 마음을 다하던 제갈량의 충성이요, 의봉정 앞에서 음악에 대해 간언해 도끼의 형벌을 피하지 아니함은 임금 앞에서 허물을 직간하던 급암汲黯의 풍모라. 내가 밝지 못해 노균의 거짓된 말을 믿어 어진 신하를 만리 밖 열악한 곳으로 쫓아내었으니, 비록 굴원의 충성과 가의의 어짊으로도 「이소」[5]를 노래하고 「복조부」[6]를 읊어 시대를 만나지 못함을 탄식했으니, 어질도다, 연왕이여! 한 조각 붉은 마음이 다만 나라만 알고 그 몸을 잊었으며, 임금을 사랑해 죽음을 무릅

왕 단의 모반 사건이 있은 뒤에 사돈관계였던 곽광과 더불어 조정을 이끌었다. 그러나 상관걸의 아들 상관안(上官安)의 딸이 소제의 황후로 책봉되는 것을 곽광이 반대하자, 그와 대립하였다. 곽광을 제거하기 위해 모함하는 상소문을 올렸으나 소제에 의해 거짓으로 드러났고, 다시 소제와 곽광을 함께 제거하려는 음모를 꾸미다가 발각되어 처형되었다.

5) 이소(離騷): 중국 전국(戰國)시대 초(楚)나라의 시인 굴원(屈原)이 지은 장편 서사시로서, 『초사楚辭』의 한 편명. '이소'는 '조우(遭憂)' 즉 '근심을 만나다'라는 뜻이다. 조정에서 모함을 입어 추방되어 방랑하면서 우국(憂國)의 정과 자신의 결백을 노래한 것으로, 후반부는 천계편력(天界遍歷)으로 도가적(道家的) 색채가 짙은 낭만성이 돋보인다.

쎴도다. 죄수의 몸으로 표문을 올려 바닷가 행궁에서의 취한 꿈을 깨우치고 혼자 말을 달려 연소성 아래에서 오랑캐 군대를 무찌르니, 수백 년 종묘사직이 그에 힘입어 끊어지지 아니하고 모든 백성이 어육魚肉을 면한 이것이 누구의 공로인가?

내가 듣건대, 자애로운 아버지와 효성스러운 아들에게는 간사한 말이 이르지 못하고, 지기의 벗에게는 훼방이 생기지 않는다 하거늘, 이제 우세충 등이 자애로운 나에게 충성스러운 연왕을 참소하여 훼방하니, 간사한 무리의 대담함과 당돌함이 어찌 이 지경에 이르렀는가? 한응덕은 남해 불모도不毛島로, 우세충은 북방 대유도大猶島로 곧바로 유배 보내 천하에 대사령大赦令이 내리더라도 종신토록 석방하지 말고, 상소문 아래에 이름을 올린 십여 명은 멀리 떨어진 열악한 곳으로 유배하라. 이 윤음을 모든 고을에 반포해 방방곡곡에 게시하여, 어진 신하를 가까이하고 소인을 멀리하는 나의 뜻을 알게 하라."

천자가 윤음을 내리시고 유배 보낼 것을 재촉하신 뒤에, 사신을 보내 연왕을 권해 부르시니 연왕이 더욱 황공해 먼 교외로 물러나더라. 천자가 듣고 하교하시길,

"연왕이 나의 뜻을 모르는가? 도리어 이처럼 스스로 물러나니, 이는 나의 성의가 미덥지 못한 때문이라."

하시고 어가와 의장을 재촉해 장차 몸소 맞이하고자 하시니, 연왕이 천자가 몸소 이르신다는 소식을 듣고 어찌할 수 없어 황성으로 들어오는데 천자가 이미 궁궐을 나오셨더라. 연왕이 땅에 엎드려 죄를 청하니

---

6) 복조부(鵩鳥賦): 전한(前漢)의 문인 가의(賈誼, BC 200~BC 168)가 당시 고관들의 시샘으로 좌천되어 장사왕(長沙王)의 태부(太傅)로 가 있을 때에 복조(鵩鳥, 수리부엉이)가 집으로 날아들었다. 장사(長沙)에는 수리부엉이가 집으로 날아들면 집 주인이 죽는다는 속신(俗信)이 있었다. 가의는 자신이 오래 살지 못할 조짐으로 여기고 「복조부」를 지어 스스로를 애도했는데, 그 뒤에 과연 가의는 그곳에서 죽었다.

천자가 크게 기뻐하시며 시종 두 사람으로 하여금 연왕을 부축하게 하여 함께 입궐해 탑전에서 손을 잡고 말씀하시길,

"참소하는 자의 망극함이 예로부터 있는 것이라. 나는 그대의 마음을 알고 그대는 나의 마음을 아는데 어찌 이처럼 스스로 물러나는가?"

연왕이 아뢰길,

"신이 충성스럽지 못해 오늘의 처지가 진퇴양난인지라. 위로는 음양을 다스리는 직분을 잃어 재앙이 나타나고, 아래로는 임금께 충성을 다하는 도리를 삼가지 못해 많은 책망이 일어나니, 폐하께서 비록 곡진히 용서하시어 재주와 학식이 무딘 것을 불쌍히 여기시고 그 마음속에 다름이 없음을 밝혀 중용하고자 하시나, 신의 처지가 백 가지 물러날 사유가 있고 한 가지 나올 단서가 없음을 어찌 생각하지 않으시나이까?"

천자가 웃으시며,

"속담에 이르길 '바른 말이 아니거든 대답하지 말라' 했으니, 보잘것없는 간사한 무리의 근거 없는 말 때문에 거취를 판단함은 자못 온당치 않음이로다."

연왕이 다시 아뢰길,

"성스러운 말씀이 이에 이르시니 또한 속담으로 아뢰리이다. 민간의 백성이 이웃집 아이에게 욕을 먹더라도 오히려 수치스러워 문을 닫고 나가지 못하며 마을 사람을 대할 낯이 없는 법이옵니다. 하물며 신이 매우 부족함에도 대신의 반열에 있으면서 망극한 말을 듣고 근거 없이 입에 오르내리는데 태연히 조정에 나아가 모든 관료를 감독한다면, 신의 신세는 말할 것 없고 조정의 수치가 장차 어떠하리이까?"

천자가 얼굴빛을 고치고 위로하시어,

"한응덕과 우세충은 일개 비루한 자에 불과함이라. 예로부터 군자가 소인에게 욕을 당한 사람이 많으니 어찌 마음에 두리오? 그대가 평소 나라를 위해 자기 몸을 돌아보지 아니하더니, 오늘 어찌 홀로 목숨을 아

껴 나랏일이 가득함을 돌아보지 않는가?"

연왕이 다시 일어났다가 엎드려 아뢰길,

"말씀이 정중하시어 이처럼 타이르시니, 신이 목석이 아니건대 어찌 감동하지 않으리이까마는, 한응덕과 우세충이 비루한 자가 됨은 무엇이니이까? 부귀를 탐하고 은총을 구해 염치를 돌아보지 않았을 따름이라. 신이 침 뱉어 꾸짖음을 감수하고 은총을 그리워해 나아감만 알고 물러남을 모른다면, 또한 일개 비루한 자라. 어찌 우세충의 무리와 다르리이까? 폐하께서 또 말씀하시길, '목숨을 아껴 나랏일을 돌아보지 않는가?'라 하시니, 신이 본디 재능과 학식이 얕아 벼슬에 나아가고 물러남에 있어 조금도 깊은 헤아림이 없었나이다. 군자는 몸을 닦은 뒤에 집안을 다스리고 집안을 다스린 뒤에 나라를 다스리고 나라를 다스린 뒤에 천하를 평안하게 할 수 있는데, 예의와 염치는 몸을 닦는 근본이라. 만약 신이 은총을 생각하고 작록爵祿을 탐해 서성이고 관망하며 염치없음을 무릅쓴다면, 이는 몸을 닦지 못한 것이니, 한 집안을 다스리지 못하면서 하물며 천하를 평안하게 할 수 있으리이까? 폐하께서 만약 신의 겉모습을 상대하고자 하신다면 모르겠거니와, 만약 재능과 학식이 둔함에도 등용하여 나라를 다스리는 책임을 맡기려 하신다면 어찌 저의 목숨을 돌아보아주지 않으시나이까?"

천자가 이 말을 듣고 한참 묵묵히 계시다가 말씀하시길,

"우리 두 사람의 한 조각 마음이 서로 비추니, 어찌 이처럼 강박하리오? 다시 조용히 상의해 나아가고 물러남에 처음과 끝이 변함이 없도록 하라."

연왕이 황공해 머리를 조아리고 물러나더라. 천자가 진왕을 돌아보시며,

"연왕의 물러나려는 뜻이 확고하니, 이것이 어떠한 까닭인가?"

진왕이 말하길,

"연왕의 물러나려는 뜻이 이미 오래되었으니, 비단 참소 때문에 스스로 물러남이 아니니이다. 다만 오늘 폐하께서 예우하시는 도리에 성의를 더해 만류하시면 혹 뜻을 돌릴 듯하니, 만약 이때 물러남을 허락하시면 진실로 간사한 무리의 소원을 이루어줌이요 연왕을 예우하시는 뜻이 아닐 듯하나이다."

천자가 탄식하시며,

"나랏일이 번잡하거늘 어진 신하가 물러나고자 하니, 내가 누구와 더불어 천하를 다스리리오?"

하시더라. 며칠 뒤에 연왕이 상소하여 물러남을 청하니, 그 상소가 이러하더라.

"신이 불초한 재능과 학식으로 성스러운 조정에서 뽑아주시는 은총을 입어 관직이 높고 부귀가 지극하니, 두려운 마음이 늘 절실함이라. 폐하의 존엄함을 모르고 구구한 충언에 망령됨이 많았거늘, 그르다 하지 않으시고 성스러운 말씀이 정중하시니, 신이 더욱 황공하고 죄송스러움을 이길 수 없나이다. 신이 본디 남방의 선비로서 집안이 가난하고 어버이께서 연로하시어 가난 때문에 벼슬을 구함이요, 참으로 경륜과 재능과 학식이 임금께 충성하고 백성을 윤택하게 함을 기약함이 아니라. 이제 만약 나아감만 알고 물러남을 모르며, 많은 것을 탐하고 얻기를 힘쓰며, 천자의 총애를 믿고 스스로 헤아림이 없다면, 위로는 성스러운 은덕을 저버리고 아래로는 재앙을 부름이라. 그 불초하고 불충함이 더욱 심해지리니, 엎드려 바라건대 폐하께서는 신의 사정을 헤아려 전원으로 돌아감을 허락하시어, 임금과 신하 사이에 은총이 오래 이어지도록 하여주소서. 신의 나이가 서른이 되지 못했으나, 평소 질병이 많고 또 연로한 어버이께서 계시어, 한가로이 봉양하며 조용한 곳에서 요양할 것을 늘 생각했으니, 황제폐하께서는 천지의 어버이라. 신의 처지를 불쌍히 여기시어 관직을 거두어 분수에 평안하게 해주시고, 전원에 돌아감을 허락하시어 은총을 길이 보전케 하여주소서."
천자가 상소를 보시고 좌우를 돌아보시며,
"내가 연왕을 대들보와 주춧돌처럼 믿어 바야흐로 의지해 귀중히 여기고자 하거늘 물러나려는 뜻이 이처럼 급하니, 이것이 어찌 내가 바라던 바이리오?"
하고 비답하시길,
"내가 성의가 얕아 한마디 말로 그대의 마음을 되돌리지 못하고, 이어 이 상소를 보니 쓸쓸한 마음이 손과 발을 잃음 같은지라. 그대의 지극한 충성으로 어찌 이를 생각하지 않고 나를 버리고 가고자 하는가? 그대는 다시 생각해 간절한 뜻을 저버리지 말라."
며칠 뒤에 연왕이 다시 상소하니, 그 상소에,
"신은 듣건대, 임금이 신하를 예로써 부리면 신하도 임금을 예로써 섬기나니, 무릇 예라 하는 것은 절하고 읍하여 사양하는 것이 아니라 나아가고 물러남에 큰 예를 잃지 않음을 일컬음이거늘, 만약 위엄 있는 명령으로 부르고 은혜로 달래어 힘을 다해 체면에 겨를이 없게 한다면, 이는 궁중 시녀와 환관의 충성에 불과함이라. 신의 오늘의 처지는 한번 나아가고 한번 물러남에 군자의 태도와 비루한 사내의 태도로 갈라지나니, 신이 비록 군자의 도리로 자처하지는 못하오나 폐하께서 어찌 비루한 사내의 태도로 이끄시리이까? 신이 비록 무지함이 나무나 돌과 같고 우매함이 개나 말과 같사오나 어찌 폐하의 은총이 망극함을 모르리오마는, 한번 성스러운 뜻을 받들면 스스로 사정이 급박하고 말씀이 장황하게 되리니, 엎드려 바라건대 폐하께서는 사랑해주시고 불쌍히 여겨주소서."
천자가 읽기를 마치매 얼굴이 기쁘지 않아 비답하시길,
"하늘이 나를 돕지 않아 그대의 상소가 다시 이르니, 이는 임금과 신하 사이에 서로 믿지 못하는 까닭이라. 어찌 슬프지 않으리오?"

연왕이 세번째 상소하니, 그 상소에,

"신은 듣건대, 어버이가 자식을 사랑하매 정을 끊어 회초리로 때리며 엄히 꾸짖는 것이 어찌 본심에서 나오는 것이리이까? 다만 그릇됨을 깨닫게 하여 죄를 범하지 않게 하고자 함이라. 신이 불초해 분에 넘치는 관직이 그릇에 이미 가득찬 것 같아 살얼음을 밟는 듯하니, 큰 죄를 면해 폐하께 불충을 끼치지 않음을 기약하기 어려운지라. 폐하께서 어찌 회초리로 때리며 엄히 꾸짖어 정을 끊어 교훈하는 사랑이 없으시나이까? 신은 어버이의 늦게 얻은 외아들로 넘치는 사랑의 따뜻함 속에서 자라 배운 것이 없고, 폐하의 이루어주시는 은택이 골수에 사무쳐 그 우러러 바라는 바가 어버이와 다름이 없거늘, 폐하께서 이제 또 사랑의 마음에 가리어져 그 위태로운 사정을 헤아리지 않으시니, 엎드려 바라건대 폐하께서는 불쌍히 여겨주소서."

천자가 또 허락하지 않으시니, 연왕이 어찌할 수 없어 애써 벼슬살이를 한 지 몇 달 뒤에 다시 물러나길 상소해 백여 차례에 이르니, 천자가 그 고집을 꺾을 수 없어 연왕에게 명해 부르시니, 연왕이 들어와 탑전에 엎드려 아뢰길,

"신이 비록 불충하오나 어찌 신하를 사랑하시는 폐하의 은덕을 모르리오마는, 예로부터 출장입상하여 공로를 이룬 뒤에 물러나지 않은즉 임금과 신하의 의리를 길이 보전한 자가 적사옵니다. 신의 나이가 옛사람이 벼슬에서 물러나는 데에는 미치지 못했사오나, 엎드려 빌건대 폐하께서는 십 년의 말미를 내려주시어, 전원으로 돌아가 복이 지나쳐 재앙이 생기는 일을 면하게 하여주소서."

천자가 놀라며,

"내가 비록 덕이 없으나, 월나라 왕 구천[7]처럼 환란을 같이한 사람을

---

7) 구천(句踐): 중국 춘추시대 말기의 월(越)나라 왕으로, 춘추오패(春秋五覇)의 한 사람. BC

안락한 때 저버리는 무리가 아니거늘, 그대가 어찌 오호五湖에 조각배 띄워 노닌 범려范蠡처럼 혼자만의 즐거움을 생각하는가?"

연왕이 머리를 조아리며,

"옛적에 송나라 태조는 성군이로되, 석수신[8] 등 다섯 사람을 권해 벼슬을 버리고 고향 전원으로 돌아가 한결같은 은덕을 보전하게 했사오니, 이 일은 임금과 신하 사이에 허물없이 뜻이 잘 맞은 것이라. 신이 비록 부귀를 탐하고 공명을 사모해 가득찬 것을 모르고 위태로움을 깨닫지 못하나, 폐하께서 마땅히 불쌍히 여기어 살길을 이끌어주시리니 어찌 오늘 물러나 쉬는 것을 허락하지 않으시나이까?"

천자가 한숨지으며,

"그대의 시골 전장田莊이 어디에 있는가?"

연왕이 말하길,

"동쪽 교외 백 리 밖에 있으니, 이름은 취성동聚星洞이니이다."

천자가 한참 있다가 좌우를 돌아보시며,

"백 리는 하루에 갈 수 있는 거리가 아닌가?"

좌우에서 말하길,

"그러하나이다."

천자가 서운해하며 말씀하시길,

520?~BC 465. 즉위한 뒤에 오(吳)나라 왕 합려(闔閭)와 싸워 그를 죽였다. 합려의 아들 부차(夫差)는 아버지의 원수를 갚기 위해 섶나무 위에서 자며(臥薪) 복수심을 불태웠고, 2년 뒤에 구천은 부차에게 패배하여 그의 신하가 되었다. 구천은 치욕을 씻기 위해 쓸개를 핥으며(嘗膽) 부국강병에 힘써, 끝내 부차를 꺾어 자살하게 하고 패자(覇者)가 되었다. 그러나 뒤에는 환란을 함께 한 신하인 범려(范蠡)를 추방하고 문종(文種)을 자살하게 하였다.

8) 석수신(石守信): 북송(北宋)의 명장(名將). 928~984. 태조(太祖)로 즉위한 조광윤(趙匡胤)과 결의형제를 맺은 사이로서 건국을 도왔고, 그 뒤 이균(李筠)의 반란을 평정하는 데에도 공이 컸다. 태조가 번진(藩鎭)의 반란을 겪은 뒤 천하에 병란(兵亂)을 쉬게 할 방법으로, 석수신 등의 휘하 장수들을 초청하여 연회를 베풀어 담소하며 병권(兵權)을 자발적으로 내놓도록 하자, 석수신 등은 관직을 사직하고 귀향하였다.

"하늘이 나라를 돕지 않아 그대의 고집이 이처럼 확고하니, 신하를 예로써 대우하는 의리에 내가 어찌 한결같이 고집하리오? 내가 다만 세 가지 약속을 두노니, 첫째는 십 년을 기다려 다시 부르리니 그대는 사양하지 말고, 둘째는 관직을 그대로 지녀 녹봉을 사양하지 말고, 셋째는 비록 십 년 이내라도 작은 일에는 그대의 집으로 묻고 큰 일에는 조정에 들어옴을 사양하지 말라. 취성동이 멀지 않고 그대 또한 젊은 나이라. 매년 사계절 좋은 때 갑갑한 마음을 풀 방편으로, 야인의 복색으로 한 필 푸른 나귀를 타고 하인 한 명을 거느려 조용히 와서 알현하라. 내가 마땅히 편전에서 손님을 위한 걸상을 청소해 임금과 신하의 분별을 벗어버리고 벗으로 맞이해 사귐이 멀어진 회포를 서로 위로하리라."

하시고 정월대보름, 오월 초닷새, 중추절 다음날, 구월 초아흐레로 지정하시어,

"오늘 내가 그대를 보내는 마음이 어찌 평범한 임금과 신하의 이별로 논할 수 있으리오? 나랏일을 생각한즉 대들보와 주춧돌이 의지할 곳이 없어지고 점치는 댓가지와 거북 껍데기를 잃었으니 길흉득실을 누구에게 물으며, 맑은 거울이 멀어졌으니 내 용모의 간악함과 추함을 어디에 비추리오? 사사로운 정으로 말할진대 한밤중 대궐의 깜박이는 금련촉金蓮燭과 조정 관료들의 쟁그랑 패옥 소리가 즐겁지 않고 쓸쓸해 무료할지라. 그대가 이 마음을 알 수 있겠는가?"

연왕이 머리를 조아리고 눈물을 흘리며,

"신이 열여섯 살에 폐하를 섬겨, 나이가 이제 스물여섯이라. 머리부터 발끝까지 폐하의 은혜가 미치지 않은 곳이 없사옵니다. 비록 닭·개·소·말처럼 무지한 미물이라도 주인을 사랑하나니, 신이 비록 뼈가 가루가 되고 몸이 부서질지언정 좌우에서 오래도록 모시어 잠시라도 멀리 떠나고자 하겠나이까? 하오나 외람된 벼슬이 재상의 반열에 처해, 나아가고 물러남과 모든 움직임이 모든 관료의 본보기가 될지니, 어찌 그 처지

와 염치를 삼가지 않으리이까? 이제 부득이 폐하를 하직하고 구름 낀 먼 산으로 향하오니 갓난아기가 자애로운 어머니 슬하를 떠남 같은지라. 내려주신 세 가지 약속은 마땅히 명심해 잊지 않으려니와, 전원으로 물러나 쉼은 부귀를 사양하고 맑은 한가로움을 찾음으로써 분에 넘친다는 책망을 면하고자 함이라. 이제 벼슬과 녹봉을 그대로 지닌 채 겸하여 산수의 맑은 복을 누린즉 염치를 손상시킴은 물론이고 조물주의 시기함이 장차 어떠하리이까? 엎드려 바라건대, 폐하께서는 신의 벼슬과 녹봉을 거두시어 초야의 한미한 선비의 본분을 지켜, 위로는 성스러운 덕을 노래하고 아래로는 분에 넘치는 재앙이 없도록 해주소서."

천자가 웃으시며,

"그런즉 우승상右丞相 벼슬은 사직을 허락하노니, 연왕 녹봉은 사양하지 말라."

연왕이 어찌할 수 없어 명을 받들고 물러나더라. 연왕이 천자의 뜻을 받들어 벼슬에서 물러나 쉼을 얻어, 어버이를 모시고 가솔을 거느려 시골 전원으로 돌아가니 소원을 이루었으나, 십 년 동안의 망극한 은총을 하루아침에 멀리 떠나 자유로이 돌아가니 어찌 아쉬워하는 정과 그리워하는 마음을 잊으리오? 이에 표문을 올려 하직하니 그 표문이 이러하더라.

"신 창곡이 불충해 폐하의 은총을 저버리고 저의 몸만 생각해, 이제 장차 대궐을 하직하고 전원을 향하나이다. 수레바퀴가 비록 동쪽으로 굴러가나 한 조각 붉은 마음은 북쪽 대궐 아래 걸려 있사오니, 어찌 간절한 마음으로 그리워하는 속마음을 표하지 않으리이까? 엎드려 생각하건대, 폐하께서 총명하고 지혜로우시며 신성하시고 문무를 겸비하시니, 요·순의 자질이요 탕왕湯王·무왕武王의 도량이나, 즉위 십 년에 아직 태평성대를 이루지 못해 백성의 곤궁함이 옛날과 같사오니, 이는 다름이 아니라, 신 등이 불충해 폐하를 보필함이 부족한 까닭이라.

비록 그러하나 신은 듣건대, 좋은 장인匠人은 버리는 나무가 없고, 강한 장수는 약한 군졸이 없다 하오니, 이는 모두 폐하께 달려 있나이다. 『서경書經』에 이르길, '임금이 밝으면 신하가 어질게 되고, 임금이 번잡하면 신하가 게으르게 된다' 했으니, 엎드려 바라건대 폐하께서는 천하에 인재 없음을 탄식하지 마시고 폐하의 인재 등용을 생각하시며, 신하의 불충을 책망하지 마시고 폐하의 성스러운 덕을 더욱 힘쓰소서. 사람의 기상이 날로 내려가고 고금이 비록 다르나, 하늘이 백성을 내시매 장차 한 시대의 사람으로 한 시대의 일을 스스로 감당케 하나이다. 전국시대 인물이 비록 요·순의 교화를 꾀할 수 없었으나, 한·당의 신하들이 오히려 한·당의 다스림을 이루었으니, 성스러운 임금이 위에 계시면 어진 신하가 조정에 가득하고, 어두운 임금이 나라를 맡으면 소인이 조정에 가득함은 어찌 인재의 유무에 달려 있음이리오? 그 등용에 달려 있음이라.

아아! 초야의 바위굴에서 재능을 닦아 때를 기다리는 자가 귀를 기울이고 눈을 밝혀 조정의 기색을 살피거늘, 폐하께서는 깊은 궁궐에 거처하시어 그 소리를 듣지 못하시고, 다만 내시와 나인內人의 자질구레한 말과 가까이 모시는 신하들의 관례에 따른 절차로 한가로이 날을 보내시니, 어찌 태평성대를 바랄 수 있으리이까? 폐하를 위해 나라를 다스리는 경륜을 말하는 자가 반드시 말하길, '풍속을 고치고 법령을 세우고 재물을 절약하고 신하와 백성을 사랑하고 세금을 줄이고 형벌을 밝게 하고 사치를 금하고 뇌물을 끊으소서' 하리니, 이는 모두 오늘날 시급히 해야 할 일이라. 그 말이 비록 마땅하나, 오히려 그 근본을 세움이라고 말할 수는 없나이다.

비유하건대 한꺼번에 많은 병이 생겨 천백 가지의 위급한 증세와 나쁜 징조가 날로 더해짐을 보고도 의론이 한결같지 않다가, 그 초조하게 발광하는 것을 보고는 심장의 경락經絡을 부드럽게 하고자 하며, 호흡이 몹시 가쁜 것을 보고는 폐의 경락을 다스리자 하여, 깨닫지 못하는 사이 동쪽을 막으면 서쪽이 무너지고 남쪽을 붙들면 북쪽이 무너지니, 이것이 어찌 어리석은 의원의 관례에 따른 말이 아니리이까? 만약 편작扁鵲과 창공倉公의 노련한 의술로 본다면, 원기元氣를 도와 모든 증세를 순조로이 할지라 하오리이다. 옛사람이 말하길, '선비는 나라의 원기라' 했사오니, 다만 선비의 기상을 기른 뒤에야 인재를 얻을 수 있는 것이요, 인재를 얻은 뒤에야 나라를 다스리는 것을 논하리니, 오늘날 선비의 버릇이 타락해 거의 수습하기 어려운 지경에 이르니, 이것이 어찌 나라의 큰 근심이 아니리이까?

삼대三代 이래로 과거제도에 힘써, 주나라의 '삼물빈흥三物賓興'과 한나라의 '현량방정賢良方正'의 제도가 모두 선비의 기상을 기르고 인재를 등용하고자 함이라. 그러나 후세에 과거제도가 해이해져, 선비 된 자가 한 번 과거를 치르면 원기가 한층 꺾이고, 두 번 치르면 마음이 백배 게을러져, 가난한 자는 책을 덮고 살아갈 방책을 꾀하며 부유한 자는 독서를 조롱하고 지름길을 엿보아, 얻으면 자랑하고 잃으면 몰락해, 비루한 소견과 경박한 풍속이 눈과 귀에 익숙해 조금도 부끄러워하는 마음이 없나이다. 그 모습이 평민들의 이익을 꾀하는 풍조와 다름이 없고, 그 가운데 산림과 바위굴에서 옛 도를 지키고 지조를 지닌 자는 문을 닫고 자취를 거두어 속세의 티끌에 물들까 근심하니, 폐하의 조정에 인재가 끊어짐이 어찌 당연하지 않으리이까?

신은 과거제도를 바로잡는 것이 오늘날 가장 시급한 일이라 생각하노니, 시詩·부賦·표表·책策으로 선비를 시험해, 비록 자못 공평한 마음을 지니고 있어도 훗날 등용에 별로 취할 자가 없거늘 하물며 공평한 마음을 지니지 않은 자는 어떠하리이까? 오늘날 필요한 계책으로는 공거법貢擧法과 천주법薦主法을 시행해 선비의 기상을 북돋움만 같은 것이 없나이다. 모든 고을에 조서를 내리시어 삼 년에 한 번씩 각 고을의 선비들을 선발하되, 큰 고을은 십여 명, 작은 고을은 대여섯 명씩 문장으로 시험하고 경륜으로 재능을 취해, 예부禮部로 올려 다시 비교해 우등을 선발해 탑전에서 몸소 시험하시되, 먼저 경학經學을 묻고 다음 시부詩賦를 시험해 폐하께서 몸소 선발하시고, 그 가운데 경륜과 시부에서 특출한 자는 그를 천거한 방백과 수령을 표창해 그 벼슬을 더하시고, 등용해 시험하시어 만약 잘못이 있거든 그 추천한 자의 죄를 논해 관직을 삭탈하시옵소서. 그러면 자연히 방백과 수령들이 샅샅이 찾아내어 열 집가량 있는 작은 고을에도 충신忠信 있는 사람이 있으니 훌륭한 인재를 빠뜨리는 탄식이 없으리이다. 천하에 선비 된 자가 각기 그 재능을 힘써 명성이 드러나길 스스로 기약하리니, 만약 이러하다면 본디 재능이 없는 자를 인재로 만들어냄은 비록 쉽지 않을 것이나, 재능이 있는 인재는 반드시 버려지지 않으리이다.

신이 이제 조정을 떠나 전원으로 돌아가오니, 몸은 비록 한가로우나 굳건한 마음은 오히려 스스로 풀어놓기 어렵거니와, 옛적 성스러운 임금께서 인재를 소중히 여긴 뜻으로써 오늘날 나라의 다스림의 근본을 논했사오니, 엎드려 바라건대 폐하께서는 깊이 살펴주소서."

천자가 읽기를 마치매 좌우에 이르시길,

"연왕의 충성은 옛사람에게서 구하더라도 드문지라. 임금을 사랑하고 나라를 근심하는 마음이 조정에서나 전원에서나 조금도 다름이 없으리로다."

이에 비답하시길,

"그대가 몸은 비록 전원에 있더라도 마음은 조정에 있으니, 옛사람의 '나아가서도 근심하고 물러나서도 근심한다' 함은 그대를 일컬음이라. 그대가 나를 사랑함이 이에 이르나, 나는 성의가 얕아 그대를 머무르게 못 하니, 어찌 부끄럽지 않으리오? 인재의 우열은 그대의 공평한 안목이 아니면 누가 가릴 수 있으리오? 그대는 속히 돌아와 나를 도우라."

연왕이 또 연춘전에서 하직하니, 태후가 불러 보시고 하교하시길,

"젊은 나이에 물러나 쉬는 것이 신선에 가까우나, 그대가 한번 떠나면 조정이 텅 빈 듯하리라. 황상의 그리워하는 뜻이 얼굴에 나타나니, 그대의 떠나는 마음도 응당 간절하리니, 속히 돌아와 나라를 도울지어다. 이 늙은 몸은 해가 서산에 질 때 가까우니, 다시 얼굴을 대할 날을 어찌 기약할 수 있으리오?"

하시고 한참 시무룩하시거늘, 연왕이 눈물을 머금고 아뢰길,

"신이 비록 불충하오나, 몸이 전원으로 물러나더라도 어찌 나라의 은덕을 잊으리이까? 오직 종남산과 북두성을 바라보며, 만수무강하시길 우러러 축원하나이다."

이에 물러나 행장을 준비할 새, 떠나는 날이 임박한지라. 천자가 하교하시길,

"연왕이 출발하는 날에 내가 동쪽 문에 나가 작별하리라."

하시더라. 연왕이 출발할 때 장차 어찌하리오? 다음 회를 보라.

동문에서 천자가 연왕을 전송하고 취성동에서 모든 낭자가 별원을 짓더라

제52회

천자가 동쪽 교외 십 리 밖에서 연왕을 전송하실 새, 모든 관료의 수레와 말과 휘장이 성문을 가득 메웠더라. 천자가 연왕의 손을 잡으시며,

"조정에서 가까이 날마다 서로 대하여도 조회를 마치고 나면 오히려 서운했거늘, 이제 아득한 전원으로 멀어지니 까마득한 회포를 장차 어찌 감당하리오?"

연왕이 감격의 눈물을 흘리며 땅에 엎드려 아뢰길,

"신이 십 년 동안 조정에 있으되 예법이 지엄해 가까이의 용안을 기억하지 못하는데, 시골 전원으로 돌아간 뒤에는 밤마다 꿈속의 은하수 궁궐에서 조정에 벌여 서 가까이 모시더라도, 빛나는 용안이 장차 희미할지라. 이제 잠시 폐하의 용안을 우러러뵈옵고 물러나고자 하나이다."

천자가 또한 서글퍼 눈물을 머금어, 몸을 펴 일어섰다 앉으라 명하시고, 진왕을 돌아보며 탄식하시길,

"연왕의 젊고 아름다운 용모가 어찌 물러나 쉬는 재상에 맞으리오? 음양을 잘 다스리며 도를 논하고 나라를 경영해 나의 허물을 깁는 것이

옮거늘, 까닭 없이 전원으로 돌아가 고기 잡고 나무하는 이들과 노닐기를 생각하니, 어찌 애석하지 않으리오?"

이에 난성후를 부르라 명하시매 난성후가 즉시 나아가 엎드리니, 천자가 옥으로 만든 잔에 술을 부어 연왕에게 내려주시며,

"그대는 어버이를 봉양하며 맑은 복을 두루 누린 뒤 속히 돌아와 나를 도우라."

또 한 잔을 난성후에게 내려주시며,

"그대는 이 술을 받아 연왕과 더불어 백년해로하고 자녀를 많이 낳아 두루 복을 누리어 또한 나를 잊지 말라."

연왕과 난성후가 엎드려 술 마시기를 마치매, 날이 저물어 천자가 환궁하실 새 좌우를 돌아보시며,

"길을 떠나는 자에게 노자가 있어야 하니, 황금 만 일鎰로 행장을 도우라."

하시고 어가御駕에 올라 두세 번 돌아보시며 슬퍼해 마지않으시더라. 연왕이 모든 관료와 더불어 차례로 작별할 새 황각로와 윤각로가 탄식하며,

"어진 사위가 젊은 나이에 벼슬자리에서 용감히 물러나니, 우리가 늙은 나이에 머뭇거림이 어찌 부끄럽지 않으리오?"

연왕이 윤각로를 향하여,

"장인께서는 연로하지 않으시니 성스러운 군주를 보좌해 백성을 구제하소서. 저는 처지가 남과 달라, 지나치게 번성해 재앙에 이를까 두려워 시골 전원으로 물러나 천자의 은혜를 저버리니, 어찌 부러워하리이까?"

또 황각로를 향하여,

"장인께서는 이미 옛사람이 벼슬에서 물러나던 나이를 넘기셨으니, 일찍 물러나 쉼을 생각하소서."

황각로가 웃으며,

"나는 아침저녁을 기약하기 어려운 사람이라. 성시城市의 번화함을 몇 해나 더 누리리오? 적막한 고향 전원은 본디 바라는 바가 아니라. 다만 늘그막에 딸과 하루아침에 멀리 헤어지니 마음이 더욱 슬프도다."

연왕이 미소하고 다시 진왕과 작별할 새 한참 손을 잡고 헤어지기 서운해 연왕이 웃으며,

"그대의 속되지 않은 풍류는 제가 아는 바라. 세속 티끌을 벗어버리고 아름다운 계절 좋은 때 벗을 찾아올 수 있으리오?"

진왕이 기뻐하며,

"제가 평소 좋아하는 바는 산수와 벗이라. 그대가 이미 이름난 좋은 곳을 차지했으니, 나귀를 채찍질해 아미산[1]을 구경하고 소동파를 방문하는 풍류를 어찌 본받지 않으리오?"

연왕이 또 소유경 상서, 황여옥 상서, 동초 장군, 마달 장군과 일일이 작별할 새, 대장군 뇌천풍이 그 손자를 데리고 이르러 눈물을 머금고 슬퍼하다가 눈물을 거두고 웃으며,

"저는 늙었는지라. 상공을 다시 뵙는 것을 기약하기 어려우나, 상공의 오늘 행색은 천년의 아름다운 일이 되리니 슬픈 가운데 기쁨을 이기기 어렵나이다."

난성후를 찾아뵙고 하직하며,

"원수께서 백운동에서 다하지 못한 맑은 복을 이제 취성동에서 누리시게 되니 치하할 바이나, 저의 나이가 해가 서산에 질 때 가까운지라. 송별하는 자리에서 부르는 「양관곡陽關曲」이 늙은이의 회포를 움직이나이다."

---

1) 아미산(峨嵋山): 중국 하남성(河南省)에 있는 작은 산으로, 소아미산(小峨眉山)이라고도 하는데, 북송(北宋)의 시인 소동파(蘇東坡)가 산의 생김새가 촉(蜀)의 아미산과 비슷하므로 이렇게 이름하였다 한다.

하고 흰 수염에 눈물이 맺히거늘, 난성후가 위로하여,

"옛적에 주나라 강태공은 여든 해를 낚시꾼으로 지내다가 여든 해를 장수로 지냈으니, 바라건대 장군께서는 여러 해의 부귀를 더 누리시어 여든 살을 채운 뒤에, 취성동에 경치 좋은 한 곳을 마련해 갈대로 만든 갓과 도롱이 차림으로 다시 여러 해의 수명을 누리시어, 전쟁터에서 함께 고생하던 회포를 자연 속에서 함께 펴도록 훗날을 기약하소서."

뇌천풍이 크게 웃고 사례하더라.

이때 어가가 이미 멀어진지라. 모든 관료가 바삐 연왕에게 하직하고 돌아가니 연왕이 행장을 재촉해 바야흐로 출발할 새, 문득 십여 채의 가마가 성안으로부터 오니, 이는 가궁인賈宮人이 태후의 명을 받들어 대여섯 명의 궁녀와 더불어 음식을 받들어 허부인을 전별하고, 그 뒤에 세 귀비도 또한 난성후를 전별하고자 함께 옴이더라. 허부인과 난성후가 행차를 멈추고 은덕에 사례하며 바야흐로 이별의 회포를 펴더니, 또 성안으로부터 한 쌍의 가마가 물색이 선명하고 따르는 이들이 길을 메워 십여 명의 군졸이 행인들에게 '물렀거라' 외치며 이르니, 이는 관동후 동초의 소실 연옥과 관서후 마달의 소실 소청이더라. 소청과 연옥이 가마에서 내리며 흐르는 눈물이 가득해 각기 난성후와 선숙인의 손을 잡고,

"낭자께서 소청과 연옥을 버리고 가시려나이까? 저희가 부중으로 갔더니 이미 떠나셨다 하는 까닭에 장차 취성동으로 가고자 했나이다."

난성후가 또한 눈물을 머금고 꾸짖기를,

"이제 너희의 처지가 지난날과 다르니, 여자는 반드시 지아비를 따라야 하는 것이라. 나아가고 물러남을 어찌 마음대로 할 수 있으리오? 한 번 작별을 고하는 것으로 족하니 속히 돌아가라."

이에 가궁인을 보고 웃으며,

"세상에서 뽑아버리기 어려운 것이 정의 뿌리일지라. 저희가 저들과 더불어 같이 자라나 주인과 종이되 형제의 정으로 고단한 신세를 서로

의지하더니, 천리 타향에서 부귀한 문중의 소실로 영화로움이 극진하고, 저들도 또한 공후公侯의 소실이 되어 백년 의탁할 곳을 이미 얻었으니, 한때의 이별이 어찌 그리워할 바이리오마는, 저희가 시골 전원으로 간다는 소식을 듣고 며칠 전부터 울며 따르고자 하나, 여자가 반드시 지아비를 따라야 하는 것은 귀천이 다름이 없는지라. 어찌 옛정 때문에 명분 없는 행차를 하리오? 달래고 경계해 보냈더니 이제 또 이에 이르니, 저 또한 정이 여린 사람이라. 뿌리치고 가고자 하나, 자연히 마음이 불편하나이다."

다시 소청과 연옥을 달래어,

"취성동이 멀지 않으니, 너희는 모름지기 슬퍼하지 말고 날이 따뜻해지고 바람이 부드럽거든 두 사람이 벗하여 장군께 아뢰고 오라."

말을 마치매 행장을 수습해 출발하니, 철귀비가 난성후의 손을 잡고,

"제가 또한 한가한 틈을 타 한번 장원莊園을 찾아가, 벗을 방문하고 산수의 경치를 구경하고자 하노라."

난성후가 웃으며,

"식언을 하지 못할지니, 붕우유신朋友有信을 저버리지 말라."

이때 연왕이 행장을 재촉해 출발하니, 소청과 연옥이 행차의 티끌을 바라보고 푸른 소매와 붉은 화장에 눈물이 비 오듯 하거늘, 가궁인이 많은 말로 위로하고 더불어 황성으로 돌아가더라.

한편 연왕이 젊은 나이에 속세의 명예와 이익을 하직하고 전원을 향해 자유로이 돌아갈 새, 수레와 말과 짐이 십 리에 이어지니, 구경하는 사람들이 찬탄하지 않음이 없어,

"어질도다, 연왕이여! 천자를 도와 태평성대를 이루고 전원으로 돌아가 공명을 사양하니, 한나라의 소광[2]과 당나라의 오교[3]도 당할 수 없

2) 소광(疏廣): 전한(前漢)의 학자. 선제(宣帝) 때에 박사(博士)에 등용되고, 뒤이어 태부(太傅)가

을지라."

하더라. 수십 리를 가매 성안의 노인과 모든 군영의 군졸이 술잔을 올리고 음악을 연주하며 다투어 전송하니, 아이와 노인들이 수레 앞에서 칭송이 분분하거늘, 연왕이 수레를 멈추고 좋은 말로 위로하더라. 천자가 환궁하신 뒤에 황금 만 일鎰을 연왕에게 내려주시고 오천 일을 난성후에게 내려주시며,

"애오라지 길 떠나는 이를 전별하는 뜻이니, 시골 전원으로 돌아가 술과 음식을 마련하는 데에 보태라."

연왕과 난성후가 북쪽을 향해 네 번 절하고 황공함을 이기지 못하더라.

한편 황성 동남쪽에 전장田莊 골짜기가 하나 있으니 이름은 취성동聚星洞이라. 북쪽으로 자개봉紫蓋峯을 의지하고 남쪽으로 금강錦江에 임하니 둘레가 수십 리요, 산천의 수려함과 경치의 뛰어남이 여산廬山과 아울러 일컬어지더라. 전장을 꾸린 지 이미 오래인데다 봉우리 아래에 터를 닦고 저택을 지을 새 검소하고 정교해 화려함을 일삼지 않았더라. 안쪽의 귀련당龜蓮堂은 '천년 묵은 신령한 거북이 연잎에서 노닌다'는 뜻을 취함이니 허부인이 거처하고, 왼쪽의 엽남헌饁南軒은 '아내와 자식이 남쪽 밭

되었다. 5년 동안 황태자를 가르치다가 병을 핑계로 사직(辭職)을 청원해 물러났다. 하사받은 금을 친족들에게 나눠주면서 "어질면서 재물이 많으면 그 뜻을 손상시키고, 어리석으면서 재물이 많으면 허물을 더하게 된다(賢而多財, 則損其志, 愚而多財, 則益其過)"고 했다. 벼슬로 이름을 얻는 것을 후회하여 벼슬을 그만두자, 많은 사람들이 칭찬했다 한다.

3) 오교(吳喬): 당(唐)나라 현종(玄宗) 때의 은사(隱士) 오균(吳筠, ? ~778)을 가리키는 것으로 보인다. 어려서부터 경전에 통달하고 문장에 능했으나, 진사시(進士試)에 합격하지 못하자 남양(南陽) 의제산(倚帝山)에 은거하여 도사(道士)가 되었다. 이백(李白)·공소부(孔巢父) 등과 섬중(剡中)에 은거하여 시를 주고받았다. 현종(玄宗)에게 불려와 대조한림(待詔翰林)이 되어, 현종이 도에 대해 묻자 "임금께서 유의할 바가 아니니다(非人主所宜留意)" 하고, 명교(名教)에 대해서만 진술하였다. 성격이 곧고 굳세어 고력사(高力士)에게 참소당하자, 극구 숭산(嵩山)으로 돌아갈 것을 희망하다가 나중에 회계(會稽) 섬중(剡中)에서 죽었다. 그가 남긴 작품은 모두 은거생활을 묘사하고 산천을 유유자적하는 심정을 그리고 있다.

두렁으로 들밥을 내어간다'는 구절을 취함이니 윤부인이 거처하고, 오른쪽의 영지헌營止軒은 '모든 집안이 가득하니 아내와 자식이 평안하다'의 구절을 취함이니 황부인이 거처하고, 바깥의 춘휘루春暉樓는 '봄풀이 빛을 알리다'의 뜻을 취함이니 태야太爺 양현楊賢이 거처하고, 곁의 은휴정恩休亭은 '천자의 은혜를 송축하다'의 뜻을 취함이니 연왕이 거처하고, 전후좌우에 행각行閣이 둘러싸 뜨락과 담장이 온 골짜기를 덮었더라.

이때 연왕 일행이 취성동에 이르니, 골짜기 안의 백성들이 남녀노소를 막론하고 골짜기 밖으로 나와 맞이할 새 기뻐하지 않는 자가 없더라. 연왕이 저택을 청소해 각기 처소를 정하고 세 낭자에게 이르길,

"별원이 수십여 곳이라. 자운루紫雲樓는 자개봉 아래에 있고, 태을정太乙亭·범사정泛槎亭은 금강 위에 있고, 생학루笙鶴樓·어풍각御風閣·완월정玩月亭·관풍각觀豐閣·침수정沉水亭·수석헌漱石軒·중묘당衆妙堂·우화암羽化庵이 경치가 빼어나고 구조가 정밀하니, 그대들은 각기 좋은 곳을 취해 거처하라."

세 낭자가 응낙하더라. 며칠 뒤 연왕이 어버이를 모시고 두 부인과 세 낭자를 거느려 수십여 곳 별원을 일일이 구경할 새, 자개봉 골짜기가 앞뒤에 둘러싸 물과 바위의 빼어남과 뜨락의 깊숙함과 계곡의 고요함과 탁 트인 조망이 명승지 아닌 곳이 없더라. 종일토록 거닐다가 달빛을 띠어 돌아올 새 양태야가 즐거움을 이기지 못하여,

"내가 수십 년 세속 티끌에 쌓인 울적한 가슴속을 오늘 씻었노라."

하더라.

이튿날 연왕이 세 낭자에게 묻기를,

"그대들이 어제 별원을 구경했으니 반드시 마음에 정한 바가 있을지라. 각기 그 뜻을 말하라."

난성후가 웃으며,

"시골에서 지내는 즐거움이 산수에 있으니, 범사정은 너무 강가에 붙어 있어 장사하는 여인이나 낚시하는 노인이 거처할 곳이요, 우화암은

또한 한적하고 구석져 승려나 도사가 거처할 곳이라. 산을 등지고 강을 앞에 두어 예스럽지 않고 속되지 않은 곳은 자운루가 제일이니, 저는 자운루에 거처하길 바라나이다."

연숙인이 말하길,

"산을 즐기고 물을 즐기는 것은 성인聖人의 일이요, 낚시꾼에게 묻고 나무꾼에게 답하는 것은 은자의 일이라. 저는 누에 치고 뽕 따는 일과 술 담그고 밥 짓는 일을 가장 좋아하니 관풍각을 내려주시길 바라나이다."

연왕이 선숙인을 보며,

"그대는 어찌 말이 없는고?"

선숙인이 말하길,

"제가 취하는 바는 두 낭자와 다르니, 떠들썩함을 싫어하고 한적함을 취해 중묘당에 거처하고자 하나이다."

연왕이 웃고 허락하며,

"모든 낭자의 처소가 경치는 매우 아름다우나 자못 비좁은 거리낌이 있으니, 각기 그 좋아하는 바를 좇아 고치도록 하오."

천자가 내려주신 황금을 세 낭자에게 나누어주니, 난성후가 아뢰길,

"제가 황성에 있을 때는 녹봉을 사양할 수 없었으나, 이제 산속에 들어왔으니 어디에 쓰리이까? 이제부터 난성부의 녹봉과 탕목읍湯沐邑 삼만 호와 천자께서 내려주신 황금 오천 일鎰을 상공께 모두 바치오니 상공께서 주관하소서."

연왕이 웃으며,

"내가 바야흐로 벼슬을 버리고 전원에 돌아온 것은 깨끗한 한가로움을 추구함이라. 이제 도리어 그대의 벼슬아치가 되어 돈과 곡식의 출입을 주관하리오?"

난성후가 말하길,

"제가 상공을 좇은 몇 해 동안에 굶주림과 배부름, 추위와 따뜻함을 조금도 간섭하지 않았으니, 비록 그것이 사사로운 일이나 오히려 어색함이 많았거니와, 이제부터는 보잘것없는 음식과 낡은 옷이라도 모든 낭자와 함께하리니 유념해주소서."

연왕이 웃고 허락하더라. 세 낭자가 각기 자기의 처소로 돌아갈 새, 난성후는 손삼랑과 아들 장성長星과 종 십여 명을 거느려 자운루로 가니, 난성후는 여러 해 전에 장성을 낳았더라. 선숙인은 자연紫鷰과 종들을 거느려 중묘당으로 가고, 연숙인은 또한 아들 인성仁星을 안고 종들을 거느려 관풍각으로 가더라.

한편 세 낭자가 각기 돌아가 처소를 고쳐 지어 불과 몇 달 사이에 완성해 잔치를 베풀 새, 연왕이 어버이를 모시고 두 부인과 두 낭자를 거느려 자운루에 이르니, 이때는 음력 이월이라. 가느다란 버들과 이름난 꽃은 곳곳이 그림 같고, 맑은 시내와 기이한 돌은 골짜기마다 선경이더라. 남종 몇 명이 산길을 쓸어 안내하니 양태야가 경치를 구경하매, 남쪽에는 무수한 먼산이 울창해 구름과 안개를 띠었고, 앞에는 긴 강이 있어 맑은 거울처럼 펼쳐져 있으니, 취성동의 수백 집이 눈앞에 역력히 보이고 자개봉의 천만 봉우리는 하늘 가장자리에 벌여 있더라. 양태야가 웃으며,

"이곳은 취성동 가운데 가장 이름난 곳이라. 난성후가 먼저 차지하니, 이 또한 복된 땅이로다."

문으로 들어가 몇 걸음을 가니, 난성후가 엷은 화장과 계절에 맞는 옷차림으로 장성과 여종을 거느려 나와 맞이하는데 아리따운 태도와 빼어난 기상이 화려하면서도 담백해 봄바람의 온갖 꽃과 더불어 향기를 다투더라. 황부인이 윤부인에게 이르길,

"난성후는 평범한 사람이 아니로다. 산속에 들어온 뒤로 용모와 자색이 지난날보다 더욱 아리땁도다."

난성후가 자운루로 안내해 들어가니, 수를 놓아 무늬를 이룬 창문이 매우 정밀하고, 분칠한 벽과 붉은 난간은 영롱하고 찬란하며, 비단 장막과 구슬발을 곳곳에 드리우고, 전후좌우로 누각이 여러 층 솟아 있더라. 동쪽은 중향각이니, 앞에 석대를 쌓아 복숭아·오얏·모란과 이름난 기이한 화초를 층층이 심었는데, 잎은 푸르고 꽃은 붉어 단청이 밝게 비치고 흰나비가 어지러이 오고가니, 이는 봄을 즐기는 곳이라. 서쪽은 금수정이니, 국화와 단풍은 좌우에 벌여 있고, 기이한 새와 기묘한 돌이 섬돌 아래에 가득하며 고라니와 사슴은 석대 아래에서 배회하고 사나운 매 한 쌍이 가지 위에 깃들었으니, 이는 가을을 즐기는 곳이라. 남쪽은 영풍각迎風閣이니, 향기로운 풀과 나무그늘이 처마를 둘러싸고 계곡물이 석벽을 따라 폭포를 이루었으며, 그 앞에 연못을 파서 아름다운 물고기가 마음껏 헤엄치고 원앙은 쌍쌍이 물결 따라 오고가니, 이는 여름을 즐기는 곳이라. 북쪽은 백옥루白玉樓이니, 푸른 소나무와 대나무가 빽빽이 섞여 있고 흰 꿩과 흰 학이 쌍쌍이 오고가며, 수많은 골짜기와 산봉우리가 화단 머리에 솟아 있고 옥매화 화분 백여 개를 섬돌 아래에 벌여놓았으니, 이는 겨울을 즐기는 곳이라. 양태야가 두루 구경하고 자운루에 오르시니 바야흐로 잔치 자리를 베풀매, 음악 소리가 질탕하고 술상이 낭자해 술과 고기가 풍성하더라. 취성동 마을의 노인과 남녀가 구름처럼 모여, 위아래 모두 배불리 먹고 취해 손발을 움직이며 춤추더라.

이튿날 연왕이 또 어버이를 모시고 두 부인과 세 낭자와 더불어 중묘당에 이르니, 산봉우리 길이 구불구불하고 산수가 아름다워 시원한 솔바람은 얼굴에 불어오고 잔잔한 물소리에 가슴속이 맑아지니 세속 티끌을 잊게 하더라. 문득 푸른 옷차림의 두 소년이 숲에서 나와 길을 안내하니 깨끗한 대사립이 맑은 바람에 반쯤 열려 있는데, 선숙인의 정숙한 태도와 우아한 기상이 보는 이로 하여금 속세의 괴로움을 잊게 하고 정신을 나부끼게 하는지라. 윤부인이 황부인과 세 낭자에게 이르길,

"요대瑤臺의 신선과 낙포의 선녀[4]를 티끌세상에서 보기 어렵더니, 오늘에야 보도다."

선숙인이 중묘당에서 맞이해 자리를 정한 뒤 자연이 차를 올리니, 산뜻한 향기에 가슴속이 상쾌해, 속세의 기상을 거의 잊을 듯하더라. 좌우를 둘러보니, 하얀 벽과 비단 창문에 정신이 맑아지고, 돌솥과 약 달이는 화로에 연기가 막 잦아들고, 책상머리에는 거문고가 빗기어 있고, 백옥 필통에는 옥주玉麈가 꽂혀 있더라. 북쪽 창문을 열고 보니, 여러 층의 석대에 돌난간을 쌓아 기이하고 아름다운 화초가 봄바람에 만발하고 한 쌍 백학이 대나무 숲에 잠들어 있으니, 그윽한 경치와 한적한 취미가 보는 이로 하여금 물욕을 잊게 하더라. 문득 한줄기 맑은 바람에 풍경風磬 소리가 들려오거늘 양태야가 물으시길,

"이 소리가 어디서 나는고?"

선숙인이 말하길,

"뜨락 가운데에 몇 칸의 별당이 있나이다."

하고 안내해 가니, 숲 사이에 돌길이 비스듬히 나 있고 몇 칸의 초가집이 어렴풋하고 깨끗한데, 고요한 처마에 흰 구름이 서리었고 은은한 얕은 담장에 푸른 산이 둘렀으니 조금도 속세의 기상이 없더라. 문을 열고 보니 단서丹書 한 권이 책상머리에 놓여 있고 백옥 여의如意는 벽 위에 걸려 있으니, 과연 도관道觀·선당仙堂이요 세속 사람의 거처가 아니더라. 보리밥·팥국과 산과 들의 나물로 낙성연落成宴을 아뢰니, 잠깐 사이 해가 서산에 지고 동쪽 고개에서 달이 떠오르며 솔바람이 방으로 들어오고 구름 기운이 자리를 덮어 정신이 맑아지고 몸이 서늘해지더라. 난성후

4) 낙포(洛浦)의 선녀: 중국 삼국시대 위(魏)나라의 조식(曹植)이 지은 「낙신부洛神賦」에 나오는, 조식과 이루어질 수 없는 사랑을 나누는 선녀. 상고시대 복희씨(伏羲氏)의 딸 복비(宓妃)가 낙수(洛水)에서 익사하여 수신(水神)이 되었다는 전설이 있는데, 이를 토대로 하여 낙신이라는 선녀를 창조하였다.

가 상머리의 거문고를 이끌어 한 곡조를 타고 선숙인이 옥피리를 불어 화답하니, 거문고 소리는 맑고 피리 소리는 가늘어 맑은 바람이 문득 일어나고 달빛이 깨끗해, 뜨락 가운데 학 한 쌍이 한꺼번에 울며 훨훨 날아와 섬돌 아래에서 춤추더라. 양태야가 미소하며 바람에 나부끼듯 우화등선의 뜻이 있는지라. 연왕과 낭자를 다 불러,

"진시황과 한 무제는 헛되이 마음을 써, 땅 위의 신선이 그 곁에 있거늘 연문羨門·안기생安期生을 바닷가에서 구했으니, 만약 오늘밤 이 광경을 보았던들 신선이 멀지 않음을 깨달았으리로다."

이윽고 밤이 깊어 달빛을 띠어 돌아갈 새 선숙인이 마을 어귀까지 나와 하직을 아뢰니, 양태야가 남은 흥이 다하지 않아 지팡이에 의지해 돌길을 내려가다 수십 걸음을 가매 문득 옥피리 소리가 허공에서 날아오더라. 양태야가 말씀하시길,

"이 소리가 어디서 나는고?"

난성후가 대답하길,

"이는 반드시 선숙인이 달 아래에서 부는 것이로소이다."

양태야가 걸음을 멈추고 반나절 듣다가,

"이것이 무슨 곡인고?"

난성후가 말하길,

"이 곡의 이름은 「조원곡朝元曲」이니, 서왕모西王母가 요지瑤池의 잔치를 마치고 옥황상제께 조회할 때 지은 것이로소이다."

양태야가 감탄하시어,

"선숙인은 참으로 신선계의 사람이라."

하더라.

이튿날 또 관풍각에 이르니, 꽃과 나무는 숲을 이루고 홰나무와 버드나무는 무성해 저절로 마을 어귀를 이루었으며 푸른 소나무로 울타리를 삼고 푸른 대나무로 사립문을 만들어, 곳곳의 채소밭과 집집마다 들

리는 절구질 소리로 시골 마을의 즐거움을 알겠더라. 여종 몇몇은 길가에서 뽕을 따고 하인 두세 명이 언덕에서 땔나무를 해오니, 산에서의 노래와 마을에서의 피리 소리가 「격양가擊壤歌」를 화답해 집집마다 넉넉하고 사람마다 풍족한 태평성대의 기상이 있더라. 사립문을 찾아가니, 열은 화장의 연숙인이 소매와 치마를 걷어올리고 아들 인성을 앞세워 문밖에서 기다리더라. 인성이 "할아버지!" 부르며 나오거늘 양태야가 미소하며 인성의 손을 잡고 당에 오르고 연숙인이 또 두 부인과 모든 낭자를 맞이해 중당中堂에 나누어 앉으니, 초가집 처마에 갈대발을 높이 걷고 소나무 난간에 대나무 창문을 반쯤 열어놓아, 깨끗한 경치와 조용한 생애는 그 집을 보면 알겠더라. 맹자 어머니의 베틀[5]이 북쪽 창 아래에 있으니 아녀자로서의 일을 힘씀이요, 갑자기 하게 되는 음식 바라지는 소동파의 아내 왕불을 본받음이니[6] 남편을 잘 섬김이라. 남녀종들을 잘 타일러 경계하고, 물긷고 절구질하고 남편의 수건과 빗을 받드는 모든 일을 몸소 하니, 참으로 농부의 풍모요 아녀자의 본색이더라. 윤부인이 얼굴빛을 고치며 칭찬해 마지않으니, 연왕이 웃으며,

"내가 시골로 돌아와 모든 일이 뜻대로 이루어지나, 다만 총애하는 한 여인을 잃고 시골 아낙네를 대하게 되니, 어찌 애석하지 않으리오?"

---

5) 맹자(孟子) 어머니의 베틀: 중국 전국(戰國)시대 노(魯)나라의 맹자는 아버지를 일찍 여의고 홀어머니 슬하에서 자랐다. 집을 떠나 타향에서 공부를 하던 맹자가 어머니가 보고 싶어 기별도 없이 갑자기 집으로 돌아왔다. 맹자의 어머니가 물었다. "네 공부가 어느 정도 되었느냐?" 이에 맹자가 "아직 마치지는 못했습니다"라고 대답하자, 맹자의 어머니는 짜고 있던 베틀의 날실을 끊고는 꾸짖었다. "네가 공부를 중도에 그만두고 돌아온 것은, 짜고 있던 베의 날실을 끊어버린 것과 다를 게 없다. 중도에 그만두면 무엇을 이룰 수 있겠느냐?" 크게 깨달은 맹자는 다시 돌아가 더욱 열심히 공부했다. 『열녀전列女傳』 「모의母儀」에 들어 있는 이야기이다.

6) 갑자기 하게~왕불을 본받음이니 : 북송(北宋)의 시인 소동파(蘇東坡)의 아내 왕불(王弗)이 남편의 손님대접을 위해 두주(斗酒)를 준비해 갑자기 하게 되는 음식 바라지(不時之需)를 잘 하였다 한다. 소동파의 「후적벽부後赤壁賦」에, "내가 돌아와 아내에게 상의하니, 아내가 말하길, '내가 한 말 술을 저장해 놓은 지 오래되어, 갑자기 하게 되는 음식 바라지에 대비하였나이다' 하였다(歸而謀諸婦, 婦曰, '我有斗酒, 藏之久矣. 以待子不時之需')."

연숙인이 웃으며,

"상공께서 벼슬을 버리고 물러나 산으로 돌아오셨으니, 이는 곧 시골 늙은이가 되심이라. 제가 어찌 시골 아낙네가 되지 않으리이까?"

모든 사람이 크게 웃으니, 양태야가 듣고 무릎을 치며 칭찬하여,

"연숙인은 모든 말과 일이 이치에 꼭 맞는다 하리로다."

난성후가 웃으며,

"제가 듣건대, 근래에 연숙인이 뽕을 따던 미녀 진나부[7]를 본받아 누에치기를 일삼는다 하니, 바라건대 한번 보고자 하노라."

연숙인이 웃고 두 부인과 두 낭자를 안내해 후원으로 들어가니, 열 칸 누에치는 방을 지어 층층이 시렁을 얽어 누에를 올리고 한쪽에서 뽕잎을 펴고 한쪽에서 누에고치를 따 햇볕에 쪼이거늘 황부인이 일일이 집어보며 감탄하길,

"내가 여자가 되어 다만 옷을 입는 것만 알다가 이제 그 근본을 알게 되니, 어찌 부끄럽지 않으리오?"

허부인이 또 이르러 보고 감탄하길,

"내가 지난날 옥련봉 아래에서 광주리를 들고 뽕을 따 누에고치를 치고 베를 조금 짰기에 스스로 그 어려움을 아노라. 이제 연숙인이 부귀문중에 있으면서 가난한 삶을 잊지 않으니 어찌 기특하지 않으리오?"

연왕이 웃으며,

"이는 비록 가상하나, 연숙인이 겉과 속이 다른지라. 겉으로는 검소하고 속으로는 사치하니 어머니께서는 다시 후원의 별당을 보소서."

하고 안내해 한 곳에 이르니, 분을 바른 벽과 비단 창문에 구슬발을 드리웠고, 그림 그린 기둥과 아로새긴 난간에 수놓은 문을 반쯤 열어놓

---

7) 진나부(秦羅敷): 중국 전국(戰國)시대 조(趙)나라 사람 왕인(王仁)의 아내. 한단(邯鄲)지방에 살고 있었는데, 어느 날 그녀의 뽕잎을 따는 모습을 보고 반한 조(趙)나라 왕이 그녀를 범하려 하자, 쟁(箏)을 울리며 「맥상상陌上桑」이라는 노래를 지어 불러 물리쳤다고 한다.

았더라. 또 방안으로 들어가니, 수놓은 비단 돗자리에 부용장芙蓉帳을 걷어두었고, 백옥 탁자머리에 수놓은 상자가 있거늘 모든 낭자가 열어보니, 능라비단 여러 폭에 봉황새를 수놓아 찬란한 광채와 교묘한 수단이 조화造化를 빼앗을 만해 사람의 안목을 놀라게 하더라. 모두 칭찬하고 다투어 구경하니 연숙인이 웃으며,

"저는 본디 거친 여자라. 국 끓이고 밥 짓고 김매고 바느질하는 것을 평소의 즐거움으로 아나, 상공께서 늘 사치스러운 마음이 있어 맹광孟光처럼 절구 찧는 것을 싫어하시고 서시의 찡그리는 모습을 흉내낸 동시[8]를 사랑하시는 까닭에 이 별원을 만들었나이다. 상공께서 이르시면 비록 땀에 젖은 얼굴을 화장으로 가리고 호미 잡던 손으로 바느질을 하나, 공교히 하고자 하다가 도리어 졸렬하게 됨이요 호랑이를 그리고자 하다가 이루지 못함이라. 두 낭자는 조롱하지 마소서."

이윽고 여종이 와서 점심 드실 것을 아뢰거늘, 함께 관풍각에 이르러 연숙인이 몸소 부엌에 내려가 삶고 지지는 것을 살펴 상을 내오니, 서사西舍의 메조밥과 동릉후가 키운 오이나물[9]로 산과 들의 맛을 겸하고, 울타리 밑의 박을 따고 마당의 양을 잡아 「빈풍시」[10]를 노래하고, 창문 앞의 덜 익은 술을 바가지 잔에 가득 붓고, 앞 시냇물에서 낚은 물고기가

8) 동시(東施): 중국 춘추(春秋)시대 월(越)나라의 미인 서시(西施)가 가슴앓이를 해서 가슴을 부여잡고 얼굴을 찡그리면 그 모습이 더욱 아름다웠는데, 이웃의 못생긴 여인 동시(東施)가 이를 흉내 내어 찡그리니 그를 보다 못한 동네 사람들이 이사를 갔다고 한다. 찡그리는 서시를 흉내 냈다 하여 '효빈(效顰)'의 성어가 생겨났다.
9) 동릉후(東陵侯)가 키운 오이나물 : 진(秦)나라가 망하자 동릉후였던 소평(邵平)이 장안성(長安城) 동쪽 청문(靑門)에서 오이를 심어 팔아서 생활했는데, 그 오이는 맛이 좋기로 유명했다 한다.
10) 빈풍시(豳風詩): 『시경詩經』「국풍國風」에 있는 편명(篇名). 주(周)나라의 주공(周公)이 섭정을 그만두고 나이 어린 성왕(成王)을 등극시킨 뒤, 백성들의 농사짓는 어려움을 인식시키기 위하여 지은 것으로, 농민의 세시(歲時) 생활의 모습과 농가의 정경을 노래하였다. 빈(豳)은 주나라의 선조 후직(后稷)의 증손자 되는 공류(公劉)가 처음 나라를 세웠던 땅으로, 지금의 섬서성(陝西省)에 속한다.

소반에 올랐더라. 양태야가 허부인에게 이르길,

"내가 농가의 맛을 본 지 자못 오래이더니, 오늘 이 음식을 대하니 어찌 새롭지 않으리오?"

이날 연왕이 이웃 마을 사람을 모두 초청해 말하더라.

"백성에게 인심을 잃는 까닭은 거친 음식이나마 나누어주지 않음에 있는지라. 질그릇의 막걸리, 푸성귀와 나물국을 꺼리지 마소서."

낚시꾼과 시골 늙은이, 목동과 나무꾼이 뜨락 아래에 가득해 모두 취하고 배불리 먹으며 춤추고 노래해 반나절 떠들썩하니, 양태야가 미소하며,

"오늘 관풍각 낙성연이 분위기가 가장 좋도다."

하더라. 다시 윤부인과 황부인을 불러 말씀하시길,

"내가 세 낭자에 힘입어 며칠 잘 지냈으나, 두 며느리는 어찌 낙성연을 베풀지 않는고? 내일은 귀련당龜蓮堂에 모여 세 낭자와 더불어 노닐고, 둘째날은 엽남헌艌南軒에 모이고, 셋째날은 영지헌營止軒에 모이고, 넷째날과 다섯째날은 춘휘루春暉樓와 은휴정恩休亭에서 손님을 모아 노닐게 하리라."

두 부인이 명을 받고 해가 저물어 돌아갈 새 연숙인이 문밖에 나와 전송하니, 허부인이 웃으며 연숙인에게 이르시길,

"동쪽 누각에 한 노파가 있어 한가로이 거처하며 일이 없으니, 그대를 좇아 실 잣는 일을 도우려는데 그대의 뜻이 어떠한고?"

연숙인이 미처 대답하지 못하는 사이에 양태야가 웃으시며,

"그 노파는 대접하기가 가장 어려우리니, 모름지기 멀리하라."

연숙인이 그 뜻을 알고 조용히 허부인에게 아뢰길,

"대엿새 뒤에 농부를 모아 메마른 밭을 김매고자 하오니 그때 구경하소서."

허부인이 크게 기뻐하며 허락하시더라. 이튿날 세 낭자가 귀련당에

이르러 잔치를 베풀 새 취성동 안의 노파를 모두 청하니, 대청 위아래에 흰 머리의 노파가 구름처럼 모여 혹 손자를 안고 혹 증손자를 업고 나타났더라. 꾸밈없이 천진하고 풍속이 순박해 복을 칭송하며 부귀를 흠모하는 소리가 사방에서 어지러이 들리니, 선숙인과 연숙인이 일일이 환대해 술과 고기를 고루 나누어 공손한 기색과 화락한 말씀이 온 자리의 사람들을 놀라게 하니 노파가 모두 감격을 이기지 못해 손을 들어 축원하며,

"늙은 이 몸의 여생이나마 부인께 바치고자 하니, 천백 년 복을 누리소서."

하더라. 이튿날 엽남헌과 영지헌에 다시 취성동 안의 부녀자들을 모아 이틀간 잔치하고, 또 다음날 춘휘루와 은휴정에 취성동 안의 어른과 손님들을 일일이 초청할 새, 양태야가 갈건葛巾과 야복野服 차림으로 주인 자리에 앉고, 연왕은 오사모烏紗帽와 붉은 도포 차림으로 종일 곁에서 모시어, 부드러운 말씀과 어진 얼굴빛은 보는 이들이 저절로 감동해 효제孝悌의 마음이 스스로 생기니, 숙연히 공경해 위의가 엄숙하더라.

한편 연왕이 집안일을 정돈하고 몸이 맑고 한가로우니, 위로 어버이를 모시어 노래자老萊子처럼 색동옷 입고 병아리로 장난하며 춤추는 것을 본받고, 아래로 세 낭자를 찾아 자연 속에서 세월을 보내니, 참으로 산속의 재상이요 속세 밖의 한가로운 사람이더라.

하루는 가랑비가 자욱하고 남녘 바람이 따뜻하니, 이때는 사월 초순이라. 연왕이 귀련당에 이르니 침소寢所의 문이 굳게 닫혀 있고 여종이 아뢰길,

"노부인께서 관풍각으로 가셨나이다."

연왕이 놀라며,

"비가 내리는데 어찌 가셨는고?"

여종이 말하길,

"연숙인이 비옷을 준비해 와서 모시어 가셨나이다."

연왕이 웃으며 좌우에 명해 도롱이와 삿갓과 삽을 가져오라 하여 도롱이와 삿갓 차림으로 삽을 쥐고 관풍각으로 갈 새, 푸른 산은 드높고 푸른 강물은 드넓은데 나무그늘이 무성해 비 기운을 머금었고 뻐꾸기는 슬피 울어 시절을 재촉하더라. 바람결의 노랫소리는 「칠월」[11] 시에 화답해, 도처에서 농부들이 황제의 은택을 칭송해 삼삼오오 김을 매니, 갈천씨葛天氏의 백성인가? 무회씨無懷氏의 백성인가? 속세 밖의 한가로운 정취를 오늘 비로소 깨닫더라. 연왕이 좌우를 돌아보며 천천히 걷다가 문득 한 곳을 바라보니, 나무그늘이 은은한 가운데 갈대삿갓과 도롱이로 여러 사람이 혹은 앉고 혹은 서 있거늘, 자세히 보니 모든 낭자가 허부인을 모시어 여종들과 더불어 갈대삿갓과 도롱이 차림으로 논머리에 서 있다가, 연왕이 오는 것을 보고 연숙인이 낭랑히 웃으며 맞이하여,

"학사의 부귀공명이 일장춘몽이라. 비단 도포와 옥대玉帶 차림으로 대루원待漏院으로 향하는 것과 갈대삿갓과 도롱이 차림으로 관풍각을 찾는 것에, 득과 실을 비교하고 한가로움과 분주함을 의논한즉 어떠하나이까?"

연왕이 크게 웃고 허부인에게 아뢰길,

"오늘 소일하시는 모습이 더욱 좋거늘, 어찌 홀로 제가 모르게 하시나이까?"

허부인이 웃으며,

"농가의 노인이 분망해 오늘로부터 자취가 늘 이러하리니, 너는 모름지기 허물하지 말라."

연왕이 웃고 좌우를 보니 세 낭자가 옅게 화장하고 농사꾼 차림으로

11) 칠월(七月): 『시경』 「국풍」의 「빈풍豳風」의 한 작품. 「칠월七月」은 총 8장으로 구성되어 있는데, 농사를 준비하고, 누에를 치고, 길쌈을 하고, 수확하고, 지붕을 이는 일들을 월별로 읊은 것이다.

각각 작은 삽을 쥐고 나무그늘 꽃풀 사이에 한가로이 서 있는데, 달 같은 태도와 꽃 같은 얼굴이 담박한 자태를 띠어 산골짜기 꽃과 언덕의 풀과 더불어 봄빛을 다투더라. 연왕이 말하길,

"옛적에 방덕공[12]이 양양襄陽 땅에 은거해, 방덕공은 밭을 갈고 아내는 들밥을 내어와 천년의 아름다운 일이 되니, 이제 내가 비록 방덕공의 덕은 없으나 모든 낭자의 풍모는 마땅히 옛사람에게 양보하지 않을 것이로되, 다만 두려운 것은 밭 가는 자가 쟁기를 잃고 김매는 자가 호미를 잃을까 하노라."

난성후가 웃으며 대답하길,

"풀잎의 이슬 같은 인생이 비록 쾌락을 누리더라도 백년 세월이 화살처럼 지나가거늘, 어찌 산속 처사의 아내가 되어 베치마와 가시나무 비녀로 일생 고초를 겪으리이까?"

모두 크게 웃고 농부를 독려해 북을 치고 깃발을 들어, 농부를 나누어 세 무리를 만들어, 삽을 등에 져 무리를 이루고 호미를 휘둘러 바람을 일으키며 「농부가農夫歌」로 화답하니, 그 노래에,

산에는 꽃이요 들에는 푸른 풀이라.
시절이 좋고 풍년이 드니 백성이 안락하도다.
산에는 꽃이요 봄날이 늦어지니
밥으로 하늘을 삼아 전원에서 즐기도다.

---

12) 방덕공(龐德公): 후한(後漢) 말기의 은사(隱士). 형주(荊州) 양양현(襄陽縣) 사람으로, 당시 양양에 은거하던 제갈량(諸葛亮)·사마휘(司馬徽) 등과 친밀하게 지냈다. 이때 제갈량은 '와룡(臥龍)', 사마휘는 '수경(水鏡)'으로 일컬어졌다. 방덕공은 부부가 서로 손님을 대하듯이 존중하며 지냈다. 형주자사 유표(劉表)가 여러 차례 불렀으나 듣지 않자, 유표가 직접 찾아와, "벼슬을 마다하니, 자손에게 무엇을 남기려는가?" 묻자, 방덕공은 "벼슬은 위험을 남기지만, 자신은 편안함을 남긴다"고 답하였다. 훗날 방덕공은 처자를 이끌고 녹문산(鹿門山)에 은거하여 약초를 캐면서 생을 마감했다.

소인은 힘을 쓰며 군자는 마음을 쓰니
힘을 쓰며 밥을 더 먹으며 시절을 잃지 못하리로다.

연왕이 「농부가」를 듣고 선숙인에게 이르길,

"그대가 음악에 대해 잘 아니, 이 농부의 노래가 어떠한고?"

선숙인이 웃으며 대답하길,

"제가 음률을 조금 아오나, 어찌 풍속을 관찰하는 총명이 있으리이까? 그러나 망령된 말씀으로 상공의 묻는 뜻을 도우리이다. 『시경』 삼백 편에 농부의 노래가 많사오니, 「위풍衛風」은 인색하고 「제풍齊風」은 원망하고 「당풍唐風」은 질박하고 「빈풍豳風」은 근검하며, 「주남周南」·「소남召南」의 충후함과 「정풍鄭風」·「위풍魏風」의 방탕함이 각기 다르니, 풍속을 속이지 못할지라. 한漢·위魏 이래로 시를 채집하는 법이 없고, 재자와 시인들이 오로지 사부詞賦를 숭상하고 즐거움과 꾸짖음을 시율詩律로써 논하니, 공교함을 다투고 재능을 자랑해 타향의 풍속을 알 길이 없으나, 「농부가」는 오히려 옛 풍모가 있어 다스려짐과 어지러워짐을 볼 수 있음이라. 음조로 논한즉 원망해 서글프고, 율려律呂로 말한즉 자잘하고 촉급하며, 그 결과를 궁구한즉 꽃은 많아도 열매는 적어 질박함이 부족하고, 그 노래를 평론한즉 하고자 하는 말을 다하지 못해 속마음이 오히려 적으니, 이로 보건대 풍속의 문명이 꾸밈은 비록 지극하나 충후함은 미흡하고, 절의節義를 숭상하나 기강이 미약해, 주周나라 중엽의 기상이 있는가 하나이다."

연왕이 고개를 끄덕이며 칭찬하더라. 이윽고 관풍각의 여종이 들밥을 갖추어 이르니, 황계黃鷄와 막걸리, 산과 들의 나물을 바위 위에 늘어놓고, 흐르는 물에 그릇을 씻고 꽃가지를 꺾어 젓가락을 대신해, 농사 이야기와 세상 이야기로 반나절 노닐다가 관풍각으로 돌아갈 새, 엽남헌의 여종이 바삐 와서 아뢰길,

"윤부인이 갑자기 괴로워하시어 증세가 몹시 급하나이다."
하니 이것이 무슨 까닭인가? 다음 회를 보라.

| 원문 |

옥루몽 4

明天子大獵會胡王 紅司馬劒術捉惡虎

第四十回

却說. 天子ㅣ 洞開陣門ᄒᆞ고 以軍禮로 見胡王ᄒᆞ실ᄉᆡ 特下教曰

"耶律單于ㅣ 拒逆天命ᄒᆞ야 自就於斧鉞之誅ᄒᆞ니 無可鎭其國者ㅣ라. 胡將拓跋剌이 歸順天朝ᄒᆞ야 忠順恭謹ᄒᆞ고 人器才局이 可以鎭定北方矣리니 以拓跋剌로 爲大單于ᄒᆞ라."

ᄒᆞ신ᄃᆡ 拓跋剌이 頓首ᄒᆞ고 辭之不已어ᄂᆞᆯ 天子ㅣ 尤奇之ᄒᆞ사 促行軍禮ᄒᆞ시니 大單于拓跋剌以下蒙古王·吐蕃王·女眞王·大鵬王·赤境王·俱沙王·攝理王·大猶王[1)]·廣野王等十餘國王이 次第入朝ᄒᆞ야 四拜而叩頭禮畢ᄒᆞ고 分坐左右ᄒᆞ야 以軍樂으로 奏勝戰曲ᄒᆞ고 大軍이 幷奏凱歌ᄒᆞ니 天地ㅣ 震動ᄒᆞ고 山川이 相應ᄒᆞ야 成靑天風雨ᄒᆞ고 作白日雷電이러라. 天子ㅣ 出坐御榻ᄒᆞ실ᄉᆡ 天威嚴肅ᄒᆞ사 置太阿劍於榻前ᄒᆞ시고 龍顔이 和悅ᄒᆞ사 顧諸胡王而下教曰

1) [교감] 대유왕(大猶王): 적문서관본 영인본 388쪽에는 빠져 있으나, 뒤의 문맥에 '광야왕(廣野王)과 함께 나오는바, 신문관본 제3권 126쪽에는 들어 있다.

"朕受天命ᄒᆞ야 統治四海八域ᄒᆞ고 敎化億兆蒼生ᄒᆞ니 天無二日ᄒᆞ고 地無二王이라. 卿等이 逆朕은 卽逆天이오 順朕은 卽順天이라. 朕受天命ᄒᆞ야 順者를 褒之ᄒᆞ고 逆者를 斬之ᄒᆞ리니 卿等은 愼之어다."

天子ㅣ 下敎에 胡王等이 一時叩頭ᄒᆞ며 肅然聽命ᄒᆞ고 不敢仰視러라. 因饁大軍ᄒᆞ시고 罷軍禮ᄒᆞ실ᄉᆡ 天子ㅣ 又敎曰

"朕이 今日은 以軍禮로 見諸王ᄒᆞ고 明日은 欲開獵場於賀蘭山下而大獵ᄒᆞ야 與諸王快遊ᄒᆞ노라."

ᄒᆞ신ᄃᆡ 胡王等이 叩頭以謝러라.

翌日天子ㅣ 更以戎服으로 乘大宛馬ᄒᆞ시고 至賀蘭山下ᄒᆞ시니 楊元帥ㅣ 已修獵場而結陣大軍이러라. 天子ㅣ 坐於壇上ᄒᆞ시고 命諸國胡王ᄒᆞ야 陞壇賜坐ᄒᆞ시고 天顔에 和氣融融ᄒᆞ사 曰

"今日은 與卿等으로 終日消遣ᄒᆞ야 欲叙情懷ᄒᆞ노니 卿等은 知悉ᄒᆞ라."

諸王이 惶恐謝恩이러라. 蒙古王이 起身奏曰

"臣等이 生長於北方夷狄之國ᄒᆞ야 不見中國之風化러니 曾聞燕王與紅鸞城은 天下名將이라 南蠻이 尙今聞紅元帥之名則喪魂落膽이라 ᄒᆞ오니 臣等은 雖極唐突이나 燕王之陣法과 紅元帥之武藝를 願一見之ᄒᆞ노이다."

上이 微笑ᄒᆞ시고 顧燕王與鸞城ᄒᆞ시니 燕王이 向胡王而欠身答曰

"昌曲은 斗筲之才[2]라 中國에 如昌曲者ᄂᆞᆫ 車載斗量이니 南方之人이 但見昌曲與渾脫ᄒᆞ고 未嘗盡見中國人才ㅣ라. 方今聖天子ㅣ 在上ᄒᆞ사 登用人才ᄒᆞ시니 以朝廷으로 言之인ᄃᆡ 攝理陰陽ᄒᆞ야 論道經邦은 無非皐夔

---

2) 두소지재(斗筲之才): 한 말이나 한 말 두 되가량 되는 작은 재주라는 뜻. 도량이 좁고 재능이 없는 변변하지 못한 경우를 일컫는다. 두(斗)는 한 말, 소(筲)는 한 말 두 되들이의 대그릇(竹器)을 가리킨다.

稷契이오 治民教化는 人皆龔黃杜召[3]요 文章은 壓頭班馬[4]ᄒᆞ고 辯論은 嘲弄蘇張[5]ᄒᆞ며 道學은 思慕孔孟ᄒᆞ고 事業은 下視韓富ᄒᆞ며 將才는 孫·吳·穰苴之兵法과 周瑜·諸葛之知慧와 孟賁·烏獲之勇猛과 衛靑·霍去病·程不識[6]之將略을 兼備者ㅣ 無數ᄒᆞ니 昌曲은 不過揮旗擊鼓之庸將이라 何足算也리오?"

3) 공황두소(龔黃杜召): 한(漢)나라 때 선정(善政)을 베풀었던 관리인 공수(龔遂)와 황패(黃霸), 두시(杜詩)와 소신신(召信臣)을 일컫는다. 전한(前漢)의 공수는 선제(宣帝) 때 발해태수(渤海太守)가 되어, 흉년으로 인해 출몰하는 도적들을 모조리 평정하고, 백성들에게 농상을 권장해 풍요롭게 만들어 태평을 이루었다. 전한의 황패는 선제 때 영천태수(穎川太守)가 되어, 농상(農桑)을 장려하고 교화를 베풀어 호구(戶口)가 날로 늘어나 치적이 천하제일이라고 일컬어졌다. 전한의 소신신과 후한의 두시는 모두 남양태수(南陽太守)가 되어 선정을 베풀어, 남양 사람들이 "앞에는 소부(召父)가 있었고, 뒤에는 두모(杜母)가 있네"라고 칭송했다고 전한다.
4) 반마(班馬): 반고(班固, 32~92)와 사마천(司馬遷, BC 145?~BC 86?). 반고는 후한(後漢) 때의 학자이며 문장가. 박학능문(博學能文)해 아버지의 유지(遺志)를 이어 고향에서 『사기후전史記後傳』과 『한서漢書』의 편집에 종사하다가 사사롭게 국사(國史)를 개작한다는 모략으로 투옥되었다. 명제(明帝)의 용서를 받아 석방되어, 20여 년에 걸쳐 『한서』를 완성했다. 문학작품에 「양도부兩都賦」 「유통부幽通賦」 등이 있다. 사마천은 전한(前漢) 때의 역사가. 천문역법(天文曆法)의 전문가로 태초력(太初曆)의 제정에 참여한 직후 『사기史記』 저술에 착수했다. 그러나 흉노의 포위 속에서 부득이하게 투항했던 이릉(李陵) 장군을 변호하다가 무제(武帝)의 노여움을 사, 궁형(宮刑, 생식기를 제거하는 형벌)을 받았다. 옥중에서도 『사기』 저술을 계속했으며, 황제의 신임을 회복해 환관(宦官)의 최고직인 중서령(中書令)이 되고, 마침내 『사기』를 완성했다.
5) 소장(蘇張): 소진(蘇秦)과 장의(張儀). 중국 전국시대의 정치가. 함께 귀곡선생(鬼谷先生)에게 가르침을 받았다. 소진은 동주(東周) 사람. 강국인 진(秦)나라에 대적하기 위해, 나머지 6국이 연합하는 합종책(合從策)을 주장했다. 연(燕)나라의 문후(文侯)에게 6국 합종을 설득해 받아들여졌고, 이어 조(趙)·한(韓)·위(魏)·제(齊)·초(楚)의 여러 나라를 설득하는 데 성공해, 혼자 6국의 상인(相印, 재상의 인장)을 가지는 등 이름을 떨쳤다. 그러나 그의 합종책은 장의가 주장한 연횡책(連橫策)에 밀려 실패했다. 장의는 위(魏)나라 사람. 소진의 주선으로 진(秦)나라에서 벼슬살이를 하게 되어 혜문왕(惠文王) 때 재상이 되었다. 연횡책을 주장하면서, 동서(橫)로 잇닿은 6국을 설득해 진나라를 중심으로 하는 동맹관계를 맺게 했다.
6) 위청(衛靑)·곽거병(霍去病)·정불식(程不識): 전한(前漢) 무제(武帝) 때의 명장들. 위청(?~BC 106)은 7차례의 흉노(匈奴) 정벌에서 공을 세워 장평후(長平侯)·대장군(大將軍)의 작위에 올랐다. 그뒤 곽거병과 함께 대사마(大司馬)가 되었으나, 그가 세운 무공(武功)은 대부분 곽거병에게로 돌아갔다. 곽거병(BC 140~BC 117)은 위청을 따라 흉노 정벌에 나서 공을 세워 관군후(冠軍侯)로 봉해졌다. 6차례의 흉노 정벌에 나섰으며, 정예부대를 이끌고 대군보다 먼저 적진 깊숙이 쳐들어가는 전법을 써, 영토 확대에 지대한 공을 세워 위청과 함께 대사마가 되었으나, 그 권세는 위청을 능가했다. 정불식은 처음에 장락위위(長樂衛尉)를 지냈는데, 나중에 이광(李廣)과 더불어 변군(邊郡)의 태수가 되었다가, 흉노를 정벌해 일시에 명장이 되었다.

蒙古王이 瞿然曰

"寡人이 無暇遊覽中國ᄒᆞ니 願見元帥之陣法ᄒᆞ노이다."

楊元帥ㅣ 微笑ᄒᆞ고 顧紅司馬而授以手旗信箭ᄒᆞ며 使布成陣勢ᄒᆞ니 紅司馬ㅣ 卽詣陣上ᄒᆞ야 一聲砲響에 驅大軍而結陣ᄒᆞ며 擊鼓揮旗ᄒᆞ야 連結一個方陣ᄒᆞ고 顧蒙古王曰

"大王이 知此陣法乎아?"

原來諸胡王中蒙古王이 略解陣法故로 聞元帥之聲名而欲見陣法이러니 蒙古王이 笑曰

"此ᄂᆞᆫ 古漢將衛青之武强陣이라. 北方街童走卒이라도 莫不知之ᄒᆞ니 寡人이 豈不知之리오?"

紅司馬ㅣ 微笑ᄒᆞ고 揮旗擊鼓而變陣勢ᄒᆞ야 列左右翼而成一字陣ᄒᆞ고 謂蒙古王曰

"大王은 知之乎아?"

蒙古王이 曰

"此豈非兵書所謂衝殺敵陣之鳥翼陣乎아?"

紅司馬ㅣ 微笑ᄒᆞ고 變陣勢ᄒᆞ야 結六六三十六六陣ᄒᆞ니 蒙古王이 熟視라가 歎曰

"寡人이 曾聞此陣名六花陣[7]이나 未見布陣之法이러니 果神異之陣이로다."

紅司馬ㅣ 又笑ᄒᆞ고 更結八八六十四方陣ᄒᆞ니 蒙古王이 望見ᄒᆞ고 精神이 眩荒ᄒᆞ야 良久에 曰

"此是何陣고?"

紅司馬ㅣ 笑曰

---

7) [교감] 육화진(六花陣): 적문서관본 영인본 390쪽에는 '육화진(六花陣)'이 빠져 있으나, 신문관본 제3권 128쪽에는 들어 있는바, 의미상 인쇄 과정의 누결(漏缺)로 여겨져 보완했다.

"此陣은 奇正八門陣이니 應八卦陰陽之理와 天地造化之妙ᄒᆞ야 有奇正門·動靜門·陰陽門·生死門ᄒᆞ니 大王은 欲觀陣中인ᄃᆡ 先入赤旗門ᄒᆞ야 出青旗門호ᄃᆡ 若誤入白旗門이면 必狼狽矣리이다."

蒙古王이 大喜ᄒᆞ야 顧諸王而請同觀ᄒᆞᆫᄃᆡ 諸王이 一齊應諾ᄒᆞ고 各率本國軍四百餘騎ᄒᆞ고 至陣前ᄒᆞ야 自赤旗門而入ᄒᆞ야 周覽陣勢ᄒᆞ니 行伍嚴肅ᄒᆞ고 旗幟整齊ᄒᆞ야 各應方位而成轅門에 探究其法호ᄃᆡ 難覺其玄妙之理러라. 覽畢에 尋青旗門而出陣門ᄒᆞ야 蒙古王이 視吐蕃王曰

"此陣이 雖整齊嚴肅ᄒᆞ야 少無錯亂이나 無十分神異處ㅣ라. 更入於黑旗門而視之ㅣ 如何오?"

拓跋單于ㅣ 止之曰

"若出入於紅司馬所戒之門則必狼狽矣리니 大王은 勿入ᄒᆞ소셔."

蒙古王이 笑而暗謂吐蕃王曰

"中國之人이 素多虛譽ᄒᆞ고 見紅司馬則才氣滿面ᄒᆞ야 必籠絡我等也ㅣ니 有何狼狽리오?"

ᄒᆞ고 還笑拓跋刺之多㥘ᄒᆞ고 諸王이 一時突入黑旗門ᄒᆞᆯ시 行十餘步而顧視之ᄒᆞ니 陣門은 渺無形跡ᄒᆞ고 劍戟이 如霜ᄒᆞ고 前路ㅣ 亦迷ᄒᆞ야 車騎干戈ㅣ 重重疊疊ᄒᆞ고 旗幟鎗劍은 掩蔽日光ᄒᆞ야 颯颯之風과 瑟瑟之氣ㅣ 遍滿四方ᄒᆞ야 如入雲霧中ᄒᆞ야 精神이 迷亂ᄒᆞ고 眼目이 眩荒ᄒᆞ야 莫知所向이러니 東開一門이어ᄂᆞᆯ 入其門則其門이 忽閉ᄒᆞ고 西門이 又開어ᄂᆞᆯ 入其門則其門이 亦閉ᄒᆞ야 回旋八八六十四方ᄒᆞ야 入四八三十二門ᄒᆞ되 各門에 劍戟이 如霜ᄒᆞ고 入則無路라. 蒙古王이 大怒曰

"此ᄂᆞᆫ 紅元帥ㅣ 以詭術로 欺寡人而欲殺이라."

ᄒᆞ고 奮然顧麾下兵ᄒᆞ야 欲四方衝突호ᄃᆡ 不得脫出ᄒᆞ고 諸明兵이 一時에 擧兵器而欲刺어ᄂᆞᆯ 蒙古王이 怒曰

"吾等은 奉天子之命ᄒᆞ야 欲玩陣中而來也라. 何如是相逼고?"

軍門都尉ㅣ 奏曰

"軍中은 但聞將軍令이니 大王은 誤入死地也로다. 若深入則便是白虎方이라 雖有兩翼이라도 欲脫不得脫이라."

ᄒᆞᆫᄃᆡ 其中大猶王·廣野王이 相與扶手而大聲痛哭曰

"吾等은 小國殘王이라 豈知如此而死ㅣ리오?"

ᄒᆞ더니 此時紅司馬ㅣ 命董馬兩將曰

"諸國胡王이 久不還來ᄒᆞ니 必入死門而不得脫也니 兩將軍은 往救之ᄒᆞ라."

兩將이 卽時馳馬而入生門ᄒᆞ야 望視之ᄒᆞ니 諸胡王이 屯聚於白虎方ᄒᆞ야 罔知所措어ᄂᆞᆯ 兩將이 急呼曰

"胡王은 不可妄動이오 但見吾揮旗而出ᄒᆞ라."

ᄒᆞᆫᄃᆡ 諸王이 一時에 望見兩將之手旗ᄒᆞ고 爭先尋路而來ᄒᆞᆯᄉᆡ 更過八八六十四方位ᄒᆞ야 出四八三十二門ᄒᆞ니 已出陣外러라. 諸胡王이 相驚而嘆ᄒᆞ고 歸見楊元帥·紅司馬而謝曰

"寡人이 生長於北方小國ᄒᆞ야 眼目聞見이 無異於井底蛙러니 今見元帥陣法ᄒᆞ니 方覺中國之大也ㅣ로소이다."

元帥ㅣ 笑曰

"此乃尋常陣法이라 何足道哉리오? 吾ㅣ 曾聞北方之人이 善獵이라 ᄒᆞ니 諸王은 率本國軍ᄒᆞ야 各盡其才ᄒᆞ야 以助天子之觀覽ᄒᆞ라."

諸王이 欣然應諾ᄒᆞ고 皆下獵場ᄒᆞ야 備獵具ᄒᆞ니 燕王이 亦與秦王으로 下壇ᄒᆞ야 指揮士卒ᄒᆞᆯᄉᆡ 天子ㅣ 下壇而觀之러라. 燕王은 與紅鸞城·雷天風·一枝蓮·董超·馬達諸將으로 指揮羽林軍三千騎ᄒᆞ야 立於右便ᄒᆞ고 秦王은 率本國鐵騎三千ᄒᆞ야 立于左便ᄒᆞ고 諸國胡王은 各各指揮自國兵ᄒᆞ야 分立左右ᄒᆞ고 單于ㅣ 縱大軍ᄒᆞ야 圍賀蘭山前後十里ᄒᆞ고 驅逐猛獸ᄒᆞ니 旗幟鎗劍이 遍滿山野ᄒᆞ고 雷鼓喊聲이 掀動天地ᄒᆞ야 上而飛禽과 下而走獸ㅣ 皆驚動ᄒᆞ야 處處遍滿이러라. 忽然一雙白鳥ㅣ 高飛雲間이어ᄂᆞᆯ 董超ㅣ 視胡王曰

"吾聞北方人의 射鳥之法이 神異ᄒᆞ야 應弦而落이라 ᄒᆞ니 願一見之ᄒᆞ노라."

蒙古王이 笑而挽弓一射ᄒᆞ니 其白鳥ㅣ 不中ᄒᆞ고 尤爲高飛ᄒᆞᆫᄃᆡ 蒙古王이 回馬而笑曰

"非寡人弓才ㅣ 不足이라 白鳥之飛法ㅣ 疾速也로다."

ᄒᆞ거ᄂᆞᆯ 紅司馬ㅣ 流一雙秋波ᄒᆞ야 脈脈仰視白雲間ᄒᆞ고 抽腰間白羽箭ᄒᆞ야 一飜玉手ᄒᆞ니 一個白鳥ㅣ 落於半空이어ᄂᆞᆯ 胡王胡兵이 相視而驚曰

"吾ㅣ 雖老於射鳥나 如彼高飛白鳥ᄂᆞᆫ 敢不生意러니 紅將軍之弓才ᄂᆞᆫ 養由基로도 不能當也라."

ᄒᆞ더니 紅司馬ㅣ 更馳馬前進ᄒᆞ며 又向空一射ᄒᆞ니 白鳥及飛箭이 不知去處라. 蒙古王이 笑曰

"將軍之弓法이 雖神異나 今番은 失手ㅣ로다."

紅司馬ㅣ 微笑ᄒᆞ고 回馬而來러니 俄而오 一兵이 馳馬而來ᄒᆞ며 持白鳥而獻於紅司馬曰

"小的ᄂᆞᆫ 驅獸之卒이라. 忽然一個白鳥ㅣ 落於空中故로 拾而視之ᄒᆞ니 尾低에 中一箭ᄒᆞ고 觀其箭ᄒᆞ니 紅元帥之信箭이라 故로 敢此奉呈이로소이다."

ᄒᆞ니 原來白鳥ㅣ 中箭而飛去라가 落於地上이라. 紅司馬ㅣ 笑曰

"吾ㅣ 視力이 不足ᄒᆞ고 白鳥高飛ᄒᆞ야 不分首尾而射故로 如是로다."

胡王與左右ㅣ 莫不大驚稱奇러니 忽然一隊海鷲이 隨風高飛ᄒᆞ야 一上一下어ᄂᆞᆯ 蒙古王이 與諸王으로 望見談笑라가 謂紅司馬曰

"將軍之弓法이 如是神妙ᄒᆞ시니 能射中彼鷲乎잇가?"

紅司馬ㅣ 微笑ᄒᆞ고 仰見空中ᄒᆞ니 六七海鷲이 隨風上下어ᄂᆞᆯ 暗取腰間鐵箭而欲射ᄒᆞᆫᄃᆡ 蒙古王이 執袖笑曰

"將軍은 與寡人으로 以賭贏輸[8]ᄒᆞ야 將軍이 若射中彼鷲則寡人之馬ᄂᆞᆫ

大宛所産이라 當獻於將軍이오 若不中則將軍之雙劍을 卽賜寡人ᄒᆞ소셔."

紅司馬ㅣ 沉吟良久에 許之ᄒᆞ고 解腰間鐵弓鐵箭ᄒᆞ야 挽如圓月ᄒᆞ고 厲精神轉星眸ᄒᆞ야 纔翻玉手ᄒᆞ니 一鷲이 落於馬前이어ᄂᆞᆯ 紅司馬ㅣ 連發七矢에 疾如風雨ᄒᆞ야 七個海鷲이 次第落地ᄒᆞ니 蒙古王이 茫然而立ᄒᆞ야 失魂半晌이라가 嘆曰

"將軍은 神人이라 非凡常之人이로소이다. 此鷲은 非等閑之鷲이라 海上石鷲이니 北海邊에 有鷲石ᄒᆞ니 海風將起則飛騰空中ᄒᆞ야 與鷲彷彿故로 名曰石鷲이라. 將軍은 取視之ᄒᆞ소셔."

紅司馬ㅣ 命左右而取視ᄒᆞ니 果然黑石이 堅如鐵ᄒᆞ고 個個鏃痕이 分明이라. 蒙古王이 再三嘆曰

"漢之李將軍이 獵於北平[9]이라가 林中之岩을 誤認大虎ᄒᆞ고 射石入鏃ᄒᆞ야 其跡이 至今尙存ᄒᆞ고 相傳於北方ᄒᆞ야 謂千古無雙之弓法이러니 今紅將軍之才ᄂᆞᆫ 猶勝於李將軍이로다. 林中之巖은 猶可破之어니와 半空之石을 豈能射穿이리오?"

ᄒᆞ고 欲獻其馬ᄒᆞ니 紅司馬ㅣ 笑曰

"渾脫이 雖不當大王之富貴ᄂᆞ 猶有十餘匹大宛馬ᄒᆞ니 一時之戱를 勿爲固執ᄒᆞ소셔."

蒙古王이 下馬ᄒᆞ야 親解其轡而獻之曰

"寡人이 自今以後로 以誠心으로 降於將軍ᄒᆞ노니 此馬ㅣ 非重也ㅣ나 但表向慕之情이니이다."

紅司馬ㅣ 不得已受之러라.

此時에 發軍大獵於賀蘭山中ᄒᆞᆯᄉᆡ 深山幽谷을 一一搜索호ᄃᆡ 無一首狐兎ㅣ라. 蒙古王이 告元帥曰

---

8) 영수(嬴輸): 승부(勝負). 영(嬴)은 '이기다'의 뜻, 수(輸)는 '지다'의 뜻.
9) 북평(北平): 한(漢)나라 때 설치한 군(郡) 이름. 지금의 북경시(北京市) 진해도(津海道) 동북부와 하북성(河北省) 일대. 이광(李廣)이 북평태수를 지내며 흉노(匈奴)를 막았다.

"此必惡獸ㅣ 在山中ᄒᆞ야 虎豹之屬이 不敢現形이니이다."

言畢에 自上峰으로 忽起一陣狂風터니 如一聲霹靂이 落於半空이러니 諸軍이 一時吶喊ᄒᆞ고 四散奔走ᄒᆞᄂᆞᆫ데 有一個大虎가 全體如雪ᄒᆞ고 兩眼이 如燈ᄒᆞ며 大開朱紅之口ᄒᆞ고 突入獵場ᄒᆞ니 其勢ㅣ 如風如雷어ᄂᆞᆯ 十餘國胡兵이 一齊擧鎗追之ᄒᆞᆫᄃᆡ 其虎ㅣ 大吼一聲에 不知去處라. 諸胡王이 相顧而竦然曰

"此豈非呑耶律單于鐵鎗之凶物乎아? 北方에 有一禍根ᄒᆞ니 以人力難制라. 賀蘭山之東에 有一座凶險之山ᄒᆞ니 名曰陰山이오 山中에 有一個惡虎ᄒᆞ야 傳說에 云'已過四千年之大虎라.' ᄒᆞ니 耶律單于ㅣ 恃勇欲捕ᄒᆞ야 獵至三次에 投鐵鎗則其凶物이 千餘斤鐵鎗을 呑如草芥ᄒᆞ고 胡將胡兵이 被害者ㅣ 無數라 莫可奈何ᄒᆞ야 北方之人이 商議ᄒᆞ고 築壇於陰山ᄒᆞ야 春秋에 殺牛羊而祭之호ᄃᆡ 若闕一次면 凶物이 下山ᄒᆞ야 殺害人命이 百倍尤甚ᄒᆞ니 已死者ㅣ 數千餘人이라. 自是로 廢北方之獵ᄒᆞ고 雖他虎라도 不敢輕率捕之러니 今因天子田獵ᄒᆞ야 聞砲響而作亂이로소이다."

紅司馬ㅣ 笑曰

"長城以北에 許多列國의 猛將勇兵으로 豈不能捕一個猛獸ㅣ리오?"

蒙古王이 嘆曰

"此虎ᄂᆞᆫ 非尋常凶物이라 所謂飛虎니 投鎗不得刺ᄒᆞ고 放火而火不能犯ᄒᆞ고 如風如雷ᄒᆞ야 莫知其往來니이다."

天子ㅣ 聞此言而下敎曰

"北方之民이 亦朕之赤子ㅣ라 何可見猛獸之食而不救哉리오? 朕이 雖留大軍ᄒᆞ야 未卽還宮이라도 期捕此虎ᄒᆞ야 除此百姓之禍根而歸ᄒᆞ리라."

ᄒᆞ신ᄃᆡ 燕王이 奉聖旨ᄒᆞ야 對諸將胡王ᄒᆞ야 議捕虎之方이러니 忽然

大軍이 更爲吶喊ᄒᆞ고 四散逃走ᄒᆞ고 賀蘭山中峰에 沙石이 飛揚ᄒᆞ야 蔽空而來어놀 蒙古王이 驚曰

"凶物이 作亂이로다."

言未畢에 數個胡兵與騎馬ㅣ 不知去處어놀 紅司馬ㅣ 視一枝蓮曰

"吾苟非誇鎗法劍術이나 此畜生之氣勢ㅣ 甚凶ᄒᆞ야 傷人이 必多矣리니 豈可晏然坐視리오? 吾知將軍之鎗法ᄒᆞ니 我兩人이 同心合力則豈可不捕ㅣ리오?"

一枝蓮이 笑曰

"將軍은 自有所恃어니와 妾은 無所恃者ㅣ라 何能相助ㅣ리요?"

紅司馬ㅣ 又笑而告元帥曰

"畜生之作亂이 如此暴惡ᄒᆞ니 以尋常方略으로ᄂᆞᆫ 所不能捕也ㅣ라. 會大軍及諸將ᄒᆞ야 護衛天子ᄒᆞ시고 獵場에 使無一人ᄒᆞ소셔. 小將이 與一枝蓮으로 有所約이니이다."

燕王이 唐荒曰

"將軍이 將何如오?"

紅司馬ㅣ 笑曰

"么麽老虎ㅣ 已入於小將手中ᄒᆞ니 勿爲過慮ᄒᆞ소셔."

ᄒᆞ고 卽鳴金而聚軍一處ᄒᆞ야 繞場重圍ᄒᆞ고 使燕王與秦王及諸胡王董馬等諸將으로 但登壇侍衛ᄒᆞ고 勿爲下壇ᄒᆞ라 ᄒᆞ니 場中에 頓無一人이러라. 紅司馬ㅣ 謂一枝蓮曰

"將軍은 以匹馬雙鎗으로 誘引猛虎ᄒᆞ야 至於獵場ᄒᆞ라."

ᄒᆞ고 紅司馬ㅣ 亦自陞壇而立ᄒᆞ니 此時一枝蓮이 擧雙鎗ᄒᆞ고 馳馬數回라가 忽然加鞭ᄒᆞ야 直向賀蘭山而去ᄒᆞ니 觀者ㅣ 精神이 悚懼ᄒᆞ고 顔色이 沮喪이러라. 俄而오 忽有凶獰一聲ᄒᆞ야 晴天霹靂이 搖動全部賀蘭山이라. 一枝蓮이 揮雙鎗而來ᄒᆞ야 且走且回에 以雙鎗으로 籠絡大虎ᄒᆞ니 大虎ㅣ 大聲如雷ᄒᆞ고 逆雪毛吼雷聲ᄒᆞ야 擧前足而立如山嶽ᄒᆞ야 抗拒雙

鎗ᄒᆞ니 虎弄蓮娘ᄒᆞ고 蓮戲大虎ᄒᆞ야 虎退則蓮娘이 馳入ᄒᆞ고 蓮娘이 退則大虎ㅣ 馳入ᄒᆞ야 凶獰之聲과 唐突之狀이 兩不相下ᄒᆞ야 毛骨이 竦然ᄒᆞ야 不能正視러라. 旣入獵場에 忽自壇上으로 大呼曰

"驃騎ᄂᆞᆫ 疾退ᄒᆞ라."

ᄒᆞ거ᄂᆞᆯ 蓮娘이 收鎗陛壇ᄒᆞ니 但颯颯之風과 紛紛之雪이 圍繞獵場ᄒᆞ야 四面暗暗之中에 其虎ㅣ 東躍西走ᄒᆞ며 南衝北退ᄒᆞ야 一次馳入에 如天崩地坼ᄒᆞ야 蹴之躍之而作亂ᄒᆞ되 終不能出獵場ᄒᆞ니 此ᄂᆞᆫ 猛虎ㅣ 已入於紅娘劍術이라. 未及半晌ᄒᆞ야 青氣가 遍覆獵場터니 鏘然劍聲이 漸急에 猛虎가 忽然大吼一聲에 掘地數丈이라가 蹲坐獵場中ᄒᆞ야 更無呼吸이어ᄂᆞᆯ 壇上壇下望見之人이 皆落膽喪魂ᄒᆞ고 精神을 難可收拾이러니 忽然大呼壇上曰

"羽林軍은 牽來彼虎ᄒᆞ라!"

衆이 視之ᄒᆞ니 紅娘이 依舊而立이어ᄂᆞᆯ 胡王等이 莫不唐荒ᄒᆞ야 爭扶紅司馬而問曰

"將軍이 其間往何處而回來며 彼虎ᄂᆞᆫ 何以蹲坐如死잇고?"

紅司馬ㅣ 笑曰

"渾脫은 暫如厠而來어니와 彼虎ㅣ 死已久矣니 牽來視之ᄒᆞ소셔."

胡王이 一驚一喜ᄒᆞ야 令胡兵牽來ᄒᆞ라 ᄒᆞ니 胡兵이 猶疑其生ᄒᆞ야 不敢近前이어ᄂᆞᆯ 胡王이 大怒ᄒᆞ야 催促牽來ᄒᆞ니 胡兵이 一時突入ᄒᆞ야 欲牽之ᄂᆞ 重如泰山ᄒᆞ야 難可運動이라. 又六七十人이 幷力牽移ᄒᆞ야 僅至壇下어ᄂᆞᆯ 胡王諸將等이 一時下壇而視之ᄒᆞ니 虎之凶獰은 不可形言이오 其毛ㅣ 如針ᄒᆞ야 着手則手傷ᄒᆞ고 腰邊에 懸一斤肉ᄒᆞ니 皆曰

"此ᄂᆞᆫ 虎翼이니 故로 名曰飛虎러라."

審視全身則劍痕이 狼藉ᄒᆞ야 無一片完皮ᄒᆞ고 骨節이 皆違ㅣ라. 紅司馬ㅣ 微笑ᄒᆞ고 顧董馬兩將曰

"此ᄂᆞᆫ 禀天地間惡氣而生也라. 毛骨之堅剛이 甚於金石ᄒᆞ니 若非紅渾

脫之芙蓉劍이면 必不能捕ㅣ라. 將軍은 以鎗一試ᄒᆞ라."

蒙古王이 拔腰間劍而一擊ᄒᆞ니 鏘然劍折ᄒᆞ고 不傷一毛어ᄂᆞᆯ 胡王等이 一時擧鎗猛刺ㅣ나 鎗盡折而虎無鎗痕이어ᄂᆞᆯ 胡王等이 束手謝曰

"將軍之英雄은 眞可謂天上神將이라 不敢稱道ᄂᆞ 捕此惡物ᄒᆞ야 以除北方禍根ᄒᆞ니 千秋萬世에 如此恩德을 將何以報之리잇고?"

紅司馬ㅣ 辭曰

"此皆皇上之恩이오 諸王之福이라. 豈可曰渾脫之功이리오?"

ᄒᆞ더라. 日暮後에 天子ㅣ 罷田獵ᄒᆞ실ᄉᆡ 饋軍卒ᄒᆞ고 命胡王等而陞壇上ᄒᆞ샤 各授酒饌ᄒᆞ시고 和氣滿面ᄒᆞ샤 曰

"卿等이 見中國之軍에 與北方何如오?"

胡王이 頓首曰

"臣等이 生長於邊方ᄒᆞ와 不得見中國之威儀러니 從今以後ᄂᆞᆫ 乃知天高라 霜雪雨露에 春生秋殺이 無非陛下敎化로소이다."

天子ㅣ 怡然笑曰

"秦始皇은 千古愚君이라. 空築萬里長城ᄒᆞ야 以隔南北ᄒᆞ니 風土ㅣ 懸殊ᄒᆞ고 情誼不通ᄒᆞ야 中國與北方이 數起兵火ᄒᆞ야 使赤子로 偏受其禍ᄒᆞ니 此ᄂᆞᆫ 朕之恒所痛恨也ㅣ로라. 卿等은 各自審愼ᄒᆞ야 更勿反覆ᄒᆞ고 胡王富貴를 世世永享ᄒᆞ라."

胡王等이 一時頓首以謝之ᄒᆞ고 伏地揮淚러라. 蒙古王이 更奏曰

"陛下ㅣ 親臨北方ᄒᆞ야 恩威幷行ᄒᆞ사 北方之民이 如見慈母ᄒᆞ오니 臣等이 欲建生祠堂ᄒᆞ오되 奉安御眞은 極涉褻慢이나 畫楊元帥與紅司馬之影幀ᄒᆞ야 以春秋香火로 記其功德호리이다."

上이 微笑許之ᄒᆞ시니 胡王이 退請于燕王與紅司馬어ᄂᆞᆯ 燕王이 雖嚴截辭之ㅣ나 胡王이 豈可聽之리오? 卽召北方畫師十餘人ᄒᆞ야 畫燕王與紅司馬之眞像ᄒᆞ니 畫師等이 先寫燕王之眞面ᄒᆞ고 次寫紅司馬之眞面ᄒᆞᆯᄉᆡ 三摹而不得其眞이라. 畫師等이 投筆而告胡王曰

"臣等이 筆才魯鈍ᄒᆞ와 難寫紅司馬之眞像이로소이다."

胡王이 大怒欲斬ᄒᆞᄃᆡ 其中一個畵師ㅣ 告曰

"臣이 當薦高明畵師矣리니 此ᄂᆞᆫ 天下獨步之才라. 年過百歲ᄂᆞ 觀人相貌ᄒᆞ고 能決壽福ᄒᆞᄂᆞ이다."

蒙古王이 大喜ᄒᆞ야 卽使招來ᄒᆞ니 其人이 壽眉皓白ᄒᆞ고 眼目이 淸秀ᄒᆞ야 可知其非尋常人物이라. 久視紅司馬而嘆曰

"惜哉라 將軍之面目이여! 若爲女子ㅣ런들 富貴勳業이 盖於一世어ᄂᆞᆯ 不幸爲男子ᄒᆞ니 恐其壽限之不足이로다."

紅司馬ㅣ 笑曰

"君則畵師ㅣ라 豈知相術乎아?"

畵師ㅣ 曰

"老身은 本是中國之人이라. 漢之毛延壽[10]之後裔로 擒往北方ᄒᆞ야 不歸故國ᄒᆞ고 世世子孫이 以畵爲業이러니 老身之手로 摹寫眞面이 不知其數ㅣ라. 故로 自然多閱歷ᄒᆞ니 豈不知窮達壽夭리잇가?"

紅司馬ㅣ 笑曰

"吾ㅣ 爲女子則壽福窮達이 何如며 爲男子則亦如何哉오?"

畵師ㅣ 曰

"將軍之面이 若爲女子ㅣ런들 官至王侯요 壽可九十九歲요 膝下之榮은 必有七子ᄒᆞ야 各顯功名ᄒᆞ야 至於王侯將相이나 今爲男子ᄒᆞ니 雖功名이 煊爀이나 恐大限이 不過四十일쌔 ᄒᆞᄂᆞ이다."

紅司馬ㅣ 微笑ᄒᆞ고 示燕王影幀ᄒᆞ니 畵師ㅣ 逡巡避席ᄒᆞ야 曰

"此非人間凡骨이라. 眞是仙風道骨이니 其貴則天下之第二요 壽限은

10) [교감] 모연수(毛延壽): 적문서관본 영인본 397쪽에는 한연수(韓延壽)로 되어 있으나, 문맥의 의미상 화공(畵工)인 모연수(毛延壽)의 오식으로 여겨져 바로잡는다. 한연수는 전한(前漢) 소제(昭帝) 때의 어진 관료이고, 모연수는 전한 원제(元帝) 때의 화공으로, 뇌물을 바치지 않은 왕소군(王昭君)의 얼굴을 추하게 그려 흉노(匈奴)의 아내로 뽑히게 했던 인물이다.

亦是九十九歲로소이다."

衆皆稱讚ᄒᆞ고 董超·馬達·雷天風이 次第問之ᄒᆞᆫᄃᆡ 書師曰

"此席에 兼富貴壽福者ㅣ 何其多也오?"

一枝蓮이 自外而入ᄒᆞ니 書師ㅣ 熟視曰

"將軍은 何如貴人이완ᄃᆡ 體局이 與紅將軍으로 彷彿이닛고? 兩頰에 桃花色이 太過ᄒᆞ니 功名은 不及紅將軍이라."

ᄒᆞ더라. 蒙古王이 命寫紅司馬影幀ᄒᆞᆫᄃᆡ 老書師ㅣ 視諸書師而笑曰

"君等은 可謂盲書師ㅣ로다. 生長於北方ᄒᆞ야 豈不知如彼容貌ᄒᆞ고 徒費筆墨고? 紅將軍之影幀은 已在於北方ᄒᆞ니 新寫何爲리오?"

左右ㅣ 問其故ᄒᆞᆫᄃᆡ 書師ㅣ 微笑而答ᄒᆞ니 未知何故오. 且看下回ᄒᆞ라.

第四十一回

紅娘重修明妃廟 衛氏受苦楸子洞

却說. 此時老畵師ㅣ 對胡王曰

"胡王城北青草原에 有一個古廟ᄒᆞ니 名曰明妃廟ㅣ라. 有漢國王昭君畵像ᄒᆞ니 今紅將軍之容貌ㅣ 與王昭君影幀으로 無一毫差錯이니이다."

胡王曰

"昭君影幀은 眉間에 微有嚬痕ᄒᆞ고 雙眼突兀之精采와 兩頰含笑之嬌態ㅣ 豈能當紅將軍이리오?"

左右ㅣ 半信半疑ᄒᆞ야 卽取昭君之影幀ᄒᆞ야 與紅司馬로 東西相對而視之ᄒᆞ니 如兩朶蓮花之相對ᄒᆞ야 艶陽春光과 嬋姸典型이 相誇造化ᄒᆞ야 如一板寫出ᄒᆞ야 向東而見則八月南浦에 初發蓮花요 向西而見則十里西湖에 半開芙蓉이라. 芙蓉이 卽蓮花요 蓮花ㅣ 卽芙蓉이어ᄂᆞᆯ 不知者ᄂᆞᆫ 或以芙蓉으로 較蓮花ᄒᆞ며 或指蓮花ᄒᆞ야 評芙蓉ᄒᆞ니 豈有優劣이리오? 北枝ᄂᆞᆫ 憔悴ᄒᆞ야 霜風이 蕭瑟ᄒᆞ고 南枝ᄂᆞᆫ 繁華ᄒᆞ야 春光이 爛熳ᄒᆞ니 紅司馬ᄂᆞᆫ 本是慷慨多情者라. 同是女子로 古今이 雖遙遠이ᄂᆞ 咫尺玉顔이 似接言語而矜惻其處地ᄒᆞ야 愀然含淚ᄒᆞ고 向胡王曰

"吾與昭君으로 雖男女不同이나 同是中國之人이라. 如彼顔色으로 青春故國에 辭別丹鳳闕ᄒᆞ고 黃昏青塚이 埋沒於白龍堆[1]ᄒᆞ야 天生麗質이 不遇知己ᄒᆞ고 千秋寃恨을 以琵琶和答ᄒᆞ니 大王은 觀彼影幀ᄒᆞ소셔. 豈不惜哉리잇고?"

胡王이 微笑曰

"寡人은 視之컨ᄃᆡ 昭君之影幀은 無足惜이어니와 紅司馬之爲男子ㅣ 眞可惜也로다. 若爲女子런들 燕王이 雖如彼正大ᄂᆞ 必築黃金屋ᄒᆞ야 將軍을 深深藏之ᄒᆞ고 恐漏泄韓壽之香矣리니 豈可爲麾下偏將ᄒᆞ야 使對他人이리오?"

言畢大笑ᄒᆞ니 燕王이 亦微笑러라. 胡王이 命畵師ᄒᆞ야 摹昭君畵像ᄒᆞ야 供養于生祠堂ᄒᆞᆫᄃᆡ 紅司馬ㅣ 亦出銀子彩緞ᄒᆞ야 重修明妃廟ᄒᆞ니라.

翌日天子ㅣ 登燕然山[2]ᄒᆞ사 立石記功ᄒᆞ시고 回軍ᄒᆞ실ᄉᆡ 諸胡王이 至敦煌ᄒᆞ야 祗送法駕ᄒᆞ고 別楊元帥·紅司馬ᄒᆞᆯᄉᆡ 含淚而不忍分手러라. 天子ㅣ 促大軍ᄒᆞ사 率秦燕兩王與一般諸將ᄒᆞ고 班師ᄒᆞ실ᄉᆡ 諸軍이 奏凱歌ᄒᆞ고 至上郡[3]ᄒᆞ야 還送北方軍ᄒᆞ시고 至太原郡ᄒᆞ야 還送山西軍ᄒᆞ시고 處處에 慰撫百姓ᄒᆞ시고 到皇城에 解送南方軍ᄒᆞ실ᄉᆡ 下詔沿路諸郡ᄒᆞ야 蠲減[4]徭役賦稅ᄒᆞ시니 雖新經兵火나 百姓이 晏然ᄒᆞ야 莫不稱頌聖德이러라.

天子ㅣ 獻馘於廟社而親祭ᄒᆞ시고 大赦天下ᄒᆞ시고 論功行賞ᄒᆞ실ᄉᆡ 燕王·秦王은 官爵이 已高故로 但加食邑三萬戶ᄒᆞ시고 蘇裕卿은 封汝陰侯

---

1) 백룡퇴(白龍堆): 중국 신강(新疆)과 감숙성(甘肅省) 옥문관(玉門關) 사이에 펼쳐진 사막지대. 해발고도는 약 1천 미터이며, 북동쪽에서 남서쪽으로 뻗어 있는 사막의 형태가 용(龍) 같다고 하여 백룡퇴라고 부른다.

2) 연연산(燕然山): 몽고(蒙古)의 산 이름. 후한(後漢)의 두헌(竇憲)이 89년에 흉노(匈奴)의 북선우(北單于)를 토벌하고는, 반고(班固)에게 글을 짓게 하여 이 산의 돌에 그 공적을 새겼다.

3) 상군(上郡): 중국 섬서성(陝西省) 수덕현(綏德縣) 동남쪽에 설치되어 있던 군(郡)의 이름.

4) 견감(蠲減): 조세(租稅) 등의 일부를 면제해줌.

ᄒᆞ고 董超·馬達은 封關東·關西侯ᄒᆞ고 孫夜叉ᄂᆞᆫ 賜黃金千鎰ᄒᆞ고 一枝蓮은 尙在閨養ᄒᆞ니 女子之職은 宜從夫職이라 驃騎將軍은 太后所賜니 依舊仍任ᄒᆞ고 特賜湯沐邑[5]一萬戶와 皇城第宅과 家僮百名과 黃金千鎰과 彩緞千疋ᄒᆞ고 前部先鋒雷天風은 封關內侯ᄒᆞ고 燕國太爺楊賢은 倡起義兵而保護太后ᄒᆞ니 當加官職이나 天性이 未嘗有意於功名ᄒᆞ고 品職이 居一國太爺ᄒᆞ니 但賜湯沐邑五千戶ᄒᆞ고 左丞相尹衡文은 元老大臣이라 其功을 非所論也로ᄃᆡ 有保護母后之功ᄒᆞ니 '朕이 豈不表功이리오?' ᄒᆞ고 加賜湯沐邑一萬戶ᄒᆞ시고 天子ㅣ 御紫宸殿ᄒᆞ야 引匽從功臣ᄒᆞ실ᄉᆡ 丹書鐵卷에 記其姓名ᄒᆞ고 歃馬血而盟[6]ᄒᆞ사 泰山黃河에 傳子傳孫ᄒᆞ야 記其功勳ᄒᆞ시고 更下詔ᄒᆞ샤 改太淸宮而爲風雲慶會閣이라 ᄒᆞ사 親筆로 題額ᄒᆞ시고 畵御眞及燕王以下諸臣之像ᄒᆞ야 掛於慶會閣ᄒᆞ야 日月之忠을 遺傳千秋ᄒᆞ시니라. 此日會諸臣設宴ᄒᆞ시고 進法酒ᄒᆞ야 諸臣이 一時奉觴ᄒᆞ고 三呼萬歲ᄒᆞ니 天子ㅣ 顧左右曰

"朕이 無德ᄒᆞ야 數百年宗社를 幾失於一朝러니 以卿等之忠으로 宗廟社稷이 堅如磐泰ᄒᆞ니 勳業이 足可比肩於周宣王[7]·漢宣帝[8]之中興이라.

---

5) 탕목읍(湯沐邑): 주(周)나라 때 제후(諸侯)가 목욕할 비용을 마련하도록 천자가 내린 채지(采地). 제후가 천자를 조회할 때는 몸을 깨끗이 씻는 탕목(湯沐)을 해야 했으며, 그 비용을 여기서 마련했다. 후대로 오면서 군주와 그 비(妃)·왕자·공주 등이 부세(賦稅)를 거두어 관할하는 지역을 의미하게 되었다.

6) 삽마혈이맹(歃馬血而盟): 맹세해 굳게 언약할 때, 그 표시로 말의 피를 서로 먹거나 입가에 바르던 일. [교감] 적문서관본 영인본 399쪽에는 '삽(揷)'으로 되어 있으나, 의미상 '삽(歃)'의 오식이므로 바로잡는다.

7) 선왕(宣王, ?~BC 782): 주(周)나라의 제11대 왕. 아버지 여왕(厲王)의 실정(失政)을 바로잡아 선정(善政)을 베풀었다. 군대를 정비하여 윤길보(尹吉甫)를 기용해 험윤(玁狁)을 격퇴했고, 방숙(方叔)과 소호(召虎)를 기용해 형초(荊楚)와 회이(淮夷)에서 승리를 거두었다. 왕의 교화(敎化)가 크게 일어나 주나라 초기의 성대한 모습을 회복했다.

8) 선제(宣帝, BC 91~BC 49): 전한(前漢)의 제9대 황제 유순(劉詢). 제7대 황제인 무제(武帝)의 태자였던 할아버지 유거(劉據)가 무고(巫蠱)의 일에 걸려 자살하고 부모가 모두 해를 당하자, 민간에서 길러져 민심의 동향을 잘 알았다. 제8대 황제인 소제(昭帝)가 죽자 곽광(霍光)이 자신의 외손녀이기도 한 황후의 조서를 받아, 무제의 손자인 유하(劉賀)를 옹립했지만 황음(荒淫)하므로 곧 폐위하고 유순을 맞아 옹립했다. 유순은 즉위한 뒤 현능(賢能)한 인재를 기용하고

由此觀之컨딕 國家之運이 非人力所能爲어놀 愚蠢夷狄이 不知天時ᄒᆞ고 自就於斧鉞之誅ᄒᆞ니 豈不笑哉오?"

ᄒᆞ신딕 左右ㅣ 連呼萬歲ᄒᆞ고 上表進賀ᄒᆞ니 燕王이 出班奏曰

"古書에 云 '天難忱思ㅣ라 不易維王이라.'[9] ᄒᆞ니 不可徒恃天命이오 惟在修德而已니 國家治亂이 安中生危ᄒᆞ며 危中生安故로 古之聖王은 戒其安逸ᄒᆞ야 治雖已安而常不忘其危ᄒᆞ나니 伏願陛下는 恒念前日鷰巢城之危ᄒᆞ샤 以對今日紫宸殿上諸臣ᄒᆞ소셔."

上이 改容曰

"卿之忠言은 朕之藥石이라 當銘心不忘矣리라."

ᄒᆞ시더라. 汝陰侯蘇裕卿이 奏曰

"今日朝廷이 無異於創業之初ㅣ라 姦臣盧均之黨이 滿于臺閣ᄒᆞ야 尙主黨論ᄒᆞ니 公議沸鬱이라. 盧均之黨을 請一幷削黜朝籍ᄒᆞ소셔."

燕王이 奏曰

"王道는 蕩蕩ᄒᆞ야 無偏無黨이라. 陛下ㅣ 但用善者而遠不肖니 豈以黨論으로 辨賢不肖乎잇가? 凡人君之用人이 如匠人之用材木ᄒᆞ나니 良工은 無棄木이라. 陛下ㅣ 豈欲兼稷契之忠과 孔孟之道學과 伯夷之廉과 尾生之信然後에야 擇用乎잇가? 有一能則取其能ᄒᆞ시며 有一才則試其才ᄒᆞ야 各任其職則論道經邦과 錢穀甲兵之任을 庶不誤矣리이다. 向日盧均이 執朝權ᄒᆞ야 死生禍福이 在其掌中ᄒᆞ오니 弱者는 恸其權ᄒᆞ고 能者는 謀其保ᄒᆞ며 窮困者는 慕其富貴ᄒᆞ고 屈志忍辱ᄒᆞ야 出入其門ᄒᆞ니 亦人情之無怪者ㅣ라. 豈可以色目으로 言名節ᄒᆞ야 論天下之人乎잇가?

패도(覇道)와 왕도(王道)를 적절히 사용해 나라를 발전시켰다. 지방행정제도를 정비하고 빈민구제를 도모했으며, 대외적으로 흉노를 격파하고 서역 36국을 복속시켰다.

9) 천난침사(天難忱思), 불이유왕(不易維王): '하늘은 믿기 어렵도다. 왕 노릇 하기 쉽지 않도다.' 『시경詩經』「대아大雅」「문왕지집文王之什」「대명大明」에 나오는 구절. 『시경』에는 '천난침사(天難忱斯), 불이유왕(不易維王)'으로 나온다.

伏願陛下ᄂᆞᆫ 不問淸濁黨論與盧均之親疎ᄒᆞ고 但用才能ᄒᆞ시며 察其賢否ᄒᆞ소셔."

上이 稱善ᄒᆞ시고 曰

"盧均之門人이 有恐連坐之律而逃走者어던 一幷赦之ᄒᆞ라."

ᄒᆞ시니라. 天子ㅣ 更顧燕王曰

"卿의 小室碧城仙之消息을 邇來得聞乎아? 海上行宮에 遽辭於朕ᄒᆞ고 飄然踪跡이 莫知其如何ㅣ나 其忠義ᄅᆞᆯ 朕이 尙今不忘이로다."

燕王曰

"王事ㅣ 鞅掌[10]에 未暇私事ᄒᆞ야 生死를 姑未探聞이로소이다."

上이 嗟嘆曰

"仙娘之持操節介ᄂᆞᆫ 推一事可知라. 爲國而懷忠義者ㅣ 豈有淫行與姦詐리오? 朕이 不明ᄒᆞ야 信聽王世昌의 無根之讒說ᄒᆞ고 使卓節女子로 不得其志ᄒᆞ야 流落於山水之間ᄒᆞ야 有失所之歎ᄒᆞ니 豈不慚愧리오? 朕이 今當爲仙娘ᄒᆞ야 分析是非ᄒᆞ고 昭晳黑白ᄒᆞ야 以伸曖昧ᄒᆞ리라."

ᄒᆞ시고 卽時嚴責王世昌ᄒᆞ시고 下令郡國ᄒᆞ야 嚴捕刺客ᄒᆞ라 ᄒᆞ신ᄃᆡ 世昌이 不勝惶恐ᄒᆞ야 密通於衛氏ᄒᆞ야 曰

"碧城仙之事가 今復飜覆ᄒᆞ야 將有大禍ㅣ라."

ᄒᆞ니 衛氏大驚ᄒᆞ야 召春月而責曰

"汝ㅣ 嘗曰已殺仙娘이라더니 今猶生存ᄒᆞ야 事將飜覆ᄒᆞ니 此將奈何오?"

春月이 笑曰

"世間萬事ㅣ 難可盡測이라. 死者도 或有復生之道어늘 生者를 豈不可以再殺이리오?"

ᄒᆞ고 付耳而告曰

10) 앙장(鞅掌): 일이 매우 바쁘고 번거로움.

"天子ㅣ 跟捕刺客ᄒᆞ시니 此機ㅣ 正妙라. 夫人이 若更費千金則賤婢有一妙計ᄒᆞ야 當如此如此ᄒᆞ리니 仙娘이 雖生存ᄒᆞ고 有蘇張之辯이라도 豈可發明이리잇고?"

衛氏ㅣ 歎曰

"皇上이 顧護仙娘이 如此深重ᄒᆞ시니 雖有千金이나 嚴勅之下에 恐或綻露로다."

春月曰

"大事ㅣ 漏泄則其殃이 先及於賤婢之身矣라. 賤婢ㅣ 豈可泛然思之乎잇가?"

衛氏ㅣ 大喜ᄒᆞ야 卽給千金ᄒᆞ니라. 一日은 天子ㅣ 受朝러니 京兆尹[11] 王世昌이 奏曰

"臣奉聖旨ᄒᆞ야 跟捕刺客이오나 不知踪跡이러니 昨日紫禁城東門外酒店에 捕一殊常女子ᄒᆞ니 行止擧動이 十分是刺客이라. 再三詰問이오나 終是不露姓名ᄒᆞ고 又問仙娘之事則都是不知云故로 疑其誤捉良民이러니 捉致黃府侍婢春月而面質則此乃前日暗入黃府之刺客云故로 方欲別般嚴刑ᄒᆞ야 更行問招ᄒᆞ노이다."

上이 怒曰

"雖非朝廷大事나 事關風化ᄒᆞ고 黃氏는 朕의 外戚之臣이라. 閨門之事를 以法官으로 査覈이 不可ᄒᆞ니 朕當親鞫이라."

ᄒᆞ시고 拿入刺客ᄒᆞ야 天子ㅣ 鞠問ᄒᆞ실ᄉᆡ 不下一杖ᄒᆞ야 刺客이 一一直招曰

"小女之姓은 張이오 名은 五娘이니 以刺客으로 遊於長安이러니

11) 경조윤(京兆尹): 중국 한(漢)나라 때 수도를 지키고 다스리던 관직. 한나라 때는 수도 장안(長安)과 그 주변을 세 부분으로 나누었다. 장안과 그 동부를 경조(京兆)라 하고, 북부는 좌풍익(左馮翊), 서부는 우부풍(右扶風)이라 했으며, 이 셋을 합쳐 삼보(三輔)라고 불렀다. 이 가운데 경조는 천자(天子)가 계시는 땅이라는 뜻이며, 이곳을 다스리는 우두머리를 경조윤이라고 했다.

燕王小室仙娘이 以千金으로 使殺衛氏母女故로 乘夜入黃府라가 發覺於侍婢春月而逃走이오니 小女ㅣ 貪千金ᄒᆞ야 隨其指使ㅣ라 更無他言이오니 請伏其罪ᄒᆞ노이다."

天子ㅣ 震怒ᄒᆞ샤 更欲施刑이러니 王世昌이 奏曰

"罪人之招辭ㅣ 亦與所傳으로 如合符節ᄒᆞ오니 豈可濫施刑罰ᄒᆞ야 使有傷害人命之歎이리잇고?"

言未畢에 忽然闕門外에 申聞鼓聲이 震動이러니 守門將이 奏曰

"一個老娘이 携一個女子而來ᄒᆞ야 有鳴寃之事라 ᄒᆞ나이다."

上이 疑訝ᄒᆞ사 卽招其人ᄒᆞ시니 果然白首老娘이 身長이 不過五尺이나 猛烈之氣가 滿於眉宇ᄒᆞ야 一手로 携一個無鼻女子ᄒᆞ고 伏地奏曰

"小女ᄂᆞᆫ 刺客이라 平生에 尙義氣ᄒᆞ야 欲爲人報讎ᄒᆞ야 遊於屠門이러니 黃閣老夫人衛氏가 使其婢春月로 變服而持千金ᄒᆞ고 傍蹊曲逕으로 求得老身ᄒᆞ야 使斬來楊丞相小室仙娘之首故로 小女ㅣ 觀衛氏容貌擧動則非十分吉人이라 心中疑訝러니 及至楊府ᄒᆞ야 藏跡於仙娘窓外ᄒᆞ고 窺其動靜ᄒᆞ오니 草席布被에 襤褸衣裳과 憔悴容貌ㅣ 無一豪姦惡之態라 住劍趦趄러니 忽然燭下에 仙娘이 轉身而臥ᄒᆞᄂᆞᆫᄃᆡ 弊衫이 乍捲ᄒᆞ며 一點鸚血이 宛然露出故로 老身이 疑訝ᄒᆞ야 又爲詳視則分明是紅點이라. 靑春紅閨의 氷雪之操를 昭然可知어ᄂᆞᆯ 誤聽猜險衛夫人及春月之說ᄒᆞ고 險些兒陷於不義故로 心膽이 俱寒ᄒᆞ야 老身이 投劍而入仙娘室ᄒᆞ야 備說來由ᄒᆞ고 不忍忿鬱ᄒᆞ야 卽欲旋踵ᄒᆞ야 刺殺衛氏母女則仙娘이 以慷慨之言과 森嚴之義로 妻妾之分을 比於君臣ᄒᆞ야 責其不可ᄒᆞ오니 嗚乎ㅣ라! 老身이 七十年俠客으로 遍踏天下오나 豈見有鸚血之淫女와 有義理之姦人이리잇고? 老身이 看仙娘之顔面ᄒᆞ야 恕衛氏之罪惡ᄒᆞ고 但刑春月ᄒᆞ야 或望改過ㅣ러니 今因老身之事ᄒᆞ야 更添仙娘之罪ᄒᆞ오니 天日之下에 豈有如此之事리잇고? 老身이 恐失捕春月ᄒᆞ야 捉來到此ᄒᆞ오니 一一鞠問ᄒᆞ사 分其玉石ᄒᆞ소셔."

言畢에 謂張五娘曰

"汝非虞格之妹虞二娘乎아? 貪衛氏之千金ᄒᆞ야 嚴令之下에 欺罔天聽ᄒᆞ니 豈不兇邪乎잇가?"

ᄒᆞ니 殿上殿下侍衛之臣이 莫不稱快ᄒᆞ고 天子ㅣ 震怒ᄒᆞ사 春月·五娘을 嚴刑鞫問ᄒᆞ시니 豈可一毫欺罔이리오? 一一直招ᄒᆞᆫᄃᆡ 天子ㅣ 下敎曰

"老娘은 雖刺客이나 如是自現ᄒᆞ니 烈俠之志가 甚爲嘉尙이라. 以功贖罪ᄒᆞ야 特爲白放ᄒᆞ고 虞二娘與春月은 下刑部ᄒᆞ야 嚴刑鞫問ᄒᆞ야 干涉諸人을 一一査覈ᄒᆞ라."

ᄒᆞ시니 法官이 奉皇命ᄒᆞ야 春月·虞格은 處斬於十字街ᄒᆞ고 春成·虞二娘은 絶島定配ᄒᆞ고 特旨로 王世昌은 削官放逐ᄒᆞ고 天子ㅣ 引見燕王ᄒᆞ샤 天顔이 惻然曰

"古語에 云 '一婦含怨에 五月飛霜이라.' ᄒᆞ니 朕이 昏暗ᄒᆞ야 以若仙娘之節介로 流離山中道觀ᄒᆞ야 不知其死生存亡ᄒᆞ니 豈無感傷和氣之歎이리오? 又況爲國盡忠ᄒᆞ야 有功於社稷者乎리오? 朕이 賴其忠義ᄒᆞ고 不報其功ᄒᆞ니 孑孑女子ㅣ 若遭兵火而未免不幸則豈不嗟愕이리오?"

ᄒᆞ시고 天顔이 不悅ᄒᆞ샤 嗟惜不已러시다. 燕王이 退歸府中ᄒᆞ야 告於兩親曰

"黃氏罪惡이 自爲發覺ᄒᆞ야 皇上이 明白處置ᄒᆞ시니 難逃七去之惡이라 卽當逐出이라."

ᄒᆞ고 以誼絶之事로 通於黃府ᄒᆞ니 小姐ᄂᆞᆫ 如天崩地坼ᄒᆞ야 精神이 飛越ᄒᆞ고 衛夫人은 如剖心刳腹ᄒᆞ야 惡心이 彌中ᄒᆞ고 面靑膽掉ᄒᆞ야 見小姐ᄒᆞ고 痛極而反笑曰

"吾女ㅣ 豈作生寡婦乎아? 汝父ㅣ 老昏ᄒᆞ야 誤擇惡壻ᄒᆞ야 誤汝身勢ᄒᆞ니 誰怨孰尤ㅣ리오?"

ᄒᆞ더니 黃閣老ㅣ 聞之ᄒᆞ고 卽入內堂이어ᄂᆞᆯ 衛夫人이 指小姐曰

"相公은 急求婚處ᄒᆞ소셔."

閣老ㅣ 唐荒曰

"夫人은 是何言也오?"

夫人이 笑曰

"出婦之改嫁ᄂᆞᆫ 自古有之라. 相公이 已誤其初ᄒᆞ니 豈不欲善其終이리오?"

閣老ㅣ 不答ᄒᆞᆫᄃᆡ 衛夫人이 叩地而發惡曰

"吾女兒ㅣ 面醜乎아? 心惡乎아? 閥閱이 不足乎아? 入於一個賤妓手中ᄒᆞ야 誤其平生ᄒᆞ니 相公之富貴ᄂᆞᆫ 何處用之며 丞相之權勢ᄂᆞᆫ 何處用之오? 妾與女兒를 一時殺之ᄒᆞ야 使不知此辱ᄒᆞ소셔."

閣老ㅣ 黙然不答ᄒᆞ고 出于外堂이러라. 衛夫人이 不勝憤毒ᄒᆞ야 委席半晌이러니 忽然面帶怏怏之色而起身曰

"吾當見於太后ᄒᆞ고 寃抑所懷를 一場仰達이라."

ᄒᆞ고 卽入闕內ᄒᆞ니라.

且說. 天子ㅣ 處決仙娘之事ᄒᆞ시고 卽至延春殿ᄒᆞ샤 告于太后曰

"衛氏母女之罪惡이 綻露ᄒᆞ야 小子ㅣ 旣爲處置오나 但罪其左右諸人ᄒᆞ고 不問元犯이 雖是不可ㅣ나 衛氏母女ㅣ 非但大臣之命婦요 母后之所愛恤者ㅣ라 小子ㅣ 實難處置오니 伏望母后ᄂᆞᆫ 嚴切教訓ᄒᆞ샤 懲戒其過ᄒᆞ소셔."

太后ㅣ 十分不快러시니 忽然賈宮人이 告曰

"衛夫人이 欲見太后娘娘而在外로소이다."

太后ㅣ 尤爲震怒ᄒᆞ샤 卽跪衛夫人於階下ᄒᆞ시고 親自數罪曰

"吾與汝之母親으로 誼如同氣故로 顧護汝身을 無異吾女러니 汝亦年老ᄒᆞ고 處於命婦之列ᄒᆞ야 不修婦德ᄒᆞ고 浪藉罪惡이 聞於闕內ᄒᆞ니 是何道理오? 大抵妬忌ᄂᆞᆫ 女子之醜行이라. 設有自犯이라도 無面對人이어든 況助其子而自取七去之惡이리오?"

太后ㅣ 數罪畢에 衛夫人이 天然對曰

"宮中이 深遠ᄒᆞ와 不聞外間之動靜이라. 蒼天이 照臨ᄒᆞ고 白日이 昭昭ᄒᆞ니 臣妾之母女ᄂᆞᆫ 白玉無瑕ㅣ라. 臣妾이 命道ㅣ 奇薄ᄒᆞ야 早失慈母ᄒᆞ고 太后陛下를 恃如天地러니 今日에 不察無窮之冤ᄒᆞ시고 如此嚴責ᄒᆞ시니 臣妾이 依仰於誰乎잇가?"

言畢에 抽簪叩頭ᄒᆞ며 涕淚滂沱ㅣ어ᄂᆞᆯ 太后ㅣ 尤爲震怒曰

"汝雖欺我ㅣ나 豈欺天地神明이며 雖欺天地神明이나 豈不自愧於心이리오? 吾不知汝心ᄒᆞ고 望其改過ㅣ러니 今日之事ᄂᆞᆫ 尤極寒心이로다. 九原夜臺에 使馬氏로 有靈則必責我不能導汝也ㅣ리라."

ᄒᆞ시고 下敎曰

"衛氏母女를 囚楸子洞ᄒᆞ야 使自覺其罪ᄒᆞ라."

ᄒᆞ시니 原來楸子洞은 馬氏之墓라. 太后ㅣ 含淚ᄒᆞ시고 命賈宮人ᄒᆞ샤 衛氏를 卽爲驅出ᄒᆞ라 ᄒᆞ신ᄃᆡ 衛氏ㅣ 不勝憤毒ᄒᆞ야 放聲大哭而還家러니 賈宮人이 奉太后嚴旨ᄒᆞ고 催行甚急이어ᄂᆞᆯ 衛氏ㅣ 無可奈何ᄒᆞ야 率小姐及桃花ᄒᆞ고 向楸子洞ᄒᆞ니 距皇城이 五十餘里라.

此時黃尙書ᄂᆞᆫ 陪母親而隨後ᄒᆞ고 黃閣老ᄂᆞᆫ 惶恐不安ᄒᆞ야 將歸鄕園ᄒᆞᆯ 싀 執衛氏母女之手而嘆曰

"此ᄂᆞᆫ 老夫之罪라. 夫人女兒ᄂᆞᆫ 千萬自保ᄒᆞ야 以待其時ᄒᆞ라."

衛氏ㅣ 冷笑曰

"待時何益이리오? 妾이 一國元老之妻요 當時尙書之母로 甘受一個賤妓之辱ᄒᆞ고 爲寃抑之罪人ᄒᆞ야 一入地獄則必作餓鬼라."

ᄒᆞ고 催車仗而至楸子洞ᄒᆞ야 一場痛哭於馬氏墓前ᄒᆞ고 因至處所ᄒᆞ니 靑山은 疊疊ᄒᆞ고 松風은 蕭蕭라. 倚山一隅ᄒᆞ야 構成一間土室ᄒᆞ니 四面土壁에 通穴成窓ᄒᆞ고 荊棘爲城ᄒᆞ야 難見天日이러라. 兩個宮奴ㅣ 奉太后嚴命ᄒᆞ고 守直門戶ᄒᆞ야 嚴禁外人ᄒᆞ니 黃小姐ㅣ 見此光景ᄒᆞ고 一雙秋波에 悲淚潸然이라. 與母親及桃花로 入房中ᄒᆞ니 草席에 寒氣ㅣ 侵人

ᄒᆞ야 無可坐處어늘 奴主三人이 執手而放聲痛哭이라가 衛氏ㅣ 猶號令桃花ᄒᆞ야 解寢具而錦席繡褥를 重疊鋪陳ᄒᆞ고 晏然而坐ᄒᆞ야 笑曰

"吾ㅣ 不犯綱常大罪ᄒᆞ고 亦無犯於大逆不道ᄒᆞ니 錦衣玉食之身이 一朝一夕에 豈可甘受如此苦楚리오?"

ᄒᆞᆫ듸 黃小姐ㅣ 不答ᄒᆞ고 淚濕前襟而暗捲錦席ᄒᆞ며 坐於草席이어늘 衛氏ㅣ 叱之曰

"汝ㅣ 如此窮迫ᄒᆞ니 氣像이 平生不免生寡婦也로다."

且說. 仙娘이 蒙秦王之救ᄒᆞ야 無恙而到秦國ᄒᆞ니 秦國公主ㅣ 見其爲人姿色ᄒᆞ고 豈不愛之리오? 欣然問曰

"娘이 太后宮侍女ㅣ라 ᄒᆞ니 固久不入朝ᄒᆞ야 難記顏面이나 何以爲賊兵之所擒也오?"

仙娘이 當此時ᄒᆞ야 豈欺踪跡이리오? 沉吟良久에 以實情告之曰

"妾은 實非宮人이라 燕王楊丞相小室碧城仙이로소이다. 妾이 命道恠異ᄒᆞ야 不能在於府中ᄒᆞ고 逗遛山中ᄒᆞ야 至於散花庵이러니 太后兩殿이 避兵火於散花庵ᄒᆞ시니 賊兵이 圍住庵子ᄒᆞ야 勢甚莫測이라. 妾이 代太后之身ᄒᆞ야 暫誑胡兵ᄒᆞ고 因囚於敵陣ᄒᆞ야 幾不生還이러니 蒼天이 愛顧ᄒᆞ사 蒙秦王殿下之德ᄒᆞ와 更見天日ᄒᆞ오니 漂泊踪跡이 雖欺他人이나 豈可欺罔玉主리잇고?"

公主ㅣ 聞此言ᄒᆞ고 尤爲奇之ᄒᆞ야 執仙娘之手而含淚曰

"然則娘은 我之恩人이라."

ᄒᆞ고 因問兩殿安否ᄒᆞ고 仙娘奴主를 特加愛恤ᄒᆞᆫ듸 仙娘이 以公主賢淑之德과 寬厚之風으로 尤爲歎服ᄒᆞ야 情誼日益親熟이러라. 公主ㅣ 從容問曰

"娘之氣像이 恒有愁色ᄒᆞ니 何故也며 如此姿質로 緣何而不在府中ᄒᆞ고 逗遛於山水之間耶아?"

仙娘이 俯首憮然而已오 不言心曲이러니 一日은 公主ㅣ 與仙娘으로

戱雙陸而爭點이라가 公主ㅣ 笑而執仙娘之手ᄒᆞ니 羅衫이 乍捲에 露出一點鸎血이라. 公主ㅣ 心中驚歎ᄒᆞ야 欲知其故ᄒᆞ야 見小蜻而從容詰問ᄒᆞ니 蜻이 不敢欺罔ᄒᆞ야 槪告前後患難ᄒᆞᆫᄃᆡ 公主ㅣ 方知仙娘之處地ᄒᆞ고 矜恤其情狀ᄒᆞ고 痛恨衛氏母女之行事러라.

此時天子ㅣ 討平北方而還宮ᄒᆞ시니 公主ㅣ 將入朝於太后ᄒᆞᆯ시 與仙娘으로 伴到皇城ᄒᆞ니 仙娘이 告曰

"妾이 被公主之寵愛ᄒᆞ와 生還故國ᄒᆞ오니 欲還本府ᄒᆞ노이다."

公主ㅣ 笑曰

"娘이 數年山中에 幾忘本府而彷徨이라가 今日은 有何所關ᄒᆞ야 如彼其急乎아? 太后ㅣ 若聞娘之生還ᄒᆞ시면 必引見矣시리니 娘은 從我而入宮中ᄒᆞ야 先見太后與皇上ᄒᆞ고 歸于本府ㅣ 可也ᆯ가 ᄒᆞ노라."

仙娘이 無可奈何ᄒᆞ야 陪公主而入宮中ᄒᆞ니 太后ㅣ 未及與公主로 盡叙情懷ᄒᆞ시고 執仙娘之手而含淚曰

"仙娘아! 蒼天이 豈可無心이리오? 老身이 送娘于賊陣ᄒᆞ고 獨自生存ᄒᆞ야 安享四海之奉이라. 紀信之忠이 恐不免大禍ㅣ러니 今對生存之面ᄒᆞ니 此豈非神明所佑리오?"

皇后妃嬪과 買宮人이 一時執手歡喜러니 天子ㅣ 知公主之來朝ᄒᆞ시고 携秦王之袖ᄒᆞ고 入內殿이라가 見仙娘而驚問曰

"彼侍立者ㅣ 非燕王小室仙娘耶아?"

公主ㅣ 笑而對曰

"陛下ㅣ 宰相閨中佳人을 何以知之시잇고?"

上이 歎曰

"仙娘은 朕의 社稷之臣이라. 朕先於賢妹而知之어늘 豈從賢妹而知之리오?"

公主ㅣ 以秦王이 逢於路中ᄒᆞ야 救送秦國之事로 一一奏達ᄒᆞ니 天子ㅣ 奇之曰

"卿이 何不早言고?"

秦王이 笑曰

"臣은 但知太后宮侍女요 不知燕王之小室이러이다."

上이 玉顔이 愀然ᄒᆞ샤 顧公主曰

"仙娘은 吾男妹의 莫大之恩人이라. 何以報德이리오?"

ᄒᆞ시고 因語行宮夢中에 侍玉帝之事와 仙娘之容貌ㅣ 與夢中少年으로 恰似之事와 以樂諷諫ᄒᆞ며 大罵盧均之事ᄒᆞ시니 太后ㅣ 歎曰

"一個女子之孑孑弱質이 東西奔走ᄒᆞ야 吾之母子를 如此救之ᄒᆞ니 此ᄂᆞᆫ 千古史冊에 不見之事也ㅣ로다."

仙娘이 告於太后曰

"臣妾이 蒙玉主之愛ᄒᆞ와 不能卽歸府中ᄒᆞ고 唐突而見謁宮中ᄒᆞ오니 生還之消息을 欲早速通知于家夫ᄒᆞ와 自此請退ᄒᆞ노이다."

秦王이 微笑ᄒᆞ고 告於太后曰

"臣이 平生에 無他知己之友ㅣ러니 近日與燕王으로 風塵同苦ᄒᆞ와 交以知己이로나 自然多事於國家ᄒᆞ야 未曾以從容杯酒로 一次叙懷러니 邊侵을 掃除ᄒᆞ고 國家無事ㅣ라. 今臣이 覓燕王已失之寵姬ᄒᆞ야 遽然還歸ㅣ면 頗涉沒趣故로 欲暫欺燕王ᄒᆞ야 以助陛下一笑之資ᄒᆞᄂᆞ이다."

太后ㅣ 大喜曰

"賢婿ㅣ 何以欺之오?"

秦王이 笑曰

"陛下ᄂᆞᆫ 莫送仙娘於燕府ᄒᆞ시고 今日에 命召燕王ᄒᆞ소셔."

太后ㅣ 許之ᄒᆞ신ᄃᆡ 秦王이 更見公主曰

"公主ᄂᆞᆫ 準備酒饌ᄒᆞ고 暫留仙娘ᄒᆞ야 徐觀動靜ᄒᆞ소셔."

公主ㅣ 笑而唯唯러라. 是夜에 皇太后ㅣ 召燕王於便殿ᄒᆞ시니 燕王이 詣闕ᄒᆞ야 先見天子ᄒᆞᆫᄃᆡ 天子ㅣ 微笑曰

"母后ㅣ 愛卿如子婿之列ᄒᆞ사 欲引見卿與秦王ᄒᆞ시니 卿은 與秦王

으로 共助母后膝下之樂ᄒᆞ라."

燕王이 頓首ㅣ러라. 俄而오 太后ㅣ 命召燕王ᄒᆞ야 至延春殿ᄒᆞ니 未知何故오. 且看下回ᄒᆞ라.

第四十二回

黃小姐夢遊上淸宮 衛夫人回甦換惡臟

却說. 燕王이 至延春殿ᄒᆞ니 秦王이 已入侍太后ᄒᆞ야 坐於簾外러라. 太后ㅣ 命宮女ᄒᆞ사 近賜燕王之座ᄒᆞ시고 下敎曰

"老身이 愛卿을 異於他臣故로 每欲如此引見이ᄂᆞ 拘碍於體貌ᄒᆞ야 心甚未安이라 向意益切터니 今夜에 對秦王ᄒᆞ야 思卿尤切ᄒᆞ야 如此特召ᄒᆞ니 卿은 恕老身之煩雜ᄒᆞ라. 卿이 謫居南方ᄒᆞ고 出戰北方ᄒᆞ야 應多勞苦矣리니 雖少年方壯之時나 起居之節에 能無所傷乎아?"

燕王이 頓首曰

"天恩이 罔極ᄒᆞ와 生成之德이 去益如海ᄒᆞ시와 賤身이 無病이로소이다."

秦王이 笑而向燕王曰

"楊兄이 今夜에 能知如此引見之聖意乎아? 兄之小室仙娘이 爲兩殿ᄒᆞ야 效紀信之忠ᄒᆞ니 孑孑女子ㅣ 不能生還은 當然之事라. 今太后ㅣ 以其頓無消息으로 下念不已ᄒᆞᄉᆞ 以由我之歎으로 失兄之寵姬라 ᄒᆞ샤 擇宮女中最佳者而代仙ᄒᆞ야 使奉巾櫛ᄒᆞ야 欲解慊然也ㅣ시니 兄意何如

오?"

燕王이 笑曰

"天恩이 雖極ᄒᆞ시나 不能奉承者ㅣ 有二ᄒᆞ니 雖一個女子ㅣ나 爲國盡忠을 昌曲이 豈有一毫嗟惜之心이리오? 況有他妻妾ᄒᆞ야 旣爲過分ᄒᆞ니 不能奉承者ㅣ 一也요 暫經兵火ᄒᆞ야 奔竄之民이 尙未還家者ㅣ 多矣니 豈知仙娘之生死리잇고? 若幸而生還이면 彼雖不懷妬心이ᄂᆞ 昌曲이 豈無負人之恥리오? 此ᄂᆞᆫ 不能奉承者ㅣ 二也로소이다."

秦王이 大笑曰

"兄은 過矣로다. 欲爲仙娘而守節乎아? 花珍이 旣行媒ᄒᆞ야 選定一個宮女ᄒᆞ니 若中止則豈無飛霜之怨乎아?"

燕王이 笑曰

"兄은 眞無手段之媒로다. 不願之婚을 如此行媒ᄒᆞ니 豈不徒費唇舌이리오?"

秦王이 更告於太后曰

"燕王이 雖外面辭之나 窺其意ᄒᆞ니 或恐臣이 以無鹽之醜女而行媒ᄒᆞᆯ까 ᄒᆞ야 如此趦趄ᄒᆞ오니 請示其顔色ᄒᆞ소셔."

顧左右宮女ᄒᆞ야 命召美人ᄒᆞ니 秦國公主ㅣ 粧束仙娘이라가 使侍女로 扶出簾外ᄒᆞᆫᄃᆡ 仙娘이 詣太后之前ᄒᆞ야 含羞侍立이어ᄂᆞᆯ 太后ㅣ 執其手ᄒᆞ고 見燕王而笑曰

"老身이 主婚ᄒᆞ고 秦王이 做媒ᄒᆞ니 豈薦不美之人於卿矣리오? 此ᄂᆞᆫ 愛之如老身之女故로 自矜於卿이어니와 庶幾無恥일가 ᄒᆞ노라."

燕王이 流鳳眼而暫視ᄒᆞ니 雖風塵南北에 踪跡이 杳然이ᄂᆞ 寤寐一念에 耿耿不忘之仙娘이라. 燕王이 雖心中神奇나 不露氣色ᄒᆞ고 泰然笑曰

"意謂花兄이 以月姥赤繩으로 行媒佳姬러니 今視之ᄒᆞ니 因成都破鏡ᄒᆞ야 覓給舊鏡ᄒᆞ시니 有何矜伐[1]이리오?"

秦王이 大笑ᄒᆞ고 顧左右曰

"日吉辰良ᄒᆞ야 佳約이 順成ᄒᆞ니 如此座席에 豈可無一盃酒리오?"

ᄒᆞ고 促盃盤ᄒᆞᆫᄃᆡ 秦國公主ㅣ 命宮女ᄒᆞ야 奉獻一盤ᄒᆞ니 秦王이 滿斟大白ᄒᆞ야 告於太后曰

"燕王이 頃刻間에 言語不一ᄒᆞ야 俄者ᄂᆞᆫ 拒逆嚴命ᄒᆞ고 有固辭之色터니 至今은 氣色이 又恐失之ᄒᆞ오니 不可無罰이니이다."

ᄒᆞ고 勸燕王이어ᄂᆞᆯ 燕王이 受飮ᄒᆞ고 又斟一盃酒而擧手ᄒᆞ고 告於太后曰

"天恩이 罔極ᄒᆞ야 下賜美人이어ᄂᆞᆯ 秦王이 無禮ᄒᆞ야 自矜其功ᄒᆞ오니 不可無罰이니이다."

ᄒᆞ고 勸秦王ᄒᆞ니 於焉杯盤이 浪藉ᄒᆞ야 兩王이 皆醉라. 俄而오 左右顚倒에 天子ㅣ 臨御ᄒᆞ사 欣然而侍坐太后ᄒᆞ시니 太后ㅣ 以兩王之酬酌으로 一一告之ᄒᆞ시고 歎曰

"自古以來로 雖多忠臣烈士ㅣ나 女子中에 豈有如仙娘者리오? 方其胡兵之圍住也에 雖膽大丈夫라도 肝膽이 寒冷ᄒᆞ고 手脚이 慌忙ᄒᆞ야 各自圖生ᄒᆞ려든 況孱弱女子乎아? 慨然而決一死ᄒᆞ고 十萬胡兵을 視如草芥ᄒᆞ야 泰然就死地ᄒᆞ니 此ᄂᆞᆫ 非强作所能이라. 昔者漢之紀信이 代漢王ᄒᆞ야 忠節이 赫赫이나 此ᄂᆞᆫ 堂堂大丈夫요 食君之祿ᄒᆞ야 責在其身也어니와 今日仙娘은 無職責之女子ㅣ라. 若非天生忠義之心이면 豈可倉卒間에 案出此計ㅣ리오? 求忠臣於孝子之門이라 ᄒᆞ니 非但娘之忠心이 卓越이라 亦出於平日燕王正家感化之力이로다."

天子ㅣ 愀然改容ᄒᆞ시고 顧秦王曰

"仙娘之氣質이 如彼淸弱이ᄂᆞ 推琴而罵老賊ᄒᆞᆯᄉᆡ 八字春山에 霜風이 蕭瑟ᄒᆞ니 使觀者로 忠憤이 油然自發이라. 儀鳳亭前에 以燕王之忠으로 不能正其心之昏君暗主를 以數曲琴으로 雍容諷諫ᄒᆞ야 使悅然覺之

1) 긍벌(矜伐): 겉으로 드러내어 자랑함.

ᄒᆞ니 此眞古今所無ㅣ로다."

兩王이 頓首ᄒᆞ고 日暮後兩王이 退出홀ᄉᆡ 太后ㅣ 命宮女ᄒᆞ사 扶兩王而下天陛ᄒᆞ고 歸送仙娘于府中ᄒᆞ실ᄉᆡ 太后兩殿과 公主妃嬪이 皆爲悵然ᄒᆞ야 使之從近入闕ᄒᆞ라 ᄒᆞ시고 戀戀之情이 便如遠別이러라. 燕王이 率仙娘ᄒᆞ고 至府中ᄒᆞ니 上下ㅣ 大驚ᄒᆞ고 太孁ᄂᆞᆫ 携手欣喜ᄒᆞ야 如見死者之復生ᄒᆞ고 蒼頭丫鬟은 語前日向江州之事ᄒᆞ며 嘆天理之昭昭ㅣ러라.

且說. 光陰이 倏忽ᄒᆞ야 黃小姐之處楸子洞이 已一朔이라 全廢食飮ᄒᆞ고 晝夜號泣ᄒᆞ야 月態花容이 日益憔悴ᄒᆞ고 弊衣草席에 涙痕이 不乾이라. 衛氏ㅣ 責曰

"汝ㅣ 悲舅家之出婦乎아? 嘆聖朝之罪人乎아? 自絶殘命ᄒᆞ야 欲遂賤妓之所願乎아? 寧速死ᄒᆞ야 莫使老母로 見此靑孀景色ᄒᆞ라."

小姐ㅣ 頓然不答ᄒᆞ고 尤加號泣不已러라. 一日은 秋風이 乍起ᄒᆞ야 天氣ㅣ 蕭瑟ᄒᆞᆫ데 寂寞山中에 處處啼鵑이오 冷落堦前에 點點流螢이라. 悽涼之愁와 悲愴之懷를 一倍振觸이러니 衛氏與桃花ᄂᆞᆫ 就睡ᄒᆞ고 小姐ㅣ 獨倚孤枕而坐ᄒᆞ야 望見殘燈ᄒᆞ고 耿耿不寐ᄒᆞ야 思往事而嘆身勢라가 忽然非夢間에 三魂[2]이 悠悠ᄒᆞ고 七魄[3]이 蕩蕩ᄒᆞ야 轉至一處ᄒᆞ니 一座樓閣이 聳出半空ᄒᆞ야 門庭이 深邃ᄒᆞ고 墻垣이 宏傑ᄒᆞ야 異於人間宮闕ᄒᆞᆫ데 無數仙女ㅣ 或乘靑鸞ᄒᆞ며 或駕鳳凰ᄒᆞ야 雙雙往來어ᄂᆞᆯ 黃小姐ㅣ 進前ᄒᆞ야 見仙女而問曰

"此ᄂᆞᆫ 何處며 此樓閣은 誰家也오?"

仙女ㅣ 答曰

"此處ᄂᆞᆫ 天上玉京이오 此樓閣은 所謂上淸宮이니 宮中에 有上淸夫

2) 삼혼(三魂): 사람의 몸속에 있다는 세 가지 정혼(精魂), 즉 태광(台光)·상령(爽靈)·유정(幽精)을 일컫는다.
3) 칠백(七魄): 사람의 몸속에 있다는 일곱 가지 혼백(魂魄). 즉 시구(尸狗)·복시(伏矢)·작음(雀陰)·탄적(呑賊)·비독(非毒)·제예(除穢)·취폐(臭肺)를 일컫는다.

人ᄒᆞ시니라."

小姐ㅣ 又問曰

"上淸夫人은 何如夫人고?"

仙女ㅣ 笑曰

"君은 何如女子완ᄃᆡ 不知上淸夫人乎아? 夫人은 周之太姒ㅣ라. 奉上帝之命ᄒᆞ사 處于上淸宮ᄒᆞ야 敎訓天上仙女ㅣ니라."

小姐ㅣ 聞此言ᄒᆞ고 心中思之호ᄃᆡ

"吾ㅣ 曾聞之ᄒᆞ니 太姒ㅣ 有淑德ᄒᆞ야 爲千秋婦人師表라 ᄒᆞ니 此何如人고? 一往見之호리라."

ᄒᆞ고 到門前請謁ᄒᆞᆫᄃᆡ 一仙女ㅣ 前導ᄒᆞ야 入于宮中ᄒᆞ니 十二欄干에 高捲珠簾ᄒᆞ며 三千宮女ㅣ 鳴明月珮ᄒᆞ고 侍立於殿上ᄒᆞ니 異香이 觸鼻라. 一位夫人이 擧止幽閑ᄒᆞ고 容貌ㅣ 端正ᄒᆞ야 儉素衣服과 柔順之態로 高坐於白玉椅子ᄒᆞ니 鳳扇[4]雲旛으로 侍衛嚴肅이러라. 導黃小姐ᄒᆞ야 陞于殿上ᄒᆞᆫᄃᆡ 上淸夫人이 問曰

"君은 何如人고?"

黃小姐ㅣ 昂然對曰

"妾은 人間大明國燕王之第二夫人黃氏니이다."

上淸夫人이 慌忙下椅曰

"人間天上이 何可異也리오? 夫人이 旣爲燕國夫人이면 亦貴人이라. 何以至此乎아?"

ᄒᆞ고 命侍女ᄒᆞ야 設七寶席而請坐ᄒᆞᆫᄃᆡ 黃小姐ㅣ 不辭而就座曰

"妾이 聞夫人賢淑之德ᄒᆞ고 欲受敎訓而來니이다."

上淸夫人이 笑曰

---

4) 봉선(鳳扇): 긴 대나무 자루가 달린 부채의 가장자리를 쇠로 두르고 녹색 실로 꿰매어, 붉은 비단 바탕의 좌우에 금색으로 봉황(鳳凰)을 그리거나 수놓은 의장(儀仗).

"吾ㅣ 有何淑德이리오? 夫人은 禮義之邦에 高門大族으로 又兼王侯夫人之尊貴ᄒᆞ시니 必多聞見於閨範內則이라 何如是謙讓乎잇가?"

黃小姐ㅣ 曰

"妾이 非欲願聞他言이라 夫人이 居人間時에 衆妾이 作關雎·樛木之詩ᄒᆞ야 稱頌聖德ᄒᆞ고 無一毫妬忌之心이라 ᄒᆞ니 若非巧飾則必是七情之有異인가 ᄒᆞ나이다."

上淸夫人이 唐荒曰

"所謂妬忌者ᄂᆞᆫ 何也오?"

黃小姐ㅣ 曰

"女子平生이 懸於家夫어ᄂᆞᆯ 家夫ㅣ 平日에 有衆妾ᄒᆞ야 移其恩寵則豈無妬忌之心乎잇가?"

上淸夫人이 聞此言이러니 勃然作色ᄒᆞ고 起身而坐椅子ᄒᆞ야 號令左右ᄒᆞ야 引出小姐ᄒᆞ야 跪於階下ᄒᆞ고 大責曰

"汝以何等醜物로 鄙言을 敢聞於我耳乎아? 處於人間九十年ᄒᆞ야 曾不聞妬忌之言이러니 汝乃以淫亂之心事와 慚愧之名目으로 不澡不潔之言을 出於口頭ᄒᆞ야 欲爲取脈ᄒᆞ니 如許淫婦ᄂᆞᆫ 不可暫留於玉京淸道ㅣ니 速歸而傳於人間女子어다. 大凡婦人은 柔順端正ᄒᆞ야 專一而已니 若違於此則豈云君子之行이리오? 若以此稱道我則豈可甘受也리오?"

上淸夫人이 責畢에 號令侍女ᄒᆞ야 驅出黃小姐ᄒᆞ니 黃小姐ㅣ 且憤且慚ᄒᆞ야 覓路而出이라가 忽然望見一處ᄒᆞ니 濕氣彌滿ᄒᆞ고 隱隱聞愀愀哭聲이어ᄂᆞᆯ 當前視之ᄒᆞ니 有一大洿ᄒᆞ고 不潔之物이 充滿ᄒᆞ야 惡臭觸鼻ᄒᆞᆫ데 無數女子가 陷於其中ᄒᆞ야 不能脫出ᄒᆞ고 或出頭伸臂ᄒᆞ야 見黃小姐而叫號어ᄂᆞᆯ 黃小姐ㅣ 避其惡臭ᄒᆞ야 不敢近前ᄒᆞ고 遠遠望見而問曰

"娘等은 何如人으로 當此苦楚오?"

其女子ㅣ 泣告曰

"妾은 漢之呂后ㅣ러니 前生에 妬忌ᄒᆞ야 殺戚夫人ᄒᆞ고 酖殺[5] 如意之罪로 當此苦楚니이다."

又一個女子ㅣ 泣告曰

"妾은 晉國[6] 王導之妻馬氏러니 前生에 妬忌ᄒᆞ야 謀害衆妾ᄒᆞ고 辱家夫之罪로 當此苦楚니이다."

又一個女子ㅣ 告曰

"妾은 賈充之妻王氏러니 妬忌衆妾ᄒᆞ야 置毒其子之罪로 當此苦楚니이다."

繼其後ᄒᆞ야 諸女子ㅣ 次第泣訴曰

"妾等은 皆朱門甲第之富貴女子로셔 平生에 無他罪惡이나 但以妬忌之心으로 濁亂家道ᄒᆞ야 當此苦楚니이다."

黃小姐ㅣ 見其狀ᄒᆞ고 毛骨이 竦然ᄒᆞ야 不能答一言ᄒᆞ고 擧袖掩面而回走ᄒᆞ니 諸女子ㅣ 大呼曰

"燕國夫人은 勿走ᄒᆞ라. 君亦吾之同類ㅣ라 當共受此苦라."

ᄒᆞ고 掬汚物而投之ᄒᆞ고 一時追來어ᄂᆞᆯ 黃小姐ㅣ 大驚ᄒᆞ야 大呼而覺ᄒᆞ니 乃枕上一夢이라. 汗流全身ᄒᆞ야 枕褥皆濕이라 不勝慚憤之心ᄒᆞ야 輾轉不寐ᄒᆞ고 心中自思호ᄃᆡ

'我ᄂᆞᆫ 何人이며 上淸夫人은 何人고? 高門甲第에 王侯夫人은 彼此一般이오 耳目口鼻와 五臟六腑ᄂᆞᆫ 同是人也어ᄂᆞᆯ 彼ᄂᆞᆫ 何以如彼尊貴ᄒᆞ야 爲天上神仙之長ᄒᆞ고 我ᄂᆞᆫ 何以當此苦楚而見辱乎아? 其中尤爲痛憤者ᄂᆞᆫ 無數女子ㅣ 蒙不潔之物ᄒᆞ고 以我爲同類라 ᄒᆞ니 吾以平生富貴門中에 如寶玉之身으로 何以爲彼之同類리오? 吾ㅣ 今欲洗耳磨骨ᄒᆞ야 洗

5) 짐살(酖殺): 짐주(酖酒)를 먹여 사람을 죽임. 짐주는 짐(酖)새의 깃에 있는 맹렬한 독을 섞은 술.
6) [교감] 진국(晉國): 적문서관본 영인본 411쪽에는 '진국(秦國)'으로 되어 있으나, 왕도(王導)는 동진(東晉) 때의 인물이므로 바로잡는다.

雪其汚穢나 追悔何及也리오?'

ᄒᆞ더니 忽瞿然而覺曰

'彼涔中之無數女子ㅣ 亦畫堂彩閣의 王侯夫人이라 曾不下於我어늘 今甘受苦楚ᄒᆞ니 此ᄂᆞᆫ 無他라 人之貴賤이 不在於外ᄒᆞ고 只在於心이라. 故로 坐於高臺廣室이라도 其心이 惡則其身이 卑ᄒᆞ고 長於錦衣玉食이라도 其心이 賤則其身이 亦隨而賤ᄒᆞ리니 上淸夫人之如彼尊貴도 心也요 無數女子之如彼醜汚도 亦心也라. 吾ㅣ 但知外貌之醜而不知其心之醜ᄒᆞ고 慕外貌之尊貴而不慕其心之尊貴ᄒᆞ니 豈非昏暗之事리오? 嗚乎라! 吾以閨中女子로 罪惡이 狼藉於世間ᄒᆞ야 如此寂寞空山에 作此罪囚ᄒᆞ니 是誰之過也오? 若謂天之所爲라 ᄒᆞ면 許多世界無數人生中에 豈獨憎我ㅣ며 若謂身數之窮慘이라 ᄒᆞ면 明明造物이 豈獨賜我以窮慘之數ㅣ리오? 吾以父母恩德으로 生長於富貴門中ᄒᆞ야 眼下無人이라가 入舅家以後로 無一分婦德ᄒᆞ고 但懷驕亢之心ᄒᆞ야 欲掃滅妾ᄒᆞ고 思獨享恩寵ᄒᆞ니 此眞鄙賤之心이라. 吾以簪纓世族으로 不能爲男子而爲女子나 豈忍以區區偏性으로 懷碌碌雜念ᄒᆞ야 與衆妾으로 爭其恩寵이리오마ᄂᆞᆫ 修吾身ᄒᆞ고 守吾道ᄒᆞ야 無愧於天地神明이오 不見侮於同列敵國則君子ㅣ 雖欲覓疵ㅣᆫ들 豈可得也리오? 醉夢이 昏昏ᄒᆞ야 自不能覺ᄒᆞ니 今日受此苦楚ᄂᆞᆫ 實自取也로다. 仙娘은 眞無瑕之玉이오 氷雪之操라. 吾ㅣ 曾欲謀害ᄒᆞ야 別堂月下에 使春成으로 驚之ᄒᆞ고 散花庵中에 使虞格으로 刧之ᄒᆞ야 週年行閣에 席藁布被에 其苦楚ㅣ 何如哉리오? 天道循環ᄒᆞ야 吾ㅣ 今見報復이라. 其中尤甚ᄒᆞ야 毛骨이 竦然者ᄂᆞᆫ 老娘之事也ㅣ라. 凶獰之貌로 挾霜刃ᄒᆞ고 半夜三更에 窓間窺覗之時에 仙娘之危ㅣ 在於頃刻ᄒᆞ니 吾ㅣ 將受其報復이라.'

ᄒᆞ야 心自畏惕터니 忽然一陣陰風이 吹入窓隙ᄒᆞ야 吹滅燈火ᄒᆞ고 窓外에 人影이 閃忽이어늘 黃小姐ㅣ 大驚ᄒᆞ야 大叫一聲에 仆地氣塞ᄒᆞ니 盖此時ᄂᆞᆫ 已四五更이라 西山傾月이 轉移樹影ᄒᆞ야 照於窓外ㅣ러라. 衛氏

及桃花ㅣ 驚覺於小姐大叫之聲ᄒᆞ야 扶小姐而問其故ᄒᆞᆫ듸 小姐ㅣ 方收拾精神ᄒᆞ야 扶母親曰

"母親이여! 老娘이 來於窓外니이다."

ᄒᆞ거늘 衛氏ㅣ 叱之曰

"女兒ㅣ 何故로 作此荒雜之言고? 老娘은 何如老娘고?"

小姐ㅣ 更不答ᄒᆞ고 心事ㅣ 昏昏ᄒᆞ더니 俄而오 又叫曰

"母親아! 仙娘은 無罪ᄒᆞ니 勿殺ᄒᆞ고 却此老娘ᄒᆞ소셔."

衛氏ㅣ 乃明燭而呼曰

"女兒ᄂᆞᆫ 覺夢ᄒᆞ야 收拾精神ᄒᆞ라. 汝母ㅣ 在此ᄒᆞ니 老娘이 何以來此리오?"

ᄒᆞ더라. 小姐ㅣ 寢則驚ᄒᆞ고 覺則泣ᄒᆞ야 形容이 柴脫ᄒᆞ고 不能起於床席이러니 一日夜深後小姐ㅣ 忽然呼母親曰

"小女之病이 非尋常所祟ㅣ니 雖死無惜이오나 以父母俱存之女兒로 得大罪於舅家ᄒᆞ야 不能雪出婦之名이라. 伏願母親은 勿念女兒ᄒᆞ시고 保重尊體ᄒᆞ소셔. 小女ㅣ 不孝ᄒᆞ야 損傷膝下之淸德ᄒᆞ고 死不能瞑目於地下ᄒᆞ리이다."

言畢에 更叫一聲ᄒᆞ고 因以氣絶ᄒᆞ니 衛氏ㅣ 執手而呼之曰

"晩得女兒ᄒᆞ야 機警敏捷이라 意其享壽福而顯榮耀ㅣ러니 誤逢家夫ᄒᆞ야 至於此境ᄒᆞ니 寧欲先死而無知ᄒᆞ노라."

小姐ㅣ 開眼ᄒᆞ야 熟視母親ᄒᆞ고 蹙眉曰

"小女ㅣ 今絶一縷殘命則悠悠萬事를 猶能忘之로되 但有二件所懷ᄒᆞ오니 其一은 燕王이 不負小女ㅣ라 小女ㅣ 負燕王也요 仙娘이 不謀害小女ㅣ라 小女ㅣ 謀害仙娘也ㅣ니 從今以後로 燕王與仙娘之事를 勿出於口頭ᄒᆞ야 使小女之歸魂으로 庶免慚愧케 ᄒᆞ시고 其二ᄂᆞᆫ 小女死後에 欲埋於黃氏先山則非出嫁女子之常事요 欲埋於楊氏先山則舅姑之仁慈와 燕王之寬洪으로 矜惻小女之身勢ᄒᆞ야 雖許窆葬이나 魂靈이 豈不愧哉리

오? 如小女者는 天地間罪人이라 魂靈白骨이 無所去處오니 伏願母親은 小女死後에 火葬尸軆ᄒᆞ야 莫遺陋骨於此世ᄒᆞ소셔."

言畢에 戱欷歎息ᄒᆞ고 更叫一聲이러니 氣息이 頓絶ᄒᆞ고 因以奄忽ᄒᆞ니 可憐哉라 黃小姐之平生이여! 聰明慧黠이 暫爲造物所猜ᄒᆞ야 使聞其浪藉之罪惡者로 皆欲殺之러니 忽於一朝에 掃盡蒼空之雲ᄒᆞ고 磨去白玉之瑕ᄒᆞ야 數句話ㅣ 變成千古賢淑夫人而奄忽ᄒᆞ니 若無其後則豈曰有天道리오? 此時衛夫人이 見此慘境ᄒᆞ고 搥胷而哭이라가 亦爲昏絶ᄒᆞ니 神魂이 散亂ᄒᆞ야 如夢如醉中에 忽一位夫人이 大叱曰

"此不肖業畜은 擧面視之ᄒᆞ라."

衛氏ㅣ 擧首仰視ᄒᆞ니 乃母親馬氏라 驚喜而問曰

"母親이여! 是眞乎잇가? 夢乎잇가?"

淚湧如泉ᄒᆞ야 曰

"小女之離膝下ㅣ 于今四十餘年이라. 容光이 恒時暗暗於眼中이러니 今從何處而來乎잇가?"

馬氏ㅣ 冷笑曰

"汝能知汝母乎아?"

衛氏ㅣ 嗚咽曰

"長我育我ᄒᆞ시며 顧我腹我ᄒᆞ시며 出入腹我ᄒᆞ시니 豈不知母女天倫乎잇가?"

馬氏ㅣ 大怒曰

"吾ㅣ 前生에 有何大罪ᄒᆞ야 無一個血屬ᄒᆞ고 晩年得汝ᄒᆞ야 視如男子ᄒᆞ야 三歲에 訓語ᄒᆞ고 四歲에 敎針線ᄒᆞ고 十餘歲에 敎無違夫子ᄒᆞ고 孝養舅姑ᄒᆞ니 此는 無他ㅣ라. 他日出嫁ᄒᆞ야 無大過則人皆曰 '馬氏ㅣ 雖無子나 善敎女兒ᄒᆞ야 昌大他人之門戶ㅣ라.' ᄒᆞ면 唯望冥冥夜臺에 無依之魂이라도 榮幸且樂이러니 今日觀之則謾生汝一個血脈ᄒᆞ야 投於人間이라가 思之則不能瞑目ᄒᆞ고 欲忘而不得ᄒᆞ니 嗚乎ㅣ라! 以若家風門閥이

赫赫之女子로 雖或有罪於閨範內則者ㅣ 多矣나 豈意以姦慝天性으로 且誤爾女ᄒᆞ야 濁亂他人之家ᄒᆞ니 汝若知母女之情則豈貽辱於汝母ㅣ며 知天倫之重則何以誤爾女兒리오?"

衛氏ㅣ 痛哭而欲爲發明이러니 馬氏ㅣ 尤爲大怒曰

"不肖女兒ㅣ 欺天地神明ᄒᆞ고 今又欲欺其母也로다."

ᄒᆞ고 擧杖而打數十度어ᄂᆞᆯ 魏氏ㅣ 尤不勝苦痛ᄒᆞ야 驚覺ᄒᆞ니 桃花ᄂᆞᆫ 在傍而哭하고 小姐亦甦이러라. 衛氏ㅣ 收拾精神ᄒᆞ야 撫其身ᄒᆞ니 杖痕이 分明ᄒᆞ고 且不勝苦痛ᄒᆞ야 一憤一愧라 暗思ᄒᆞ되

'異哉라 夢事여! 四十年黃泉夜臺에 何等精靈이 如此丁寧ᄒᆞ시며 精靈이 旣有則豈不助我ᄒᆞ시고 何以如此苦楚로 更加此身고? 此必吾心이 軟弱ᄒᆞ야 夢事自亂이로다.'

俄而오 精神이 昏昏ᄒᆞ야 自然合眼ᄒᆞ니 馬氏ㅣ 又與一個白衣老人으로 同來ᄒᆞ야 指衛氏曰

"此是妾之不肖女息이라. 天性이 悍惡ᄒᆞ야 不可以敎訓으로 指導ㅣ니 先生은 改其心臟ᄒᆞ야 使變其性케 ᄒᆞ소셔."

老人이 熟視衛氏러니 自囊中으로 取出一個丹藥ᄒᆞ야 催促呑下ᄒᆞ니 衛氏ㅣ 受而一呑ᄒᆞᆫ듸 胷中이 如刺ᄒᆞ고 自口中으로 五臟이 倂出ᄒᆞ야 流血이 淋漓어ᄂᆞᆯ 衛氏ㅣ 不堪苦痛ᄒᆞ야 哀乞殘命ᄒᆞ니 老人이 自袖中으로 出一個赤葫蘆甁ᄒᆞ고 注甘露水ᄒᆞ야 淨洗衛氏五臟ᄒᆞ야 還入腹中ᄒᆞ고 對馬氏曰

"腹部之惡根이 非但在於臟腑ㅣ라 已入骨節ᄒᆞ니 當磨其骨而滅毒氣리라."

ᄒᆞ고 自腰間으로 抽一小刀ᄒᆞ야 剖衛氏之膚ᄒᆞ고 刮其骨節ᄒᆞ니 尖利劍聲에 毛骨이 竦然이어ᄂᆞᆯ 衛氏ㅣ 呼母親ᄒᆞ야 仍叫一聲而覺ᄒᆞ니 南柯一夢이라. 腹中及骨節이 猶有餘痛ᄒᆞ야 精神이 迷亂ᄒᆞ고 意思ㅣ 恍惚ᄒᆞ야 如在雲霧中이라. 自此로 衛氏之性이 一變ᄒᆞ야 每當事則恐懼ᄒᆞ고

回顧往事則渺如春夢ᄒᆞ야 爲一個心弱之女子ᄒᆞ니 大凡世間之人이 豈不知自過리오마ᄂᆞᆫ 或天性이 懦弱ᄒᆞ야 知而不改ᄒᆞ며 或有氣勝而固執者ᄒᆞ며 或有蔽於物欲ᄒᆞ야 故不改之者ᄒᆞ며 或有以巧彌縫者ᄒᆞ니 如此者ᄂᆞᆫ 必大驚惕大阨塞然後에 方改之ᄒᆞᄂᆞ니 豈非後人之所愼而戒之者ㅣ리오? 此時에 以衛氏의 察察之天性과 小姐의 了了之姿質로 覺其非而修其德ᄒᆞ니 反成出衆之人이ᄂᆞ 小姐之病勢가 已入骨髓ᄒᆞ고 衛氏之杖痕이 轉成腫痛ᄒᆞ야 母女兩人의 慘酷之狀을 目不忍見이러라. 太后ㅣ 聞此情境ᄒᆞ시고 密送賈宮人ᄒᆞ야 探其眞僞而來ᄒᆞ라 ᄒᆞ시니 賈宮人이 卽至楸子洞而視之ᄒᆞᆫᄃᆡ 蕭瑟山中에 荒涼土室이 不蔽風雨ᄒᆞ고 棘籬에 山鳥來棲ᄒᆞ고 短簾에 蜘蛛結網ᄒᆞ야 非生者之居處ㅣ라. 入于房中ᄒᆞ니 席藁布被에 衛氏ᄂᆞᆫ 呻吟ᄒᆞ고 小姐ᄂᆞᆫ 昏懵ᄒᆞ야 蓬頭鬼面으로 憔悴而臥어ᄂᆞᆯ 賈宮人은 本是天性이 軟弱이라 含涙而執衛氏母女之手ᄒᆞ고 歎曰

"夫人이 今日當此苦楚ᄂᆞᆫ 果知其故乎잇가?"

衛氏ㅣ 愀然曰

"此ᄂᆞᆫ 老身之自取라. 謀陷他人者ㅣ 豈能免殃禍報復이리오? 回顧往事에 杳如夢中ᄒᆞ야 難可解釋이라. 君이 如此尋訪ᄒᆞ고 如此問之ᄒᆞ니 還切慙愧로라."

賈宮人이 改容慰之曰

"以夫人之通達로 一時過失을 如此追悔ᄒᆞ시니 天必感之라 莫傷暫時之苦楚ᄒᆞ소셔. 豈無更見天日之理리잇고? 轉聞則夫人與小姐之患候ㅣ 非尋常所祟ㅣ라 ᄒᆞ니 是果何症이며 至今何如乎잇가?"

衛氏ㅣ 羞愧而歎曰

"君은 無異一室之人이라 豈可隱諱衷曲이리오?"

ᄒᆞ고 因說母女之夢事ᄒᆞ고 撫杖痕而涙水如雨어ᄂᆞᆯ 賈宮人이 驚曰

"凡常之傷處ᄂᆞᆫ 久則愈之어니와 鬼神之杖痕은 痕跡을 難消ᄒᆞᄂᆞ니 夫人은 敷藥而治之ᄒᆞ소셔."

衛氏ㅣ 含淚曰

"身體髮膚는 受之父母라 雖粉骨碎身이라도 難報其恩이어든 況九原夜臺에 四十年未承之顔을 得見於夢中ᄒᆞ고 忽然覺之ᄒᆞ니 容光이 渺然ᄒᆞ고 聲音이 暗暗ᄒᆞ야 丁寧之教와 愛憐之情이 但留數處杖痕ᄒᆞ야 不忘教訓之意ᄒᆞᄂᆞ니 豈忍敷藥ᄒᆞ야 以望速滅其痕이리오?"

賈宮人이 嗟歎不已러라.

此時黃小姐ᄂᆞᆫ 都無言語ᄒᆞ고 掩面回臥어ᄂᆞᆯ 衛氏ㅣ 更對賈宮人曰

"女兒之病이 眞是非輕ᄒᆞ고 夢兆尤怪ᄒᆞ야 甚非尋常ᄒᆞ니 此近에 或有佛堂古刹乎아? 欲一次致誠祈禱ᄒᆞ야 消滅一分災厄ᄒᆞ노라."

賈宮人이 笑曰

"自此로 向西北而往十餘里則有一庵子ᄒᆞ니 名曰散花庵이라. 庵中에 供養三佛帝釋ᄒᆞ고 庵後에 有十王殿ᄒᆞ야 十分靈驗ᄒᆞ니 夫人은 自諒ᄒᆞ소셔."

衛氏ㅣ 大喜ᄒᆞ야 送賈宮人後에 備香火紙燭及彩緞ᄒᆞ야 送桃花於散花庵ᄒᆞ야 致誠祈禱ᄒᆞ니 此時賈宮人이 歸見太后ᄒᆞ고 衛氏母女改過之事를 一一奏達後에 惻然含淚ᄒᆞ고 土窟之苦楚를 再三告之ᄒᆞ야 請赦其罪而歸家ᄒᆞᆫᄃᆡ 太后ㅣ 笑曰

"愛恤衛氏之心이 吾豈下於汝耶아? 今雖悔過ㅣ나 黃小姐之出婦身勢를 將何如哉리오? 故로 加經苦楚ᄒᆞ야 使燕王으로 自然感覺也ㅣ로라."

賈宮人이 謝之러라. 畢竟燕王이 何以感動고? 且看下回ᄒᆞ라.

仙淑人祈禱散花庵 女道士潛入楸子洞

第四十三回

却說. 仙淑人이 伸雪罪名ᄒᆞ고 得天寵而還府中ᄒᆞ니 上下ㅣ 莫不歡喜ᄒᆞ고 榮貴且極이나 終乃愛惜黃小姐之事ᄒᆞ야 常慊然不樂이러니 一日은 燕王이 就於政事堂ᄒᆞ야 終日決處廟務ᄒᆞ고 乘暮歸家ᄒᆞ야 見於兩親ᄒᆞ고 卽到東別堂ᄒᆞ야 脫官服ᄒᆞ고 呼酒而對黃昏月色ᄒᆞ야 相飮數盃에 鸞城이 愀然無聊ᄒᆞ야 別無興致어ᄂᆞᆯ 燕王이 問其故ᄒᆞᆫ듸 對曰

"無他라 相公處事ㅣ 頗有疑訝之端故로 自然不樂이니이다. 相公이 置仙娘於小室之列이 今幾年矣라. 愛其持操姿色이 極矣나 終有臂上紅點ᄒᆞ야 夫婦之情이 尙不洽足ᄒᆞ시니 若無他故則此ᄂᆞᆫ 妾之所羞也ㅣ로소이다."

燕王이 歎曰

"仙淑人이 入吾家以後로 累經禍亂ᄒᆞ야 其處地怪異故로 未暇花燭之緣ᄒᆞ니 此非但國家多事ᄒᆞ야 不思汗漫風情이라 欲以副仙娘之志介ᄒᆞ야 尙此遷延이러니 今適朝廷與家中에 別無大事ᄒᆞ고 吾亦有閑隙ᄒᆞ니 因紅娘之言ᄒᆞ야 破淑人之十年節介ᄒᆞ리라."

鸞城이 大喜ᄒᆞ야 命蓮玉ᄒᆞ야 設相公之寢具於別堂ᄒᆞ라 ᄒᆞ고 卽陪燕王ᄒᆞ야 至仙娘之所ᄒᆞ니 仙娘이 迎坐에 愀然改容ᄒᆞ야 向鸞城而歎曰

"古人이 論交友에 每貴心交ᄒᆞ니 何謂心交也오?"

鸞城이 笑曰

"知其心을 請之心交ㅣ라 ᄒᆞ더라."

仙淑人이 曰

"旣如此則朋友之爲朋友ㅣ 懸於一片心이라. 豈在於握手比肩ᄒᆞ야 示多情之色과 褻慢之意然後에 謂之朋友리오? 妾은 聞之ᄒᆞ니 夫婦之誼ᄂᆞᆫ 與朋友一般이라 若以衽席風情으로 論琴瑟鍾鼓之情則此豈非可愧之事리오?"

鸞城이 笑曰

"略知淑人之意로다. 此ᄂᆞᆫ 不過思黃氏之事ᄒᆞ고 處地ㅣ 慊然이ᄂᆞ 然이ᄂᆞ 娘之意를 相公이 知之ᄒᆞ고 相公之意를 娘이 知之ᄒᆞ니 有何拘碍리오? 我本天性이 放蕩ᄒᆞ야 丈夫之一遠一近에 千思萬念이 自然不平ᄒᆞ니 何以如世尊之對菩薩ᄒᆞ며 菩薩之對世尊ᄒᆞ야 相逢數年에 爲有名無實之夫婦ㅣ리오?"

言畢에 琅然笑之어ᄂᆞᆯ 燕王이 亦微笑而右手로 携鸞城ᄒᆞ고 左手로 執仙淑人之手而登樓ᄒᆞ니 此時園中에 百花滿發ᄒᆞ야 香臭飄於風便ᄒᆞ야 繞於一堂ᄒᆞ고 東嶺에 明月이 吐光ᄒᆞ니 林間宿鳥ᄂᆞᆫ 翩翩驚飛ᄒᆞ고 散亂花影이 轉於階前이어ᄂᆞᆯ 燕王이 飄然倚欄이러니 忽然鏘鏘環珮聲이 帶馥馥一陣香ᄒᆞ야 尹夫人이 來라가 停步於花林間ᄒᆞ고 有趦趄之色이어ᄂᆞᆯ 鸞城이 笑而下堂迎之ᄒᆞ니 尹夫人이 羞澁曰

"吾ㅣ 正無聊ᄒᆞ야 隨月色而往東別堂이라가 閉門寂然故로 因來此處ㅣ러니 豈知相公之枉臨이리오?"

燕王이 笑曰

"夫人이 亦有如此之興乎아? 學生이 方對花月ᄒᆞ야 猶恨座上에 客不

滿이러니 夫人이 能爲不速之客이로다."

ᄒᆞ고 三人이 坐定ᄒᆞ니 淸秀姿質에 無一點塵埃ᄒᆞ고 如一枝芙蓉之浮水ᄒᆞ야 爭月光而通明慧黠者ᄂᆞᆫ 尹夫人이오 天然姿態와 濃艶風情이 如一枝海棠花ㅣ 含露而猜花香ᄒᆞ야 玲瓏璀璨者ᄂᆞᆫ 紅鸞城이오 細腰ᄂᆞᆫ 楊柳搖於東風ᄒᆞ고 紅頰은 桃花開於夕雨ᄒᆞ야 七分嫋娜ᄒᆞ고 十分羞澁者ᄂᆞᆫ 仙淑人이라. 月光이 照耀ᄒᆞ야 助其光采ᄒᆞ고 花影은 散亂ᄒᆞ야 增其嬌態어ᄂᆞᆯ 燕王이 微笑曰

"自古로 忠臣이 遭讒ᄒᆞ고 孝子之得罪者ㅣ 多矣ᄂᆞ 豈有如仙娘之處地者ㅣ리오? 吾ㅣ 初逢仙娘於江州ᄒᆞ야 知其氷雪持操ᄒᆞ고 愛其無一毫雜念ᄒᆞ야 不能迫花燭之緣ᄒᆞ니 此ᄂᆞᆫ 適中其意ᄒᆞ야 惜十年靑樓之一點紅血이러니 豈期今日에 以一點紅血로 可辨無根累名이리오?"

鸞城이 歎而挽仙淑人之臂ᄒᆞ야 捲袖而指紅點曰

"異哉라 此紅點이여! 本以宮中風俗으로 至今無不點者어니와 世間에 爲丈夫者ㅣ 徒言臂上紅點ᄒᆞ고 不知心上紅點ᄒᆞ니 雖仙淑人卓越之節이ᄂᆞ 若非此紅點이런들 以相公知己之心으로도 豈能免曾母之投杼리오?"

仙淑人이 羞澁ᄒᆞ야 下袖掩臂而謝曰

"妾이 不能修身而見孚於他人ᄒᆞ고 以區區一片鸚血로 欲明君子之疑ᄒᆞ니 是可愧之事ㅣ라 有何足道哉리오?"

尹夫人이 改容讚之러라. 因進盃盤而盡歡이라가 夜深後에 夫人與鸞城이 各歸其所ᄒᆞ니 燕王이 退燭垂帳ᄒᆞ야 倣綠水鴛鴦之連翼ᄒᆞ고 雲雨陽臺에 醉夢이 朦朧ᄒᆞ야 不覺曉鼓鼕鼕ᄒᆞ고 東方之旣白이러니 仙淑人이 先起ᄒᆞ야 整頓衣裳ᄒᆞᆯ시 自捲其袖而見ᄒᆞ니 紅痕이 不知去處어ᄂᆞᆯ 心中에 一驚一悵이러라. 忽然窓外에 有咳唾聲터니 蓮玉이 呈一片彩牋이어ᄂᆞᆯ 開視之ᄒᆞ니 題一首絶句ᄒᆞ야 曰

婆娑碧城月 湧於紫玉河
謫降人間世 人間春似何

仙淑人이 微笑ᄒᆞ고 卽時和答ᄒᆞ니 其詩에 曰

多謝天上鸞 替鵲轉星河
春光祇自解 不敢語如何

仙淑人이 寫畢ᄒᆞ고 投筆之聲에 燕王이 覺夢ᄒᆞ야 問曰
"所書者ㅣ 何文字오?"
仙淑人이 羞澁ᄒᆞ야 欲藏彩牋이어늘 燕王이 笑而奪視之ᄒᆞ니 兩人之詩ㅣ 無非絶唱이라. 燕王이 視仙淑人而嘲曰
"春光이 如何故로 但自知而不能言고?"
仙淑人이 紅暈이 滿面ᄒᆞ야 俯首不答이어늘 燕王이 作一首詩ᄒᆞ야 題其下ᄒᆞ니 其詩에 曰

前宵皎皎月 一天耿耿河
此時登樓客 欲眠未眠何

此時燕王이 寫畢에 付送蓮玉이러니 俄而오 門外에 有曳履聲에 鸞城이 笑而入이어늘 燕王이 故爲向壁佯睡러니 鸞城이 出袖中彩牋ᄒᆞ야 與仙淑人으로 評論曰
"妾이 雖無試眼이ᄂᆞ 妾之詩ᄂᆞᆫ 無烟火氣象ᄒᆞ야 眞神仙之口氣요 娘之詩ᄂᆞᆫ 才辭玲瓏ᄒᆞ고 文章이 璀璨ᄒᆞ야 眞盛唐之體格이오 相公之辭ᄂᆞᆫ 是嘲妾之辭ㅣᄂᆞ 此ᄂᆞᆫ 豪放男子之尋常例談이라 吾等이 無所可服이라."

ᄒᆞ고 琅琅笑之어늘 燕王이 欠身回臥曰

"娘等이 自唱自和ᄒᆞ야 甚惱閑人之春睡로다. 然이ᄂᆞ 紅渾脫은 將種이라 豈能論詩리오? 吾ㅣ 當定劣優ᄒᆞ리라. 鸞城之詩ᄂᆞᆫ 文章이 雖好ㅣ나 有暗愎之意ᄒᆞ야 難逃脂粉之態요 仙淑人之詩ᄂᆞᆫ 精妙奇異中에 欲言未吐ᄒᆞ야 有別般嬌態ᄒᆞ고 至於吾詩ᄒᆞ야ᄂᆞᆫ 度量이 廣大ᄒᆞ야 有包藏衆妾之意ᄒᆞ니 豈娘等之所知也ㅣ리오?"

ᄒᆞ고 三人이 相顧而大笑러라.

此時燕王이 雖年少方壯之時ᄂᆞ 萬里風塵에 驅馳南北ᄒᆞ야 豈無風寒暑濕之傷이리오? 身氣ㅣ 忽然不平ᄒᆞ야 委頓床席ᄒᆞ니 府中上下가 擧皆憂悶이러라. 一日은 一個老嫗이 負香卓而口念十王菩薩ᄒᆞ고 請勸善施主ᄒᆞ니 兩娘이 心亂而坐라가 命升堂曰

"見婆婆之行色ᄒᆞ니 必算命先生이라. 爲我試一卦ᄒᆞ라."

老嫗이 投算設卦曰

"今貴門에 雖吉運이 大通이ᄂᆞ 暫有殺氣ᄒᆞ오니 急速除殺ᄒᆞ소셔."

仙娘曰

"何以除殺고?"

老嫗이 收米曰

"禱壽命而求福祿은 七星星君이 爲首요 防戲殺而制橫數ᄂᆞᆫ 十王菩薩이 第一이니 獻誠於十王殿ᄒᆞ소셔."

ᄒᆞ니 仙娘이 厚賜卜債而送之ᄒᆞ고 告於太孁曰

"世間에 難信者ㅣ 巫卜이ᄂᆞ 相公之患候ㅣ 如此ᄒᆞ시니 至誠은 感天이라. 妾之前日所在散花庵金佛이 靈驗이 最著ᄒᆞ야 太后ㅣ 爲皇上ᄒᆞᄉᆞ 年年祈禱之處라. 庵中에 所親者ㅣ 甚多ᄒᆞ니 妾이 明日欲往祈禱ㅣ로소이다."

太孁ㅣ 大喜曰

"吾生兒子時에 致誠於觀音佛故로 每思佛事ᄂᆞ 念不及他러니 汝之誠

意가 奇哉로다! 急往致誠ᄒᆞ야 發願無量壽福ᄒᆞ라."

翌日淑人이 率小蜻·蓮玉ᄒᆞ고 備香火紙燭ᄒᆞ야 到庵中ᄒᆞ니 青嶂松風이 慣於耳目이라 追想往事ᄒᆞ고 不勝怊悵이러라. 下轎子於庵前ᄒᆞ니 諸尼姑ㅣ 蒼黃顚倒ᄒᆞ야 執淑人之手而欣然含淚ᄒᆞ고 一場喧譁어ᄂᆞᆯ 淑人이 面面叙懷後에 沐浴齋戒ᄒᆞ고 進十王殿ᄒᆞ야 設香火茶湯ᄒᆞ고 祝願祈禱畢에 仰見塔上ᄒᆞ니 寶盖[1]雲幡[2]은 濕於花雨ᄒᆞ고 彩花蓮榻에 香烟이 未消ᄒᆞ야 可知道場之新罷也ㅣ러라. 更至觀音殿ᄒᆞ야 恭敬禮拜ᄒᆞ고 慇懃心祝後에 仰視榻上ᄒᆞ니 有一片緞幅에 數行祝願文이어ᄂᆞᆯ 取視之ᄒᆞ니 其文에 曰

"弟子黃氏ᄂᆞᆫ 六根이 重濁ᄒᆞ고 五慾이 交蔽ᄒᆞ야 此生惡業이 重疊如山ᄒᆞ니 雖修功德ᄒᆞ야 築七寶榻於蓮花臺上이라도 豈能贖罪也리오? 將欲絶塵世因緣ᄒᆞ고 歸依佛前ᄒᆞ야 以終餘生ᄒᆞ오니 諸佛菩薩은 大悲大慈ᄒᆞ소셔."

仙淑人이 見其筆蹟ᄒᆞ니 十分慣熟ᄒᆞ고 事情이 怊悵ᄒᆞ야 非尋常祝願이어ᄂᆞᆯ 再三熟視ᄒᆞ고 顧諸尼姑曰

"此ᄂᆞᆫ 何人之祈禱發願乎아?"

諸尼姑ㅣ 一時含淚ᄒᆞ고 合掌對曰

"世間에 可憐之人이 多矣러이다. 自此로 南去數十里에 有一個洞壑ᄒᆞ니 名曰楸子洞이라. 月前에 自皇城으로 兩位夫人이 率一個丫鬟而來ᄒᆞ야 山下에 依一間草屋而居ᄒᆞ니 景色이 慘酷ᄒᆞ고 身世ㅣ 悽凉ᄒᆞ야 席藁布被ㅣ 恰似罪人之狀이라. 老夫人은 了了察察ᄒᆞ야 多情通達ᄒᆞ고 少夫人은 聰明敏捷中에 顔色이 絶勝이나 病入骨髓ᄒᆞ야 以死自處ᄒᆞ니 不知其故오ᄂᆞ 佛供祝願홀시 聞其情懷則老夫人之言에ᄂᆞᆫ 平生積惡ᄒᆞ야

1) 보개(寶盖): 탑(塔)에서 보륜(寶輪, 탑 위의 노반 위에 있는, 높은 기둥에 아홉 개의 바퀴 모양의 테로 된 장식) 위에 덮개 모양을 이루고 있는 부분.
2) 운번(雲幡): 설법(說法)할 때 절 안에 세우는 깃대. 대가리에 비단이나 종이 같은 것을 가늘게 오려서 단다.

至於此境ᄒᆞ니 致誠佛前ᄒᆞ야 望其贖罪라 ᄒᆞ고 少夫人은 都無一言ᄒᆞ고 但寫數行書而賜曰 '佛前에 如此發願ᄒᆞ라.' ᄒᆞ고 涕淚盈盈ᄒᆞ니 吾佛法은 大慈大悲之心으로 救濟衆生이라 故로 至誠祈禱ㅣ면 必得發願이니이다."

仙淑人이 聞此言ᄒᆞ고 心中大驚曰

"此豈非黃小姐乎아? 其筆蹟이 慣熟ᄒᆞ고 尼姑所傳이 雖十分無疑나 以黃氏母女之惡으로 如此改過ᄂᆞᆫ 難可期也ㅣ로다. 若能改過ᄒᆞ야 如尼姑所傳則當初罪惡이 不過因我也니 吾若不救ㅣ면 非義也ㅣ라."

ᄒᆞ고 卽時還家ᄒᆞ야 佛前致誠之事를 告於太嬃ㅣ러니 自此로 燕王病勢ㅣ 漸次快復이러라. 仙淑人이 歸于自己寢所ᄒᆞ야 想黃小姐之事而思救濟之策이러라.

且說. 黃小姐ㅣ 覺自己之罪ᄒᆞ니 不勝懺悔之心ᄒᆞ야 寢食을 全廢ᄒᆞ고 雖對母親與桃花ㅣ라도 一無言辭ᄒᆞ니 形容이 漸益憔悴ᄒᆞ야 一日之間에 昏倒幾次ㅣ러니 忽然長歎而呼母親曰

"自料컨ᄃᆡᆫ 小女之一縷殘命을 難以久保ㅣ라. 區區所懷ᄂᆞᆫ 旣所仰達이오니 勿負區區之願ᄒᆞ시고 寬抑悲懷ᄒᆞᄉᆞ 百歲享壽ᄒᆞ소셔."

言畢에 焂忽風燭이 奄然自消ᄒᆞ니 衛氏ㅣ 臆塞ᄒᆞ야 還無一聲痛哭一點淚러라. 閣老及尙書ㅣ 聞急報而來見ᄒᆞ니 落花에 香消ᄒᆞ고 碎玉을 難補러라. 衛氏ㅣ 難負其意ᄒᆞ야 欲火葬ᄒᆞ고 送桃花於散花庵ᄒᆞ야 從容召尼姑ᄒᆞ니 尼姑ㅣ 聞此言ᄒᆞ고 尤切驚愕ᄒᆞ야 向楸子洞ᄒᆞᆯ시 歷訪仙淑人ᄒᆞ고 傳黃小姐之凶音ᄒᆞᆫᄃᆡ 仙淑人이 愕然含淚ᄒᆞ고 自思호ᄃᆡ

'黃小姐ᄂᆞᆫ 聰明多才之人이라. 但有妬忌之病이ᄂᆞ 若無碧城仙이면 豈有今日之事리오? 吾ㅣ 平生에 無積惡之事러니 黃小姐ㅣ 因我而爲寃魂ᄒᆞ니 從今以後로 吾ㅣ 尤無置身處로다. 況回心而追悔往事ᄒᆞ고 不能善其後ᄒᆞ니 此ᄂᆞᆫ 欲彰吾之罪惡也ㅣ라. 世間에 豈有如此慘境이리오?'

前日戲雙陸之事와 種種尋訪之事와 多情酬酌之形이 依俙眼前ᄒᆞ야 含

淚愴然之中에 惻隱之心이 居先ᄒᆞ야 數年敵國奇怪之事에 情根이 已深이라 欲哭則傍人이 嘲其奸이오 欲泰然則殘忍嗟愕ᄒᆞ야 無端涕淚가 不覺濕衣러니 忽然鸞城이 入來어날 淑人이 語黃氏之事而含淚曰

"妾이 非哀黃小姐之死也ㅣ라 歎碧城仙之苟且偸生이로다. 同是青春으로 草露人生이 猜忌蛾眉라가 飛蛾撲燈에 喜怒榮辱이 一場春夢이라. 其一은 九原夜臺에 深懷怨恨ᄒᆞ야 悽凉而去ᄒᆞ고 其一은 高臺廣室에 安享富貴之和樂ᄒᆞ니 人非木石이어니 豈無忽忽不樂ᄒᆞ야 慊然之思리오? 今日妾之處地ㅣ 進退無光ᄒᆞ야 擧顔無處ㅣ라 寧效張子房ᄒᆞ야 杜門辟穀ᄒᆞ고 從赤松子ᄒᆞ야 絶斷塵累ᄒᆞ고 消遣世念ᄒᆞ야 以終餘生ᄒᆞ리라."

言辭慷慨ᄒᆞ고 氣色이 悽凉이어날 鸞城이 沉吟良久에 歎曰

"今略聞黃小姐之病根ᄒᆞ니 有可疑處라. 妾이 曾從白雲道士ᄒᆞ야 學一方ᄒᆞ니 所謂太息眞訣이라. 蓋天有七氣ᄒᆞ니 風雲雨露霜雪霧요 人有七情ᄒᆞ니 喜怒哀樂愛惡欲이니 天之七氣ㅣ 相迫則爲災ᄒᆞ야 節序不調ᄒᆞ고 人之七情이 相激則爲怪疾ᄒᆞ야 不通呼吸ᄒᆞᄂᆞ니 雖不能詳知나 黃小姐之氣塞이 不過於此ㅣ라 ᄒᆞ노라."

仙娘이 聞此言ᄒᆞ고 執鸞城之手曰

"鸞城아! 人之所以貴知己ᄂᆞᆫ 爲同其憂樂이라. 吾之今日處地ㅣ 實不如先死ᄒᆞ니 娘은 盡其才而救一人之命ᄒᆞ야 以叙兩人之身勢ᄒᆞ라."

鸞城이 笑曰

"此雖不難이ᄂᆞ 吾之行色이 怪異ᄒᆞ야 若相公이 知之則不無未安之嫌이로되 人命이 至重이라 奈何오?"

ᄒᆞ니 畢竟何以救之오? 且看下回ᄒᆞ라.

仙娘獻書長信宮 小姐焚香梅雪亭
第四十四回

却說. 仙淑人이 聞鸞城之言ᄒᆞ고 執手含淚曰

"知我者도 鮑叔이오 愛我者도 鮑叔이라. 今日에 若黃小姐ㅣ 不幸則妾은 斷然隱踪於箕山潁水ᄒᆞ야 以脫累名矣리니 娘은 見碧城仙之顔面ᄒᆞ야 活人而叙兩人身勢ᄒᆞ라."

鸞城이 快諾曰

"此豈特爲仙淑人이리오? 相公이 靑春之年에 前程이 萬里어날 使黃小姐로 冥冥中爲冤魂則豈不可惜哉리오? 但往見後에 決其死生矣리니 娘은 速請散花庵尼姑而相約ᄒᆞ되 如此如此ᄒᆞ라."

ᄒᆞ더라.

且說. 黃小姐之呼吸이 絶已兩日이로되 猶玉顔이 如常ᄒᆞ야 無異穩睡어날 不忍行殯斂之禮ᄒᆞ고 衛氏ㅣ 抱哭不已러니 忽然夜深後散花庵尼姑ㅣ 來到ᄒᆞ야 見衛氏而暗告曰

"適有過去道士ㅣ 來貧道庵中ᄒᆞ되 其道士는 雲遊踪跡이오 道術이 神異ᄒᆞ야 人若有以非命死者면 三日內에는 試靈藥則能起死回生이라 ᄒᆞ

야늘 懇請偕來니 夫人은 請一試之ᄒ소셔."

衛氏ㅣ 歎曰

"死者ᄂᆞᆫ 不可復生이라 豈有如許之事리오마ᄂᆞᆫ 感禪師之至誠ᄒ야 暫欲試之ᄒ노라."

尼姑ㅣ 大喜曰

"其道士ᄂᆞᆫ 乃女人이라 天性이 羞澁ᄒ야 雖侍婢丫鬟이라도 切忌雜人ᄒᄂᆞ이다."

衛氏曰

"此ᄂᆞᆫ 不難이로다."

卽屛左右ᄒ니 尼姑ㅣ 出外ᄒ야 果導兩個女道士而入이어날 衛氏ㅣ 燭下望見ᄒ니 一個道士ᄂᆞᆫ 眉目이 淸秀ᄒ고 擧止端雅ᄒ야 有閨中女子之態ᄒ야 顔色이 絶代ᄒ고 一個道士ᄂᆞᆫ 翠眉紅頰에 春光이 濃艶ᄒ고 一雙秋波ᄂᆞᆫ 恰如曉星ᄒ야 精神이 突兀ᄒ고 風情이 慧黠ᄒ야 眞是傾國之色이나 俱非塵世人物이라. 衛氏ㅣ 且驚且愛ᄒ야 向道士而謝曰

"先生이 愛恤人命ᄒ야 今枉臨于鄙處ᄒ시니 感謝無地로소이다."

道士ㅣ 微笑不答ᄒ고 淸秀端雅之道士ㅣ 先進小姐前ᄒ야 擧火熟視러니 忽然氣色이 慘淡에 一雙秋波에 淚流盈盈이어늘 衛氏ㅣ 怪問曰

"先生은 何人이완ᄃᆡ 見慘死無訴之人ᄒ고 如此悲愴乎잇가?"

慧黠之道士ㅣ 曰

"此道士ᄂᆞᆫ 天性이 仁弱ᄒ야 雖無一面之分이라도 同是靑春으로 振觸嗟愕之境ᄒ고 如是悲感也ㅣ로소이다."

言未畢에 推悲泣之道士於一邊ᄒ고 出坐其前ᄒ야 擧玉手而奉小姐之手ᄒ고 診脈良久에 更捲衾而撫其全身ᄒ고 再三熟視其顔色後에 自囊中으로 取出三個丸藥ᄒ야 授衛氏曰

"貧道ㅣ 有何所知리오마ᄂᆞᆫ 屢經如此之事ᄒ오니 調此藥於茶湯ᄒ야 注其口ᄒ고 觀其動靜ᄒ소셔."

ᄒᆞ고 言畢에 起身而去어날 衛氏ㅣ 半信半疑ᄒᆞ야 卽試一個ᄒᆞ니 別無動靜이러니 又用二個ᄒᆞ니 命門에 生溫氣ᄒᆞ고 連用三個ᄒᆞ니 忽然長吁而回臥어ᄂᆞᆯ 衛氏ㅣ 大驚且異ᄒᆞ야 喚桃花曰

"汝ㅣ 往散花庵ᄒᆞ야 有俄來兩個道士어든 告小姐有回甦之望ᄒᆞ고 更問藥而來ᄒᆞ라."

桃花ㅣ 笑曰

"夫人이 見欺시니 其道士ᄂᆞᆫ 非眞道士ㅣ로소이다."

衛氏ㅣ 尤爲大驚曰

"然則誰也오?"

桃花ㅣ 更笑曰

"賤婢ㅣ 佯避而窺視ᄒᆞ니 在前者ᄂᆞᆫ 仙淑人이오 在後者ᄂᆞᆫ 紅鸞城이러이다."

衛氏ㅣ 唐荒ᄒᆞ야 不覺其故ㅣ러라.

此時鸞城이 初見小姐ᄒᆞ고 歸而長歎曰

"吾ㅣ 雖無藻鑑이나 黃小姐ᄂᆞᆫ 必富貴多福之人이라. 難逃一時惻運ᄒᆞ야 暫經苦楚어니와 從今以後로 必爲賢淑夫人矣리니 此豈非吾相公之福이리오?"

尹夫人이 問曰

"其病勢ㅣ 何如오?"

鸞城曰

"小姐之病은 無他라 所謂換臟이니 人受天地陰陽之氣ᄒᆞ야 生五臟六腑ᄒᆞ니 陰氣ㅣ 盛者ᄂᆞᆫ 心惡ᄒᆞ고 陽氣ㅣ 盛者ᄂᆞᆫ 心吉故로 能以吉制惡者ᄂᆞᆫ 福祿이 昌盛ᄒᆞ고 爲大吉貴人이라. 今黃小姐ㅣ 以吉制惡호ᄃᆡ 惡已盡而吉未及還ᄒᆞ니 此所謂換臟이라. 雖氣血이 暫歇이나 臟腑骨肉이 無傷故로 妾이 旣以三個還魂丹으로 挽回先天精氣ᄒᆞ니 應無他慮ᄒᆞ리이다."

尹夫人이 笑曰

"娘等이 扮作兩個道士ᄒᆞ야 能不露本色乎아?"

鸞城이 笑曰

"一個道士ㅣ 心弱ᄒᆞ야 幾泄秘機니이다."

ᄒᆞ고 仙淑人之擧止를 一一告之ᄒᆞᆫᄃᆡ 淑人이 有羞澁之色ᄒᆞ야 含淚曰

"五六年爲敵도 亦是緣分이라 忽然一朝에 音容이 寂寞ᄒᆞ야 恩怨이 消盡ᄒᆞ고 玉顔이 悽凉ᄒᆞ야 目不忍見이라. 鸞城은 若當此境이면 能無一行淚乎아?"

鸞城이 笑曰

"我本愚直之人이라 不能矯飾姦巧라."

ᄒᆞ고 一座ㅣ 大笑러라.

此時太爺太嬰ㅣ 聞黃氏惡報ᄒᆞ고 嗚咽曰

"黃婦ㅣ 入舅家後에 無不順於舅姑ᄒᆞ고 明敏之性과 聰慧之姿를 老身이 尙今不忘ᄒᆞ고 猶望一分改過ᄒᆞ야 更續數年故情이러니 世間에 豈有如此慘切之事ㅣ리오?"

ᄒᆞ거ᄂᆞᆯ 燕王이 改容ᄒᆞ야 和顔怡聲으로 告于兩親曰

"死生은 天命이라 世間에 如此者ㅣ 不知幾何로소이다. 竊爲黃氏而思컨ᄃᆡᆫ 不能改過而生이 不如改過而死ᄒᆞ니 黃氏ㅣ 改過而死則雖孤魂이라도 可以快樂矣리이다."

言未畢에 一位美人이 解帶拔釵ᄒᆞ고 伏地請罪어ᄂᆞᆯ 衆이 視之ᄒᆞ니 仙淑人이라. 慼然含淚ᄒᆞ고 頓首曰

"妾이 靑樓賤蹤으로 品行이 不敏ᄒᆞ야 君子門中에 患亂이 層生ᄒᆞ니 此皆妾之罪라 豈徒歸咎於黃氏ㅣ리오? 況黃氏ㅣ 修德ᄒᆞ야 今爲賢淑夫人ᄒᆞ니 山中土窟에 不見天日ᄒᆞ고 悽凉心懷와 窮薄身勢ㅣ 自然成病ᄒᆞ야 殘命이 在於朝夕ᄒᆞ니 宜君子之所垂憐이라. 家中大事를 妾이 豈敢唐突開口ㅣ리오마ᄂᆞᆫ 非妾이면 無今日之事ㅣ라. 假使黃氏로 不思改過而當此不幸이라도 九原夜臺에 不無由我之歎ᄒᆞ야 妾이 實無置身之處

어든 況今乃追悔往事ᄒᆞ야 改過遷善이어늘 不爲昭晣ᄒᆞ고 獨蒙罪名ᄒᆞ야 爲冥冥寃魂則妾이 豈可揚揚自得ᄒᆞ야 免衆人之所指리잇고? 相公이 若不赦黃氏之罪ᄒᆞ시면 妾必披髮入山ᄒᆞ야 以避處地跪𠭊이리이다."

太爺ㅣ 奇其志ᄒᆞ야 使左右侍婢로 扶仙娘陞堂ᄒᆞ고 歎曰

"汝言이 懇惻ᄒᆞ야 足感君子之心이어니와 黃婦ㅣ 已無餘望ᄒᆞ니 此將奈何오?"

淑人이 避席對曰

"妾이 雖有不告之罪이오나 不救溺水之嫂ᄂᆞᆫ 古聖賢之所不許者ㅣ라. 死生之間에 不避權道ᄒᆞ고 與鸞城으로 相議ᄒᆞ고 有如此如此之事ᄒᆞ오니 雖暫回絶命이오나 罪名이 至重ᄒᆞ야 內而心懷ㅣ 觸傷ᄒᆞ고 外而居處ㅣ 陋醜ᄒᆞ야 無調攝之道ᄒᆞ오니 若不保護則難可回甦이리다."

太爺ㅣ 聞此言ᄒᆞ고 改容長嘆曰

"汝等之心德이 如此ᄒᆞ니 吾家之福이로다."

ᄒᆞ고 見燕王曰

"改過遷善은 古人所許ㅣ라. 兒子ᄂᆞᆫ 勿爲趦趄ᄒᆞ고 卽爲昭晣ᄒᆞ야 慰其病懷ᄒᆞ라."

燕王이 沉吟對曰

"黃氏母女의 姦慝之天性은 非一朝一夕之所能改也ㅣ니 小子ㅣ 終不能信ᄒᆞ노이다."

太爺ㅣ 正色曰

"汝父ㅣ 雖不似ㅣ나 不以非其道로 敎之라. 年少之兒ㅣ 當持心寬大ᄒᆞ야 包容人物이라. 豈以偏狹之言으로 損傷和氣오?"

燕王이 唯唯受命ᄒᆞ고 欲於明日에 往楸子洞이러라.

此時仙淑人이 歸寢室而思ᄒᆞᄃᆡ

"吾今雖得相公의 寬洪處分이나 皇太后嚴旨를 誰能回之리오?"

ᄒᆞ야 思之半晌이라가 歎曰

"吾ㅣ 既蒙天寵ᄒᆞ야 愛之如家人子女ᄒᆞ시니 今日에 仰達區區所懷者ㅣ 非我而誰리오?"

ᄒᆞ고 卽修一幅上疏ᄒᆞ야 因賈宮人而奏達於太后ᄒᆞ니 其疏에 曰

"臣妾碧城仙은 敢恃天寵ᄒᆞᆸ고 猥以區區情懷로 百拜仰達于太后陛下ᄒᆞ노이다. 臣妾은 聞之호니 改過遷善은 先王之所許ㅣ라. 妾之主母黃氏ㅣ 聰慧天性과 明敏姿質로 誤逢左右之人ᄒᆞ야 曖昧罪名이 登徹於九重이오나 三綱五倫에 實無犯罪ᄒᆞ고 一時過失이 實因女子偏性이라. 悠悠往事를 臣妾이 無所敢言이오나 黃氏ㅣ 今既修德ᄒᆞ야 以至賢淑ᄒᆞ고 追悔過失ᄒᆞ니 庶幾得天地神明之所佑어니와 但罪名이 至重故로 病與恨이 深入骨髓ᄒᆞ야 山中土室에 殘命이 急在朝夕ᄒᆞ오니 伏惟太后는 天地父母ㅣ라 若不顧念則誰可顧之리오? 臣妾이 本以青樓娼妓로 無父母親戚ᄒᆞ고 孑孑單身이 漂泊無依라가 福祿이 過分ᄒᆞ고 富貴ㅣ 召殃ᄒᆞ야 君子門中에 猥託其身ᄒᆞ오니 雖安過平生이라도 自多路柳墻花의 可愧之目커든 況風波患難이 因臣妾而放主母ᄒᆞ야 使九原夜臺에 含其寃恨ᄒᆞ고 揚揚自得ᄒᆞ야 不知處地之䠥䟢則雖無自愧나 今日臣妾의 區區情願은 實非爲黃氏ㅣ라 自哀身勢也요 非徒自哀身勢ㅣ라 恐或有失於聖朝德政ᄒᆞ야 召致減傷和氣로소이다. 以臣妾之賤身으로 不知尊嚴ᄒᆞ고 但恃寵愛ᄒᆞ와 細瑣事情을 如是煩達ᄒᆞ오니 唐突之罪는 萬死無惜이로소이다."

太后ㅣ 覽畢에 顧公主而歎曰

"此豈不嘉尙이리오? 見此疏ᄒᆞ니 黃氏母女ㅣ 尤極痛恨이라. 受其苦楚가 豈不當然이리오?"

公主ㅣ 曰

"仙娘이 昔在秦國時에 與小女로 同枕同處ᄒᆞ와 極其無間이나 少無怨黃氏之色ᄒᆞ고 但忽忽不樂ᄒᆞ오니 此는 法家敎訓之士族婦女ㅣ라도 不能當也러이다."

太后ㅣ 再三讚賞ᄒᆞ시고 又顧賈宮人曰

"老身이 豈不聽仙娘之請이리오? 汝當持此上疏ᄒᆞ고 往楸子洞ᄒᆞ야 示衛氏ᄒᆞ고 傳吾言ᄒᆞ되 欲謀陷此淑女佳人ᄒᆞ야 强作爲淫女毒婦어늘 蒼天이 猶有無心ᄒᆞ샤 使汝母女로 苟至今日이라. 數月土室에 若干苦楚를 豈敢曰寃이리오? 如山之罪를 斷不容貸러니 難恝仙淑人之顔面ᄒᆞ야 今特許歸家ᄒᆞ노니 愼之來頭ᄒᆞ야 以補昨非ᄒᆞ라."

賈宮人이 受命而向楸子洞ᄒᆞ니라.

此時黃小姐ㅣ 得兩娘之救ᄒᆞ야 更爲回甦ᄒᆞ야 精神이 漸復ᄒᆞ니 衛氏ㅣ 歎曰

"汝知何以回甦乎아? 平生讎人이 今日反爲恩人이라."

ᄒᆞ고 紅仙兩娘이 扮作道士而來救之事를 細述一遍ᄒᆞᆫ듸 小姐ㅣ 且驚且羞ᄒᆞ야 良久無言터니 適賈宮人이 來示仙娘之疏ᄒᆞ고 傳太后聖旨ᄒᆞ니 衛氏母女ㅣ 尤爲嗚咽ᄒᆞ야 感淚如雨ᄒᆞ고 執賈宮人之手而歎曰

"欲割吾母女之肉ᄒᆞ야 以補其過ᄒᆞ고 拔毛數罪ᄂᆞ 難可盡補라. 寧死而忘之ᄂᆞ 豈可得也리오?"

ᄒᆞ고 因言淑人與鸞城來救之事ᄒᆞ야 曰

"世間에 如仙淑人者ᄂᆞᆫ 天性이 何如ᄒᆞ야 如彼其善이며 吾之母女ᄂᆞᆫ 天性이 何如ᄒᆞ야 如此其惡也오? 回顧前事ᄒᆞ니 節節追悔ᄒᆞ고 處處愛惜ᄒᆞ니 欲剖吾腹而視其腹이ᄂᆞ 此皆老身之罪ㅣ오 實非女兒之本性이어ᄂᆞᆯ 誤遇惡母ᄒᆞ야 使萬里前程之女兒로 誤蒙千古陋醜之罪名ᄒᆞ니 是何爻象고? 君은 歸告於太后ᄒᆞ라. 臣妾之母女ᄂᆞᆫ 萬死無惜이라. 幸蒙生活之恩ᄒᆞ와 復見天日而還家ㅣᄂᆞ 然이ᄂᆞ 實無仰答之言이오니 但自此로 謹愼餘生ᄒᆞ야 更不貽憂일ᄉᆡ ᄒᆞᄂᆞ이다."

言未畢에 門外喧擾터니 閣老及尙書ㅣ 導燕王而來어ᄂᆞᆯ 夫人小姐ㅣ 倉卒間不知所措러라. 燕王이 纔入房中ᄒᆞ야 顧視左右ᄒᆞ니 四壁에 濕土ㅣ 自落ᄒᆞ고 草席布被에 氣色이 愁慘ᄒᆞ고 衛氏ㅣ 以襤褸衣裳으로 凄凉而坐어ᄂᆞᆯ 燕王은 君子ㅣ라 秀眉鳳眼에 不勝惻然ᄒᆞ야 進前問候ᄒᆞ니 衛夫人이

俯首含淚ᄒᆞ고 慚愧無言이라. 燕王이 愀然曰

"小婿ㅣ 不似ᄒᆞ야 不能感和妻妾ᄒᆞ고 貽憂於夫人이 至此ᄒᆞ오니 慚愧無已로소이다."

衛氏ㅣ 聞此言ᄒᆞ고 如洪爐打面이라 紅暈이 滿面ᄒᆞ야 強答曰

"天恩이 洪大ᄒᆞ시고 神明이 容恕ᄒᆞ샤 更見丞相於此ᄒᆞ오니 有何所言이리오?"

燕王이 笑曰

"悠悠往事ᄂᆞᆫ 已破之甑이라 何足掛念이리오? 人生百年에 苦樂이 相伴이라 如此苦楚ᄂᆞᆫ 以爲將來之福이라. 且聞之호니 小嬌之病勢ㅣ 十分危急이라 ᄒᆞ더니 今何如잇고?"

衛氏ㅣ 方捲布被而指曰

"無非自取라 如此勞問ᄒᆞ시니 不勝感激이로소이다."

燕王이 流眼而視小姐ᄒᆞ니 月態花容이 十分蕭瑟ᄒᆞ야 皮骨이 相連ᄒᆞ고 喘息이 未定ᄒᆞ야 昏昏而臥어ᄂᆞᆯ 燕王이 近其前ᄒᆞ야 執玉手而診脈ᄒᆞ니 小姐一雙秋波에 無聲之淚ㅣ 恰如湧泉이라. 燕王이 改容正色曰

"學生이 雖不敏이ᄂᆞ 讀古書而聞古語ᄒᆞ니 丈夫胸襟이 宜不穿鑿이라 豈記其往事而不圖其新이리오? 以夫人之明으로 今能悔過ᄒᆞ시니 此實學生之福이라. 夫人이 親家에 白髮雙親이 俱存ᄒᆞ시고 吾家에 鶴髮舅姑ㅣ 在堂ᄒᆞ시니 當寬心調攝ᄒᆞ야 無貽惟憂ㅣ 可也ㅣ어ᄂᆞᆯ 何乃焦燥心懷ᄒᆞ야 以至此境乎아?"

小姐ㅣ 更垂淚不答이어ᄂᆞᆯ 燕王이 顧黃尙書曰

"令妹之病勢ㅣ 如此ᄒᆞ야 難可調攝於此處니 仰達此意於太后ᄒᆞ고 速圖歸家ㅣ 似好ㅣ로다."

尙書曰

"俄者太后ㅣ 下敎ᄒᆞ샤 特許歸家ᄒᆞ시니 今欲導慈親與妹弟而歸家ᄒᆞ노이다."

衛氏ㅣ 方纔語曰

"此皆丞相之所賜也요 仙淑人之德이라. 以德報怨은 聖人之所不能이어놀 今仙淑人은 以恩報怨ᄒᆞ며 又與鸞城伴來ᄒᆞ야 救女兒之命ᄒᆞ고 更上疏于太后而蒙赦ᄒᆞ니 老身之母女ㅣ 將何以報之리오?"

燕王이 微笑曰

"仙紅兩娘之救ᄂᆞᆫ 曾已聞之어니와 上疏于太后ᄂᆞᆫ 未及聞也ㅣ라. 此皆夫人與小嬌의 回心轉意故也ㅣ니 奚但仙娘之功이리오? 凡人이 一念之善에 吉事ㅣ 生ᄒᆞ고 吉事ㅣ 生則助者之多는 天地感應之理라."

ᄒᆞ더라.

且說. 黃閣老ㅣ 得赦命ᄒᆞ야 復掃灑城中第宅ᄒᆞ고 率夫人與小姐而歸ᄒᆞ니 黃小姐ㅣ 亦自從父母而至本府後로 尤爲慚愧無面ᄒᆞ야 不接外人ᄒᆞ고 得黃府後園一個房室而處ᄒᆞ니 其名은 梅雪亭이라. 景槪ㅣ 幽邃ᄒᆞ고 外人이 不到故로 小姐ㅣ 率數個侍婢而處ᄒᆞ야 不粧脂粉ᄒᆞ고 床頭에 開列女傳ᄒᆞ고 焚香而消遣世慮ᄒᆞ고 欲送餘生ᄒᆞ니 將如何오? 且看下回ᄒᆞ라.

太嬰看花賞春園 蓮娘倚瑟唱蠻歌

第四十五回

却說. 燕王이 聞黃小姐之入城ᄒᆞ고 卽到黃府ᄒᆞ니 衛夫人이 慌忙出迎ᄒᆞ야 進酒饌而接待ᄒᆞ고 因喜幸不已어ᄂᆞᆯ 燕王이 亦感其改過ᄒᆞ야 酒至數盃에 玉面春風에 帶醉興而笑曰

"小婿ㅣ 今至府中은 欲問小姐之病이라. 今在何處乎잇가?"

衛夫人이 斂容而不勝羞愧ᄒᆞ야 曰

"女兒ㅣ 病餘에 天性이 一變ᄒᆞ야 不願接人故로 掃灑後園一小亭而處之니이다."

燕王이 微笑ᄒᆞ고 卽使侍婢로 導前路ᄒᆞ야 尋梅雪亭而往ᄒᆞᆯ시 過數曲粉墻ᄒᆞ야 層層石臺에 花木이 成林ᄒᆞ고 一雙白鶴이 睡於綠陰ᄒᆞ니 眞富貴宰相之後園이러라. 自花林中으로 行數步ᄒᆞ니 翠竹靑松은 自然成籬ᄒᆞ고 蒼苔紅蘚에 人跡이 稀少ᄒᆞ야 林間鳥語와 竹叢風聲이 依然有山林氣像ᄒᆞ야 精神이 淸凉ᄒᆞ고 物欲이 淡泊ᄒᆞ니 眞是物外別景이오 非紅塵世界러라. 叩竹扉ᄒᆞ니 一個侍婢ㅣ 出而開門이어ᄂᆞᆯ 燕王이 卽到亭前ᄒᆞ니 數間草堂에 垂蘆簾ᄒᆞ고 三層土階에 苔痕을 不掃ᄒᆞ고 前後左右에

種紅粉梅數十株ᄒᆞ야 花開爛熳ᄒᆞ니 衆香이 襲人이러라. 燕王이 陞亭上ᄒᆞ야 推開寢門ᄒᆞ니 小姐ㅣ 無心而坐라가 驚而起迎이어날 燕王이 顧視房中ᄒᆞ니 但案上에 數卷書冊과 一座香爐而已러라. 小姐ㅣ 瘦瘠容貌에 雲鬟이 蕭瑟ᄒᆞ고 襤褸衣裳에 病色이 憔悴ᄒᆞ야 如道場菩薩之脫去劫陣ᄒᆞ고 瑤臺仙子之換骨脫胎ᄒᆞ며 八字春山에 風情이 消盡ᄒᆞ고 一雙秋波에 物欲이 淸淨ᄒᆞ야 頓無烟火氣像이어놀 燕王이 就座而笑曰

"學生이 欲問黃小姐之病而來러니 誤入僧堂道觀이로다."

ᄒᆞ고 因執小姐之手而歎曰

"今日黃小姐ㅣ 非復前日黃小姐也ㅣ니 今日楊昌曲이 豈復有昔日楊昌曲之意리오? 今見小姐之居處컨ᄃᆡ 可知小姐之意ㅣ리니 此亦非婦人女子의 合當之道ㅣ로다. 凡臣之事君에 持身을 不能自由커든 況女子ㅣ 出嫁ᄒᆞ야 死生苦樂을 必從其夫ㅣ니 何可以固執其意ᄒᆞ야 任意逍遙ㅣ리오? 今小姐ㅣ 追悔往事ᄒᆞ야 自懷羞愧之心ᄒᆞ고 欲忘人間塵累ᄒᆞ나 此所謂羞過而作過也ㅣ라. 遠舅姑家夫而欲潔其身은 僧尼道士의 悖倫之俗이라. 以小姐之明으로 決意至此ᄒᆞ니 此ᄂᆞᆫ 若非疑學生於不疑之地면 必是嫌往事於難明之端ᄒᆞ야 不欲區區屈志ᄒᆞ야 爲學生家人也ㅣ니 此ㅣ 豈非改一過而更犯一過也리오?"

黃小姐ㅣ 含淚慼然曰

"妾非木石이오니 豈疑相公而嫌往事乎잇가? 但膏肓之疾이 蘇完無期ᄒᆞ야 雖欲奉巾櫛而盡其職이오나 莫可勉强이오니 伏望相公은 俯察妾之情地ᄒᆞ샤 恕其志而許其身ᄒᆞ야 使忘世事而居於此處ᄒᆞ야 無得更參人類ᄒᆞ야 以重罪戾케 ᄒᆞ소셔."

燕王이 正色退坐曰

"學生이 昏暗ᄒᆞ야 以爲夫人이 改過ㅣ러니 今聞其言ᄒᆞ니 尙不棄舊習이로다. 夫人이 以白首兩堂의 晩年小嬌로 不知敎訓ᄒᆞ고 徒長於慈愛之中ᄒᆞ야 驕亢之意가 但知其身ᄒᆞ고 無一毫操心之意ᄒᆞ야 進退行止롤

任意處之ᄒᆞ니 是何道理리오?"

黃小姐ㅣ 低首不答이어ᄂᆞᆯ 燕王이 起身曰

"夫人이 今日에 若以學生으로 爲家夫則速來ᄒᆞ야 仰慰舅姑倚閭之望이어다."

ᄒᆞ더라.

且說. 此時ᄂᆞᆫ 暮春佳節이라 時和歲豐ᄒᆞ고 國泰民安ᄒᆞ야 長安萬戶에 音樂이 爛熳ᄒᆞ고 南陌東城에 花柳ㅣ 浪藉ᄒᆞ야 繁華物色과 浩蕩風光이 激動人心이러라. 一日은 燕王이 罷朝而歸ᄒᆞ야 見於太夒ᄒᆞ고 笑曰

"近日春氣ㅣ 和暢ᄒᆞ고 花柳ㅣ 方盛ᄒᆞ오니 母親은 何不登後園ᄒᆞ야 賞花乎잇가?"

太夒ㅣ 欣然曰

"吾亦有此意러니 兒子之言이 可助老母之興이로다. 明日에 欲率子婦諸娘ᄒᆞ고 登臨後園ᄒᆞ노니 率來黃賢婦ᄒᆞ라."

燕王이 卽使數個侍婢로 送彩轎于黃府ᄒᆞ야 傳太夒之語ᄒᆞ니 黃小姐ㅣ 不敢辭ᄒᆞ고 淡粧儉衣로 見於舅姑ᄒᆞᆯ시 柔順之態와 恭遜之狀이 非復前日黃小姐ㅣ라. 太爺太夒之慈愛歡喜ᄂᆞᆫ 莫說ᄒᆞ고 上下奴婢ㅣ 驚服不已러라. 太夒ㅣ 執小姐之手而歎曰

"蒼天이 愛恤吾姑婦ᄒᆞ샤 得有今日ᄒᆞ니 如對新人ᄒᆞ야 不覺和氣滿室이로다."

太爺ㅣ 曰

"人이 有過然後에 勉其前程ᄒᆞ나니 賢婦ᄂᆞᆫ 從今以後로 益勉婦德ᄒᆞ라. 大抵婦人之德은 柔順貞一而已니 何有於其他ㅣ리오?"

黃小姐ㅣ 聽舅姑之命ᄒᆞ고 退歸自己寢室ᄒᆞ니 紅鸞城與仙淑人이 來現이어ᄂᆞᆯ 小姐ㅣ 十分羞愧ᄒᆞ야 先對仙淑人曰

"我ᄂᆞᆫ 天地間罪人이라. 幸蒙娘之至誠ᄒᆞ야 更入高門ᄒᆞ야 如此相見ᄒᆞ니 豈不愧哉리오?"

淑人이 曰

"此皆妾의 不敏之罪라. 夫人之言이 怨涵及此ᄒᆞ시니 妾이 更不知置身之處로소이다."

言未畢에 尹夫人이 又來而笑曰

"悠悠往事ㅣ 如一場春夢이어놀 何須更言哉리오? 座上에 有新人ᄒᆞ니 相叙寒暄之禮ᄒᆞ라."

黃小姐ㅣ 笑曰

"鸞城之聲名을 飽聞如雷나 我以自作之孽로 全廢人事ㅣ라가 今纔相見ᄒᆞ니 豈不齟齬리오?"

鸞城曰

"妾亦漂泊踪跡이오 風波餘生이라. 山中道童과 水中寃魂이 豈知更入貴門ᄒᆞ야 參於夫人以下衆妾之列이릿고?"

黃小姐ㅣ 流秋波而熟視鸞城ᄒᆞ고 心中嗟歎曰

'此所謂傾國之姿色이오 出衆之人物이라.'

ᄒᆞ더니 尹夫人이 微笑ᄒᆞ고 指鸞城而向黃小姐曰

"彼道士ㅣ 與婦人으로 非熟面乎아?"

黃小姐ㅣ 羞澁ᄒᆞ야 視仙淑人曰

"兩位道士ㅣ 謾施道術ᄒᆞ야 復活已絶之命ᄒᆞ니 苦海人生이 不知其感이로다."

鸞城이 琅然笑曰

"貧道는 雲遊踪跡이라 與夫人으로 無恩怨ᄒᆞ니 但欲自矜其術이나 率此仁弱道士ᄒᆞ고 人間情根을 不能擺脫ᄒᆞ야 怊悵氣色과 數行淚水ㅣ 謾助老夫人之疑ᄒᆞ오니 欲隱踪跡ᄒᆞ야 貧道之蒼黃을 豈能知之시리잇고?"

黃小姐ㅣ 聞此言ᄒᆞ고 不覺悽然含淚ᄒᆞ니 仙淑人이 亦悽然改容曰

"今日座席에 吾兩人及兩位夫人이 以一意會集ᄒᆞ니 豈無他可叙之情

談ᄒᆞ야 謾以此等說話로 激其心事리오?"

鸞城이 笑曰

"此ᄂᆞᆫ 千古美事ㅣ라. 妬忌之心은 人皆有之요 悔過ᄂᆞᆫ 人人之所不能也ㅣ니 今夫人이 慊然太甚ᄒᆞ사 氣色이 沮喪ᄒᆞ고 世念이 淡泊ᄒᆞ야 既爲楸子洞中의 醒覺世尊이어ᄂᆞᆯ 更欲效梅雪堂上의 淸淨之心ᄒᆞ시니 豈不過度也ㅣ리오?"

ᄒᆞ니 此ᄂᆞᆫ 鸞城이 激動黃小姐ᄒᆞ야 欲其寬心이러라. 俄而오 燕王이 入來ᄒᆞ야 對兩夫人及兩娘ᄒᆞ야 語以明日太夫後園賞花之意ᄒᆞ고 又曰

"府中濟勝之具ㅣ 頗不新鮮ᄒᆞ니 夫人與兩娘은 各備一器別饌ᄒᆞ야 以助興致ᄒᆞ라."

諸娘이 應諾이러라.

且說. 燕王府中에 有一座後園ᄒᆞ니 名曰賞春園이라. 園中에 奇花異草와 珍禽怪石이 皇城中居甲이오 有一個別院ᄒᆞ니 名은 衆香閣이라. 鸞城이 言於燕王ᄒᆞ야 以作蓮娘處所ㅣ러니 翌日燕王이 與諸夫人及兩娘으로 侍母親ᄒᆞ야 設宴席於賞春園衆香閣ᄒᆞ고 太夫ㅣ 主席定座ᄒᆞ니 燕王이 單巾紅袍로 侍坐於膝下ᄒᆞ고 尹夫人·黃夫人·紅鸞城·仙淑人이 侍立左右ᄒᆞ니 蓮娘은 未嫁處子ㅣ라 自愧參席ᄒᆞ야 在房不出ᄒᆞ니라. 薛婆與孫夜叉·蓮玉·小蜻·紫鷰等諸侍婢ㅣ 亦侍立于左右ㅣ러니 此時園中에 百花ㅣ 滿發ᄒᆞᆫ데 一陣春風이 吹送花香ᄒᆞ야 香滿於席上이어ᄂᆞᆯ 太夫ㅣ 笑而視諸婦諸娘曰

"世間百花ㅣ 其美ᄂᆞᆫ 一也ㅣ나 其愛ᄂᆞᆫ 各殊ᄒᆞ니 諸婦諸娘은 最愛何花乎아? 各言其志ᄒᆞ라."

ᄒᆞ니 尹夫人이 沉吟對曰

"貞靜姿質이 十分天然ᄒᆞ야 少無雕飾ᄒᆞ오니 所愛者ㅣ 蓮花로소이다."

黃夫人이 曰

"牧丹은 花中王이라. 帶富貴繁華氣像ᄒᆞ니 所愛者ㅣ 牧丹이로소이

다."

紅鸞城이 曰

"一枝窓外에 壓頭春光ᄒᆞ고 黃昏에 暗香이 淡泊ᄒᆞ야 又極美麗ᄒᆞ니 愛紅梅花ᄒᆞᄂᆞ이다."

仙淑人이 曰

"淡淡淸香이 脫盡俗累ᄒᆞ야 一點紅塵이 不敢侵犯ᄒᆞ니 愛水仙花ᄒᆞ나이다."

太孃ㅣ 欣然大笑ᄒᆞ고 使左右로 召蓮娘而問曰

"娘도 亦言其志ᄒᆞ야 助老人之消遣ᄒᆞ라. 娘은 愛何花乎아?"

蓮娘이 羞澁不答ᄒᆞᆫ듸 太孃ㅣ 再三問之ᄒᆞ니 蓮娘이 微笑曰

"妾은 南蠻人이라. 南方에 素多桃花故로 愛桃花로소이다."

鸞城이 笑曰

"詩傳에 云 '桃之夭夭여 灼灼其花ㅣ로다. 之子于歸여 宜其室家ㅣ라.'[1] ᄒᆞ니 蓮娘은 果言其志也ㅣ로다."

一座ㅣ 大笑ᄒᆞ니 蓮娘이 紅暈이 滿面ᄒᆞ야 還入閣中이러라. 太孃ㅣ 更視蓮玉曰

"汝ᄂᆞᆫ 所愛何花오?"

玉이 笑而對曰

"杏花ㅣ 最好ㅣ러이다."

太孃ㅣ 曰

"何謂也오?"

玉이 曰

"遠觀에 尤爲分明也ㅣ로소이다."

1) 도지요요(桃之夭夭), 작작기화(灼灼其花). 지자우귀(之子于歸), 의기실가(宜其室家): '복숭아의 무성함이여. 그 꽃이 활짝 피었도다. 시집가는 처녀여. 온 집안을 화목하게 하리로다.' 『시경詩經』「주남周南」「도요桃夭」에 나오는 구절.

太孁ㅣ 曰

"汝言이 活潑ᄒᆞ니 平生繁華矣리라. 小蜻은 愛何花乎아?"

蜻이 曰

"櫻花ㅣ 最好ㅣ러이다."

太孁ㅣ 曰

"何謂也오?"

蜻이 曰

"含蓄春光ᄒᆞ고 精神이 在實也ㅣ로소이다."

太孁ㅣ 讚之曰

"汝言이 蘊藉ᄒᆞ니 後分이 無窮矣리라. 紫鷰은 愛何花乎아?"

鷰이 曰

"鳳仙花ㅣ 最好ㅣ러이다."

太孁ㅣ 笑曰

"汝ᄂᆞᆫ 所見이 雖淺이나 一生安穩ᄒᆞ야 無過分矣리라."

太孁ㅣ 又視桃花曰

"汝ᄂᆞᆫ 愛何花乎아?"

花ㅣ 曰

"粉花ㅣ 最好ㅣ러이다."

太孁ㅣ 曰

"何謂也오?"

花ㅣ 曰

"一樹各色이 尤佳ㅣ러이다."

太孁ㅣ 曰

"汝言이 最爲繁華ᄒᆞ니 後分이 華麗ᄒᆞ리라."

太孁ㅣ 又向孫夜叉曰

"娘은 愛何花오?"

對曰

"夜叉ᄂᆞᆫ 江南漁父ㅣ라 江上蘆花ㅣ 最好ㅣ러이다."

太嬰ㅣ 曰

"身勢暫爲淸閑이나 蘆花ᄂᆞᆫ 發聲之草ㅣ라. 聲名이 必著於世也ㅣ로다."

太嬰ㅣ 又謂薛婆曰

"婆ᄂᆞᆫ 愛何花오?"

薛婆ㅣ 不知其意ᄒᆞ고 搖首嚬眉曰

"有何所好ㅣ리잇고? 世事ㅣ 老去愈苦ㅣ러이다."

蓮玉이 笑而大聲曰

"莫言世事ᄒᆞ고 議論花事ᄒᆞ소셔."

薛婆ㅣ 笑曰

"莫說幼穉之言ᄒᆞ라. 議論이 病也ㅣ니라. 論他人則他人이 亦論汝也ㅣ니라."

玉이 不忍其笑ᄒᆞ야 向壁而立ᄒᆞ니 薛婆ㅣ 笑曰

"直言은 例多如是厭聽也ㅣ로다."

ᄒᆞ거ᄂᆞᆯ 一座ㅣ 絶倒ㅣ러라. 太嬰ㅣ 更視燕王曰

"兒子ᄂᆞᆫ 愛何花오?"

燕王이 笑而對曰

"小子ᄂᆞᆫ 世間百花ㅣ 皆好ᄒᆞ니 願爲春風蝴蝶ᄒᆞ야 遍看此花彼花ᄒᆞ고 無所不愛일ᄉᆡ ᄒᆞ나이다. 雖然이나 其中에 有優劣長短ᄒᆞ니 小子ㅣ 更爲評論矣리이다. 蓮花ᄂᆞᆫ 淸弱ᄒᆞ야 閨中婦人之本色이오 牧丹은 華麗ᄒᆞ니 氣像이 以富貴宰相之小嬌로 爲富貴宰相之妻也요 紅梅花ᄂᆞᆫ 獨專一年春光ᄒᆞ야 嬌態濃粧으로 低枝ᄂᆞᆫ 弄影於窓前ᄒᆞ야 要主人之愛ᄒᆞ고 高枝ᄂᆞᆫ 窺視墻頭ᄒᆞ야 使觀者로 消魂斷腸ᄒᆞ며 水仙花ᄂᆞᆫ 淸高介潔ᄒᆞ야 淸香이 不泄於房闥之外ᄒᆞ니 小子ᄂᆞᆫ 愛水仙花之淡ᄒᆞ고 惡紅梅花之窈窕

ᄒᆞ나이다."

紅娘이 笑曰

"春風이 浩蕩ᄒᆞ야 萌動草木ᄒᆞ니 當吐姸色ᄒᆞ야 可助天地間繁華之氣也라. 豈效蕭瑟淡泊之水仙ᄒᆞ야 以房闥間風情으로 助君子慇懃之愛乎잇가?"

太孃ㅣ 大笑曰

"兒子ㅣ 雖欲嘲鸞城이나 何故로 與前日之言으로 如此相左乎아? 吾ㅣ 曾在玉蓮峰下ᄒᆞᆯ시 兒子ㅣ 年不過六七歲ㅣ라. 登後園ᄒᆞ야 聚同類而花戰之時에 所言이 非名花則吾不取也ㅣ리니 西湖梅의 淡泊之節로 兼海棠花之睡態然後에 方可謂名花ㅣ라 ᄒᆞ니 此豈非指紅梅花乎아? 以吾觀之컨ᄃᆡ 兒子ㅣ 平生所愛ᄂᆞᆫ 紅梅花로다."

ᄒᆞ니 燕王與一座ㅣ 大笑러라. 忽然欄下에 鏘然一聲에 太爺가 曳笻而至ᄒᆞ야 微笑曰

"夫人은 何以獨樂乎아?"

ᄒᆞ고 因問談笑之故ᄒᆞᆫᄃᆡ 太孃ㅣ 一一告之ᄒᆞ니 太爺ㅣ 笑曰

"衆言이 皆可ᄒᆞ니 足觀其氣像矣라. 夫人은 愛何花乎아?"

太孃ㅣ 曰

"妾本鄕老ㅣ라. 種匏於籬下ᄒᆞ야 賞花而摘實ᄒᆞ니 最愛匏花ㅣ로소이다."

太爺ㅣ 笑曰

"庸劣之老ᄂᆞᆫ 其言이 亦庸劣이나 匏本蔓草라 福力이 綿遠ᄒᆞ리로다."

太孃ㅣ 曰

"相公은 愛何花乎잇가?"

太爺ㅣ 笑曰

"我兩老ㅣ 衰老之年에 榮養이 極矣라. 率兒子及諸婦諸娘ᄒᆞ고 榮華ㅣ

滿於眼前ᄒᆞ니 此是不易得之奇花ㅣ라. 人間凡常百花를 何足道哉리오?"

少焉에 諸婦諸娘이 獻酒饌홀시 尹黃夫人은 各自本府而備供ᄒᆞ고 鸞城은 自鸞城府로 備來ᄒᆞ고 仙淑人은 自燕王府로 備來ᄒᆞ니 無非珍需盛饌이오 稀貴之品이러라. 俄而오 日暮ᄒᆞ고 酒至半酣에 太爺ㅣ 先起曰

"不速之客이 遷延久坐ᄒᆞ야 枉貽夫人與諸娘之罷興이라."

ᄒᆞ고 言畢에 卽出이어날 衆皆下堂而拜送ᄒᆞ고 更各就座ᄒᆞ니 燕王이 微笑ᄒᆞ고 顧兩娘曰

"吾聞江南閨中에 膳羞烹飪調和之法이 著名於天下ㅣ라 ᄒᆞ니 娘等은 若能敏捷인댄 豈不以一盤珍味로 闡江南風味ᄒᆞ야 以助夕陽酒席의 未盡之興이리오?"

言未畢에 仙淑人이 微笑러니 少頃에 小蜻이 一個白玉盤에 奉鱸魚膾ᄒᆞ야 進席上이어늘 衆皆視之ᄒᆞ니 銀鱗玉尺[2]을 細切如絲ᄒᆞ야 無一毫參差ᄒᆞ니 手段이 精妙ᄒᆞ고 眼目이 眩荒이러라. 燕王이 大喜曰

"此眞不時之需라. 此非江南銀雪膾乎아? 吾ㅣ 曾聞銀雪膾ᄂᆞᆫ 天下無雙珍味라 非松江鱸魚와 並州[3]蓮葉刀ㅣ면 難可料理라 ᄒᆞ더니 誰料仙淑人之機警敏捷이 能如此리오?"

ᄒᆞ거늘 鸞城이 忽然不快ᄒᆞ야 對尹夫人而歎曰

"世間에 難信者ᄂᆞᆫ 敵國之姦이로다. 妾與仙娘이 同是靑樓賤踪으로 知己相從ᄒᆞ야 入貴門以來로 無一毫猜忌之心이러니 豈料今日에 自矜手段ᄒᆞ야 迎合相公之意ᄒᆞ야 使妾으로 無顏色이리오?"

言畢에 怒氣騰騰이어늘 燕王이 微笑曰

2) 은린옥척(銀鱗玉尺): '비늘이 은빛처럼 반짝이는, 옥으로 만든 자'라는 뜻으로, 한 자가량 되는 물고기를 아름답게 형용해 일컫는 말.

3) 병주(並州): 중국 산서성(山西省) 임분시(臨汾市)의 북쪽 태원(太原) 일대의 옛 지명. 중국 대륙을 가로지르는 태항산맥(太行山脈)을 중심으로 서쪽을 산서(山西), 동쪽을 산동(山東)이라 하는데, 산서에 있던 기주(冀州)가 커지자 병주(並州)와 유주(幽州)를 만들었다.

"鸞城은 勿怒ᄒᆞ라. 偶然之事를 何以有心責之乎아?"

仙淑人이 慚而辨之曰

"此ᄂᆞᆫ 相公이 欲觀鸞城之狀ᄒᆞ야 與妾暗約이니 妾이 豈欲衒能也ㅣ리오?"

鸞城이 尤爲不快曰

"妾本不敏者ㅣ라 相公之意를 豈可預知리오? 但餘一個醜餠ᄒᆞ니 娘은 莫笑易牙之無才ᄒᆞ라."

ᄒᆞ고 命蓮玉而持來ᄒᆞ라 ᄒᆞ니 玉이 微笑ᄒᆞ고 奉靑盤而進于座上이어ᄂᆞᆯ 衆皆視之ᄒᆞ니 靑剛石蓮葉碗에 盛百餘朶蓮花ᄒᆞ니 個個如綻ᄒᆞ야 奇異才操와 玲瓏手段을 難可形容이라. 尹夫人이 微笑ᄒᆞ고 告於太孁曰

"此乃江南蓮子餠이로소이다. 前日隨父親而往杭州時에 得嘗此餠이나 其制度ㅣ 極巧ᄒᆞ야 江南人도 未能盡識이러이다."

太孁ㅣ 讚之ᄒᆞ고 顧鸞城而問其制度ᄒᆞᆫ듸 鸞城曰

"此ᄂᆞᆫ 蓮實所製니 蓮實을 細末ᄒᆞ야 水飛[4]砂糖水ᄒᆞ고 和於石榴水後에 無數亂搗ᄒᆞ야 如蓮葉作餠ᄒᆞ야 白玉甑에 燃白檀香[5]而蒸之니 若不善則十朶에 難得一朶ㅣ로소이다."

太孁ㅣ 取數朶嘗之ᄒᆞ고 讚賞不已曰

"非女子所食이로다."

ᄒᆞ고 賜燕王ᄒᆞ며 分送于太爺ᄒᆞ고 左右諸人及尹黃兩府侍婢도 各分數朶ᄒᆞ니 諸侍婢ㅣ 各持一朶ᄒᆞ고 散於花林中ᄒᆞ야 且喧且賞而相與愛重ᄒᆞ니 依然如八月南浦에 吳姬越女之採蓮이러라. 尹夫人이 視燕王曰

"相公이 謾嘲鸞城이러니 反受嘲於鸞城이로소이다."

4) 수비(水飛): 곡식 가루나 그릇 만드는 흙 등을 물속에 넣어 휘저어서 잡물을 없앰.
5) 백단향(白檀香): 단향과의 상록 활엽 교목. 나무의 속은 누르스름하고 좋은 향기가 나며, 향료·약품·세공품 따위에 쓰인다. 나무의 질은 견실하며 맑은 향기가 나고, 불에 태우면 향기가 더욱 진해진다.

太癭ㅣ 笑問其故ᄒᆞᆫ듸 燕王이 笑而對曰

“鸞城은 唐突ᄒᆞ야 有好勝之心ᄒᆞ고 仙娘은 孱弱ᄒᆞ야 謙讓之風이 太過故로 小子ㅣ 與仙娘約束ᄒᆞ고 欲觀鸞城의 無色之狀이러니 反爲狼狽로소이다.”

鸞城이 笑曰

“相公이 雖百萬軍中에 智略이 過人이나 不能當紅渾脫之小計ᄒᆞ리이다. 妾이 豈不知其機乎잇가?”

燕王이 又大笑러라. 鸞城이 視仙淑人曰

“今日此席에 上下同樂이나 惟獨一人이 無聊寂寞ᄒᆞ니 豈不嫌哉리오?”

仙淑人이 笑入房中이러니 携蓮娘之手而出ᄒᆞ야 座定後에 謂蓮娘曰

“娘이 矢石風塵에 介冑橫行ᄒᆞ고 萬里絶域에 來從知己ᄒᆞ니 以碌碌丈夫로 莫能當也라. 今日에 何如是羞澁乎아? 娘이 若不疎我則必不辭故人之一盃酒ᄒᆞ리라.”

娘이 終以燕王之在座로 含羞不答커ᄂᆞᆯ 仙淑人이 作色曰

“此席에 別無外人이어ᄂᆞᆯ 娘이 如此羞澁ᄒᆞ니 此必忌妾也ㅣ라. 妾當避之ᄒᆞ야 使蓮娘으로 無齟齬之羞ᄒᆞ리라.”

蓮娘이 笑曰

“妾이 萬里他國에 無一個親戚ᄒᆞ니 以外人으로 言之則無非外人이라 豈特齟齬仙淑人이리오?”

仙娘이 冷笑曰

“娘言이 非眞이로다. 娘은 視今日座席ᄒᆞ라. 太癭씌셔 今當衰境ᄒᆞ샤 無聊頗甚故로 欲與娘輩少年으로 無間消遣ᄒᆞ시니 少無可羞之端이오 其次ᄂᆞᆫ 有兩位夫人이나 娘이 旣留於此府中ᄒᆞ야 主客之情이 無異一室ᄒᆞ니 又無所羞요 鸞城은 志氣相通ᄒᆞ니 尤無所羞요 燕王相公이 在座ㅣ나 娘이 曾以降將으로 屈於帳前ᄒᆞ야 已經一場羞恥ᄒᆞ니 有何餘恥ㅣ리오? 惟仙淑人一人

이 志氣不合ᄒᆞ고 不知淺深ᄒᆞ야 不欲露衷曲이라. 妾이 豈久坐席上ᄒᆞ야 以作蓮娘之苦客이리오?"

蓮娘이 笑而受飮ᄒᆞ니 鸞城이 又不悅曰

"娘이 與紅渾脫로 萬里風塵에 同甘苦ᄒᆞ고 尙無一分許心ᄒᆞ야 曾不能飮一盃러니 今日何人은 一面如舊ᄒᆞ야 如彼多情乎아?"

蓮娘이 笑曰

"娘이 曾無勸一盃冷酒ᄒᆞ고 但責不飮乎잇가?"

鸞城이 微笑ᄒᆞ고 滿斟大白而勸ᄒᆞᆫᄃᆡ 蓮娘이 又不辭連飮ᄒᆞ니 此ᄂᆞᆫ 蓮娘이 原來有過人之酒量이러라. 燕王이 微笑ᄒᆞ고 謂尹黃夫人曰

"學生은 終是外人이라 有體面이어니와 夫人은 主人이라 豈不以一盃酒로 待自來之客乎아?"

兩人이 次第勸之ᄒᆞ니 蓮娘이 連飮三盃ᄒᆞ고 氣像이 活潑ᄒᆞ야 一雙秋波에 春光이 濃艶ᄒᆞ야 似一枝桃花가 濕於暮雨어ᄂᆞᆯ 仙娘이 熟視之라가 憐愛而執手笑曰

"朋友之間에 知己爲重은 以不欺其心이라. 娘之入府中이 久矣나 一不見盃酒之樂ᄒᆞ니 吾旣未諳故人之衷曲커든 故人이 豈得照吾之肝膽이리오?"

蓮娘이 愀然曰

"妾이 天性이 疎拙ᄒᆞ야 不能以言辭로 吐出心曲이라. 今日風光이 如此極佳ᄒᆞ고 知己ㅣ 滿座ᄒᆞ니 願奏一曲樂ᄒᆞ야 上以助太孌之樂ᄒᆞ고 下以許故人之心曲ᄒᆞ리이다."

仙淑人이 曾不知蓮娘의 有音律之才러니 聞此言ᄒᆞ고 大喜曰

"娘이 解何樂乎아?"

蓮娘이 笑曰

"蠻貊之邦에 豈有諸般音樂이리오? 夜郞瀘江之流水ㅣ 通于瀟湘洞庭故로 湘靈寶瑟이 遺傳一派ᄒᆞ야 妾이 曾學二十五絃之數曲ᄒᆞ오니 庶以助座

上之一笑ᄒᆞ나이다."

仙淑人이 命小蜻而取來寶瑟ᄒᆞ야 授蓮娘ᄒᆞᆫ디 蓮娘이 玉手로 調絃ᄒᆞ야 奏蠻歌三章ᄒᆞ니 曰

地不毛兮 海波揚 燭龍[6]鬪兮 火雲興 依天涯而望北斗兮 是帝鄕

白龍在後兮 赤豹在前 從蠻王而野獵兮 鴃舌[7]喧 皺蛾眉而不樂兮 欲消魂

秋風起兮 一雁飛 從之子而遊上國兮 思爺孃而淚沾衣 爺孃兮思兒兮 兒爲誰而忘歸

蓮娘이 彈畢에 其曲이 哀寃慷慨ᄒᆞ야 如怨如訴ᄒᆞ야 使聽者로 愀然而感ᄒᆞ니 仙淑人이 慨然含淚ᄒᆞ고 執蓮娘之手曰

"雲錦은 西蜀之緞이오 孔雀은 南方之鳥라. 以其地之相遠으로 不欺本色ᄒᆞ나니 以蓮娘之美才로 不遇慷慨之歎이 何以至此리오?"

ᄒᆞ고 卽命左右ᄒᆞ야 取琴以來ᄒᆞ야 彈一曲而和之ᄒᆞ니 此ᄂᆞᆫ 鍾子期之峨洋曲이라. 其聲이 迭蕩和樂ᄒᆞ야 聽者ㅣ 莫不喜樂ᄒᆞ니 庶忘人間之塵累라. 鸞城이 欣然而笑ᄒᆞ고 取席上玉笛ᄒᆞ야 奏遊仙詞而一唱一和ᄒᆞ니 此時夕陽이 在山ᄒᆞ고 花影이 散亂이라. 燕王與三娘이 皆微醉ᄒᆞ야 一時奏樂ᄒᆞ니 燕王의 玉面醉暈은 春風이 駘蕩ᄒᆞ고 三娘之月態花容은 猜忌花色ᄒᆞ야 淸雅玉笛과 泠泠琴瑟이 迭蕩唱和ᄒᆞ니 三春風光이 盡收入於賞春園中이러라. 日暮罷宴ᄒᆞ니 太孁ㅣ 不勝喜樂ᄒᆞ야 顧三娘曰

"今日은 老身이 善爲消遣이라."

---

6) 촉룡(燭龍): 적룡(赤龍)의 대표적인 용. 적룡은 고대 중국 신화에 등장하는 용의 명칭 가운데 하나로, 홍룡(紅龍)이라고도 불린다. 온몸의 비늘이 새빨갛고, 태양이나 화산으로부터 태어났다고 하며, 입안에서는 작열(灼熱)의 불꽃을 토해낸다. 오행사상에서 빨강은 남쪽 방향을 뜻하기 때문에, 적룡을 주작(朱雀)과 같이 '남방을 수호하는 신성한 용'으로 해석한다.

7) 격설(鴃舌): '때까치가 지껄이는 소리'라는 뜻으로, 알아들을 수 없는 야만인의 언어를 일컫는다.

ᄒᆞ고 各歸寢所ᄒᆞ실ᄉᆡ 太夔ㅣ 視燕王曰

"吾ㅣ 今日에 詳見蓮娘ᄒᆞ니 非但絶代顔色이오 出重武藝와 知見之敏捷과 氣像之活潑이 非尋常人物이라. 與鸞城彷彿ᄒᆞ니 兒子ㅣ 將何以處之乎아?"

燕王이 笑而對曰

"小子ㅣ 放蕩ᄒᆞ야 萬里絶域에 空然率來ᄒᆞ니 豈可以送他門乎잇가마ᄂᆞᆫ 左思右量에 三妾이 太濫故로 不敢稟達於爺爺로소이다."

太夔ㅣ 笑曰

"俄者告此事於汝父親ᄒᆞ니 答曰 '年少兒子之衆妾이 爲其父母者에 非其所願이나 事已至此ᄒᆞ니 從速收拾ᄒᆞ야 使蓮娘으로 無抑鬱之歎케 ᄒᆞ라.' ᄒᆞ시니 兒子ᄂᆞᆫ 速圖어다."

燕王이 唯唯而退ᄒᆞ야 至鸞城寢室ᄒᆞ니 蓮玉이 告曰

"娘子ㅣ 俄訪蓮娘而往衆香閣이니이다."

燕王이 卽往仙淑人寢室ᄒᆞ니 淑人이 宿醉未醒ᄒᆞ야 燭下에 倚案而眠이어ᄂᆞᆯ 燕王이 笑曰

"娘은 三巡盃酒에 尙今未醒乎아?"

淑人이 驚而迎之어ᄂᆞᆯ 燕王曰

"今日之遊ㅣ 樂乎아?"

淑人이 改容對曰

"人心이 不同ᄒᆞ고 處地ㅣ 亦殊ᄒᆞ니 或有看花而笑者ᄒᆞ며 或有看花而哭者ᄒᆞ니 相公은 豈不知今日之遊에 衆人이 樂而一人이 悲乎잇가?"

燕王이 驚問曰

"悲者ㅣ 誰也오?"

ᄒᆞ니 淑人이 何以答之오? 且看下回ᄒᆞ라.

衆香閣燕王主宴 梅花院諸娘結義
第四十六回

却說. 此時仙淑人이 對燕王曰

"彼雖知我나 我不知彼則如何ᄒᆞ니잇고?"

燕王이 曰

"不可ᄒᆞ다."

又曰

"人君이 以門閥로 擇臣ᄒᆞ고 不問才德則何如ᄒᆞ니잇고?"

燕王曰

"不可ᄒᆞ다."

淑人이 慨然曰

"一枝蓮은 無雙人物이오 絶世姿色이라. 萬里他國에 離其父母ᄒᆞ고 從相公而來ᄂᆞᆫ 欽仰風采ᄒᆞ야 信之以知己어ᄂᆞᆯ 處於閨中이 于今數年에 相公이 終是趦趄其收拾ᄒᆞ시니 此ᄂᆞᆫ 必嫌其蠻夷之人이시니 此豈非蓮娘은 知相公而相公은 不知蓮娘之事乎잇가? 其與人君이 以門閥로 擇臣而不問其才德者로 何以異乎잇가? 妾이 見今日宴席에 滿座ㅣ 皆醉而樂之

ᄒᆞ되 蓮娘一人이 踽凉悽悵ᄒᆞ야 有慷慨不遇之歎이어날 相公이 豈不知之시니잇고?"

燕王이 微笑曰

"蓮娘이 以鸞城으로 知爲男子而隨後ㅣ니 豈有慕我哉리오?"

淑人이 歎曰

"世間知人이 若是其難이로다. 以相公之明鑑으로도 蓮娘之心을 若是其不知乎잇가? 以蓮娘絶人之聰明으로 豈不辨男女而欲托百年之身이리오? 故로 今日之宴에 以蠻歌三章으로 訴其本心ᄒᆞ니 初章은 悲痛其處地오 中章은 吐出其胷襟이오 終章은 言其不遇之歎이라. 妾이 欲慰心事ᄒᆞ야 以峨洋調로 賀其知己相逢ᄒᆞ고 鸞城이 欲同居平生故로 以遊仙詞로 優游散懷ᄒᆞ니 相公은 更加三思ᄒᆞᄉᆞ 無至減傷和氣ᄒᆞ소셔."

燕王이 笑而不答이러라.

且說. 鸞城이 更尋蓮娘而至衆香閣ᄒᆞ니 此時日落西山ᄒᆞ고 月出東嶺ᄒᆞ야 隱映月色이 移花影而搖曳於欄頭ᄒᆞ고 蓮娘이 不勝賞春園盃酒之困ᄒᆞ야 月下看花라가 倚欄而醉睡懵懵이어날 鸞城이 暗視之ᄒᆞ니 桃花兩頰에 滿帶紅暈ᄒᆞ야 春光이 濃艶ᄒᆞ고 八字春山에 風情이 露出ᄒᆞ야 愁色이 隱隱ᄒᆞ고 涙痕이 不乾ᄒᆞ야 脂粉이 斑斑ᄒᆞ고 羅衫微濕이어늘 鸞城이 微笑而大呼曰

"蓮娘은 對明月而莫睡어다."

蓮娘이 驚收羅衫而謝曰

"妾이 以年少之致로 難負諸娘之强勸ᄒᆞ야 至此醉倒之境ᄒᆞ니 慚愧莫甚이로소이다."

鸞城이 笑曰

"人生百年이 如草露ᄒᆞ니 不醉而何오?"

ᄒᆞ고 同倚欄干ᄒᆞ야 玩月看花홀ᄉᆡ 鸞城이 笑而視蓮娘曰

"中天圓月이 與初旬半月로 如何며 朝日半開之花와 夕陽爛開之花에

何花ㅣ 可愛오?"

蓮娘이 微笑曰

"妾은 甚愛半輪月半開花로소이다."

鸞城이 笑曰

"此는 人皆愛之나 花豈長時半開며 月豈長時半輪이리오? 三春行樂이 若失其時則紅顔白髮이 易以欺人ᄒᆞᄂᆞ니 蓮娘이 今於寂寥後園에 獨守衆香閣ᄒᆞ니 豈無悠悠愁心이리오?"

蓮娘이 含羞不答이어늘 鸞城이 乃執蓮娘之手曰

"娘이 萬里絶域에 離父母棄親戚而來中國은 吾ㅣ 豈不知其意리오마는 今適從容ᄒᆞ니 勿欺心曲ᄒᆞ고 快言所懷ᄒᆞ야 勿誤百年佳期ᄒᆞ라."

蓮娘이 紅暈이 滿面터니 俯首沉吟良久에 曰

"娘이 已知吾意라 ᄒᆞ시면셔 更問于妾ᄒᆞ시니 何若是相逼乎잇가?"

鸞城이 笑曰

"然則吾知娘之所懷라. 妾이 將欲薦於燕王ᄒᆞ노니 娘意何如오?"

蓮娘이 尤爲羞澁不答이어늘 鸞城曰

"娘이 終是知我齟齬ㅣ로다. 婚姻은 人倫大事라 娘之平生苦樂이 都在於此ᄒᆞ니 娘이 旣離父母ᄒᆞ고 更無可告處어놀 豈可不聞娘之一言而吾自擅斷이리오?"

蓮娘이 天然曰

"妾之心이 亦娘之心이라. 妾雖生長於蠻夷之邦이나 以閨中之身으로 從娘至此는 將欲平生依托ᄒᆞ야 生死苦樂을 與娘同之니 有何異言이리오마는 有三事所約ᄒᆞ니 娘은 深諒ᄒᆞ소셔. 燕王이 若不知妾心而但取其姿色則其不可者ㅣ 一也요 矜憐處地ᄒᆞ야 強爲收拾則其不可者ㅣ 二也요 因傍人力勸ᄒᆞ야 黽勉從之則其不可者ㅣ 三也ㅣ라. 此三者之中에 若有一不可則妾이 寧洗耳於潁川水ᄒᆞ고 蹈魯連之東海언뎡 不欲苟且偸生ᄒᆞ노이

다."

鸞城이 嗟嘆ᄒ고 直至尹夫人寢室ᄒ니 燕王與夫人이 在座러라. 燕王이 正色曰

"近日鸞城之氣色이 奔走不暇ᄒ야 坐不安席ᄒ니 有何好事오?"

鸞城이 曰

"妾有好事ㅣ면 卽相公之好事라 豈可隱諱리잇고? 珍珠가 埋於塵土ᄒ고 名花가 落於厠中은 古人之所嗟惜者也ㅣ라. 妾이 暫見一枝蓮ᄒ니 珍珠名花ㅣ라. 矜其蠻中虛老ᄒ야 收而同來는 相公之所知也어니와 萬里他國에 踪跡이 齷齪ᄒ야 還爲妾之所憂ㅣ라. 相公이 若收置左右則以敏捷才質로 小星巾櫛에 奉承君子는 妾等이 多有所不及處ㅣ로소이다."

燕王이 聞此言ᄒ고 顧尹夫人曰

"女子之妬는 實非美事ㅣ라. 然이나 爲家夫而薦美色이 亦不穩當ᄒ니 是豈出於鸞城之本意리오?"

鸞城이 慨然歎曰

"妾雖不敏이나 不以放蕩之事로 損傷相公之清德이어늘 相公之言이 果若此신된 亦非蓮娘之所願이로소이다."

燕王이 更微笑曰

"蓮娘之所願이 何也오?"

鸞城曰

"蓮娘之言이 相公이 不知其心ᄒ고 但取其色則非所願이오 憐其處地ᄒ야 强爲收拾則非所願이오 因傍人之力勸ᄒ야 黽勉從之則非所願이라. 三者之中에 若有一事則寧蹈魯連之東海ᄒ고 洗耳於潁川水언뎡 不爲苟且偸生이라 ᄒ더이다."

燕王이 笑曰

"蓮娘之言이 雖豁達이나 知心者ㅣ 能有幾人고? 吾ㅣ 素非淡然於女

色風情者ㅣ라. 萬里他國에 率來傾國佳人ᄒᆞ야 豈忍送於他人之門이리오? 已告尊堂ᄒᆞ고 心有所定ᄒᆞ니 鸞城은 媒婆ㅣ라 速成月姥赤繩之佳期어다."

鸞城이 悄然不答ᄒᆞ고 向尹夫人曰

"世間에 必有無如妾之不緊者ㅣ로다. 欲求小妾ᄒᆞ야 獻忠於君子ㅣ라가 反被無情之責ᄒᆞ니 內自訟其煩雜之咎ㅣ로소이다."

燕王이 笑曰

"鸞城之獻忠이 奚翅今日이리오? 座上夫人도 亦娘之獻忠이니 娘은 須勿過致煩惱ᄒᆞ고 有始有終ᄒᆞ라."

鸞城이 答曰

"成年閨秀와 老大新郎이 佳期를 屈指苦待ᄒᆞ리니 豈可緩緩成禮리오? 今月은 暮春佳節이오 中旬은 福德日이니 以此日醮禮ᄒᆞ소셔."

燕王이 欣然應諾曰

"此則吾之畢婚이라. 夫人兩娘은 欲以何物扶助오?"

兩夫人은 擔當衣裳ᄒᆞ야 以鳳凰鴛鴦之綺羅로 贈遺纖軟之侈品ᄒᆞ고 兩娘은 準備飮食之珍味러라. 此時燕王이 與蓮驃騎로 成婚ᄒᆞ실ᄉᆡ 所聞이 浪藉ᄒᆞ야 天子及太后ㅣ 各賜彩緞雜物ᄒᆞ시고 朝廷百官이 如雲而集ᄒᆞ야 致賀紛紛이러라. 轉眄間吉日이 載届에 設宴於衆香閣ᄒᆞ고 燕王이 以烏帽紅袍로 行醮禮ᄒᆞ실ᄉᆡ 蓮娘은 以羅衫花冠으로 進醮席ᄒᆞ니 此時皇城內朱門甲第之侍婢丫鬟과 閭巷婦女ㅣ 塡巷來玩ᄒᆞ야 人山人海러라.

此時賈宮人이 奉太后之命ᄒᆞ야 率十餘宮女ᄒᆞ고 玩醮禮而至燕王府ᄒᆞ니 一座後園에 朱翠紅粧이 渾成花世界ㅣ라 燕王之年少風采와 蓮娘之妙美姿質을 莫不讚揚이러라. 鸞城이 擧盃勸燕王曰

"日吉辰良ᄒᆞ야 以迎新人ᄒᆞ시니 相公은 受此졸杯ᄒᆞ샤 百年偕老ᄒᆞ시고 富貴多男ᄒᆞ샤 新情如舊ᄒᆞ고 舊情如新ᄒᆞ소셔."

燕王이 飮而笑曰

"鸞城은 因他人之合歡ᄒᆞ야 兼作自己合歡이로다."

一座ㅣ 大笑ㅣ러라. 鸞城이 又擧盃而勸蓮娘曰

"娘은 受此酒而侍君子ᄒᆞ야 百年偕老ᄒᆞ되 青春紅顔이 長時不老ᄒᆞ야 愼莫受如我之疎待ᄒᆞ라."

一座ㅣ 又大笑ㅣ러라. 醮禮畢에 燕王이 使兩娘으로 引蓮娘ᄒᆞ야 見於兩堂ᄒᆞ니 太爺太孃ㅣ 大笑而賜坐ᄒᆞ고 其聰慧之質과 幼少之態를 十分愛重ᄒᆞ야 不勝喜悅이러라. 是夜에 燕王이 明華燭於衆香閣ᄒᆞ고 留兩娘ᄒᆞ야 以慰新人ᄒᆞ라 ᄒᆞ고 卽往昏定於兩堂이러니 蓮娘이 對兩娘ᄒᆞ야 忽然含淚에 悄然不樂이어ᄂᆞᆯ 鸞城이 問曰

"娘이 有何所懷완ᄃᆡ 如是悲愴乎아?"

蓮娘이 悄然曰

"蠻鄕人物이 爲客上國ᄒᆞ야 將托餘生於君子門中ᄒᆞ니 雖無餘恨이ᄂᆞ 遠離父母親戚ᄒᆞ야 音信이 頓絶ᄒᆞ고 況是婚姻은 人倫大事어늘 不告父母ᄒᆞ고 自爲主張ᄒᆞ니 自然顧念身世ᄒᆞ야 不勝悲哀로소이다."

鸞城이 亦愀然ᄒᆞ야 執蓮娘之手而歎曰

"吾亦不知父母養育之恩者라. 今夜此席에 吾等三人의 處地身勢가 十分彷彿ᄒᆞ야 事一夫而期百年ᄒᆞ니 榮枯憂樂이 豈有所異리오? 吾當携酒帶月ᄒᆞ야 設誓平生ᄒᆞ야 效劉關張三人의 桃園結誼ᄒᆞ노니 未知以爲如何오?"

兩娘이 一時應諾이어늘 卽將一壺酒ᄒᆞ고 向月而坐ᄒᆞ야 各擧一盃而暗祝曰

"賤妾江南紅은 年十八歲니 杭州人이오 賤妾碧城仙은 年十七歲니 江州人이오 賤妾一枝蓮은 年十五歲니 南方人이라. 一時合掌焚香ᄒᆞ야 仰祝月光菩薩ᄒᆞᄂᆞ이다. 妾等三人이 雖各處各姓이ᄂᆞ 以一心으로 事一人ᄒᆞ야 誓同死生苦樂ᄒᆞ니 此後에 若有異心者어든 一片明月이 如鑑照臨ᄒᆞ소셔."

三人이 祝畢에 以酒酹於花林間ᄒᆞ고 一時合掌再拜ᄒᆞ고 携手而還홀ᄉᆡ 鸞城이 見兩娘而歎曰

"吾輩ㅣ 若終人間塵緣ᄒᆞ고 更會於玉京淸道면 不忘今夜之同盟이라."

ᄒᆞ고 談笑琅琅ᄒᆞ고 鳴環曳履而徘徊러니 忽然花園後에 有談笑聲이어ᄂᆞᆯ 鸞城이 停步靜聽ᄒᆞ니 小蜻·蓮玉이 坐於花林中ᄒᆞ야 互相執手ᄒᆞ고 蓮玉이 顧小蜻而指月曰

"小蜻아! 見彼照花之月色ᄒᆞ라. 不知虛送春光이러니 今夜에 光彩가 倍爲佳麗로다. 吾ㅣ 前日則對月에 精神이 快活이러니 今日則對明月에 無端悄悵ᄒᆞ야 如別情人ᄒᆞ니 是何故也오?"

小蜻이 沉吟曰

"吾ᄂᆞᆫ 當月夜則自然心思搖搖ᄒᆞ야 轉輾不寐ᄒᆞ니 是何病也오?"

玉이 微笑曰

"俗語에 云 '人死則必有後生이라.' ᄒᆞ니 汝則後生所願이 何也오? 高門甲第에 爲王侯夫人乎아? 爲靑樓名妓ᄒᆞ야 風流男子를 盡心極擇ᄒᆞ야 爲平生寵愛之妾乎아? 言爾所懷ᄒᆞ라."

小蜻이 笑曰

"汝當先言ᄒᆞ라. 吾則欽羡蓮淑人八字로다."

玉이 笑曰

"汝觀今日蓮娘子之醮禮ᄒᆞ고 心中欽羡이라. 吾以爲汝不知吾之娘子라 ᄒᆞ노니 備六禮而成婚은 人間常事ㅣ라. 吾娘子는 逢相公之時에 以戀戀風情과 妙妙手段으로 別般籠絡ᄒᆞ야 壓江亭宴席에 以歌舞로 定佳約ᄒᆞ고 月下男服으로 以詩律和答ᄒᆞ니 慇懃之情과 無窮之韻은 使聞者로 消魂斷腸ᄒᆞ니 豈非才子佳人之所願이리오? 吾之所願은 不過於此로다."

ᄒᆞ고 言畢에 呵呵大笑어ᄂᆞᆯ 鸞城이 視仙淑人曰

"蜻蓮兩婢之言이 眞是娼妓之言이ᄂᆞ 望月之歎이 催十分春光ᄒᆞ니 何以則好耶아?"

仙淑人이 微笑ᄒᆞ고 因曰

"馬達이 有意於小蜻ᄒᆞ고 董超가 嘗籠絡蓮玉ᄒᆞ니 此事ㅣ 何如오?"

鸞城이 微笑러라. 此時燕王이 昏定畢에 至衆香閣ᄒᆞ니 珠箔銀屛과 芙蓉錦帳이 四面疊疊ᄒᆞ야 香烟이 朦朧ᄒᆞ고 一枝華燭에 舖鴛鴦衾於白玉床ᄒᆞ고 三娘이 無去處어ᄂᆞᆯ 問於侍婢ᄒᆞᆫ듸 對曰

"兩娘이 與蓮淑人으로 玩月於後園이니이다."

燕王이 微笑ᄒᆞ고 卽至園中ᄒᆞ니 月光이 照耀ᄒᆞ고 花影이 滿地ᄒᆞᆫ듸 衣香이 襲人ᄒᆞ고 鏘然環珮聲이 聞於花間이어ᄂᆞᆯ 燕王이 停步望見ᄒᆞ니 三娘이 相携玉手ᄒᆞ고 娓娓語聲이 不絶ᄒᆞ면셔 繡鞋羅襪이 踏月光而來라가 見燕王之立於林間ᄒᆞ고 驚而捨相携之手ᄒᆞ고 琅琅相笑어ᄂᆞᆯ 燕王이 笑曰

"今夜月色은 專爲諸娘ᄒᆞ야 如是明朗이로다."

鸞城이 對曰

"妾等은 知己相逢ᄒᆞ야 各論心懷라가 不覺相公華燭之晩이로소이다."

燕王이 欣然坐定於花林中ᄒᆞ고 命小蜻·蓮玉進酒ᄒᆞ야 各飮數盃ᄒᆞᆯ식 燕王이 命蓮娘行盃ᄒᆞ니 鸞城이 視仙娘而嘆曰

"人情이 好新이라 月愛半輪ᄒᆞ고 花愛初開ᄒᆞᄂᆞ니 吾輩ᄂᆞᆫ 舊物이라 但取巡盃充腹이니 豈敢更擧巡盃ᄒᆞ야 受君子之特寵이리오?"

蓮娘이 不勝羞澁ᄒᆞ야 紅暈이 滿面이어ᄂᆞᆯ 燕王이 微笑曰

"鸞城은 勿過嘲新人ᄒᆞ라."

俄而夜深ᄒᆞ고 一座微醉ᄒᆞ니 燕王이 起身曰

"新人이 纔畢醮禮ᄒᆞ니 豈不困惱리오? 華燭之下에 吾當從容酬酢矣

리라."

鸞城이 告曰

"今已夜深ᄒᆞ고 酒亦半酣ᄒᆞ오니 保重尊體ᄒᆞ사 卽爲就寢ᄒᆞ소셔. 妾等은 各歸寢室ᄒᆞ노이다."

ᄒᆞ고 各自散歸ᄒᆞ니 燕王이 執蓮淑人之手ᄒᆞ고 還于衆香閣ᄒᆞ야 下帳挑燭ᄒᆞ고 就於寢床ᄒᆞ야 抱玉懷香ᄒᆞ고 爛熳風情이 靄然繾綣ᄒᆞ야 曰

"娘은 蠻王小嬌요 我는 汝南布衣라. 萬里天涯에 萍水之緣이 莫非天定이나 娘之意趣를 猶有未解者ᄒᆞ니 娘之游於中國은 其實이 爲誰오?"

蓮娘이 羞澁良久에 對曰

"相公이 問之以衷曲ᄒᆞ시니 妾之本心을 豈敢隱諱리잇고? 妾은 祝融之第七女라. 父王이 畋獵於北海라가 見妾母耶律氏之浣紗於海上ᄒᆞ고 貪其顔色而一近以後에 自惻拓跋閼氏之妬ᄒᆞ야 更不尋訪ᄒᆞ니 妾母耶律氏ㅣ 生妾ᄒᆞ야 年四五歲에 抱妾於懷中ᄒᆞ고 往訪父王ᄒᆞ니 父王이 矜其情地ᄒᆞ야 欲置後宮ᄒᆞᆫ듸 妾母ㅣ 固辭曰 '妾은 已爲大王之所棄라. 不幸遺一個血肉故로 尋其天倫이어니와 已絶之緣을 豈可區區更續이리오?' ᄒᆞ고 棄妾於宮中ᄒᆞ고 不知去處ㅣ라 ᄒᆞ더이다. 其後에 聞傳說則托身於山中ᄒᆞ야 斷髮爲僧이라 ᄒᆞ오나 消息이 頓絶ᄒᆞ고 妾은 長於宮中ᄒᆞ야 受拓跋氏之手中苦楚ㅣ라가 年至十餘歲에 欲知母親踪跡ᄒᆞ야 遍踏南中山川호듸 終未相逢ᄒᆞ고 幸逢一個神人ᄒᆞ야 學得雙鎗法ᄒᆞ니 妾之天性이 異於他人ᄒᆞ야 自幼로 不欲老於蠻中ᄒᆞ고 願見中國文物이러니 意外暫見紅鸞城於陣上ᄒᆞ야 以知己許心ᄒᆞ고 思慕益切ᄒᆞ야 不盡鎗法而故爲被擒이러니 及到明陣ᄒᆞ야 確知其女子ᄒᆞ고 雖有追悔나 其將奈何리오? 意外에 又見相公ᄒᆞ니 乃是平生之所期望也라 冒沒羞恥ᄒᆞ고 萬里相從ᄒᆞ야 至於府中이나 世俗眼目이 但取顔色ᄒᆞ고 不知其心ᄒᆞ야 聽鍾子期之峨洋曲ᄒᆞ고 疑司馬長卿之鳳凰曲ᄒᆞ니 踪跡이 覤甋ᄒᆞ고 身世齟齬라 半夜燈前에 頻顧三尺霜鋩ᄒᆞ야 欲免偸生之恥러니 相公이 如此收拾ᄒᆞ시니

妾之所疑者ᄂᆞᆫ 相公이 取妾之顔色乎잇가 憐妾之身世乎잇가 或知一分心事而以知己許心乎잇가?"

燕王이 歎曰

"世間男子ㅣ 豈不貪姿質이리오마ᄂᆞᆫ 吾ㅣ 不知其心이면 決不取之ᄒᆞ나니 紅鸞城의 慷慨烈俠之風과 仙淑人의 淸高淡泊之操를 各知其心而取之어ᄂᆞᆯ 豈獨於蓮娘에 不知其心事리오? 但以南征回軍之後에 朝廷에 多事ᄒᆞ야 未及告於尊堂故로 未暇結洞房華燭之佳期라 有何異意리오?"

ᄒᆞ니 蓮娘이 謝之러라.

此時燕王이 已畢華燭之禮ᄒᆞ고 更定府中處所ᄒᆞᆯᄉᆡ 正堂靈壽閣은 定太夫人寢所ᄒᆞ고 東便百子堂은 定尹夫人寢所ᄒᆞ고 西便百花堂은 定黃夫人寢所ᄒᆞ고 後園翠鳳樓ᄂᆞᆫ 紅鸞城이 處之ᄒᆞ고 其側碧雲樓ᄂᆞᆫ 仙淑人이 處之ᄒᆞ고 蓮娘은 仍處衆香閣ᄒᆞ니라. 此時ᄂᆞᆫ 春末夏初라 芳草ᄂᆞᆫ 萋萋ᄒᆞ고 綠陰은 翳翳ᄒᆞ야 五陵少年이 踏盡落花ᄒᆞ야 訪新豐[1]酒肆ᄒᆞ니 關東侯董超와 關西侯馬達이 適罷朝而出ᄒᆞ야 聯馬而行ᄒᆞᆯᄉᆡ 董超ㅣ 謂馬達曰

"吾輩ㅣ 本是江南靑樓放蕩無賴로셔 富貴功名이 拘束此身ᄒᆞ야 靑春行樂이 還爲無聊하니 豈不可笑哉리요? 今日에 天朗風和ᄒᆞ고 我輩亦無事ᄒᆞ니 當尋酒家ᄒᆞ야 快飮數盃ᄒᆞ고 以解鬱積之懷ᄒᆞ리라."

兩人이 大笑ᄒᆞ고 以便服으로 走馬而遍踏皇城紅塵ᄒᆞ야 尋一座酒樓ᄒᆞ야 快飮數盃ᄒᆞ고 更至數座靑樓ᄒᆞ야 玩賞歌舞物色ᄒᆞ고 帶醉興而還ᄒᆞᆯᄉᆡ 董超嘆曰

"皇城人物이 雖云繁華나 不能當江南物色이로다. 吾輩ᄂᆞᆫ 武夫라 邊方이 無事則一生이 如是閑安矣리니 如流歲月을 豈可虛送이리오? 當求

---

1) 신풍(新豐): 아주 맛 좋은 술이 생산되는 고장의 이름으로, 당(唐)나라 시인 왕유(王維, 699?~759)의 시 「소년행少年行」에 "신풍의 맛 좋은 술이 한 말에 만 전(錢)이고, 함양의 유협은 대부분 소년이네(新豐美酒斗十千, 咸陽遊俠多少年)"라는 구절이 있다.

一個小妾ᄒᆞ야 不負少年行樂矣리라."

馬達이 笑曰

"吾ㅣ 已見靑樓物色이나 別無出衆者라. 君은 欲求如何美色乎아?"

董超ㅣ 笑曰

"求妻妾之事ㅣ 各自不同ᄒᆞ니 高門大族의 爲其正家道者ᄂᆞᆫ 必求幽閑貞靜之女요 生涯淡泊ᄒᆞ야 營其治產者ᄂᆞᆫ 必取紡績井臼之女요 爲其嗣續者ᄂᆞᆫ 但求氣血豊足ᄒᆞ며 言語多福者ㅣ어니와 如我者ᄂᆞᆫ 靑春豪俠이오 風流放蕩者ㅣ라. 閨範內則의 婦德兼備之女子ᄂᆞᆫ 還爲憂患矣리니 必求彗黠風情과 敏捷性質로 帶路柳墻花之行色ᄒᆞ고 兼月態花容之姿態ᄒᆞ야 朱樓彩閣에 長垂珠簾ᄒᆞ고 白馬金鞭에 停立忙步ᄒᆞ야 欲望不得이오 欲親無路之佳姬ㅣ 是吾所求로다."

馬達이 大笑曰

"求此妖怪之妾이면 眞不免爲放蕩無賴之徒ㅣ로다. 我今爲君ᄒᆞ야 將媒一個佳人ᄒᆞ리니 未知君意何如오?"

董超ㅣ 執手曰

"我試汝之眼目ᄒᆞ리라. 豈不是路邊의 揷酒旗而粧脂粉ᄒᆞ야 欺騙行人者流麽아? 倘非於此等女子에 精神이 恍惚ᄒᆞ야 欲媒於我乎아?"

馬達이 笑曰

"君이 不信我言인된 不必更論이어다. 我則一個小妾을 心中已定ᄒᆞ니 勿責他日獨樂ᄒᆞ라."

董超曰

"何如女子오? 速言其人ᄒᆞ라."

馬達曰

"石中之玉이오 未開之花니 若有知識者ㅣ 一次奬拔ᄒᆞ야 椎錯而磨ᄒᆞ며 羯鼓而催則豈非絶代佳人이리오?"

董超ㅣ 聞此言ᄒᆞ고 執馬達之袖而探問其人이어ᄂᆞᆯ 馬達이 乃言曰

"紅鸞城之手下丫鬟蓮玉과 仙淑人之心服侍婢小蜻은 天生麗質이라. 其身이 微賤故로 知之者ㅣ 少ᄒᆞ고 年紀未成故로 姿色이 如未開之花와 未磨之玉ᄒᆞ니 君豈知之리오?"

董超ㅣ 擊膝而笑曰

"馬達아! 汝能知之乎아? 吾亦有心이 久矣나 不知元帥與淑人之意ᄒᆞ야 姑未發說이러니 汝今先言ᄒᆞ니 汝則有意於何人乎아?"

馬達이 因言曰

"吾ㅣ 持南方捷書而來라가 救仙娘奴主之厄이라."

ᄒᆞ고 再說有意於小蜻之事ᄒᆞ니 董超ㅣ 笑曰

"凶漢아! 汝非以忠心으로 救主人이라 慇懃釣其佳姬로다. 吾當正大取之矣리니 第觀手段ᄒᆞ라."

ᄒᆞ고 兩人이 相顧大笑ᄒᆞ고 更尋酒家而快飮數盃ᄒᆞ야 各自大醉라. 董超ㅣ 引馬達而笑曰

"大丈夫ㅣ 每事를 當快決矣리니 吾輩ㅣ 直往燕府ᄒᆞ야 見燕王而請之ㅣ 如何오?"

馬達이 曰

"吾已大醉ᄒᆞ니 詳審其事機而圖之가 似好ㅣ니라."

董超ㅣ 笑曰

"燕王이 雖正大嚴威나 亦是風流男子요 少年豪傑이라 能知酒色風情ᄒᆞ야 應無罪責이오 且愛吾輩ᄒᆞ시니 必不惜一個丫鬟矣리라."

ᄒᆞ고 卽馳往燕府ᄒᆞ니 竟畢如何오? 且看下回ᄒᆞ라.

董馬兩將雙娶蜻玉 秦燕二王獻壽延春
第四十七回

却說. 此時董馬兩將이 至燕府而請見燕王ᄒᆞ니 燕王이 適登後園石臺ᄒᆞ야 與三娘으로 玩賞綠陰이라가 左右ㅣ 告關西侯·關東侯之來謁ᄒᆞᆫᄃᆡ 燕王이 笑曰

"兩將은 風塵同苦之人이오 又仙淑人之恩人이라 諸娘之相見이 無所拘碍ᄒᆞ니 開後園門而導之ᄒᆞ라."

ᄒᆞᆫ대 董馬兩將이 入于園門ᄒᆞ야 住於花林石臺之下而通之어ᄂᆞᆯ 燕王이 卽使陞臺ᄒᆞ야 曰

"在座之人이 無非將軍之故人이라. 吾ㅣ 適因無聊ᄒᆞ야 與諸娘으로 隨綠陰而坐러니 今日은 將軍도 亦是閑人이라 同爲消暢이 如何오?"

兩將이 惶恐謝之ᄒᆞ고 問候於諸娘ᄒᆞᆫᄃᆡ 燕王이 更命小蜻·蓮玉而取酒ᄒᆞ야 巡至數盃에 玉面醉暈에 春風이 駘蕩이어ᄂᆞᆯ 董超ㅣ 乃告曰

"小將等이 有區區所懷하와 敢恃眷愛之誼ᄒᆞ고 冒其唐突而請ᄒᆞ나이다."

燕王이 笑曰

"所懷ᄂᆞᆫ 何也오?"

董超ㅣ 曰

"小將等은 本是放蕩踪跡이라. 幸蒙罔極天恩ᄒᆞ고 又蒙相公奬拔之德ᄒᆞ야 濫叨公侯之列ᄒᆞ오니 富貴雖極이오나 名利紅塵에 爲拘束之身ᄒᆞ야 花朝月夕에 心懷寂寞ᄒᆞ오니 自然舊習을 難抑ᄒᆞ야 欲以千金駿馬로 換小妾ᄒᆞ야 以慰無聊之風情이오나 原來軍中에 別無合意者ᄒᆞ야 區區所懷를 仰達于兩位娘子ᄒᆞ고 小蜻·蓮玉을 欲以千金贖身ᄒᆞ야 築黃金高屋ᄒᆞ고 欲同享富貴ᄒᆞ오니 相公은 恕其唐突之罪ᄒᆞ소셔."

燕王이 笑曰

"兩將之富貴勳業이 顯於一世ᄒᆞ고 又是靑春之年이라. 左右巾櫛에 欲被恩寵者ㅣ 無數矣리니 何必充之以不美賤婢乎아?"

兩將이 笑曰

"食色之性은 人各不同이라 有不取膏粱而取菜羹者ᄒᆞ니 蜻玉兩鬟은 精妙姿質이 殆天之所授라 必非久於婢僕之列者矣니이다."

燕王이 微笑ᄒᆞ고 顧兩娘曰

"主人이 在座ᄒᆞ니 商議決之ᄒᆞ라."

仙淑人이 向馬達曰

"吾ㅣ 曾蒙將軍急難之風ᄒᆞ야 生活之恩을 報答無路러니 今日之請을 豈不許之리오?"

董超ㅣ 又向紅元帥曰

"小將兩人이 出入門下ᄒᆞ야 進退周旋에 一無所異어늘 以蜻婢로 下賜馬達ᄒᆞ야 遂其所願ᄒᆞ시고 小將은 獨不遂意ᄒᆞ오니 豈無向隅之歎[1]乎잇가?"

1) 향우지탄(向隅之歎): 그 자리에 모인 사람들이 다 즐거워하나 자기만 구석을 향해 한탄(恨歎)한다는 뜻으로, 좋은 기회를 만나지 못해 한탄함을 일컫는 말.

紅娘이 笑曰

"關西侯는 仙淑人之所報恩이니 已無可論이어니와 吾之玉婢는 寵愛婢子라 百年之托을 豈可一言決之리오?"

董超ㅣ 大笑曰

"小將이 雖不敏이나 亦是不無恩功이니이다. 燕王이 以秀才로 赴科라가 蘇州에 逢綠林客而見敗ᄒᆞ시니 若非小將之導則豈逢元帥也릿고? 以此言之컨ᄃᆡ 今日元帥之如此富貴는 無非小將之功이로소이다."

說罷에 大笑어ᄂᆞᆯ 鸞城이 亦微笑曰

"將軍이 如此懇請ᄒᆞ시니 豈不奉承이리오마ᄂᆞᆫ 蓮玉은 無父母親戚이라. 與我로 雖有奴主之名이나 言其情誼면 無異於兄弟骨肉ᄒᆞ니 將軍이 雖不收拾이나 將欲贖其身ᄒᆞ고 媒於貴人ᄒᆞ야 使享榮華富貴矣러니 將軍이 欲置於左右則此豈非玉婢之福이리오? 然이나 吾有二條之約ᄒᆞ야 先受將軍之盛諾然後에 許之矣리이다."

董超ㅣ 曰

"雖十條之約이라도 奉行矣리이다."

鸞城이 笑曰

"玉이 雖有賤名이나 吾ㅣ 快許贖身ᄒᆞ니 將軍이 不可待以婢妾之禮라. 擇日行禮ᄒᆞ야 奠雁納幣ㅣ 其一條也요 將軍이 置玉於左右以後에ᄂᆞᆫ 更勿求小妾ᄒᆞ야 無使玉으로 作白頭吟이 其二也니 將軍은 自諒處之하소셔."

董超ㅣ 大笑曰

"此則小將之所願이라. 元帥帳前에 豈敢二言이리잇고?"

鸞城이 更愀然曰

"吾之奴主ㅣ 與將軍으로 同鄕之人이라. 萬死餘生이 不失信義ᄒᆞ고 更續斷緣ᄒᆞ야 論其情理컨ᄃᆡ 非比於尋常奴主ㅣ라. 坐臥起居와 進退周旋에 須臾不離ᄒᆞ야 暫無相離之心이나 女子有行이 貴賤無別이라. 一朝에 爲將軍ᄒᆞ야 許其贖身ᄒᆞ니 自然心事ㅣ 悵缺ᄒᆞ야 不覺言語之張皇ᄒᆞ

오니 望將軍은 矜其孤單身勢ᄒᆞ샤 特垂深愛ᄒᆞ소셔. 天性이 不甚庸愚ᄒᆞ니 渠當無違於將軍ᄒᆞ야 庶或不失其恩寵ᄒᆞ리이다."

董超ㅣ 慨然曰

"元帥之言은 深入骨節ᄒᆞ야 雖木石이라도 無不感動이라. 若不承此意則不能享福이오 小將이 亦負此言則不免輕薄之徒로소이다."

因進盃酒而待兩將ᄒᆞ니 兩將이 告退어ᄂᆞᆯ 更開園門ᄒᆞ고 出於門外ᄒᆞᆯ시 董超ㅣ 顧馬達曰

"紅鸞城之意ㅣ 如此ᄒᆞ시니 吾當布帳儀威ᄒᆞ야 勿負鸞城之意ᄒᆞ리라."

ᄒᆞ더라.

翌日鸞城이 召孫夜叉ᄒᆞ야 語董馬兩將之事ᄒᆞ고 卽促吉禮ᄒᆞ니 兩將이 乃備儀節ᄒᆞ야 以雜珮彩緞으로 同日納綵ᄒᆞᆫᄃᆡ 鸞城이 與仙淑人으로 掃灑鸞城府而行禮ᄒᆞᆯ시 錦帳繡席에 翡翠衾鴛鴦枕을 疊疊鋪陳ᄒᆞ고 鸞城府侍婢家僮은 以綠衣紅裳으로 奉香燭而雙雙列立ᄒᆞ니 雖朱門甲第의 備六禮[2]而親迎之婚이라도 無以過此라. 鸞城이 粧束蓮玉ᄒᆞ고 仙淑人은 粧束小蜻ᄒᆞᆯ시 各盡其才ᄒᆞ야 落梅粧에 畵新月眉ᄒᆞ고 髢兒髻[3]에 飾羅紫帶ᄒᆞ니 首飾珮物은 凝成朱翠ᄒᆞ고 垂腰羅裙은 輝煌錦繡ᄒᆞ야 玉娘之精妙ᄂᆞᆫ 一枝海棠이 濕於朝露요 蜻娘之淸雅ᄂᆞᆫ 雪中香梅가 漏泄春光ᄒᆞ니 此時觀光諸人이 遍滿府中ᄒᆞ야 門前이 熱鬧라. 大將軍雷天風이 率一隊武將而爲座客ᄒᆞ고 風塵同苦之諸將이 一齊來到ᄒᆞ야 車馬ㅣ 塡巷ᄒᆞ고 五營[4]軍卒이 奏軍樂而等待門外ᄒᆞ니 皇城男女老少ㅣ 雲集於第一坊洞口ᄒᆞ야 讚歎

---

2) 육례(六禮): 혼인의 대례. 곧 납채(納采)·문명(問名)·납길(納吉)·납폐(納幣)·청기(請期)·친영(親迎).
3) 체아계(髢兒髻): 다리머리. 여자들의 머리숱이 많아 보이라고 덧넣은 딴머리.
4) 오영(五營): 오성(五城)의 병영(兵營). 오성은 중국 북경(北京) 성 안의 중성(中城)·동성(東城)·남성(南城)·서성(西城)·북성(北城)을 가리킨다.

曰

"如此婚禮는 古今所罕이라."

ᄒᆞ더라. 俄而오 董馬兩將이 各着戎服而乘大宛馬ᄒᆞ고 車騎追從이 遵大路而行ᄒᆞ야 至鸞城府門前而下馬ᄒᆞ야 進醮席ᄒᆞᆯ시 忽然門外에 數十妓女ㅣ 以凝粧盛飾으로 序列而入ᄒᆞ니 原來董馬兩將은 靑樓豪俠少年이라 皇城靑樓諸妓ㅣ 聞兩將의 成婚於兩丫鬟之說ᄒᆞ고 欲觀光而來러라. 一齊圍立宴席ᄒᆞ야 觀蜻玉兩娘之姿色ᄒᆞ고 各自嗟歎曰

"此則可謂天生麗質이오 非我輩之所及이라."

ᄒᆞ더라. 鸞城이 命兩妓ᄒᆞ야 行寒暄之禮ᄒᆞ라 ᄒᆞ니 兩個妓女ㅣ 擧一雙大樽ᄒᆞ고 滿酌美酒ᄒᆞ야 以巧笑美談으로 相送風情而戲謔이 爛熳ᄒᆞ니 兩將이 喜不自勝ᄒᆞ야 關東侯ㅣ 顧關西侯而笑曰

"馬達아! 汝之蜻娘은 天性이 多恸ᄒᆞ야 見汝則戰慄이라 ᄒᆞ니 他日家道ㅣ 當正肅이어니와 吾之玉娘은 天性이 堅剛ᄒᆞ야 週年門下에 一不有心視我ᄒᆞ니 還爲所憂라."

ᄒᆞ더라. 禮畢後에 出外堂ᄒᆞᆯ시 大將軍以下諸客이 喧譁紛紛ᄒᆞ면셔 討東床古禮어날 鸞城이 命左右ᄒᆞ야 排設宴席于外堂ᄒᆞ고 送酒饌而獻妓樂ᄒᆞ야 一場迭宕ᄒᆞ니 觀光者ㅣ 莫不頌鸞城之風流手段이러라. 兩將이 乃率兩娘ᄒᆞ고 請歸私第ᄒᆞ니 鸞城이 送玉娘ᄒᆞᆯ시 親降階下ᄒᆞ야 垂轎簾曰

"吾ㅣ 與汝로 同時微賤之人이라. 天恩이 罔極ᄒᆞ고 蒙燕王收拾之德ᄒᆞ야 今日榮華ㅣ 極矣나 汝亦無父母ᄒᆞ야 未曾聞一語敎訓ᄒᆞ니 必敬必戒ᄒᆞ야 無違君子는 貴賤이 一般이라. 汝ㅣ 長於娼家ᄒᆞ야 雖無聞見이나 謹愼平生ᄒᆞ야 無辱其身ᄒᆞ라. 吾兩人奴主分義는 今日而已니 勿負故情ᄒᆞ라."

蓮玉이 含淚曰

"賤婢之頂踵毛髮[5]이 莫非娘子之所賜ㅣ라. 在世之日에 奴主之名을 豈有異也ㅣ리오?"

ᄒᆞ더라. 自此로 蜻玉兩娘이 雖爲公侯貴人之小室이나 至燕府則褰衣裳而從諸侍婢ᄒᆞ야 進退周旋에 恭執奴主之禮ᄒᆞ야 無一毫怠慢之態ᄒᆞ니 府中上下ㅣ 莫不服其信義ᄒᆞ야 稱蓮玉曰玉娘[6]이라 ᄒᆞ고 稱小蜻曰蜻娘이라 ᄒᆞ더라. 燕王이 視鸞城曰

"蜻玉兩娘之婚을 何其煩擾耶아?"

鸞城이 笑曰

"妾은 微賤踪跡이오 兩婢ᄂᆞᆫ 尤極微賤人生이라. 妾이 曾不得備禮成婚ᄒᆞ야 以是爲恨故로 今欲雪恨於兩婢니이다."

燕王이 微笑러라.

且說. 光陰이 倏忽ᄒᆞ야 奄當仲秋旣望ᄒᆞ니 此日은 太后誕辰이라. 天子ㅣ 經營大宴ᄒᆞ실ᄉᆡ 秦國公主ㅣ 特選本國妓樂而至ᄒᆞ니 原來太后ㅣ 偏愛公主ᄒᆞ시고 公主之性이 風流豪放ᄒᆞ야 素有男子之像ᄒᆞ니 恒言曰

"婦女之妬ᄂᆞᆫ 蕭索了丈夫之氣像이라."

ᄒᆞ야 爲秦王而擇妃嬪宮妾ᄒᆞ야 置之左右ᄒᆞ니 其中兼歌舞文章과 弓馬之才者ㅣ 數十人이오 其中特秀者三人이니 其一曰潘貴妃요 二曰虢貴妃요 三曰鐵貴妃라. 公主ㅣ 欲助母后誕辰之樂ᄒᆞ야 本國妓樂與三貴妃로 同時赴宴이러니 天子ㅣ 笑曰

"賢妹之舊日風致ㅣ 猶爲不減이라."

ᄒᆞ신ᄃᆡ 公主ㅣ 奏曰

"臣이 效老萊子之弄雛舞斑ᄒᆞ야 欲助母后之一笑로이다."

太后ㅣ 笑曰

"女兒ㅣ 自幼로 聰明多才라 先帝ㅣ 愛之ᄒᆞ샤 抱于懷中에 敎以文字

---

5) 정종모발(頂踵毛髮): 이마와 발뒤꿈치와 털과 터럭이라는 뜻으로, '온몸'을 일컫는 말.
6) [교감] 옥랑(玉娘): 적문서관본 영인본 454쪽에는 '연랑(蓮娘)'으로 되어 있으나, 다른 문맥에서는 연옥(蓮玉)을 '옥랑(玉娘)'으로 표기하고, 작품 전체에 걸쳐 '연랑(蓮娘)'은 일지련(一枝蓮)을 표기하는 데에 사용되므로 '옥랑(玉娘)'으로 바로잡는다.

ᄒᆞ시고 或隨宮女ᄒᆞ야 每見後苑宴舞와 宮中音樂ᄒᆞ고 一一摹倣而遊戱러니 年旣二十에 猶不改孩提之習이로다."

公主ㅣ 笑曰

"秦王이 自皇城而還ᄒᆞ야 讚燕王之小室紅渾脫과 蠻王之女一枝蓮의 武藝姿色ᄒᆞ니 此ᄂᆞᆫ 何人也잇고?"

太后ㅣ 微笑曰

"此ᄂᆞᆫ 女中豪傑이라. 文章姿色과 武藝歌舞를 無不通知ᄒᆞ니 以三貴妃之才로 不敢當也ㅣ리라."

公主ㅣ 大喜ᄒᆞ야 誕日을 屈指苦待러라. 翌日天子ㅣ 罷朝ᄒᆞ시고 特留燕王ᄒᆞ야 談話於便殿ᄒᆞ실ᄉᆡ 進酒饌ᄒᆞ야 君臣이 微醉ᄒᆞ니 天顔에 和氣融融ᄒᆞᄉᆞ 顧燕王曰

"卿之年紀二十一歲라 朕이 長於卿四歲ᄒᆞ니 當以弟禮待之라. 擺脫君臣之義ᄒᆞ고 視如一家兄弟之誼호리라. 朕이 與卿으로 曾非以布衣相逢이오 常顧體面ᄒᆞ야 忽忽朝班에 恨未盡胷襟이로라."

燕王이 惶恐頓首어ᄂᆞᆯ 天子ㅣ 更下敎曰

"明日은 太后誕辰이라. 以萬乘之富로 四海之養을 未得如意ᄂᆞᆫ 自然國家多事ᄒᆞ고 太后ㅣ 晩得子女二人ᄒᆞ시니 朕은 嫡也요 秦國公主ᄂᆞᆫ 次也라. 秦國이 遙遠ᄒᆞ고 女子有行이 久不入朝러니 今率秦國妓樂而來ᄒᆞ야 欲效老萊子舞斑之孝ᄒᆞ니 明日에 當今宗室夫人與命婦[7]妃嬪으로 盡使赴宴於宮中이어니와 以外朝言之則秦王은 在於子婿之列ᄒᆞ고 卿도 亦非外人이라 太后ㅣ 與馬氏로 爲中表兄弟나 情若同氣ᄒᆞ시니 卿은 卽馬氏之孫婿라. 太后ㅣ 愛卿如親婿ᄒᆞ시니 與秦王으로 同進獻壽之筵ᄒᆞ야 勿

7) 명부(命婦): '봉작(封爵)을 받은 부인'을 통틀어 일컫는 말. 내명부(內命婦)와 외명부(外命婦)의 구별이 있으니, 내명부는 왕·왕비·왕세자를 받들어 모시고, 궁중의 일을 보며 품계를 가진 궁녀들을 가리키고, 외명부는 왕족(王族)·종친(宗親)의 아내 및 문무 관료의 아내로서 그 남편의 직책에 따라 봉작(封爵)을 받은 부인들을 가리킨다.

負母后寵愛之意ᄒᆞ라.”

燕王이 頓首應命이어ᄂᆞᆯ 秦王이 帶微笑而奏曰

“臣은 聞之ᄒᆞ니 燕王府妓樂이 皇城中有名이라 ᄒᆞ오니 明日에 特爲命召ᄒᆞ샤 咸赴宴席케 ᄒᆞ소셔.”

上이 笑而命之ᄒᆞ샤 曰

“朕이 撤罷儀鳳亭以後로 切不近音樂故로 教坊이 不能成樣이라. 明日은 宮中에 不可不用妓女ᄒᆞ니 使燕王府妓樂으로 赴宴ᄒᆞ라.”

燕王이 受命而退歸ᄒᆞ니 賈宮人이 奉太后之命而至燕府ᄒᆞ야 召太嬰曰

“我等은 老矣라 無所拘碍ᄒᆞ니 以便服詣闕ᄒᆞ야 相叙情懷케 ᄒᆞ라.”

ᄒᆞ신ᄃᆡ 太嬰ㅣ 不敢辭而受命ᄒᆞ니라.

此時燕王이 到翠鳳樓ᄒᆞ야 見鸞城與仙淑人曰

“皇上이 明日召妓樂ᄒᆞ시니 不可不奉承이라. 近日府中妓樂이 何如오?”

鸞城이 對曰

“妾이 俄者聞於宮人ᄒᆞ니 秦國公主ㅣ 風流豪放ᄒᆞ샤 率三個貴妃와 一等妓樂而赴宴ᄒᆞ야 將欲與燕府妓樂으로 角勝이라 ᄒᆞ니 相公은 將欲何以處之시니잇고?”

燕王이 微笑ᄒᆞ고 因語以秦王奏達之言ᄒᆞ야 曰

“此ᄂᆞᆫ 娘等之事ㅣ라. 秦王이 聞娘等이 本以江南青樓有名之妓로 獨步於當時云故로 欲一較之ᄒᆞ니 明日不勝도 娘等之羞恥요 奏勝戰曲도 亦娘等之手段이로다.”

鸞城이 微笑ᄒᆞ고 卽選府妓數十名ᄒᆞ야 終夜私習於翠鳳亭ᄒᆞᆯ시 仙淑人이 笑曰

“風流ᄂᆞᆫ 一時消暢而已니 何必勝人爲主리오?”

鸞城이 笑曰

"娘은 以青春氣像으로 勿爲自處老熟ᄒᆞ라. 妾은 平生無好勝之癖이나 不欲讓頭於他人이라."

ᄒᆞ고 親擊檀板而教歌曲ᄒᆞ고 執管絃而教音律ᄒᆞ야 銳氣騰騰ᄒᆞ니 燕府諸妓도 亦出銳氣ᄒᆞ야 少無怠慢이러라. 鸞城이 更分付于鸞城府ᄒᆞ야 以數十疋綵緞으로 新備諸妓之衣服ᄒᆞ되 一一幹檢ᄒᆞ야 倣江南風俗ᄒᆞ니 其奢侈繁華ㅣ 以皇城教坊으로ᄂᆞᆫ 莫可當也러라. 翌日天子ㅣ 率百官而獻壽於延春殿ᄒᆞ실ᄉᆡ 詣壽筵ᄒᆞ샤 萬年盃에 奉注九霞酒而呼萬歲ᄒᆞ시니 諸宮女의 一時山呼之聲이 和於樂聲ᄒᆞ야 嘹喨雲霄러라. 天子ㅣ 陞殿上ᄒᆞ샤 侍太后而東向坐어시ᄂᆞᆯ 秦王이 亦以蟒袍[8]冕服으로 頭揷彩花ᄒᆞ고 獻盃而呼萬歲ᄒᆞ니 秦國妓女ㅣ 一時奏秦國之樂ᄒᆞ고 燕王은 以烏紗紅袍와 通天犀帶로 頭揷彩花ᄒᆞ고 獻盃而呼萬歲ᄒᆞ니 燕府妓女ㅣ 亦一時奏燕府音樂ᄒᆞ고 秦燕兩王이 陞殿上ᄒᆞ야 西向侍立ᄒᆞ니 文武百官이 亦一齊北向拜禮ᄒᆞ고 呼萬歲ᄒᆞ야 畢進賀之禮ᄒᆞ고 次第俯伏ᄒᆞᆫᄃᆡ 天子ㅣ 命左右進饌ᄒᆞ시고 以御盃法酒로 命諸妓行盃ᄒᆞ고 宮中法樂과 兩府音樂이 一時同奏ᄒᆞ야 一場迭宕後에 百官이 退出ᄒᆞ니 皇后ㅣ 乃率宗室大臣命婦妃嬪ᄒᆞ샤 設內班而獻壽ᄒᆞ실ᄉᆡ 禮儀가 將如何오? 且看下回ᄒᆞ라.

8) 망포(蟒袍): 곤룡포(袞龍袍). 임금이 입던 정복(正服). 누런빛이나 붉은빛의 비단으로 지었으며, 가슴과 등과 어깨에 용(龍)의 무늬를 수놓았다.

飮罰盃兩王暗鬪風流陣 咏蓮燭諸娘爭呈七步詩

第四十八回

却說. 此時皇后ㅣ 頭上에 粧飾七寶珠翠宮樣髻ᄒᆞ시고 身着萬花金縷紅繡翟衣ᄒᆞ샤 臨獻壽筵ᄒᆞ야 向東而立ᄒᆞ시고 秦國公主ᄂᆞᆫ 頭戴嵌金雙鳳芙蓉冠ᄒᆞ고 身着綠羅金縷簇蝶裙ᄒᆞ고 向西而立ᄒᆞ니 東班은 大臣命婦以下ㅣ 次第列立이라. 燕王은 以王爵故로 尹黃兩夫人이 以花冠章服으로 押班ᄒᆞ고 紅鸞城·仙淑人은 翠翹[1]髢兒髻에 着金縷繡腰衣而隨後ᄒᆞ고 衛夫人·蘇夫人과 宗室妃嬪이 各具禮服ᄒᆞ야 分東西班而呼萬歲ᄒᆞ면셔 擧盃獻壽ᄒᆞ니 環珮ᄂᆞᆫ 鏘鏘ᄒᆞ야 和於樂聲ᄒᆞ고 香風은 紛紛ᄒᆞ야 吹起瑞雲이러라. 獻壽禮畢에 太后ㅣ 命諸婦人而陞殿上ᄒᆞ시니 賈宮人이 奏曰

"燕國太孁ㅣ 尙未登班而在外니이다."

太后ㅣ 大喜ᄒᆞ샤 卽時引見ᄒᆞ시니 太孁ㅣ 問候畢에 諸夫人이 左右侍坐ㅣ라. 太后ㅣ 欣然而笑ᄒᆞ시고 視燕國太孁曰

1) 취교(翠翹): 부인들의 머리에 꽂아 꾸미는 수식(首飾)으로, 물총새(翡翠) 꼬리 부분의 긴 털과 같이 생겨서 이렇게 불렸다.

"吾輩는 日迫西山이라 願見卿面이 久已切矣러니 今纔如此相面이 豈不齟齬乎ㅣ리요?"

太嬰ㅣ 對曰

"臣妾은 玉蓮峰下의 採菜村婆ㅣ라. 天恩이 罔極ᄒᆞ샤 猥參宴席ᄒᆞ오니 罔知所措로소이다."

太后ㅣ 微笑ᄒᆞ시고 特命紅鸞城·仙淑人·蓮驃騎近前ᄒᆞ샤 執手下敎曰

"仙蓮兩娘은 風塵患亂에 已爲熟面이나 紅鸞城은 但聞姓名ᄒᆞ고 今始初面이로다."

秦國公主가 奏於太后曰

"紅鸞城이 何人也잇고?"

太后ㅣ 笑曰

"女兒ㅣ 恒有不遇鸞城之歎이러니 汝能知之乎아?"

公主ㅣ 笑而回視座上이라가 指鸞城曰

"此非紅渾脫乎잇가?"

太后ㅣ 笑曰

"女兒藻鑑이 可謂卓越이로다. 相叙寒暄之禮ᄒᆞ라."

鸞城이 暫流秋波而見公主ᄒᆞ니 秀眉花顔에 光彩如月ᄒᆞ고 英發氣像과 出類姿色이 不問可知金枝玉葉이라. 近侍太后膝下어ᄂᆞᆯ 鸞城이 卽起身避席ᄒᆞᆫᄃᆡ 公主ㅣ 賜座ᄒᆞ고 笑曰

"娘之姓名을 灌耳如雷러니 果然名不虛傳이로다."

更尋蓮驃騎而一一叙禮後에 召三貴妃而示諸娘曰

"此則遠方之人이라."

ᄒᆞᆫᄃᆡ 鸞城이 見貴妃ᄒᆞ니 潘虢兩妃ᄂᆞᆫ 月態花容이 十分美妙ᄒᆞ고 鐵貴妃ᄂᆞᆫ 身長이 八尺이오 氣像이 俊秀ᄒᆞ야 有軒軒丈夫之風이러라. 太后ㅣ 更視仙淑人而問小蜻ᄒᆞ시니 賈宮人이 笑曰

"小蜻이 其間爲關西侯馬達之小室ᄒᆞ야 今日不在燕府丫鬟之列이니

이다."

太后ㅣ 大笑而問其故ᄒᆞ신ᄃᆡ 賈宮人이 乃告前後事曰

"臣妾은 聞外間所傳ᄒᆞ니 醮禮于鸞城府할세 鸞城與淑人이 兩婢를 極侈粧束ᄒᆞ야 器具之燦爛과 威儀之繁華가 前古所罕이라 ᄒᆞ더이다."

太后ㅣ 大笑曰

"此必鸞城之少年銳氣로다. 董超·馬達은 國家有功之臣이라. 兩婢已爲小室ᄒᆞ니 豈可不參於今日宴席이리오? 卽爲命召ᄒᆞ라."

俄而오 蜻玉兩娘이 入侍어ᄂᆞᆯ 太后ㅣ 熟視曰

"汝等이 已爲公侯小室이어ᄂᆞᆯ 豈不改舊日衣服乎아?"

玉이 對曰

"太后陛下ㅣ 臨御ᄒᆞ시고 諸位夫人與公主ㅣ 侍於座上ᄒᆞ시니 賤婢가 豈敢有異於前日乎잇가?"

太后ㅣ 尤奇之러라. 天子ㅣ 受外朝進賀ᄒᆞ시고 左手로 執秦王之手ᄒᆞ고 右手로 携燕王之袖ᄒᆞ야 更至延春殿ᄒᆞ야 曰

"卿等은 一室之人이라 同侍母后ᄒᆞ야 以助今日之樂ᄒᆞ라."

ᄒᆞ시고 命宮女而垂珠簾於太后寢殿ᄒᆞ야 命婦妃嬪은 侍太后於簾內ᄒᆞ고 天子ᄂᆞᆫ 殿坐于簾外ᄒᆞ시니 秦燕兩王이 侍於左右러라. 天子ㅣ 顧燕王曰

"七寸戚은 不遠之戚이라. 卿이 與公主로 雖無不相面之誼나 煩文瑣節이 異於私家ᄒᆞ야 還多齟齬之事로다."

秦王이 笑而對燕王曰

"公主ᄂᆞᆫ 金枝玉葉이라 吾難爲任意어니와 弟有三個小妾ᄒᆞ니 兩人은 本是長安妓女요 一人은 本府良家女子라. 有歌舞文章弓馬之才ᄒᆞ야 足以敵兄之佳姬矣리니 暫觀이 如何오?"

燕王이 辭之ᄒᆞᆫᄃᆡ 秦王이 笑而奏天子曰

"臣은 聞之호니 燕王이 出將入相ᄒᆞ야 以少年豪傑로 風流過人이라

더니 終乃如是殘拙ᄒᆞ오니 可知其無丈夫之氣像이로소이다."

上이 大笑曰

"朕이 置卿於左右ᄒᆞ니 登於朝班則棟樑柱石이오 對於私席則朋友兄弟라. 今日風流陣前에 欲觀其勝負ᄒᆞ노니 其勿固辭ᄒᆞ라."

秦王이 乃召三貴妃ᄒᆞ니 三貴妃ㅣ 卽出簾外ᄒᆞ야 隨秦王而侍立ᄒᆞᆫᄃᆡ 秦王이 又視燕王曰

"兄之小艾[2]를 吾已見之나 風塵矢石에 顔面이 忽忽ᄒᆞ니 更不欲矜之乎아?"

ᄒᆞ고 命宮女而召三娘ᄒᆞ니 紅鸞城·仙淑人·蓮淑人이 亦出簾外ᄒᆞ야 從燕王而侍立ᄒᆞᆫᄃᆡ 秦王이 熟視笑曰

"兄之小室이 雖美妙나 不能當弟之小室鐵貴妃의 快活矣리니 此ᄂᆞᆫ 秦國佳人이라 平生에 好擊毬馳馬ᄒᆞ니 兄은 將以何敵之乎아?"

燕王曰

"大王이 先褒其才ᄒᆞ시니 可知其中情之有愡이로소이다."

秦王이 大笑러라. 天子ㅣ 乃使秦燕兩府諸妓로 陞殿上ᄒᆞ시고 下敎曰

"朕於音律에 雖無聰明이나 略有糟粕ᄒᆞ니 聽樂而定優劣ᄒᆞ되 觀其勝負ᄒᆞ야 負者ᄂᆞᆫ 以大盃로 罰兩王ᄒᆞ리라."

兩王이 頓首ᄒᆞ니 天子ㅣ 卽命秦國妓女ᄒᆞ야 奏霓裳羽衣舞ᄒᆞ라 ᄒᆞ신ᄃᆡ 秦國妓女ㅣ 一時에 奏歌舞音樂ᄒᆞ니 淸雅之曲은 達於雲霄ᄒᆞ고 聯翩之袖ᄂᆞᆫ 飄於香風ᄒᆞ야 淸雅淡蕩이어ᄂᆞᆯ 天子ㅣ 讚之曰

"豈圖秦國妓樂이 至於如此리오? 以宮中法樂으로 不可當也로다."

又命燕府妓女ᄒᆞ야 奏霓裳羽衣舞ᄒᆞ시니 原來羽衣舞ᄂᆞᆫ 樂調ㅣ 緩緩ᄒᆞ야 舞法이 支離ᄒᆞ고 難顯其才故로 天子ㅣ 如此一例命之ᄒᆞ시니라. 燕府妓女ㅣ 整齊衣裳ᄒᆞ고 進于舞席ᄒᆞ야 垂袖而分立東西ᄒᆞ야 奏步虛詞

2) 소애(小艾): 젊고 예쁘게 생긴 여자.

ᄒᆞ니 天子ㅣ 默然視之러시니 方變步虛詞而奏霓裳曲ᄒᆞ면셔 拂翠袖而舞어놀 天子ㅣ 玉手로 擊案稱善ᄒᆞ신ᄃᆡ 兩妓의 閑雅之態와 緩晩之袖로 徘徊聯翩ᄒᆞ야 嚠喨環珮ᄂᆞᆫ 如月宮姮娥ㅣ 徘徊于空中ᄒᆞ고 飄飄衣裳은 似廣寒殿仙女ㅣ 下來風便ᄒᆞ야 飄飄半晌이러니 至第三章ᄒᆞ야 未終霓裳曲ᄒᆞ고 諸妓ㅣ 忽鳴朱絃ᄒᆞ야 奏皇城別曲ᄒᆞ니 絲竹이 迭宕ᄒᆞ고 舞袖玲瓏ᄒᆞ야 繁華之曲과 和暢之律이 合作一場에 一千宮女ㅣ 一時擊節에 不覺手舞足蹈러라. 天子ㅣ 大悅ᄒᆞ샤 視燕府諸妓曰

"吾ㅣ 先命羽衣舞어놀 汝輩가 先奏步虛詞ᄂᆞᆫ 何也오?"

諸妓ㅣ 奏曰

"羽衣舞ᄂᆞᆫ 古之唐明皇이 仲秋月夜에 與楊太眞으로 登虹橋而玩廣寒殿홀ᄉᆡ 觀月中玉女의 羽衣舞라가 寒氣ㅣ 侵入骨髓ᄒᆞ야 不得盡觀ᄒᆞ고 歸而摹其曲이라. 始以步虛詞ᄂᆞᆫ 登虹橋之時所作이오 次以羽衣舞ᄂᆞᆫ 登廣寒殿也요 不終其曲은 寒氣侵入ᄒᆞ야 不能久觀이오 終以皇城別曲은 還于宮中ᄒᆞ야 仙境이 雖好나 樂與民同樂이니다."

天子ㅣ 改容稱讚曰

"非徒歌舞ㅣ 美妙라 諷諫之意ㅣ 亦在其中ᄒᆞ니 此ᄂᆞᆫ 必有敎之者ㅣ로다."

ᄒᆞ시고 顧鸞城而微笑ㅣ러시니 卽命左右而進酒ᄒᆞ야 以大盃로 先罰秦王ᄒᆞ시고 又擧一盃而賜燕王ᄒᆞ샤 曰

"有罰則不可無賞이니 卿은 莫辭ᄒᆞ라."

ᄒᆞ시고 因進酒饌ᄒᆞ샤 以饗諸娘與諸妓ᄒᆞ시니 秦王이 笑而奏曰

"臣之國界ㅣ 近於北方ᄒᆞ야 街童走卒은 歌小戎詩ᄒᆞ고 閭巷婦女ᄂᆞᆫ 和長城曲ᄒᆞ야 强悍之俗이 無一毫媚妙之氣ᄒᆞ오니 羽衣曲은 本非所長이라. 願使潘虢兩妃及紅仙諸娘으로 各持一樂器ᄒᆞ야 以其所長으로 較優劣ᄒᆞ나이다."

上이 笑而許之ᄒᆞ신ᄃᆡ 秦王이 顧兩妃曰

"寡人이 十九歲에 擊破吐蕃ᄒᆞ고 平生將略이 無讓頭於他人이러니 今日大敗於風流陣ᄒᆞ야 豎降旛於燕王之前ᄒᆞ니 此ᄂᆞᆫ 非徒我之羞恥라 亦娘等之羞恥니 娘等은 勵其才而雪此恥ᄒᆞ라."

諸貴妃ㅣ 笑曰

"妾等이 無能ᄒᆞ와 但充數於娘子軍中ᄒᆞ오니 執鞭揮旗ᄒᆞ야 從麾下之指揮而已라. 決雌雄而爭勝負ᄂᆞᆫ 不在於軍이오 在於將이라 ᄒᆞ노이다."

天子及秦王이 大笑ᄒᆞ신ᄃᆡ 燕王이 亦笑而嘲秦王曰

"强將은 無弱卒이라 ᄒᆞ니 大王은 過勿憤怒ᄒᆞ소셔. 含憤之卒은 必敗ᄒᆞ나니 更歸本國ᄒᆞ야 學將略修才藝而來ᄒᆞ소셔."

秦王이 大笑ㅣ러라.

此時日已黃昏이라 月出於東山之上ᄒᆞ니 萬里長空에 無一點塵埃러라. 天子ㅣ 移筵於後苑ᄒᆞ샤 設靑綾寶帳ᄒᆞ시고 侍太后ᄒᆞ샤 與命婦妃嬪으로 玩月聽樂ᄒᆞ실ᄉᆡ 秦王이 親携席上牙箏ᄒᆞ야 先彈一曲ᄒᆞ니 其聲이 豪放快活ᄒᆞ야 座上興致ᄅᆞᆯ 十分鼓動이어ᄂᆞᆯ 天子ㅣ 微笑曰

"卿之風流手段이 雖繁華나 手法이 生疎ᄒᆞ니 眞是貴人音律이로다."

秦王이 彈終에 卽推牙箏而投燕王曰

"燕王은 勿惜一曲ᄒᆞ라."

燕王이 謝曰

"僕은 本是疎拙之士라 音律에 無所學ᄒᆞ야 不可奉承이로이다."

秦王이 笑而命左右取酒ᄒᆞ야 滿酌大盃而告天子曰

"燕王이 自重體面ᄒᆞ고 愛惜其才ᄒᆞ야 不助陛下之樂ᄒᆞ니 不可無罰이라 欲以酒罰之ᄒᆞ나이다."

天子ㅣ 笑而許之ᄒᆞ신ᄃᆡ 燕王이 以兩手로 奉飮ᄒᆞ고 更擧一盃而告曰

"秦王이 無禮ᄒᆞ와 以胡亂手段으로 奏眩亂之樂ᄒᆞ야 擾亂天聽ᄒᆞ니

不可無罰이니이다."

天子ㅣ 笑而許之ᄒᆞ시고 顧宮女曰

"兩王이 藉罰酒而相飮而已요 座上老兄은 不勸一杯ᄒᆞ니 不可無罰이라. 以兩盃酒로 罰兩王ᄒᆞ라."

ᄒᆞ신ᄃᆡ 兩王이 一時奉飮ᄒᆞ니 紅鸞城이 侍立이라가 進取他盃ᄒᆞ야 奉獻一杯於榻前ᄒᆞ고 告曰

"月冷夜凉ᄒᆞ오니 進御一杯ᄒᆞ소셔."

天子ㅣ 欣然受之曰

"鸞城은 善補家夫之過ㅣ로다. 兩貴妃ᄂᆞᆫ 豈不勸乎아?"

虢貴妃ㅣ 亦擧奉獻ᄒᆞᆫᄃᆡ 觥籌ㅣ 交錯ᄒᆞ고 盃盤이 浪藉ᄒᆞ야 明月淸宵에 君臣이 皆醉ㅣ라. 天子ㅣ 顧諸娘而催奏樂ᄒᆞ신ᄃᆡ 潘虢兩貴妃ㅣ 先調琵琶寶瑟而奏一曲ᄒᆞ니 小絃은 切切ᄒᆞ고 大絃은 泠泠ᄒᆞ야 如玉盤轉珠ᄒᆞ야 三更窓外에 寒雨滴滴ᄒᆞ고 隔窓兒女가 訴出中心ᄒᆞ야 繁華中哀寃ᄒᆞ고 迭宕中慷慨ᄒᆞ야 手段之精妙와 音律之淸新이 非諸妓之所及이러라. 天子ㅣ 擊節稱讚ᄒᆞ시고 紅仙兩娘이 嘖嘖歎服ᄒᆞ니 秦王이 大喜ᄒᆞ야 視燕王ᄒᆞ고 自矜之色이 滿於眉宇ㅣ러라. 兩貴妃ㅣ 彈終에 紅仙兩娘이 乃取一雙玉笛ᄒᆞ야 向月而奏ᄒᆞ니 戞然一曲이 下聲은 淸雅ᄒᆞ야 繞於座上ᄒᆞ고 上聲은 激烈ᄒᆞ야 達于半空ᄒᆞᆫ데 丹山彩鳳이 雄唱雌和ᄒᆞ고 靑天白鶴이 斷續凄絶ᄒᆞ야 秋風이 蕭瑟ᄒᆞ고 月光이 皎潔ᄒᆞ니 妃嬪宮女ㅣ 一時愀然變色ᄒᆞ며 天子ㅣ 讚其快活이러시니 兩娘이 更展翠眉而聚丹脣ᄒᆞ야 合雌雄律[3]ᄒᆞ야 一雙玉笛이 以一聲으로 吹至三章에 淸雅曲調가 嫋嫋不絶ᄒᆞ야 山川이 相應ᄒᆞ고 風雲이 滿起ᄒᆞ야 弄玉之簫ᄂᆞᆫ 下於半空ᄒᆞ고 子晉之笙은 嘹喨月下ᄒᆞ야 苑中睡鶴이 戞然長鳴에 玄裳皓衣로 翩翩飛入ᄒᆞ야 振其兩翼ᄒᆞ고 雙雙徘徊ᄒᆞ며 翩翩而舞어ᄂᆞᆯ 天子ㅣ 茫然自失ᄒᆞ샤 視兩娘曰

3) 자웅률(雌雄律): 국악(國樂)에서 두 음(音)이 8도 곧 옥타브 관계를 유지할 때의 두 음.

"朕이 千里海上에 謾求神仙이로다. 兩娘之玉笛은 非人間之聲이라 使朕으로 有羽化登仙之意ᄒᆞ야 今夜에 飄然如坐玉京瑤臺라."

ᄒᆞ시더니 兩娘이 吹畢捨笛ᄒᆞ니 餘響이 聞於半空ᄒᆞ야 半晌不絶이러라. 天子ㅣ 笑而顧兩娘曰

"兩貴妃之音樂이 雖美나 古書에 云 '簫韶九成에 鳳凰來儀라.'[4] ᄒᆞ니 樂如不能感神人인댄 豈有百獸率舞리오? 兩娘之玉笛은 非朕之所能評論也ㅣ라. 一雙白鶴이 今作證參ᄒᆞ니 更罰秦王ᄒᆞ라."

ᄒᆞ신ᄃᆡ 秦王이 奉盃而奏曰

"臣이 若不能罰燕王於此席이면 誓無還國之意ᄒᆞ오니 今不可以音樂으로 相爭이라. 願使兩娘으로 各作一首詩ᄒᆞ야 以較其才ᄒᆞ나이다."

天子ㅣ 許之ᄒᆞ신ᄃᆡ 燕王이 奏曰

"秋月이 頗冷ᄒᆞ고 夜色이 已深ᄒᆞ오니 請更移宴席于殿內ᄒᆞ소셔."

天子ㅣ 從其言ᄒᆞ샤 殿坐于延春殿ᄒᆞ시고 排設試場홀ᄉᆡ 此時秦王이 本爲一番遨遊요 非是强決勝負이나 少年銳氣로 二次見敗ᄒᆞ니 心中忿然暗思ᄒᆞᄃᆡ

"紅鸞城이 雖多才나 曾以將帥로 但事武藝라 詩律에 安能有敏捷工夫ㅣ리오?"

ᄒᆞ야 更思一計ᄒᆞ고 與潘虢兩貴妃로 暗約曰

"天子ㅣ 當命娘等與紅仙兩娘而作詩ᄒᆞ시리니 娘等은 豫思之ᄒᆞ야 無倉卒間草率之弊ᄒᆞ라."

兩貴妃ㅣ 笑曰

"不知詩題ᄒᆞ오니 豈可豫作乎잇가?"

秦王이 沉吟曰

---

4) 소소구성(簫韶九成), 봉황래의(鳳凰來儀): '소소 아홉 장이 끝까지 연주되자, 봉황이 와서 춤을 추었다.' 『서경書經』「우서虞書」「익직益稷」에 나오는 구절. 「소소簫韶」는 순(舜)임금이 만든 음악의 이름으로, 아름답고 묘한 선악(仙樂)을 가리킨다.

"欲以御前金蓮燭으로 作七步詩로라."

ᄒᆞ고 定約而坐러니 天子ㅣ 召諸娘ᄒᆞ샤 各賜彩牋筆墨ᄒᆞ시고 因命作詩ᄒᆞ실ᄉᆡ 顧兩王而問詩題ᄒᆞ신ᄃᆡ 秦王이 故作久思之狀而奏曰

"月下에 音樂已絶ᄒᆞ고 燭下에 排設試場ᄒᆞ오니 以御前金蓮燭으로 出題ㅣ 似好로소이다."

天子ㅣ 許之ᄒᆞ신ᄃᆡ 秦王이 又奏曰

"欲觀詩律之才인ᄃᆡ 必取其敏速이니 命七步詩ㅣ 何如잇고?"

天子ㅣ 稱善ᄒᆞ샤 使一個妓女로 行七步於榻前ᄒᆞ고 欲助諸娘之興ᄒᆞ샤 懸鼓於殿上ᄒᆞ고 一鼓에 一個妓女ㅣ 行七步而入ᄒᆞ니 彩牋이 飛落如雨러라. 虢貴妃ᄂᆞᆫ 六步而作ᄒᆞ니 其詩에 曰

五夜[5]月恒滿 三春花未殘
幾度金鑾殿[6] 撤送學士班

潘貴妃ᄂᆞᆫ 七步而作ᄒᆞ니 其詩에 曰

九重夜如海 先吐寸心丹
萬機今多暇 不到五更寒

紅鸞城은 六步而作ᄒᆞ니 其詩에 曰

5) 오야(五夜): 오후 7시부터 오전 5시까지의 하룻밤을 갑야(甲夜)·을야(乙夜)·병야(丙夜)·정야(丁夜)·무야(戊夜)로 나눈 이름.

6) 금란전(金鸞殿): 금란전(金鑾殿). 문인이나 학사 등이 황제의 조명(詔命)에 응하기 위해 기다리던 궁전. 금란전과 한림원(翰林院)이 인접했기에, 한림학사(翰林學士)를 높여 금란(金鑾)이라고 부르기도 했다.

夜深抄丹詔 餘光落粉幃
穿取長命縷 爲君繡斑衣

仙淑人은 七步而作ᄒᆞ니 其詩에 曰

星移虬漏轉 風到篛薰寒
夜夜君王近 寸心似許丹

各其封名而奉呈이어ᄂᆞᆯ 天子ㅣ 親試ᄒᆞ시니 諸娘之詩ㅣ 無非佳句나 其中一首詩ㅣ 尤爲絶唱이라 心中指點ᄒᆞ시고 賜兩王ᄒᆞ샤 曰

"卿等은 定其優劣ᄒᆞ라."

秦王이 奉視則其中一首詩ㅣ 才思ㅣ 玲瓏ᄒᆞ고 意趣精密ᄒᆞ야 非倉卒所作이오 且六步作이라 心中自思호ᄃᆡ

"此必虢貴妃之豫作이라."

ᄒᆞ고 視燕王曰

"寡人之意ᄂᆞᆫ 此詩ㅣ 第一이로라."

燕王이 視之ᄒᆞ니 果然才操가 美妙ᄒᆞ고 意思가 奇異ᄒᆞ야 十分似鸞城所作이어ᄂᆞᆯ 心中自思호ᄃᆡ

"兩娘이 旣勝二次ᄒᆞ니 今番은 讓頭ㅣ 似好ㅣ라."

ᄒᆞ고 微笑而答曰

"此詩ㅣ 雖佳나 不合於金蓮ᄒᆞ니 以愚見으로 看之컨ᄃᆡ '幾度金鑾殿 撤送學士班'之句ㅣ 甚爲着題ᄒᆞ야 爲其第一이라 ᄒᆞ노라."

秦王이 聞此言ᄒᆞ고 尤爲疑訝ᄒᆞᄃᆡ 以燕王之藻鑑으로 豈不知此詩之第一이리오마ᄂᆞᆫ 必知其非兩娘之作ᄒᆞ고 以好勝之心으로 如是沮戱인가 ᄒᆞ야 笑曰

"自古로 詩家ᄂᆞᆫ 忌陳談而取淸新ᄒᆞ나니 金蓮燭詩에 '撤送學士

班'之句ᄂᆞᆫ 老儒常談이라 有何神奇리오?"

ᄒᆞ야 相爭不已어ᄂᆞᆯ 天子ㅣ 命取二首詩ᄒᆞ샤 熟視良久에 曰

"秦王之言이 是也ㅣ로다. 今夜金蓮燭에 繡斑衣三字ㅣ 果是着題라."

ᄒᆞ시고 擧朱筆親考ᄒᆞ샤 選置第一ᄒᆞ고 開封視之ᄒᆞ니 乃紅鸞城이라. 秦王이 大笑ᄒᆞ고 取'撤送學士班'之詩而開見ᄒᆞ니 此乃虢貴妃之詩라. 天子與兩王이 大笑ᄒᆞ시고 命宮女而取一盃ᄒᆞ야 罰秦王ᄒᆞ시니 秦王曰

"臣이 又飮此盃則尤切忿恨이라."

ᄒᆞ고 乃告虢貴妃暗約之事ᄒᆞ니 天子ㅣ 絶倒ᄒᆞ시더라. 俄而오 曉漏已絶ᄒᆞ고 北斗東傾ᄒᆞ야 曙色이 蒼蒼ᄒᆞ니 天子ㅣ 罷宴ᄒᆞ실ᄉᆡ 秦王이 奏曰

"臣이 今夜三戰三敗之羞恥를 伸雪無處ᄒᆞ오니 明日에 更修擊毬場於上林苑[7]ᄒᆞ고 率兩娘與宮女ᄒᆞ야 以較其才일ᄭᅡ ᄒᆞ나이다."

天子ㅣ 欣然許之ᄒᆞ시고 命留兩娘與命婦妃嬪於宮中ᄒᆞ시니 畢竟勝負ㅣ如何오? 且看下回ᄒᆞ라.

7) 상림원(上林苑): 진(秦)나라와 한(漢)나라 시대 천자의 동산 이름. 장안(長安)을 중심으로 주위가 3백여 리나 되어, 그 안에 산천과 호수가 있고, 지방에서 바친 과수와 초목 3천여 종이 재배되었다. 궁전 70여 채와 농경지도 있었으며, 가을에서 겨울에 걸쳐 천자가 군신을 대동하고 사냥을 했다. 후한(後漢) 때는 낙양(洛陽) 근방에 상림원이 설치되어 있었다.

第四十九回

鐵貴妃馳馬擊彩毬 紅鸞城舞劍戱孔雀

却說. 秦王이 以少年銳氣로 三次見敗ᄒᆞ니 豈無憤心이리오? 乃見太后而請曰

"臣이 今日에 以音樂詩酒로 欲爭兩娘之才ᄂᆞᆫ 實非有心於勝負ㅣ라 欲助慶宴和氣ᄒᆞ와 以爲其一笑之資이오나 至於三戰三敗ᄒᆞ야ᄂᆞᆫ 豈不愧歎이리잇고? 明日에 更欲擊毬於後苑ᄒᆞ야 以雪今日之恥ᄒᆞ오니 願借宮中侍女善騎馬者數十人ᄒᆞ소셔."

太后ㅣ 笑曰

"擊毬手段은 必是生疎ᄒᆞ리라."

秦王이 曰

"秦國之俗이 專事擊毬ᄒᆞ고 鐵貴妃ᄂᆞᆫ 亦有名於軍中ᄒᆞ니 指揮宮女ᄒᆞ야 暫時敎授則必能解得矣리이다."

太后ㅣ 許之ᄒᆞ시니 翌日秦王이 修擊毬場於上林苑ᄒᆞ고 陪天子太后皇后ᄒᆞ야 殿坐於臺上ᄒᆞ실ᄉᆡ 寶帳珠簾이 左右垂垂ᄒᆞᆫ데 命婦妃嬪이 羅列觀光ᄒᆞ고 三千宮女가 一時에 以凝粧盛飾으로 會集如雲ᄒᆞ니 一座後苑이

渾成一團大花球ᄒᆞ야 翠袖紅粧은 照耀日光ᄒᆞ고 環珮之聲은 嘹喨風便이러라. 諸娘이 各備器械服色ᄒᆞ고 登擊毬場ᄒᆞ니 鐵貴妃ᄂᆞᆫ 率秦國諸妓與潘虢兩貴妃ᄒᆞ야 列立于西便ᄒᆞ고 紅鸞城은 率燕府諸妓與仙蓮兩娘ᄒᆞ야 列于東便ᄒᆞ며 秦國公主ㅣ 又選宮女數十人ᄒᆞ야 以助鐵貴妃ᄒᆞ니라.

此時天子ㅣ 親臨臺上ᄒᆞ샤 顧燕王曰

"擊毬之遊ㅣ 自何時而出이며 何所依倣고?"

燕王이 奏曰

"南方에 有獅子ᄒᆞ니 生而項下에 有一堆毛髮ᄒᆞ야 其名曰毬ㅣ라 ᄒᆞ니 獅子之雛ㅣ 自幼로 晝夜弄毬ᄒᆞ야 蹴之掬之ᄒᆞ야 習捕獸之法故로 走獸之中에 稱獅子之勇은 非徒有力이라 以其蹴之掬之ᄒᆞ야 捕獸之法이 能出衆故也라. 後人이 倣此法ᄒᆞ야 做出擊毬ᄒᆞ니 足蹴曰脚毬요 手捧曰擊毬ㅣ라. 因此而私習用鎗劍之法이러니 至于唐ᄒᆞ야 此法이 盛行ᄒᆞ야 宰相貴人이 往往擊毬ᄒᆞ야 較爭其才ᄒᆞ니 失手則非但毁傷面目ᄒᆞ야 有死亡之患이라. 體貌之駭然과 擧措之危險이 非正人君子之所爲로소이다."

天子ㅣ 微笑ᄒᆞ시고 令左右ᄒᆞ야 取擊毬諸具而視之ᄒᆞ시니 斫木爲圓ᄒᆞ야 以繡緞裹之ᄒᆞ니 此則彩毬요 斫木爲杖ᄒᆞ야 雕刻丹靑ᄒᆞ고 懸象毛於其末ᄒᆞ니 此則彩棒이라. 分立東西ᄒᆞ야 以彩棒으로 捧彩毬而相擊타가 若失手落地則見此而決其勝負ᄒᆞ니 巧妙手段이 愈出愈奇ᄒᆞ야 擊捧之法이 神出鬼沒이러라. 蓮淑人이 暗問於鸞城曰

"娘之擊毬手段이 何如오?"

鸞城曰

"雖聞糟粕이나 不免於生疎ㅣ로라."

蓮淑人이 笑曰

"擊毬ᄂᆞᆫ 南方之戱也나 妾이 曾無所學이라. 今則讓頭ᄒᆞ야 以顯鐵貴妃之手段이 似好로소이다."

鸞城이 笑曰

"吾亦有此意나 每當事則好勝之心이 自然居先ᄒᆞ니 奈何오?"

ᄒᆞ고 兩人이 大笑어늘 虢貴妃ㅣ 望見而笑曰

"兩娘은 笑何事오?"

鸞城曰

"蓮娘이 問擊毬之法이어늘 雖略敎之而亦不覺故로 由此而笑ㅣ로라."

鐵貴妃ㅣ 笑曰

"使雙鎗者ㅣ 豈不知擊毬之法이리오? 鸞城이 他人은 可欺어니와 妾은 難欺也ㅣ리라."

俄而오 臺上에 懸鼓而一鳴ᄒᆞ니 兩娘及諸妓女ㅣ 一齊上馬ᄒᆞ야 分立東西ᄒᆞ고 二鼓纔動에 一齊捲羅衫ᄒᆞ고 翻彩棒而踴躍ᄒᆞ고 三鼓에 一妓女ㅣ 縱馬而來ᄒᆞ면셔 擧左右彩毬ᄒᆞ야 投於空中ᄒᆞ고 右手에 翻彩棒ᄒᆞ야 一擊ᄒᆞ고 馳馬而走ᄒᆞ니 速如疾風이러라. 彩毬ㅣ 聳于空中ᄒᆞ야 幾落於鸞城之頭上이어늘 鸞城이 笑而回馬ᄒᆞ야 退立數步ᄒᆞ니 燕府諸妓中一人이 擧彩棒而馳馬出場ᄒᆞ야 一次捧擊[1]ᄒᆞ니 鐵貴妃ㅣ 笑曰

"鸞城之手段이 如是老熟乎아?"

彩毬ㅣ 已聳而過虢貴妃頭上ᄒᆞ니 在後宮女와 兩府諸妓ㅣ 相捧[2]爭擊ᄒᆞ야 半晌에 紛紛彩棒이 應鼓響ᄒᆞ야 亂如飛雨ᄒᆞ고 忙忙彩毬ㅣ 飄蕩半空ᄒᆞ야 疾如流星ᄒᆞ니 鐵貴妃ㅣ 熟視之라가 心癢神動ᄒᆞ야 馳馬而出이어늘 秦國諸妓ᄂᆞᆫ 奪取彩棒ᄒᆞ야 以兩手雙棒으로 捧彩毬ᄒᆞ야 右手로 擊之ᄒᆞ며 左手로 捧之ᄒᆞ고 左手로 擊之ᄒᆞ며 右手로 捧之ᄒᆞ야 一場相戱라가 忽爲柳腰를 一屈에 雙棒이 一翻이러니 彩毬ㅣ 聳上百餘丈ᄒᆞ니 此所謂鯤風

---

1) [교감] 봉격(捧擊): 적문서관본 영인본 466쪽에는 '격봉(擊棒)'으로 되어 있으나, 의미상 오식이므로 바로잡는다. 덕흥서림본 제3권 37쪽에는 '봉격(捧擊)'으로 바르게 되어 있다.

2) [교감] 봉(捧): 적문서관본 영인본 466쪽에는 '봉(棒)'으로 되어 있으나, 의미상 오식이므로 바로잡는다. 덕흥서림본 제3권 37쪽에는 '봉(捧)'으로 바르게 되어 있다. 이하 동일한 오류는 모두 바로잡는다.

毬니 謂其如風起也ㅣ라. 蓮淑人이 又馳馬而來ᄒᆞ야 手中彩棒을 投於空中ᄒᆞ고 彩棒이 飛騰半空ᄒᆞ야 倒擊下來彩毬ᄒᆞ니 彩毬[3]ㅣ 更聳於雲間이어ᄂᆞᆯ 左右諸妓ㅣ 齊聲喝采ᄒᆞ니 此所謂流星毬ㅣ니 謂其疾如流星也ㅣ라. 鐵貴妃ㅣ 乃發怒氣ᄒᆞ야 馳馬而來ᄒᆞ면셔 以兩手彩棒으로 捧彩毬而東擊西馳ᄒᆞ며 西擊東馳러니 忽然猛擊彩毬에 彩毬ㅣ 疾如流矢ᄒᆞ야 落於鸞城之傍ᄒᆞ니 此所謂霹靂毬니 謂其急速이 如霹靂也ㅣ라. 鸞城이 笑而執轡ᄒᆞ고 少不撓動ᄒᆞ면셔 高擧彩毬ᄒᆞ야 飛來彩毬를 擊之如電ᄒᆞ야 落於馬前ᄒᆞ니 彩毬ㅣ 更聳數丈이어ᄂᆞᆯ 鸞城이 擧彩棒[4]一擊ᄒᆞ야 杳茫而騰空中ᄒᆞ니 此所謂春風毬니 謂其春風之起地라.[5] 鐵貴妃ㅣ 方見紅鸞城·蓮淑人手段之出衆ᄒᆞ고 又自袖中으로 暗出一個彩毬ᄒᆞ야 投於空中ᄒᆞ고 擧雙棒而投空中ᄒᆞ니 一雙彩毬가 向鸞城ᄒᆞ야 一個ᄂᆞᆫ 橫走ᄒᆞ고 一個는 高聳而向頭上이어ᄂᆞᆯ 鸞城이 微笑ᄒᆞ고 卽取諸妓彩棒ᄒᆞ야 兩手雙棒으로 反擊彩毬ᄒᆞ야 落下於地ᄒᆞ고 琅琅大笑曰

"無約之毬를 豈可捧也리오?"

鐵貴妃ㅣ 亦大笑ᄒᆞ고 收彩棒而謝曰

"鸞城之擊毬手段은 妾之所不能及也ㅣ라. 況有精妙之羽翼ᄒᆞ니 豈可敵也리오? 更退諸娘ᄒᆞ고 吾兩人이 捧雙毬ᄒᆞ야 以決雌雄이 如何오?"

鸞城이 許之ᄒᆞ고 與鐵貴妃로 各持彩棒ᄒᆞ고 登場上ᄒᆞ야 盡平生所學之技ᄒᆞ니 鸞城之輕捷은 如鶯之蹴花ᄒᆞ고 貴妃之快活은 如風之掃葉ᄒᆞ야 一雙彩毬ㅣ 如日湧東海ᄒᆞ며 月落西山ᄒᆞ야 爭至半晌에 不分勝負優劣이

3) [교감] 채구(彩毬): 적문서관본 영인본 466쪽에는 '채봉(彩棒)'으로 되어 있으나, 의미상 오식이므로 바로잡는다. 덕흥서림본 제3권 37쪽에는 '채구(彩毬)'로 바르게 되어 있다.
4) [교감] 채봉(彩棒): 적문서관본 영인본 466쪽에는 '채구(彩毬)'로 되어 있으나, 의미상 오식이므로 바로잡는다. 덕흥서림본 제3권 38쪽에는 '채봉(彩棒)'으로 바르게 되어 있다.
5) [교감] 此所謂春風毬니 謂其春風之起地라: 적문서관본 영인본 466쪽에는 '此所謂春風之起地라'로 되어 있으나, 앞의 문맥으로 볼 때 오식으로 여겨져 바로잡는다. 신문관본 제4권 36쪽에는 'ᄎᆞ 소위 츈풍귀니 봄바람이 ᄯᅡ에셔 니러남을 닐음이라'로 바르게 되어 있다.

어늘 天子與兩王이 自臺上望見ᄒᆞ시고 稱讚不已러니 忽然鐵貴妃ㅣ 用彩棒之法이 漸減ᄒᆞ고 鸞城之手段은 尤爲活動ᄒᆞ니 原來鐵貴妃ᄂᆞᆫ 但知擊毬法ᄒᆞ고 鸞城은 兼劍術ᄒᆞ야 以雙劍之法으로 用彩棒ᄒᆞ니 鐵貴妃ㅣ 豈能當也리오? 鸞城이 投手中彩棒於馬前而笑曰

"自退者ㅣ 不勝이라. 妾이 力盡才窮ᄒᆞ니 難敵貴妃之手段이리이다."

鐵貴妃ㅣ 亦笑曰

"鸞城之才ᄂᆞᆫ 非人力所能當이라. 乃有謙讓之風ᄒᆞ야 欲慰妾心ᄒᆞ시니 妾이 豈可不知리오?"

此時秦王이 見鸞城讓頭之意ᄒᆞ고 亦微笑ᄒᆞ고 以大盃酒로 罰燕王曰

"快哉快哉라! 寡人이 今乃雪恥로다."

鐵貴妃ㅣ 進前告曰

"此ᄂᆞᆫ 鸞城이 佯敗ㅣ라 無足誇也ㅣ니이다."

秦王이 笑曰

"佯敗도 亦敗요 眞敗도 亦敗니 得勝은 一也ㅣ라."

ᄒᆞ고 使秦國諸妓로 奏樂而鳴勝戰鼓ᄒᆞ고 因罷擊毬場ᄒᆞ니라. 秦國公主ㅣ 更會諸娘ᄒᆞ야 遊戲於宮中ᄒᆞᆯ새 視三貴妃曰

"娘等이 無勇ᄒᆞ야 累次見敗ᄒᆞ니 吾當親執雙劍ᄒᆞ야 冒矢石而雪恥ᄒᆞ리라."

ᄒᆞ고 命左右侍女ᄒᆞ야 取雙陸而來ᄒᆞ야 與尹夫人으로 分黨而坐ᄒᆞᆯ새 尹夫人은 與紅鸞城·仙淑人·蓮淑人으로 爲一便ᄒᆞ고 秦國公主ᄂᆞᆫ 與鐵貴妃·潘貴妃·虢貴妃로 爲一便ᄒᆞ야 公主ㅣ 與夫人約曰

"夫人이 勝則以盃酒로 罰我ᄒᆞ고 吾ㅣ 勝則亦罰夫人ᄒᆞ리라."

夫人이 微笑而對局ᄒᆞᆯ새 公主ㅣ 先投梱牙에 鐵貴妃ㅣ 行馬ᄒᆞ고 尹夫人이 投梱牙에 鸞城이 行馬ᄒᆞ야 三娘與三貴妃가 次第投梱牙ᄒᆞ야 局勢翻覆ᄒᆞ고 勝負不分이러니 忽然秦國公主ㅣ 得好梱牙어늘 鐵貴妃ㅣ 大聲

行馬ᄒᆞ야 氣勢騰騰이러니 尹夫人이 亦得好柶牙에 鸞城이 亦大聲曰

"鐵貴妃ᄂᆞᆫ 勿過喜ᄒᆞ라. 以南征北伐之楊元帥夫人으로 揷降旛이 豈可容易리오?"

ᄒᆞ고 大聲行馬어ᄂᆞᆯ 左右觀光者ㅣ 齊聲大笑러라. 鐵貴妃ㅣ 亦拾取柶牙而大聲曰

"統一六國之秦國鐵貴妃在此ᄒᆞ니 紅鸞城은 退去어다."

ᄒᆞ고 因轉柶牙ᄒᆞ야 果得高柶牙라. 局勢ㅣ 因變ᄒᆞ야 尹夫人便이 十分危殆ᄒᆞ야 勝負ㅣ 在於一番柶牙어ᄂᆞᆯ 鸞城이 流秋波而觀局勢ᄒᆞ고 笑曰

"天生紅渾脫ᄒᆞ사 危急之勢를 每使獨當이라."

ᄒᆞ고 高擧玉手ᄒᆞ야 聚精一投而退坐어ᄂᆞᆯ 左右ㅣ 視之ᄒᆞ니 乃得高柶牙ᄒᆞ야 大捷一局이러라. 鸞城이 琅琅而笑ᄒᆞ고 鸚鵡盃에 滿酌葡萄酒ᄒᆞ야 授鐵貴妃曰

"公主ᄂᆞᆫ 金枝玉葉이라 不敢施罰이오 鐵貴妃ㅣ 行馬不善而見敗ᄒᆞ니 事當罰之라."

公主ㅣ 笑曰

"軍中에 無戱言ᄒᆞ니 此盃를 吾當飮之라."

ᄒᆞ고 受而飮之ᄒᆞ니 盖欲次勸尹夫人이러라. 公主ㅣ 又設一局ᄒᆞ고 投柶牙而親自行馬ᄒᆞ실ᄉᆡ 未及半局에 尹夫人局勢ㅣ 十分危殆ᄒᆞ니 鸞城이 笑而執柶牙曰

"取來吾之雙劍與雪花馬ᄒᆞ라. 非紅渾脫이면 難救此急이라."

ᄒᆞ고 一投柶牙에 局勢更變ᄒᆞ야 公主之危急이 在於一投어ᄂᆞᆯ 公主ㅣ 笑而捲袖ᄒᆞ고 奪潘貴妃之柶牙曰

"敵勢大急則天子도 親征凶奴ᄒᆞ나니 吾當自將出戰ᄒᆞ야 以決雌雄ᄒᆞ리라."

ᄒᆞ고 親投柶牙ᄒᆞ고 擊膝而琅琅一笑ᄒᆞ니 左右ㅣ 視之則果得高柶牙而大捷이러라. 公主ㅣ 大笑ᄒᆞ고 親擧一盃ᄒᆞ야 勸尹夫人ᄒᆞ니 尹夫人이 笑

曰

“妾은 本無酒量ᄒᆞ야 公主之罰酒를 不敢當也니이다.”

公主ㅣ 更笑曰

“被罰者ㅣ 豈可辭以酒量之淺이리오? 吾亦俄醉未醒ᄒᆞ니 夫人은 莫辭ᄒᆞ소셔.”

夫人이 莫可奈何ᄒᆞ야 暫時接唇ᄒᆞ고 推與鸞城ᄒᆞ니 鸞城이 笑曰

“妾은 有功無罪ᄒᆞ니 嘗此罰酒ㅣ 豈不寃抑乎잇가?”

ᄒᆞᄃᆡ 公主ㅣ 亦大笑ᄒᆞ고 因進盃盤而勸諸娘ᄒᆞ니 座中이 一時大醉라. 鐵貴妃ㅣ 更引雙陸局ᄒᆞ고 視鸞城曰

“妾雖無才나 與娘子로 定賭ᄒᆞ고 投兩局而決雌雄ᄒᆞ리라.”

此時鸞城이 亦微醉ᄒᆞ야 發越之氣ㅣ 滿面曰

“鐵貴妃ᄂᆞᆫ 先定所賭ᄒᆞ소셔.”

鐵貴妃ㅣ 笑曰

“妾敗則鸞城之所請을 唯命是從이오 鸞城이 敗則要暫觀劍術ᄒᆞ노라.”

鸞城이 笑曰

“妾이 不知貴妃之才ᄒᆞ니 當請何事리오?”

虢貴妃ㅣ 在側微笑曰

“鐵貴妃之長城曲은 有名於秦國ᄒᆞ니 請此曲ᄒᆞ소셔.”

鐵貴妃ㅣ 笑而許之ᄒᆞ고 兩人이 對局ᄒᆞ니 鐵貴妃之騰騰氣勢와 鸞城之敏捷手段이 敵手風塵에 楚漢이 爭鋒ᄒᆞ야 乃至半晌ᄒᆞ니 左右觀光者ㅣ 無意於雙陸ᄒᆞ고 鐵貴妃之快活과 紅鸞城之敏活을 嘖嘖稱讚이러라. 忽然鸞城이 大聲投柶牙曰

“貴妃ᄂᆞᆫ 疾唱長城曲이어다.”

衆皆視之ᄒᆞ니 鐵貴妃之局勢已窮이러라. 鐵貴妃ㅣ 笑而更設曰

“長城一曲은 在於妾之胸中ᄒᆞ니 欲更賭一局ᄒᆞ야 見鸞城之劍術이

라."

ᄒᆞ고 轉柶牙而促行馬ᄒᆞ실시 鸞城之局勢ㅣ 終乃氣勝이라. 公主以下左右宮女와 座中觀光者ㅣ 欲觀鸞城之劍術ᄒᆞ야 並助鐵貴妃而望其勝이러니 鸞城이 又得好柶牙ᄒᆞ니 潘虢兩貴妃ㅣ 一時大聲ᄒᆞ고 以玉手로 擊雙陸局曰

"鸞城은 勿惜劍術ᄒᆞ라."

ᄒᆞᆫᄃᆡ 其柶牙更轉ᄒᆞ야 鐵貴妃ㅣ 得捷이어ᄂᆞᆯ 鸞城이 笑曰

"人衆勝天이라. 仙蓮兩娘은 自愛安靜ᄒᆞ고 何乃一不助我오?"

ᄒᆞ거ᄂᆞᆯ 一座ㅣ 大笑러라. 鐵貴妃ㅣ 乃起身ᄒᆞ야 視潘虢兩貴妃曰

"娘等은 雖欲嘲吾의 麤率之狀이나 我本粧脂粉之大丈夫라 豈作兒女子羞澀之態리오?"

命秦國諸妓ᄒᆞ야 懸大鼓於殿上ᄒᆞ고 擧桴拂袖ᄒᆞ야 一進而鳴鼓ᄒᆞ고 一退而唱長城曲ᄒᆞ니 鼓響은 淵淵ᄒᆞ고 歌聲은 洪亮ᄒᆞ야 十分快活이라. 其歌에 曰

萬里長城 싸흔 壯士 흙도 지고 돌도 지고 黃河水를 메엿스나 蓬萊바다 못 메엿다. 童男童女 싯고 간 ᄇᆡ 가더니 아니 오네. 두어라 막아도 못 막을 건 如流歲月인가 ᄒᆞ노라. 三尺劍 손에 들고 萬里長城 올나보니 萬古英雄 큰 경륜이 이 ᄲᅮᆫ일ᄉᆡ. 長城 밋헤 집을 짓고 長城 아ᄅᆡ 쑹을 ᄯᅡ니 北方 찬바롬에 얼골 고은 뎌 閼氏야 羊도 몰고 돗도 몰고 약ᄃᆡ 타고 싀집갈 제 굿ᄒᆞ여 王昭君의 고은 ᄐᆡ도 나는 부러 아니ᄒᆞ네.

鐵貴妃歌終에 投鼓桴而笑曰

"此則秦國女子의 採桑相和之歌라. 妾亦生長閭巷ᄒᆞ야 幼時舊習을 尙今記憶이러니 雖暫助座上一笑之資나 欲觀鸞城之劍術ᄒᆞ야 如此露拙

이니이다."

鸞城이 微笑而讚其快ᄒᆞ고 命左右ᄒᆞ야 取來府中芙蓉劍ᄒᆞ니 此時日落西山ᄒᆞ고 宮中에 燈燭이 輝煌이라. 鸞城이 告於公主曰

"今夜月色이 正佳ᄒᆞ니 暫上後苑ᄒᆞ야 逍遙暢懷가 似好로소이다."

公主ㅣ 欣然起身ᄒᆞ야 率諸娘宮女ᄒᆞ고 復至苑中ᄒᆞ니 明月이 滿空ᄒᆞ고 寒露既降ᄒᆞ야 秋景이 爽快ᄒᆞ고 精神이 清凉이러라. 俄而오 燕府諸妓ㅣ 取雙劍而來어ᄂᆞᆯ 衆皆視之ᄒᆞ니 粧之以金玉ᄒᆞ고 飾之以珠貝ᄒᆞ야 長不過三尺이오 其輕이 如草葉이러라. 鸞城이 望月一拔에 如霜劍光이 與月爭光ᄒᆞ야 一道瑞氣가 射於斗牛之間ᄒᆞ니 眼目이 眩恍ᄒᆞ고 寒氣ㅣ 襲人이어ᄂᆞᆯ 公主ㅣ 改容嗟歎曰

"此ᄂᆞᆫ 至寶ㅣ라 天所以賜鸞城이니 其光采動人은 鸞城之才質이오 難犯之氣像은 鸞城之志操로다. 綠苔紅塵이 難掩秋水精神ᄒᆞ야 一片心靈이 將不埋沒於千秋萬歲矣리니 若非鸞城則此劍이 必爲無主之劍이오 若非此劍則難顯鸞城之才로다."

鐵貴妃ㅣ 見劍而尤愛ᄒᆞ야 再三撫之ᄒᆞ고 不忍釋手어ᄂᆞᆯ 虢貴妃ㅣ 笑曰

"不知用劍之法而愛之如彼ᄒᆞ니 假使娘으로 得此劍인들 何處用之리오?"

鐵貴妃ㅣ 笑曰

"吾若先得이런들 南征北伐之功을 不讓於他人이어ᄂᆞᆯ 豈可爲虢貴妃之同列ᄒᆞ야 爭其恩寵ᄒᆞ며 甘受妬忌리오?"

衆皆絶倒ㅣ러라. 鸞城이 受劍而立ᄒᆞ야 望月而徘徊躕躇러니 忽然不知去處ᄒᆞ고 一陣清風이 起于林端ᄒᆞ며 鏘然劍聲이 聞於空中이어ᄂᆞᆯ 衆皆大驚ᄒᆞ야 月下仰視ᄒᆞ니 濛濛靑霞가 起于空中에 繞於上林苑ᄒᆞ야 紛紛木葉이 成一場風雨러라. 此時一雙孔雀이 睡於林中이라가 驚飛徘徊ᄒᆞ야 向東則有劍聲이오 向西에 西亦劍聲이라. 東西南北에 劍光이 如霜ᄒᆞ며 劍聲이 不絶이어ᄂᆞᆯ 孔雀이 勢甚急矣라 張翼而莫知所向ᄒᆞ야 飛

入人前ᄒᆞ니 鐵貴妃ㅣ 乃擧翠袖ᄒᆞ야 掩護孔雀터니 閃忽劍光이 繞於貴妃頭上ᄒᆞ야 鏘然劍聲에 毛骨이 竦然ᄒᆞ야 捨其孔雀ᄒᆞ고 走入公主之前ᄒᆞ니 公主ㅣ 笑曰

"以貴妃之大膽으로 豈作驚孔雀之身勢乎아?"

左右ㅣ 拍掌大笑ㅣ러라. 俄而오 鸞城이 自空中으로 飄然擧劍而下來ᄒᆞ니 衆皆悚懼無言이어늘 鸞城이 琅然笑曰

"貴妃ᄂᆞᆫ 取頭上彩花而視之ᄒᆞ소셔."

鐵貴妃ㅣ 驚而擧玉手ᄒᆞ야 取彩花而視之ᄒᆞ니 葉葉劍痕이 狼藉如雕ᄒᆞ야 十分巧妙ㅣ라 一座ㅣ 大驚且嘆이어늘 鸞城이 笑而謂左右曰

"更取苑中落葉而視之ᄒᆞ라."

ᄒᆞ니 劍痕이 留在諸葉ᄒᆞ야 個個裂之러라. 鐵貴妃ㅣ 乃執鸞城之手曰

"吾ㅣ 但謂娘子ㅣ 爲傾國佳人이러니 今視之ᄒᆞ니 懷天地玄妙之才ᄒᆞ야 非玉京仙娥之謫降則南海菩薩之後身이 出世로소이다."

公主ㅣ 笑曰

"曾聞劍術이 遺傳於世間이나 今乃初見이라. 一劍으로 敵萬人은 容或無怪어니와 霎時間無數木葉을 個個裂之ᄂᆞᆫ 欲究不得也요 以肉身之鈍濁으로 橫行空中ᄒᆞ야 不見形容은 若非幻術이면 欺人眼目이라. 此何故也오? 願聞其詳ᄒᆞ노라."

鸞城이 笑而答之ᄒᆞ니 將何以答之오? 且看下回ᄒᆞ라.

第五十回

賞春楓菊遇知己 紫宸冬雷破奸黨

却說. 鸞城이 對公主曰

"古詩에 云ᄒᆞ되 '一陰一陽之爲道요 陰陽不測之爲神이라.'[1] ᄒᆞ니 玄妙之理를 難以口舌로 形容이나 凡世有三道ᄒᆞ니 曰儒道釋三教ㅣ라. 儒道는 正大ᄒᆞ야 主道理ᄒᆞ고 道釋은 神妙ᄒᆞ야 近於虛誕ᄒᆞ니 今劍術은 道家流之一小術이라. 若人修正大之道ᄒᆞ야 平生和吉則劍術之神妙를 何處用之리잇고? 故로 正人君子는 不留意於此ᄒᆞ니 妾以漂泊踪跡으로 命道ㅣ怪異ᄒᆞ야 聰明精神을 耗損於雜術ᄒᆞ니 追悔莫及이라 何足聞哉리오?"

公主ㅣ 改容讚嘆ᄒᆞ고 歎服其言之正大러라. 夜深後罷宴席ᄒᆞ고 各歸其所홀ᄉᆡ 公主ㅣ 執兩夫人及諸娘之手而作別曰

"母后ㅣ 衰境에 不許遠離故로 姑未定還國之遲速ᄒᆞ니 吾等이 當再

1) 일음일양지위도(一陰一陽之爲道), 음양불측지위신(陰陽不測之爲神): '한번 음이 되었다 한번 양이 되는 것이 도(道)이고, 음과 양을 헤아리지 못하는 것이 신(神)이라.' 『주역周易』「계사전繫辭傳」 5장의 처음과 끝에 각각 나오는 구절. 『주역』「계사전」에는 '일음일양지위도(一陰一陽之謂道)' '음양불측지위신(陰陽不測之謂神)'으로 나온다.

會此處ᄒᆞ리라."

鐵貴妃ㅣ 特執鸞城之手ᄒᆞ고 戀戀不捨ᄒᆞ야 曰

"妾은 麤率人物이라 豈敢望故人之知己리오마ᄂᆞᆫ 倘或副此藹然欽慕之情乎아?"

鸞城이 笑曰

"此ᄂᆞᆫ 唇舌間虛言이라. 果然則何不留後期而訪故人고?"

鐵貴妃ㅣ 快諾ᄒᆞ고 顧號潘兩貴妃曰

"我等三人이 數日間當往燕府ᄒᆞ야 以舒今夜未盡之懷ᄒᆞ리라."

潘貴妃ㅣ 曰

"若秦王이 不許則奈何오?"

鸞城이 笑曰

"貴妃ㅣ 曾不棄長安靑樓의 放蕩之習故로 受操束於秦王이ᄂᆞ 燕王府翠鳳樓之朱門이 如海ᄒᆞ고 鸞城侯紅渾脫이 與入定之菩薩로 無異ᄒᆞ니 何足憂也리오?"

衆皆拍掌大笑ᄒᆞ면셔 不覺行至宮門外러니 忽有喝導聲ᄒᆞ면서 燈燭이 輝煌ᄒᆞ고 秦燕兩王이 亦退朝ᄒᆞ야 自閤門[2]으로 聯袂而出이어ᄂᆞᆯ 諸娘이 忙忙告別而登車ᄒᆞ니 燕王이 亦與秦王으로 話別ᄒᆞ고 率夫人與三娘ᄒᆞ고 聯車而至府中ᄒᆞ니라. 數日後에 鐵貴妃ㅣ 告秦王曰

"紅鸞城은 妾의 心悅誠服之朋友라 有一訪之約ᄒᆞ오니 明日에 欲與兩貴妃로 同往燕府ᄒᆞ노이다."

秦王曰

"娘等의 欲訪鸞城이 誠爲善事어니와 吾亦以燕王으로 爲益友ᄒᆞ노니

2) [교감] 합문(閤門): 적문서관본 영인본 472쪽에는 '합문(閣門)'으로 되어 있으나, 의미상 '임금이 항상 거처하면서 정사(政事)를 보는 궁전인 편전(便殿)의 앞문'인 '합문(閤門)'의 오식으로 여겨져 바로잡는다.

吾ㅣ 年不過三十에 官爵이 居駙馬都尉之高ᄒᆞ야 品秩이 與親王[3]同故로 外班[4]之交遊가 恒少ᄒᆞ야 恨平生之無友ㅣ러니 特蒙天恩ᄒᆞ야 數日宴席에 與燕王으로 結兄弟之誼홈이 非徒胸襟之無間이라 見其文武雙全ᄒᆞ고 忠孝ㅣ 兼備ᄒᆞ니 眞不世出之端正君子요 風流人物이라 將欲以知己許心ᄒᆞ야 永結金石之交호리라. 燕王府賞春園이 頗好ㅣ라 ᄒᆞ니 欲於重陽佳節에 以龍山盃酒로 從容尋訪矣리니 娘等도 亦待其時ᄒᆞ야 聯鑣而往謝鸞城이 似好ㅣ로다."

三貴妃ㅣ 大喜應諾이러라. 如流光陰이 催促節序ᄒᆞ야 老圃黃花ᄂᆞᆫ 吐晚香ᄒᆞ고[5] 霜葉은 猜二月花ᄒᆞ니 此時ᄂᆞᆫ 九月九日이라. 燕王이 到翠鳳樓ᄒᆞ니 鸞城이 笑曰

"釀數斗菊花酒ᄒᆞ야 欲助重九佳節之興이오ᄂᆞ 但恨無孔北海之座客ᄒᆞ야 不見落帽之風采로소이다."

燕王이 笑曰

"吾以南方秀才로 少年登科ᄒᆞ야 無朋友之交遊ᄒᆞ니 宜乎娘之有嘲라. 然이ᄂᆞ 近有新交之友ᄒᆞ야 曾約從容相會ᄒᆞ니 娘이 能謀不時之需乎아?"

鸞城이 欣然笑曰

"此ᄂᆞᆫ 妾所願聞也라. 妾이 入府中幾年에 曾不見相公之與朋友交遊러니 敢問誰也잇고?"

燕王曰

3) 친왕(親王): 황제의 아들이나 형제.
4) 외반(外班): 대궐 안의 모든 문관(文官)과 무관(武官)이 늘어서는 반열(班列)의 바깥 언저리.
5) 노포황화(老圃黃花), 토만향(吐晚香): '늙은 농부의 노란 국화는 늦가을 향기를 토한다.' 노포(老圃)는 채소를 가꾸는 데 경험이 많은 늙은 농부를 가리킨다. 북송(北宋)의 명신(名臣) 한기(韓琦)가 중양절(重陽節)을 맞아 후원에서 잔치를 열었을 때 지은 시 「구월수각九月水閣」에, "늙은 농부의 담백한 가을 모습 부끄러워 말고, 늦가을 국화꽃의 향기를 보소서(不羞老圃秋容淡, 且看寒花晚節香)"라 했다.

"非別人이라 乃秦王이니 秦王之爲人이 其外貌則風流豪蕩이ᄂᆞ 窺其中心이면 深遠之意思와 沈潛之識見이 我等之所不及處ㅣ 往往有之ᄒᆞ니 吾ㅣ 將欲深交로라."

言未畢에 左右ㅣ 報曰

"秦王이 枉臨이니이다."

燕王이 卽出外堂ᄒᆞ야 座定禮畢에 秦王이 笑曰

"今日은 重陽佳節이라 客舘盃樽이 甚爲無聊故로 忽思故人而來ᄒᆞ니 兄이 能有登高消暢之興乎아?"

燕王이 笑曰

"弟本疎拙書生이라 淡然忘節序之逝ㅣ러니 有一小妾ᄒᆞ야 黃花白酒를 辛勤勸飮故로 政思吾兄이러니 兄은 能爲不速之賓ᄒᆞ니 實適我願이로다."

因誦與鸞城之言ᄒᆞ고 相與大笑ᄒᆞ고 移席於賞春園西石臺上홀ᄉᆡ 燕王이 携秦王之手而至園中ᄒᆞ니 爛熳丹楓은 照朝陽而垂錦帳ᄒᆞ고 陸離[6]黃菊은 帶霜氣而吐幽香이라. 兩王이 登臺上ᄒᆞ야 俯瞰皇城物色ᄒᆞ고 遙望城外景槪ᄒᆞ니 軒豁通暢에 兼有幽邃之趣라. 座定後에 呼家僮ᄒᆞ야 拾落葉而烹茶ᄒᆞ고 談笑가 娓娓不絶ᄒᆞ니 此時鐵貴妃與潘虢兩妃로 已到翠鳳樓어ᄂᆞᆯ 鸞城이 與仙蓮兩淑人으로 設宴席於翠鳳樓ᄒᆞ야 內而接待三貴妃ᄒᆞ고 外而陳杯盤於賞春園ᄒᆞ고 一邊以投壺雙陸으로 決勝負ᄒᆞ며 又以歌舞絲竹으로 左右陳列ᄒᆞ야 待客이 甚欵이러라.

此時兩王이 折菊花枝ᄒᆞ야 爲觥籌而飮三四盃ᄒᆞ니 秦王이 醉而視燕王曰

"楊兄아! 古人이 稱重陽佳節은 豈非惜陽氣乎아? 天地萬物이 借其氣而生動活潑ᄒᆞᄂᆞ니 古之聖人이 言性理之學ᄒᆞ야 學其沈潛은 將欲養此

6) 육리(陸離): 여러 빛이 뒤섞여 눈이 부시게 아름다운 모양.

氣而大用也ㅣ라. 珍이 五六歲에 學言語ᄒᆞ고 十歲에 讀書ᄒᆞ야 古今事蹟과 成敗興亡을 講磨於胸中은 將欲以致君澤民ᄒᆞ고 論道經邦ᄒᆞ야 自期以皐陶稷契이러니 不幸而少年登科ᄒᆞ고 十六歲에 又爲駙馬都尉ᄒᆞ니 天恩이 罔極ᄒᆞ샤 富貴ᄂᆞᆫ 雖極이ᄂᆞ 國朝故例가 頗怪ᄒᆞ야 都尉ᄂᆞᆫ 無階之爵이 甚高ᄒᆞ야 無異於勳戚宗室ᄒᆞ니 雖有區區所抱ㅣ나 將何用之리오? 古人이 云 '食菜根然後에 可營百事ㅣ라.'[7] ᄒᆞ니 今綺紈之服과 膏粱之味ㅣ 誤我平生ᄒᆞ야 使花珍으로 爲頹墜無聊之身ᄒᆞ니 豈不可笑哉ㅣ리오? 宋之王晉卿[8]은 才學이 兼全이ᄂᆞ 爲駙馬以後로 不參於朝廷之事ᄒᆞ고 以玩好之物로 獨樂平生ᄒᆞ니 不知者ᄂᆞᆫ 雖讚王都尉之風流多才ᄂᆞ 有識者ᄂᆞᆫ 嘗嗟惜其平生이라. 花珍이 雖不能當王晉卿之才學이ᄂᆞ 不料躡其後塵이러니 今往秦國ᄒᆞ야 善政을 未敷에 敎化流澤이 不及於百姓이어늘 太后ㅣ 怊悵其遠離ᄒᆞᄉᆞ 更不許就國ᄒᆞ시니 刻骨天恩을 圖報無地나 非花珍平日에 讀書之本意라. 故로 無聊胸襟을 謾消於風流ᄒᆞ니 楊兄은 德望이 高明ᄒᆞ고 事業이 烜爀ᄒᆞ야 不讓於古人矣라 豈不笑花珍之放蕩이리오?"

燕王이 笑曰

"昌曲이 雖無藻鑑이나 以花兄으로 豈可謂放蕩이리오? 但區區所望은 花兄이 雖無大臣諫官의 輔導直諫黜陟之責이나 亦與國家로 同休戚이라 從容燕居에 近侍天顔ᄒᆞ야 如家人父子而談話諷諫은 必有勝於外朝宰相矣리니 此亦事業이라 豈可自怠其心이리오?"

秦王이 改容答曰

"兄之言은 果金石이라 當書紳不忘이어니와 吾於深宮에 日日對侍女宮

---

7) 식채근연후(食菜根然後), 가영백사(可營百事): '변변치 못한 나물 뿌리를 먹어본 뒤에야 온갖 일을 경영할 수 있다.' 송(宋)나라의 유학자 주희(朱熹)가 저술한 『소학小學』 「선행善行」편에서, 당시 유학자 왕신민(汪信民)의 말인 '사람이 늘 나물 뿌리를 씹는 생활을 할 수 있다면, 온갖 일을 이룰 수 있을 것이다(人常能咬菜根, 卽百事可成)'의 구절을 인용해 논한 바 있다.

8) [교감] 왕진경(王晉卿): 적문서관본 영인본 474쪽에는 '왕진경(王眞卿)'으로 되어 있으나, 인명(人名) 왕진경(王晉卿)의 오식이므로 바로잡는다.

妾ᄒᆞ야 聾盲於朝廷得失ᄒᆞ니 安敢當楊兄之托이리오? 方今聖天子ㅣ 在上ᄒᆞ샤 家給人足ᄒᆞ고 四方이 無事ᄒᆞ니 花珍은 將欲乘此機ᄒᆞ야 解秦王印綬ᄒᆞ고 詩酒風流와 江山風月로 以終餘生이로라."

燕王이 歎曰

"兄이 以靑春少年으로 執心이 如此老成ᄒᆞ니 非昌曲之所能及也로라. 昌曲은 本以南方布衣로 聖恩이 罔極ᄒᆞ샤 濫爵이 過分ᄒᆞ고 以鹵莽之才로 未能盡其職ᄒᆞ야 戒懼之心이 恒切兢懼ᄒᆞ야 如履薄氷ᄒᆞ니 當上表辭職ᄒᆞ고 奉兩親而歸田園ᄒᆞ야 使無月虧日昃之歎ᄒᆞ리라."

秦王이 乃執燕王之手而歎曰

"古人이 重知己ᄂᆞᆫ 以其不欺衷曲이라. 花珍이 有何所知리오마ᄂᆞᆫ 兄이 年未滿三十에 出將入相ᄒᆞ고 功名勳業이 震動一世ᄒᆞ니 權可以傾朝廷이오 禍福이 懸於掌中이라. 我皇上日月之明으로 風雲魚水에 際遇ㅣ隆崇이나 正有知識之君子의 謙恭自退之時라. 花珍此言이 似或但愛其友ᄒᆞ고 不顧國家ㅣ나 楊兄은 國之棟樑이오 民之表準이라. 楊兄安危ᄂᆞᆫ 卽國家安危니 勿怪花珍之交淺言深ᄒᆞ라."

燕王이 聞此言ᄒᆞ고 瞿然正襟而歎曰

"近日朋友之道ㅣ 廢已久矣러니 花兄이 不棄昌曲之不敏ᄒᆞ고 導其不逮ᄒᆞ니 藥石之言을 豈不書紳銘肺리오?"

ᄒᆞ고 自此로 燕王은 服秦王之忠直有信ᄒᆞ고 秦王은 敬燕王之正大謙讓ᄒᆞ야 相結知己之友ㅣ러라. 俄而오 夕陽丹楓이 照耀奪目ᄒᆞ야 九秋風光이 正挑醉興이라 更飮數杯ᄒᆞ고 相別而散ᄒᆞ니라.

且說. 光陰이 倏忽ᄒᆞ야 天子ㅣ 卽位九年이라. 冬十一月甲子冬至에 天子ㅣ 臨御紫宸殿ᄒᆞ샤 罷群臣之進賀ᄒᆞ시고 百官이 退出ᄒᆞᆯ시 忽有一聲雷가 隱隱轟轟ᄒᆞ야 撼動殿閣이어ᄂᆞᆯ 天子ㅣ 大驚ᄒᆞ샤 顧左右而問曰

"冬雷ᄂᆞᆫ 非不祥之兆乎아?"

一個近臣이 奏曰

"冬至에 一陽이 生ᄒᆞ오니 今日雷聲은 非災而祥이로소이다."

天子ㅣ 點頭ᄒᆞ신ᄃᆡ 承其意ᄒᆞ야 百官中稱祥瑞者ㅣ 往往有之ᄒᆞ니 燕王이 聞之ᄒᆞ고 慨然上疏曰

"臣楊昌曲은 聞古之明王이 言災變ᄒᆞ고 不問其祥瑞ᄂᆞᆫ 欲敬天修德이라. 故로 詩에 曰 '敬天之怒ᄒᆞ야 無敢戲豫라.'[9] ᄒᆞ니 殷之桑穀과 周之返風이 莫非因災修德이라. 後世人君은 聞災殃而不懼ᄒᆞ고 臣子ᄂᆞᆫ 頌祥瑞而納媚ᄒᆞ니 漢之麒麟과 宋之天瑞ㅣ 非徒爲千秋之嘲ㅣ라 蠹病其國ᄒᆞ고 愚弄其君ᄒᆞ니 臣이 每看史記라가 至此ᄒᆞ야ᄂᆞᆫ 不覺掩卷長歎ᄒᆞ야 慨然流涕러니 不幸今日에 更見衰世氣像於陛下朝廷ᄒᆞ오니 臣은 心寒骨驚ᄒᆞ와 莫知所謂로소이다. 臣은 以爲祥瑞災殃이 懸於人君ᄒᆞ오니 願陛下ᄂᆞᆫ 反而自思ᄒᆞᄉᆞ 仁政德澤이 洽於四海ᄒᆞ고 及於蒼生則雖偶然風雨라도 足爲祥瑞어니와 不然則假使景星卿雲이 現於天ᄒᆞ고 麒麟鳳凰이 滿於地라도 不足爲貴라. 況冬雷ᄂᆞᆫ 非常變災어ᄂᆞᆯ 諂諛之臣이 譏弄朝廷ᄒᆞ니 豈不寒心이리잇고? 臣이 雖不知天地陰陽之道ㅣ나 以理揣度則有所斟酌ᄒᆞ오니 臣이 先言天道ᄒᆞ고 更論人事호리이다. 冬至ᄂᆞᆫ 乃窮陰之月이라 天地閉藏ᄒᆞ고 萬物이 蟄伏ᄒᆞ야 周易所謂地雷復卦라 雷藏於地下ᄒᆞ니 豈聞其聲이리오? 故로 禮記月令에 '三月後에 雷乃發聲이라.' ᄒᆞ니 今季春月令이 行於仲冬은 非時之災라. 又以人事言之則兵火之餘에 生民이 困苦ᄒᆞ야 逢樂歲而未免飢餓ᄒᆞ고 當凶年則流離道路ᄒᆞ야 弱者ᄂᆞᆫ 顚于溝壑ᄒᆞ고 强者ᄂᆞᆫ 變爲盜賊이어ᄂᆞᆯ 宮中이 深邃ᄒᆞ고 廟堂이 遙遠ᄒᆞ야 愁慘之狀은 不見於目ᄒᆞ고 嗷嗷之聲은 不聞於耳ᄂᆞ 至高至公之天이 照臨에 豈不知之시리오? 和氣所在에 雨順風調ᄒᆞ야 陰陽調和ᄒᆞ고 寃氣充滿에 天地滯塞ᄒᆞ야 降其災殃ᄒᆞ나니 此ᄂᆞᆫ 不易之常理라. 以目今天下의 如此爻象으로 將望

9) 경천지노(敬天之怒), 무감희예(無敢戲豫): '하늘의 노여움에 공손하며, 감히 행락을 일삼지 말라.' 『시경詩經』「대아大雅」「생민지집生民之什」「판板」에 나오는 구절.

何等祥瑞ㅣ리오? 噫嘻痛哉라! 豈知陛下之臣子ㅣ 欺罔天道ᄒᆞ고 籠絡君父ㅣ 至於此極乎잇가? 伏願陛下ᄂᆞᆫ 今日上表言祥瑞者를 一一遠黜ᄒᆞ야 以徵諂諛之風과 欺罔之習ᄒᆞ소셔. 臣이 更伏念雷者ᄂᆞᆫ 天地之號令이라 所以鼓動造化ᄒᆞ야 發生萬物이니 今仲冬之月에 如此急行은 天下萬民이 蟄伏困悴ᄒᆞ야 望大寒陽春於陛下故로 天以冬雷로 警動陛下ᄒᆞ야 益勉聰明睿知ᄒᆞᄉᆞ 發號施令을 無敢懈怠케 홈이니 伏願陛下ᄂᆞᆫ 益勉聖衷ᄒᆞᄉᆞ 廓揮乾斷[10]ᄒᆞ시고 勵精圖治ᄒᆞᄉᆞ 勿事安逸ᄒᆞ시고 恒懷戒懼之心ᄒᆞᄉᆞ 報答天意ᄒᆞ소셔. 臣이 猥處大臣之列ᄒᆞ야 不能攝理陰陽ᄒᆞ야 有此非常之災殃ᄒᆞ오니 不能逃曠職之罪라. 伏願遞斥臣之官職ᄒᆞ사 董督羣僚ᄒᆞ소셔."

天子ㅣ 覽畢에 瞿然顧左右而嘆曰

"善哉라 忠言이여!"

ᄒᆞ시고 卽下批答曰

"卿의 愛君愛國之誠은 字字而達於肝肺ᄒᆞ니 豈非所望於平日이리오? 嘉言은 不可忘이어니와 巽章[11]은 誠是意外라 不能勉副[12]ᄒᆞ니 卿은 尤爲盡忠ᄒᆞ야 以補朕之過失이어다."

卽日下詔ᄒᆞ샤 削黜致賀祥瑞者ᄒᆞ라 ᄒᆞ시니 合十餘人이라.

此時濁黨이 尙在於朝廷ᄒᆞ야 盧均死後로 各自恐㤼ᄒᆞ야 慇懃屯聚ᄒᆞ야 欲做凶謀러니 意外天子ㅣ 因燕王之言ᄒᆞ야 出入於盧均門下之人을 赦而不問ᄒᆞ시니 嗚乎ㅣ라 小人之心臟이여! 不知罔極之天恩ᄒᆞ고 已得生路어놀 更患得失ᄒᆞ야 禮部尙書韓應德·諫官于世忠等數十人이 密議曰

"吾等이 雖蒙赦命이나 不能逃濁黨指目矣리니 若欲辭洛橋靑雲ᄒᆞ고 送餘生於靑山白雲則已어니와 更欲留意於宦路ᄒᆞ야 以終餘年則豈無方略이리오?"

---

10) 확휘건단(廓揮乾斷): 과단성 있게 다스림.
11) 손장(巽章): 사직(辭職)을 청하는 문장.
12) 면부(勉副): 임금이 의정(議政)의 사직(辭職)을 허락함.

韓尙書ㅣ 歎曰

"吾雖不似ㅣ나 滿朝清黨에 無可畏者로되 唯燕王一人은 以盧參政之才局으로도 不能當이라. 已不能制其人則反不如屈膝於其人ᄒᆞ야 出入門下ᄒᆞ야 求吾所欲이로라."

于世忠이 嘆曰

"閣下之計ㅣ 不可ᄒᆞ다. 傾耳於脅肩諂笑之誘者ㅣ 自有其人이라. 燕王은 雖年少ᄂᆞ 重如泰山喬嶽이니 豈可以尋常手段으로 誘之리오? 世忠은 聞之호니 古語에 云 '得君然後行道라.' ᄒᆞ니 若先不得天寵이면 安能成吾所欲이리오? 君子ᄂᆞᆫ 正道로 得君ᄒᆞ고 小人은 權道로 得君ᄒᆞᄂᆞ니 正道ᄂᆞᆫ 非吾輩所能이ᄂᆞ 豈無權道ㅣ리오?"

相與付耳而笑曰

"此ᄂᆞᆫ 盧參政之平生心法이라 吾等이 又乘時圖之라."

ᄒᆞ고 自此로 縱黨中心服之人ᄒᆞ야 傍蹊曲逕으로 窺察朝廷之動靜이러니 天道ㅣ 昭然ᄒᆞ야 青天霹靂이 欲破小人餘黨ᄒᆞ야 一聲冬雷ㅣ 撓紫宸殿ᄒᆞ니 不知者ᄂᆞᆫ 以爲天子의 堯舜之聖과 燕王의 稷契之忠으로 理陰陽順四時라 ᄒᆞ야 疑泰平聖代不時之變이어니와 見下回則可知天道가 疾惡小人ᄒᆞ야 顯其福善禍淫之理니 且看下回ᄒᆞ라.

辨忠逆天子頒綸 歸田園燕王上表

第五十一回

却說. 韓應德·于世忠等이 以盧均餘黨으로 傳授凶肚逆腸ᄒᆞ야 苟且之言과 諂諛之態로 以災稱祥ᄒᆞ야 欲試君父러니 一片浮雲이 難掩日月之明이라. 燕王之上疏ㅣ 正大森嚴ᄒᆞ야 禍色이 迫頭ᄒᆞ니 走坂之勢[1]요 旣覆之水라 猶欲以螳螂之臂로 拒轍ᄒᆞ고 螢火之光으로 爭日ᄒᆞ야 韓應德이 率于世忠ᄒᆞ고 作一章上疏ᄒᆞ야 獻於天陛ᄒᆞ니 其略에 曰

"禮部尙書臣韓應德等은 謹上疏于皇帝陛下ᄒᆞ노이다. 伏以天地肇判後에 陰陽이 生ᄒᆞ니 古人이 欲扶陽抑陰은 主張乾道ᄒᆞ야 以行造化也라. 十月을 名爲陽月은 嗟惜純陰之月에 陽氣銷鑠이오 爲十一月則子時夜半에 始生一陽故로 邵康節詩에 '忽然夜半一聲雷에 萬戶千門次第開라.'[2] ᄒᆞ니

1) 주판지세(走坂之勢): '가파른 산비탈을 내리닫는 형세'라는 뜻으로, 사람의 힘으로는 어찌할 도리가 없이, 되어가는 형편대로 맡겨둘 수밖에 없는 형세를 비유하는 말.

2) 홀연야반일성뢰(忽然夜半一聲雷), 만호천문차제개(萬戶千門次第開): '문득 한밤중 우렛소리에, 모든 집의 문이 차례로 열리도다.' 남송(南宋)의 학자 주희(朱熹, 1130~1200)가 지은 「동지冬至」의 시구. "문득 한밤중 우렛소리에, 모든 집의 문이 차례로 열리도다. 상(象)이 없는 가운데 있음을 체득할 수 있다면, 그대는 몸소 복희씨를 만난 것이리라(忽然夜半一聲雷, 萬戶千門次

此ᄂᆞᆫ 喜其一聲雷에 閉藏之氣ㅣ 自開라. 以此觀之則可知至月雷聲이 不爲災變이오 漢唐之俗이 當至月則爲人子孫者ㅣ 擧杯而獻壽於父母ᄒᆞ고 以德談으로 祝福祿ᄒᆞ니 此ᄂᆞᆫ 去舊從新ᄒᆞ야 召和氣也니 由此觀之則上表陳賀ㅣ 不大悖於義理라. 伏惟皇上陛下ㅣ 睿聖文武ᄒᆞᄉᆞ 春臺玉燭이 躋堯舜之治ᄒᆞ시니 雨順風調ᄒᆞ고 時和歲豊ᄒᆞ야 滅災殃而待祥瑞ᄂᆞᆫ 爲陛下臣子之常心이라. 天地陰陽이 否往泰來[3]ᄒᆞ야 至日雷聲이 報一陽이어ᄂᆞᆯ 以陛下謙讓之聖德으로 小心翼翼ᄒᆞᄉᆞ 玉色이 驚動ᄒᆞ시고 問以非災ᄒᆞ시니 近侍諸臣이 仰達實狀ᄒᆞ고 在廷百官이 奉表而賀ᄂᆞᆫ 無他라. 區區愛君之忠이 欲慰無端之驚이오 又明天地運行之理어ᄂᆞᆯ 今燕王楊昌曲이 上疏彈駁ᄒᆞ야 搆陷之言과 抑勒之辭ㅣ 非但論駁諸臣이라 實是欺罔陛下ㅣ요 非徒欺罔陛下라 又是上欺天道이오니 臣等이 不知其意로소이다. 噫嘻라! 阿諛君父ᄂᆞᆫ 不過要恩寵貪富貴나 恐動人主ᄒᆞ고 鉗抑朝廷은 豈非包藏無君之心이리오? 臣等은 聞之호니 四夷八蠻과 億兆萬民이 但頌中國에 有燕王이오 無語陛下之恩德者ㅣ라 ᄒᆞ니 是豈國家之福이리오? 臣等은 聞之호니 …… ”

此時翰林學士ㅣ 俯伏榻前ᄒᆞ야 讀此疏ㅣ러니 讀未畢에 天子ㅣ 忽變玉顔ᄒᆞ시고 厲色大聲曰

“學士ᄂᆞᆫ 停讀ᄒᆞ라.”

ᄒᆞ시고 顧左右曰

“此疏ㅣ 何如오?”

左右ㅣ 默默이러니 此時秦王이 適立於簾外라 天子ㅣ 向秦王而問曰

“卿之所見은 韓應德之疏ㅣ 何如오?”

秦王이 慨然奏曰

第開, 識得無中含有象, 許君親見伏羲來).”

3) 비왕태래(否往泰來): 막힌 운수가 가고 터진 운수가 옴. 비태(否泰)는 막힌 운수와 터진 운수, 즉 불행과 행운을 아울러 일컫는 말.

"以陛下日月之明으로 忠逆之分을 如鏡照鑑ᄒᆞ시니 臣이 豈敢言也리오마ᄂᆞᆫ 姦黨之無嚴이 至此ᄒᆞ오니 滿紙臚列辭意ㅣ 引證古書ᄒᆞ야 眩亂天聽ᄒᆞ고 搆誣賢臣ᄒᆞ야 欲以翻覆朝廷ᄒᆞ오니 陰譎經綸과 不測心術이 亦同一之盧均의 傳授心法이로소이다."

天子ㅣ 震怒ᄒᆞᄉᆞ 下敎曰

"朕이 向日命赦盧均之黨은 實感燕王之公心이오 且恐其中에 或有人才ᄒᆞ야 有玉石俱焚之歎이러니 凶逆門下에 豈有忠臣이리오? 今日內로 盧均之黨을 一一削黜ᄒᆞ야 上自公卿으로 下至微末之官이라도 出入盧均門前者ᄂᆞᆫ 一並削黜朝籍ᄒᆞ야 終身禁錮ᄒᆞ고 上疏中韓應德·于世忠等十餘人은 爲先禁義獄에 具格拿來[4]ᄒᆞ야 嚴囚入啓ᄒᆞ라."

天子ㅣ 下敎畢에 急召燕王ᄒᆞ라 ᄒᆞ시니 燕王이 以遭人言으로 業已待罪城外라 天子ㅣ 玉色이 慘淡ᄒᆞ야 含淚曰

"以燕王之忠으로 遭如此讒言ᄒᆞ니 此ᄂᆞᆫ 朕之愛燕王이 不如燕王之愛朕이라. 嗚乎ㅣ라! 欲使朕으로 坐於頹屋ᄒᆞ고 奪去棟樑ᄒᆞ니 古今天下에 豈有如此凶逆이리오?"

ᄒᆞ시고 玉手로 拍書案而移坐御榻ᄒᆞᄉᆞ 見翰林學士ᄒᆞ시고 取紙而命寫傳旨ᄒᆞ시면셔 親呼十行綸音ᄒᆞ시니 其略에 曰

"親賢臣遠小人은 先王之大政이라. 朕德이 凉薄ᄒᆞ야 姦黨이 嘗試朝廷ᄒᆞ니 豈不寒心이리오? 昔者에 周公이 遭流言ᄒᆞ고 霍光이 被讒愬ᄂᆞᆫ 周成王[5]·漢宣帝가 以年幼로 管·蔡·上官傑이 欲試其意라. 若非成王·宣帝之聰明이러면 周漢兩國之宗社ㅣ 危矣리니 至今思之에 毛骨이 竦然커날

4) 구격나래(具格拿來): 죄인에게 수갑과 차꼬를 채우고 칼을 씌워 잡아오는 일.

5) 성왕(成王): 주(周)나라의 제2대 왕. 무왕(武王)의 아들로서 어린 나이에 즉위해, 무왕의 아우 주공(周公) 단(旦)이 섭정(攝政)했다. 이를 계기로 상(商)나라의 왕족 무경(武庚)과 무왕의 아우인 관숙(管叔)·채숙(蔡叔)이 반란을 일으켰다. 주공은 이를 진압하고 성왕과 함께 동이(東夷)로 원정했다. 주공은 섭정 7년 만에 성왕에게 정사를 넘겨주었다.

今朕之年이 三十이오 卽位十年이라. 奸黨之大膽이 搆誣賢臣ᄒᆞ야 欲籠絡君父ᄒᆞ니 若不懲此習則將成無君之國이라. 朕之今日綸音은 欲明小人之爲小人과 賢臣之爲賢臣ᄒᆞᄂᆞ니 向日盧均이 濁亂朝廷ᄒᆞ고 貽病國家ᄒᆞ야 宗社之存亡이 在於朝夕ᄒᆞ니 回思往事則心寒膽冷이어ᄂᆞᆯ 今韓應德·于世忠이 以凶逆餘黨으로 蒙容貸而保全性命ᄒᆞ니 當改舊習ᄒᆞ야 百倍謹愼이 可也어ᄂᆞᆯ 反以凶肚逆腸으로 承襲盧均之首惡ᄒᆞ야 以阿諛之言으로 稱頌祥瑞ᄒᆞ니 豈非泰山明堂에 做出天書ᄒᆞ고 太淸宮中에 幻形神仙之手段이리오? 朕雖昏暗이나 必不再被其欺弄이라. 至於燕王貫日之忠은 天地神明之所照臨이니 出戰南方ᄒᆞ야 平定哪吒은 鞠躬盡瘁諸葛武侯之忠義요 儀鳳亭前에 諫音樂ᄒᆞ야 不避斧鉞은 面折廷爭[6]汲長孺之風采라. 朕이 不明ᄒᆞ야 信聽盧均之讒言ᄒᆞ고 放逐賢臣於萬里惡地ᄒᆞ니 雖屈三閭之忠과 賈太傅之賢으로도 歌離騷ᄒᆞ고 吟鵩鳥ᄒᆞ야 歎不遇慷慨ᄒᆞ니 賢哉라 燕王이여! 一片丹心이 但知國家而忘其身ᄒᆞ고 愛君父而冒死生ᄒᆞ니 以罪囚上表ᄒᆞ야 海上行宮에 喚醒醉夢ᄒᆞ고 單騎走馬ᄒᆞ야 鸛巢城下에 衝突胡兵ᄒᆞ야 數百年宗社가 賴而不絶ᄒᆞ고 億兆蒼生이 能免魚肉ᄒᆞ니 是誰之功고? 朕은 聞之ᄒᆞ니 慈父孝子ᄂᆞᆫ 姦言이 不至ᄒᆞ고 知己朋友ᄂᆞᆫ 毁謗이 不生이라 ᄒᆞ니 今世忠等이 讒燕王於朕이 如此ᄒᆞ니 姦黨之膽大唐突이 何以及此오? 韓應德은 投配於南海不毛島ᄒᆞ고 于世忠은 投配於北方大猶島ᄒᆞ되 時刻內發配ᄒᆞ야 雖大赦天下ㅣ라도 終身토록 勿爲放釋ᄒᆞ고 疏下十餘人은 竄配遠惡地後에 綸音을 頒布諸郡ᄒᆞ야 揭付方曲ᄒᆞ야 使知朕의 親賢臣遠小人之意ᄒᆞ라."

天子ㅣ 下綸音ᄒᆞ시고 催促發配後에 遣中使ᄒᆞ야 敦諭燕王而命召ᄒᆞ시니 燕王이 尤極惶蹙不安ᄒᆞ야 退處遠郊ᄒᆞᆫ딕 天子ㅣ 聞之ᄒᆞ시고 下敎曰

"燕王이 不知朕之意乎아? 乃反如此自引而退ᄒᆞ니 此ᄂᆞᆫ 朕之誠意ㅣ

6) 면절정쟁(面折廷爭): 임금 앞에서 그 허물을 직간(直諫)함.

未孚라."

ᄒᆞ시고 促法駕儀仗ᄒᆞ야 將欲親迎ᄒᆞ시니 燕王이 聞天子ㅣ 親臨ᄒᆞ고 不得已入城ᄒᆞᆯ식 天子ㅣ 已出宮이러라. 燕王이 伏地請罪ᄒᆞᆫᄃᆡ 天子ㅣ 大悅ᄒᆞᄉᆞ 使宦侍二人으로 扶燕王而共入闕ᄒᆞ야 執手於榻前ᄒᆞ시고 曰

"讒夫之罔極이 自古有之라. 朕은 知卿之心ᄒᆞ고 卿은 知朕之心이라 何如此自引也오?"

燕王이 奏曰

"臣이 不忠無常ᄒᆞ와 今日處地ㅣ 進退維谷이라. 上失攝理陰陽之職ᄒᆞ야 災殃이 昭示ᄒᆞ고 下不愼事君盡忠之道ᄒᆞ야 衆謗幷起ᄒᆞ오니 陛下ㅣ 雖曲軫容恕ᄒᆞᄉᆞ 矜其才學之鹵莽ᄒᆞ시고 明其中心之無他ᄒᆞᄉᆞ 更欲收用ᄒᆞ시나 獨不念臣之情勢ㅣ 有百退之由ᄒᆞ고 無一進之端乎잇가?"

天子ㅣ 笑曰

"諺에 云 '非言이어든 不答이라.' ᄒᆞ니 因么麽奸黨의 無根之說ᄒᆞ야 判斷去就ᄂᆞᆫ 十分不當이로다."

燕王이 更奏曰

"聖敎ㅣ 至此ᄒᆞ시니 又以俗談으로 奏達矣리이다. 閭巷庶民이 遭詬辱於鄰兒ㅣ라도 猶可以懷羞恥而杜門不出ᄒᆞ야 對鄰里無面이어든 况臣雖千萬不似오ᄂᆞ 處大官之列ᄒᆞ야 聞罔極之言ᄒᆞ고 資口無據ᄒᆞ야 泰然登朝班ᄒᆞ야 董督百僚則臣之身勢ᄂᆞᆫ 莫說ᄒᆞ고 朝廷之羞恥ㅣ 將何如哉잇고?"

上이 改容慰之曰

"韓應德·于世忠은 不過一個鄙夫ㅣ라. 自古君子ㅣ 逢辱於小人者ㅣ 多ᄒᆞ니 何足掛念이리오? 卿이 平日爲國家而不顧其身터니 今日에 豈獨惜身命ᄒᆞ야 不顧國事之莽蒼乎아?"

燕王이 更起伏奏曰

"下敎鄭重ᄒᆞᄉᆞ 如此曉喩ᄒᆞ시니 臣非木石이어니 豈不感動이리잇가마

ᄂᆞᆫ 韓應德·于世忠之鄙夫ᄂᆞᆫ 何也잇고? 貪富貴而徼恩寵ᄒᆞ야 不顧廉耻而已라. 臣이 甘受唾罵ᄒᆞ고 顧戀恩寵ᄒᆞ야 知進而不知退則亦一個鄙夫라 何異於世忠之輩리잇고? 陛下ㅣ 又曰 '惜身命而不顧國事라.' ᄒᆞ시니 臣本才學이 淺短ᄒᆞ야 去就進退에 非徒無一毫輕重이라. 君子ㅣ 修身後에 齊家ᄒᆞ고 齊家後에 治國ᄒᆞ고 治國後에 平天下ᄒᆞᄂᆞ니 禮義廉恥ᄂᆞᆫ 修身之本이라. 若念恩寵貪爵祿ᄒᆞ야 徘徊觀望ᄒᆞ고 冒沒廉恥則此ᄂᆞᆫ 不能修身이니 一室之內에 不能齊家어든 況天下乎잇가? 陛下ㅣ 若取臣之容貌ᄒᆞ샤 欲苟且相對則可也어니와 若用鹵莽才學ᄒᆞ샤 任論道經邦之責則豈不顧念身命乎잇가?"

天子ㅣ 聞此言ᄒᆞ시고 默默良久에 曰

"我君臣兩人의 一片之心이 相照ᄒᆞ니 何可如此强迫이리오? 更爲從容商議ᄒᆞ야 思所以出處休戚에 有始有終ᄒᆞ라."

燕王이 惶恐頓首而退ᄒᆞ니라. 天子ㅣ 顧秦王曰

"燕王休退之意ㅣ 十分牢確ᄒᆞ니 是何故也오?"

秦王曰

"燕王之退意ㅣ 已久ᄒᆞ니 非徒以讒言而自引[7]이라. 今日陛下禮遇之道ㅣ 但加誠意而挽留則似或回意로소이다. 若許退於此時則誠遂奸黨之所願이오 非禮待燕王之意로소이다."

上이 歎曰

"國家ㅣ 叢脞[8]ᄒᆞ고 賢臣이 欲退ᄒᆞ니 朕이 與誰治天下리오?"

ᄒᆞ시더라. 數日後燕王이 上疏請退ᄒᆞ니 其疏에 曰

"臣以不肖才學으로 蒙聖朝簡拔之恩ᄒᆞ와 官爵高而富貴極ᄒᆞ오니 恒切戒懼之心이라. 唯不知尊嚴ᄒᆞ고 區區忠言이 駭妄者多어날 不以爲非ᄒᆞ시

7) 자인(自引): 직위에서 스스로 물러남.
8) 총좌(叢脞): 번잡하고 자질구레해 통일이 없음.

고 聖教鄭重ᄒᆞ시오니 臣이 尤不勝惶恐罪悚이로소이다. 臣本南方布衣로 家貧親老ᄒᆞ야 因艱難而求爵祿이오 實非經綸才學이 自期致君澤民이라. 今若知進而不知退ᄒᆞ고 貪多務得ᄒᆞ야 專恃天寵ᄒᆞ고 無所自量則上負聖恩ᄒᆞ고 下召災殃이라 其不肖不忠이 尤甚矣리니 伏願陛下ᄂᆞᆫ 察臣之情勢ᄒᆞᄉᆞ 許歸田園ᄒᆞ야 長久恩寵於君臣之間ᄒᆞ소셔. 臣이 年未滿三十이오ᄂᆞ 素多疾病ᄒᆞ고 又有老親ᄒᆞ와 每思閑寂自奉ᄒᆞ고 靜處調攝ᄒᆞ오니 惟我皇帝陛下ᄂᆞᆫ 天地父母ㅣ라 憐臣之情地ᄒᆞᄉᆞ 亟收官職ᄒᆞ야 使安其分케 ᄒᆞ시고 許歸田園ᄒᆞᄉᆞ 永保恩寵ᄒᆞ소셔."

天子ㅣ 覽疏ᄒᆞ시고 顧左右曰

"朕恃燕王을 如棟樑柱石ᄒᆞ야 方欲倚以爲重이어날 退意ㅣ 如此甚急ᄒᆞ니 是豈平日所望이리오?"

ᄒᆞ시고 批答曰

"朕이 誠意淺薄ᄒᆞ야 一言이 不能回卿之心ᄒᆞ고 繼而見此疏ᄒᆞ니 落莫之心이 如失手足이라. 以卿之至忠으로 豈不念此ᄒᆞ고 卿果欲捨朕而去乎아? 卿은 更思ᄒᆞ야 勿負區區之意ᄒᆞ라."

數日後燕王이 再次上疏ᄒᆞ니 其疏에 曰

"臣은 聞之호니 君이 使臣以禮則臣亦以禮事君ᄒᆞᄂᆞ니 夫禮云者ᄂᆞᆫ 非拜揖辭讓也ㅣ라 謂其進退出處에 不失大體也어날 若呼之以威令ᄒᆞ고 誘之以恩惠ᄒᆞ야 使之盡力ᄒᆞ야 不暇於體貌則此ᄂᆞᆫ 不過爲婦寺[9]之忠이라. 臣之今日處地ᄂᆞᆫ 一進一退에 判君子鄙夫之情態矣리니 臣雖不能以君子之道로 自處ㅣᄂᆞ 陛下ㅣ 豈以鄙夫之態로 指導也ㅣ리잇고? 臣雖無知ㅣ 如木石ᄒᆞ고 愚迷ㅣ 如犬馬이오나 豈不知恩寵慈愛之罔極이리오마ᄂᆞᆫ 一奉聖旨則自不覺情勢ㅣ 急迫ᄒᆞ고 言辭張皇ᄒᆞ오니 伏願陛下ᄂᆞᆫ 愛之憐之ᄒᆞ소셔."

9) 부시(婦寺): 궁중(宮中)에서 일을 보던 여자와 환관(宦官)을 아울러 일컫는 말.

天子ㅣ 覽畢에 天顔이 不悅ᄒᆞ샤 批答曰

"天不助朕ᄒᆞ야 卿疏ㅣ 再至ᄒᆞ니 此ᄂᆞᆫ 君臣之間에 不能相孚故라 豈不慨然이리오?"

燕王이 三次上疏ᄒᆞ니 其疏에 曰

"臣은 聞之호니 父母ㅣ 愛子에 割情而撻楚嚴責은 豈人情의 所出之本心이리오? 但欲覺非而不使犯罪也ㅣ라. 臣이 不肖無狀ᄒᆞ와 濫分之爵이 器已盈矣오 如履薄氷ᄒᆞ야 能免大罪ᄒᆞ야 不貽不忠於陛下를 難可期必이라. 陛下ㅣ 豈無撻楚嚴責ᄒᆞ야 割情敎訓之愛乎잇가? 臣以父母之晩年獨子로 慈愛之過에 長於煦濡ᄒᆞ야 無所學問이오 被陛下의 生成之澤이 感入骨髓ᄒᆞ와 其所仰望이 無異於父母어날 陛下ㅣ 今又蔽於慈愛之心ᄒᆞ샤 不察其岌嶪情勢ᄒᆞ오시니 伏願陛下ᄂᆞᆫ 矜之憫之ᄒᆞ소셔."

天子ㅣ 又不許ᄒᆞ신ᄃᆡ 燕王이 無可奈何ᄒᆞ야 黽勉出仕數月에 更爲上疏辭職이 至百餘度ᄒᆞ니 天子ㅣ 不能强迫其所執ᄒᆞ야 命召燕王ᄒᆞ신ᄃᆡ 燕王이 入侍ᄒᆞ야 俯伏榻前奏曰

"臣雖不忠이오나 豈不知陛下의 愛臣之恩德이리오마ᄂᆞᆫ 自古로 出將入相ᄒᆞ야 不能功成身退則能永保君臣之義者ㅣ 少ᄒᆞ오니 臣今犬馬之齒가 不及古人致仕之身이오ᄂᆞ 伏乞聖明은 賜十年之由ᄒᆞ샤 使歸田園ᄒᆞ야 以免福過災生케 ᄒᆞ소셔."

上이 愕然曰

"朕雖無德이ᄂᆞ 非越王句踐의 同患亂而負安樂者流ㅣ니 卿이 豈以五湖扁舟로 思范大夫之獨善乎아?"

燕王이 頓首曰

"昔에 宋太祖[10]ᄂᆞᆫ 聖君이로되 勸石守信等五人ᄒᆞ야 棄官爵而歸鄕園ᄒᆞ

10) 송태조(宋太祖, 927~976): 송(宋)나라를 창건한 황제 조광윤(趙匡胤). 처음 후주(後周)의 세종(世宗) 밑에서 벼슬해 거란과 남당(南唐)과의 싸움에서 공을 세워 절도사(節度使)를 지냈다. 세종이 죽은 뒤 북한(北漢)이 침입하는 위기를 당하자 옹립되어 제위에 올랐다. 재위 기간 중

야 使保終始之恩ᄒᆞ오니 此事ᄂᆞᆫ 君臣의 無間之際遇ㅣ라. 臣이 雖貪富貴慕功名ᄒᆞ와 不知盛滿ᄒᆞ고 不覺危殆ᄒᆞ나 陛下ㅣ 宜矜憐ᄒᆞᄉᆞ 指導生路矣리니 豈不許今日退休乎잇가?"

上이 歔欷曰

"卿之鄕庄이 在於何處乎아?"

燕王이 曰

"在於東郊百里外ᄒᆞ니 地名은 聚星洞이니이다."

上이 良久에 顧左右曰

"百里ᄂᆞᆫ 非一日程乎아?"

左右ㅣ 曰

"然ᄒᆞ니이다."

天子ㅣ 悵然曰

"天不佑國家ᄒᆞ야 卿之執心이 如此牢確ᄒᆞ니 朕의 禮待之義에 豈可一向固執이리오? 朕이 但有三個約ᄒᆞ노니 一은 待十年而更召ᄒᆞ리니 卿은 勿辭ᄒᆞ고 二ᄂᆞᆫ 仍帶官職ᄒᆞ야 勿辭祿俸ᄒᆞ고 三은 雖十年以內라도 小事ᄂᆞᆫ 問於私室ᄒᆞ고 大事ᄂᆞᆫ 勿辭入朝ᄒᆞ고 聚星洞이 不遠ᄒᆞ고 卿亦少年이라 每年四時佳節에 以消暢之方으로 着山巾野服ᄒᆞ고 率一匹靑驢와 一個家僮ᄒᆞ고 從容來見ᄒᆞ라. 朕이 當於便殿에 掃客榻ᄒᆞ야 擺脫君臣之義ᄒᆞ고 迎以朋友ᄒᆞ야 相慰隔面之懷ᄒᆞ리라."

ᄒᆞ시고 因以正月上元·五月五日·仲秋旣望·九月九日로 指定ᄒᆞ샤 曰

"今日朕의 送卿之心이 豈可以尋常君臣之別로 論之리오? 思以國事則棟樑柱石이 無可依處ᄒᆞ야 失筮龜ᄒᆞ니 吉凶得失을 質之於誰ㅣ며 遠明

에 형호(荊湖)·후촉(後蜀)·남한(南漢)·남당(南唐) 등을 공격해 멸망시켰다. 문치주의에 의한 중앙집권적 관료제를 확립하고, 중앙에 민정(民政)·병정(兵政)·재정(財政)의 삼권을 집중해 황제의 독재권을 공고히 했다.

鏡ᄒᆞ니 容貌奸醜를 照於何處ㅣ리오? 以私情으로 言之則午夜[11]龍樓의 耿耿金蓮燭과 百官朝班의 鏘鏘佩玉聲이 無非怊悵不樂ᄒᆞ고 踽凉無聊라. 卿이 能知此心乎아?"

燕王이 頓首涕泣曰

"臣이 十六歲에 事陛下ᄒᆞ야 年今二十六歲라. 頂踵毛髮이 莫非天恩이오니 雖如鷄犬牛馬의 無知之微物이라도 猶愛主人ᄒᆞᄂᆞ니 臣이 雖粉骨碎身이라도 豈不欲永侍左右ᄒᆞ야 暫無遠離리오마ᄂᆞᆫ 濫爵이 處於宰列ᄒᆞ야 進退出處와 一動一靜이 爲百官之表準ᄒᆞ리니 豈不愼處地與廉隅乎잇가? 今迫不獲已ᄒᆞ와 辭天陛而向雲山ᄒᆞ오니 如赤子之離慈母膝下라. 三件下敎ᄂᆞᆫ 當銘心不忘이어니와 休退田園은 欲辭富貴而尋淸閑ᄒᆞ야 得免過分之誚ㅣ라. 今仍持爵祿ᄒᆞ고 兼享山水淸福則廉隅之損傷은 尙矣勿論ᄒᆞ고 造物之猜ㅣ 將何如哉리잇고? 伏願陛下ᄂᆞᆫ 亟收臣之官爵祿俸ᄒᆞ사 俾守草野寒士之本分ᄒᆞ야 上頌聖德ᄒᆞ고 下無過分之災ᄒᆞ소셔."

上이 笑曰

"然則右丞相職을 勉副ᄒᆞ오니 燕王祿俸은 勿辭ᄒᆞ라."

燕王이 莫可奈何ᄒᆞ야 受命退出ᄒᆞ니라.

且說. 燕王이 奉聖旨ᄒᆞ야 請得休退ᄒᆞ야 奉兩親率家眷ᄒᆞ고 歸于鄕園ᄒᆞ니 得遂所願이ᄂᆞ 十年罔極恩寵을 一朝遠離ᄒᆞ야 浩然歸去ᄒᆞ니 豈忘戀戀之情과 眷眷之心이리오? 乃上一表而辭陛ᄒᆞ니 其表에 曰

"臣昌曲이 不忠無狀ᄒᆞ와 負恩寵而謀一身ᄒᆞ야 今將辭城闕而向田園이로소이다. 車輪이 雖東轉이ᄂᆞ 一片丹心은 懸於北闕下ᄒᆞ오니 豈不以區區所懷로 表戀戀愚衷이리잇고? 伏惟陛下의 聖明睿智와 神聖文武ᄂᆞᆫ 堯舜姿品이오 湯武度量이ᄂᆞ 卽位十年에 猶不成泰平之治ᄒᆞ야 生民之困瘁

11) 오야(午夜): 십이시(十二時) 가운데 자시(子時)의 한가운데. 곧 밤 열두시.

가 如故ᄒᆞ오니 此ᄂᆞᆫ 無他ㅣ라 臣等이 不忠ᄒᆞ와 贊襄이 不足故也라.

雖然이ᄂᆞ 臣은 聞之호니 良工은 無棄木ᄒᆞ고 强將은 無弱卒이라 ᄒᆞ오니 此ㅣ 皆懸於陛下로소이다. 書에 云 '元首明哉면 股肱良哉며 元首叢脞哉면 股肱惰哉라.'[12] ᄒᆞ니 伏願陛下ᄂᆞᆫ 莫歎天下에 無人才하시고 思陛下之用人ᄒᆞ시며 莫責臣子之不忠ᄒᆞ시고 益勉陛下之聖德ᄒᆞ소셔. 人氣降殺[13]ᄒᆞ야 古今이 雖異ᄂᆞ 天生烝民에 將以一世人으로 自足了一世事ᄒᆞᄂᆞ니 戰國人物이 雖不能謀堯舜之化나 漢唐諸臣이 猶成漢唐之治ᄒᆞ니 聖君이 在上則賢臣이 滿朝ᄒᆞ고 昏主ㅣ 當國則小人이 滿朝ᄂᆞᆫ 豈懸於人才有無리오? 在於用也라.

嗚乎ㅣ라! 草野岩穴에 修才而待時者ㅣ 傾耳明目ᄒᆞ야 察朝廷氣色이어ᄂᆞᆯ 陛下ㅣ 處於深宮ᄒᆞᄉᆞ 不聞其聲ᄒᆞ시고 但以宦官宮妾의 細瑣之言과 近侍諸臣의 循例之節로 恬戱送日ᄒᆞ시니 安可望泰平之治乎잇가? 爲陛下ᄒᆞ야 言治國經邦者ㅣ 必曰 '改風俗ᄒᆞ며 立法令ᄒᆞ며 節財用ᄒᆞ며 愛臣民ᄒᆞ며 減賦稅ᄒᆞ며 明刑政ᄒᆞ며 禁侈奢ᄒᆞ며 絶苞苴[14]라.' ᄒᆞ오리니 此皆今日之急務ㅣ라. 其言이 雖宜ᄂᆞ 猶不可曰立其本이라

譬如一生多病ᄒᆞ야 見千百危症敗兆之日加ᄒᆞ고 議論이 不一ᄒᆞ야 見其焦燥發狂則欲潤心經ᄒᆞ며 見呼吸喘促則欲治肺經ᄒᆞ야 不覺東遏西潰ᄒᆞ고 南扶北傾ᄒᆞ니 此豈非庸醫의 循例之言이리오? 若以扁鵲[15]·倉公[16]의 老

---

12) 원수명재(元首明哉), 고굉양재(股肱良哉). 원수총좌재(元首叢脞哉), 고굉타재(股肱惰哉): '임금이 밝으면 신하가 어질게 되고, 임금이 번잡하면 신하가 게으르게 된다.' 『서경書經』 「우서虞書」 「익직益稷」에 나오는 구절.

13) 강쇄(降殺): 등급(等級)이 깎여 내려감.

14) 포저(苞苴): 뇌물(賂物)로 보내는 물건.

15) 편작(扁鵲, BC 407~BC 310): 중국 전국시대 전설적인 명의(名醫). 성은 진(秦), 이름은 완(緩), 자는 월인(越人). 의술이 매우 뛰어나 신화 중에 나오는 황제(黃帝)의 신의(神醫)인 편작(扁鵲)의 이름으로 불리게 되었다. 장상군(長桑君)에게 의학을 배워 금방(禁方)의 구전과 의서(醫書)를 받아 명의가 되었고, 고대부터 전래하는 의술과 민간의학을 취합해 독특한 진단법을 만들었다. 그를 시기한 진(秦)나라의 태의령(太醫令) 이혜(李醯)에게 죽임을 당했다고 한다.

16) 창공(倉公): 전한(前漢)의 명의(名醫). 본명은 순우의(淳于意). 제(齊)나라 태창장(太倉長)의

成之術로 觀之則扶元氣而順諸症矣라 ᄒᆞ오리이다. 古人이 言 '士者ᄂᆞᆫ 國之元氣라.' ᄒᆞ니 但先養士氣然後에 人才를 可得이오 得人才然後에 論治國經邦矣리니 今日士習이 頹墮ᄒᆞ야 幾至於莫可收拾之境ᄒᆞ니 此豈非國家之大患이릿고?

三代以來로 務科法ᄒᆞ야 周之三物賓興[17]之法과 漢之賢良方正[18]之策이 無非欲培養士氣ᄒᆞ야 收用人材라. 後世에 科法이 解弛ᄒᆞ야 爲士者ㅣ 一經科擧則元氣ㅣ 一層沮喪ᄒᆞ고 再經則心神이 百倍懈怠ᄒᆞ야 貧寒者ᄂᆞᆫ 掩卷而謀生涯之方ᄒᆞ며 豪華者ᄂᆞᆫ 嘲笑讀書ᄒᆞ고 窺覘捷徑ᄒᆞ야 得則矜伐ᄒᆞ고 失則落拓ᄒᆞ야 鄙陋之見과 輕薄之風이 習於耳目ᄒᆞ야 無一分羞恥之心ᄒᆞ야 無異於小民謀利之風ᄒᆞ고 其中山林岩穴에 守古道有志操者ᄂᆞᆫ 閉門斂跡ᄒᆞ야 憂世路紅塵之染ᄒᆞ니 陛下朝廷에 人才乏絶이 豈不當然哉릿가?

臣은 以爲釐正科法이 最爲今日之急務라 ᄒᆞ노니 以詩賦表策으로 試士ᄒᆞ야 雖有十分公心이ᄂᆞ 他日收用에 別無可取者어ᄂᆞᆯ 況無公心이리오? 爲今之計컨ᄃᆡᆫ 莫如行貢擧法[19]·薦主法[20]ᄒᆞ야 鼓動士氣이오니 下詔諸郡ᄒᆞ야 三年一次式各選郡中多士ᄒᆞ되 大郡은 十餘人이오 小郡은 五六人式

벼슬을 지내 창공(倉公) 혹은 태창공(太倉公)으로 불린다. 맥법(脈法)의 운용을 중시했고, 병을 치료할 때마다 침과 약물을 아울러 사용해 효과를 보았다고 한다. 문제(文帝) 때 죄를 지어 육형(肉刑)을 당하게 되었는데, 그의 딸 제영(緹縈)이 문제에게 글을 올려 자신이 관비(官婢)가 됨으로써 아버지의 죄를 용서해주길 원하니, 문제가 가련하게 여겨 육형을 면제했다는 일화가 전한다.

17) 삼물빈흥(三物賓興): 주(周)나라 때 향학(鄕學)에서 육덕(六德)·육행(六行)·육예(六藝)의 세 가지 교과과정으로 백성을 가르쳐 인재를 채용하던 제도다. 육덕은 지(知)·인(仁)·성(聖)·의(義)·충(忠)·화(和), 육행은 효(孝)·우(友)·목(睦)·인(姻)·임(任)·휼(恤), 육예는 예(禮)·악(樂)·사(射)·어(御)·서(書)·수(數)를 가리킨다. [교감] 적문서관본 영인본 486쪽에는 '삼물빈홍(三物彬興)'으로 되어 있으나, 의미상 '삼물빈홍(三物賓興)'의 오식(誤植)이므로 바로잡는다.

18) 현량방정(賢良方正): 전한(前漢)의 문제(文帝) 때부터 실시된 관리 등용 방법. 현량과(賢良科) 혹은 현량방정과(賢良方正科)라 한다. 전국 각 군으로부터 어질고 선량한 인재를 천거하게 하여, 임금이 친히 이들에게 책문(策問)을 시험해 직언과 극간(極諫)을 잘하는 사람을 선발했다.

19) 공거법(貢擧法): 지방에서 학문과 품행이 뛰어난 선비들을 서울로 천거하는 법.

20) 천주법(薦主法): 추천되어 임관(任官)한 자가 만일 비리를 저지르거나 죄를 범한 경우에는 추천한 사람도 함께 그 죄에 연좌하는 법.

以文章으로 試驗ᄒᆞ고 經綸으로 取才ᄒᆞ야 上于禮部ᄒᆞ야 更比較而選優等ᄒᆞ야 親試榻前ᄒᆞ되 先問經術ᄒᆞ고 次試詩賦ᄒᆞ야 陛下ㅣ 親選ᄒᆞ시고 其中經綸詩賦之特出者ᄂᆞᆫ 褒其所薦方伯守令而加其官ᄒᆞ시고 用而試之ᄒᆞ야 若有所誤어든 其薦主를 論罪削職則自然方伯守令이 窮搜覓得ᄒᆞ야 非但十室忠信[21]에 無遺珠之歎이라. 天下爲士者ㅣ 各勵其才ᄒᆞ야 自期聲聞之顯이리니 若如此則作成素乏之人才ᄂᆞᆫ 雖曰不易나 所有之才ᄂᆞᆫ 必無遺棄ᄒᆞ리이다.

臣이 今離朝廷歸田園ᄒᆞ오니 一身이 雖閑이나 耿結一念이 猶不能自解ᄒᆞ와 以古者聖王의 重人才之意로 論今日國家治化之本ᄒᆞ오니 伏願陛下ᄂᆞᆫ 深察ᄒᆞ소셔."

天子ㅣ 覽畢에 謂左右曰

"燕王之忠은 求於古人이라도 幾稀矣라. 愛君憂國之心이 少無異於廊廟江湖ㅣ로다."

因批答曰

"卿이 身雖江湖ㅣ나 心則魏闕[22]이니 古人之進亦憂退亦憂ᄂᆞᆫ 卿之謂也ㅣ라. 卿은 愛朕至此나 朕은 誠意淺薄ᄒᆞ야 不能留卿ᄒᆞ니 豈不愧哉리오? 人才之優劣은 非卿之公平藻鑑이면 誰能擇之리오? 卿은 速歸而助朕ᄒᆞ라."

燕王이 又辭於延春殿ᄒᆞ니 太后ㅣ 引見下敎曰

"早年休退가 去神仙不遠이나 卿이 一去則朝廷이 如空이라. 皇上의 眷眷意向이 現露龍顔ᄒᆞ시니 卿의 去者之心도 亦應戀戀矣리니 速圖歸來ᄒᆞ야 以扶國家어다. 此老身은 日迫西山ᄒᆞ니 更有對面之日을 何可期

21) 십실충신(十室忠信): '열 집가량 있는 작은 고을에도 반드시 충신(忠信)이 있는 사람이 있다.' 『논어論語』「공야장公冶長」에 나오는 공자의 말. "열 집가량 있는 작은 고을에도 반드시 충신(忠信)이 나와 같은 사람이 있겠거니와, 내가 배움을 좋아하는 것만 같지는 못하니라(十室之邑, 必有忠信, 如丘者焉, 不如丘之好學也.)"

22) 위궐(魏闕): '높고 큰 문'이라는 뜻으로, 대궐의 정문(正門)을 가리키며, 뜻이 바뀌어 조정(朝廷)을 일컫는다.

也리오?"

ᄒᆞ시고 悄然良久어ᄂᆞᆯ 燕王이 含淚而奏曰

"臣雖不忠이나 豈可以身退山林으로 忘國恩이리잇고? 唯以南山[23]北斗로 仰祝聖壽無疆이로소이다."

因退而準備行李ᄒᆞᆯ시 行日이 已迫이라. 天子ㅣ 下敎曰

"燕王出發之日에 朕이 出東門作別矣리라."

ᄒᆞ시다. 燕王發行時에 將何如오? 且看下回ᄒᆞ라.

23) 남산(南山): 한(漢)나라와 당(唐)나라의 서울인 장안(長安) 남쪽에 있는 종남산(終南山). 임금을 그리워하는 뜻을 흔히 '종남산이 그립다'로 표현했다.

第五十二回

上東門天子餞燕王 聚星洞諸娘修別院

却說. 天子ㅣ 東郊十里에 餞送燕王ᄒᆞ실ᄉᆡ 公卿百官之車馬供帳이 塡咽城門이러라. 天子ㅣ 執燕王之手曰

"咫尺天陛에 日日相對ᄒᆞ되 罷朝後에 猶爲悵然이러니 今蒼茫雲山에 遙遠之懷ㅣ 將何以堪之오?"

燕王이 感淚縱橫ᄒᆞ야 伏地奏曰

"臣이 十年天陛에 禮法이 絶嚴ᄒᆞ와 咫尺天顔을 不得記憶ᄒᆞᄋᆞᆸ고 歸鄕園後에 夜夜昏夢이 雖隨青瑣[1]朝班ᄒᆞ야 近侍於宮中河漢이오나 天日龍光이 將依俙矣라 今願暫仰瞻天顔而退ᄒᆞ노이다."

天子ㅣ 亦惆悵含淚ᄒᆞᄉᆞ 命平身起坐ᄒᆞ시고 顧秦王而歎曰

"燕王之青春玉貌ㅣ 豈合休退宰相이리오? 攝理陰陽ᄒᆞ며 論道經邦ᄒᆞ야 以補朕之闕失이 可也어ᄂᆞᆯ 無故而思綠水青山의 問漁答樵ᄒᆞ니 豈

1) 청쇄(青瑣): '임금이 있는 궁궐의 문'을 일컫던 말. 문짝에 자물쇠 모양을 새기고 푸른 칠을 했다.

不嗟惜이리오?"

因命招紅鸞城侯ᄒᆞ시니 鸞城이 卽進俯伏ᄒᆞᆫ듸 天子ㅣ 玉盃에 酌酒而賜燕王曰

"卿은 奉養兩親ᄒᆞ야 多享淸福ᄒᆞ고 速歸助朕ᄒᆞ라."

又賜一杯於鸞城曰

"娘은 受此酒ᄒᆞ야 與燕王으로 百年偕老ᄒᆞ고 多子多福ᄒᆞ야 亦不忘朕ᄒᆞ라."

燕王與鸞城이 俯伏飮酒畢에 因日暮ᄒᆞ야 天子ㅣ 還宮ᄒᆞ실ᄉᆡ 顧左右曰

"行者有贐이라 ᄒᆞ니 以黃金萬鎰로 助行李ᄒᆞ라."

ᄒᆞ시고 上法駕而再三顧視ᄒᆞ시며 怊悵不已ᄒᆞ시더라. 燕王이 與百官으로 次第話別ᄒᆞᆯᄉᆡ 黃尹兩閣老ㅣ 歎曰

"賢婿ㅣ 靑春之年에 急流勇退ᄒᆞ니 老夫等之白首低徊가 豈不愧哉리오?"

燕王이 向尹閣老曰

"岳丈春秋ㅣ 不至篤老ᄒᆞ시니 輔佐聖主ᄒᆞ야 救濟蒼生ᄒᆞ소셔. 昌曲은 處地ㅣ 異於人ᄒᆞ야 恐致盛滿之災일ᄉᆡ 退歸鄕園ᄒᆞ야 以負天恩ᄒᆞ니 何足羨哉리오?"

又向黃閣老曰

"岳丈은 已過古人致仕之年ᄒᆞ니 早思休退ᄒᆞ소셔."

黃閣老ㅣ 笑曰

"老夫ᄂᆞᆫ 蚤莫之人이라 城市繁華를 能享幾年고? 寂寞鄕山은 本非所願이라 但晩年所嬌를 一朝遠別ᄒᆞ니 老懷尤悵이로다."

燕王이 微笑ᄒᆞ고 更別秦王ᄒᆞᆯᄉᆡ 執手良久에 兩情이 依依[2]ᄒᆞ야 燕王이 笑曰

2) 의의(依依): 헤어지기가 서운함.

"花兄의 不俗風流는 昌曲所知也ㅣ라. 倘能擺脫塵累ᄒᆞ고 良辰佳節에 來訪故人乎아?"

秦王이 欣然曰

"吾平生所好는 山水朋友라. 楊兄이 已占得名區勝地ᄒᆞ니 豈不策蹇驢ᄒᆞ야 看峨嵋山而訪蘇子瞻이리오?"

燕王이 又向蘇尙書·黃尙書及董馬兩將ᄒᆞ야 面面作別ᄒᆞᆯ시 大將軍雷天風이 率其孫而來ᄒᆞ야 含淚悵悵이라가 收淚而笑曰

"小將은 老矣라 復見相公을 恐難期必이나 相公之今日行色은 爲千秋美事矣리니 悵悵中에 不勝欣喜로소이다."

訪見元帥而告別曰

"元帥ㅣ 白雲洞中未盡淸福을 今享於聚星洞ᄒᆞ니 足爲賀喜나 小將犬馬之齒ㅣ 日迫西山이라 此席陽關一曲이 觸動老懷라."

ᄒᆞ고 白鬚涕零이어ᄂᆞᆯ 鸞城이 慰之曰

"昔에 周之姜太公은 爲八十年漁父ᄒᆞ고 復爲八十年將帥ᄒᆞ니 望將軍은 益享數十年富貴ᄒᆞ야 洽滿達八十後에 裝占一區泉石於聚星洞ᄒᆞ고 靑篛笠綠簑衣로 更享幾年之壽ᄒᆞ야 山水間에 共叙風塵同苦之懷로 爲後期ᄒᆞ소셔."

天風이 大笑而謝러라.

此時法駕ㅣ 已遠이라 百官이 皆忽忽告別而歸ᄒᆞ니 燕王이 催行裝ᄒᆞ야 方欲登程ᄒᆞᆯ시 忽有十餘乘彩轎ㅣ 自城中來ᄒᆞ니 此는 宮人이 奉太后命ᄒᆞ야 與五六宮女로 奉御饌ᄒᆞ야 飮餞太孁ᄒᆞ고 其後에 三貴妃도 亦欲餞鸞城而同來라. 太孁와 鸞城이 住行裝而謝恩ᄒᆞ며 方叙別懷러니 又自城中으로 一雙彩轎가 物色이 鮮明ᄒᆞ고 騶從이 塡巷ᄒᆞ야 十餘個軍卒이 辟除行人而來ᄒᆞ니 此는 關東侯小室玉娘과 關西侯小室蜻娘이라. 蜻玉兩娘이 下彩轎而珠淚盈盈ᄒᆞ야 各執鸞城·淑人之手曰

"娘子ㅣ 棄小蜻·蓮玉而駕往乎잇가? 妾等이 齊進府中이러니 旣爲啓次

故로 將欲往聚星洞이로소이다."

鸞城이 亦含淚而責曰

"今汝等處地ㅣ 異於前日ᄒᆞ야 女必從夫ㅣ라 進退를 豈能自專乎아? 一次告別이 足矣니 速歸ᄒᆞ라."

ᄒᆞ고 因視賈宮人而笑曰

"世間에 所難拔去者ᄂᆞᆫ 情根이라. 妾等이 與彼同長ᄒᆞ야 兼奴主兄弟之誼ᄒᆞ야 相依孤單身勢러니 千里他鄕에 奉衾裯[3]於富貴門中에 榮華極盡ᄒᆞ고 彼亦爲公侯小室ᄒᆞ야 百年之托이 既得其所ᄒᆞ니 一時之別이 有何眷戀이리오마ᄂᆞᆫ 聞妾等之尋鄕園ᄒᆞ고 自數日前으로 涕泣欲隨ᄂᆞ 女必從夫ᄂᆞᆫ 不以貴賤而有異라 豈因故情而作無名之行이리오? 誘之戒之而送이러니 今又到此ᄒᆞ니 妾亦情弱之人이라 欲揮却而往이나 自然心懷不平이로소이다."

更諭蜻玉兩娘曰

"聚星洞이 不遠ᄒᆞ니 汝等은 勿須悄悵ᄒᆞ고 日暖風和어든 兩人이 作伴ᄒᆞ야 告將軍而來ᄒᆞ라."

言畢에 收拾行李而登程ᄒᆞ니 鐵貴妃ㅣ 執鸞城之手曰

"妾이 亦欲乘閑隙ᄒᆞ야 一就貴庄ᄒᆞ야 訪故人ᄒᆞ고 玩山水之景ᄒᆞ노라."

鸞城이 笑曰

"不可食言이니 勿負朋友有信ᄒᆞ라."

ᄒᆞ더라.

此時燕王이 促裝而發行ᄒᆞ니 蜻玉兩娘이 望見行塵ᄒᆞ고 翠袖紅粧에

---

3) 금주(衾裯): 이불과 홑이불. '포금여주(抱衾與裯)'는 이불과 홑이불을 안고 자기 처소로 가는 첩(妾)을 말한다. 『시경詩經』「소남召南」의 「소성小星」에 "희미한 저 작은 별이여. 삼성과 묘성이로세. 조심조심 밤길을 가서, 이불과 홑이불을 안고 가니, 이는 운명이 똑같지 않기 때문이네(嘒彼小星, 維參與昴, 肅肅宵征, 抱衾與裯, 寔命不猶)".

淚下如雨어늘 賈宮人이 費辭慰諭ᄒᆞ고 作伴入城ᄒᆞ니라.

且說. 燕王이 靑春之年에 辭名利紅塵ᄒᆞ고 向靑山白雲ᄒᆞ야 浩然而歸홀ᄉᆡ 車騎輜重이 絡繹十里ᄒᆞ니 觀者ㅣ 莫不讚歎曰

"賢哉라 燕王이여! 佐天子而致泰平ᄒᆞ고 歸田園而辭功名ᄒᆞ니 漢之疏廣과 唐之吳喬로도 不能當也라."

ᄒᆞ더라. 行數十里에 城中父老와 諸營軍卒이 奉杯奏樂ᄒᆞ야 爭來餞送ᄒᆞ니 垂髫[4]戴白[5]이 喧於車前ᄒᆞ야 稱頌이 紛紛이어늘 燕王이 停車而善言慰之러니 上이 還宮後에 賜黃金萬鎰於燕王ᄒᆞ고 五千鎰은 賜鸞城曰

"聊表行者有贐之意ᄒᆞ노니 歸鄕園ᄒᆞ야 以助酒食之資ᄒᆞ라."

燕王與鸞城이 北向四拜ᄒᆞ고 不勝惶感이러라.

且說. 皇城東南에 有一座庄壑ᄒᆞ니 名은 聚星洞이라. 北依紫蓋峰ᄒᆞ고 南臨錦江水ᄒᆞ니 周回數十里요 山川之佳麗와 景槩之絶勝이 與匡廬[6]幷稱이라. 營之已久라가 開基於峰下ᄒᆞ고 建一座第宅홀ᄉᆡ 儉素精緻ᄒᆞ야 不事壯麗ᄒᆞ고 內而龜蓮堂은 取千歲靈龜游於蓮葉之意ᄒᆞ니 太夓ㅣ 處之ᄒᆞ고 左而饁南軒은 取'同我婦子 饁彼南畝'[7]之句ᄒᆞ니 尹夫人이 處之ᄒᆞ고 右而營止軒은 取'百室營止 婦子寧止'[8]之句ᄒᆞ니 黃夫人이 處之ᄒᆞ고 外而

---

4) 수초(垂髫): 동자(童子)를 달리 일컫는 말. '초(髫)'는 어린아이의 뒤로 늘어뜨린 머리털.

5) 대백(戴白): 머리에 흰 머리털이 많이 난 노인.

6) 광려(匡廬): 중국의 명산인 여산(廬山)의 별칭. 강서성(江西省) 북부 구강시(九江市)의 남쪽에 있는 명산. 동쪽으로 파양호(鄱陽湖)에 접하고 북쪽으로 양자강(揚子江)이 흘러, 강과 산과 호수가 어우러져 험준함과 아름다움, 웅장함과 기이함이 조화를 이룬 뛰어난 경관을 지니고 있다.

7) 동아부자(同我婦子), 엽피남무(饁彼南畝): '아내와 자식이 남쪽 밭두렁으로 들밥을 내어 간다.' 『시경詩經』「빈풍豳風」「칠월七月」에 나오는 구절. [교감] 적문서관본 영인본 490쪽에는 '부자(夫子)'로 되어 있으나, 『시경』 원문에 맞추어 바로잡는다.

8) 백실영지(百室營止), 부자영지(婦子寧止): '모든 집안이 가득하니 아내와 자식이 평안하다.' 『시경詩經』「주송周頌」「민여소자지집閔予小子之什」「양사良耜」에 나오는 구절. [교감] 적문서관본 영인본 490쪽에는 '백실영지(百室營止)'로 되어 있고, 덕흥서림본 제3권 64쪽에는 '백실영지(百室營止), 부자영지(夫子營止)'로 되어 있다. 『시경』 원문에는 '백실영지(百室盈止), 부자영지(婦子寧止)'로 나오나, 황부인의 처소인 영지헌(營止軒)에 맞추어, '영지(盈止)'는 '영지(營止)'로 적는다.

春暉樓ᄂᆞᆫ 取春草報暉ᄒᆞ니 太爺ㅣ 處之ᄒᆞ고 傍而恩休亭은 取頌祝天恩이니 燕王이 處之ᄒᆞ고 前後左右에 行閣이 圍繞ᄒᆞ야 門庭墻屋이 覆於一洞이러라. 此時燕王一行이 到聚星洞ᄒᆞ니 洞中百姓이 無論男婦老少ᄒᆞ고 出洞外迎之ᄒᆞᆯ시 莫不喜悅者ㅣ러라. 燕王이 掃灑第宅ᄒᆞ야 各定處所ᄒᆞ고 謂三娘曰

"別院이 數十餘處라. 紫雲樓ᄂᆞᆫ 在於紫盖峰之下ᄒᆞ고 太乙亭·泛槎亭은 在於錦江之上ᄒᆞ고 笙鶴樓·御風閣·玩月亭·觀豊閣·沉水亭·漱石軒·衆妙堂·羽化庵이 景槪絶勝ᄒᆞ고 搆造精緻ᄒᆞ니 諸娘은 各取所好而居之ᄒᆞ라."

三娘이 應諾이러라. 數日後燕王이 奉兩親而率兩夫人及三娘ᄒᆞ고 數十餘處別院을 一一巡覽ᄒᆞᆯ시 紫盖峰壑이 圍繞於前後ᄒᆞ야 水石之絶勝과 園林之幽邃와 溪山之窈窕와 遠照之通暢이 無非名區勝地라. 終日逍遙ᄒᆞ고 帶月而歸ᄒᆞᆯ시 太爺ㅣ 不勝和樂ᄒᆞ야 曰

"老父數十年紅塵에 鬱積胷襟을 自今洗之라."

ᄒᆞ더라.

翌日燕王이 問於三娘曰

"娘等이 昨日에 觀別院ᄒᆞ니 必有心中所定이라. 各言其志ᄒᆞ라."

鸞城이 笑曰

"鄕居之樂이 在於山水ᄒᆞ니 泛槎亭은 太壓江上ᄒᆞ야 商婦漁翁之所居요 羽化庵은 幽僻ᄒᆞ야 僧尼道士之所居라. 背山臨流ᄒᆞ고 不古不俗은 紫雲樓ㅣ 第一이니 妾은 願處紫雲樓ᄒᆞᄂᆞ이다."

蓮淑人曰

"樂山樂水ᄂᆞᆫ 聖人所爲요 問漁答樵ᄂᆞᆫ 隱者之事라. 妾은 最好養蠶採桑과 釀酒炊飯ᄒᆞ니 願賜觀豊閣ᄒᆞ소셔."

燕王이 視仙娘曰

"娘은 何故不言고?"

仙娘曰

"妾之所取ᄂᆞᆫ 異於兩娘ᄒᆞ니 厭熱鬧取閑寂ᄒᆞ야 欲處衆妙堂ᄒᆞᄂᆞ이다."

燕王이 笑而許之曰

"諸娘之處所가 景槩ᄂᆞᆫ 極佳ᄒᆞ나 頗有狹隘之嫌ᄒᆞ니 各隨其好而改ᄒᆞ라."

以御賜黃金으로 分給三娘ᄒᆞ니 鸞城이 告曰

"妾在皇城時에ᄂᆞᆫ 不能辭祿俸이ᄂᆞ 今入山中ᄒᆞ야 何處用之리잇고? 從今以後로 鸞城府月俸과 湯沐邑三萬戶와 賜送黃金五千鎰을 盡呈于相公ᄒᆞ오니 相公이 主掌ᄒᆞ소셔."

燕王이 笑曰

"吾ㅣ 方辭官職而歸田園은 欲求淸閑이라. 今反爲娘之治粟內史[9]ᄒᆞ야 司錢穀之出入乎아?"

鸞城曰

"妾從相公幾年에 飢飽寒暖을 一不干涉은 雖爲其私事나 猶多齟齬ᄒᆞ니 自今으로 簞食瓢飮[10]과 弊衣縕袍[11]라도 與諸娘共之ᄒᆞ야 以爲留念ᄒᆞ소셔."

燕王이 笑而許之ᄒᆞ니라. 三娘이 各歸其所ᄒᆞᆯ시 鸞城은 率孫三娘及長星·蒼頭十餘人ᄒᆞ고 往紫雲樓ᄒᆞ니라. 先是에 鸞城이 生長星ᄒᆞ야 年已數歲요 仙娘은 率紫鷰及蒼頭等ᄒᆞ고 往衆妙堂ᄒᆞ고 蓮娘은 亦生仁星而抱之ᄒᆞ고 率婢僕而往觀豊閣ᄒᆞ니라.

且說. 三娘이 各歸ᄒᆞ야 改築第宅ᄒᆞ야 不過數月에 各自設宴落成ᄒᆞᆯ시 燕王이 侍兩親而率兩夫人及兩娘ᄒᆞ고 至紫雲樓ᄒᆞ니 此時ᄂᆞᆫ 仲春이라

---

9) 치속내사(治粟內史): 진(秦)나라 때의 관직명으로, 미곡(米穀)과 재화(財貨)를 관장했다.
10) 단사표음(簞食瓢飮): '대그릇의 밥과 표주박의 물'이라는 뜻으로, 보잘것없는 음식을 일컫는 말.
11) 온포(縕袍): 묵은 솜을 두어 지은 도포(道袍).

細柳名花ᄂᆞᆫ 處處如畵ᄒᆞ고 淸溪奇石은 谷谷仙境이라. 數個蒼頭ᄂᆞᆫ 掃山逕而導路ᄒᆞ니 太爺ㅣ 玩景에 南有無數遠山이 鬱鬱蒼蒼ᄒᆞ야 繞帶雲霧ᄒᆞ고 前有長江ᄒᆞ야 平舖如淸鏡ᄒᆞ니 聚星洞數百戶ᄂᆞᆫ 歷歷於眼前ᄒᆞ고 紫盖峰千萬峰은 羅列於天際라. 太爺ㅣ 笑曰

"此ᄂᆞᆫ 洞中第一名區라. 鸞城이 先占ᄒᆞ니 此亦福地로다."

入院門而行數步ᄒᆞ니 鸞城이 以淡粧時服으로 率長星及侍婢而出迎ᄒᆞᆯ식 綽約之態와 表逸之像이 繁華淡蕩ᄒᆞ야 與春風百花로 爭香이라. 黃夫人이 謂尹夫人曰

"鸞城은 非凡人이라. 入山以後로 容貌姿色이 比前尤嬌로다."

鸞城이 導入紫雲樓ᄒᆞ니 繡戶紋窓이 極精極緻ᄒᆞ고 粉壁紅欄은 玲瓏燦爛ᄒᆞ며 錦帳珠簾은 處處垂下ᄒᆞ고 前後左右로 層樓ㅣ 聳出ᄒᆞ야 東은 衆香閣이니 前築石臺ᄒᆞ야 桃李牧丹과 名花異草를 層層栽植ᄒᆞ니 葉綠花紅ᄒᆞ야 丹靑이 照耀ᄒᆞ고 百蝶이 紛紛往來ᄒᆞ니 此ᄂᆞᆫ 賞春之處요 西ᄂᆞᆫ 錦繡亭이니 黃菊丹楓은 列在左右ᄒᆞ고 異禽怪石이 滿在階下ᄒᆞ고 數個麋鹿은 徘徊於臺下ᄒᆞ고 一雙豪鷹은 巢於架上ᄒᆞ니 此ᄂᆞᆫ 賞秋之處요 南은 迎風閣이니 芳草綠陰이 圍繞簷下ᄒᆞ고 溪流가 因石壁而成瀑ᄒᆞ고 掘蓮池於其前ᄒᆞ니 銀鱗玉尺이 得意游泳ᄒᆞᆫ데 雙雙鴛鴦이 隨波往來ᄒᆞ니 此ᄂᆞᆫ 賞夏之處요 北은 白玉樓니 靑松綠竹은 叢叢雜在ᄒᆞ고 白鷴[12]皓鶴이 雙雙往來ᄒᆞ고 萬壑千峰이 聳立壇頭ᄒᆞ고 玉梅花百餘盆을 列於階下ᄒᆞ니 此ᄂᆞᆫ 賞冬之處ㅣ라. 太爺ㅣ 遍覽ᄒᆞ고 登紫雲樓ᄒᆞ니 宴席을 方設에 絲竹이 迭宕ᄒᆞ고 杯盤이 狼藉ᄒᆞ야 酒肉이 淋漓ᄒᆞᆫ데 洞中父老와 一村男女가 如雲而集ᄒᆞ야 上下ㅣ 醉飽ᄒᆞ야 含哺同樂ᄒᆞ고 手舞足蹈러라.

翌日燕王이 又侍兩親ᄒᆞ고 與兩夫人及諸娘으로 至衆妙堂ᄒᆞ니 峰迴路

12) 백한(白鷴): 꿩과에 속하는 새로, 온몸이 거의 다 희고 꽁지가 길며, 숲속에 산다. 중국 남방에 주로 서식하며, 예로부터 사냥용 또는 관상용으로 길렀다.

轉ᄒᆞ고 山明水麗ᄒᆞ야 灑落松風은 吹拂面前ᄒᆞ고 潺湲[13]水聲은 胷襟이 淸凉ᄒᆞ니 使人忘却塵累러라. 忽有兩個靑衣ㅣ 自林間出而前導ᄒᆞ니 瀟洒竹扉ᄂᆞᆫ 半開於淸風ᄒᆞ고 仙淑人의 貞靜之態와 幽雅之氣ㅣ 足使觀者로 物累가 盡消ᄒᆞ고 神魂이 飄蕩이라. 尹夫人이 謂黃夫人及諸娘曰

"瑤臺仙子洛浦仙女를 難見於塵世러니 今日見之로다."

仙娘이 迎入衆妙堂而坐定에 紫鸞이 獻茶ᄒᆞ니 淸冽香臭가 心胷이 爽豁ᄒᆞ야 幾忘烟火之氣요 回顧左右ᄒᆞ니 粉壁紗窓에 精神이 淸淨ᄒᆞ고 石鼎藥爐에 香烟이 方消ᄒᆞ고 案頭에 橫置一丈琴ᄒᆞ고 白玉筆筒에 揷玉塵ᄒᆞ고 開北窓而視之ᄒᆞ니 數層石臺에 築石欄ᄒᆞ야 奇花瑤草ᄂᆞᆫ 滿發於春風ᄒᆞ고 一雙白鶴이 睡於竹林ᄒᆞ니 幽邃之景과 閑寂之趣ㅣ 使觀者로 足忘物欲이러라. 忽然一陣淸風이 吹送風磬聲이어ᄂᆞᆯ 太爺ㅣ 問曰

"此聲이 何處出고?"

淑人曰

"園中에 有數間別堂이라."

ᄒᆞ고 導而行ᄒᆞᆯ시 林間에 石逕이 橫斜ᄒᆞ고 數間茅屋이 縹緲瀟洒ᄒᆞᆫ데 寂寂簷下에 白雲이 凝結ᄒᆞ고 隱隱短墻에 靑山이 圍繞ᄒᆞ니 頓無烟火氣像이러라. 開門視之ᄒᆞ니 丹書一卷이 在於案頭ᄒᆞ고 白玉如意ᄂᆞᆫ 掛於壁上ᄒᆞ니 果然道觀仙堂이오 非人間居處라. 麥飯葱湯과 山肴野菜로 告落成宴이러니 須臾에 日落西山ᄒᆞ고 月出東嶺ᄒᆞ니 松風이 入室ᄒᆞ고 雲氣가 襲座ᄒᆞ야 神淸骨冷이러라. 鸞城이 引床頭五絃琴而一彈ᄒᆞᆫ듸 仙淑人이 吹玉笛而和之ᄒᆞ니 琴聲은 泠泠ᄒᆞ고 笛聲은 嫋嫋ᄒᆞ야 淸風이 乍起ᄒᆞ고 明月이 皎潔ᄒᆞ니 園中雙鶴이 一時齊聲ᄒᆞ고 翩翩飛來ᄒᆞ야 舞於階下어ᄂᆞᆯ 太爺ㅣ 微笑而飄然有羽化之意라 呼燕王與諸娘曰

"秦始皇·漢武帝ᄂᆞᆫ 徒費心力ᄒᆞ야 平地神仙이 在於其側이어ᄂᆞᆯ 求羨門·

13) 잔원(潺湲): 물이나 눈물 따위의 흐름이 잔잔하고 조용함.

安期於海上ᄒᆞ니 若見今夜此景이런들 庶覺神仙之不遠이로다."

已而夜深ᄒᆞ야 帶月而歸홀ᄉᆡ 仙娘이 出洞外告歸ᄒᆞ니 太爺ㅣ 餘興이 未盡ᄒᆞ야 依杖而下石逕이러니 纔行數十步에 忽有玉笛一聲이 自半空飛來어ᄂᆞᆯ 太爺ㅣ 曰

"此聲이 自何處出고?"

鸞城이 對曰

"必仙娘之月下所吹로소이다."

太爺ㅣ 停步而聽半晌이라가 曰

"是何曲고?"

鸞城曰

"此曲之名은 朝元曲이니 西王母ㅣ 罷瑤池宴ᄒᆞ고 朝於玉皇時所作이로소이다."

太爺ㅣ 歎曰

"仙娘은 眞仙界人이라."

ᄒᆞ더라.

翌日又至觀豐閣ᄒᆞ니 花木은 成林ᄒᆞ고 槐柳ᄂᆞᆫ 依依[14]ᄒᆞ야 自成洞口ᄒᆞ고 靑松으로 作籬ᄒᆞ고 綠竹으로 作扉ᄒᆞ야 處處菜田과 家家舂聲이 可知鄕里之樂이라. 數個丫鬟은 摘桑路邊ᄒᆞ고 兩三家僮은 採薪岸上ᄒᆞ야 山歌村笛이 和擊壤歌ᄒᆞ야 泰平聖代의 家給人足之氣像이라. 尋柴門而往ᄒᆞ니 蓮淑人이 脂粉淡粧으로 高褰衣裳ᄒᆞ야 仁星在前ᄒᆞ고 待於門外ᄒᆞ니 仁星이 呼爺爺而出이어ᄂᆞᆯ 太爺ㅣ 微笑ᄒᆞ고 携手陞堂ᄒᆞ니 蓮淑人이 又迎兩夫人及諸娘ᄒᆞ야 分坐中堂홀ᄉᆡ 茅簷에 蘆簾을 高捲ᄒᆞ고 松欄에 竹窓을 半開ᄒᆞ야 瀟灑景槪와 雍容生涯ᄂᆞᆫ 見其家而可知러라. 孟母之織機ᄂᆞᆫ 在於北窓之下ᄒᆞ니 務女工이오 不時之需ᄂᆞᆫ 效王夫人ᄒᆞ니 善事君子也

14) 의의(依依): 풀이 무성해 싱싱하게 푸름.

라. 申飭奴僕ᄒᆞ고 井臼巾櫛은 親執百事ᄒᆞ니 眞是農夫家風이오 婦女本色이라. 尹夫人이 改容而稱讚不已ᄒᆞ니 燕王이 笑曰

"吾ㅣ 歸鄕ᄒᆞ야 百事如意나 但失一個寵姬ᄒᆞ고 對村婦村女ᄒᆞ니 豈不惜哉리오?"

蓮娘이 笑曰

"相公이 棄官而休退還山ᄒᆞ시니 便是村翁野老라. 妾이 豈不爲村婦村女리잇고?"

一座大笑ᄒᆞ니 太爺ㅣ 聞之ᄒᆞ고 擊節而讚曰

"蓮娘은 言言事事에 可謂切當이로다."

鸞城이 笑曰

"吾聞之ᄒᆞ니 近日蓮娘이 效秦羅敷ᄒᆞ야 事蠶桑이라 ᄒᆞ니 願一見之ᄒᆞ노라."

蓮娘이 笑而導兩夫人及兩娘ᄒᆞ야 入後庭ᄒᆞ니 作十間蠶室ᄒᆞ야 層層結架而上蠶ᄒᆞ고 一邊布桑ᄒᆞ며 一邊摘繭曝曬어ᄂᆞᆯ 黃夫人이 一一取視而歎曰

"吾爲女子ᄒᆞ야 但知着衣라가 今知其本ᄒᆞ니 豈不愧哉리오?"

ᄒᆞ더니 太孁ㅣ 又至ᄒᆞ야 見而歎曰

"吾ㅣ 前日玉蓮峰下에 携筐摘桑ᄒᆞ야 數斗繭數尺布를 自知辛苦ㅣ러니 今蓮娘이 富貴門中에 不失貧寒生涯ᄒᆞ니 豈不奇哉리오?"

燕王이 笑曰

"此雖嘉尙이나 蓮娘이 表裡相異ᄒᆞ야 外儉內侈ᄒᆞ니 母親은 更觀後園別堂ᄒᆞ소셔."

ᄒᆞ고 導至一處ᄒᆞ니 粉壁紗窓에 垂下珠簾ᄒᆞ고 畵棟彫欄에 半開繡戶ᄒᆞ고 又入房中ᄒᆞ니 錦繡紋席에 捲芙蓉帳ᄒᆞ고 白玉床頭에 有繡篋이어ᄂᆞᆯ 諸娘이 開視之ᄒᆞ니 數幅綾羅에 繡雙鳳凰ᄒᆞ야 燦爛光彩와 巧妙手段이 足奪造化ᄒᆞ야 驚人眼目이라 莫不稱讚而爭玩ᄒᆞ니 蓮娘이 笑曰

"妾本麤率女子ㅣ라 調羹作飯과 耕耘針線은 認以平生之樂이나 相公이 每有侈心ᄒᆞ야 惡孟光之擧臼ᄒᆞ시고 愛東施之效嚬故로 作別院ᄒᆞ야 相公이 下臨則雖以脂粉으로 掩跡汗面ᄒᆞ고 以操鋤之手로 弄針이나 欲巧反拙이오 畵虎不成이라. 兩娘은 莫嘲ᄒᆞ소셔."

俄而오 侍婢ㅣ 來告午饌이어늘 共至觀豊閣而蓮娘이 親入廚下而看檢烹飪ᄒᆞ야 進盃盤ᄒᆞ니 西舍黃粱之飯과 東陵青瓜[15]之菜로 兼山野之味ᄒᆞ고 摘籬下之匏ᄒᆞ고 殺場上之羊ᄒᆞ야 歌豳風詩ᄒᆞ고 窓前未熟之酒를 滿酌於匏樽ᄒᆞ고 前溪所釣之魚가 登於玉盤이어ᄂᆞᆯ 太爺ㅣ 謂夫人曰

"老夫ㅣ 嘗田家之味ㅣ 頗久러니 今日對此饌ᄒᆞ니 豈不生新이리오?"

此日燕王이 招隣里諸人ᄒᆞ야 曰

"民之失德은 乾糗以愆이라.[16] 莫嫌瓦樽濁醪와 蔬食菜羹ᄒᆞ라."

漁父野翁과 牧童樵叟ㅣ 滿於庭下ᄒᆞ야 莫不醉飽ᄒᆞ고 舞而歌之ᄒᆞ야 熱鬧半日ᄒᆞ니 太爺ㅣ 微笑曰

"今日觀豊閣落成宴이 風味儘好라."

ᄒᆞ더라. 更呼尹黃兩夫人曰

"老父ㅣ 賴三娘ᄒᆞ야 數日消遣이나 兩賢婦ᄂᆞᆫ 豈不設落成宴이리오? 明日은 會於龜蓮堂ᄒᆞ야 與三娘同遊ᄒᆞ고 第二日은 會於艤南軒ᄒᆞ고 第三日은 會於營止軒ᄒᆞ고 第四日第五日은 春暉樓·恩休亭에 會外客而遊ᄒᆞ리라."

兩夫人이 受命ᄒᆞ고 日暮歸來ᄒᆞᆯ시 蓮娘이 出門外而祗送ᄒᆞ니 太爺ㅣ

15) [교감] 청과(青瓜): 적문서관본 영인본 495쪽에는 '청고(青苽)'로 되어 있다. '줄풀'을 뜻하는 '고(苽)'를 '오이'를 뜻하는 '과(瓜)'와 통용해 쓰기는 하나, 정확한 뜻을 좇아 '과(瓜)'로 바로잡는다.

16) 민지실덕(民之失德), 건구이건(乾糗以愆): '백성에게 인심을 잃는 까닭은 거친 음식이나마 나누어주지 않음에 있다.' 『시경詩經』「소아小雅」「녹명지집鹿鳴之什」「벌목伐木」에 나오는 구절. 『시경』에는 '민지실덕(民之失德), 건후이건(乾餱以愆)'으로 나온다.

笑而謂蓮娘曰

"東閣에 有一個老婆ㅣ 閑居無事ᄒᆞ야 從娘而助紡績ᄒᆞ리니 娘意ㅣ 何如오?"

蓮娘이 未及對ᄒᆞ야 太爺ㅣ 笑曰

"其老婆ᄂᆞᆫ 待之最難ᄒᆞ리니 須遠之ᄒᆞ라."

蓮娘이 知其意ᄒᆞ고 從容告太嬰曰

"五六日後에 欲聚農夫而耘薄田ᄒᆞ오니 其時觀之ᄒᆞ소셔."

太嬰ㅣ 大喜許之러라. 翌日三娘이 至龜蓮堂而設宴ᄒᆞᆯ시 盡招洞中老婆ᄒᆞ니 堂之上下에 鶴髮鮐背[17]ㅣ 會集如雲ᄒᆞ야 或抱孫ᄒᆞ며 或負曾孫ᄒᆞ야 天眞이 爛熳ᄒᆞ고 風俗이 淳朴ᄒᆞ야 稱頌福力ᄒᆞ며 欽慕富貴之聲이 紛紛四至ᄒᆞ니 仙蓮兩娘이 一一欵待ᄒᆞ야 均分酒肉飮食ᄒᆞᆯ시 恭遜之色과 和樂之言이 驚動一座ᄒᆞᆫᄃᆡ 諸老婆ㅣ 不勝感激ᄒᆞ야 擧手祝之曰

"願將老身等之餘年ᄒᆞ야 獻于夫人而享福千百歲ᄒᆞ소셔."

ᄒᆞ더라. 明日艤南軒·營止軒에 更會洞中婦女ᄒᆞ야 宴游兩日ᄒᆞ고 又明日春暉樓·恩休亭에 洞中父老及外客을 一一招延ᄒᆞᆯ시 太爺ㅣ 葛巾野服으로 坐主席ᄒᆞ니 燕王은 以烏紗紅袍로 終日侍立ᄒᆞ야 柔和言辭와 仁厚顔色은 觀者ㅣ 油然感動ᄒᆞ야 自發孝悌之心이오 莫不肅然恭敬ᄒᆞ야 威儀整肅이러라.

且說. 燕王이 整頓家事ᄒᆞ고 一身淸閑ᄒᆞ니 上侍兩親ᄒᆞ야 效弄雛舞斑之樂ᄒᆞ고 下尋三娘ᄒᆞ야 以山水風月로 消遣ᄒᆞ니 眞山中宰相이오 物外閑人이라. 一日은 細雨濛濛ᄒᆞ고 南風薰薰ᄒᆞ니 此時ᄂᆞᆫ 四月初旬이라. 燕王이 至龜蓮堂ᄒᆞ니 堅閉寢門ᄒᆞ고 侍婢ㅣ 告曰

"老夫人이 往觀豊閣ᄒᆞ시니이다."

17) 태배(鮐背): 노인을 가리키는 말. '태(鮐)'의 뜻은 '복어'로서, 노인의 등은 살가죽이 여위고 거칠어서 복어의 껍질과 같기에 일컬은 것이다.

燕王이 驚曰

"雨中에 何以行次오?"

侍婢曰

"蓮娘이 備雨具而來ᄒᆞ야 陪往이니이다."

燕王이 笑而命左右ᄒᆞ야 取簑笠與鍤而來ᄒᆞ라 ᄒᆞ야 着簑笠而操鍤ᄒᆞ고 往觀豊閣홀ᄉᆡ 靑山은 峨峨ᄒᆞ고 綠水ᄂᆞᆫ 洋洋ᄒᆞᆫᄃᆡ 綠陰은 爛熳ᄒᆞ야 含雨氣ᄒᆞ고 布穀은 哀鳴ᄒᆞ야 催時節이라. 風便歌聲은 和七月之詩ᄒᆞ야 到處農夫ㅣ 稱頌帝力ᄒᆞ야 三五成群而耘ᄒᆞ니 葛天氏[18]之民歟아 無懷氏[19]之民歟아? 物外閑情을 今日始覺이로다. 燕王이 顧眄左右ᄒᆞ고 徐徐而行이러니 忽望一處ᄒᆞ니 綠陰隱隱之中에 靑篛笠綠簑衣로 衆人이 或坐或立이어ᄂᆞᆯ 詳視之ᄒᆞ니 諸娘이 侍太爂ᄒᆞ야 與諸侍婢로 着篛笠簑衣ᄒᆞ고 立於田頭라가 見燕王之來ᄒᆞ고 蓮淑人이 琅然笑迎曰

"學士功名이 一場春夢이라. 以錦袍玉帶로 向待漏院과 靑篛笠綠簑衣로 訪觀豊閣而較計得失ᄒᆞ고 議論閑忙則何如也잇고?"

燕王이 大笑ᄒᆞ고 告母親曰

"今日消遣이 尤好어ᄂᆞᆯ 何獨使小子不知시니잇고?"

太爂笑曰

"農家老人이 紛忙ᄒᆞ야 自今以後로 踪跡이 恒如此矣리니 汝須勿咎ᄒᆞ라."

燕王이 笑而見左右ᄒᆞ니 三娘이 以淡粧農服으로 各操小鍤ᄒᆞ고 閑立於綠陰芳草ᄒᆞ니 月態花容이 帶澹泊之態ᄒᆞ야 與澗花岸草로 爭春光이어ᄂᆞᆯ

---

18) 갈천씨(葛天氏): 중국 상고시대 전설상의 제왕. 나라를 다스림에 말하지 않아도 믿고, 가르치지 않아도 교화가 이루어져, 백성이 아무런 근심 걱정이 없었다 한다.
19) 무회씨(無懷氏): 중국 상고시대 전설상의 제왕. 그 백성이 잘 먹고 안락한 삶을 즐겼으며, 닭 울음과 개 짖는 소리가 번갈아 들리고, 백성이 노사(老死)에 이르러서도 서로 왕래하지 않았다 한다.

燕王曰

"昔者에 龐德公이 隱於襄陽ᄒᆞ야 龐德公은 耕田ᄒᆞ고 其妻ᄂᆞᆫ 饁ᄒᆞ야 爲千秋美事ᄒᆞ니 今吾ㅣ 雖無龐德公之德이나 諸娘之風采ᄂᆞᆫ 應不讓於古人이로되 但所懼者ᄂᆞᆫ 耕者ㅣ 失耜ᄒᆞ고 耘者ㅣ 失鋤ᄒᆯ까 ᄒᆞ노라."

鸞城이 笑而對曰

"草露人生이 縱享快樂이라도 百年光陰이 如矢過去어ᄂᆞᆯ 豈願爲山中處士之妻ᄒᆞ야 布裙荊釵로 一生苦楚ㅣ리오?"

皆大笑而董督農夫ᄒᆞ야 擊鼓擧旗ᄒᆞ야 分農夫而作三隊ᄒᆞ야 負鍤成群ᄒᆞ고 麾鋤生風ᄒᆞ야 以農夫歌로 和答ᄒᆞ니 其歌에 曰

山有花兮 野有靑草 時和年豊兮 民安樂
山有花兮 春日遲 以食爲天兮 田園樂
小人勞力兮 君子勞心 勞力加餐兮 時不可失

燕王이 聽農歌하고 謂仙娘曰

"吾知娘之知音ᄒᆞ니 此農夫之歌ㅣ 何如오?"

仙娘이 笑而對曰

"妾이 雖知音律之糟粕이ᄂᆞ 豈有觀風察俗之聰明이리오? 然이ᄂᆞ 以妄言으로 助相公之取適矣리이다. 周詩[20]三百篇에 農夫之歌ㅣ 多ᄒᆞ오니 衛風은 吝嗇ᄒᆞ고 齊風은 怨刺ᄒᆞ고 唐風은 質朴ᄒᆞ고 豳風은 勤儉ᄒᆞ고 二南之忠厚와 鄭魏之放蕩이 各殊ᄒᆞ니 難欺風俗이라. 漢魏以來로 無採詩之法ᄒᆞ고 才子騷人이 專尙詞賦ᄒᆞ고 喜笑怒罵를 論以詩律ᄒᆞ니 爭巧矜才ᄒᆞ야 異鄕風俗을 聞知無路ㅣᄂᆞ 農夫歌ᄂᆞᆫ 猶有古風ᄒᆞ야 可見治亂이라. 以

20) 주시(周詩): 주(周)나라 시대의 시가(詩歌)라는 뜻으로, 『시경詩經』을 가리킨다.

音調論之則哀怨怊悵ᄒᆞ고 以律呂言之則細瑣短促ᄒᆞ며 究其成蹟則華多實少ᄒᆞ야 質朴이 猶爲不足ᄒᆞ고 評其歌曲則欲言未吐ᄒᆞ야 衷曲이 猶少ᄒᆞ니 由此觀之컨딘 風俗之文明이 矯飾은 雖極이ᄂᆞ 忠厚ᄂᆞᆫ 未洽ᄒᆞ고 崇尚節義ᄒᆞ나 紀綱이 靡弱ᄒᆞ야 有如周中葉之風氣로소이다."

燕王이 點頭稱善이러라. 俄而오 觀豊閣侍婢ㅣ 備饁而來ᄒᆞ니 黃鷄白酒와 山蔬野菜를 列於岩上ᄒᆞ고 洗器於流水ᄒᆞ고 折花枝而代箸ᄒᆞ야 農談野話로 遨遊半日이라가 歸觀豊閣홀ᄉᆡ 饁南軒侍婢ㅣ 忙忙告曰

"尹夫人이 忽苦痛ᄒᆞ야 症勢甚急이라."

ᄒᆞ니 是何故也오? 且看下回ᄒᆞ라.

문학동네 한국고전문학전집을 펴내며

우리가 고전에 눈을 돌리는 것은 고전으로 회귀하기 위해서가 아니다. 한국의 고전은 고전으로서 계승된 역사가 극히 짧고 지금 이 순간에도 발견되고 있으며 심지어 어떤 작품은 저 구석에서 후대의 눈길을 간절하게 기다리고 있기도 하다. 우리의 목표는 바로 이런 한국의 고전을 귀환시키는 것이다. 그러니까 고전 안에 숨죽이며 웅크리고 있는 진리내용들을 다시 불러들이고 그것으로 이 불투명한 시대의 이정표를 삼는 것, 이것이 우리의 궁극적인 목적이다.

문학동네 한국고전문학전집은 몇몇 전문가의 연구실에 갇혀 있던 우리의 위대한 유산을 널리 공유하는 것은 물론, 우리 고전의 비판적 · 창조적 계승을 통해 세계문학사를 또 한번 진화시키고자 하는 강한 열망 속에서 탄생하였다. 그래서 문학동네 한국고전문학전집은 이미 익숙한 불멸의 고전은 말할 것도 없고 각 시대가 새롭게 찾아내어 힘겨운 논의 끝에 고전으로 끌어올린 작품까지를 두루 포함시켰다. 뿐만 아니라 한국 고전의 위대함을 같이 느끼기 위해 자구 하나, 단어 하나에도 세밀한 정성을 들였다. 여러 이본들을 철저히 비교하는 과정을 거쳐 정본을 확정했고, 이제까지의 모든 연구를 포괄한 각주를 달았으며, 각 작품의 품격과 분위기를 충분히 살려 현대어 텍스트를 완성했다. 이 모두가 우리의 고전을 재발명하는 것이야말로 세계문학의 인식론적 지도를 바꾸는 일이라는 소명감 덕분에 가능했음은 물론이다. 부디 한국의 고전 중 그 정수들을 한자리에 모은 문학동네 한국고전문학전집이 그간 한국의 고전을 멀리했던 독자들에게 널리 읽히고 창조적으로 계승되어 세계문학의 진화를 불러오는 우리의, 더 나아가 세계 전체의 소중한 자산으로 자리하기를 기대해본다.

문학동네 한국고전문학전집 편집위원
심경호, 장효현, 정병설, 류보선

옮긴이 **장효현**
고려대학교 국어국문학과를 졸업하고 같은 대학에서 박사학위를 받았다. 고려대학교 국어국문학과 교수로 재직했다. 스토니브룩뉴욕주립대학과 런던대학 SOAS 방문교수, 메이지대학 객원교수를 지냈다. 한국고소설학회장, 민족어문학회장, 동방문학비교연구회장을 역임했으며, 도남국문학상(1991), 성산학술상(2003)을 수상했다. 지은 책으로 『서유영 문학의 연구』『한국고전소설사연구』『한국 고전문학의 시각』『심능숙 문학의 연구』 등이 있고, 『육미당기』『구운몽』을 역주했다.

한국고전문학전집 029
옥루몽 4

초판 인쇄 | 2022년 5월 30일
초판 발행 | 2022년 6월 13일

지은이 남영로 | 옮긴이 장효현

책임편집 구민정 | 편집 황수진 유지연 이현미 | 디자인 윤종윤 이주영
마케팅 정민호 이숙재 박치우 한민아 김혜연 박지영 안남영 김수현 정경주
브랜딩 함유지 함근아 김희숙 안나연 박민재 박진희 정승민
제작 강신은 김동욱 임현식 | 제작처 영신사

펴낸곳 (주)문학동네 | 펴낸이 김소영
출판등록 1993년 10월 22일 제2003-000045호
주소 10881 경기도 파주시 회동길 210
전자우편 editor@munhak.com | 대표전화 031)955-8888 | 팩스 031)955-8855
문의전화 031)955-3579(마케팅), 031)955-2690(편집)
문학동네카페 http://cafe.naver.com/mhdn
문학동네인스타그램 http://instagram.com/munhakdongne
문학동네트위터 http://twitter.com/munhakdongne
북클럽문학동네 http://bookclubmunhak.com

ISBN 978-89-546-8676-1 04810
978-89-546-0888-6 04810 (세트)

우아한 승부사

우아한 승부사

품위 있게 할 말 다하는 사람들의 비밀

조윤제 지음

담대심소 膽大心小

지기지언 知己之言

절문근사 切問近思

무신불립 無信不立

지피지기 知彼知己

과유불급 過猶不及

이심전심 以心傳心

인자무적 仁者無敵

지자불언 知者不言

21세기북스

머리말

마음을 다스려야 말을 다스릴 수 있다

"그들이 저급하게 나올 때 우리는 품위 있게 간다When they go low, We go high." 전 미국 대통령 버락 오바마의 부인 미셸 오바마가 미 대선 찬조 연설에서 했던 말이다. 도널드 트럼프와 힐러리 클린턴이 맞붙은 지난 미국 대선은 미국 역사상 가장 치열했던 선거 중 하나로 꼽힌다. 박빙을 이어갔던 선거전이었던 만큼 점차 저급한 양상을 보이게 되었고, 쏟아지는 막말과 인신공격, 계속 터지는 스캔들까지 도저히 도덕성의 나라 미국의 선거라고 볼 수 없을 정도였다. 그때 사람들의 마음을 가장 사로잡았던 사람은 선거의 후보가 아니라 찬조 연설자로 나섰던 미셸이었다.

미셸은 이 한마디로 저급하고 비열한 선거에 자존감이 상했던 미국인들의 마음을 위로해주었다. 그리고 미국의 격을 제대로 보여주었다는 평가와 함께 대선을 상징하는 간판급 문장이라는 인정을 받았다. 심지어 미국인들은 차라리 미셸이 다음 대통령이 되었으면 한다는 소망을 품기도 했다. 말 한마디로 선거의 주인공보다 더 큰 관심을 받게 되었고, 많은 사람의 마음을 얻게 된 것이다. 그녀는 어떻게 그 어지럽던 상황을 지배하고 사람들의 마음을 사로잡는 말을 할 수 있었을까? 그 힘은 어디서 나온 걸까?

이 말은 《논어》 〈헌문憲問〉에 실려 있는 "군자는 위를 향하고 소인은 아래를 향한다"는 문장과 놀랍도록 유사하다. 공부와 수양, 그리고 진정한 학자로서의 삶을 어떻게 살아야 하는지를 가르친 말이다. 군자는 자신을 바르게 하고 좋은 세상을 만드는 데 힘을 다한다. 하지만 소인은 자신의 이익과 탐욕을 채우는 데만 열중한다. 이런 생각과 가치관이 자신의 삶으로 나타나고 말이 되어 나오는 것이다.

미셸의 강력한 한마디도 바로 여기에 힘입었을 것이다. 물론 그녀가 동양의 고전에 실려 있는 이 말을 미리 알고 있었던 것은 아닐지도 모른다. 삶을 채우고 있던 내면의 충실함이 적재적소에서 사람들의 마음을 쥐고 흔드는 우아하고 품격 있는 말, 강력한 한마디가 되었을 것이다. 여기서 우리는 말에서 가장 중요한 명제 하나를 떠올리게 된다. '말은 곧 그 사람 자신이다.' 말을 배우기에 앞서 어떤 사람이 되어야 할지를 고민해야 하는 이유다.

우리는 말을 잘하고 싶다. 미셸처럼 대단한 말까지는 아니더라도 중요한 자리에서 떨지 않고 말하고 싶고, 멋진 말로 사람을 설득하고 싶다. 가까운 사람들에게 품격 있고 우아한 사람으로 인정받고 싶기도 하다. 하지만 큰 노력을 기울였음에도 불구하고 항상 제자리임을 느끼고 좌절하는 경우가 많다. 목표를 낮춰서 '차라리 말실수라도 하지 않았으면…' 이것이 솔직한 심정일지도 모른다. 우리에게 말이 늘 어려운 이유는 고전에서 찾을 수 있다.

《법언》에는 "말은 마음의 소리요 글은 마음의 그림이다"는 글이 실려 있다. 《근사록近思錄》에서도 "마음이 안정되어 있으면 그 말이 신중하고 여유가 있다. 마음이 안정되어 있지 못하면 그 말이 가볍고 급하다"라고 말하고 있다. 말은 입에서 나오는 것이지만 그 근원은 마음이다. 평상시 말을 다스리지 못하는 것은 마음에서 비롯된다. 말로 상처를 받는 것 역시 그 원인은 마음이다. 마음에서 비롯된 감정과 욕심을 다스리지 못해 말과 행동이 무너지는 것이다.

하지만 마음 다스림은 결코 쉬운 일이 아니다. 세상에서 가장 어려운 일이라고 해도 부인하기 어렵다. 그래서 옛 현자들은 마음 다스림을 수양의 첫걸음으로 삼았고, 그 지혜를 고스란히 고전에 담아 남겨주었다. 마음 다스림의 진수眞髓는 공자의 핵심 철학인

충忠과 서恕에서 찾을 수 있다. 두 글자는 모두 마음 심心을 품고 있다. 충忠은 마음心을 중심中에 굳게 세우는 것으로 자신을 바로 세우는 수양의 자세다. 서恕는 마음心을 다른 사람의 마음과 같게 하는 것如으로, 타인과의 관계를 사랑과 배려로 하는 것이다. 이처럼 충과 서를 바로 세우는 것은 내면의 충실함과 겉모습의 품격을 함께 갖추는 것이다.

스스로 삼가고 반추하는 데서부터 내면이 굳건하게 다져지고, 단단한 내면으로부터 당당함이 자연스럽게 드러나게 된다. 단단한 자의식이 부드럽게 드러나는 사람, 절제와 여유가 삶에 넘치는 사람, 엄숙하면서도 온화한 사람, 겸손하고 관대한 사람. 바로 이들이 삶에서 보이는 모습이다. 이들의 말 또한 이들의 모습과 닮았다.

이 책은 약 20여 권의 고전에서 뽑은 짧은 문장으로 구성되어 있다. 《논어》《맹자》 등의 유가 철학서, 《도덕경》《장자》 등의 도가 철학서, 《손자병법》《삼략三略》 등의 병법서에서 말과 관련한 통찰력 있는 글들을 뽑았다. 말의 기법에 관한 것도 있지만, 마음의 다스림과 인생의 이치를 말하는 글도 있다. 그리고 그 이치들을 어떻게 말로 표현할지를 알려주는 지혜가 담겨 있다.

공자의 배려, 맹자의 호연지기, 노자의 겸손, 장자의 여유, 한비자의 지략, 손자의 전략을 통해 품격과 내공의 말을 할 수 있는 든든한 기반을 갖출 수 있다. 막말과 거친 말이 난무하는 세상에서 자신을 지키는 힘도 얻게 된다. 그리고 말과 대화의 진정한 의미, 그 본질을 이해할 수 있게 될 것이다.

《손자병법》에는 "백 번 싸워 백 번 이기는 것이 최고가 아니다. 싸우지 않고 굴복시키는 것이 최고의 경지다"라는 말이 실려 있다. 진정한 승부사는 무력이 아닌 전략과 지혜로 이기는 사람이다. 힘으로 상대를 굴복시키는 것이 아니라 마음으로 상대를 감동시켜 따르게 하는 사람이다. 그 시작은 나 자신을 인정하고 존중하는 것이다. 내 삶의 의미와 가치를 알고 스스로를 존중한다면 다른 사람도 존중할 수 있다. 서로를 존중하며 조화로운 관계를 만든다면 싸우지 않고 이기는 진정한 승부사가 될 수 있을 것이다.

그리고 이 모든 이치와 지혜는 일상의 삶에서 비롯된다. 어떤 대단한 일을 하든 그 시작은 일상의 삶이다. 평상시 삶이 받쳐주지 않는 사람은 제아무리 높은 이상을 말해도 허상에 불과하다. 말도 마찬가지다. 어떤 멋진 말도, 대단한 말도 반드시 일상의 말이 근본이다.

"지극히 고상함은 지극히 평범함에 있고, 지극히 어려움은 지극히 쉬운 것에서 비롯된다." 《채근담》에 실려 있는 이 말처럼 항상 대하는 사람, 가까이 있는 사람과의 말이 충실하고 아름다워야 어떤 곳에서도 멋진 표현을 할 수 있다. 혼란한 상황을 일시에 정리하는 힘, 중요한 자리에서 사람들의 마음을 움직이는 힘, 막말을 함부로 하는 사람에게 통렬한 일침을 가할 수 있는 힘도 여기서 비롯된다. 일상에서 차근차근 쌓아나갔던 깊이와 내공이 특별한 기회에 빛을 발하게 되는 것이다.

어떤 사람 앞에서도 당당하고, 어떤 상황도 멋지게 지배하고, 어떤 순간에도 품위 있게 자신을 드러내는 우아한 승부사의 길, 이제 그 길로 나아가보자.

2019년 11월

조윤제

차례

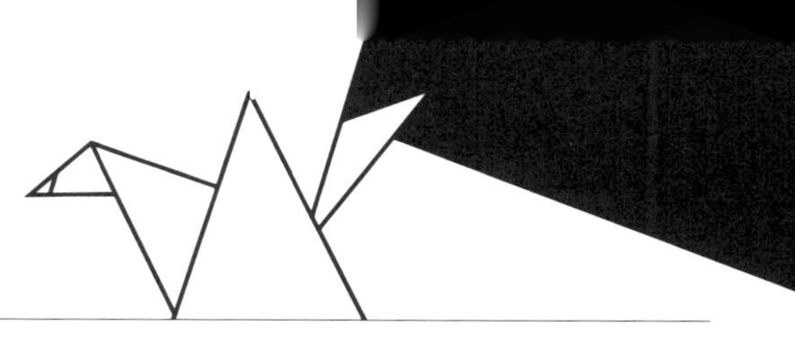

3. 믿음을 준다—무신불립無信不立

4. 마음에 닿는다—이심전심以心傳心

5. 사람을 사랑한다—인자무적仁者無敵

6. **생각을 묻는다**—절문근사切問近思

7. **관계를 지킨다**—지기지언知己之言

8. **입을 닫고 귀를 연다**—지자불언知者不言

9. **함께 승리한다**—지피지기知彼知己

1
균형을 맞춘다

과유불급
過猶不及

지나치지 않고 부족하지도 않게,

가장 적절한 때 적절한 말을 할 수 있어야 한다.

겸손함 가운데 당당하게

자신을 드러낼 수도 있어야 한다.

표 나지 않게, 드러내지 않으면서도

자연스럽게 자신을 높일 수 있는 능력은

중용, 내면의 단단함에서 얻을 수 있다.

넘치는 것보다
알맞은 것이 어렵다

"지나침은 모자람과 같다."

《논어》

중용中庸은 균형 잡힌 삶을 위해 가장 필요한 덕목 중 하나다. 공자는 "군자는 중용을 따르고 소인은 중용에 어긋난다"라고 하며 군자가 되기 위한 덕목으로 중용을 강조했다. 하지만 누구나 쉽게 중용을 이룰 수 있는 것은 아니다. 《논어》에는 "중용의 덕은 지극하다. 하지만 이 덕을 지닌 사람이 드물게 된 지 오래되었다"는 공자의 말이 실려 있기도 하다.

공자의 이 말은 중용의 덕이 그 정확한 의미를 알기 어려울 뿐 아니라 실천하기도 어렵다는 것을 알려준다. 공자의 손자인 자사가 쓴 책, 《중용》 9장에는 이렇게 실려 있다. "천하의 국가를 다스리는 것도 가능하고, 작위나 녹을 사양하는 것도 가능하며, 시퍼런 칼날 위에 서 있는 것도 가능하나, 중용을 행하는 것은 불가능하다."

중용이란 권력이나 명예, 그리고 용기와는 다르며 오히려 더 고차원적인 덕목이다. 그만큼 실천하기 어려운 개념인 것이다. 《논어》〈선진先進〉에는 공자가 제자들을 가르친 고사가 실려 있는데, 이를 통해 중용의 진정한 의미를 생각해볼 수 있다.

> 제자 자공이 공자에게 물었다.
> "자장과 자하 중 누가 더 현명합니까?"
> "자장은 지나치고 자하는 부족하다."
> "그러면 자장이 더 낫습니까?"
> 공자가 대답했다.
> "지나침은 모자람과 같다過猶不及, 과유불급."

'과유불급'이라는 성어로 잘 알려진 대목이다. 여기서 자공은 모자란 것보다는 좀 과하더라도 지나친 것이 낫다고 생각했다. 아마 많은 사람이 그렇게 생각할 것이다. 기준에 도달하지 못한 것보다 초과 달성한 것이 좋게 보이기 때문이다. 하지만 공자는 과하지도 부족하지도 않은 적절함이 있어야 한다고 가르쳤다. 바로 중용의 도道다.

자공이 예로 들었던 자하와 자장은 공자의 제자들이다. 자하는 문장과 학문에 뛰어나 열 명의 탁월한 제자를 이르는 '공문십철孔門十哲'에 꼽히기는 하지만, 둘 다 그리 널리 알려진 제자는 아니다. 오히려 두 사람은 서로 상반된 성격과 자질로 라이벌 관계를 이룸으로써 더 유명해졌다고 할 수 있다.

자장은 능력도 있고 적극적인 성품이지만 수양이 부족하고 의욕도 지나친 면이 있었다. 그래서 함께 수학하던 동문들로부터 '능력도 있고 당당하지만 더불어 인仁을 행하기는 부족하다'는 평가를 들었다. 적극적이고 활달한 성품이지만 자신감이 넘쳐서 상대를 배려하는 점이 부족했던 것이다.

한편 자하는 차분하고 신중한 성격으로 학문에 큰 진전을 얻었지만 고지식하고 소극적인 면이 있었다. 이를테면 약간 꽁생원 같은 성품이었다고 볼 수 있다. 그래서 공자는 자하에게 "군자와 같은 선비가 되어야지 소인과 같은 선비가 되어서는 안 된다"고 지적했다. 공부에만 파묻혀 인간관계를 소외시한다면 폭넓고 당당한 사람이 될 수 없다는 가르침이다. 이처럼 공자는 두 제자 모두 중용의 도에는 미치지 못하는 것을 안타까워했던 것이다.

중용의 도는 수치상으로 단순히 중간을 뜻하는 것이 아니다. 어떤 상황에서든 가장 적절한 것을 찾아 행하는 것이다. 그래서 중용의 덕은 실천하기가 어렵다. 앞서 자장과 자하는 지나침과 부족함을 각각 지적받았지만, 평범한 우리는 두 가지 모두에서 부족함을 느낄 때가 많다. 때로는 너무 지나쳐서 후회하고, 때로는 너무 부족하고 소극적인 자신을 한탄하기도 한다. 대화에서도 마찬가지다. "내가 너무 지나친 말을 한 건 아닐까?" 후회할 때도 있지만, "그때 왜 아무 말도 하지 못했을까?" 하며 소극적이었던 자신을 원망하기도 한다.

요즘과 같은 감정과 말의 과잉시대에는 모자람보다는 지나침을 조심하는 것이 더 좋겠다. 특히 말과 관련해서는 더욱 그렇다. 과도한 말로 후회하기보다는 차라리 입을 닫고 침묵하는 것이 지혜롭다. 모자람은 채울 수 있지만 지나침은 다시 주워 담기 힘들기 때문이다. 주위에 화가 나 있거나 큰 슬픔으로 감정이 북받친 사람을 대할 때는 더욱 지혜로운 처신이 필요하다. 말로 감정을 부추겨 더욱 고양시켜서도 안 되고, 지나치게 많은 말로 상대를 어지럽혀서도 안 된다. 민감하게 상대의 마음을 들여다보고 말과 침묵을 적절하게 사용할 수 있어야 한다.

나 자신을 드러낼 때도 마찬가지다. 자부심과 겸손함이 적절해야 한다. 겸손함은 누구라도 당연히 갖춰야 하는 좋은 덕목이다. 하지만 지나치면 자신감이 없어 보이고 심하면 비굴하게 보일 수도 있다. 겸손한 가운데 당당한 자신도 드러낼 수 있어야 한다. 드러내지 않으면서도 자연스럽게 자신을 높일 수 있는 능력은 바로 중용, 즉 내면의 단단함에서 얻을 수 있다.

적절한 때와 적절한 말

"군자가 중용을 따르는 것은
때에 맞게 행동하는 것이고,
소인이 중용에 어긋나는 것은
행동에 거리낌이 없음이다."
《중용》

《맹자》〈만장 하萬章 下〉를 보면 맹자가 네 사람의 성인聖人을 평한 말이 나온다.

"백이는 성인 중에서 청렴한 사람聖之淸者, 성지청자이고, 이윤은 성인 중에 책임을 잘 맡은 사람聖之任者, 성지임자이고, 유하혜는 성인 중에 화합을 잘한 사람聖之和者, 성지화자이고, 공자는 성인 중에 때를 잘 아는 사람聖之時者, 성지시자이다."

그리고 맹자는 이 말의 결론으로 "공자는 집대성한 사람이다"라고 했다. 백이와 이윤, 그리고 유하혜는 모두 한 분야에서 가장 뛰어난 사람으로 인정받았던 성인들이지만, 공자는 이들 모두의 지혜와 덕을 두루 갖춘 성인 중의 성인이라는 말이다. 공자가 이렇게 인정받은 것은 여러 가지 요인이 있겠지만, 무엇보다 맹자는 공자가 때에 맞춰 처신을 잘했던 것을 그의 가장 큰 덕목으로 꼽았다. 바로 중용이다.

중용은 원래 모자라거나 지나침이 없는 덕목을 말한다. 다산 정약용은 이를 두고 "중은 시간과 사물 간의 차이와 변동에 따라 거기에 알맞게 행하는 도리이고, 용은 평범한 일상 가운데 변통성이 있는 타당성의 극치다"라고 했다. 좀 어렵기는 하지만 때를 잘 알고, 상황에 합당하게 행동하는 것이 이 정의의 핵심이다. 일상에서 '중용'을 지키는 것에 대해 《중용》 2장에서는 이렇게 말해준다.

> 군자가 중용을 따르는 것은 때에 맞게 행동하는 것이고, 소인이 중용에 어긋나는 것은 행동에 거리낌이 없음이다君子而時中 小人而無忌憚也, 군자이시중 소인이무기탄야.

이 성어의 원문을 보면 우리가 평소에 접하는 말이 있는데, 바로 무기탄無忌憚이다. '기탄이 없다'라는 뜻으로, 흔히 윗사람이 아랫사람에게 거리낌 없이 솔직하게 의견을 말하라고 권할 때 쓰는 말이다. 아무것에도 구애받지 않고, 심지어 지위나 계급에 상관하지 말고, 마음속에 있는 말을 숨기지 말고 하라는 것이다.

하지만 이때도 반드시 지켜야 할 것을 지키지 못하면 낭패를 보게 된다. 무엇보다도 넘지 말아야 할 선을 지켜야 한다. 예의를 지켜야 하고, 해서는 안 될 말을 하면 안 된다. 상대의 인격을 모독하는 말이나 인신공격성의 말과 같은 것들이다. 또한 반드시 때와 장소, 그리고 상황에 맞는 말을 할 수 있어야 한다. 아무리 좋은 말이라고 해도 상황에 적절치 않으면 그 말은 하지 않음만 못하다.

간단하게 의견을 나누어야 하는 짧은 회동에서 길게 말을 늘어놓거나, 마음먹고 시간을 만들어 회동의 장소를 만들었는데 입을 닫고 말하지 않는 것 역시 상황을 읽지 못하는 것이다. 일상에서 이런 원칙을 지키지 못하면 소인, 오늘날로 치면 사리 분별을 못하는 한심한 사람이 되고 만다.

《논어》〈자한子罕〉에 실려 있는 "고기양단叩其兩端"도 역시 중용의 정신이다. 말 그대로 해석하면 "양쪽 끝을 잘 두드린다"는 뜻인데, 공자가 무식하고 천한 사람의 질문에 대답해주는 방법이다. 비천하다고 해서 함부로 대하지 않고 최선을 다해 말해주되, 어느 한쪽에 치우친 말이 아니라 가장 적절하고 도리에 맞는 말을 해준다는 것이다. 그 방법이 바로 양쪽 극단의 의견을 끝까지 잘 판단한 다음 가장 적절한 말을 찾는 것이다. 그리고 성의를 다해 말해주면 어떤 생각과 의도를 가진 사람과도 공감할 수 있는 대화가 된다.

여기까지 미루어보면 중용이란 바로 '균형 감각'과 '타이밍'이라고 할 수 있다. 균형 감각이란 어느 한쪽에 치우친 극단적인 사고가 아니라 다양한 관점을 인정하고 스스로 중심을 잡는 자세를 말한다. 설사 나의 이념과 신념에 배치되는 이야기라고 해도 상대방의 생각을 존중하고, 끝까지 이야기를 들은 다음에 내 이야기를 할 수 있어야 한다. 내 생각에만 사로잡혀 있다면 상대방의 이야기를 들을 수 없다. 설사 귀로 듣는다고 해도 마음에 닿을 수 없다. 당연히 소통은 차단되고 만다.

타이밍이란 적절한 때에 말할 수 있는 자세다. 귀 기울여야 할 때는 귀를 열고, 말해야 할 때는 입을 열어 적극적으로 말해야 한다. 그 어떤 좋은 의견과 생각도 때를 지키지 못하면 받아들여지지 않는다. 결정적인 순간을 기다리지 못하고 미리 말해버리거나, 이미 상황이 종료되었는데도 계속해서 자기 말을 이어가는 사람은 소위 센스가 없는 사람으로 대화에서 가장 환영받지 못하는 유형이다.

말을 잘하는 것은 어려운 전문용어로 지식을 자랑하는 것이 아니다. 탁월한 이론으로 상대방을 굴복시키는 것도 아니고 유창한 말로 재간을 뽐내는 것도 아니다. 가장 적절한 때 적절한 말을 할 수 있다면, 그 어떤 사람에게도 훌륭한 대화 상대로 인정받을 수 있다.

중용이란 '균형감각'과

'타이밍'이다.

가장 적절한 말을

가장 적절한 때에 한다면

그것이 곧 '중용'의 대화다.

관심이 진실함을 만든다

"말할 때가 되지 않았는데 말하는 것을 조급하다고 하고,
말해야 할 때 말하지 않는 것을 숨긴다고 하고,
안색을 살피지 않고 말하는 것을 눈뜬장님이라고 한다."
《논어》

시대를 불문하고 말에는 막강한 힘이 있다. 특히 오늘날은 끊임없이 소통하지 않고서는 살아가기 어려운 시대다. 그래서 사람들은 말을 잘하려고 노력한다. 열심히 책을 읽고 학원을 다니고 개인 교습을 받기도 한다. 하지만 노력한 만큼의 결과를 얻지 못하는 경우가 많다. 쉬운 일이 아니라고 포기하거나, 자신은 말을 잘하는 것과는 거리가 먼 사람이라고 좌절하기도 한다. 하지만 별다른 능력이 없는 것 같은데도 말을 잘한다고 인정받는 사람들이 있다. 말이 능수능란한 것도 아니고, 어휘력이 남다른 것도 아닌데 이들의 말은 남다르다.

그 차이는 바로 TPO에 맞는 화법을 구사하느냐에 있다. TPO는 때Time, 장소Place, 그리고 상황Occasion을 가리키는데, 말을 제대로 하는 요건이다.

《논어》〈계씨季氏〉에 실린 말은 TPO의 고전판이라고 할 수 있을 정도로 제대로 말하는 법을 정확하게 설명해준다.

> 말할 때가 되지 않았는데 말하는 것을 조급하다고 하고, 말해야 할 때 말하지 않는 것을 숨긴다고 하고, 안색을 살피지 않고 말하는 것을 눈뜬장님이라고 한다言未及之而言 謂之躁 言及之而不言 謂之隱 未見顔色而言 謂之瞽, 언미급지이언 위지조 언급지이불언 위지은 미견안색이언 위지고.

원래 이 성어는 윗사람을 모실 때 저지르기 쉬운 세 가지 잘못을 말한다. 하지만 꼭 윗사람만이 아니라 평상시의 대화에서도 지켜야 할 보편적인 원칙이다. 이 원칙을 지키면 특별히 달변가는 아니더라도 말을 '제대로 하는 사람'으로 인정받을 수 있다.

먼저 말할 때가 되지 않았는데 말하는 것은 차례가 아닌데 말하는 것이다. 다른 사람이 말하고 있는 중에 불쑥불쑥 끼어들거나, 말을 독점하는 사람이다. 특히 자기가 잘 아는 주제가 나오면 다른 사람에게는 말할 틈조차 주지 않는다. 공자는 이런 행태를 '조급하다躁, 조'라고 표현했다. 사람이 성급하고 시끄러워 가까이하기 어려운 사람이라는 것이다. 이런 사람에게는 자신을 높이고 남을 낮추는 교만이 있다. 그래서 순자는 이 구절을 인용하면서 '오만하다傲, 오'로 바꾸어 표현했다.

그다음 말해야 할 때 말하지 않는 것은 자기 속마음을 감추는 것隱, 은이다. 말할 순서인데도 하지 않거나, 해야 할 말을 하지 않는 것이다. 반드시 해야 할 말을 하지 않고 감춰두는 것은 상대를 기만하는 것이다. 속이는 것은 꼭 거짓말만 있는 것은 아니다. 해야 할 말을 하지 않는 것도 역시 속이는 것이다. 이런 사람은 자기에게 유리한 말만 하고 손해가 되는 말은 감춰둔다. 거짓말이 능동적인 기만이라면 숨기는 것은 수동적인 기만이다.

마지막으로 안색을 살피지 않고 말하는 것은 눈치 없고 무모한 행동이다. 여기서 안색을 살피는 것은 상대의 감정 상태를 감안해 그에 맞게 말하는 것이다. 만약 상대가 화나 있거나 슬퍼하는 상태라면 말을 가리는 것이 좋다. 들으면 더 화날 말, 더 슬퍼할 말은 가려서 할 수 있어야 한다. 또한 상대가 혼란스러운 상태라면 중요한 판단을 내려야 하는 말은 피하는 것이 좋다. 감정이 흔들리는 상황에서는 올바른 판단과 결정을 하지 못하기 때문이다.

공자는 이런 사람을 두고 '눈뜬장님瞽, 고'이라고 표현했다. 눈은 뜨고 있지만 제대로 보지 못하기에 장님과 같다. 만약 볼 수 있는 사람이라면 제대로 판단을 하고 지금 처해 있는 상황에 맞게 말을 할 것이다.

이 모든 것을 아우르는 것은 바로 말의 진실함이다. 말을 잘한다는 것을 평상시에 듣기 좋은 말을 잘하고, 능수능란하게 말할 수 있는 능력이라고 생각하기 쉽다. 하지만 진심이 담겨 있지 않은 말은 아무리 아름다워도 공허한 울림이 되고 만다. 어떤 상황에서도 말에는 진심이 담겨 있어야 한다. 상사에게 하는 말뿐 아니라 아랫사람, 혹은 친구 간에도 마찬가지다. 또한 내 생각을 전달하는 데 집중할 것이 아니라 상대의 마음을 읽을 수 있어야 한다. 상대방에게 관심을 기울이고 상대에게 집중할 때 그 사람의 마음을 움직이는 말을 할 수 있다.

사람이 있어야 할 시간, 있어야 할 장소를 찾지 못하면 길을 잃은 것이다. 말에도 꼭 있어야 할 시간과 장소가 있다. 사람은 길을 찾아 되돌아올 수 있지만, 한번 나간 말은 돌아오기 힘들다.

표현하지 않고 알아달라 하지 마라

"바탕이 겉모습을 넘어서면 촌스럽게 되고,
겉모습이 바탕을 넘어서면 형식적이 된다.
겉모습과 바탕이 잘 어울린 다음에야 군자답다."
《논어》

공자는 학문과 수양에서 내면과 겉모습이 모두 중요하다고 가르친다. 학문과 수양을 통해 내면을 잘 갖추었다면 그것으로 그칠 것이 아니라 겉으로도 잘 표현할 수 있어야 한다는 것이다. 학문과 수양은 깊은데 그것이 겉으로 잘 표현되지 못한다면 거칠고 야만적으로 보일 수 있다. 내면은 잘 갖춰져 있지 않은데 겉만 번드르르한 사람은 가식적이고, 심하면 위선적이 된다.

바탕이 겉모습을 넘어서면 촌스럽게 되고, 겉모습이 바탕을 넘어서면 형식적이 된다. 겉모습과 바탕이 잘 어울린 다음에야 군자답다. 質勝文則野 文勝質則史 文質彬彬 然後君子, 질승문즉야 문승질즉사 문질빈빈 연후군자

원문에서 질質은 학문과 수양을 통해 얻을 수 있는 내면의 충실함을 말한다. 즉 사람됨의 근본이라고 할 수 있다. 문文은 겉모습인데, 내면의 충실함을 겉으로 표현하는 것이다. 대인관계에서는 상대방에 대한 배려와 예의라고 할 수 있다.

《논어》〈옹야雍也〉에서는 이 말 외에 별다른 설명을 하고 있지 않다. 하지만 〈안연顏淵〉에서는 이 말에 대해 공자의 제자 자공이 설명해주는 고사가 나온다. 위나라의 대부 극자성과 대화하는 장면에서 나오는데 과연 언변의 달인답게 알기 쉽게 핵심을 찔러 설명해준다.

극자성이 자공에게 물었다. "군자는 본래의 바탕만 갖추고 있으면 되지, 겉모습은 꾸며서 무엇하겠습니까?" 그러자 자공이 대답했다. "안타깝구려, 선생이 그렇게 말하는 것을 보니 네 마리 말이 끄는 마차도 선생의 혀를 따르지는 못할 것입니다. 겉모습도 바탕만큼 중요하고, 바탕도 겉모습만큼 중요합니다. 호랑이와 표범의 털 없는 가죽은 개와 양의 털 없는 가죽과 같습니다."

이 고사에서 자공은 두 가지 통찰을 우리에게 전해준다. 먼저, 정확하게 알지 못한다면 함부로 말해서는 안 된다. 말이란

쉽게 퍼져나가는 것으로 네 마리 말이 끄는 마차보다 더 빠르다는 것이다. 그 당시 가장 빠른 운송 기관은 바로 말이 끄는 마차였다. 하지만 말言, 언이 퍼져나가는 속도는 그 마차보다 더 빠르다. 그만큼 빠르고, 당연히 주워 담을 수도 없기에 반드시 신중하게 말해야 한다.

또 한 가지, 사람들을 설득하기 위해서는 적절히 비유해야 효과적이다. 자공은 말을 조심해야 한다는 가르침을 마차에 비유했지만, 바탕과 겉모습이 모두 중요하다는 것 역시 동물들의 가죽과 털에 비유하고 있다. 여기서 호랑이와 표범은 맹수다. 당연히 그 가죽도 소중하게 여겨진다. 하지만 만약 그 가죽에 털이 없다면 가치는 떨어질 수밖에 없다. 흔한 개와 양의 가죽과도 구별하기 어렵다. 사람의 됨됨이도 마찬가지다. 사람이 탁월한 학식과 인격을 갖추고 있다면 겉으로 드러낼 수 있어야 한다. 그것을 감추거나, 드러낼 줄 모른다면 평범한 사람들과 다를 바 없다.

공자는 학문과 수양에 관해 이야기했지만 이 가르침은 인생사 모든 분야에 다 해당된다. 오늘날 마케팅의 관점에서 본다면 더 잘 이해할 수 있다. 제품을 만들 때 품질의 완성도는 바로 '질'로서 내면의 가치라고 할 수 있다. 그 가치를 잘 표현하는 디자인이나 상품의 포장은 바로 '문'이다. 고객의 마음을 잡기 위해서는 이 둘이 조화를 이루어야 한다. 아무리 품질이 좋아도 좋은 디자인으로 고객의 눈길을 끌지 못하면 성공할 수 없다. 품질은 나쁜데 디자인만 잘 꾸민다면 당장은 고객의 눈길을 끌겠지만 오래 지속되기 어렵다.

'말'이라는 관점에서 보면 이 성어의 의미는 더욱 절실하다. 바탕이 됨됨이라면 겉모습은 바로 말이다. 흔히 마음만 진실하면 되지 꼭 말로 표현해야 하느냐고 묻는 사람이 있다. 주로 무뚝뚝한 남성들이 많이 하는 말이다. 물론 마음이 더 중요한 것이 사실이지만 이를 겉으로 잘 표현하는 것도 못지않게 중요하다.

마음이 있어도 상대방이 알지 못한다면 마음이 없는 것과 같다. 아니, 오히려 더 못할 수도 있다. 서로 믿었던 사람들 간의 오해는 주로 마음을 제대로 표현하지 못해서 일어나기 때문이다. 개인 간의 관계뿐 아니라 공적인 측면에서 보면 말의 중요성은 더욱 커진다. 아무리 실력이 있는 사람이라고 해도 그것을 잘 표현하지 못한다면 그 사람은 자신의 가치를 드러내기 어렵다. 내면의 실력과 말의 능력을 함께 갖춰야 하는 절실한 이유다.

《논어》 〈학이學而〉에는 "본립도생本立道生", 즉 "근본이 바로 서야 도가 생겨난다"고 실려 있다. 도는 학문과 수양의 최고 경지다. 그 도에 이르기 위해서는 근본을 바로 세우는 것이 먼저다. 하지만 공자는 이에 그쳐서는 안 된다고 가르쳤다. 자신의 속마음, 즉 근본이 진실하다면 그것을 상대가 알 수 있도록 잘 표현하라고 당부했다. 가진 것이 50밖에 없는데 100이 있는 것처럼 꾸민다면 가식이다. 최소한 100을 가질 수 있도록 노력해야 한다. 하지만 만약 100을 가졌다면 이왕이면 120을 나타낼 수 있다면 더 좋겠다.

때로는
냉정한 단절도 필요하다

"금수 같은 자를 비난해서
또 무엇하겠는가?"
《맹자》

《맹자》〈이루 하離婁 下〉에는 사회 지도층의 자세와 도덕적 책무를 뜻하는 '종신지우終身之憂'라는 유명한 성어가 실려 있다. 그 전문은 이렇다. "군자는 평생의 근심은 있으나 하루아침의 근심은 없다君子有終身之憂 無一朝之患也, 군자유종신지우 무일조지환야."

여기서 '하루아침의 근심'이란 일상의 삶에서 빚어지는 근심으로 평범한 사람들의 근심이다. '평생의 근심'은 더 크고 의미 있는 삶을 살기 위해 노력하는 것으로, 당연히 평생을 두고 계속할 수밖에 없는 근심이다. 수양과 자기완성을 위한 노력에는 중단이 있을 수 없기 때문이다. 그 사람의 모습은 이렇다.

"순임금도 사람이고 나도 사람이다. 하지만 순임금은 천하의 모범이 되었고 나는 시골 사람을 면하지 못하고 있다. 바로 이것이 근심할 만한 일이다. 근심스러우면 어떻게 할까? 다만 순임금과 같아지려고 노력할 뿐이다."

천하의 뛰어난 인물을 닮고자 노력하는 자세가 바로 평생의 근심이다. 이를 위해서는 먼저 자긍심을 지녀야 한다. 아무리 뛰어난 인물도 나와 같은 사람일 따름이라는 자신감이다. 그다음 질투하지도, 포기하지도 말고 노력하면 된다. 단번에 되기는 어렵다고 하더라도 평생을 두고 그런 자세로 살아간다면, 비록 그처럼 위대한 일을 이루지 못하더라도 후회하지 않을 삶을 살 수 있다.

맹자는 군자가 취해야 할 대인관계의 지혜에 대해서 이렇게 말한다.

> 여기에 어떤 사람이 있다고 하자. 그 사람이 함부로 대한다면 군자는 반드시 스스로 반성할 것이다. '내게 분명히 어질지 못한 점이 있고 무례했던 행동이 있었을 것이다. 그렇지 않다면 어떻게 이런 일이 나에게 닥쳤겠는가?' 군자가 스스로 반성하여 어질게 되었고, 스스로 반성하여 예의를 갖추게 되었는데도 여전히 그 사람이 함부로 대한다면 군자는 다시 한번 반성해야 한다. '분명히 내가 충실히 대하지 못함이 있었을 것이다.' 그리고 스스로 반성

> 하여 충심을 다하게 되었는데도 여전히 함부로 군다면 군자는 이렇게 말할 것이다. '이 사람은 망령된 자다. 금수와 다를 바가 없구나. 금수 같은 자를 비난해서 또 무엇하겠는가於禽獸又何難焉, 어금수우하난언?' 그러므로 군자에게는 종신토록 근심하는 것은 있어도 하루아침의 근심은 없다.

여기서 미루어 알 수 있듯이 '하루아침의 근심'과 '평생의 근심'을 나누는 것은 인간관계를 얼마나 지혜롭게 대처하느냐에 달려 있다. 오스트리아의 심리학자 알프레트 아들러는 "인간의 모든 고민은 인간관계에서 비롯된 것이다"라고 말했다. 다른 사람과의 관계에 고민하지 말고, 평가에 연연하지도 말고, 먼저 스스로 가치 있는 존재라는 의미를 찾으라는 것이다.

맹자도 역시 아들러와 같이 단호하다. 하지만 맹자는 잠깐 숨 돌리는 여지를 준다. 맹자의 해법은 먼저 두 번의 자기반성이다. 두 번에 걸쳐서 반성하고 자신을 돌아보아서 고친다. 만약 그 이후에도 상대가 변하지 않는다면 그때는 단호하게 관계를 단절한다. 맹자에 따르면 그 사람은 금수와 다를 바 없기 때문이다. 금수 같은 자들은 미워할 필요도, 비난할 필요도 없다. 더군다나 그를 고치기 위해 애쓸 필요도 없다.

맹자는 큰일을 하려면 먼저 곁에 있는 사람들과의 관계를 바르게 정립해야 한다고 가르친다. 크고 작은 인간관계의 갈

등으로 날마다 고민하고 연연하면 큰일을 해내기 어렵다. 그런 일들이 바로 '하루아침의 근심'이다. 다음날 아침이면 사라지고 없어질 일상의 근심, 맹자는 그런 일에 매달리지 말고 진정으로 삶에서 의미 있는 일을 찾으라고 한다. 그 의미 있는 일이 바로 평생을 두고 해야 하는 근심인 것이다.

2300년 전 맹자와 마찬가지로, 100년 전 아들러가 고민했던 것과 같이 오늘날 우리는 사람들과 끊임없이 부대끼며 살아간다. 상처받고, 화해하고, 또 상처를 주고, 화해하는 것이 바로 우리 삶이다.

이때 자신을 지키기 위해 무조건 감정적 관계를 끊어버린다면 소통이 단절되고 만다. 다시 회복되기는 어렵다. 관계에 문제가 생기면 먼저 나 자신을 돌아보고 문제가 있다면 고쳐야 한다. 그다음 상대의 변화를 지켜보아야 한다. 만약 두 번의 과정을 거쳐도 변화가 없다면 과감하게 단절해야 한다. 일방적인 양보가 인간관계의 진정한 해법이 될 수 없다. 무조건 양보는 없다.

상대가 원하는 것을 찾아라

"똑같은 재능을 요구하지 않고
같은 역할을 맡기지 않는다."
《장자》

흔히 다른 사람의 마음을 얻고 설득하려면 탁월한 말솜씨가 있어야 한다고 생각한다. 그래서 여러 가지 말의 기법을 배우고 구사하려고 노력한다. 하지만 사람들이 놓치는 것이 있다. 바로 상대를 설득하려면 상대에게 적절한 말을 구사할 수 있어야 한다는 사실이다. 아무리 미사여구를 더하고 전문 지식을 동원해도 상대가 알아듣지 못하면 아무 소용이 없다. '소귀에 경 읽기'가 되어서는 곤란하다.

상대를 설득하기 위해서는 가장 먼저 상대를 알아야 한다. 진정으로 원하는 것이 무엇이고, 좋아하는 것이 무엇인지 알아서 그에 합당하고 적절하게 설득해야 한다. 그리고 그 사람의 수준에 맞게 말할 수 있어야 한다. 초등학생에게는 초등학생, 대학생에게는 대학생 수준에 맞게 말할 수 있어야 한다. 두 가지 고사가 생생하게 이를 가르쳐준다. 먼저 《장자》〈지락至樂〉에 실린 고사다.

노나라의 수도에 바닷새 한 마리가 날아왔다. 노나라 왕은 이를 길조라고 여겨 종묘로 데려와 융숭한 대접을 했다. 환영회를 열어 음악을 연주해주고, 술을 권하고, 맛있는 진수성찬을 차려 대접했다. 하지만 바닷새는 아무것도 먹지 않고 괴로워하다가 사흘 만에 죽고 말았다.

노나라 왕은 자신이 좋아하는 것을 대접한다면 바닷새도 좋아할 것이라 여겼다. 하지만 이런 대접은 오히려 바닷새를 힘들고 괴롭게 할 뿐이었다. 왕이 주는 최상의 대접이 새에게는 최악의 고문이 되었고 결국 비극으로 끝나고 말았다. 이것을 현실 세계에서 보여주는 고사가 《여씨춘추呂氏春秋》에 실려 있다.

천하를 주유하던 공자 일행이 길을 가다가 쉬기 위해 잠시 멈추었는데, 그때 타고 다니던 말 한 마리가 빠져나가 남의 농작물을 뜯어 먹었다. 그러자 그 밭의 주인은 말을 붙잡아버렸고, 당장 길을 떠나야 하는 공자 일행은 큰 곤란에 봉착하고 만다. 고민 끝에 말솜씨가 가장 뛰어난 제자 자공이 나서서 농부를 열심히 설득했지만, 농부는 꿈쩍도 하지 않았다. 자공이 실패하고 돌아온 뒤 공자를 막 따라나섰던 한 시골뜨기가 자신이 해결해보겠다고 나섰다. 큰 기대를 하지 않고 보냈는데 의외로 농부를 만나 몇 마디도 나누기 전에 말을 받아올 수 있었다. 농부는 시골뜨기와 잠깐 대화를 나누고는 기쁜 얼굴로 말을 풀어서 넘겨주며 말했다. "아까 왔던 사람과는 달리 훌륭한 말솜씨를 지녔구려."

자공은 공자의 제자 중에서 가장 언변에 뛰어난 제자였다. 탁월한 외교관이자 유세가였고, 심지어 세간의 사람들에게는 공자보다 더 뛰어난 인물이라는 평을 듣기도 했다. 자공은 천하를 돌며 많은 나라의 군주들을 손에 쥐고 흔들었지만, 정작 배운 것 없는 시골 농부는 설득하지 못했다. 하지만 공자를 따라 다닌 지 얼마 되지도 않았던 시골뜨기는 화나 있던 농부를 멋지게 설득해 붙잡힌 말을 되찾아왔다. 뿐만 아니라 그 농부로부터 훌륭한 말솜씨를 지닌 사람이라는 칭찬까지 들었다. 그 차이가 바로 농부의 눈높이에 맞는 말을 했는가다.

자공의 말은 기본적으로 교양이 있는 사람에게 통하는 말이다. 하지만 시골뜨기는 시골 사람의 말로 농부를 설득했다. 무디고 거칠기 짝이 없는 말이지만 이 말은 시골 사람들끼리 서로 통한다. 이처럼 서로의 눈높이에 맞춰서 하는 말은 군자의 탁월한 말솜씨를 능가한다.

《장자》에서는 위 바닷새 고사의 결론을 이렇게 말한다.

> 옛 성인은 똑같은 재능을 요구하지 않고 같은 역할을 맡기지 않는다. 이름은 사실에 근거해야 하고 도리는 상황에 맞게 적용한다.
>
> 故先聖 不一其能 不同其事 名止於實 義設於適, 고선성 불일기능 부동기사 명지어실 의설어적

세상에는 수많은 성향의 사람이 있다. 학식도 능력도 성격도 지위도 천차만별이다. 지혜로운 사람은 이들 각자에게 적절한 말로 설득한다. 상대의 다른 점을 인정하고 그가 알 수 있는 말로, 듣고 싶은 말로 마음을 얻는다. 물론 평범한 사람들이 상대의 마음을 쉽게 알 수 있는 것은 아니다. 특별한 사람만이 외양을 보고 상대의 마음을 읽을 수 있다. 하지만 괜찮다.

만약 상대의 마음을 읽을 수 있는 통찰력이 없다면 직접 물어보면 된다. 무엇을 좋아하고, 무엇을 싫어하는지 확인한 다음에 소통하는 것이다. 그다지 기발하고 참신해 보이지는 않을 것이다. 하지만 진심은 전할 수 있다. 사람들은 이 간단한 절차를 무시한다. 자기가 좋아하는 것을 당연히 상대방도 좋아할 것이라 여기고 자기 위주로 소통한다. 그 결과는 불통이다.

무조건 강요도

무조건 양보도 안 된다.

다름을 인정하고

한 걸음씩 다가서라.

기회를 움켜쥘 말 한마디

"말이란 이치를 꾸미는 것이다.
말이 지극한 이치에 이르면
일의 본질이 드러난다."
《육도》

'누구에게나 세 번의 기회는 있다'는 말이 있다. 특히 힘들고 어려운 상황에 있는 사람에게 힘이 되는 말이다. 비록 지금은 힘이 들지만 언젠가 기회가 오면 반등할 수 있을 것이라는 믿음을 주기 때문이다. 그러나 기회는 공평하지만, 그 기회를 잡는 것은 공평하지 않다. 어떤 사람은 기회를 잡고 꿈을 이루지만 어떤 사람은 기회를 놓치고 좌절한다. 심지어 어떤 이들은 기회가 지나쳐간 것을 모르기도 한다.

이탈리아의 토리노 박물관에는 기회의 신 카이로스Kairos의 석상이 있다. 카이로스는 '찰나의 시간'을 뜻하는데 그 석상의 밑에는 다음과 같은 말이 새겨져 있다. "내 앞머리가 긴 이유는 사람들이 붙잡기 위함이고 뒷머리가 대머리인 이유는 한 번 지나치면 붙잡지 못하게 하기 위함이다. 내 이름은 카이로스, 기회의 신이다."

역사상 가장 극적으로 기회를 잡은 인물로는 강태공을 들 수 있다. 70세가 넘은 나이에 낚시를 하며 때를 기다리다가, 점괘에 따라 큰 인물을 찾아 나선 주문왕을 만나 나라의 스승으로 추대된다. 그의 삶에서 몇 번의 기회가 지나갔는지는 알 수 없지만, 인생의 마지막 기회는 놓치지 않았다. 두 사람이 위수 강가에서 만나는 장면은 《육도六韜》의 맨 앞부분 〈문도文韜〉에 실려 있다. 그곳에서 그는 문왕에게 천하 통치의 비책을 낚시에 비유하여 말해준다. 긴 대화지만 핵심은 이렇다.

> 낚시는 물고기를 얻기 위한 한 방편이지만 여기에 담긴 뜻은 매우 깊습니다. 그러므로 세상의 큰 이치까지 얻을 수 있습니다. 물은 근원이 깊어야 잘 흐르고, 물이 잘 흘러야 물고기가 잘 자라는 것이 한 가지 이치입니다. 또한 나무는 뿌리가 깊어야 잎이 우거지고, 잎이 우거져야 열매가 잘 열리는 것도 역시 중요한 이치입니다. 마찬가지로 군자는 군주와 뜻이 맞으면 마음이 화합하고, 마음이 화합하면 큰일을 이룰 수 있으니 이것이 큰 이치입니다. 말이란 이치를 꾸미는 것입니다. 말이 지극한 이치에 이르면 일의

> 본질이 드러납니다. 言語應對者 情之飾也 言至情者 事之極也, 언어응대자 정지식야 언지정자 사지극야 이제 신이 지극한 이치를 거리낌 없이 다 말하려고 합니다. 군주께서는 꺼려 하지 않으시겠습니까?

먼저 강태공은 낚시를 좋은 인재를 얻는 것에 비유했다. 좋은 인재를 얻기 위해서는 반드시 군주가 넓은 포용심과 훌륭한 인격을 갖춰야 한다. 마치 물이 깊고 잘 흐르는 곳에 물고기가 모이고, 나무의 뿌리가 깊어야 열매가 잘 열리는 것과 같다. 그다음 군주와 신하가 화합한다면 큰일을 이룰 수 있다. 강태공은 자신이 세상의 큰 이치를 말하고자 하니 들을 준비가 되었냐고 물었고, 문왕이 흔쾌히 청하자 역시 낚시에 비유하여 천하 경영의 이치를 말해준다.

이후에도 대화는 계속되고, 대화의 마지막에 문왕은 두 번 절하며 강태공을 궁으로 모셔 나라의 스승으로 삼았다. 그리고 두 사람은 은나라의 폭정을 물리치고 주나라를 창건하는 데 힘을 합치게 된다. 우연처럼 만난 기회였지만 강태공은 이를 놓치지 않았다. 그리고 자신의 꿈을 이루는 데 그치지 않고 세상을 평안하게 만들었다. 그것을 가능하게 한 것은 강태공의 철저한 준비와 말의 능력이었다.

무엇보다 강태공은 말의 본질을 알고 있었다. 어떤 위대한 꿈이 있고 놀라운 능력이 있어도 그것을 말할 수 없다면 아무

소용이 없다. 자신이 말하고 싶은 중요한 이치가 있다면, 상대방이 알아듣기 쉽게 정리해서 말할 수 있는 것이 바로 말의 핵심이다. 평범한 일상의 일이든 천하를 경영하는 일이든 마찬가지다. 그런 능력이 있을 때 자신이 꿈꾸는 일의 본질을 드러내고 상대방을 설득할 수 있다.

그리고 강태공은 비유하는 능력이 있었다. 낚시를 통해 천하 경영의 이치를 말한 것이 바로 그것이다. 아무리 말재간이 좋아도 자신이 모르는 것으로 말하면 상대방이 이해하기 어렵다. 자신조차 이해하기 어렵고, 그 어떤 사람도 설득시킬 수 없다.

우리의 삶은 기회를 만들고 잡기 위한 과정이라고 할 수 있다. 새롭게 창의적인 기획을 하거나 그것을 발표하는 일은 기회를 만드는 것이다. 특별한 사람을 만나거나 번득이는 영감이 떠오르는 것은 우연한 기회를 만나는 것이다. 이때 기회를 잡기 위해서는 철저한 준비가 있어야 한다.

언제, 누구에게 말하더라도 확실하게 설득할 수 있도록 평소에 자신의 꿈과 목표를 잘 정리해서 머릿속에 두어야 한다. 그다음은 핵심을 전달할 수 있는 말의 능력이다. 아무리 큰 꿈이 있어도, 좋은 기회를 잡았어도 제대로 표현하지 못하면 이룰 수 없다. 그것을 3000년 전 강태공이 가르쳐준다.

의심스러운 것을 빼고 말하라

"많은 것을 듣되
의심스러운 것을 빼고 말하라."
《논어》

'지나침은 모자람과 같다'의 고사에서 제자 자하는 모자람을, 자장은 지나침을 공자에게 지적받았다. 특히 자장은 지나치게 앞서가려는 욕심 때문에 동문수학하던 학우들로부터도 많은 지적을 받았다. 증자는 "당당하구나, 자장이여! 그러나 함께 인仁을 행하기는 어렵겠다"라고 했고, 자유로부터는 "나의 벗 자장은 어려운 일을 하는 데는 능하지만 아직 인하다고는 할 수 없다"는 말을 들었다. 인은 스승인 공자가 추구했던 가장 중요한 덕목이다. 그를 따르는 제자에게 '인을 행함에 부족하다'는 말은 보통 뼈아픈 지적이 아니었을 것이다.

자장은 적극적인 성향답게 남들보다 빠른 성취를 원했고, 공자에게 얻고자 했던 것도 마찬가지였다. 《논어》〈위정爲政〉에 실려 있는 고사다. 자장이 출세하는 방법學干祿, 학간록을 배우려고 하자 공자가 가르쳤다.

> 많은 것을 듣되 의심스러운 것을 빼고多聞闕疑, 다문궐의 그 나머지를 조심스럽게 말하면 허물이 적다. 많은 것을 보되 위태로운 것을 빼고多見闕殆, 다견궐태 나머지를 조심스럽게 행하면 후회하는 일이 적다. 말에 허물이 적고 행동에 후회가 적으면 출세는 자연히 이루어진다.

여기서 '학간록'이란 직역하면 '녹봉을 구하는 방법을 배우는 것'이다. 즉 출세하는 방법이라고 할 수 있다. 자장은 출세하는 방법을 물었지만 공자는 먼저 바른 처신을 이야기하고 있다. 마치 동문서답처럼 들리는데, 공자는 자장의 지나치게 성급하고 적극적인 성향에 맞는 가르침을 준 것이다. 공자의 가르침을 쉽게 풀이해보면 이럴 것이다.

"자장아! 출세를 하는 데는 특별한 비법이 있는 것이 아니라 평상시 말과 행동을 올바르게 하는 것이 근본이다. 그렇게 할 때 출세가 저절로 따라온다." 그리고 말과 행동을 바르게 하기 위한 세부적인 실천 덕목을 말하고 있는데, 바로 '다문궐의'와 '다견궐태'다.

먼저 많은 것을 듣는다는 것은 폭넓게 경청하는 자세를 말한다. 이때는 자기편, 즉 자신과 같은 생각을 가진 사람에 그쳐서는 안 된다. 자신과 반대편에 선 사람, 다른 생각을 가진 사람의 의견까지 함께 들을 수 있어야 한다. 다양한 생각을 듣고 그중에 확실치 않은 것, 의심나는 것은 제쳐두고 확실한 것만을 말하는 것이다.

그다음 많은 것을 보라는 것은 다양한 견문을 쌓아나가라는 것이다. 그리고 중요한 결정을 할 때 폭넓게 주변의 정세를 살피는 자세를 갖는 것이다. 잘못된 결정, 조직을 위험에 빠뜨리는 결정은 주로 지도자의 좁은 소견 때문에 일어나는 경우가 많다. 전문가의 의견을 듣지 않고 오로지 자신이 예전에 읽었던 책이나 경험에만 의지한다면 결코 바람직한 결정을 할 수 없다.

"예전에는 이랬는데…" "내가 이런 책을 봤는데…" "내가 이런 말을 들었는데…" 등은 고지식하고 정체되어 있는 지도자에게서 흔히 듣는 말이다. 이런 생각에 사로잡혀 있는 지도자는 어설픈 정책을 남발하게 되고, 결국 위험에 빠지고 만다. 아무런 검증도 없이 예전의 잣대, 잘못된 소신을 무리하게 현실에 적용하면 결국 자신뿐 아니라 몸담고 있는 조직, 크게는 나라까지 망치게 된다.

'다문궐의'와 '다견궐태.' 공자가 공직자의 자세를 말해준 것이지만 굳이 공직자가 아니라 어떤 분야의 일을 하더라도 이런 자세는 필요하다. 특히 수많은 정보가 범람하는 오늘날 더욱 절실한 덕목이다. 오늘날은 공식적이든 비공식적이든 수많은 채널에서 엄청난 정보가 쏟아져 나온다. 스마트폰과 컴퓨터에서 단 한 번의 클릭으로 원하는 정보를 얻을 수 있다.

하지만 정보가 풍성하다고 해서 반드시 긍정적인 것만은 아니다. 우리가 날마다 접하는 엄청난 양의 정보에는 수많은 거짓 정보들이 포함되어 있고, 그중에는 자기 이익을 위해 대중을 이용하려는 악의적인 정보도 많이 포함되어 있다. 그런 정보를 아무런 검증도, 판단도 없이 있는 그대로 받아들여서는 안 된다.

그리고 더욱 심각한 문제는 그 정보를 바탕으로 말하고 행동하는 것이다. 큰 위험에 빠질 수도 있고, 지워지지 않는 허물이 되어 두고두고 문제가 될 수 있다. 특히 사람이 전하는 말에는 더욱 신중을 기해야 한다. 안타깝지만 가까운 사람일수록 더욱 그렇다. 관계와 감정으로 엮이기 때문에 냉정하게 판단하기 어렵기 때문이다.

공자의 시대는 많이 듣고 많이 보는 것에 방점이 찍혔지만, 오늘날은 의심스럽고 위험한 정보를 걸러내는 것이 더 중요한 일이 되었다. 특히 그것을 남에게 전하는 것은 더욱 신중을 기해야 한다.

"길에서 들은 말을 그대로 전하는 것은 덕을 버리는 일이다 道聽而塗說 德之棄也, 도청이도설 덕지기야." 《논어》 〈양화陽貨〉에 실려 있는 공자의 말이다. 2500년 전의 공자는 이미 오늘날의 상황을 예견하고 있었다.

하고자 하는 말을 잘하는 능력,

하지 않아야 할 말을 거르는 능력,

이것이 곧 말의 핵심이다.

2
세심하게 관찰한다

담대심소
膽大心小

담대함과 세심함,

결단력과 신중함.

인생의 중요한 순간에는 양면적인 능력이 요구된다.

일상의 대화에서도 마찬가지다.

담대하게 뜻을 밝히되 세심함을 잃지 말아야 한다.

당당한 모습에 감춰진 따뜻한 배려를 느낄 때

진심이 전해지고 더욱 큰 감동을 일으킨다.

크게 보고
작게 살펴라

"담력은 크고 마음은 작아야 하며,
지혜는 둥글고 행동은 모나야 한다."
《당서》

"천천히 서두르라." 원문으로는 '페스티나 렌테festina lente'라고 하는데, 로마 황제 아우구스투스가 즐겨 했던 말이다. 아우구스투스는 시저의 양아들로 로마의 황금기를 이룩한 위대한 황제였다. 그가 좌우명으로 삼은 이 말은 역설적이지만 중요한 시사점을 주고 있다. 인생의 중요한 순간에는 이처럼 양면적인 능력이 요구된다는 것이다.

'원대한 이상과 꿈을 이루기 위해서는 과감한 결단이 필요하지만, 치밀하게 주위를 살필 수 있는 세심함도 갖춰야 한다.' 아마도 가장 믿었던 사람들에게 배신당해 살해되었던 양아버지의 비극을 목격하고 얻었던 통찰일 것이다. 로마를 세계 최고의 제국으로 만들겠다는 원대한 꿈이 있었지만 가까운 데서 일어나는 작은 조짐을 읽지 못하면 이처럼 허망한 결과를 만들고 만다.

'담대심소膽大心小', 담대하되 세심함을 잃지 말라는 말도 역시 역설적인 의미를 담고 있다. 기개나 꿈은 크게 가져야 하지만 주의는 세심하게 기울일 수 있어야 한다는 뜻이다. '지원행방智圓行方', 원만한 지혜와 행동의 방정함도 역시 역설적이다. 원만함과 방정함은 서로 상반된 의미를 담고 있는 개념이기 때문이다.

당나라의 의학자이자 철학자인 손사막이 했던 이 말은《당서唐書》를 비롯해《소학》,《명심보감》등 많은 책에서 인용되어 실려 있다. 원래 손사막이 이 말을 했던 것은 따르던 제자 노조린과의 대화에서였다. 마흔밖에 되지 않았는데도 항상 질병에 시달리는 제자에게 아흔이 넘은 자신이 건강을 유지하는 비결을 전해주면서 한 말이다. 병을 고치는 것은 약과 침으로 해야 하지만, 사람의 합당한 도리人事, 인사로써 보조할 수 있어야 한다는 것이다.

> 담력은 크고 마음은 작아야 하며, 지혜는 둥글고 행동은 모나야 한다膽欲大而心欲小 智欲圓而行欲方, 담욕대이심욕소 지욕원이행욕방.

손사막이 말해주는 것은 사람으로서 지켜야 할 올바른 삶의 도리다. 세상의 지식을 폭넓게 공부하고 받아들이되 인仁을 바탕으로 예의는 바르게 지켜야 한다. 그리고 꿈과 이상을 이루기 위해 담대하게 결단해야 하지만 주위를 향한 세심한 배려를 잊어서는 안 된다. 평상시 삶에서 이처럼 올바른 자세와 도리로 살아야 장수할 수 있다는 것이다. 이런 삶의 도리를 옛 학자들은 문장을 짓는 지혜로 차용했다. 문장을 쓸 때는 담대함과 세심함을 갖춰야 하고, 폭넓은 지식과 단정한 문체를 갖춰야 좋은 글을 쓸 수 있다. 이것을 말과 대화에 적용해보면 이렇다.

먼저 '지원행방', 지식의 원만함과 태도의 방정함이다. 지식의 원만함은 폭넓게 지식을 습득하는 자세를 말한다. 폭넓은 지식은 다양한 주제의 대화를 가능하게 함으로써 대화를 풍성하고 재미있게 이끈다. 매번 자신의 전공이나 하는 일에만 대화의 주제가 한정된다면 지루하기 짝이 없는 사람이 된다. '군대에서 축구한 이야기'만 줄곧 하는 사람은 당연히 인기가 없다. 군대도, 축구도 경험해보지 못했던 사람은 도무지 관심을 가질 수 없고 좋아할 수도 없다.

또한 어떤 대화에서든 지식의 뒷받침이 있어야 신뢰를 얻을 수 있다. 아무리 좋은 말, 기발한 말을 하더라도 지식의 기반이 없으면 실속 없는 말재주에 불과하다. 하지만 말을 할 때는 단정한 자세와 태도를 보일 수 있어야 한다. 특히 공식적인 자리이거나 윗사람에게 말할 때는 더욱 그렇다. 단정하고 자신감 있는 모습이 말의 효과를 훨씬 더 키워준다.

다음은 '담대심소', 담대함과 세심함의 조화다. 담대함이란 당당하게 뜻을 밝히는 데 반드시 필요하다. 지위나 권세에 위축된다면 내가 말하고자 하는 바를 제대로 표현할 수 없을뿐더러 자신감이 없는 사람으로 인식될 수도 있다.

"총명은 있으나 담력이 없으면 일을 감당하지 못하고, 담력은 있으나 총명이 없으면 터득하여 깨닫지 못한다. 담력이 큰 사람은 다섯 가지 지식으로 열을 쓸 수 있고, 담력이 약한 자는 열 가지 지식으로 다섯밖에 쓰지 못한다."

조선 후기 탐서가이자 명문장가인 이덕무가 했던 말이다. 담력은 내 능력을 최대치로 발휘할 수 있는 동력인 것이다. 하지만 담대함에 취해 상대에 대한 세심한 배려를 잊어서는 안 된다. 중요한 큰일도 작은 디테일을 챙기지 못해 실패하는 경우가 많이 있다. 대화도 마찬가지다. 자신이 가진 지식과 생각을 멋지게 표현했지만 예기치 않은 작은 실수로 망치는 것이 바로 이 경우다. 손사막이 권했던 사람의 도리, '담대심소'와 '지원행방'은 건강하고 올바른 삶을 살아갈 수 있는 변치 않는 지혜다. 삶과 대화를 더욱 풍요롭게 하는 비결, 역설적이지만 그래서 더 소중할지도 모른다.

높은 사람을 하찮게 보라

"큰 권력을 지닌 사람에게 유세할 때는
그 사람을 하찮게 보고,
그의 높은 위세를 보지 마라."
《맹자》

위대한 성인을 그린 성화를 보면 그 사람의 머리 뒤편에 둥근 빛이 있는 것을 보게 된다. 후광後光이라고 하는 것이다. 성인의 위대함, 혹은 인간의 능력을 벗어난 신성神性을 상징하는 표시다.

실제 삶에서도 정말 좋아하는 사람이나 존경하는 사람의 얼굴에서는 마치 빛이 나는 것처럼 느껴지기도 한다. 물론 사람의 두뇌가 일으키는 착각이지만, 그런 심리를 이용하는 경우도 많이 있다. 가까운 예로 유명 연예인이나 스포츠 스타들을 모델로 세우는 마케팅 활동이 있다. 좋아하는 스타나 존경하는 사람이 상품을 권하면 자신도 모르게 구매 버튼을 눌렀던 경험이 한두 번씩은 있었을 것이다. 혹은 직접적인 대인관계에서도 학벌이나 인물이 좋은 사람은 모든 면이 좋을 것이라는 착각을 하게 된다. 겉으로 보이는 모습에 그 진면목이 가려지고 현혹되는 것이다.

물론 이런 마케팅이나 대인관계에서는 이성적인 판단으로 잘 대처하면 된다. 하지만 이런 심리가 호감이 아닌 두려움으로 다가오면 이성적인 판단이 어려워진다. 특히 공식적인 자리에서 두려움이 부정적으로 작용할 때, 마음을 잘 다스리지 못하면 곤란한 문제가 생긴다. 높은 사람 앞에서 주눅이 들어서 할 말을 제대로 못 하거나, 중요한 자리에서 머릿속이 하얘져서 판단력을 잃는 경우다. 큰 발표 자리에서 너무 긴장한 나머지 실수를 하는 것도 바로 이런 심리 때문이라고 할 수 있다.

맹자는 이런 상황에서 당당할 수 있는 방법을 자신의 책 《맹자》〈진심 하盡心 下〉에서 알려주었다.

> 큰 권력을 지닌 사람에게 유세할 때는 그 사람을 하찮게 보고, 그의 높은 위세를 보지 마라說大人 則藐之 勿視其巍巍然, 세대인 즉묘지 물시기외외연.

맹자는 이런 원칙이 있었기에 어떤 사람과 대화를 해도 주눅이 들거나 위축되지 않았다. 양혜왕이나 제선왕 등 그 당시 최고 권력자들 앞에서도 맹자는 당당했다. 그 이유를 맹자는 이렇게 이야기했다.

"집의 높이가 여러 길이 되고 처마가 몇 자가 되든지 내가 뜻을 펼친다면 나는 그렇게는 하지 않을 것이다. 앞에 한 길이 넘는 음식이 차려지고, 시중드는 처첩이 수백 명이라도 내가 뜻을 펼친다면 그렇게 하지 않을 것이다. 술을 즐기고, 말을 달려 사냥을 하고, 뒤따르는 수레가 천 대가 넘어도 나는 그렇게 하지 않을 것이다. 저들이 가진 것은 모두 내가 하지 않을 것들이고, 내가 갖고 있는 것은 모두 소중한 고대의 제도와 가르침인데, 내가 왜 저들을 두려워하겠는가?"

그들이 가진 지위와 권세를 맹자는 하찮게 여겼다. 그리고 그 지위와 권세가 주는 어떤 부귀영화도 맹자에게는 의미가 없었다. 맹자가 진정으로 소중히 여기는 가치를 지니지 않았기 때문이다. 맹자가 소중히 했던 가치는 바로 사람의 본성은 선하다는 신념이다. 그리고 자신의 길이 옳다는 확신이다. 그랬기에 맹자는 그 당시 어떤 권력자들 앞에서도 당당할 수 있었다.

물론 그 시대 맹자의 관점을 오늘날 그대로 받아들일 수는 없다. 더구나 평범한 사람들이 높은 권위와 권세 앞에서 위축되지 않기도 어렵다. 하지만 맹자처럼 자신이 가는 길이 올바르다는 확신과 의지가 있으면 그 두려움은 극복할 수 있다.

우리의 생활은 수많은 사람들과의 대화로 이루어진다고 해도 과언이 아니다. 그중에는 지극히 높은 사람도 있고, 많은 부를 가진 사람, 혹은 내 앞날을 좌우할 위치에 있는 사람도 있다. 이들과 대면하면서 지나치게 긴장하는 것도 문제지만 함부로 무례하게 대하는 것도 무모하다. 그리고 높은 자리에 있다고 해서 그의 모든 면이 훌륭할 것이라고 생각하거나, 무조건 그 가치관이 천박하다고 생각하는 것도 지나친 선입견이다. 물론 두려운 마음이 들 때마다 맹자의 가르침, '큰 권력을 지닌 사람에게 유세할 때는 그 사람을 하찮게 보고, 그의 높은 위세를 보지 마라'를 마음속으로 외워보는 것은 좋다.

나아가 어떤 상황에서도 당당하고자 한다면 자신이 말하고자 하는 것을 분명히 표현할 수 있는 능력이 필요하다. 말하고자 하는 목적과 우선순위를 잘 드러낼 수 있는 논리적인 표현력을 갖춰야 할 뿐만 아니라 전문 지식으로 무장하고 있어야 한다. 겉보기에는 당당하고 자신감이 넘치는데 정작 입을 열면 무슨 말을 하는지도 모를 정도가 되면 곤란하다.

겉모습의 당당함은 내가 하는 일이 옳다는 진정한 용기로 뒷받침되어야 하고, 멋진 표현력의 옷을 입어야 한다. 내면과 겉모습의 조화로운 어울림, 이것이 바로 그 어떤 사람 앞에서도 당당하게 말할 수 있는 비결이다.

높은 지위 앞에서 두렵다면

나의 미래를 상상하라.

내 꿈은 그들보다

훨씬 더 크고 광대하다.

작은 것의 위대함

"세상에서 가장 어려운 일도 그 시작은 쉽고,
세상에서 가장 큰일도 그 시작은 미세하다."
《도덕경》

《도덕경》 63장에는 '무위無爲'와 '역설逆說'의 유명한 성어가 실려 있다. 노자 철학 전체를 잘 함축한 구절로, 크게 되려고 하지 않음으로써 크게 되는 무위의 철학을 이야기한다. 가장 작은 것이 가장 크게 될 수 있다는 역설의 철학인 것이다.

> 세상에서 가장 어려운 일도 그 시작은 쉽고, 세상에서 가장 큰일도 그 시작은 미세하다天下難事必作於易 天下大事必作於細, 천하난사필작어이 천하대사필작어세. 그러므로 성인은 끝까지 크게 되려고 하지 않음으로써 크게 될 수 있다.

이 말은 두 가지 의미로 우리 현실에 적용해볼 수 있다. 먼저 아무리 해결하기 어려운 난제라고 해도 미리 대비하면 쉽게 해결할 수 있다. 만약 작고 미세할 때 대비할 기회를 놓치게 되면 큰 어려움이 닥칠 수도 있다. 작은 불티가 큰 화재를 일으키고 작은 구멍이 거대한 둑을 무너뜨리는 일은 흔히 일어난다. 이처럼 일의 근원에는 모두 조짐이 있다. 이런 작은 조짐을 미리 읽고 대비할 수 있다면 그 어떤 어려운 문제도 쉽게 해결할 수 있다. 어떻게 보면 단순한 이치고 간단한 지혜지만 사람들이 가장 간과하기 쉬운 일이기도 하다.

《여씨춘추》는 "사람들은 산에 걸려 넘어지지 않지만 개미언덕에 걸려 넘어진다"라고 했고, 《육도》에는 "졸졸 흐를 때 막지 않으면 장차 큰 강을 이루게 된다"라고 실려 있다. 《사기》에 있는 "터럭만큼만 틀려도 천 리의 차이가 난다"라는 잘 알려진 성어도 작은 차이에 민감하지 않으면 나라가 망하는 일이 생길 수도 있다는 경고다.

또 하나의 의미는 천하의 크고 위대한 일도 맨 처음에는 미세하므로 시작이 작다고 해서 의기소침하거나 함부로 해서는 안 된다는 것이다. 흔히 위대한 일은 대단한 사람이 하는 것이고 처음부터 남다를 것으로 알고 있다. 하지만 아무리 큰일이라고 해도 그 시작은 미약했다. 작고 하찮은 일이었지만 포기하지 않고 꾸준히 쌓아나감으로써 큰일을 이룰 수 있었던 것이다. 《중용》 23장에 실려 있는 말이다.

"작은 일도 무시하지 않고 최선을 다해야 한다. 작은 일에도 최선을 다하면 정성스럽게 된다. 정성스럽게 되면 겉에 배어 나오고, 겉에 배어 나오면 드러나고, 드러나면 이내 밝아지고, 밝아지면 행동하게 되고, 행동하면 이내 변하게 되고, 변하면 감화된다. 그러니 오직 세상에서 지극히 정성을 다하는 사람만이 세상을 감화시킬 수 있다."

《중용》은 유교의 정통성을 이었다고 평가받는, 공자의 손자 자사가 지은 책으로 그 핵심 개념 중의 하나는 바로 '성誠'이다. 성은 '정성' 혹은 '성실' 등으로 풀이되는데, 자신은 물론 세상의 변화를 만들고 싶다면 반드시 작은 일에도 최선을 다할 수 있어야 한다는 가르침이다.

《채근담》에도 "작은 일을 소홀히 하지 않고, 보이지 않는 곳에서도 속이거나 숨기지 않고, 실패했을 때도 포기하지 않으면, 이것이 진정한 영웅이다"라고 실려 있다. 이로써 보면 위대한 일을 하는 것은 어렵지 않다. 하루하루의 일상을 충실히 쌓아나가면 된다. 위대한 사람들은 그 사람 자체가 위대한 것이 아니라 작고 평범한 일상에 충실했던 사람들이다.

이런 가르침들은 말과 대화에서도 적용된다. 일상에서 생기는 많은 갈등은 무심코 던진 한마디 말, 편하게 나누었던 간단한 대화로 벌어지는 경우가 많다. 평소에 친밀했던 사람이 갑자기 싸늘해지거나 무뚝뚝해진다면 그전에 있었던 대화를 돌이켜보는 것이 좋다. 무심코 던진 말 한마디로 마음이 상했을 수도 있기 때문이다. 나 자신은 아무런 감정도 없이 던졌기에 기억조차 못 하지만 상대에게는 큰 상처로 남아 지워지지 않는 것이다. 반면에 서먹한 관계를 풀어주는 것도 역시 따뜻하고 솔직한 말 한마디의 힘이다. 한마디의 말에도 정성을 다해야 하는 이유다.

흔히 사람들은 크고 대단한 일은 보고 감동하면서 작고 사소한 일은 무시하고 외면한다. 하지만 정작 사람을 감동시키는 것은 작지만 세심한 배려다. 처진 어깨를 두드려주는 격려의 손길, 무심한 듯 던지는 따뜻한 말 한마디, 예상치 않았던 작은 친절 하나가 사람의 마음을 흔들고 그 속에 깊이 새겨진다.

밀어붙이는 것은 용기가 아니다

"스스로 돌이켜서 옳다고 생각되면
비록 천만 군사 앞에서도
당당히 나아갈 것이다."
《맹자》

춘추시대 제선왕은 맹자와의 대화를 즐겼다. '인仁으로 세상을 다스려야 한다'는, 파격적이지만 논리적인 맹자의 변론을 좋아했던 것이다. 그래서 궁으로 불러 많은 대화를 함께 나누었는데, 한번은 이웃 나라와 교류하는 원칙을 선왕이 물었다.

맹자는 이렇게 대답했다. "오직 어진 사람만이 큰 나라로서 작은 나라를 섬길 수 있고, 지혜로운 사람만이 작은 나라로서 큰 나라를 섬길 수 있습니다. 큰 나라로서 작은 나라를 섬기는 자는 천명을 즐거워하는 것이고, 작은 나라로서 큰 나라를 섬기는 자는 천명을 두려워하는 것입니다. 천명을 즐거워하면 천하를 보전할 수 있고, 천명을 두려워하면 나라를 보존할 수 있습니다." 그러자 선왕은 이렇게 대답했다. "훌륭한 말씀입니다. 하지만 제게는 흠이 있는데, 저는 용맹스러운 것을 좋아합니다."

맹자가 천명, 즉 하늘의 뜻에 따라 큰 나라든 작은 나라든 이웃 나라와 서로 섬기는 관계를 맺으라고 하자, 선왕은 '저는 용맹스러움을 좋아한다'는 말로 변명했다. 자신은 용맹스럽기에 다른 나라와의 전쟁을 두려워하지 않는다는 것이다. 그러자 맹자는 진정한 용기가 무엇인지를 말해준다.

"왕께서는 청컨대 작은 용기를 좋아하지 마십시오. 칼을 매만지며 성난 눈초리로 말하기를 '저 자가 어찌 감히 나를 당하겠는가?' 하면, 이는 필부의 용기에 불과합니다. 오직 한 사람만 상대할 수 있는 용기입니다. 왕께서는 부디 큰 용기를 가지십시오. 《시경》에서 '문왕께서 진노하시어 군대를 정돈하고, 침공하는 적들을 막아 주나라의 복을 두터이 하고 천하에 응답했다'고 했는데, 이것이 바로 큰 용기입니다. 문왕은 한 번 노해서 천하의 백성을 편하게 했습니다."

맹자는 이웃 나라를 침공해서 나라를 빼앗는 것은 작은 용기일 따름이고, 큰 용기는 천하를 평화롭게 할 큰 뜻을 품는 것이라고 했다. 그럴 때 백성들은 진정으로 자기 군주를 따르게 되고, 충성을 바친다는 것이다. 맹자가 큰 용기에 대해서 말했던 것은 《맹자》 〈공손추 상公孫丑 上〉에도 실려 있다.

> 스스로 돌이켜서 옳지 않다고 생각되면 누추한 옷을 입은 걸인 앞에서도 두려울 것이다. 스스로 돌이켜서 옳다고 생각되면 천만 군사 앞에서도 당당히 나아갈 것이다. 自反而不縮 雖褐寬博 吾不惴焉 自反而縮 雖千萬人 吾往矣, 자반이불축 수갈관박 오불췌언 자반이축 수천만인 오왕의

맹자는 의義에 기반을 둔 용기가 진정한 용기이며, 진정한 용기가 있을 때 그 어떤 강력한 적과 마주하더라도 두려워하지 않고 담대히 이겨낼 수 있다고 말해준다. 용기에는 반드시 다른 좋은 덕목이 뒷받침되어야 한다는 것이다. 《논어》와 《명심보감》에도 이를 경계하는 말들이 거듭해서 실려 있다. 진정한 용기란 반드시 지식, 의로움, 예의가 함께해야 하는 것이다.

"용기를 좋아하되 배움을 좋아하지 않으면 질서를 어지럽힌다. 용기만 있고 의로움이 없으면 세상을 어지럽힌다. 용기만 있고 예의가 없으면 세상을 어지럽힌다."

담대하게 말하고 당당하게 자기주장을 펼치려면 반드시 지식과 의로움, 예의가 뒷받침되어야 한다. 먼저 지식이 기반이 된다는 것은 분명히 아는 것을 말하는 것이다. 정확히 알지도 못하면서 목소리만 높인다면 허무맹랑한 말을 하는 사람으로 인식될 수밖에 없다. 설사 그 자리에서는 문제없이 넘어간다

고 해도 진실이 밝혀지는 순간 믿지 못할 사람이 되고 만다.

그다음은 상대에게 합당한 예의를 차리며 말할 수 있어야 한다. 그 상대가 윗사람이든 아랫사람이든 상관없다. 상대를 존중할 때 상대방 역시 내 이야기에 귀를 기울이고 호응하게 된다. 마지막으로 어떤 상대에게 어떤 말을 하더라도 당당하고 용기 있게 말하려면 반드시 의로움에 기반을 두고 있어야 한다. 만약 내가 옳다면 비록 두렵더라도 당당하게 말할 수 있다. 맹자가 말했던 것처럼 스스로 돌이켜서 옳다면 누구 앞에서도, 심지어 천만 군사 앞에서도 당당할 수 있다.

흔히 상대를 가리지 않고 함부로 말하는 것을 용기라고 생각한다. 하지만 그것은 만용이다. 만용은 마음속에 두려움이 있을 때 그것을 감추기 위해 겉으로 드러내는 모습이다. 또한 뭔가 거리낌이 있을 때 자신을 감추기 위해 용기를 가장하는 모습이다. 중요한 대화를 앞두고 만약 두려운 마음이 생겨난다면 내가 하는 말이 옳은지 돌이켜볼 일이다. 옳고 바른 길이라는 확신이 있다면 어떤 상황에서도 당당할 수 있다. 진정한 용기란 쉽게 드러내는 것이 아니라 감추는 것이다.

말로 분별하고 당당함으로 무장하라

"나는 말을 잘 알고,
호연지기를 잘 기른다."
《맹자》

공자는 마흔이 되어 세상의 유혹과 욕심에 흔들리지 않고 마음을 굳게 지킬 수 있었다고 말했다. 그 이야기가 《논어》 〈위정〉에 실려 있다. "마흔이 되면 미혹되지 않는다四十而不惑, 사십이불혹."

맹자도 같은 의미의 말을 했다. 제자인 공손추가 "제나라의 왕이 스승님을 재상으로 삼는다면 패업을 이룰 수 있을 텐데 그러면 마음이 동요되겠습니까?"라고 묻자, 맹자가 말했다. "나는 마흔에 부동심을 이루었다我四十不動心, 아사십부동심." 이어서 공손추는 "스승님의 강점은 무엇입니까?"라고 물었다. 그처럼 담대한 마음을 가질 수 있었던 힘은 어디서 비롯되었냐는 물음이다. 그러자 맹자는 자신의 두 가지 강점은 '지언知言'과 '호연지기浩然之氣'라고 말했다.

> 나는 말을 잘 알고, 호연지기를 잘 기른다我知言 我善養吾浩然之氣, 아지언 아선양오호연지기.

'지언'은 말의 이치를 알아서 시비를 가릴 수 있는 능력이다. "편파적인 말을 들으면 가려진 것을 알고, 과장된 말을 들으면 무엇에 빠져 있는지를 알며, 간사한 말에서는 도리에 벗어난 것을 알고, 핑계 대는 말을 들으면 궁지에 몰렸다는 것을 안다"라고 맹자는 지언을 설명해주었다.

만약 사람이 한쪽에 치우친 말을 한다면 뭔가를 감춰서 자신의 잘못을 가리거나 사적인 이익을 도모하는 것이다. 공평무사하지 않은 사람이다. 과장되고 지나친 말을 하는 사람은 뭔가에 빠져 탐닉하는 상태에 있는 것이다. 이런 사람은 그 언행이 자연스럽지 않게 된다. 자신의 잘못된 의도를 관철하기 위해 무리하게 표현하고 강조하는 것이다. 간사한 말을 하는 사람은 비위를 맞춰서 환심을 사려는 것이다. 이런 말과 행동을 하는 사람은 정도를 벗어난 사람으로 올바른 사람이 될 수 없다. 이리저리 핑계만 대는 사람은 막다른 길에 몰린 사람이다. 땀을 뻘뻘 흘리며 변명하지만 다급한 말과 행동을 보면 그가 어떤 상태에 있는지 훤히 알 수 있다.

맹자는 이어서 왜 이런 사람을 분별할 수 있는 능력이 필요한지 설명한다. "이런 말들은 마음에서 생겨나 정치에 해를 끼치고, 정치에서 발현되어서 모든 일에 해악을 끼친다."

세상의 잘못된 일들은 대부분 사람들의 말에서 비롯된다. 따라서 세상을 바로잡기 위해서는 말을 바로잡아야 하고, 말을 바로잡기 위해서는 사람의 마음을 알아야 한다. 맹자의 말은 좋은 세상을 만들기 위해서는 반드시 말의 능력이 필요하다는 뜻이다.

맹자의 또 하나의 능력인 '호연지기'는 맹자 자신도 말로 설명하기가 어렵다고 했다. 실제로 공손추에게 설명한 말을 들어보아도 그 의미를 명확히 알기는 어렵다.

"그 기운은 지극히 크고 강하여, 곧게 길러 해치지 않으면 하늘과 땅 사이에 가득 차게 된다. 그 기운은 의義와 도道와 함께하는 것으로, 그렇지 않으면 기운은 곧 시들어진다. 이것은 의가 부단히 모여서 된 것이지, 의가 밖에서 엄습하여 이루어진 것이 아니다. 행하고 나서 마음에 흡족하지 않으면 역시 호연지기는 시들해지기 마련이다."

정리해보면 호연지기는 서두르지 않고, 조급해하지도 않고, 꾸준히 바른길, 의로운 길을 걸어감으로써 얻을 수 있다는 것이다. 그럴 때 마음의 흡족함도 얻을 수 있고, 하늘과 땅을 가득 채울 만한 큰 기운을 얻게 된다.

맹자는 전쟁과 혼란의 전국시대에서 '지언'과 '호연지기'의 덕목으로 스스로를 지켜냈다. 오늘날도 그에 못지않은 치열한 시대다. 이처럼 혼란한 세상을 살아가는 힘은 지언과 호연지기로 얻을 수 있다. 하지만 지언과 호연지기의 능력은 특별한 계기로 하루아침에 얻거나, 단번에 얻을 수 있는 것이 아니다. 평소에 지식과 지혜를 얻기 위해 노력하고, 일상의 삶에서 꾸준히 바른길을 걸음으로써 쌓아나갈 수 있다. 짧은 시간에 얻기는 힘들지만 그 혜택은 크다. 특히 말을 잘하는 능력에 지언과 호연지기가 큰 힘이 된다.

맹자는 상대의 말을 듣고 그 행동을 살펴보면 감춰진 마음을 알게 된다고 했다. 즉 말로써 사람을 아는 능력이다. 이것을 역으로 생각해보면, 사람을 알게 되면 그 사람을 설득할 수 있는 말의 능력을 얻을 수 있다. 그 사람이 어떤 사람인지, 어떤 성향인지, 좋아하는 것이 무엇인지를 알면 상대의 마음을 얻을 수 있고, 당연히 설득할 수도 있다.

호연지기는 그 어떤 상대 앞에서도 당당할 수 있는 힘이다. 호연지기가 가득 차 있는 사람은 어떤 상황에서도, 어떤 사람 앞에서도 떳떳하고 당당하게 자신을 피력할 수 있다. 호연지기와 지언, 삶은 물론 대화에서도 승리하는 비결이다.

말은 마음이, 마음은 말이 된다

"말은 마음의 소리요
글은 마음의 그림이다."
《법언》

《장자》〈추수秋水〉의 고사다. 황하의 신 하백은 황하를 가장 크고 아름다운 것으로 알았으나 바다의 장대함을 본 후에 탄식한다. 그것을 본 바다의 신 약은 이렇게 충고한다.

"우물 안 개구리에게는 바다를 설명할 수 없다. 우물이라는 공간의 한계에 갇혀 있기 때문이다. 여름에만 살다 죽는 곤충에게는 얼음을 알려줄 수 없다. 시간의 제약이 있기 때문이다. 어설픈 전문가에게는 진정한 도의 세계를 말해줄 수 없다. 자신의 지식에 갇혀 있기 때문이다."

정저지와井底之蛙, 즉 '우물 안의 개구리'는 결코 세상의 거대함을 꿈꾸지 못한다. 한번도 우물 바깥을 보지 못했고, 넓은 세상을 경험하지 못했기 때문이다. 단지 동그란 동전 크기로 보이는 하늘이 그에게는 세상의 전부다. 또한 여름만 사는 곤충은 아무리 애를 써도 물이 얼음이 되는 겨울까지 살 수 없다. 마찬가지로 그 어떤 동물도 자신이 알고 있는 본능적인 지식 이상의 능력을 발휘할 수는 없다. 자연의 법칙을 거스를 수 없기 때문이다.

하지만 사람은 다르다. 동물과는 달리 이런 모든 한계에서 벗어날 수 있다. 더 나은 미래, 더 좋은 세상을 만드는 꿈을 꿀 수 있기 때문이다. 또한 과감한 도전을 통해 주어진 환경의 한계를 벗어날 수도 있다. 지식과 경륜을 갈고 닦아 남들이 가지 못했던 새로운 길을 개척할 수도 있다. 위기의 순간이 닥쳤을 때, 절대 포기하지 않는 의지와 상황을 읽는 통찰력으로 위기를 기회로 바꿀 수도 있다.

이런 변화의 시작은 바로 마음이다. 어떤 마음을 갖는가에 따라서 그 사람의 삶은 달라진다고 해도 과언이 아니다. 마음을 바로 세우는 것에 대해 《대학》에 실린 글이 그 핵심을 찌르고 있다.

> 사물의 이치를 연구한 후에야 앎이 지극해지고, 앎이 지극한 후에야 뜻이 성실해진다. 뜻이 성실해지면 마음이 바르게 되고 마음이

> 바르게 되면 자신을 닦을 수 있다.

우리가 잘 아는 수신修身을 위한 단계인데, 그 시작은 먼저 공부와 경험을 통해 지식을 쌓는 것이다. 그다음 그것을 기반으로 올바른 뜻을 세워야 한다. 뜻이 바르다는 것은 삶의 목적을 바르게 세우는 것이다. 의미 있는 삶, 가치 있는 삶이 바로 그것이다. 오직 부, 오직 성공의 목표를 세운다면 뜻은 바르게 될 수 없고, 당연히 마음도 바르게 설 수 없다.

종합해보면, 바른 마음이란 지식과 경험을 쌓으며 올바르고 큰 뜻을 세워 얻는 것이다. 이 단계를 거친 후에야 집안을 바르게 하고 세상으로 나갈 수 있다. 바로 '수신제가 치국평천하修身齊家 治國平天下'의 길로 나설 수 있는 것이다.

그 바른 마음을 겉으로 드러내고 선포하는 것이 바로 말이다. 그래서 '말은 마음의 소리言爲心聲, 언위심성'라고 하는 것이다. '언위심성'은 서한의 철학자 양웅의 저서 《법언》에 실려 있는 글이다. 그 전문은 이렇다.

> 말은 마음의 소리요 글은 마음의 그림이다. 말과 글을 통해 군자와 소인의 인격이 드러난다. 言心聲也 書心畵也 聲畵形君子小人見矣, 언심성야 서심화야 성화형군자소인견의

양웅은 계속해서 결론을 이렇게 내린다. "말과 글은 그 사람의 마음의 움직임을 드러낸다聲畵者 君子小人之所以動情乎, 성화자 군자소인지소이동정호."

이로써 보면 사람들은 자신의 마음을 말과 글로써 드러내고, 그것으로 자신의 사람됨을 보여준다. 하지만 신체와 마음의 작용은 상호적이다. 말로써 자신의 마음을 드러내지만, 그 말로 자신의 마음에 영향을 끼친다. 선하고 아름다운 마음을 지닌 사람은 그 나오는 말도 선하고 아름답다. 역으로 선하고 아름다운 말을 쓰면 자신의 마음도 그 말을 닮게 된다.

마음속에 큰 뜻을 품은 사람도 마찬가지다. 품은 뜻이 크고 담대하다면 그 말 역시 당당하다. 하지만 큰일을 하고 싶은 사람이라면 자신의 말 역시 당당하고 담대하게 할 수 있어야 한다. 당당하고 담대한 말을 습관처럼 하게 되면 그 말이 자신의 몸과 마음에 영향을 끼치게 된다. 결국 자신의 모든 행동이 자신이 이루고자 하는 뜻을 향해 나아가게 된다.

혼잣말도 마찬가지다. 그 말에 꿈을 담아야 한다. 대화를 할 때는 그렇지 않은데 혼잣말은 습관처럼 비관적으로 하는 사람이 있다. 그 사람은 스스로 마음을 위축시키는 말을 마치 암시처럼 하는 것이나 다름없다. 혼잣말은 자신에게 들려주는 말이다. 무심코 뱉는 말이지만 자신에게 돌아오는 것으로 결국 혼잣말이란 자신에게 선포하는 것이다. 《탈무드》는 이렇게 말한다. "남의 입에서 나오는 말보다 자기 입에서 나오는 말을 잘 들어라."

자신의 미래를 자신에게 들려주는 혼잣말. 그 혼잣말에 희망과 뜻을 담아서 말할 수 있어야 한다. 때로는 격려로, 때로는 위로로, 자신에게 주는 말이 더 힘이 되는 말이었으면 좋겠다.

몸과 마음은 상호적이다.

말로 마음이 드러나고,

마음은 말을 닮는다.

이런 말이 모여 미래가 된다.

충고에는 비유를 사용하라

"충언은 듣기 싫지만 행함에는 도움이 되고
좋은 약은 입에 쓰지만 병에는 도움이 된다."
《사기》

충고는 어떤 상대에게도 하기 어렵다. 윗사람, 특히 같은 조직에서 상급자의 자리에 있는 사람에게는 더욱 그렇다. 친구 사이라면 좋은 충고는 충분히 받아들일 수 있고, 설사 오해가 생겨도 얼마든지 해결할 수 있는 길이 있다. 단지 시간의 문제일 뿐이다. 아무리 심하게 꼬였다고 해도 어느 정도 시간이 지나면 해결될 수 있다.

하지만 상사는 다르다. 오해가 생겼을 경우 해결하기가 어렵다. 감정을 건드려 분노를 유발하게 되면 더욱 그렇다. 친구처럼 허심탄회하게 이야기해서 풀기도 어렵고, 그런 기회를 만드는 것조차 쉬운 일이 아니다. 솔직하게 말하자면, 상사에게 밉보이면 내 앞길에 두고두고 나쁜 영향을 줄 수도 있기에 더욱 부담스럽다. 상사는 내 앞길을 지키는 문지기와 같은 존재이기 때문이다. 따라서 상사에게 충고는 가능하면 하지 않는 것이 좋다.

《논어》〈이인里仁〉에서 "임금을 섬김에 자주 간언을 하면 치욕을 당하고, 친구에게 자주 충고를 하면 소원해진다"가 말하는 바도 이와 같다. 충성한답시고 때와 상황을 살피지도 않고 충고를 한다면 임금의 심기를 거스르게 된다. 결국 치욕을 당하게 되는데, 이는 임금 때문이 아니라 자초한 것이나 다름없다. 불가피한 충고였더라도 더 신중하고 지혜롭게 하는 것이 옳기 때문이다. 친구 간에도 마찬가지다. 부족한 점이 보일 때마다 수시로 충고한다면 이를 듣는 친구는 힘들다. 결국 친구는 함께하는 자리를 피하게 되고, 사이는 점점 멀어진다.

하지만 공적인 관계에서는 아무리 자제한다고 해도 하지 않으면 안 될 때가 있다. 먼저, 바로잡지 않으면 조직 전체가 흔들릴 때다. 신속히 바로잡지 않으면 조직이 무너질 수도 있는 일은 당연히 충고로 바로잡아야 한다.

그다음은 상사의 신변에 나쁜 일이 생길 수도 있을 때다. 만약 그것을 알고도 방치한다면 나중에 상사로부터 원망을 듣게 된다. 말해줄 수도 있었는데 고의적으로 말하지 않아서 피해를 봤다고 생각하면 원한을 품게 될 수도 있다. 그리고 상사가 반드시 알아야 할 중요한 상황을 모르고 있을 때도 깨우쳐 주어야 한다. 하지만 이때는 가르치려는 듯한 태도가 되지 않도록 조심해야 한다. '선생 노릇을 하려고 한다'는 생각을 들게 하면 하지 않음만 못하다. 또한 어떤 상황에서든 무턱대고 해서는 안 된다. 때와 상황에 맞춰 지혜롭게 해야 한다.

《한비자》에서는 "군주를 칭찬할 때는 비슷한 사례를 들어서 칭찬하고, 군주의 일을 바로잡고자 할 때는 유사한 일을 들어서 충고한다"라고 말한다. 칭찬이든 충고든, 직접적으로 말하면 역효과가 날 수밖에 없다. 칭찬은 아부로, 충고는 비난으로 인식될 수도 있다. 설사 그럴 정도까지는 아니더라도, 비유는 상대방을 이해시키는 데 가장 효과적인 방법이다. 직접적으로 말하는 것이 아니라서 감정을 건드릴 우려도 훨씬 적다.

명가名家의 대표적인 인물 혜자는 "모르는 것을 들어서 설명하면 알 수 없다. 알고 있는 것을 비유로 들어서 설명해야 한다"고 말했다. 비유로 말하는 것, 그 어떤 대화에서도 통하는 지혜로운 방법이다. 《사기》에 실려 있는 고사가 이를 잘 말해준다.

초한 전쟁 당시 항우는 경쟁자였던 유방을 죽이려고 홍문의 연회를 연다. 연회장에서 항우가 자신을 죽이려고 한다는 사실을 알고 유방은 변소를 간다는 핑계를 대고 간신히 항우의 장막을 벗어났다. 빨리 도망하라고 재촉하는 신하 번쾌에게 유방은, 항우에게 인사를 하지 못했다며 망설인다. 이때 번쾌는 유방을 다그치며 말했다. "큰일을 할 때는 사소한 예의를 따지지 않고, 큰 예의를 행할 때는 사소한 허물을 마다하지 않는 법입니다. 지금 저들은 칼과 도마이고 우리는 그 위에 놓인 물고기 신세인데 무슨 인사를 한다고 합니까?"

짧은 대화지만 확실한 비유로 유방의 경각심을 불러일으켜준다. '물고기가 도마 위에서 요리사에게 인사를 해야 하느냐?' 우유부단한 유방에게, 목숨은 물론 천하 대사가 무너질 수도 있는 위기 상황을 확실히 깨닫게 해준 것이다.

> 충언은 듣기 싫지만 행함에는 도움이 되고, 좋은 약은 입에 쓰지만 병에는 도움이 된다忠言逆耳利於行 毒藥苦口利於病, 충언역이리어행 독약고구리어병.

역시 유방에 관한 고사로 아방궁의 호화로움에 취해 안주하려는 유방에게 참모 장량이 신하들의 충언을 듣기를 권하며 했던 말이다. 역사가들은 유방이 압도적인 열세를 딛고 항우를 이길 수 있었던 비결로 신하들의 충고를 잘 받아들였던 것을 들고 있다. 하지만 역으로 생각해보면 이처럼 귀에 거북한 충고를 탁월한 비유로 말할 수 있었던 신하가 있었기에 유방의 리더십이 빛을 발했을 것이다.

상사에게 충고하는 것은 고양이 목에 방울을 다는 것과 같다. 달기도 힘들뿐더러 발톱에 다치기 십상이다. 하지만 모두가 꺼리는 충고를 아주 쉽게 잘하는 사람이 있다. 상사에게 확실한 믿음을 얻고 있는 사람이다. “아내가 예쁘면 처갓집 말뚝에 절을 한다”는 속담이 있다. 무엇보다 먼저 상사의 마음을 사로잡는 존재가 되어야 할 것이다.

이길 싸움을 만드는 것은 준비다

"편안할 때 위태로움을 생각하면 대비할 수 있고,
대비하면 근심할 것이 없다."
《춘추좌씨전》

'유비무환有備無患'이라는 성어가 있다. '미리 준비해두면 근심할 것이 없다'는 뜻으로, 《춘추좌씨전春秋左氏傳》의 한 고사에서 비롯되었다.

춘추시대 군주 진도공에게는 사마위강이라는 유능한 신하가 있었다. 그는 원칙을 지키는 데 충실했고 법을 엄격하게 적용하는 엄정한 인물이었다. 어느 날 도공의 동생 양간이 군법을 어기자 사마위강은 그의 마부를 대신 잡아다 처벌했다. 양간이 이에 불만을 품고 "감히 제 마부의 목을 베어 죽인 것은 우리 왕실을 무시하고 욕보인 처사입니다"라고 하며 사마위강의 처벌을 원했다. 도공은 즉시 사마위강을 잡아와 처벌하려고 했으나, 곁에 있던 양설이라는 신하가 "사마위강은 충신으로 그가 그런 일을 했다면 반드시 연유가 있었을 것입니다"라고 위강을 변호했다. 도공이 사건을 조사해 내막을 알게 되었고 사마위강을 더욱 신임하게 되었다.

얼마 후 진나라는 인접국과의 분쟁에 휩쓸리게 된다. 사마위강은 총사령관을 맡아 나라 간의 분쟁을 잘 해결했고, 진나라의 국격을 높이는 데 큰 공을 세웠다. 그때 도움을 받은 이웃 나라에서 선물을 보내오자 도공은 그 절반을 사마위강에게 하사했다. 그러자 사마위강은 그 선물을 사양하며 도공에게 '유비무환'을 간언했다.

> 편안할 때 위태로움을 생각하면 대비할 수 있고, 대비하면 근심할 것이 없습니다居安思危 思則有備 有備無患, 거안사위 사즉유비 유비무환.

이 고사를 통해 유비무환의 진정한 의미를 알 수 있다. 흔히 유비무환을 앞으로 닥쳐올 위기에 대비하는 소극적인 의미로 생각한다. 하지만 사마위강의 말에 따르면 유비무환이란 평상시 나라를 정의롭게 이끌어가는 것이다. 나라가 정의롭게 다스려질 때 백성들은 군주를 신뢰하게 되고 기강이 바로 서게 된다. 이러한 신뢰를 기반으로 어떤 위험에도 당당히 맞설 수 있는 건강한 나라가 될 수 있다. 만약 지도층이 자신의 특권을 믿고 전횡을 일삼는다면 그 나라는 정의로운 나라가 될 수 없다. 결국 백성의 신뢰를 잃고 외부의 침략에도 무너지고 만다.

유비무환의 정신은 무엇보다 전쟁에서 가장 절실할 것이다. 《손자병법》〈군형軍形〉에는 이에 관련한 재미있는 구절이 실려 있다.

"승리하는 군대는 먼저 승리할 태세를 만든 후에 전쟁을 시작하고, 패배하는 군대는 먼저 싸움을 걸어놓고 승리를 구한다勝兵先勝而後求戰 敗兵先戰而後求勝, 승병선승이후구전 패병선전이후구승."

싸움을 하면 누구나 이기고 싶지 지고 싶은 사람은 없을 것이다. 하지만 안타깝게도 사람들은 이길 수 있는지 가늠하지 않고 싸움을 시작한다. 순간적인 감정에 휘말리거나, 상대를 누르고 싶은 열망에 사로잡혀 무작정 싸움을 시작하는 것이다. 혹은 상대방보다 내가 훨씬 더 강할 것이라는, 전혀 근거 없는 자신감으로 시작할 때도 그렇다. 자신은 운이 좋은 사람이고, 하늘은 언제나 내 편일 것이라는 미혹에 사로잡혀 싸움을 시작하는 사람도 있다. 이런 사람들은 대부분 패배하고 만다. 패배할 상황을 이미 만들었기 때문이다. 손자는 책에서 이렇게 설명했다.

"소위 전쟁을 잘하는 자는 모두 이길 수 있는 조건을 미리 만들어놓고 싸웠다. 따라서 전쟁을 잘하는 인물이 거둔 승리에는 특별히 그의 명성이나 용맹성이 드러나지 않는다. 미리 조치를 취해서 이미 승리를 확신한 다음에 전쟁을 시작하므로 이길 수 있었기 때문이다. 싸우기 전에 반드시 이길 조건을 갖춰 놓고, 이미 패배한 상황에 놓인 적을 상대로 승리한 것이다."

중요한 발표나 보고의 자리에서는 누구나 긴장되고 떨린다. 심할 경우 다리가 후들거리고 목소리가 떨려 제대로 말을 잇지 못하는 경우도 있다. 물론 사람 앞에 서기 힘든 것은 성향에 따른 것이라 쉽게 고쳐지기는 어렵다. 많은 연습과 성공한 경험이 쌓여 차츰 전문가가 될 수 있다.

하지만 초보든 전문가든 반드시 필요한 것이 있다. 바로 철저한 준비다. 발표를 할 때 유심히 살펴보면, 철저히 준비한 사람일수록 말이 짧고 간결하며 힘이 넘친다. 뭔가 준비가 덜 되고 자신감이 없을 때는 말에 힘이 없고 지루하게 중언부언한다. 준비 부족을 온몸으로 보여주는 것이다. 무엇보다, 전혀 예상치 못했던 문제가 발생할 때 그 차이는 극명하게 드러난다. 준비가 덜 된 사람은 당황해서 우왕좌왕하다가 더 큰 문제를 만들고 만다. 하지만 준비가 철저한 사람은 유연하게 위기를 벗어난다. 오히려 그 상황을 이용해서 더 좋은 결과를 만들어내기도 한다.

별달리 뛰어난 것도 아니고, 명성이 높은 것도 아닌데 항상 좋은 결과를 만드는 사람이 있다. 사람들은 그를 보고 '운이 좋은 사람'이라고 한다. 하지만 그 사람의 비밀은 운이 아닌, 철저한 준비다. 준비가 만사의 근본이며 싸우기 전에 이미 승리하는 비책이다.

3
믿음을 준다

무신불립

無信不立

일상의 말에도 무게를 싣고
한번 던진 말은 반드시 지킨다면
그로부터 믿음은 쌓여나간다.
가졌을 때 겸손하고,
없을 때 솔직하다면,
어떤 상황에도 믿음은 사라지지 않는다.
믿음은 말에서 시작한다.

팥으로 메주를 쑨대도 믿게 하라

"말한 것을 부끄러워하지 않으면
그것을 실천하기는 어렵다."
《논어》

'조삼모사朝三暮四'라는 성어가 있다. 원문 그대로 해석하면 '아침에 세 개를 주고 저녁에 네 개를 준다'는 뜻인데, 송나라 저공과 원숭이들 간의 우화에서 나온 이야기다. 흔히 얕은 꾀로 사람을 속이는 것을 비난할 때 많이 쓰는 말이다.

저공은 원숭이를 기르던 사람이었는데 처음에는 원숭이들과 가족과도 같은 관계로 지냈다. 원숭이들의 식량이 모자라면 자기 식구들의 양식을 덜어서 먹일 정도로 친밀한 관계였다. 하지만 원숭이의 수가 점점 더 많아지고 형편이 어려워지자 먹이를 충당하기가 어렵게 되었다. 고민하던 저공은 꾀를 내어 원숭이들에게 물었다. "앞으로는 너희에게 도토리를 아침에는 세 개, 저녁에는 네 개를 주려고 하는데 너희 생각은 어떠냐?"

그러자 원숭이들은 아침에 도토리 세 개는 너무 작다고 화를 냈다. 저공은 다시 이렇게 물었다. "그러면 아침에는 네 개, 저녁에 세 개를 주도록 하겠다. 어떠냐?" 원숭이들은 모두 기뻐하며 그 제안을 받아들였다.

이 우화는 《열자列子》《장자》 등의 고전에 실려 있는데 시사하는 바는 각각 다르다. 《장자》에서는 저공을 어리석은 원숭이의 생각도 유연하게 받아들이는 현명한 인물로 비유했다. 하지만 《열자》에서는 지혜로운 자가 어리석은 자를 속이는 것에 비유하며 간사한 꾀로 사람들을 속이는 행태를 꾸짖었다.

물론 두 고전의 해석은 제각각의 의미를 담고 있지만, 믿음이라는 측면에서 보면 저공의 행태는 바람직하지 않다. 원숭이의 믿음을 저버렸기 때문이다. 《논어》 〈안연〉에는 믿음이 모든 일의 근본이 된다는 것을 말해주는 고사가 실려 있다.

제자 자공이 "정치가 무엇입니까?"라고 묻자 공자가 대답했다. "식량을 풍족히 하고, 군대를 튼튼히 하고, 백성들이 믿음을 갖도록 하는 것이다." 자공이 "그중에 하나를 버려야 한다면 무엇입니까?"라고 또 묻자 공자는 "군대를 버려야 한다"고 대답했다. 다시 자공이 "또 한 가지를 버린다면 무엇입니까?"

라고 묻자 공자는 대답했다. "식량을 버려야 한다. 자고로 사람들은 모두 죽게 마련이지만 믿음이 없으면 나라는 존립하지 못한다."

공자는 믿음을 정치의 근본이자 나라 통치의 핵심이라고 생각했다. 이것은 개개인의 관계에서도 마찬가지다. 인간관계에서 믿음이 없다면 매사에 분쟁이 생기고 서로 의심하게 된다. 결국 그 관계는 아름답게 유지되지 못하고 깨지고 만다.

믿음의 첫 번째는 바로 자신의 말을 지키는 것이다. 이는 믿음을 뜻하는 한자 신信이 사람 인人과 말씀 언言으로 구성된 것에서 분명히 알 수 있다. 믿음을 얻는 조건은 뭔가 특별한 것이 아니라, 일상에서 자신이 했던 크고 작은 말들을 지키는 것이다.

《논어》〈헌문〉에도 다음과 같은 문장이 실려 있다.

> 말한 것을 부끄러워하지 않으면 그것을 실천하기는 어렵다其言之不怍 則爲之也難, 기언지부작 즉위지야난.

지키지도 못할 약속을 함부로 하는 사람, 말만 늘어놓고 행동이 따르지 않는 사람, 큰소리치며 자신을 과시하기에 급급한 사람을 경계하는 말이다. 항상 실천을 염두에 두고 있는 사람은 함부로 말하지 않는다. 한번 말한 것은 꼭 지켜야 하기에 쉽게 말할 수 없고 함부로 약속을 남발할 수도 없다. 그래서 공자는 완성된 사람成人, 성인을 말하면서 "오래된 약속이라도 반드시 지키는 사람"이라고 했다.

믿음이란 한번에 갑자기 생기는 것이 아니다. 뭔가 크고 대단한 일을 해서 생겨나는 것도 아니다. 믿음은 일상의 삶에서 신뢰감 있게 행동하고 자신이 했던 약속을 지킴으로써 쌓여가는 것이다. 하지만 일단 믿음이 가는 사람이라는 이미지를 얻게 되면 그 보상은 무엇과도 비교할 수 없을 만큼 크다.

특히 사람을 설득하는 데는 이보다 더 효과적일 수 없다. 우리 속담 "팥으로 메주를 쑨대도 믿는다"는 흔히 다른 사람의 말에 잘 속아 넘어가는 사람을 비웃는 말로 쓰인다. 동시에 사람들에게 확실한 믿음을 얻은 사람은 '팥으로 메주를 쑨대도 믿을 수 있는 사람'이 될 수 있다는 뜻이다. '그 사람이 하는 말은 무엇이든 믿을 수 있어'라는 인식을 얻게 된다면 이미 상대의 마음을 얻은 것이나 다름없다. 믿음은 모든 인간관계의 근본이며, 설득의 지름길이다.

작은 말이라도 반드시 실천하라

"먼저 실천하고 그다음에 말하라."
《논어》

진나라의 도읍 성문에 이상한 포고문이 붙었다. 세 길의 나무를 도읍의 남쪽 문에 세워두고, '이 나무를 옮겨 심는 자에게는 10금을 주겠다'는 내용이었다. 백성들은 이 포고를 괴이하게 여겨 아무도 옮기려 하지 않았다. 그러자 다시 포고문이 붙었다. '이 나무를 옮겨 심는 자에게는 50금을 준다.' 한 사람이 거금에 혹해서 그 나무를 옮겨 심었고, 재상 상앙은 즉시 50금을 지급했다. 이 소문이 곧 퍼졌고, 백성들의 믿음하에서 상앙은 변법變法을 굳건하게 시행하게 되었다.

'사목입신徙木立信', 《사기》〈상군열전商君列傳〉에 실려 있는 '나무를 옮겨 신뢰를 구축하다'의 고사다. 상앙은 개혁 입법을 통해 진나라를 부강하게 하고, 약 100여 년 후 진시황이 중국을 통일할 수 있는 기반을 구축했던 인물이다.

상앙은 원래 이름이 공손앙으로 위나라 재상 공숙좌의 가신이었던 인물이었다. 공숙좌가 나이가 들어 죽을 무렵 위혜왕이 그의 뒤를 이을 인물을 추천해달라고 하자 그는 공손앙을 추천했다. 하지만 왕은 천한 신분을 이유로 공손앙을 발탁하지 않았고, 그는 널리 인재를 찾고 있던 진나라로 망명해 뜻을 펼치게 된다. 그 당시 군주는 진효공이었는데, 공손앙은 진나라의 발전을 위해서는 강력한 개혁이 필요하다고 간언했다.

진나라 조정은 상앙의 개혁 정책으로 들끓었지만 결국 효공은 상앙의 손을 들어주었다. 상앙은 백성의 신뢰를 얻기 위해 앞서 이야기한 방법을 시행했다. 상앙의 개혁 정책은 '변법'으로 불리며 백성들의 경제생활, 조세제도, 법령, 군사제도를 망라한 통치 전반을 규제하는 강력한 법이었다. 법령은 지나치게 엄격하고 가혹했지만 그래도 확고한 원칙을 지켜 성공을 거둘 수 있었다. 그 첫째 되는 원칙이 바로 백성들의 신뢰였다. 그리고 그 신뢰의 기반이 된 것이 바로 실천이었다.

| 먼저 실천하고 그다음에 말하라 先行其言 而後從之, 선행기언 이후종지.

공자는 멋진 말로 이것을 표현했다. 자공이 군자의 자격을 묻자 대답했던 말로, 《논어》 〈위정〉에 실려 있다. 자공은 탁월한 말솜씨를 지닌 제자였다. 세속적인 능력이 뛰어나 큰 부를 얻었고, 정치적으로도 큰 성공을 거둔 인물이었다. 자공은 은근히 군자의 자격은 말의 능력이 있어야 한다는 대답을 기대했을지도 모른다. 하지만 공자는 말하고 싶은 바가 있다면 반드시 삶의 모습에서 이를 보일 수 있어야 한다고 가르쳤다.

'먼저 실천하고 그다음에 말하라'라고 하면 그 말뜻을 좀 이해하기 힘들지도 모른다. 순서가 바뀌었기 때문이다. 자기가 했던 말을 실천하는 것이 아니라 실천한 다음에 말하는 것은 일반적인 상식으로는 이해하기 힘들 수도 있다. 이 말의 진정한 의미는 바로 삶의 태도다. 평상시 삶에서 보이는 모습을 기반으로 말을 해야 사람들의 신뢰를 얻을 수 있고, 사람들이 따른다는 것이다. 예를 들면 정직한 삶을 사람들에게 요구하려면 먼저 스스로 정직한 삶을 보여주어야 한다. 부정부패를 척결하려면 먼저 정의롭고 깨끗한 삶으로 모범을 보여줄 수 있어야 하는 것이다.

흔히 사람들은 자신의 의지意志와 이상理想을 말을 통해서 표현한다. 멋진 꿈을 아름답게 표현하지만 정작 자신의 삶은 따르지 못하는 경우가 많다. 합리적이고 논리적으로 소신을 밝히지만 세심히 살펴보면 실체가 없을 때도 있다. 정의를 외치면서 뒤로는 불법과 편법을 일삼는 사람, 사랑으로 다스려지는 세상을 만들자고 하면서 정작 가까이 있는 사람에게는 배려조차 않는 사람이 의외로 많다. 이런 사람들은 겉모습이 아무리 대단해 보여도 믿음을 얻을 수 없다. 잠깐 사람들의 눈을 현혹시킬 수 있을지는 몰라도 곧 그 밑바닥이 드러난다.

어떤 큰 이상이 있더라도 그 시작은 평상시의 삶이다. 평소의 삶에 충실하지 않으면서 이상만 좇는 것은 알맹이가 없는 껍데기와 같다. 뭔가 대단한 것이 있을 것 같지만 정작 들여다보면 아무것도 없어서 허탈하다.

말도 마찬가지다. 상대의 마음을 사로잡기 위해 뭔가 특별한 말, 대단한 말을 찾으려고 고민할 필요는 없다. 일상의 대화에서 믿음을 주면 된다. 믿음이란 대단한 말, 특별한 말에서 마법처럼 생겨나는 것이 아니다. 평상시 말에 믿음이 있고, 아무리 작은 약속도 어기지 않으며, 나를 앞세우기보다 상대를 배려할 줄 아는 삶의 태도가 쌓여나갈 때 믿음 역시 함께 쌓여간다.

어떤 큰 이상이 있더라도
그 시작은 평상시의 삶이다.
일상의 말을 지키는 것에서부터
믿음은 시작된다.

평범한 말에
핵심을 담아라

"널리 배우고 자세히 말하는 것은
나중에 돌이켜 요점을 말하기 위함이다."
《맹자》

현대는 전문가의 시대라고 한다. 어느 분야에서건 깊고 정통한 지식이 없으면 능력을 발휘하기 어렵다. 하지만 전문가에게는 약점이 있을 수 있다. 자신의 분야에서는 탁월하지만 주위를 둘러보는 폭넓은 시야가 부족해서 우물 안 개구리와 같은 한계를 보이는 경우다. 전문성에는 다양한 경험과 폭넓은 지식이 겸비되어야 하는 이유다. 이를 통해 더 큰 세상을 볼 수 있는 폭넓은 시야와 새로운 것을 만들어낼 수 있는 창의성을 함께 갖출 수 있다.

오늘날의 학자들은 '스페셜리스트specialist'와 '제너럴리스트generalist' '글로벌리스트globalist'라는 용어로 이 개념을 말했다. 하지만 이미 2500년 전 공자는 "군자불기君子不器"라는 한마디로 이를 정리했다. 군자는 그릇처럼 한 가지 용도에만 쓰이는 편협한 사람이 아니라 폭넓은 식견과 다양한 재능을 갖춘 통합적 인물이라는 것이다. 공자의 제자인 자하도 "박학근사博學近思"를 강조함으로써 스승의 말을 뒷받침했다. 폭넓게 공부하고 가까운 데서부터 미루어 생각함으로써 진정한 학문을 이룰 수 있다는 것이다.

하지만 단지 폭넓게 공부하는 데 그쳐서도 곤란하다. 폭넓게 공부하는 것이 진정한 능력이 되려면 반드시 조건이 있다. 《주자어류朱子語類》에 실려 있는 "넓게 배우는 것은 요점을 아는 것만 못하고 요점을 아는 것은 실천하는 것만 못하다"가 말해주는 바다. 폭넓은 지식을 얻었다면 반드시 그것의 목적하는 바와 지향점을 알아야 한다. 무엇을 위해 공부하는지, 그 공부를 통해 어떤 것을 이룰지를 생각하지 못하면 길을 잃고 방황하게 된다.

또한 공부를 했다면 반드시 삶에서 구현할 수 있어야 한다. 단지 자기 머리 안에서만 머물고 행동이 따르지 않으면 그 지식은 오히려 자신의 삶을 기만하는 것이 될 뿐이다. 오늘날 많은 지도자들이 보여주는 모습이다. 많은 노력과 공부로 명예를 얻고 높은 지위에 올랐지만 앎과 삶이 일치하지 않는다. 특히 도덕성에서는 더욱 그렇다. 그는 도덕성을 오직 지식으로만 알 뿐이다. 자신이 알고 있는 도덕성의 지식으로 다른 사람을 비난하고 공격하는 데는 빈틈이 없다. 하지만 정작 자신의 삶을 들춰보면 심하게 부끄러운 모습이 드러난다. 비리가 드러날 때마다 자신의 지식을 총동원해서 변명하고 방어하지만 이미 드러난 밑바닥은 어쩔 수 없다. 전형적인 '내로남불'의 전형이다.

말과 대화의 관점에서 이 개념을 말해주는 것은 《맹자》 〈이루 하〉에 실려 있는 다음의 예문이다.

> 널리 배우고 자세히 말하는 것은 나중에 돌이켜 요점을 말하기 위함이다博學而詳說之 將以反說約也, 박학이상설지 장이반설약야.

폭넓게 배우는 것은 자신의 지식을 자랑하려고 하는 것이 아니다. 자신이 아는 것을 보여주는 데 목적을 둔다면 장황하고 지루하게 말하게 된다. 지식을 동원해서 전문적이고 어려운 말을 남발하지만 듣는 사람은 제대로 이해하기 어렵다. 온갖 미사여구를 동원해 말을 꾸며서 얼핏 들어보면 아름답고 좋은 말이나 살펴보면 정작 자기 생각은 없다. 유명한 사람의 말과 어딘가에 있는 말을 잔뜩 가져왔지만 자신의 알맹이는 없는 것이다.

대화를 할 때 맥락이 없고 수시로 말의 방향을 잃는 사람이 있다. 심지어 무슨 말을 주고받았는지 말하는 자신도, 듣는 사람도 알지 못하는 경우도 많다. 물론 자기가 아는 것을 자세히 말하는 것도 중요하다. 하지만 단순히 이에 그친다면 곤란하다. 반드시 요점을 짚어 결론을 낼 수 있어야 한다. '내가 이야기하고자 하는 것은 바로 이것이다!' 이것을 놓치게 되면 대화가 공허해진다. 오랜 시간 대화를 했는데 '아무것도 남은 게 없잖아' 생각이 드는 것이 바로 이 때문이다.

아무리 오랜 시간 장황하게 설명해도 핵심을 말하지 못하면 납득시키기 어렵다. 단지 지루하게 만들 뿐이다. 제아무리 기발하고 특이한 말을 해도 마찬가지다. 시선은 끌지만 흥밋거리에 그치고 만다. 정작 사람의 마음을 흔드는 것은 단순하면서도 핵심적인 말 한마디다. 평범한 말이지만 그 속에 깊은 뜻을 담을 수 있다면 최선이다.

선생 노릇 하지 마라

"사람들의 병폐는
남의 스승이 되기를 좋아하는 데 있다."
《맹자》

'교학상장教學相長'이라는 성어가 있다. '가르침과 배움은 함께 성장한다'는 뜻으로 《예기》〈학기學記〉에 실려 있다. 진정한 가르침이란 학생도 성장하지만 선생 역시 성장해야 한다는 의미다. 《예기》에 실려 있는 문장 전체를 보면 이렇다.

"옥은 쪼아 다듬지 않으면 그릇이 될 수 없고, 사람은 배우지 않으면 올바른 도를 모른다玉不琢不成器 人不學不知道, 옥불탁불성기 인불학부지도. 그러므로 옛날에 왕이 된 자는 나라를 세워 다스릴 때, 가르치고 배우는 것을 첫째로 삼았다. 좋은 안주가 앞에 있어도 먹어보지 않고는 그 맛을 알 수 없고, 지극한 도가 있더라도 배우지 아니하고는 그 좋은 것을 모른다. 이런 까닭으로 배운 연후에야 자신의 배움이 부족함을 알게 되고 가르쳐본 연후에야 가르침의 어려움을 알게 된다. 부족함을 알아야 스스로 반성할 수 있고, 어려움을 알아야 스스로 강해질 수 있다. 그러므로 가르침과 배움은 함께 성장한다."

맨 위의 문장 '옥은 쪼아 다듬지 않으면 그릇이 될 수 없고, 사람은 배우지 않으면 올바른 도를 모른다'는 배움의 진정한 가치를 말해주는 유명한 말이다. 많은 고전에서 인용되었는데, 그 결론으로 '교학상장'이 제시되었다. 가르침 역시 배움의 한 가지 방법이라는 것이다.

또한 가르침이란 자신이 좀 일찍 배우고, 좀 더 많이 안다고 해서 쉽게 할 수 있는 일이 아니라는 의미도 담고 있다. 배움을 통해 한 사람의 미래가 결정되고, 한 사회와 국가, 나아가 온 세상이 평안하게 될 수 있기에 남을 가르치는 사람에게는 남다른 자격이 필요하다.

그 자격의 첫 번째는 바로 겸손이다. 만약 스승이 자신의 학문에 자만한다면 제자는 물론 자신의 성장도 중단될 수밖에 없다. 순자는 "학문은 멈출 수 없는 것이다"라고 말하며, 그 이유를 "날마다 널리 배우고 날마다 스스로 반성해야 지혜가 밝아지고 허물이 없어진다"라고 밝혔다. 스승의 멈춤은 제자의 멈춤이고, 스승이 길을 잃으면 제자도 길을 잃게 된다.

그다음으로 스승은 새롭고 창의적인 지식을 끊임없이 추구해야 한다. 흔히 배움을 끝내고 후진을 양성하기 시작하면 자신의 공부가 끝났다고 생각한다. 하지만 그래서는 변화의 시대에 끊임없이 등장하는 새로운 지식을 얻을 수 없다. 공자가 말했던 "옛것을 익혀 새로운 것을 알면 스승이 될 수 있다"도 그 뜻을 내포하고 있다. 기존의 지식을 기반으로 하되 새롭고 창의적인 것을 미루어 알아서 가르칠 수 있어야 스승의 자격이 있다는 것이다.

《맹자》〈이루 상離婁 上〉에 실려 있는 구절은 바로 그런 자격을 갖추지 못하면서 가르치려 드는 사람을 꾸짖는 말이다.

> 사람들의 병폐는 남의 스승이 되기를 좋아하는 데 있다人之患在好爲人師, 인지환재호위인사.

남보다 좀 더 안다고 지식을 자랑하고, 교만하게 자신을 높이고, '곡학아세曲學阿世'로 세상을 어지럽히는 것을 질타하고 있다. 맹자는 먼저 이들의 가벼운 입을 두고 "사람들이 쉽게 말을 내뱉는 것은 책임감이 없기 때문이다"라고 경고했다. 그리고 위의 말로 함부로 남을 가르치려 드는 것을 경계했다. 어설픈 지식과 학문으로 쉽게 말하고 함부로 세상을 경영하려 든다면 결코 어지러운 세상을 바로잡을 수 없다.

오늘날에도 맹자의 이 말은 절실하다. 세상을 경영하는 대단한 일만이 아니다. 일상적인 교제에서도 마찬가지다. 오랜 시간 대화를 하고 나면 뭔가 모르게 께름칙하고, 꾸중과 잔소리를 실컷 들은 느낌을 받는 경우가 있다. 특별히 잘못한 것이 없는데 잘못한 기분이 들고, 묻지도 않은 해답을 들어 난처하다. 모든 것을 자신의 관점으로 해석하기에 그 사람이 주는 해답을 나에게 적용할 수도 없다. 바로 스승이 되고자 하는 사람의 모습이다.

남을 가르치려 드는 것은 단순히 지식을 과시하는 것만이 아니다. 다른 사람에게서 우월감을 얻고 작은 지식으로 남에게 군림하려고 하는 교만 또한 해당한다. 이는 자신의 부족함을 노력이 아닌 과시로 채우려는 허영심이다. 강하고 당당한 것 같지만 이런 사람들은 오히려 자존감이 낮고 열등감에 사로잡혀 있다.

제자인 자공이 남들을 비교하고 평가하는 것을 보고 공자는 "자공아, 너는 현명한가 보구나. 나는 바빠서 그럴 여력이 없다"라고 말했다. 가진 것을 자랑할 시간에 먼저 자신을 채워 나가면 부르지 않아도 사람들이 모여든다. 마치 맛있는 복숭아가 열린 나무 앞에 저절로 길이 나는 것처럼, 공자에게 수천 명의 제자가 모여든 것처럼.

지혜는 모름을 인정하는 것

"아는 것을 안다 하고 모르는 것을 모른다 하는 것,
이것이 아는 것이다."
《논어》

"무식하면 용감하다"라는 말이 있다. 지식이 없어서 올바른 판단을 내리지 못하고 함부로 행동한다는 부정적인 의미로 쓴다. 이때 용감하다는 낱말의 뜻은 무모함이나 만용에 가깝다. 자신의 무식함을 깨닫지 못한 채 자신이 하는 일이 옳다고 생각하는 것이다. 이에 반해 탁월한 사람은 자신이 제대로 아는 것이 없다는 것을 깨달은 사람이다. 바로 '무지의 지無知之知, 부지지지' 즉 '아는 것이 없다는 것을 안다'는 뜻으로 소크라테스가 깨달았던 통찰이다.

소크라테스의 친구 카이레폰은 델포이 신전에서 "소크라테스보다 더 지혜로운 사람이 있느냐?"고 물었다. 그러자 그곳의 무녀는 "소크라테스보다 더 지혜로운 사람은 없다"고 대답한다. 친구로부터 그 말을 전해들은 소크라테스는 신전의 신탁에 의문을 품게 된다. 자신은 아는 것이 없는데 가장 지혜롭다는 말을 받아들이기 어려웠던 것이다.

결국 자신보다 더 지혜로운 사람을 찾기 위해 당시 아테네에서 가장 지혜롭다고 자부하는 사람들을 찾아가 문답을 나누었다. 시인, 작가, 예술가, 정치인 등 많은 분야에서 일가를 이룬 사람들을 찾아다녔지만 소크라테스는 잠깐의 대화만으로도 그들이 지혜롭지 않다는 것을 알게 되었다. 단지 자신과 다른 점은 그들은 스스로 무지하다는 것을 모르고 있다는 사실이었다. 소크라테스는 이렇게 말했다.

"그 사람과 나는 똑같이 선善과 미美에 대해 알지 못하지만, 나는 그 사람보다 더 지혜롭다. 그는 모르고 있으면서도 스스로 알고 있다고 생각하지만, 나는 나 자신이 모르고 있다는 것을 알기 때문이다."

소크라테스보다 약 100여 년 전에 활동했던 동양의 현자 공자는 평범한 사람들이 좀 더 쉽게 깨닫도록 이렇게 말했다.

> 아는 것을 안다 하고 모르는 것을 모른다 하는 것, 이것이 아는 것이다知之爲知之 不知爲不知 是知也, 지지위지지 부지위부지 시지야.

용감하고 당당하지만 배움 앞에서 겸손할 줄 모르는 제자 자로에게 했던 말로, 《논어》〈위정〉에 실려 있다. 자신의 상태를 정확히 바라볼 수 있는 겸손함과 다른 사람 앞에서 자신의 무지를 인정할 수 있는 솔직함이 바탕이 되어야 진정한 학문의 길을 갈 수 있다는 가르침이다. 자신을 과시하고 싶어서, 내세우고 싶어서, 모르는 것을 안다고 하면 교만에 빠지게 되고, 무엇보다도 자신의 수양과 성장에 저해된다는 점을 공자는 가장 우려했던 것이다.

《논어》를 읽다 보면 공자 자신도 부족함을 절감하고, '나는 아는 것이 없다'라고 고백하는 것을 자주 볼 수 있다. 〈술이述而〉에서는 "나는 나면서부터 아는 사람이 아니라 옛것을 좋아해 힘써 그것을 구한 사람이다"라고 자신의 부족함을 인정했다. "내가 아는 것이 있는가? 나는 아는 것이 없다"는 〈자한〉에 실려 있는 글이다. 이처럼 지혜로운 사람은 자신의 한계를 잘 분별한다. 하지만 어리석은 사람들은 조금만 지식이 쌓이면 자신이 모든 것을 다 아는 것처럼 내세운다.

사람들은 누구라도 자신을 과시하고 싶은 마음이 있다. 비록 가진 것이 없고, 아는 것이 없어도 그것을 인정하고 싶지 않다. 하지만 잠깐의 자존심을 세우기 위해 '아는 체' '있는 체'를 하게 되면 진실이 밝혀질 때 더욱 치명적인 상처를 입게 된다. 만약 지식이 모자라고, 내가 가진 것이 부족하다면 솔직히 인정하고 받아들이는 것이 좋다. 그리고 그때 느낄 수도 있는 열등감을 나의 부족함을 채우기 위해 노력하는 '동력動力'으로 삼아나가면 된다.

대화에서도 마찬가지다. 모르는 주제가 대화에 나오게 되면 누구라도 당황하게 된다. 무지를 드러내는 것 같아서 불안하고, 대화에 함께하지 못해 소외감을 느낄 때도 있다. 나 때문에 대화가 끊기는 것이 아닌가, 우려도 한다. 하지만 모르는 것은 잘못이 아니다. 이때는 "내가 잘 모르는 내용이야"라고 솔직하게 말하는 것이 좋다. 특히 상사에게 질문을 받을 때는 더욱 그렇다. 당장의 곤란을 회피하려고 얼버무리거나 거짓말을 한다면 더 치명적인 결과를 갖고 올 수도 있다. 언젠가 자신이 말한 것을 증명해야 할 때가 반드시 온다.

"자기 혀한테 모른다는 말을 열심히 가르쳐라." 유대 속담에 있는 말이다. 또 《탈무드》에는 "완전히 어리석은 자보다 반쯤 어리석은 자가 더 어리석다"는 말도 있다. 매사에 신중하고 속이 깊다는 인정을 받을 수 있는 비결은 부족함을 인정하는 겸손함과 모르는 것을 모른다고 말할 수 있는 솔직함이다.

조심하고 또 신중하게 말하라

"흰 구슬의 흠집은 갈아서 고치면 되지만
말의 잘못은 어찌할 수 없도다."
《시경》

공자의 제자 중에 남용이라는 제자가 있었다. 공문십철에 속하지도 않았고, 《논어》에서 그리 중요하게 등장하는 제자도 아니다. 남용은 《논어》 〈선진〉과 〈공야장公冶長〉에 두 번 언급되는데, 먼저 〈선진〉에 실린 구절이다. "남용이 백규의 시구를 세 번씩 암송하자, 공자가 형의 딸을 시집보냈다." 여기서 남용이 공자의 조카사위가 되었다는 것을 알 수 있는데, 그 이유가 재미있다. 남용이 '백규'의 구절을 하루에 세 번씩 반복해서 외우는 것을 보고 공자가 좋아했다는 것이다.

원래 공자는 시를 좋아해서 제자들은 물론 아들에게도 시를 공부하라고 권했고, 자신도 항상 외우고 다니면서 말과 글에서 인용하기도 했다. 그만큼 공부와 수양에서 시를 중요하게 여겼던 것인데, 도대체 백규라는 구절이 무엇이기에 조카사위로 삼는 중요한 잣대가 될 수 있었을까? 백규는 《시경》 〈대아大雅〉에 있는 「억抑」이라는 시에 실려 있다.

「억」은 위무공이 아흔이 넘은 나이에 지은 시다. 덕이 높아서 나라를 잘 다스렸지만 혹시 교만에 빠지지 않을까 스스로 경계하기 위해 곁에 사람을 두고 항상 읽게 했다. 이 시에는 지도자가 반드시 새겨야 할 금언들이 담겨 있는데, 그중에 말에 신중하고자 했던 것이 바로 '백규'의 구절이다.

> 흰 구슬의 흠집은 갈아서 고치면 되지만 말의 잘못은 어찌할 수 없도다白圭之玷 尙可磨也 斯言之玷 不可爲也, 백규지점 상가마야 사언지점 불가위야.
>
> 가볍게 말하지 말고 함부로 지껄이지 마라無易由言 無曰苟矣, 무이유언 무왈구의.
>
> 누구도 혀를 붙잡지 못하니 해버린 말을 쫓아가 잡을 수 없도다莫捫朕舌 言不可逝矣, 막문짐설 언불가서의.

군주가 스스로 경계하기 위해 지은 시라고 하기에는 아주 직설적이고 통렬하다. 그만큼 말을 제어하기란 한 나라를 다스리는 군주라고 하더라도 쉽지 않다는 반증일 것이다. 아니, 지도자의 말이 훨씬 더 중요하다는 것을 감안한다면, 그 어떤 사람보다도 더 조심하고 신중해야 함이 당연할 것이다.

공자는 이처럼 말을 조심하는 것이 선비의 수양에서 중요하기에 제자가 백규 구절을 되풀이해서 읽고 몸에 익히려는 자세를 높이 샀다. 남용이 또 한 번 등장하는 〈공야장〉에 실린 구절도 같은 내용이다.

공자가 남용에 대해 말하기를 "나라에 도가 행해지고 있을 때는 버림받지 않을 것이고, 나라에 도가 행해지지 않아도 형벌은 면할 것이다"라고 하며 조카를 그에게 시집보냈다.

여기서는 어떤 상황에서든 자신을 지킬 수 있다는 점이 남용을 조카사위로 삼은 이유다. 물론 공자가 그렇게 판단했던 데는 여러 가지 이유가 있었을 것이다. 하지만 〈선진〉에서 말했던 것을 미루어보면, 말을 조심하면 어떤 상황에 처하더라도 최소한 자신을 지킬 수 있다는 것을 짐작할 수 있다.

공자는 훌륭한 사람의 조건으로 말을 신중하게 하는 것을 들었다. 또한 그 이득은 어떤 상황에서도 위험에 빠지지 않고 자신을 지켜낼 수 있는 것이다. 물론 말을 신중하게 한다고 해서 반드시 훌륭한 사람인 것은 아니겠지만, 훌륭한 사람은 반드시 말을 신중하게 한다.

"덕이 있는 사람은 바른말을 하지만 바른말을 한다고 해서 반드시 덕을 갖춘 것은 아니다."《논어》〈헌문〉에 실려 있는 이 구절이 말해주는 바와 같다.

오늘날은 커뮤니케이션의 시대로 불릴 만큼 말에 대한 관심과 중요성이 큰 시대다. 말이 성공의 디딤돌이기도 하지만, 말 때문에 인생을 망치고 쌓아왔던 모든 것을 잃는 사람도 많이 있다. 높은 지위와 사회적 명성을 가진 사람들이 많이 겪는 일이지만 평범한 사람도 예외가 될 수 없다.

'그 말을 주워 담을 수만 있다면….' 말 때문에 어려움을 겪고 후회했던 경험은 누구에게나 있을 것이다. 물론 평범한 우리가 옛 선인들의 경지처럼 완벽하게 말을 다스릴 수는 없을 것이다. 하루에도 몇 번씩 말을 실수하고 후회하는 것이 바로 우리의 모습이다.

이때 필요한 것이 바로 남용의 자세다. 남용은 자신의 부족함을 알았기에 하루에도 몇 번씩 백규의 시를 외우며 반성하고 깨우쳐나갔다. 공자가 남용을 인정했던 것이 바로 이 점일 것이다. 스스로 부족함을 깨닫고 날마다 노력하는 자세, 윗사람에게 인정받고 인생에서 승리하는 비결이다. 혹시 아는가? 일생의 반려자를 얻을 수 있을지도 모른다. 남용이 스승의 조카딸을 얻었던 것처럼.

4
마음에 닿는다

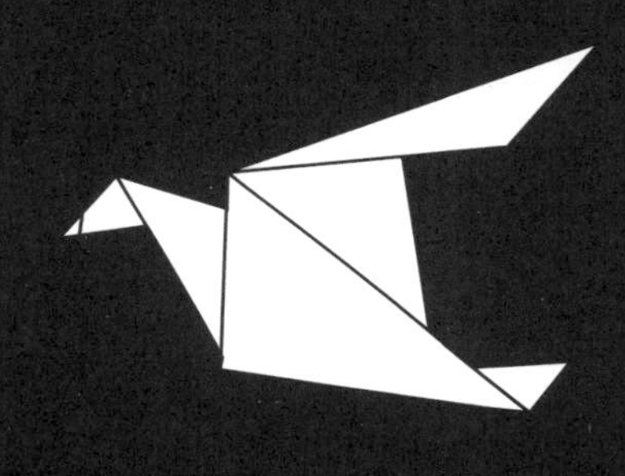

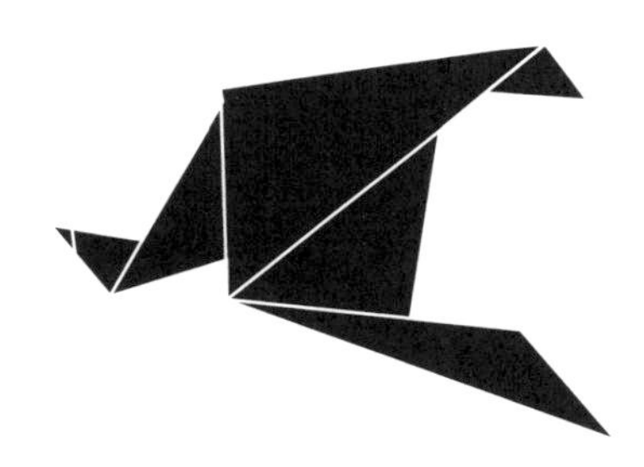

이심전심
以心傳心

당신의 말에 관심이 있다는 눈빛
그 말에 공감한다는 한 번의 끄덕임
어떤 말도 들을 준비가 되어 있다는 신뢰의 표정
닫힌 마음을 여는 따뜻한 두드림이다.
마음을 여는 것,
대화의 시작이자 완성이다.

함께 좋아하고 함께 미워하라

"사람들과 좋아하는 바가 같으면
이루지 못할 것이 없고,
사람들과 미워하는 바가 같으면
한마음으로 따를 것이다."
《삼략》

《논어》〈위령공衛靈公〉에는 공자와 군주 위영공의 대화가 나온다. 영공이 공자에게 진법陣法에 대해 묻자, 공자가 대답했다. "제사에 대한 법은 일찍이 들어서 알고 있지만, 군사에 관한 일은 배우지 못했습니다." 그리고 이튿날 위나라를 떠나버렸다.

서로의 관심사가 다르기에 그와 함께 뜻을 펼치기 어렵다는 사실을 공자가 깨달았기 때문이다. 영공에 대한 또 다른 이야기로는 《한비자》〈세난說難〉에 실려 있는 '미자하'의 고사가 잘 알려져 있다.

위나라에 미자하라는 미소년이 영공으로부터 대단한 총애

를 받고 있었다. 어느 날 미자하는 어머니가 병이 들었다는 소식을 듣고 허락도 없이 영공의 수레를 몰아 어머니에게 달려갔다. 위나라에서는 왕의 수레를 몰래 타는 것이 발을 자르는 형벌에 처할 정도로 큰 죄였다. 하지만 영공은 "얼마나 효성이 지극하면 벌을 받는다는 것도 잊었구나"라며 오히려 그를 칭찬했다. 그 후 미자하는 영공과 과수원을 거닐다가 자기가 먹고 있던 복숭아를 바쳤다. 영공은 "정말 나를 사랑하는구나, 이처럼 맛있는 복숭아를 나에게 주다니"라며 기뻐했다.

세월이 흘러 미자하의 자태도 빛을 잃었고 영공의 총애도 점점 옅어졌다. 그러던 어느 날 미자하가 작은 죄를 짓게 되자 영공은 "이놈은 언젠가 과인 몰래 수레를 탔고, 또 먹다가 남은 복숭아를 나에게 먹였다"라고 말하며 미자하를 쫓아버렸다.

여기서 나온 성어가 '여도지죄餘桃之罪', 즉 '먹던 복숭아를 바친 죄'다. 이 고사를 두고 한비자는 이렇게 말했다. "미자하의 행동은 변함이 없었다. 전에 칭찬을 받았던 일이 후에 책망을 받게 된 것은 군주의 애증이 변했기 때문이다. 군주에게 총애를 받을 때는 지혜를 낼 때마다 군주의 마음에 들었지만, 미움을 받을 때는 아무리 지혜를 짜내도 군주의 마음을 얻지 못해 벌을 받는다. 군주에게 간언을 하거나 정책을 논하려는 자는 먼저 자신이 군주에게 총애를 받고 있는지, 아닌지를 살펴야 한다."

《삼략》의 구절이 이런 이치를 집약해서 말해준다.

> 사람들과 좋아하는 바가 같으면 이루지 못할 것이 없고, 사람들과 미워하는 바가 같으면 한마음으로 따를 것이다與衆同好靡不成 與衆同惡靡不傾, 여중동호미불성 여중동오미불경.

사람들과 좋아하는 것이 같다는 말은 위정자가 사람들이 좋아할 정치를 하는 것을 말한다. 사람들과 미워하는 바가 같다는 것은 사람들이 싫어하는 정치를 하지 않고 사람들이 괴로워하는 일들을 막아주는 것이다. 즉 사람들이 좋아하는 선정을 베풀고, 폭정을 막아준다면 나라는 잘 다스려지고 집안이 평안해진다는 이치다.

위정자가 취해야 할 자세를 말해주는 것이지만 그 반대의 경우도 마찬가지다. 위정자를 설득하려면 그가 좋아하는 것으로 설득할 수 있어야 한다. 또한 그가 싫어하는 일을 하지 않아야 한다. 한마디로 말해 그가 좋아하는 사람이 되면 어떤 말과 행동을 해도 그를 설득할 수 있다.

좋아하는 것을 함께 좋아하는 것은 같은 관심사를 갖는 것이다. 사람들은 같은 취미를 가진 사람들끼리 모이고 동일한 이념을 가진 사람들끼리 단체를 이룬다. 그리고 자신이 원하는 것을 성취한다.

역으로 미워하는 바가 같다는 사실도 사람들의 마음을 하나로 묶는 데 중요한 역할을 한다. 이를테면 사회의 불의를 반대하는 사람들이 모인 단체와 같은 경우다. 서로 미워하는 바가 같기에 한마음이 되고 단체까지 만들어 활동한다. 바람직하지 않지만 누군가를 두고 뒷담화를 하는 것도 마찬가지 심리다. 미워하는 마음이 하나가 되었기에 시간 가는 줄 모르고 열중한다.

일상의 대화에서도 호감을 가진 사람들이 같은 관심사로 이야기하면 시간이 가는 줄을 모르게 된다. 금방 대화를 시작한 것 같은데 시간이 많이 흐른 것을 깨닫고 깜짝 놀랐던 기억이 누구나 있을 것이다. 아인슈타인이 자신의 상대성이론을 가장 잘 설명했다고 평가했던, "미녀와의 한 시간은 일 분으로 느껴지고, 난로 위에 손을 올려놓은 일 분은 한 시간보다 훨씬 더 길게 느껴진다"의 비유처럼, 시간의 흐름을 역행하는 놀라운 일이 일어난다.

사람의 마음을 사로잡기 위해서는 그 사람과 같이 느껴야 한다. 좋아하는 것과 싫어하는 것이 같다면 사람들은 자연히 따르게 된다. 이것이 바로 공감의 힘이다. 공감을 얻기 위해서는 상대방의 입장을 미루어 생각할 수 있어야 한다. '역지사지易地思之'의 상상력이 필요한 것이다.

오늘날은 공감의 시대라고 한다. 사람의 마음을 얻을 수 있다면 어떤 분야에서든 성공할 수 있다. 평범한 일상에서도 마찬가지다. 상대방의 마음을 알고, 그의 입장이 되어보고, 배려하는 마음으로 대화한다면 그 대화는 언제나 꽃길이다. 요즘 하는 말로 '시간 순삭'이다.

들을 때
마음이 더 가까워진다

"말하는 이는 죄가 없으니
듣는 이가 경계로 삼으면 된다."
《시경》

현대 경영학의 아버지로 불리는 피터 드러커Peter Drucker는 "인간에게 가장 중요한 능력은 자기 표현력이며, 현대의 경영이나 관리는 커뮤니케이션에 의해 좌우된다"고 말했다. 개인은 물론 기업까지도 커뮤니케이션 능력이 중요하며, 얼마나 커뮤니케이션을 잘하느냐에 따라서 성패가 좌우된다는 것을 강조하고 있다. 실제로 오늘날은 다른 어떤 능력보다도 커뮤니케이션 능력이 뛰어난 사람들이 성공하는 시대다.

이런 추세에 따라 요즘 사람들은 표현 능력 즉, 말하기 능력을 키우기 위해 많은 노력을 쏟고 있다. 말하기 학원을 다니고 성공적인 대화법 책을 열심히 읽는다. 하지만 많은 사람이 간과하고 있는 중요한 사실이 있다. 커뮤니케이션이란 일방적인 자기표현이 아니라 쌍방향이라는 점이다. 물론 혼잣말, 독백도 있지만 독백 역시 자신의 말을 허공에 날려 보내는 것은 아니다. 독백의 대화 상대는 바로 나 자신이다. 사람들은 독백을 통해 스스로 다짐을 하고, 감정을 되새기고, 자기 합리화를 하는 것이다.

이처럼 대화에는 반드시 상대가 있다. 대화를 한자로 써보면 잘 알 수 있다. 마주할 대對에 이야기할 화話로, '서로 마주하여 이야기를 주고받음'이라고 정의된다. 이 정의에는 빠져 있지만 대화에 담겨져 있는 중요한 의미가 하나 더 있다. 한자 '대'가 '같다' '동등하다'의 뜻을 가진 것으로 미루어 알 수 있듯이 상대방을 자신과 동등하게 대할 수 있어야 원활한 대화가 이루어진다.

지위나 권력의 차이가 있어도 마찬가지다. 상대방을 인정하지 않는 대화는 일방적일 수밖에 없다. 아무리 상대방에게 '기탄없이 말하라'고 하더라도 결론은 주도권을 가진 사람의 마음대로 정해지기 마련이다. 결국 소통은 중단되고 사람들의 마음에는 벽이 쌓인다. 마음도 멀어지고 만다.

이를 이야기한 구절이 《시경》〈관저關雎〉에 실려 있는데 전문은 이렇다.

> 윗사람은 풍風으로 아랫사람을 교화하고, 아랫사람은 풍으로 윗사람을 풍자한다. 완곡하게 간하면 말하는 이는 죄가 없으니 듣는 이가 경계로 삼으면 된다言者無罪 聞者足戒, 언자무죄 문자족계. 그래서 풍이라고 했다.

여기서 풍은 시를 말한다. 위정자와 백성이 서로 소통하는 도구이자, 나라 운영과 백성들의 삶에 정보를 제공하는 도구로 시를 삼은 것이다. 시는 공자가 이상적인 국가로 꼽았던 주나라 초기에서부터 공자가 활동하던 춘추시대에 이르기까지 민간에 유행하던 시가들이었다. 그 당시 군주의 명에 따라 민간을 순회하며 시가를 채집하던 사람들이 있었는데, 이들을 '채풍관采風官' 혹은 '채시관采詩官'이라고 불렀다. 위정자들은 이들이 모아온 시를 읽고 백성들의 여론과 불만을 알고, 나라를 통치하는 데 귀중한 자료로 삼았다.

하지만 그중에는 위정자들이 듣기에 거북한 것도 많이 있었다. 백성들의 원한과 고난이 고스란히 시에 담겨 있었기 때문이다. 만약 채풍관들이 이를 염두에 둔다면 당연히 비판적인 시, 현실에 불만을 드러내는 시는 감출 수밖에 없다. 그래서 '언자무죄 문자족계'를 구호로 삼았다. 듣는 이가 잘 새겨들을 테니 아무런 거리낌 없이 보고하라는 것이다.

소통을 잘하고 싶다면 말을 잘하는 것 못지않게 상대의 말을 잘 들을 수 있어야 한다. 사람들은 말을 잘하는 사람보다 잘 들어주는 사람을 더 신뢰한다. 꼭 위아래 간의 대화에서만이 아니다. 동등한 관계의 대화나 일상적인 대화에서도 상대를 인정하고, 말을 잘 들어줄 수 있어야 마음을 제대로 나눌 수 있다.

상대의 말을 잘 듣기 위해서는 열린 마음으로 들어야 한다. 상대에 대한 선입견이나 편견이 있다면 마음이 닫히게 되고, 어떤 좋은 말이라도 받아들이기 어렵다. 《명심보감》에 실려 있는 "얼굴을 마주하고 말하지만 마음은 천 개의 산이 가로막혀 있다"의 성어가 말해주는 바와 같다.

물론 사람의 싫고 좋음을 어찌할 수는 없다. 하지만 일단 말을 들을 때는 그런 선입견을 버리고 들을 수 있어야 한다. 좋은 생각과 아이디어는 전혀 생각하지 못한 곳에서, 생각하지 못한 사람에게서 나올 때가 많다. 그것을 위한 전제 조건이 바로 열린 마음으로 말하고 듣는 것이다.

'당신의 말에 관심이 있다'는 눈빛, '그 말에 공감한다'는 한 번의 끄덕임은 사람의 마음을 열게 한다. 어떤 말도 들을 준비가 되어 있다는 신뢰의 표정을 느끼게 할 수 있다면 그 어떤 말도 할 수 있게 된다. 마음을 여는 것이 바로 대화의 시작이자 완성이다.

눈동자를 보라

"그의 말을 들어보고, 그의 눈동자를 관찰한다면
사람들이 어떻게 자신을 숨기겠는가?"
《맹자》

《논어》〈위정〉을 보면 공자가 사람을 꿰뚫어 보는 방법을 가르쳐준다.

> 그 사람이 하는 것을 보고, 그 동기를 살펴보고, 그가 평안하게 여기는 것을 관찰해보아라. 사람이 어떻게 자신을 숨기겠는가? 사람이 어떻게 자신을 숨기겠는가? 視其所以 觀其所由 察其所安 人焉廋哉 人焉廋哉,
>
> 시기소이 관기소유 찰기소안 인언수재 인언수재

여기서 사람을 보는 세 가지 핵심적인 단어는 시視와 관觀,

그리고 찰察이다. 시는 눈에 보이는 대로 보는 단계이고, 관은 좀 더 자세히 살펴보는 것이고, 찰은 깊이 헤아려 관찰하는 것이다. 단순히 눈에 보이는 대로 보아서는 사람의 진심을 알 수 없다. 반드시 그의 언행을 잘 살펴보고, 그의 본심이 무엇인지 정밀하게 관찰해야 한다는 것이다. 이렇게 할 때 '사람들은 자신의 본모습을 숨길 수 없다'고 공자는 되풀이해서 강조하고 있다. 《맹자》 〈이루 상〉에도 사람을 보는 방법이 실려 있다.

> 그의 말을 들어보고, 그의 눈동자를 관찰한다면 사람들이 어떻게 자신을 숨기겠는가聽其言也 觀其眸子 人焉廋哉, 청기언야 관기모자 인언수재.

공자가 사람들의 행동거지에 중점을 두었다면 맹자는 사람들의 말과 눈동자에 집중했다. 먼저, '그의 말을 들어본다'는 것은 편견과 선입견이 없이 듣는다는 것이다. 편견과 선입견은 마음에 가려진 것이 있어서 말을 왜곡시킨다. 아무리 좋은 의견이라고 해도 싫은 사람이 말하면 받아들이지 못하는 것이 바로 그 때문이다.

맹자는 또한 말을 통해 그 사람의 마음을 볼 수 있다고 했다. 상대방의 말이 잘못되었거나 왜곡된 점이 있어 잘 이해하지 못했다면 그 사람의 마음에서 미루어볼 수 있다. 말로 마음을 알고, 마음으로 말을 아는 것. 그것이 바로 맹자가 자신의 강점이라고 했던 '지언知言', 즉 말을 아는 능력이다.

그다음 맹자는 사람들의 눈동자의 움직임을 보고 그 사람의 본뜻을 꿰뚫어 보았다. '눈은 마음의 창'이라는 말이 있듯이 눈동자는 마음에 따라 움직인다. 오늘날 심리학에서도 눈동자의 방향에 따라서 심리 상태를 짐작할 수 있다고 했다. 예를 들면 눈동자가 오른쪽 위를 향하면 미래를 상상하는 것이고, 왼쪽 위를 향하면 과거의 경험을 떠올리는 것이다. 물론 맹자가 이런 심리학에 근거하여 이 말을 한 것은 아닐 것이다. 단지 눈동자의 미묘한 움직임으로 심리적인 상태를 읽고, 그 마음의 진실함과 거짓됨을 파악할 수 있었을 것이다.

방법에는 차이가 있지만 공자와 맹자, 고대의 현자 두 사람이 공통적으로 중요시한 것은 바로 '관찰'이다. 사람을 유심히 관찰하면 그의 본 모습과 의중을 알게 된다. 현대의 언어심리학적인 관점에서 보면 굳이 말을 하지 않고 행동으로 보이는 것을 비언어적 의사소통이라고 한다.

연구에 따르면 사람들은 이런 비언어적인 행동에 훨씬 더 많은 영향을 받는다고 한다. 이를 역으로 생각해보면 사람들의 비언어적인 행동을 잘 관찰할 수 있으면 그의 정확한 본심을 알 수 있다. 이미 2000여 년 전의 탁월한 철학자들은 관찰을 통해 사람의 내면을 읽는 방법을 알고 있었다.

《여씨춘추》에서도 선견지명先見之明을 가진 사람들의 능력은 관찰하는 힘에서 비롯된다고 설명한다. 눈앞에 보이는 사람이나 사물들의 의지와 징조, 그리고 표상을 잘 관찰하면 앞으로 일어날 일들을 미리 볼 수 있다는 것이다. 평범한 사람들은 똑같은 것을 보면서도 그것을 알 수 있는 능력에 이르지 못하기 때문에 그들의 능력을 신통하게 여기거나 단지 요행으로 돌리고 만다.

대인관계에서 가장 어려울 때가 바로 상대방의 마음을 제대로 알 수 없을 때다. 특히 중요한 사람이나 결정권을 가진 사람과 대화할 때는 더욱 그렇다. '저 사람의 속마음만 알 수 있다면….' 아마 누구나 한두 번쯤은 생각해보았을 것이다.

하지만 사람의 마음을 거울처럼 들여다보는 비법은 없다. 그 어떤 수련을 통해서도, 경지에 이른 사람도 마음을 볼 수 있는 '관심법觀心法'은 얻을 수 없다. 그때 필요한 것이 바로 인문고전이다. 고전을 통해 사람의 본성에 대해 이해하고, 탁월한 현자들의 말을 새기고, 말과 행동을 관찰하는 데 힘을 기울이면, 사람들이 어떻게 자신을 숨기겠는가. 최소한 '인언수재'의 능력은 얻을 수 있을 것이다.

눈동자에는 마음이 담겨 있다.

눈만 바라보아도 좋은 것은

마음을 볼 수 있기 때문이다.

몸을 기울여라

"마음이 없으면 보아도 보이지 않고,
들어도 들리지 않고,
먹어도 그 맛을 모른다."
《대학》

"사람은 자신이 보고 싶은 것만 본다." 인지심리학의 유명한 명제를 실제로 보여주는 실험이 있다. 잘 알려진 '보이지 않는 고릴라' 실험이다. 영상을 보면서 실시한 이 실험에서 피실험자들 중 50퍼센트는 실험자들의 지시 사항인 패스 숫자를 세는 데 열중한 나머지 농구장에 등장한 고릴라를 보지 못했다. 심지어 고릴라가 9초간이나 농구장에 머물며 가슴을 두드리는 행동까지 했지만 전혀 알아채지 못했다.

나중에 비디오를 다시 보며 사람들은 큰 충격에 빠졌다. 가장 확실한 인식 도구로 알았던 자신의 눈마저 믿지 못하는 상황에 당황하고 심지어 분노하기도 했다.

'무주의 맹시inattentional blindness'로 불리는 이 착각을 밝혀낸 실험이나 이론처럼 명확하지는 않지만 《대학》에도 이와 동일한 내용을 말하는 글이 실려 있다. 《대학》은 공자의 제자이자 유교의 계승자로 꼽히는 증자와 그 제자들이 쓴 책으로 아래는 그중 '전7장'에 실린 글이다.

> 마음이 없으면 보아도 보이지 않고, 들어도 들리지 않고, 먹어도 그 맛을 모른다心不在焉 視而不見 聽而不聞 食而不知其味, 심부재언 시이불견 청이불문 식이부지기미.

이 글은 원래 '수신제가치국평천하'에서 수신의 전 단계인 정심正心, 즉 '바른 마음'에 대해 말한 것이다. 수신을 하려면 먼저 바른 마음이 필요한데 그것을 위해서는 반드시 마음을 다해야 한다는 것이다. 만약 마음이 없다면 어떤 일이 벌어져도 그것을 인식하지 못한다. 눈앞에서 고릴라가 춤을 춰도 보지 못하고, 천둥 번개가 울려도 듣지 못한다. 심지어 산해진미를 먹어도 그 맛을 알지 못한다는 통찰이다.

다산 정약용은 《대학강의》에서 이렇게 풀이했다. 홍문관 제학 서유린과의 대화에서 했던 말이다. "사슴을 좇는 사람은 태산을 보지 못한다. 마음이 사슴에 있기 때문에 보아도 보이지 않는 것이다. 좌선을 하는 사람은 우레 소리를 듣지 못한다. 마음이 화두에 있기에 들어도 들리지 않는 것이다. 공자가 '순임금의 음악을 듣고 고기 맛을 몰랐던 것'은 마음이 음악에 있었기에 그 맛을 몰랐던 것이다."

같은 뜻의 말이지만 알기 쉽다. 여기서 우리는 사람의 말을 어떻게 들어야 할지에 대한 소중한 깨우침을 얻을 수 있다. '청이득심聽以得心'의 성어가 말하듯이 사람의 말을 들어야 그 마음을 얻을 수 있다. 하지만 조건이 있다. 듣는 사람 역시 자기 마음을 다해서 들어야 한다.

경청傾聽이 기울일 경傾과 들을 청聽으로 이루어진 것처럼, 몸을 기울이고 귀를 기울이는 겸손한 자세를 취해야 한다. 건성건성, 듣는 흉내만 내는 것으로는 결코 마음을 얻을 수 없다. 이처럼 사람의 마음을 얻는 경청의 자세는 어렵지만 그 혜택은 많다. 중요한 대화에서는 물론 일상의 대화에서도 경청은 소중한 것을 우리에게 준다.

무엇보다 경청하는 자세는 상대방과의 공감을 형성할 수 있다. 서로를 믿고 신뢰하며 속마음까지도 보여줄 수 있는 관계가 되는 것이다. 이런 관계가 되면 상대를 설득하기가 쉬워진다. 설사 설득을 목적으로 하지 않더라도, 어떤 대화에서든 재미있고 유익한 대화가 된다. 하지만 완전히 신뢰가 형성되지 않은 상태로 대화를 하게 되면 앙금이 남는 경우가 생긴다.

'그 사람은 왜 그렇게 말했을까?' 혹은 '나는 그때 왜 그렇게 말했을까?'와 같은 감정들이다.

하지만 공감의 상태로 대화하면 대화가 끝난 후에도 개운하고 깔끔하다. 그리고 감추는 것 없이 솔직하게 대화가 진행될 수 있다. 설사 뭔가 서먹한 마음으로 대화를 시작했던 사람이라 할지라도 상대방의 진지하고 진실한 경청의 자세를 접하게 되면 서서히 마음을 열게 된다. 그리고 속마음을 스스럼없이 털어놓게 된다. 꾸밈없이 솔직한 대화는 그 자체로 의미 있는 시간이 된다.

무엇보다도 경청에는 상대방을 인정하고 존중한다는 메시지가 담겨 있다. '당신이 소중한 만큼 당신이 하는 말도 소중하다.' 그것을 말없이 보여줄 수 있는 것이 바로 경청의 자세다. 당연히 상대로부터도 따뜻한 배려가 돌아온다. 상대를 높임으로써 함께 높아지는 지혜, 바로 경청이 주는 혜택이다.

감성의 말로 마음을 울려라

"다른 사람의 마음을 내가 헤아린다."
《맹자》

《논어》를 비롯해 많은 고전을 통해 볼 때 공자는 진지하고 엄숙한 인물로 느껴진다. 그 깊이를 알 수 없는 학문과 철학은 물론 예를 지키는 데 한 치의 흐트러짐도 허용하지 않았던 철저한 인물로 그려졌기 때문이다. 하지만 공자는 시와 음악을 사랑하고 아꼈던 인물로도 알려져 있다. 즉 그는 감성이 풍부한 사람이었다.

《논어》〈위정〉에서 공자는 "《시경》에 있는 300편의 시를 한마디로 이야기하자면 생각에 거짓됨이 없다"라고 말했고, 그 시들을 인용해서 이야기하기를 좋아했다. 실제로 공자는 시 300편을 모두 외워두고 대화를 할 때 자주 인용했을 뿐 아니라, 아들과 제자들에게도 아래와 같이 시의 유용성을 구체적으로 가르치며 열심히 배우도록 했다.

"시를 배우면 감흥을 불러일으킬 수 있고, 사물을 잘 볼 수 있으며, 사람들과 잘 어울릴 수 있고, 원망을 하더라도 사리에 어긋나지 않게 할 수 있다. 가까이는 어버이를 섬기고, 멀리는 임금을 섬기며, 새와 짐승과 풀과 나무의 이름도 많이 알게 된다."

시는 단순히 감성을 키울 뿐 아니라 세상을 살아가는 데 도움이 되는 실용적인 지식이라는 것이다. 또한 공자는 《논어》〈태백泰伯〉에서 이렇게 이야기했다. "시를 통해 일어나고, 예를 통해 바로 서며, 음악을 통해 완성한다."

공자의 말들을 종합해보면, 공자는 자신이 추구하는 '도道'를 완성하는 데 시와 음악이 반드시 핵심적인 요소라는 사실을 우리에게 가르쳐주고 있다. 공자는 시와 음악을 통해서 감성을 풍부하게 했고, 그런 감성 능력을 통해서 자신을 바르게 했다. 뿐만 아니라 사람들과의 관계도 올바르게 세워나갔다. 공자는 단순히 예술적인 취향이 아니라 자신의 철학과 도를 완성하는 데 가장 중요한 도구로 시와 음악이라는 예술을 활용했던 것이다.

감성은 자신을 성찰해 바로 세우고, 다른 사람과의 관계를 바르게 정립하는 능력을 준다. 그리고 풍부한 감정 표현을 가능하게 하고, 위기에 닥쳤을 때 고난을 이길 힘을 주며, 긍정적인 마음을 갖는 데 큰 역할을 한다. 웃음과 유머로 분위기를 부드럽게 만들고, 상대방의 유머를 받아들일 수 있는 마음의 여유를 준다. 상대방의 입장을 알고 배려하는 것 역시 감성의 힘이다.

공자가 13년간의 유랑 생활 동안 그 어려운 고난 속에서도 평정심을 잃지 않았던 것은 바로 감성이 주는 힘이라고 할 수 있다. 물론 공자가 동양의 세계관이자 세계적으로 인정받는 유학의 학문과 철학을 세울 수 있었던 것은 이성에 힘입은 바가 크다. 하지만 음악과 시에서 얻은 감성 능력이 없었다면 사랑과 배려에 기반을 둔 철학 사상을 만들기에는 한계가 있었을 것이다.

말의 측면에서도 마찬가지다. 세계적으로 뛰어난 말솜씨를 자랑하는 사람들은 모두 사람의 마음을 움직이는 감성의 말을 할 줄 아는 사람이다. 대표적인 인물이 미국의 전 대통령 오바마다. 그는 눈물과 침묵을 적절히 활용함으로써 듣는 사람들의 마음을 먹먹하게 만드는 능력이 있었다. 자신이 쌓아온 이성의 능력을 타고난 감성 능력과 잘 융합함으로써 대중을 설득하는 재능을 갖춘 다재다능한 지도자, 가슴이 따뜻한 감성 지도자로서의 이미지를 얻을 수 있었다.

프레젠테이션의 귀재라는 애플의 창업자 스티브 잡스도 마찬가지다. 그가 사람의 마음을 사로잡을 수 있었던 것 역시 감성적인 말의 힘이었다. "죽음은 삶이 만든 최고의 발명품이다." "끊임없이 갈망하라 우직하게 행하라." "사람들은 직접 보여주기 전까지는 무엇을 원하는지도 모른다." 그가 내뱉은 짧지만 강력한 말 한마디가 사람들로 하여금 느끼게 하고 행동하게 만들었다.

이성은 생각하는 힘이다. 따라서 이성적인 말은 논리적이고 상대방 역시 이성적으로 생각하게 만든다. 하지만 감성의 말은 마음으로 느끼게 한다. 함께 느끼고 공감하는 말이기에 여유와 편안함을 준다. 자연히 상대에 대한 믿음도 생기게 된다. 감성의 말은 단순히 예쁜 말, 감상적인 말을 뜻하는 것이 아니다. 상대방을 배려해주는 말, 진심이 담겨 있는 말이다. 꼭 말이 아니어도 된다. 잠깐의 침묵, 따뜻한 눈빛, 작은 손짓 하나가 모두 감성의 표현이다. 치열한 논쟁 상황에서 분위기를 바꾸는 한마디의 말, 유머도 감성의 힘이다.

감성의 말은 의도적으로 표현할 수 있는 것이 아니다. 내가 아는 지식을 활용해서 할 수 있는 것도 아니다. 의도와 지식으로 감성을 표현하려 한다면 오히려 우스꽝스럽게 된다. 느낌으로, 마음으로 표현해야 한다. 그 시작은 바로 상대의 입장이 되어보는 것이다.

| 다른 사람의 마음을 내가 헤아린다他人有心 予忖度之, 타인유심 여촌탁지.

《시경》〈교언巧言〉에 있는 글인데 《맹자》〈양혜왕 상梁惠王 上〉에 인용되어 실려 있다. 상대의 마음을 헤아려 말하는 것, 이것이 바로 감성의 말이며 소통의 핵심이다.

평범함의 가치를 되새겨라

"문장이 경지에 이르면
별다른 기발함이 있는 것이 아니라 다만 적절할 뿐이고,
인품이 경지에 이르면
별다른 특이함이 있는 것이 아니라 다만 자연스러울 뿐이다."
《채근담》

송나라 재상 겸 문필가인 왕안석은 당나라의 문인 장적이 썼던 「추사秋思」라는 시를 다음과 같이 평가했다. "보기에는 평범한 것 같으나 특이하게 우뚝 솟고, 쉽게 이루어진 듯하지만 도리어 어려움을 거친 것이다."

고향에 편지를 보내는 시인의 마음을 표현한 이 시에는 빼어난 문체나 심오한 의미가 담겨 있지는 않다. 오랜만에 고향에 편지를 보내는 설렘, 혹시 빠진 글은 없는지 다시 살펴보는 간절함이 담겨 있다. 화려하지는 않으나 진심이 담겨 있는 이 시를 왕안석은 높이 평가했다. 시는 짧고 간결하다.

> 낙양성 안에 가을바람 불어오는데 집에 편지를 쓰려니 만 가지 생각이 떠오른다. 바삐 쓰다 혹 빠진 말 있나 하여 전할 사람 떠나기 전에 한 번 더 열어본다.

우리는 흔히 위대한 인물은 뭔가 비범하고 특별한 것이 있다고 생각한다. 심지어 후광이 보인다고 느끼기도 한다. 하지만 막상 만나보면 의외로 평범하고 친근하다고 느끼는 경우가 많다. 권위적이지 않고 온화하기 때문에 오히려 다가가기 쉬운 것이다. 위대한 작품도 마찬가지다. 진정으로 귀한 작품은 당장 보기에 화려하고 좋기보다는 평이한 느낌이다. 하지만 보면 볼수록 그 가치와 의미가 드러난다. 그 평범함 속에 작가들이 쏟았던 땀과 노고가 스며 있는 것이다.

"요즘 사람들은 도에 대해 평이해야 한다고 말하지만, 그 평이한 곳에 이르기가 얼마나 어려운지 모른다. 옛 습관에 매여 있으니 어떻게 떨쳐 배울 수 있겠는가? 비유하자면 글을 쓰는 것과 같다. 기발하게 꾸민 글은 쓰기 쉽지만 평이하고 담백한 글은 쓰기 어렵다. 그러나 반드시 그 기발하게 꾸민 글에서 벗어나야 평이하고 담백한 글을 쓸 수 있다. 높고 험난한 곳에서 낮은 곳으로 내려가는 것은 매우 어렵다."

주자가 했던 말로 《주자어류》에 실려 있다. 평이함의 경지와 평범함의 힘에 대해 깊은 통찰을 보여주는 글이다. 높은 도道,

즉 위대한 이상을 추구하는 사람일수록 일상의 충실함을 존중한다. 평범한 일상에 충실하지 않으면서 높은 이상만 외치는 것은 공허한 허상에 불과하기 때문이다.

마찬가지로 위대한 작품을 꿈꾸는 사람일수록 평이함의 가치를 소중히 한다. 남다른 특별함이 진정한 가치가 아니라 평이하면서도 간결함이 진정한 아름다움이라는 사실을 잘 안다. 만약 높은 차원에 오르기 위해 화려하고 교묘한 기교에 빠지게 되면 다시 평이하고 담백한 차원으로 돌아가기는 어렵다. 도를 추구하는 것도 마찬가지고 글도 그렇다.

《채근담》〈전집前集〉에 실려 있는 글도 평범함 속의 비범함을 잘 말해주고 있다.

> 문장이 경지에 이르면 별다른 기발함이 있는 것이 아니라 다만 적절할 뿐이고, 인품이 경지에 이르면 별다른 특이함이 있는 것이 아니라 다만 자연스러울 뿐이다文章做到極處 無有他奇 只是恰好 人品做到極處 無有他異 只是本然, 문장주도극처 무유타기 지시흡호 인품주도극처 무유타이 지시본연.

남다른 특이함과 비범함을 추구하는 세태다. 주목을 받고 관심을 끌려고 남다른 것을 끝없이 추구한다. 물론 치열한 경쟁 사회에서 남다른 것은 좋은 차별성이 된다. 하지만 지나치면 보편성을 잃고 복잡해진다. 일시적인 흥밋거리에 그쳐 금방 사라져버리는 경우도 많다.

대화도 마찬가지다. 좋은 말이란 기발한 말, 특별한 말이 아니라 적절한 말이다. 오직 기발함만을 추구한다면 현실감각이 없는 사람, 허황된 사람으로 인식될 수도 있다. 때와 상황에 적절한 말을 자연스럽게 할 수 있는 것이 최고의 경지다.

쉽고 자연스럽게 말하는 것은 듣는 이의 상황과 입장에 맞춰 말하는 능력이다. 이를 위한 최고의 연습 장소는 바로 일상이다. 사람들은 중요한 프레젠테이션이나 회의에서 멋지게 발표하기 위해 열심히 노력한다. 좋은 책도 읽고, 빠른 결과를 위해 개인 코칭을 받기도 한다. 물론 빠른 결과를 위해 이런 노력도 필요하다.

하지만 배운 것을 완전히 체득하기 위해서는 일상에서의 대화가 뒷받침되어야 한다. 평범한 일상에서 아름다운 말, 논리적으로 말하는 법을 습관처럼 익힌다면, 훌륭한 프레젠테이션 능력도, 설득의 능력도 갖출 수 있다. 가족이나 친구들이 가장 좋은 대화 파트너다. 이들과의 대화에서 품격 있는 말이 습관처럼 체득되어 있다면 어떤 장소에서도 자연스럽게 배어 나올 수 있다. 말 공부는 특별한 곳에서 특별한 기술을 배우는 것이 아니다. 일상의 삶에서 가까운 사람들과 함께 배워나가는 것이다.

경계의 벽을 넘는 궁극의 설득법

"설득이 어려운 것은
상대의 마음을 알아내어
거기에 맞출 수 있어야 하기 때문이다."
《한비자》

설득은 다른 사람에게 영향을 주어서 내가 의도하는 대로 이끄는 것으로 정의된다. 이로써 미루어보면 설득이란 사람들 간의 관계에서 가장 중요한 능력이라고 할 수 있다. 설득을 잘하는 사람은 능력을 인정받고 어떤 분야에서든 성공을 거둘 수 있다.

비즈니스에서도 설득 능력은 큰 성과를 만들어내고, 직장에서도 인정받을 수 있는 지름길이 된다. 가정에서도 마찬가지다. 설득 능력은 가정의 평화를 만드는 가장 좋은 수단이다. 까다로운 배우자나 반항적인 아이들을 잘 설득할 수 있다면 흔히 생기는 가정의 불화는 훨씬 줄어들 것이다.

하지만 안타깝게도 설득은 결코 쉬운 일이 아니다. 사람들은 누구나 설득을 하고 싶지, 설득을 당하고 싶지는 않기 때문이다. 사람들이 쉽게 설득되지 않는 데는 여러 가지 요인이 있는데 상당히 복합적이다. 상대에 대한 불신, 내 생각을 굽히기 싫은 자존심, 설득은 곧 패배라는 인식, 다른 사람의 이목을 의식하는 체면 등 셀 수 없을 정도의 방어막을 뚫어야 설득에 성공할 수 있다.

오래전 철학자 아리스토텔레스도 설득에 대해 말했던 적이 있다. 자신의 저서 《수사학》에서 "수사학이란 주어진 상황에서 가장 적합한 설득 수단을 발견하는 기술"이라고 했다. 그리고 설득에서 가장 중요한 역할을 하는 세 가지 요소를 말했는데, 바로 '에토스ethos' '파토스pathos' '로고스logos'다.

에토스는 인격과 명예 등의 신뢰감을 말하는데, 이를테면 말이 아닌 사람 그 자체로 설득 여부가 결정된다는 것이다. 파토스는 감성이다. 머리가 아닌 마음을 건드리는 것으로 따뜻한 말 한마디, 배려와 관심이 바로 그것이다. 로고스는 이론이다. 논리적이고 합리적이어야 사람들은 비로소 고개를 끄덕인다. 아무리 좋은 기법과 아름다운 말로 꾸민다고 해도 논리적으로 합당하지 않으면 사람들은 고개를 갸웃거리고 의심하게 된다.

아리스토텔레스는 설득에서 세 가지 요소가 차지하는 비중을 에토스 60퍼센트, 파토스 30퍼센트, 로고스 10퍼센트로 보았다. 사람됨이 가장 중요하다는 것이다. 그 어떤 기법보다 먼저 상대에게 신뢰할 만한 사람이 되라는 것인데, 그래서 설득이 어려운 것이다.

하지만 한 가지 다행스러운 점은 아리스토텔레스도 "설득이란 학습을 통해 습득할 수 있는 하나의 기술"이라고 말했다는 것이다. 꾸준히 인격과 신뢰감을 쌓아나가고, 공부를 통해 설득하는 능력을 키워나간다면 누구나 설득의 전문가가 될 수 있다.

아리스토텔레스보다 약 100여 년 후에 활동했던 동양의 사상 철학자 한비자도 설득의 중요성을 강조했다. 한 가지 재미있는 것은 두 사람 모두 말더듬이였다는 사실이다. 말하는 데 치명적인 약점을 지니고 있었기에 더 깊이 있는 학문 체계를 완성하고 책에 담을 수 있었을지도 모른다. 입이 아닌 마음으로 갈고 닦아 정수精髓를 만들었을 것이다.

한비자 활동 당시에 설득이란 세상에 뜻을 펼치고자 하는 사람들에게는 선택이 아닌 필수였다. 자신의 이상과 꿈을 펼치기 위해서는 반드시 군주의 마음을 잡을 수 있어야 했기 때문이다. 한비자가 말했던 글도 설득의 핵심을 찌르고 있다. 《한비자》 〈세난〉에는 이렇게 실려 있다.

> 설득이 어려운 것은 상대의 마음을 알아내어 거기에 맞출 수 있어야 하기 때문이다凡說之難 在知所說之心 可以吾說當之, 범세지난 재지소세지심 가이오세당지.

설득을 잘하기 위해서는 상대와의 공감이 가장 중요하다. 현대 심리학 용어 중에 '라포르rapport'라는 말이 있다. '마음이 통해 상호 신뢰가 형성된다'는 의미인데 한비자는 이것을 정확하게 지적하고 있다. 공감을 만들기 위해서는 먼저 상대가 좋아하는 것이 무엇인지 알아야 한다는 것이다. 한비자는 이렇게 예를 들었다.

> 상대가 명예를 중시하는데 재물로 설득하면 실패한다. 재물을 탐하는데 명예로 설득해도 반드시 실패한다. 속으로는 재물을 좋아하면서 겉으로는 명예를 내세우는지도 잘 살펴보아야 한다.

흔히 설득을 잘하려면 말솜씨가 중요하다고 생각한다. 상대가 좋아하든 말든, 안색이 어떻든 내 주장을 펼치는 데만 열중한다. 표현력이 좋은 사람, 강직하고 당당한 사람은 그래야 한다는 것이다. 하지만 이런 태도는 상대의 마음에 내 의견을 맞춰야 한다는 설득의 근본에 무지한 것이다. 아무리 멋진 말로 설득하고 당당하게 주장을 펼쳐도 상대가 좋아하지 않으면 아무 소용이 없다.

설득을 잘하려면 먼저 상대를 인정하고 그가 좋아하는 것, 잘하는 것으로 말을 시작해야 한다. 먼저 상대의 마음에 있는 방어막을 열면 그다음부터는 어렵지 않다. 상대에 맞춰 공감을 형성하는 것, 이것이 바로 설득의 달인이 되는 지름길이다.

무엇을 좋아하는지 알고 싶은 마음,

그곳에서부터 공감은 시작된다.

대화는 일상의 공감 안에 있다.

5
사람을 사랑한다

인자무적
仁者無敵

사랑은 존중하는 마음에서 시작된다.
나를 존중하는 마음은 품격을 높이는 첫걸음이며,
상대를 존중하는 마음은 품격의 완성이다.
사람들과 조화를 이룬 사람은
분별하여 말하고,
그 말을 실천하며,
말이 곧 자신이 된다.

품격의 말은 품격 있는 내면에서 나온다

"인자는 말을 참는다."

《논어》

인仁은 공자 철학의 핵심이 되는 단어다. 흔히 '어질다'로 번역되지만 단순히 착하고 너그러운 데 그치지 않는다. 개인 수양의 목표이자, 좋은 세상을 위해 필요한 모든 좋은 덕목을 포괄하고 있는 개념이라고 할 수 있다. 하지만 공자는 인에 대해 명확하게 정의해주지는 않았다.

《논어》에는 제자들이 공자에게 인이 무엇이냐고 묻는 장면이 계속 나온다. 그때마다 공자는 제자들의 수준과 성향에 맞는 가르침을 주고 있는데, 사마우에게는 "말을 참아 신중하게 하는 것"이라고 대답한다. 인이 뭔가 거창한 개념이라고 생각했던 사마우가 "정말 말만 조심하면 인한 사람이 되는 것입니까?"라고 재차 묻자, 공자는 "실행하기가 참으로 어려운 것이 말이니 인한 사람이 어찌 조심하지 않겠느냐?"라고 가르쳤다. 사마우는 말이 많고 조급한 성품이기 때문에 공자는 특별히 그 결점을 먼저 고쳐야 한다고 지적한 것이다.

공자가 말하는 인에 대한 다양한 정의가 있지만 한마디로 말하면 '사랑愛, 애'다. 제자 중에 좀 어리석은 축에 들었던 번지가 묻자 대답해주었던 말이다. 어렵게 생각하지 말고 곁에 있는 사람부터 사랑하면 그것이 곧 인이라는, 가장 단순하면서도 핵심적인 가르침이다.

사마우에게 가르침을 준 것도 말의 관점에서 사랑이 있는 사람이 행해야 할 점을 알려준다. 사랑이 넘치는 사람은 함부로 말하지 않기에 공자는 말의 실천을 그토록 강조했고, 진실한 말을 가장 중요시했다. 공자의 가르침은 먼저 하고 싶은 말을 참는 것이다.

| 인자는 말을 참는다仁者 其言也訒, 인자 기언야인.

'그 말을 참는다', 즉 '기언야인'에서 인訒은 '더듬는다' '둔하다'의 뜻도 포함하고 있다. 하고 싶은 말을 거침없이 하지 말고 마치 말을 더듬는 사람처럼 하라는 것이다. 마음에 있는 말

을 그대로 하게 되면 마음속의 감정이 함께 쏟아져 나오게 된다. 특히 마음속에 분함이 있다면 말에도 분함이 담겨 나오게 되고 결국 상대방을 공격하는 말, 상처를 주는 말을 하게 된다. 마음속에 고민이 있어도 마찬가지다. 괴로움과 답답함이 상대방에게 전염되고 분위기가 침울해진다.

다음으로는 말의 실천이다. 자신의 말을 반드시 실천하는 사람은 함부로 말을 하지 않는다. 그래서 그 말이 어눌하게 보일 때도 있는 것이다. "말한 것을 부끄러워하지 않으면 그것을 실천하기는 어렵다"도 역시 《논어》에 실려 있는 가르침이다. 쉽게 함부로 말하는 사람, 말만 늘어놓고 행동이 따르지 않는 사람, 큰소리치며 자신을 과시하기에 급급한 사람을 경계하는 말이다. 주위에서도 흔히 보지만 말을 주체하지 못하는 사람이다. 단 하나도 마음에 담아두지 못하고 모두 말해야 직성이 풀리지만 이런 사람들은 자신이 말한 것을 실천하지 않는다.

또 한 가지 공자의 가르침은 바로 '말은 곧 그 사람 자신이다'라는 명제다. 말은 그 사람의 인격과 인생관이 집약되어 입으로 나오는 것이다. 따라서 경박한 사람은 그 말이 가볍고, 인격이 여문 사람은 말이 무겁고 오히려 행동이 민첩하다. 또한 지혜롭고 지식이 많은 사람일수록 오히려 말이 없다. 확실치 않은 것을 말할 수 없기에 삼가는 것이다. 어리석은 사람은 자신을 드러내고 싶고 과시하고 싶은 마음에 온종일 떠들고 다닌다. 하지만 정작 자신의 삶은 따르지 못한다. 빈 수레가 요란한 것이다.

오늘날 소통의 시대에 말을 무조건 아낄 수는 없다. 말을 할 때는 당당히 할 수 있어야 하고, 합리적이고 논리적으로 생각을 밝힐 수 있어야 한다. 그래서 모두가 말 공부를 하는 것이다. 하지만 말을 참아야 할 때도 분명히 있다. '말을 참는다訒, 인'의 반대는 요즈음 유행하는 '막말'이라고 할 수 있다. 막말은 어학 사전을 보면 '나오는 대로 함부로 하거나 속되게 말함'이다. '말은 곧 그 사람 자신이다'라는 관점에서 보면, 막말을 하는 사람은 함부로 살거나 속된 사람이다.

안타깝게도 막말을 하는 사람은 지위고하와 관계가 없다. 학식도 마찬가지다. 오히려 지위가 높고 책임 있는 자리에 있는 사람이 더 함부로 말하는 경우도 많다. 물론 잘못된 일에 대한 건전한 비판은 당연히 필요하다. 하지만 그 어떤 경우라도 사람들의 공감을 얻으려면 그 말에 최소한의 품격이 있어야 한다. 품격의 말은 품격 있는 내면에서 나올 수 있다. 그리고 그 둘은 상호적이다.

평상시 말을 아끼고 아름답게 쓴다면 내면도 충실하게 쌓여간다. 막말과 험한 말을 한다면 그나마 있던 품격도 무너진다. 막말로 허물어지는 것은 세상의 평판만이 아니다. 평생 쌓아 올린 인격과 품격도 함께 무너진다.

싸우지 않고
이기는 비결

"내가 원하지 않는 것을
남에게 하지 않는다."
《논어》

《논어》에서 수제자 안연이 인仁을 묻자 공자는 "자기를 이겨내고 예로 돌아가는 것이 인이다克己復禮, 극기복례"라고 말해준다. '극기'란 자신을 충실히 하는 것으로 충忠의 정신이다. '복례'란 다른 사람과의 관계에서 예의를 지키고 배려하는 것으로 서恕의 정신이다. 공자의 가르침을 종합해보면 인은 사랑과 배려의 정신이라고 할 수 있다. 그 시작은 자신에서부터, 가족으로, 이웃으로, 세상으로 퍼져나간다.

한자 인仁은 사람 인人과 둘 이二로 구성되어 있다. 두 사람 중 한 사람은 자신이고, 다른 사람은 상대방이다. 즉 사람들 간의 관계를 잘 이루어가는 것으로 먼저 자신을 바르게 하고, 다른 사람을 배려하는 정신이다. 이 정신을 점차 확산시켜나가면 이상적인 세상이 될 수 있다는 것이 바로 공자의 생각이자 인의 핵심인 것이다.

인의 실천을 가장 알기 쉽게 말해주고 있는 고사는 《논어》 〈위령공〉에 실려 있는데, 제자 자공과의 대화다.

> 자공이 공자에게 물었다.
> "한마디 말로 평생토록 실천할 만한 것이 있습니까?"
> 공자가 대답했다.
> "그것은 서恕다. 내가 원하지 않는 것을 남에게 하지 않는다己所不欲勿施於人, 기소불욕물시어인."

서는 같을 여如와 마음 심心으로 이루어진 글자로 풀이하면 '마음을 같이 하다'라는 뜻이다. 배려, 공감 등으로 해석될 수 있는데, 인을 이루기 위한 실천 덕목이라고 할 수 있다. '내가 원하지 않는 것은 남에게도 하지 않는다'는 서를 알기 쉽게 풀이해준 글이다. 즉 내가 받기 싫은 대우를 상대에게도 베풀지 않고, 내가 받고 싶은 대로 상대를 대접하는 것이다. 이런 대인관계의 큰 원칙은 《논어》를 비롯하여 많은 고전에 거듭해서 실려 있다.

다른 사람의 입장이 되어보는 '역지사지', 내 마음의 잣대로 다른 사람의 심정을 가늠하는 '혈구지도絜矩之道', 내 처지로 미루어 다른 사람을 생각하는 '추기급인推己及人' 등의 성어들도 모두 미묘한 차이는 있지만 같은 의미다.

서의 정신은 동양뿐 아니라 서양에서도 가장 중요한 덕목이다. 서양 문화와 철학의 뿌리라고 할 수 있는《성경》에는 "남에게 대접을 받고자 하는 대로 너희도 남을 대접하라"고 실려 있다. 3세기경 로마 황제 세베루스 알렉산더가 이 문장을 금으로 써서 벽에 걸어두고 계속 마음에 새겨 '황금률golden rule'이라고 전해지고 있기도 하다. '황금률'은 윤리와 도덕, 그리고 사람과의 관계에서 지켜야 할 가장 소중한 가르침이라는 의미다.

이처럼 시대와 지역에 상관없이 거듭 강조한다는 것은 그만큼 중요한 덕목이지만 쉽게 실천하기는 어렵다는 것을 말해준다. 누구나 쉽게 따르고 실천할 수 있다면 이처럼 거듭해서 말할 필요도 없었을 테니까. 그것을 잘 말해주는 고사가《논어》〈공야장〉에 실려 있다.

"저는 남이 저에게 하지 않았으면 하는 일을, 남에게 하지 않으려고 합니다"라고 자공이 말하자, 공자는 "자공아, 그것은 네가 쉽게 해낼 수 있는 일이 아니다"라고 대답했다.

자공은 예전에 스승이 가르쳤던 말을 잘 기억하고 그것을 열심히 따르겠다고 말했던 것이지만, 공자는 그것이 쉽게 해낼 수 있는 일이 아니며 끊임없는 자기 수양과 노력이 따라야 한다는 것을 말해준다. 자공과 같이 높은 경지에 오른 사람도 쉽게 행하기 어려운 것이 바로 서의 정신인 것이다.

일상에서 서의 정신이 가장 필요할 때는 바로 대화할 때다. 대화에서 부당하게 대우받고 싶은 사람은 아무도 없다. 본의 아니게 나 자신이 상대를 제대로 배려하지 못하는 경우도 많다. 물론 막말, 험한 말, 욕설, 모욕적인 말을 하는 사람은 언급할 필요도 없다. 어차피 진정한 대화의 상대로 인정할 수 없기 때문이다.

하지만 그 외에도 대화에서 받고 싶지 않은 대우는 많다. 지위가 높다고 해서 고압적으로 말하기, 권한을 내세우며 강압적으로 말하기, 지식을 자랑하며 가르치려 들기, 자신을 내세우며 교만하게 말하기, 언변을 내세우며 말할 기회를 독점하기, 오만에 빠져 상대의 말을 무시하기 등 셀 수 없이 많다. 그 누구라도 바라지 않을 것들이다. 당연히 상대에게 해서도 안 될 일이다.

대화의 근본은 말하고자 하는 뜻을 전달하는 것이다. 하지만 상대방 역시 마찬가지다. 자기 생각과 의지를 표현하기 위해 대화를 한다. 이때 내 생각만 하게 되면 대화는 일방통행이 되고 본질에서 어긋나게 된다.

아름다운 대화를 위해서는 상대를 인정하고 존중해야 한

다. 그리고 상대를 배려하며 말할 권리와 기회를 줄 수 있어야 한다. 대화란 일방적인 독주나 자기주장이 아니라 함께 만들어가는 것이다. '공감'이라는 아름다운 결실을 맺는 것이 바로 대화의 목적이자 본질이다.

대화의 근본은

마음을 전달하는 것이다.

상대를 배려하며 말을 아낀다면

공감이라는 아름다운 결실이 맺어진다.

싸울 때도, 지킬 때도 오직 사랑으로

"훌륭한 장수는 무용을 뽐내지 않고,
잘 싸우는 자는 노여워하지 않으며,
뛰어난 승부사는 쉽게 맞싸우지 않고,
탁월한 용인술을 가진 사람은 자기를 낮춘다."
《도덕경》

춘추전국시대는 전쟁과 살육의 시기였다. 종주국인 주나라가 쇠락하면서 수백 개에 달하던 제후국들이 천하의 주도권을 두고 다투었기에 전쟁이 끊이지 않았다. 이런 혼란을 바로잡기 위해 많은 학파와 학자들이 제각각 천하를 안정시키기 위한 해법을 제시했다. 따라서 이 시기를 제자백가諸子百家들의 쟁명爭鳴의 시대라고 부르며, 유가, 묵가, 도가, 병가, 법가 등이 대표적이다. 개념과 해법의 차이는 있지만 유가와 묵가는 '사랑'으로 천하를 다스려야 한다고 주장했고, 병가와 법가는 전쟁 능력과 권모술수로 천하를 쟁패하고자 했다.

수많은 학파가 있었던 만큼 특이한 주장을 하는 학파들도 있었는데, 그중에 대표적인 것이 바로 노자의 도가다. 노자는 '무위의 철학', 즉 '아무것도 하지 않아야 천하가 평안하게 다스려질 수 있다'고 주장했다. 마치 자연이 그 어떤 인위적인 노력 없이도 잘 다스려질 수 있는 것처럼 천하도 그렇다는 것이다. 노자는 자신의 학문과 이론이 단순한 명목상의 주장이 아니라는 것을 자신의 삶을 통해 확실히 보여주었다.

주나라의 학술도서관에서 관장을 맡고 있을 정도로 기득권자에 속했던 그는 어느 날 홀연히 사라져버렸다. 세상에서 자신의 존재를 지움으로써 스스로 무위의 삶을 실천했던 것이다. 그래도 아쉬움이 남았던지 자신의 주장을 전하기 위해 한 권의 책을 남겼는데, 그것이 바로 함곡관 문지기의 요청으로 써준 《도덕경》이다.

《도덕경》에서는 드물게 전쟁에 대해서도 말하고 있는데, 그 핵심은 '싸우지 마라'다. 《도덕경》에서 노자는 "병기는 상서롭지 못한 기물"이라고 했다. 여기서 병기란 무기를 말하면서 넓게 보면 전쟁을 말한다. 따라서 누구도 좋아하지 않을뿐더러 특히 지도자라면 전쟁을 좋아해서도, 부추겨서도 안 된다는 것이다. 천하의 흉한 일들이 모두 전쟁으로 말미암기 때문이다. 또한 그는 "천하에 도가 있으면 달리던 말을 되돌려 밭을 일구게 한다"라고도 했다. 말이란 싸움의 도구가 아니라 농사를 짓는 도구로 사용하는 것이 천하의 올바른 도리라는 것이다.

하지만 노자도 세상에 싸움이 전혀 없다는 것은 단지 이상에 불과하다는 것을 알았다. 설사 자신이 원하지 않아도 싸울 수밖에 없는 것이 현실이기에 싸움에 대한 남다른 관점, 즉 싸우지 않고 이기는 방법을 일러주었다. 《도덕경》 68장에 실려 있는 글이다.

> 훌륭한 장수는 무용을 뽐내지 않고, 잘 싸우는 자는 노여워하지 않으며, 뛰어난 승부사는 쉽게 맞싸우지 않고, 탁월한 용인술을 가진 사람은 자기를 낮춘다. 이것을 싸우지 않는 덕이라 한다. 善爲士者不武 善戰者不怒 善勝敵者不與 善用人者爲之下 是謂不爭之德, 선위사자불무 선전자불로 선승적자불여 선용인자위지하 시위부쟁지덕

이 구절이 말하는 것은 모두 네 가지다. 먼저 진정한 실력자는 자신의 실력을 뽐내지 않는다. '심장약허深藏若虛', 즉 '깊이 감춰두고 마치 없는 것처럼 하는 것'이다. 다음으로 잘 싸우는 사람은 자신의 감정에 좌우되지 않는다. 그중에서도 특히 분노를 잘 다스린다. 분노를 다스리지 못할 때 일어날 수 있는 혼란과 파장을 잘 알기 때문이다. 다음 비결은 함부로 싸우지 않는 것이다. 흔히 잘 싸우는 사람은 싸움을 좋아할 것이라고 생각한다. 하지만 진정한 승부사는 싸우지 않고 이기는 사람이

다. 《손자병법》뿐 아니라 모든 병법서에서도 싸우지 않고 이기라고 한다. 마지막으로 탁월한 용인술은 스스로 낮출 수 있는 사람이 되는 것이다. 권력이나 무력이 아니라 덕으로 다스리기에 부하들의 진정한 존경을 받을 수 있다. 이 모두를 두고 노자는 '싸우지 않는 덕不爭之德, 부쟁지덕'이라고 했다. 교만하지 않고, 감정 조절 능력이 있으며, 절제력이 있고, 겸손한 사람. 덕이 있는 사람이 보여주는 평상시의 모습이다.

《논어》〈위정〉에서 공자는 "덕으로 다스리는 것은 비유하자면 북극성은 제자리에 있고 모든 별들이 그를 받들며 따르는 것과 같다"고 말했다. 덕이 있는 사람은 자신을 내세우지 않고, 별다른 지시를 하지 않아도 단지 그의 존재만으로 사람들이 존경하고 따른다. 굳이 자신을 드러내기 위해 다툴 필요도 없다. 설사 부득이하게 다툰다고 해도 그 승패는 이미 결정된 것이나 다름없다.

"그 사람이 오죽하면 그러겠어." "무슨 일이 생긴다고 해도 나는 그 사람을 믿어." 이런 평가를 받는 사람은 쉽게 싸우지 않지만, 뜻하지 않게 싸움에 말려들어도 사람들의 믿음을 잃지 않는다. 사람들의 진정한 존중과 믿음을 얻는 것, 싸우지 않고도 언제나 이기는 비결이다.

강함은 부드러움을 이길 수 없다

"사랑으로 싸우면 이기고,
사랑으로 지키면 견고하다."
《도덕경》

동양철학의 가장 뿌리가 되는 사상은 《주역》이다. 주역은 '주나라의 역'이라는 뜻으로 줄여서 '역'이라고 부르기도 한다. '역易'이라는 한자의 뜻이 '바뀌다'라는 점에서도 알 수 있듯이 끊임없이 변화하는 세상을 어떻게 살아야 할지를 알려주는 책이다. 이런 이유로 공자는 《주역》을 좋아했고 평생을 곁에 두고 공부했다. 《사기》 〈공자세가孔子世家〉에 있는 '위편삼절韋編三絶'의 성어가 그것을 잘 말해주고 있다. '책을 묶고 있는 가죽끈이 세 번이 끊어진다'라는 뜻의 이 성어가 가리키는 책이 바로 《주역》이다.

《주역》의 가장 근본이 되는 사상은 '삼재사상三才思想'이다. 하늘과 땅, 그리고 사람이 천하를 이루는 근본이 된다는 것으로 그만큼 사람의 존재 가치를 높이고 주체성을 인정하는 사상이다. 따라서 동양철학에서는 '3'을 가장 완벽한 숫자이자 안정적인 숫자로 보았다.

뛰어난 학자들은 자신의 생각과 주장을 세 가지로 나타내는 경우가 많았다. 대표적인 것이 맹자의 '군자의 세 가지 즐거움君子三樂, 군자삼락'이다. '부모님이 모두 살아계시고 형제들에게 아무 탈이 없는 것, 우러러 하늘에 부끄럽지 않고 아래로 사람들에게 부끄럽지 않은 것, 천하의 영재를 얻어 가르치는 것'이 군자가 누릴 수 있는 세 가지 즐거움이라는 것이다.

노자도 자신이 소중하게 여기는 것 세 가지를 이야기했는데, 바로 《도덕경》에 실려 있는 '노자의 세 가지 보물老子三寶, 노자삼보'이다.

> 내게는 세 가지 보물이 있어서 그것을 간직하여 소중히 지키고 있다. 그 하나가 자애로움이고, 그 둘이 검약이며, 그 셋이 천하를 위하여 감히 나서지 않는 것이다.

노자가 가장 소중히 여기고 보물처럼 아껴 삶의 신조로 삼은 것은 사랑, 검소함, 그리고 겸손이다. 사랑은 유가에서 근본으로 삼는 인仁과 같은 개념이다. 유가든 도가든 사랑이 세상에서 가장 귀하고 소중히 지켜야 하는 덕목이라는 데서는 일치하는 것이다.

노자의 두 번째 보물은 검소함이다. 전쟁과 환란으로 피폐해진 그 당시 백성들의 삶에서 검소함이란 선택이 아닌 필수였을 것이다. 하물며 노자는 재물과 욕심으로부터 자유를 구하는 비움의 철학자다. 노자에게 검소함이란 삶에서 자신의 철학을 구현하고 뒷받침할 수 있는 가장 기본적인 덕목이라고 할 수 있다.

노자의 보물 가운데 마지막은 다른 사람보다, 심지어 천하의 그 무엇보다도 앞서고자 하지 않는 겸손이다. 여기서는 겸손이라고 표현했지만 실제로는 단순한 겸손의 차원을 넘어선다. 얼마든지 자신을 내세울 힘과 자격이 있지만 스스로 몸을 숙여 낮출 수 있어야 진정한 지도자가 될 수 있다는 역설이다. 그 이유는 이렇다.

"사랑 때문에 용감할 수 있고, 검약함으로 넉넉해진다. 세상에 앞서려고 하지 않기에 일을 이룰 수 있다. 사랑을 버리고 용감하기만 하고, 검약함을 버리고 넉넉하기만 하고, 뒤따름을 버리고 앞서기만 한다면 죽는다."

사람들은 세상에서 성공하고 일을 성취하기 위해 용감해지고, 부를 축적하고, 남보다 앞서고자 한다. 하지만 오직 그것만을 목적으로 하고, 지켜야 할 것을 지키지 않으면 온 세상이 다툼에 빠지게 되고 결국 자신은 물론 모두가 패망하고 만다. 따라서 용기에는 사랑이, 부유함에는 검약이, 앞섬에는 겸손이 뒷받침되어야 한다. 그래야 세상이 평안해지고 사람의 삶 역시 풍요로워질 수 있다. 그리고 노자는 결론을 내리는데, 이렇게 할 때 오히려 이길 수 있다는 것이다.

> 사랑으로 싸우면 이기고, 사랑으로 지키면 견고하다. 하늘이 장차 그를 구하려고 하면 사랑으로 보호할 것이다. 慈以戰則勝 以守則固 天將求之 以慈衛之, 자이전즉승 이수즉고 천장구지 이자위지

노자는 평화주의자다. 무력으로 싸우지 말고 덕으로 다스리는 것이 하늘의 뜻이라고 했다. 하지만 혼란한 세상에서 싸우지 않으면 안 되는 일도 있다. 만약 무조건 덕으로 대해야 하니 싸우지 말라고 한다면 그것은 패배자가 되는 길이 될 수도 있다. 노자도 그것을 알고 있었다. 그래서 만약 싸워야 한다면 무엇으로 싸워야 할지를 말해준다. 또한 그것을 위해서는 평소에 어떻게 살아야 하는지에 대한 지혜도 일러준다. 바로 사랑, 검약, 겸손이다.

'싸움도 지킴도 사랑으로 하면 이길 수 있다.' 좀 허무한 결론으로 들릴 수도 있다. 마치 권선징악처럼 뻔한 마무리 같아서

좀 민망하기도 하다. 하지만 솔직히 말하면 좀 든든하지 않은가. 언제든 쉽게 변할 수 있는 사람의 권력이나 힘이 아닌, 하늘이 보호해준다고 하니 어떤 일에서도 당당할 수 있을 것 같다.

부드럽게 제압하라

"세상에서 가장 부드러운 것이
세상에서 가장 단단한 것을 부린다."
《도덕경》

'무위자연無爲自然'의 철학자이자 도가의 시조인 노자는 물에 대해 많은 이야기를 했다. 그중에 《도덕경》 8장에 실려 있는 글이 가장 유명하다. "최고의 선은 물과 같다上善若水, 상선약수. 물은 만물에게 이로움을 주지만 서로 다투지 않고, 뭇사람이 싫어하는 곳에 기꺼이 자리하니 이를 도라고 할 수 있다."

'상선약수'라는 성어로 잘 알려진 이 글은 노자가 추구했던 도道의 철학을 물과 비유해 잘 말해주고 있다. 물은 세상 모든 만물에 차별 없이 유익을 준다. 하지만 자신의 능력을 자랑하지 않고 다른 것들과 비교해서 자신을 내세우며 다투지 않는다. 세상 그 어떤 것과 비교해도 가장 높은 자리를 차지할 수 있지만 스스로 낮은 곳에 임하는 겸손이 있다. 노자가 추구했던 무위자연의 철학 사상을 가장 닮은 것이 바로 물이다.

노자는 세상의 지도자들은 모두 물을 닮아야 한다고 했다. 상선약수 구절의 뒤에 실려 있는 말이 바로 지도자들에게 주는 말이다. "낮은 곳에 머물고, 마음은 깊게 쓰고, 사랑으로 베풀고, 말은 믿음으로 하고, 바르게 다스리고, 일은 능숙하게 하고, 때에 맞춰서 움직이고, 오직 다투지 않으니 허물이 없다."

겸손, 신중, 사랑, 믿음, 정직, 유능, 결단 그리고 온유함. 이 덕목들은 모두 사람을 이끄는 지도자에게 필요한 것이다. 물의 유익과도 닮은 이 같은 성정으로 사람들을 다스리라는 노자의 가르침이다. 하지만 이 모든 것들이 가능한 것은 물이 강력한 힘을 갖고 있기 때문이다. 단순히 부드럽고 온유하기만 하다면 사람들이 좋아할 수는 있겠지만 믿고 따르기에는 부족하다. 믿고 따르기 위해서는 반드시 힘이 있어야 한다. 평소에는 함부로 드러내지 않는 이 힘이 있기에 그 어떤 강한 것도 지배할 수 있고, 사람들이 한마음으로 따르는 것이다. 이 이치를 잘 말해주는 성어도 역시 《도덕경》에 실려 있다.

세상에서 가장 부드러운 것이 세상에서 가장 단단한 것을 부린다

天下之至柔 馳騁天下之至堅, 천하지지유 치빙천하지지견.

물은 단단한 무쇠와 같은 금속을 뚫을 수 있다. 지붕에서 떨어지는 낙숫물은 바윗돌을 뚫는다. 하지만 물을 손에 쥐어보면 한없이 가늘고 부드럽다. 이처럼 진정으로 강한 것은 겉으로 보기에 굳세고 강해 보이지 않는다. 자연의 이치만이 아니다. 사람 사는 세상사에서도 같은 이치가 적용된다. 힘을 겉으로 드러내고 강함을 자랑하는 사람은 진정한 강자가 아니다. 오히려 남에게 부림을 받는다.

사람들은 누구나 힘을 갖고 싶어한다. 하지만 단순히 외형적인 힘을 기르는 데만 집중하면 한계가 있다. 매사를 힘으로 해결하려고 하지만 사람들의 마음을 얻을 수 없다. 힘으로 복종시키는 것은 진심으로 복종하는 것이 아니기 때문이다. 하지만 마음을 쓰는 사람에게는 진심으로 기뻐하며 마음으로 따른다. 스스로 낮은 자리에 임하지만, 사람들은 그를 높은 자리로 이끈다. 결국 힘에만 의존하는 사람은 마음을 얻는 사람의 밑에서 일할 수밖에 없다.

《도덕경》과 철학적 의미는 다르지만 같은 뜻을 가진 글들이 병법서에 많이 실려 있다. 《군참軍讖》에서는 이렇게 말한다. "부드러움은 단단함을 이기고, 약함이 강함을 이긴다. 부드러움은 덕이고 강함은 적이다. 약함은 사람들의 도움을 받고 강함은 사람들의 공격을 받는다." 여기서는 부드러움과 약함을 올바른 도리德, 덕로 보았고, 단단하고 강한 것을 부도덕함賊, 적으로 보았다. 사람들은 덕을 돕고 적을 공격하므로 결국 부드럽고 약한 편이 승리를 거둘 수 있다는 것이다.

하지만 《삼략》에서는 부드러움과 단단함, 약함과 강함은 상대적인 것이 아니라 겸비되어야 하는 것으로 보았다. "부드러움이 필요할 때는 부드러움을 베풀고, 단단함이 필요할 때는 단단함을 시행하고, 약함이 필요할 때는 약함을 보여주고, 강함이 필요할 때는 강함을 써야 한다. 장수는 단단함과 부드러움, 강함과 약함을 적절하게 섞어가며 때와 상황에 따라 움직여야 한다."

이것이 바로 중용의 덕이다. 평범한 사람들이 삶에서 기강으로 삼을 만하다. 대화에서는 특히 절실하다. 부드러우면서도 단단함, 약함과 강함 이 양면적인 모두를 갖출 수 있다면 어떤 상황에서도 좋은 결과를 만들 수 있다. 하지만 반드시 염두에 두어야 할 것이 있다. 말투와 태도는 부드럽고 우아해야 한다. 큰소리와 거친 행동으로 드러내는 강함은 부드럽게 드러나는 깊은 내공의 힘에 제압된다. 감정에 쉽게 치우치지 않고, 상황에 휘둘리지 않고, 부드럽고 품격있게 드러나는 말과 행동이 차이를 만들고 격을 보여준다.

깊은 내공의 힘을

부드러운 말로 표현할 때

대화의 승패는 정해진다.

장점은 드러내주고
단점은 덮어주어라

"군자는 상대방의 장점은 키워주고
단점은 막아주는 사람이다.
소인은 그 반대다."
《논어》

당나라의 학자 원행충이 쓴 《석의釋疑》에는 "바둑을 두는 당사자보다 옆에서 보는 방관자가 더 수를 잘 본다當局者迷 傍觀者明, 당국자미 방관자명"는 성어가 실려 있다. 실제로 직접 바둑을 두는 고수보다 오히려 보고 있는 하수가 더 수를 잘 보는 경우가 많다. 특히 좋은 수를 두었을 때보다 나쁜 수를 두었거나 실수를 했을 때 훨씬 더 눈에 잘 들어온다. 이것을 보고 으쓱한 마음에 훈수를 두게 되는데, 이로써 많은 다툼이 생기기도 한다. 방관자가 판세를 더 잘 읽는 것은 직접 대국을 하는 사람에 비해 심리적인 압박, 승패의 욕심에서 좀 더 자유로울 수 있기 때문이다. 즉 전체 판을 보다 명확하고 객관적인 시각으로 볼 수 있지만 진정한 실력이라고 할 수는 없다.

바둑도 마찬가지지만 사람을 볼 때도 장점보다는 단점이 더 쉽게 눈에 들어온다. 그리고 바둑의 훈수처럼 단점에 대해 쉽게 참견을 한다. 좋은 마음으로 포장하여 충고하거나, 지나가는 이야기처럼 은근히 지적하거나, 좀 더 노골적으로 단점을 공격하기도 한다. 바로 이런 점 때문에 인간관계에 나쁜 영향을 끼치게 된다. 바둑에서의 다툼은 대개 시간이 해결해주지만 이런 문제는 쉽게 해결되지 않는다. 상대방에게 심각한 타격을 주기 때문이다.

> 다른 사람의 단점은 모름지기 간곡히 덮어주어야 한다. 만약 이것을 드러내어 알린다면 이는 단점으로써 단점을 공격하는 것以短攻短, 이단공단이 된다. 다른 사람이 완고한 점이 있으면 모름지기 잘 타일러 깨우쳐야 한다. 만약 화를 내어 그를 미워하면 이는 완고함으로써 완고함을 구제하려는 것以頑濟頑, 이완제완이다.

유명한 '이단공단'의 성어가 실려 있는 《채근담》의 글이다. 자신에게 같은 단점이 있는데도 남의 같은 단점을 공격하는 부끄러운 행태를 꾸짖고 있다. 소위 '내로남불'이 바로 그것을 잘 말해준다. 자신에게는 후하지만 다른 사람에게는 엄격한 잣대를 적용해서 비난하는 것인데, 자신을 성찰하지 못하는 삶의 자세에서 비롯된다. 자신을 돌아볼 수 있는 사람이라면 함부로 남의 잘못을 입에 담거나 비난하지 못한다. 남의 잘못에서 자신의 잘못을 비춰볼 수 있기 때문이다.

《논어》〈술이〉에 실려 있는 "세 사람이 길을 가면 반드시 나의 스승이 있다三人行必有我師, 삼인행필유아사"라는 성어가 그것을 말해준다. "그중에 올바른 사람에게는 배움을 얻고, 올바르지 못한 사람은 거울로 삼아 나의 잘못을 고쳐야 한다"가 그 뒤에 실려 있는 가르침이다. 이 가르침이 자신을 다듬는 것이라면 《논어》〈안연〉에서는 사람을 대하는 올바른 자세를 일러준다.

> 군자는 상대방의 장점은 키워주고 단점은 막아주는 사람이다. 소인은 그 반대다. 君子成人之美 不成人之惡 小人反是, 군자성인지미 불성인지악 소인반시

특히 사람을 이끄는 지도자의 위치에 있는 사람이라면 더욱 절실한 가르침이다. 지도자의 소임 중의 하나는 아랫사람을 성장시키는 것이다. 아랫사람의 장단점을 잘 살펴서 장점은 키워주고 단점은 고치도록 이끈다. 그렇게 할 때 부하는 크게 성장할 수 있다. 부하나 동료를 경쟁 상대로 생각하는 것이 아니라 함께 성장할 사람으로 생각하는 것이다.

하지만 소인은 아랫사람을 키워주지 않는다. 키워줄 능력

도 없지만 부하가 성장하려고 하면 자기 자리에 위협이 될까 두려워 길을 막아버린다. 이러한 행동으로 부하의 길을 막는 것은 물론 몸담고 있는 조직도, 자기 자신도 무너지고 만다. 뛰어난 후배가 자라지 않는 조직은 발전할 수 없다.

사람들은 누구나 품격 있는 사람이 되기를 원한다. 마음속으로는 세속적인 것을 바라도 겉으로는 품격 있게 보이기 원한다. 하지만 그 방법은 잘 알지 못한다. 책을 읽어 지식을 얻고, 경험을 쌓고, 좋아하는 명사의 강연을 듣기도 하지만 품격이 높아졌다고 실감하기는 어렵다.

품격이 있다는 것의 핵심은 '존중'이다. 내 삶의 의미를 인식하고, 나의 가치를 인정하고, 나 자신을 존중하는 것이 바로 품격을 높이는 첫걸음이다. 내 삶을 소중히 하는 사람은 그 어떤 상황에서도 함부로 살 수 없기 때문이다. 더불어 다른 사람을 '존중'하는 것은 품격의 완성이다. 진정한 존중이란 그의 장점과 함께 단점도 인정하고 포용하는 것이다. 장점은 자랑해주고 단점은 막아주는 것이다.

말은 돌고 돌아 나에게 돌아온다고 했다. 다른 사람의 단점을 찌르면 그 말은 단검으로 돌아온다. 누군가의 장점을 말하면 그 말은 향기로 나에게 돌아온다. 나를 존중하고 남을 존중하는 것, 이것이 결국 나의 품격이 되고 모두의 품격이 된다.

조화가 세상을 바꾼다

"천시는 지리만 못하고,
지리는 인화에 미치지 못한다."
《맹자》

유교의 시조인 공자는 인仁으로 세상을 다스리자는 철학자였다. 비록 전쟁이 일상인 시대를 살았지만 전쟁을 입에 담는 것조차 피했다. 공자의 철학과 학문을 이어받은 맹자도 공자처럼 평화주의자였다. 하지만 맹자는 전쟁을 대하는 방식이 공자와는 달랐다. 전쟁의 시대에는 불가피하면 싸워야 한다고 했다. 하지만 반드시 사랑을 기반으로 싸워야 한다는 생각이었다. 《맹자》 〈양혜왕 상〉에 실려 있는 양혜왕과의 대화에서 '인자무적仁者無敵', 즉 '인한 사람은 반드시 이긴다'고 주장했던 것이 맹자의 생각을 잘 말해준다.

원래 '인자무적'은 '인자는 그 심성이 착하고 바르기에 적이 없다'는 뜻이었다. 하지만 맹자는, '인자는 백성들의 지지를 받기 때문에 전쟁을 하면 반드시 이긴다'로 그 의미를 바꾸어 혜왕을 설득했다. 전쟁에서 아들을 잃고 많은 영토를 빼앗겨 복수심에 불타는 혜왕을 설득하기 위해 교묘히 말을 바꾸었던 것이다.

맹자의 이 설득 방법은 《근사록》에 실려 있는 "군주의 마음을 얻으려면 반드시 그 마음의 밝은 곳에서부터 시작해야 한다"의 원리와 같다. 밝은 곳이란 바로 그 사람이 좋아하는 것, 간절히 바라는 것을 말한다. 복수를 간절히 원하는 혜왕에게 맹자는 전쟁에서 승리할 수 있는 방법을 제시하며 설득했던 것이다.

물론 맹자의 전쟁론이 지나치게 이상에 치우쳤다고 할 수도 있다. 무력이 강한 나라가 아닌, 사랑과 배려가 넘치는 나라가 이긴다는 것은 논리적으로 변증은 할 수 있을지 몰라도 현실적이지는 않다. 역시 맹자가 주장했던 또 하나의 전쟁론은 훨씬 더 현실적이고 구체적이다. 《맹자》 〈공손추 하公孫丑 下〉에 실린 문장이다.

> 천시는 지리만 못하고, 지리는 인화에 미치지 못한다天時不如地利 地利不如人和, 천시불여지리 지리불여인화.

이 말에 이어 맹자는 이렇게 덧붙인다.

"사방 3리의 내성과 사방 7리의 외곽 성을 둘러싸고 공격을 해도 이기지 못했다고 하자. 성을 포위하고 공격한 것은 하늘이 준 좋은 기회를 얻었다는 것이다. 하지만 이기지 못한 것은 하늘의 때보다는 지리적으로 이점을 얻은 것이 훨씬 더 낫다는 것을 말해준다. 성이 높지 않은 것도 아니고, 못이 깊지 않은 것도 아니며, 무기가 날카롭지 않은 것도 아니고, 식량이 많지 않은 것도 아니지만, 성을 버리고 떠나는 것은 지리적으로 이점을 얻는 것보다 사람들이 화합을 이루는 것이 더 낫다는 것을 일러준다."

오늘날로 치면 천시, 즉 하늘의 때란 처해 있는 환경과 상황을 말한다. 지리적 이점이란 내부적인 힘을 말한다. 인화는 사람들의 화합하는 힘이다. 《중용》에서는 화和를 사람의 감정이 가장 절도 있고 조화롭게 발현되는 것이라고 했다. 또한 천하에 통하는 도道라고 했다. 개인은 물론 사람들 간의 관계, 나아가 천하를 조화롭게 만드는 글자가 바로 화인 것이다. 맹자는 아무리 환경이 좋아도, 내부적으로 강력한 힘을 쌓아도, 사람들 간의 화합이 없다면 힘을 발휘할 수 없다고 했다. 이 이치를 개인에 적용해보면 이렇다.

아무리 훌륭한 학력과 뛰어난 능력, 좋은 자질을 가진 사람이라고 해도 인간관계가 좋지 않으면 성공하기 어렵다. 특히 오늘날은 좋은 인맥과 인간관계가 성공을 좌우하는 가장 큰 힘이 된다. 이런 현상은 높은 위치에 올라갈수록 더욱 절실하다. 지위가 높아질수록 자신의 능력만으로 할 수 있는 일에는 한계가 있다. 다른 사람의 능력과 재능을 제대로 쓸 수 있는 사람이 큰일을 이룰 수 있다. 그때 필요한 것이 바로 인화와 공감의 능력이다.

《회남자淮南子》에는 이렇게 실려 있다. "여러 사람의 지혜를 모으면 천하를 소유할 수 있지만, 자기에게만 의존하면 제 몸 하나 보존하기도 어렵다." 역시 같은 책에 실린 "백 사람의 능력을 가진 사람을 쓰면 백 사람의 힘을 얻는 것이고, 천 사람이 좋아하는 사람을 쓰면 천 사람의 마음을 얻는 것이다"도 같은 뜻이다.

《주역》〈계사전繫辭傳〉에 실린 "두 사람이 힘을 합치면 그 날카로움은 쇠를 자른다二人同心其利斷金, 이인동심기리단금"라는 성어 또한 인화의 힘을 잘 말해준다. 그 말과 함께 실린 "한마음으로 하는 말은 그 향기가 난초와 같다同心之言其臭如蘭, 동심지언기취여란"는 더 귀하게 느껴진다.

하지만 인화가 좋아서 인화를 이루더라도 반드시 유의해야 할 점이 있다. 인화란 다양한 사람들이 다양한 의견과 능력을 모아서 창의적인 결과를 만드는 것이다. 모두가 같은 생각을 하고 같은 방향으로 휩쓸려가는 것은 아니다. '화이부동和而不同'

과 같이 '조화를 추구하되 같음을 강요하지 않는 것이다.'

맹자의 전쟁론은 다시 말해 오늘날의 치열한 경쟁에서 이기는 힘이다. 특히 창의적이고 독창적인 능력이 요구되는 첨단 기술의 시대에 가장 요구되는 덕목이다. 그 핵심은 바로 '사람'이다. 사람과 사람이 조화롭게 힘을 합칠 때 세상이 놀라는 일을 할 수 있다.

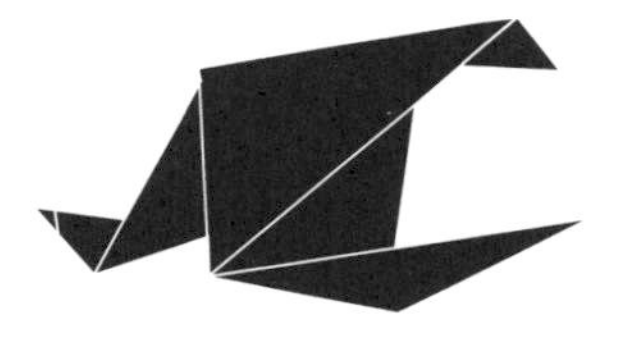

6
생각을 묻는다

절문근사
切問近思

질문은 생각을 묻고 마음을 두드리는 것이다.

질문으로 상대를 존중하면 함께 높아질 수 있고,

그 대화에는 향기가 난다.

구하고 찾아라.

마음을 알 수 있다면 두 마음이 하나가 된다.

질문을
주저하지 마라

"절실하게 묻고
가까운 것에서부터 미루어 생각한다."
《논어》

산업화 시대에는 노하우Know-how, 즉 어떻게 해야 하는지를 아는 것이 가장 중요한 가치였다. 그래서 모든 교육은 기술을 가르치는 데 집중했고, 기업들도 기술력이 앞서는 곳이 경쟁에서 승리할 수 있었다. 하지만 지식 전문가의 시대, 정보가 넘쳐나는 시대가 되면서 '가장 쓸모있는 정보가 어디에 있는지Know-where', '그 일을 가장 잘하는 사람이 누구인지Know-who'를 아는 것이 가장 중요한 가치가 되었다.

하지만 최근 후기 정보화 시대에 들어서면서 성공을 위한 또 하나의 핵심적인 가치가 필요하게 되었다. 그것은 바로 끊임없는 질문을 통해 일과 삶의 의미와 목적, 즉 '본질을 파악하는 능력Know-why'이다. '왜 사는지' '왜 이 일을 하는지'를 끊임없이 자신에게 물으며 충실하고 의미 있는 삶을 추구하는 것이다. 즉 여기에서 질문이란 스스로에게 던지는 것이다.

따라서 이를 아는 사람은 뚜렷한 삶의 철학이 있는 올바른 가치관을 가진 사람, 변화의 시대에 변하지 않는 진실과 군더더기가 아닌 핵심을 추구할 수 있는 사람이 된다. 이런 새로운 개념의 근원을 찾아가면 고대 그리스까지 거슬러 올라간다. "너 자신을 알라"는 소크라테스의 대화법은 질문과 대답을 통해 본질을 찾는 과정이다.

동양에서는 《논어》 〈자장子張〉에 실려 있는 '절문근사切問近思'라는 성어가 이를 말한다.

> 배우기를 널리 하고 뜻을 돈독히 하며, 절실하게 묻고 가까운 것에서부터 미루어 생각한다면, 인은 그 가운데 있다博學篤志 切問近思 仁在其中, 박학독지 절문근사 인재기중.

공자의 제자 자하가 유교의 핵심 철학인 인仁을 얻기 위한 방법을 말했던 것으로, 학문과 수양의 올바른 자세를 알려준다. '박학독지'는 '폭넓은 배움을 얻되 반드시 올바른 뜻에 기반을 두어야 한다'는 가르침이다. '절문근사'는 '깨닫지 못한 것에 대해 절실하게 의문을 갖되 평상시의 생활에서부터 배우고 실천하는 자세를 가져야 한다'는 뜻이다. 흔히 학문이나 연구를 위해서는 연구실이나 도서관에서 매진해야 하는 것으로 알고 있다. 자연인을 외치며 산으로 들어가는 사람도 있다. 하지만 절문근사는 가까운 곳에서, 즉 사람들과 부대끼는 평상시의 삶에서 의문을 갖고 공부하는 자세가 중요하다고 말해주고 있다.

자하의 이 철학은 후세에 큰 영향을 끼쳐 유학의 가장 중요한 개념 중의 하나가 되었다. 《중용》에서는 학문의 원리로 "널리 배우고, 자세히 묻고, 신중히 생각하고, 분명히 분별하고, 독실하게 행하라"의 다섯 가지를 들었다. 이 가운데 널리 배우고博學, 박학 자세히 묻고審問, 심문 독실히 행하라篤行, 독행는 모두 자하의 가르침에서 비롯된 개념이다.

또한 성리학의 창시자인 주자의 《근사록》도 자하에서 비롯되었다. 의문을 규명하고 가까운 데서부터 실천해 넓혀나가는 것이 진정한 배움의 태도라는 뜻이다. 《근사록》에서는 "배운다는 것은 의문을 풀어가는 것이 중요하다. 먼저 자신이 가진 의문을 해소하고, 그다음 의문이 없는 곳에서 의문을 갖게 되는 것이 배움의 진전이다"라고 풀어서 말해주고 있다.

학문과 철학의 중요한 요체가 되는 '절문근사'는 소통과 대화의 가장 유용한 수단이기도 하다. 질문을 통해 상대의 생각을 명확하게 알고, 대화와 소통의 지혜를 얻는 것이다. 하지만 우리는 질문에 별로 익숙하지 않다. 질문하는 것도 그렇고 받는 것도 마찬가지다. 주입식 교육의 폐해일 수도 있고, 타인에게 폐를 끼치지 않으려는 과도한 배려일 수도 있다. 만약 내 생각이 옳으니 물을 필요도 없다는 독단이라면 더욱 심각하다. 이로써 대화와 소통은 단절된다. 물론 상대의 행동이나 표정만 보고도 그의 의중을 예측할 수 있는 특출한 사람도 있지만, 평범한 사람들은 질문을 통해 상대방의 명확한 생각을 물어야 한다.

사람들 간에 빚어지는 오해와 갈등은 주로 상대의 생각을 지레짐작함으로써 생기는 경우가 많다. 마치 독심술사가 된 것처럼 상대의 생각을 예측하고 행동하지만 대부분의 경우 심각한 소통의 부재로 귀결된다. 간단한 예로 상대의 표정이 어둡거나 말투가 가라앉은 것을 보고 '나에게 불만이 있구나'라고 생각하는 경우다. 실제로 상대방은 다른 걱정스러운 일로 마음이 무거운 것인데 지레짐작으로 대응함으로써 오히려 상황을 더 악화시키고 만다. 물론 분위기를 살피고 상황에 따라 대처하는 지혜도 필요하다. 그러나 중요한 문제에는 반드시 질문을 통해 상대방의 분명한 의중을 파악할 수 있어야 한다. 그래야 파국을 막을 수 있다.

이외에도 질문은 대화에서 중요한 역할을 한다. 상대에게도 말할 기회를 주고, 소외된 사람을 자연스럽게 참여로 이끌고, 숨 가쁘게 치열한 대화 중에 잠깐의 여유와 호흡을 얻을 수도 있다. 갑자기 말문이 막혔을 때, 상대에게 공을 던져줌으로써 위기를 헤쳐 나올 수도 있다.

'왜'는 의미와 가치를 찾는 가장 소중한 한 글자며, 세상에서 가장 지혜로운 단어다. 질문을 잘 던지는 사람은 삶에서도, 대화에서도 승리할 수 있다.

의미와 가치를 찾는 한 글자.

'왜'

아랫사람에게 묻기를 부끄러워 마라

"아랫사람에게 묻는 것을
부끄러워하지 마라."
《논어》

공자는 평생을 공부하며 살았던 호학好學의 학자다. 지금도 유학의 시조로서 인류의 존경을 받고 있지만, 그 당시에도 최고의 스승으로서 위로는 군주에서부터 아래로는 평범한 백성에 이르기까지 많은 사람의 존경을 받았다. 하지만 배움에서 공자는 언제나 겸손했고, 공부 그 자체의 즐거움을 평생토록 추구했다.

> 배우고 때때로 그것을 익히면 또한 기쁘지 아니한가學而時習之 不亦說乎, 학이시습지 부역열호.

《논어》의 맨 첫머리에 실려 있는 이 말이 학문에 대한 공자의 자세를 잘 말해주고 있다. 배움의 즐거움을 알았기에 평생의 공부를 지치지 않고 할 수 있었던 것이다.

공자는 배움을 추구하는 가장 중요한 수단의 하나를 질문質問이라고 생각했다. 질문에서의 문問은 묻는 것이다. 질質은 바탕, 진실로 해석된다. 즉 질문은 근본을 물어서 아는 것이다. 학문과 수양의 목적이 근본을 추구하는 것이라는 점에서 미루어보면 질문은 그 시작점이라고 할 수 있다. 근본을 알기 위해서는 물음을 참아서는 안 된다. 그리고 자존심이나 부끄러움의 감정에 영향을 받아서도 곤란하다. 질문의 대상에서도 제한을 두면 진실을 알기 힘들다. 이를 담고 있는 명구절이 《논어》〈공야장〉에 실려 있다.

자공이 공자에게 물었다.

> "공문자는 어찌하여 '문文'이라는 시호를 받게 되었습니까?"
> 공자가 대답했다.
> "영민하고 배우기를 좋아하며 아랫사람에게도 묻는 것을 부끄러워하지 않았기에敏而好學 不恥下問, 민이호학 불치하문 '문'이라는 시호를 받게 된 것이다."

시호는 한 사람의 생전의 업적을 평가하여 붙이는 것으로,

그중에서 문文은 최상의 시호다. 그 사람을 상징하는 한 글자가 문, 즉 학문이라는 것이니 특히 학자들에게는 가장 부럽고 받고 싶은 시호라고 할 수 있다. 하지만 공문자는 위영공의 사위로 평소의 품행이 그다지 좋은 것은 아니었다. 특히 공자의 제자 자로의 죽음과도 간접적인 연관이 있어서 공자로서도 그리 달가운 인물은 아니다.

그래서 자공은 의아심을 담아서 공자에게 물었다. 아마 자공의 속마음을 표현하면 이랬을 것이다. "공문자 같은 사람이 어찌 '문'이라는 시호를 받았습니까? 이건 뭔가 잘못된 게 아닐까요?"

공자는 공문자가 '문'이라는 시호를 받은 이유로 '민이호학'과 '불치하문'을 들었다. 공자가 학문의 핵심으로 여기고 항상 강조하던 두 가지였다. '민이호학'은 학문에 대한 근본이 갖춰져 있는 것이다. 흔히 재능이 있는 사람은 자신의 능력을 믿고 학문을 경시하기 쉽다. 하지만 공문자는 지치지 않고 꾸준히 학문의 길을 추구했다.

'불치하문'은 학문에 대한 겸손한 자세와 열정을 나타낸다. 공문자는 알고 싶은 것이 있다면 꼭 아랫사람에게만이 아니라 그 누구에게라도 물었을 것이다. 그 대상은 책이 될 수도 있고 그것을 잘 아는 사람일 수도 있다. 특히 아랫사람에게 묻는 것은 자신의 무지를 인정하는 솔직함과 스스로 낮출 수 있는 겸손함이 뒷받침되어야 가능하다. 무지를 내버려두는 게으름, 내가 아는 것이 무조건 옳다는 자만, 체면을 들먹이며 묻는 대상을 따지는 교만에 갇혀 있다면 아랫사람에게 물을 수 없다. 결국 진실은 얻을 수 없게 된다.

상사가 부하보다 무조건 많이 알아야 하는 것은 아니다. 지식보다 오히려 더 중요한 덕목이 많이 필요하기 때문이다. 지혜, 용기, 결단력, 신뢰, 관용 등이 바로 그것이다. 물론 리더가 되기 위해 합당한 지식을 갖춰야 하는 것은 당연하다.

하지만 오히려 부하 직원들이 더 많이 아는 경우도 흔하다. 새롭게 등장한 지식으로 무장하고 있기 때문이다. 특히 요즘과 같은 첨단 정보화 시대에는 더욱 그렇다. 리더는 부하들이 가진 지식과 재능을 최대한 발휘할 수 있도록 여건을 만들어주고, 그들과 함께 발전을 도모할 수 있어야 한다. 그것을 위해 부하에게 모르는 것을 묻는 것은 부끄러운 일이 아니다.

겸손하고 솔직한 상사의 질문은 자신은 물론 조직에도 좋은 영향을 끼친다. 부하들 역시 상사의 본을 따라 모르는 것을 서슴없이 묻고 자신이 아는 것을 성의껏 나눌 수 있는 분위기가 된다. 질문을 부담스럽게 여기지 않게 되고, 지식을 공유하는 데 열린 조직이 되는 것이다.

하지만 그것보다 더 소중한 질문의 가치가 있다. "요즘 좀 어때?" "어려운 일은 없어?" "내가 좀 도와줄까?" 굳이 대답이 아닌, 웃음으로 답할 수 있는 이런 질문은 마음을 하나로 만든다. 질문은 의사소통의 중요한 수단이면서 동시에 관심과 배려의 표시다.

질문을 전략적으로 활용할 수 있는 상사는 자신은 물론 부하의 길을 열어줄 수 있다. 솔직하고 겸손한 이미지로 부하들에게 받는 존경은 덤이다.

질문을 공부하다

"질문을 잘하는 사람은
마치 단단한 나무를 다듬듯이
먼저 쉬운 것을 하고 어려운 것은 나중에 한다."
《예기》

질문은 가장 긴요하게 쓰이는 의사소통 수단이다. 좋은 질문은 단지 모르는 것을 아는 데 그치지 않고, 상대와의 마음의 벽을 허물어준다. 특히 상대를 알고 싶은 선의의 호기심으로 인식될 수 있다면 상대 역시 나를 알고 싶게 되고 서로 공감하게 되는 것이다. 이런 예는 이성 간의 만남에서 가장 잘 드러난다. 처음 만나게 된 이성은 질문과 질문을 통해 서로를 알아간다. 공통점을 찾고 서서히 공감대를 형성해나가는 것이다.

하지만 질문을 잘하기는 쉽지 않다. 좋은 관계로 발전할 수 있는 관계가 나쁜 질문으로 깨지는 것이 바로 이 때문이다. 하물며 일상에서 길을 묻는 일에서조차 용기가 필요하다. 상대의 반응을 두려워하면 질문을 쉽게 던지기가 어렵다. 우리 삶에서 질문의 기술이 필요한 이유다.

훌륭한 소통자가 되려면 질문을 잘하는 방법을 알고, 이해하고, 체득해야 한다. 《예기》 〈학기〉에 실려 있는 구절이 첫 번째 비결이다.

> 질문을 잘하는 사람은 마치 단단한 나무를 다듬듯이 먼저 쉬운 것을 하고 어려운 것은 나중에 한다善問者 如攻堅木 先其易者 後其節目, 선문자 여공견목 선기이자 후기절목.

훌륭한 목공은 나무를 다듬을 때 먼저 부드러운 부분을 잘 다듬은 다음 딱딱한 마디 부분은 맨 나중에 다듬는다. 깎기 어려운 마디부터 시작하게 되면 처음부터 지치고 질리게 되어 일을 계속하기 어려워질 수도 있기 때문이다.

질문을 잘하는 법도 이와 같다. 먼저 쉬운 것부터 물어 분위기를 조성한 다음 점차 어려운 것으로 넓혀가야 한다. 공부할 때 기초를 탄탄히 한 다음 차원을 높여나가는 것과 같다. 쉬운 것부터 묻는 것은 상대가 부담을 느끼지 않는 질문, 쉽게 대답할 수 있는 질문을 먼저 던지는 것이다. 좋아하고, 잘 알고 있고, 쉽게 대답할 수 있는 주제로 대화를 하게 되면 대화가 쉽게 풀리고 점차 신뢰가 쌓이게 된다. 그다음에 정말 듣고 싶은 질문을 하는 것이다. 빨리 결론을 내려는 급한 마음에 대답하기 어려운 질문, 피하고 싶은 질문부터 서두르게 되면 정작 대화를 시작하기도 전에 판이 깨지게 된다.

그다음은 심문審問, 즉 자세히 묻는 것이다. 《중용》에 있는 다섯 가지 공부의 법칙, 즉 "널리 배우고, 자세히 묻고, 신중히 생각하고, 분명히 분별하고, 독실하게 행하라"에서 유래한 말이다. 자세히 묻는 것은 명확한 답을 얻는 지름길이다. 질문의 의도를 정확히 알지 못하면 대답이 명확할 수 없다. 다람쥐 쳇바퀴 도는 대화가 바로 그런 것인데, 사람을 지치게 만든다.

하지만 문제는 대화 당사자가 그것을 잘 모른다는 사실이다. 질문자는 자신의 질문이 명확하지 못하다는 사실을 깨닫지 못하고, 대답하는 사람 역시 왜 자신의 대답을 상대가 알아듣지 못하는지를 모른다. 결국 서로 비난하면서 대화가 깨지고 만다. "저 사람과는 말이 통하지 않아"라고 서로를 탓하지만 사실은 두 사람 모두의 책임이다.

마지막으로 제대로 된 대상에게 물어야 한다. "집 짓는 사람이 길 가는 사람의 의견을 묻는 것과 같으니 아무것도 이룰 수 없다." 《시경》에 실려 있는 이 구절이 말하는 바와 같다. 집 짓는 사람이 그 집과 아무 관계도 없고, 전문 지식이나 관심도 없는 길 가는 행인에게 의견을 묻는다면 그 집이 제대로 지어질 수 없다. 몇 년이 가도 집 모양을 갖추기는 어려울 것이다.

어떤 일이든 마찬가지다. 일을 이루기 위해서는 그 일에 정통한 전문가의 의견을 구해야 한다. 하지만 대부분 가까이 있는 사람, 편안한 사람에게 먼저 묻는다. 물론 일상의 사소한 일에 대해서는 가까운 사람과 의논하는 것도 무방하다. 명확한 답을 얻기보다는 공감과 위로의 효용이 크기 때문이다. 하지만 정말 중요한 일, 전문성이 필요한 일, 정확하게 대처해야 하는 일에서는 반드시 전문가를 찾아야 한다. 그래야 얻고자 하는 해답이 열린다.

질문은 우리 대화의 연결고리라고 할 수 있다. 모든 기구에서 연결고리가 튼튼해야 제 역할을 할 수 있듯이 질문 역시 마찬가지다. 질문을 통해 대화의 주제를 바꾸고, 분위기를 전환하고, 서로 공감하고, 생각할 수 있는 계기로 삼는다. 우리가 말 공부를 하고 대화의 기법을 연구하듯이 질문도 공부해야 하는 이유다. 말 잘하는 사람의 감춰진 비밀 병기는 바로 질문의 기술이다.

내가 아는 것이 다가 아니다

"공자가 태묘에 들어가서
일마다 물었다."
《논어》

공자가 창시한 유교의 핵심적인 덕목은 '인의예지仁義禮智'다. 공자는 이 모두를 강조하면서 특히 사람과의 관계에서는 예가 중요하다고 말했다. 공자는 예의 기준을 제시했고, 사람의 도리로써 반드시 예를 지킬 수 있어야 한다고 가르쳤다. 위로는 임금을 비롯하여 가장 아래 계층인 백성들에 이르기까지 각 계층에 합당한 예법의 기준을 제시했다. 누구든지 잘못된 예법을 행하면 꾸짖었고, 예법을 바르게 지키도록 이끌었다. 이를 보면 공자는 예에서 당대 최고의 전문가였다고 해도 과언이 아니다.

하지만 공자가 매사에 예법을 물어서 행했던 적이 있었다. 바로 태묘에서 제례를 드릴 때다. 이 문장은《논어》〈팔일八佾〉과〈향당鄕黨〉에 거듭 실려 있는데,〈팔일〉에 실려 있는 고사에 스토리가 있으니 그것을 살펴보자.

> 공자가 태묘에 들어가서 일마다 물었다子入大廟 每事問, 자입대묘 매사문.
> 어떤 사람이 말했다.
> "누가 추 땅 사람의 아들이 예를 안다고 했는가? 태묘에 들어가서 일마다 묻더라."
> 공자가 이 말을 듣고 말했다.
> "그것이 바로 예다是禮也, 시예야."

여기서 태묘는 노나라의 시조인 주공의 제례를 모시는 사당이다. 노나라에서는 가장 중요한 장소이며 태묘의 제례 역시 가장 중요한 행사라고 할 수 있다. '추 땅 사람의 아들'은 바로 공자를 낮춰 일컫는 말이다. 공자의 아버지가 추 지방에서 벼슬을 했으므로 이렇게 지칭했다.

공자는 노나라에 있을 당시 태묘에서 행해지는 제례에 많이 참석했는데 그때마다 예법에 대해 그곳의 관리에게 일일이 물으며 행했다. 그것을 본 사람들이 뒤에서 이야기하기 시작했다. "공자가 예법의 최고 권위자라고 누가 말했는가? 정작 태묘에서는 일일이 예법을 묻더라. 그는 허명虛名만 있을 뿐 실제로는 아는 것이 없다!"

전문가로 자타가 공인하는 공자가 태묘에서 일마다 묻고 난 후에 행동하자 사람들은 마치 대단한 발견을 한 것처럼 여기저기 소문을 내고 다녔다. 아마 요즘도 많이 보는 모습일 것이다. 사람들은 다른 사람의 허물을 보면 가만히 있지 못한다. 특히 사회적으로 명망이 있거나 유명인이라면 더욱 그렇다. 하지만 정작 정확한 사실이나 그 연유에 대해서는 관심도 없고 알려고 하지도 않는다. 가십을 전하는 목적이 자극과 흥미이므로 사실 여부는 그리 중요하지 않다.

결국 이 소문은 공자의 귀에도 들어가게 되었다. 하지만 공자는 여러 변명을 하지 않고 단 한마디로 상황을 정리했다.

"그것이 바로 예다!"

질문에는 여러 가지가 있다. 일단 몰라서 묻는 것이다. 적절한 질문을 통해 모르는 것을 알게 되고 지식을 확장할 수 있다. 나 역시 상대방의 질문에 성의껏 대답해줌으로써 지식이 공유된다. 질문과 질문을 통해 나만의 지식이 아닌 모두의 지식이 되면 그 힘은 기하급수적으로 커진다. 예전에 한창 유행했던 말로 "배워서 남 주나"가 있었다. 열심히 공부하면 그 지식은 내 것이 되지 다른 사람의 것이 되지 않는다는, 다소 배타적인 생각이었다. 하지만 요즘은 배워서 남 주는 것이 진정한 배움의 목적이 되었다. 내 지식과 다른 사람의 지식을 합쳐서 새로운 것, 창의적인 것을 만드는 것을 '융합'이라고 한다. 그 시작이 되는 것이 '질문'이다.

또 한 가지는 아는 것을 분명히 확인하는 것이다. 그 어떤 지식도 영구불변한 것은 없다. 수많은 정보와 지식이 생겨나는 현실에서, 예전에 진리였던 지식이 오늘도 진리일 것이라고 누구도 장담할 수 없다. 또한 지식은 장소과 상황에 따라 변한다. 크게는 동서양, 작게는 나라, 나라 안에서도 지역에 따라 다르게 적용되어야 하는 것이 지식이다.

공자가 태묘에서 일일이 물었던 것이 바로 그것을 말한다. 내가 아는 지식이 많다고, 내가 그 분야에 전문가라고 해서 내 생각만을 고집한다면 심각한 오류에 빠질 수 있다. 설사 큰 문제가 생기지 않더라도 고집스러운 사람, 교만한 사람의 이미지를 얻게 된다.

이에 더해 공자의 자세에서 얻을 수 있는 또 다른 지혜는 상대를 인정해주는 것의 유익이다. 공자는 태묘에서 담당자에게 일일이 물음으로써 상대방을 존중하고 높여줄 수 있었다. 자신보다 더 상급자가, 심지어 예에서 최고의 권위자가 자신을 인정하고 절차를 묻는 것은 담당자의 자부심과 사기를 크게 올려준다. 그에게 공자에 대한 존경과 신뢰가 더 커졌음은 당연할 것이다.

아이작 뉴턴은 “내가 발견한 것은 커다란 바닷가의 수많은 모래 중에서 하나의 모래알에 불과하다”라고 말했다. 이처럼 세상은 넓고 지식은 무한하다. 진정한 전문가는 어려운 지식을 자랑하고 영어를 남발하는 사람이 아니다. 지식 앞에서 겸손하고 상대의 지식을 인정할 줄 아는 사람이다. 그 요긴한 수단이 바로 질문이다. 질문으로 상대를 인정하면 진정한 소통의 문이 열린다. 질문으로 상대를 높여줌으로써 함께 높아질 수 있다.

사람에 맞춰 답하라

"좋은 말을 들으면 곧 실천해야 합니까?"
《논어》

청나라 금영이 편찬한 《격언련벽格言聯璧》에는 "독서에서 가장 귀한 것은 의문을 갖는 것이다. 의문을 가지면 해답이 열린다 讀書貴能疑 疑乃可以啓信, 독서귀능의 의내가이계신"라는 성어가 실려 있다. 원문에서는 '독서'를 말하고 있지만 독서는 곧 학문이다. 진리를 찾고 학문을 증진시키기 위해서는 의문을 갖는 자세가 근본이 된다는 말이다. 학문에서 해답을 찾는 것이 의문이라면, 대화에서 해답을 찾는 것은 질문이다.

사람들은 해답을 찾기 위해 질문을 한다. 모르는 것을 알기 위해 묻는 경우도 있고, 이미 알고 있는 것을 확인하거나 혹은 자신이 알고 있는 것에 대해 동의를 얻고 싶어서 묻기도 한다. 질문을 받는 사람들은 상대의 이런 의도를 제대로 읽을 수 있어야 한다. 질문을 하는 사람의 의도를 제대로 읽어내지 못하면 아무리 올바른 대답을 해도 상대방에게는 동문서답이 되고 만다.

또한 질문을 하는 사람에 따라서 각각 다른 대답이 필요한 경우도 있다. 어떤 사람에게 호응을 받았던 대답이 다른 사람에게는 통하지 않을 때도 있고, 어떤 사람에게 정확한 해답이 되는 답이 다른 사람에게는 전혀 틀린 답이 될 수도 있다. 《논어》〈선진〉에 실린 고사다.

> 자로가 공자에게 물었다.
> "좋은 말을 들으면 곧 실천해야 합니까聞斯行諸, 문사행저?"
> "부모 형제가 있는데 어찌 듣는 대로 바로 행하겠는가?"
> 염유가 같은 질문을 하자 공자가 대답했다.
> "들으면 곧 행해야 한다."
> 공서화가 물었다.
> "왜 자로와 염유의 같은 질문에 다른 대답을 하십니까?"
> 공자가 말했다.
> "염유는 소극적인 성격이라 적극적으로 나서도록 한 것이고, 자로는 지나치게 적극적이어서 물러서도록 한 것이다."

공자는 지식을 실천하는 문제에 관해 제자들에게 각각 다른 답을 주고 있다. "좋은 말을 들으면 곧 실천해야 합니까?" 똑같은 질문이지만 다혈질이고 저돌적인 자로에게는 신중한 처신을, 소극적이고 계산적인 성품의 염유에게는 적극적인 실천을 말해준다. 배움이 모든 상황에서 똑같이 통하는 것이 아니라 각자의 상황과 성품에 맞게 주어져야 한다는 것이다. 이처럼 질문은 하나라도 그 해답은 사람에 따라 다르다.

하지만 안타깝게도 제자들은 스승의 가르침을 온전히 자신의 삶에 적용하지는 못했던 것 같다. 자로는 훗날 지나치게 강직하고 직선적인 성격 때문에 괴외의 난에 휘말려 죽임을 당했다. 염유는 그 당시 실권자였던 계강자의 가신으로 백성을 포탈하는 데 역할을 한 것이 드러나 공자로부터 파문을 당하고 말았다. 바른 일에서 머뭇거리며 일신의 안전만을 꾀했던 기회주의적인 성품이 인생의 치욕이 된 것이다.

공자의 이 고사는 사람의 강점은 제각각 다르며, 자신의 강점을 키워나가야 성공할 수 있다는 '강점 혁명'의 관점에서 많이 소개되고 있다. 소통의 관점에서 보면 정답과 해답은 다르다는 것으로 적용된다. 우리는 학교에서 정답을 찾는 데 집중한다. 정답을 잘 찾는 사람은 선생님께 칭찬을 듣고 시험에서도 좋은 성적을 거둘 수 있다. 정답을 잘 못 찾는 사람은 매번 틀려서 혼이 난다. 당연히 성적도 나쁘다.

하지만 일단 사회에 나서면 정답이 없는 상황이 벌어진다. 모든 상황에 들어맞는 정답은 없고 제각각의 상황에 맞는 해답을 찾아야 한다. 상황에 따라 적용할 수 있는 해답이 다른 것이다. 그때 필요한 것은 단순히 많은 지식이 아니다. 상황을 정확히 볼 수 있는 판단력과 옳고 그름을 가름하는 분별력, 그리고 보이지 않는 것을 볼 수 있는 통찰력이 필요하다. 문제의 본질을 읽고 해결할 수 있는 능력이 있어야 하는 것이다. 대화에서도 마찬가지다. 사람과 상황에 따라 최적의 해답을 찾아야 한다.

오직 내가 가진 답만이 옳다고 생각하는 사람은 고루한 사람, 나이와 상관없이 전형적인 아재로 취급받을 수도 있다. 같은 물음에도 상대에 따라 가장 적절한 대답을 해주는 것이 올바른 대화의 방법이다.

이를 위해 상대방에 대한 이해가 필요하다. 성품은 물론 기본적인 배경과 호불호도 알아야 한다. 무엇보다도 상대의 마음을 읽고 맞출 수 있는 공감 능력이 필요하다. 또한 같은 사람에게도 상황에 따라 다른 대응이 필요하다. 사람의 마음은 고정불변이 아니라 순간적으로 바뀌기 때문이다. 오죽하면 사람의 마음은 흔들리는 갈대와 같다고 했을까. 자주 바뀌는 사람이라고 해서 비난하지 마라. 그 누구도 예외는 아니다.

답이 정해진 질문에는 부드러움으로 대응하라

"군자의 덕은 바람이고 소인의 덕은 풀이다.
풀 위에 바람이 불면 풀은 반드시 눕기 마련이다."
《논어》

질문은 의사소통에서 중요한 역할을 한다. 하지만 질문이라고 해서 반드시 긍정적이지는 않다. 이를테면 상대방이 나쁜 의도를 갖고 권위로 억누르려고 할 때다. 대표적인 것으로 요즘 유행하는 '답정너'가 있다. '답은 정해져 있으니 너는 대답만 하면 돼'의 줄임말이다. 자신이 듣고 싶은 대답을 강압적으로 유도하는 것이다. 상대를 대등한 인격체가 아닌, 자신에게 종속된 사람으로 보는 경우로 대화에서의 대표적인 갑질이다. 이런 질문은 의사소통의 수단이 아니라 강압이 된다.

보통은 권위와 높은 직위를 가진 사람에게서 볼 수 있는데 의외로 일반적인 상황에서도 이런 태도를 흔히 볼 수 있다. 지나친 자존감에 사로잡힌 성향의 사람들이 보이는 모습이다. 혹은 우호적인 관계나 친분을 이용해서 자신이 원하는 답을 강요할 때도 볼 수 있다. 이런 의도를 가진 사람들은 만약 자신이 원하는 대답을 듣지 못하면 계속 비슷한 질문을 던진다. 질문하는 어투도 점점 거칠어지고 분위기도 점차 가라앉는다. 빨리 정해놓은 답을 내놓으라는 무언의 압력이다.

수많은 사람을 만나고 대화하다 보면 순수하지 않은 의도의 질문을 받는 경우가 많다. 꼭 도덕적으로 나쁜 질문은 아니더라도 자기의 이익과 욕심을 채우기 위해 던지는 질문들이다. 따라서 나쁜 질문에도 지혜롭게 대처하는 방법을 알아두면 좋다. 《논어》〈안연〉에서 공자가 실제로 이를 보여준다. 당대의 실권자 계강자와 공자와의 대화인데, 계강자는 연이어 비슷한 질문을 세 번에 걸쳐 던진다.

> 계강자가 정치를 묻자 공자가 대답했다.
> "정치의 핵심은 바르게 한다는 것입니다政者正也, 정자정야. 선생께서 바르게 이끌어주시면 누가 감히 바르지 않은 일을 하겠습니까?"
> 계강자가 도둑이 많다고 걱정하면서 공자에게 묻자 공자가 대답했다.
> "진실로 선생께서 욕심을 가지지 않으면 비록 상을 준다고 해도

백성들은 도둑질을 하지 않을 것입니다."
계강자가 "만일 무도한 자를 죽여서 올바른 도리로 나아가게 한다면 어떻겠습니까?"라고 묻자, 공자가 대답했다.
"선생께서는 정치를 어찌 죽이는 방법으로 하려고 합니까? 선생께서 선해지시고자 하면 백성들도 선해집니다. 군자의 덕은 바람이고 소인의 덕은 풀입니다. 풀 위에 바람이 불면 풀은 반드시 눕기 마련입니다. 君子之德風 小人之德草 草上之風必偃, 군자지덕풍 소인지덕초 초상지풍 필언"

계강자는 노나라의 실권자로서 그 당시 군주였던 노애공보다 오히려 더 큰 권력을 휘두르고 있었다. 계강자는 그의 아버지 계환자의 당부로 공자를 정치적인 멘토로 모시고 다양한 정치 현안에 지혜를 구했다. 공자 역시 제자를 가신으로 보내는 등 계강자를 도왔다. 위의 대화는 나라의 올바른 통치 원리에 대한 가장 핵심적인 대화라고 할 수 있다.

하지만 대화는 그리 순조롭지 않다. 계강자는 자신이 원하는 대답, 즉 나라가 혼란스러운 것은 자신의 탓이 아니라 백성이 어리석기 때문이라는 답을 얻기 위해 계속 비슷한 질문을 하고 있다. 하지만 공자는 그때마다 적절한 대화의 기법을 활용하여 '바로 당신이 문제다'라는 대답을 주고 있다. 질문의 의도를 읽고 명확한 답을 주고 있지만 결코 비굴하지 않다.

먼저 공자는 '정치의 핵심은 바르게 하는 것'이라고 가르친다. 다음은 도둑이 많은 나라의 혼란은 지도자가 욕심이 많기 때문이라고 말해준다. 그래도 계강자가 알아듣지 못하고 비슷한 질문을 계속하자 공자는 비유를 통해 알기 쉽게 말해준다. 바람이 불면 풀이 눕듯이 백성들은 오직 지도자가 본을 보이는 대로 따를 뿐이다. 지도자는 먼저 자신의 도덕성을 바로 세우고 백성들이 보고 배울 수 있게 해야 한다는 것이다.

요즘에도 이처럼 자기가 원하는 답을 얻기 위해 부당하고 불편한 질문을 계속해서 던지는 사람이 있다. 이때는 먼저 그 사람이 무엇을 원하는지 분명히 파악하는 것이 중요하다. 상대가 원하는 것과 다른 대답을 해야 할 때는 더욱 그렇다. 상대의 의도를 정확히 읽을 수 있다면 상대가 아무리 몰아붙여도 여유를 갖고 대처할 수 있다. 비록 내 의견을 굽혀 그 사람에게 동의해주지는 못하더라도 최소한 그 사람의 심리 상태에 맞춘 답변을 할 수 있다. 그다음 상대의 반응을 보고 답변을 적절하게 조정하면 되는 것이다.

자신의 뚜렷한 주관을 지키는 것은 당연하다. 하지만 굳이 상대의 약점이나 잘못을 직접적으로 지적하거나 대놓고 반박하는 것은 지혜롭지 못하다. 나의 소신은 분명히 말하되, 은유와 비유를 활용해서 부드럽게 말할 수 있어야 한다. 강압적이고 자기주장이 강한 사람일수록 시쳇말로 '뒤끝 작렬'인 경우가 많다. 굳이 그들과 마찰을 일으킬 필요는 없다.

당당하게 구하고

굳건하게 지켜라.

구하면 얻을 수 있고

지키면 흔들리지 않는다.

소중한 것일수록 더욱 그렇다.

거절을
두려워 마라

"구하면 얻고 내버려두면 잃는다."

《맹자》

《맹자》에는 마음을 지키는 방법이 실려 있다. "제대로 키움을 얻는다면 자라지 못할 것이 없고, 키움을 얻지 못하면 소멸해버리지 않는 것이 없다. 공자께서 '마음을 지키면 보존되고, 놓으면 사라진다. 때 없이 들고나기에 그 거처도 알 수 없다'고 했는데 이는 사람의 마음을 두고 하신 말이다."

마음은 비록 자기 것이긴 하지만 제대로 키우고 지킬 수 있어야 보존할 수 있다. 만약 스스로 키우지 못하고 지키지 못하면 어디인지도 모를 곳으로 마음은 가버린다. 마음을 지키는 핵심은 바로 '스스로 지키는 것'이다. 어느 누가 대신해줄 수 없고 도울 수도 없다. 반드시 자기 힘으로, 자기 노력으로 지켜야 하는데, 스스로 지킬 것을 포기한다면 '자포자기自暴自棄'가 되고 마는 것이다.

'자포자기' 역시 맹자가 원작자인데, 《맹자》에 "스스로를 해치는 자自暴者, 자포자와는 함께 이야기할 수 없고, 스스로를 포기하는 자自棄者, 자기자와는 함께 일을 할 수 없다"라고 실려 있다. 함께 이야기도, 함께 일도 하지 않는다는 것은 완전히 교제를 끊고 관계를 단절하겠다는 것이다. 이처럼 자포자기는 스스로 버리는 것일 뿐 아니라 다른 사람에게 버림을 받는 길이 된다. 맹자는 책에서 같은 의미의 이야기를 거듭하고 있다.

> 구하면 얻고 내버려두면 잃는다求則得之 舍則失之, 구즉득지 사즉실지. 이는 구하면 유익한 것으로 나에게 있는 것을 구하는 것이다. 구하는 데 올바른 도가 있고 얻는 것은 운명에 달려 있다. 이는 구하면 나에게 무익한 것으로 나의 밖에 있는 것을 구하는 것이다.

여기서 나에게 있는 것이란 사람의 선한 본성과 본성에서 비롯된 '인의예지'의 덕목을 말한다. 그것을 구하는 것은 나에게 달려 있고, 구하는 것도 어렵지 않다. 왜냐하면 원래 내가 갖고 있는 것이기에 구하기만 하면 얻을 수 있고, 얻으면 유익하다. 나의 밖에 있는 것이란 부와 권세, 그리고 명예와 같은 것들이다. 이것들은 구해도 반드시 얻는다는 보장이 없고, 설사 구한다고 해도 반드시 유익한 것은 아니다. 그것을 구할 때는 바른 도리를 지켜야 하고, 얻고 못 얻고는 운명에 달려 있다는 통찰이다.

이 글들은 모두 사람의 올바른 도리에 대해 말한 것이다. 선한 마음을 지키고, 올바른 도리를 추구해야 한다는 가르침이다. 이런 이치는 삶의 모든 방면에 적용될 수 있다. 아무리 힘들고 어려운 상황에 있어도 스스로 포기하지 않으면 이겨낼 수 있다. 오직 문제는 스스로 포기하지 않는 것이다.

사람과의 관계에서도 마찬가지다. 상대에게 요구하고 싶은 것, 알고 싶은 것이 있다면 당당히 묻고 요구할 수 있어야 한다. 묻지도, 요구하지도 않는다면 알 수도 없고 해줄 수도 없다. '당연히 해줘야 하는 거 아냐?'라고 생각만 한다면 아무것도 얻지 못한다.

뭔가 답을 구할 때, 혹은 상대의 마음을 알고 싶을 때 항상 망설이는 사람이 있다. 상대가 나를 어떻게 생각할까 두려운 것이다. 거절하면 어쩌나, 무시하면 어쩌나, 두려워서 말을 꺼내지도 못한다. 혹시 좋은 관계에 지장이 있지는 않을까 걱정한다. 특히 내성적인 사람들이 많이 보이는 모습이다. 마음속으로는 수십 번 질문을 던지고 상대의 대답을 예상해보지만 선뜻 나서지 못한다. 상상 속에서 상대의 대답이 긍정적이면 좋아하고, 부정적이면 슬퍼하며 침울해진다. 실제로는 아무 일도 일어나지 않았지만 혼자 기뻐하고 슬퍼하는 것이다.

이런 상황을 몇 번 거듭하다 보면 자신이 미워지고 결국 스스로 포기하고 만다. 그리고 마음에 앙금이 남는다. 관계를 지키고자 했으나 오히려 관계가 서먹서먹해지고 심하면 무너지기도 한다. 더 안타까운 것은 모든 상황이 끝난 후 정작 필요가 없어지면 부담 없이 말하는 것이다. "그때 이렇게 말하려고 했는데 안 했어…." 상대는 대부분 이렇게 말할 것이다. "아니 왜? 말하지 그랬어." 허무한 결말이다.

만약 상대에게 원하는 것이 있다면 당당하게 말하라. 바라는 것, 원하는 것을 말한다고 해서 아무도 나를 혼내지 않는다. 비난하지도 조롱하지도 않는다. 설사 거절을 당해도 괜찮다. 그렇게 대화를 시작하고 이견을 좁혀나가면 된다. 관계를 지키는 가장 좋은 방법은 바로 구하고 찾는 것이다.

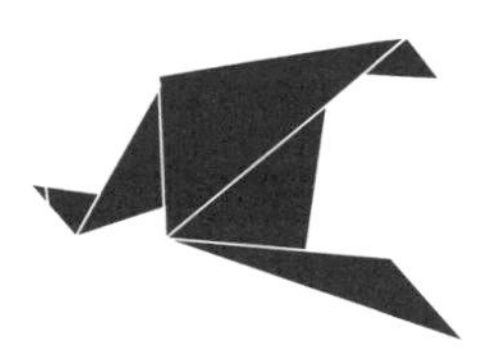

7

관계를 지킨다

지기지언

知己之言

말은 곧 그 사람의 인간됨이다.

말로 사람을 판단하는 것은

진정한 인간관계를 구분하는 중요한 기준이 된다.

실수로 관계를 깨뜨리는 말을 했다면,

분노로 감정이 다스려지지 않는다면,

멈춰 생각하라.

잘못을 바로잡고 분노를 멈출 지혜로운 말을 떠올려라.

해로운 벗은 말로 가려라

"유익한 벗이 셋 있고,
해로운 벗이 셋 있다."
《논어》

공자는 "자기보다 못한 자를 벗으로 사귀지 말라無友不如己者, 무우불여기자"고 말했다. 《논어》 〈학이〉에서 '군자의 자격'을 가르치며 했던 말이다. 혹시 잘못 생각하면, '나에게 이익을 줄 수 있는 사람만 사귀라'는 편협하고 배타적인 인간관계를 권하는 말로 오해할 수 있다. 학창시절에 많이 들었던 "너보다 공부 잘하는 친구만 사귀어라"가 가장 흔한 예다. 하지만 말 그대로 해석해 보면, 공부 잘하는 친구 역시 자신보다 못한 나와 사귀기 싫어할 것이기 때문에 말 자체가 성립되지 않는다.

이 말을 했던 공자의 본심은 전혀 다르다. 수양의 길이 멀고 힘들기에 당연히 공부와 수양에 도움이 되지 않는 친구는 멀리할 수 있어야 한다는 것이다. 《논어》〈계씨〉에서는 유익한 친구와 해로운 친구를 이렇게 말해준다.

> 유익한 벗이 셋 있고 해로운 벗이 셋 있다益者三友 損者三友, 익자삼우 손자삼우.
> 곧은 사람友直, 우직 신의가 있는 사람友諒, 우량 견문이 넓은 사람友多聞, 우다문을 벗하면 유익하다.
> 아부하는 사람友便辟, 우편벽 줏대 없는 사람友善柔, 우선유 말만 잘하는 사람友便佞, 우편녕은 해롭다.

벗하면 유익한 첫 번째 사람은 곧은 사람으로 정직하고 강직하다. 거짓말을 하지 않고 때와 상황에 따라 쉽게 바뀌지 않는다. 자기 스스로가 잘못된 길로 가지 않는 만큼 친구 역시 나쁜 길로 이끌지 않는다. 겉보기에는 무뚝뚝할지 몰라도 언제나 변함없는 뚝배기 같은 친구가 바로 이런 벗이다.

신의가 있는 사람은 진실하고 믿음직하다. 약속을 하면 반드시 지키고 책임감이 있어서 솔선수범한다. 궂은일에도 항상 앞장서기에 어떤 일을 하더라도 믿고 의지할 수 있다. 언제 어느 때 만나도 변함없이 좋은 친구가 바로 이런 벗이다.

견문이 넓은 사람은 지식과 경험이 많은 사람이다. 풍부한 식견을 바탕으로 문제가 생겨도 당황하지 않고 해결책을 내어놓는다. 재미있는 이야기와 창의적인 발상으로 분위기를 즐겁게 하는 사람이기도 하다. 잠깐 대화를 나누어도 언제나 많은 것을 얻을 수 있는 벗이다.

해로운 세 사람의 벗은 주로 '말'에 문제가 있는 사람이다. 공자는 《논어》의 맨 마지막 문장에서 "말을 알지 못하면 사람을 알지 못한다"라고 말했을 정도로 말과 사람을 동일시했다. 그 사람의 말이 곧 그 사람 자체를 말해준다는 것이다. 여기서도 공자는 주로 말에 흠결이 있는 사람을 멀리해야 할 벗이라고 말하고 있다.

아부하는 사람은 말과 행동에 진실성이 없는 사람이다. 번지르르하게 말하고 비위를 맞추지만 이 사람의 관심사는 오직 자신의 이익밖에는 없다. 이익이 되는 사람에게는 마치 입술에 꿀을 바른 듯하지만 딱 거기까지다. 이익이 끝나는 순간 뒤도 돌아보지 않고 돌아선다.

줏대 없는 사람은 겉으로 보기에는 유순하고 좋은 사람으로 보이지만 손바닥 뒤집듯 마음을 바꾸는 사람이다. 평상시에는 좋은 관계를 유지하고 좋은 말도 많이 해줌으로써 믿음이 간다. 하지만 자신에게 위험이 닥치거나 위협이 온다면 그때는 완전히 얼굴색을 바꾸고 달라진다. 쉽게 말과 얼굴을 바꾸지만 수완이 좋아서 자기 잘못을 인정하지 않고 합리화한다. 정작 잘못한 것은 그 사람인데 그의 말을 듣고 있으면 언제나 내가 옹졸한 사람으로 여겨질 때도 많다. 이런 사람이 아픈 것은 무엇보다 믿었던 마음이 배신당하기 때문이다.

말만 잘하는 사람은 말이 너무 가벼워 그 무게가 전혀 느껴지지 않는 사람이다. 그 사람의 말은 바람과 같고 흐르는 물과 같다. 한번 흘러가면 다시 돌아올 줄을 모른다. 실천을 생각하지 않고 말하기에 전혀 부담감 없이 말하고, 까맣게 잊어버린다. 무엇보다 곤란한 것은 말이 가벼운 사람이 나서기 좋아하는 경우다. 누가 권하지도 않았는데 자기가 하겠다고 나선 다음 일을 망쳐버린다. 조금만 힘들어도 포기하고, 심하면 자기가 맡았던 사실조차 잊어버린다.

주위에 사람은 많지만 진정한 친구는 드문 현실이다. "술과 밥을 함께하며 형, 아우 하는 자가 천 명이라고 해도, 급하고 어려울 때 도와줄 친구는 하나도 없다."《명심보감》에 실려 있는 이 말이 생생히 보여주는 바와 같다. 이런 때일수록 사람을 볼 줄 아는 명철과 진정한 친구를 알아보는 지혜가 필요하다. 자랑해야 할 것은 휴대폰에 저장되어 있는 '아는 사람'의 숫자가 아니라 마음속에 담겨 있는 진정한 친구의 존재다.

나를 알아주는 친구를 만나라

"이 세상에 나를 알아주는 벗이 있다면
하늘 끝도 이웃처럼 가까우리라."
《당시》

춘추시대, 제나라의 뛰어난 재상 안자에 관한 책인《안자춘추晏子春秋》에 실려 있는 고사가 있다. 공자의 제자 증자가 안자와 교류하다가 먼 길을 떠나게 되었다. 증자를 배웅하며 안자가 물었다. "군자는 사람을 떠나보낼 때, 수레를 선물하는 것은 한마디 좋은 말보다 못하다고 했습니다. 내 그대에게 좋은 말을 선물할까요, 아니면 수레를 선물하리까?" 증자가 군자답게 대답했다. "청컨대 좋은 말씀을 듣기 원합니다."

안자가 말했다. "산 위에 있는 곧은 나무도 장인이 불에 달구어 수레바퀴를 만들면 다시 펴지지 않습니다. 군자는 그렇게 굽혀질 수 있는 행동에 주의해야 합니다. 민간에 알려지지 않았던 화씨의 옥華氏之璧, 화씨지벽은 훌륭한 옥공이 다듬자 나라의 존망을 좌우할 정도로 귀한 보물이 되었습니다. 군자는 자신을 어떻게 수양할지를 신중하게 생각해야 합니다. 3년을 키운 향기로운 난초도 쓴 술에 담가버리면 군자는 물론 보통 서민들도 이를 소중히 여기지 않습니다. 하지만 귀한 사슴고기를 염장할 때 사용하면 그 고기의 값이 말 한 필과 같게 됩니다. 이는 난초가 훌륭해서가 아니라 어디에 담갔느냐에 따라 다른 것입니다. 그러니 원컨대 그대는 반드시 어디에 담길 것인지를 살펴보도록 하십시오. 군자는 그 주거지를 정할 때 이웃을 가려서 정하고 교류를 할 때는 훌륭한 선비를 택해서 따른다고 합니다. 주거지의 선택은 선비를 얻기 위함이요, 선비를 가까이함은 환란을 피하기 위함입니다. 또 제가 듣기로 상례가 어긋나게 되면 사람의 본질이 바뀌고, 습속은 사람의 본성을 바꾼다고 하니 조심하지 않을 수 없는 일입니다."

안자도 훌륭한 재상으로서 한 시대를 풍미했던 뛰어난 인물이었지만 증자 역시 공자의 정통성을 이었던 제자로 뛰어난 학자이자 철학자였다. 하지만 증자는 겸손한 자세로 안자에게 한마디를 청했고, '훌륭한 친구를 선택해서 사귀라'는 안자의 말을 사심 없이 그대로 받아들였다. 한마디 말이 인생을 바꿀 수도 있다는 소중한 지혜를 이들은 충분히 인식하고 있었던 것이다.

《당시》에도 친구를 소중히 여기는 심정을 잘 표현한 글이 실려 있다.

> 이 세상에 나를 알아주는 벗이 있다면 하늘 끝도 이웃처럼 가까우리라海內存知己 天涯若比鄰, 해내존지기 천애약비린.

이 구절은 당나라의 유명한 시인 왕발의 「송두소부지임촉주送杜少府之任蜀州」의 한 구절이다. '촉주로 부임해 가는 두소부를 보내며'라는 뜻의 제목인데, 절친한 친구 두소부와 이별하는 마음을 표현한 시다. 비록 지금은 헤어지지만 진심이 통하는 친구가 있는 곳이라면 설사 그곳이 하늘 끝이라고 해도 한달음에 갈 수 있을 것이라는 작자의 마음을 잘 나타내고 있다. 사람의 마음은 현실적인 거리가 아니라, 진심에 달려 있다는 통찰이다.

벗 우友는 손 수手와 또 우又가 합쳐져서 만들어진 말이다. '또 하나의 손'이 되어 나를 돕는 사람이 바로 친구인 것이다. 특히 내가 가장 어려운 순간에 처했을 때 친구의 존재는 가장 빛난다. 진정한 우정을 뜻하는 '관포지교管鮑之交'의 성어는《사기》에 나오는 춘추시대 제나라의 재상 관중과 포숙의 우정을 뜻한다. 제환공과 대적함으로써 죽을 위기에 처했던 자신을 구해 제나라의 재상으로 추천했던 포숙과의 우정을 두고 관중은 이렇게 표현했다.

> 나를 낳아준 이는 부모님이지만 나를 알아준 이는 포숙이다生我者父母 知我者鮑子也, 생아자부모 지아자포자야.

친구란 나를 알아주는 사람知我者, 지아자으로 나에게 생명을 준 부모와도 같은 존재라는 것이다. 여기서 나를 알아준다는 것은 내가 가진 장점이나 능력만을 보는 것이 아니라 단점도 알고 그것을 포용해주는 것을 말한다. 이해득실에 따라 쉽게 변하는 것이 아니라 어떤 상황에서도 변함없이 곁에 있을 수 있는 존재가 바로 친구다.

이로써 보면 진정한 친구란 어렵고 힘이 드는 삶을 살아갈 때 가장 힘이 되는 존재다. 하지만 뜻하지 않은 사소한 일로 깨지기 쉬운 것도 우정이다. 안타깝게도 가장 흔한 이유가 '말'이다. 때로는 거친 말로 상처를 주기도 하고, 작은 오해의 말로 마음이 떠나기도 한다. 나의 장점과 약점을 다 아는, 나를 알아주는 존재라고 해서 내가 함부로 대할 수 있는 존재라는 것은 아니다. 너무 익숙해서 그 소중함을 잊게 되는 친구에게 가끔은 아름다운 말로 내 진심을 전해보면 어떨까.

어려울 때 가장 빛나는 존재,

때로는 그 소중함을 잊게 되는 친구에게

진심을 담은 한마디로 힘껏 다가선다.

충고에는 진심이 담겨야 한다

"선한 일을 권할 때
정성은 남음이 있고, 말은 부족해야 한다."
《근사록》

"세상에서 가장 쉬운 일은 남에게 충고하는 일이고, 가장 어려운 일은 자기 스스로를 아는 일이다." 그리스 철학자 탈레스가 했던 말이다. '가장 쉬운 일'과 '가장 어려운 일', 이 둘은 전혀 차원이 다른 것처럼 보이지만 사실 이들 사이에는 깊은 연관이 있다.

노자는 《도덕경》에서 이렇게 말했다.

> 다른 사람을 아는 것은 지혜이고 나 자신을 아는 것은 명철함이다
>
> 知人者知 自知者明, 지인자지 자지자명.

노자는 다른 사람을 아는 것과 나 자신을 아는 것을 비교했지만 둘 다 결코 쉬운 일은 아니다. 주위를 둘러보면 사람을 잘 알고 이해할 수 있는 사람을 찾아보기 어렵다. 자신을 아는 것은 그보다 훨씬 높은 차원이다. 다른 사람을 아는 것은 지혜로 가능하지만, 자신을 아는 것은 본성과 마음에 대한 밝음明, 명, 즉 명철함이 필요하다.

명은 자신을 사심 없이, 객관적으로 바라볼 수 있는 능력이다. 장점뿐 아니라 부족한 점, 고쳐야 할 점을 알고 날마다 반성하며 고쳐나가는 것이다. '다른 사람보다 더 나은 나'가 아니라 '어제의 나보다 더 나은 오늘의 나'를 추구한다. 이것이 바로 성찰의 자세며, 그 기반이 되는 것은 성실함誠, 성과 충실함忠, 충이다.

이로써 보면 '가장 쉬운 일'과 '가장 어려운 일', 둘의 관계는 이렇게 말할 수 있을 것이다. '자기 스스로를 아는 사람은 함부로 남에게 충고하지 않는다.' 자신의 부족함을 알기에 함부로 남을 판단하고 충고하는 일을 절제하는 것이다.

충고로 어렵고 힘들었던 기억은 누구나 있을 것이다. 친구의 힘든 상황이 안타까워서 했던 말인데 오히려 사이만 더 서먹해지고 심하면 원망을 듣기도 한다. 그래서 어떤 이는 "절대로 충고는 하지 말라"고 말하기도 한다. 안 하느니만 못한 것이 충고라는 것이다. 아마 그 사람은 심하게 속상했던 경험이 있었을지도 모르겠다.

하지만 가까운 이가 잘못된 길로 가는데 여러 상황을 재면서 입을 다문다면 그것도 바람직한 일은 아니다. 당장의 갈등은 피할지 몰라도 나중에 더 어려운 상황이 닥치게 된다. "그때 왜 말 안 해줬어!" 아마 한 번쯤 들어본 적 있는 말일 것이다. 결국 해도, 안 해도 어려운 것이 충고다. 그렇다면 우리의 선택은 어때야 할까? 어떻게 충고해야 할지, 그 지혜가 고전에 실려 있다.

> 친구 사이는 간곡하게 선을 실천하고 악을 멀리하도록 권한다朋友切切偲偲, 붕우절절시시.

《논어》〈자로子路〉에 있는 말로, 자로가 공자에게 선비의 자격을 묻자 대답해준 말이다. 여기서 절절切切은 간절한 마음을 뜻하고, 시시偲偲는 바른 길을 가도록 권면하는 것이다. 즉 충고란 상대를 위하는 마음으로 절실하게 권하는 것이다. 마치 바둑이나 장기의 훈수를 두듯이 툭 던지는 말은 진정한 충고가 될 수 없다. 오히려 화근이 될 수도 있다.

"진실한 마음으로 충고하고 잘 인도해야 한다. 그래도 할 수 없다면 그만둘 일이지 스스로 치욕을 당하지 말라." 이 구절은 자공이 벗을 사귀는 도리를 묻자 공자가 대답해 준 말로, 《논어》〈안연〉에 실려 있다.

공자의 말에서 두 가지의 가르침을 얻을 수 있다. 첫째, 무엇보다 충고는 진실해야 한다. 진실에 바탕을 두지 않으면 그 충고는 따를 수 없고, 당연히 두 사람 모두에게 좋은 결과를 가져오지 않는다. 사탕발림이나 거짓은 통하지 않는 것이다. 그 다음은 충고를 받는 사람의 상태다. 충고를 받을 만한 상황도 아니고, 받아들일 마음도 없는데 계속한다면 그 충고는 강요가 된다. 결국 상대로부터 비난을 받게 되고 그 책임은 나의 몫이 된다.

다음은《근사록》에서 정자가 말했던 것으로, 충고할 때 취해야 할 방법을 일러준다. 결론으로 삼을 만한 말이다.

> 함께 있으면서 상대의 잘못을 충고하지 않는 것은 충실하지 않은 것이다. 서로 진실한 마음으로 교제하면 말하기 전에 그 마음이 전해져서 말을 하면 사람이 믿게 된다. 그리고 선한 일을 권할 때도 정성은 남음이 있고, 말은 부족해야 상대에게는 유익하고 나에게는 충고를 무시당하는 욕됨이 없다責善之道 要使誠有餘而言不足 則於人有益 而在我者 無自辱矣, 책선지도 요사성유여이언부족 즉어인유익 이재아자 무자욕의.

정자는 서로 아끼는 사이에서는 당연히 충고를 해야 한다고 말한다. 상대의 반응이 두려워 충고를 주저한다면 그 사이는 충실한 관계라고 할 수 없다. 그리고 교제 자체가 진실해야 한다. 만약 평상시 그 사람 자체가 믿음이 가지 않는다면 그 어떤 말도 통할 수 없다. 믿음을 기반으로 하는 사이라야 그 어떤 충고라도 받아들일 수 있는 것이다.

그리고 충고를 할 때는 넘치도록 정성을 담아서 말해야 한다. 그래야 나의 진실한 마음이 상대에게 전해질 수 있다. 하지만 말은 최대한 아껴야 한다. 말로 전달할 수 있는 마음은 한계가 있다. 진심은 말이 아닌, 마음으로 전달된다.

뒷담화만 하지 않아도 성인이 된다

"눈으로 본 것도 다 진실이 아닐까 두려운데
등 뒤에서 하는 말을 어찌 깊이 믿겠는가?"
《명심보감》

몇 해 전《뒷담화만 하지 않아도 성인이 됩니다》라는 책이 발간되었다. 프란치스코 교황이 사람들에게 전한 따뜻한 위로와 가르침을 모은 책으로 그 내용은 가볍지 않으나 제목은 재미있다. 카톨릭에서의 성인은 순교를 했거나, 테레사 수녀처럼 평범한 경지를 벗어난 사람을 말한다. 그런데 단순히 뒷담화만 하지 않아도 성인이 될 수 있다고 하니 어떻게 보면 참 쉽다. 한편으로 그 내용이 궁금해진다.

책에는 먼저 교황 자신이 신부로서 교인들의 참회의 기도를 듣고 조언하는 말이 뒷담화가 되지 않을까, 우려하는 이야기를 담고 있다. 상대에 대한 진정한 사랑이 없이 쉽게 하는 조언은 잘못하면 난도질이 될 수도 있다는 것이다. 그리고 뒷담화란 전혀 변명도 할 수 없는 무방비한 사람에 대한 폭력이 된다는 사실을 말한다. 뒷담화를 하는 자신은 물론 듣는 사람, 그 대상이 되는 사람 등 모두에게 폭력이 되는, 망하는 길이 된다는 것이다.

하지만 뒷담화는 마치 카라멜과 같이 달고 또 재미있기에 그 욕구를 다스리는 것은 결코 쉽지 않다. 따라서 그 욕구를 다스릴 수만 있어도 종국에는 성인이 될 수 있다는 결론이다. 물론 뒷담화를 하지 않는 사람이 모두 다 성인이 되지는 않는다. 하지만 최소한 성인이라면 분명히 뒷담화는 하지 않을 것이다.

동양 고전에서도 뒷담화의 폐해를 많이 이야기하고 있는데 교황의 가르침과 크게 다르지 않다. 《명심보감》에 실려 있는 세 가지 가르침이다.

> 눈으로 본 것도 다 진실이 아닐까 두려운데 등 뒤에서 하는 말을 어찌 깊이 믿겠는가經目之事恐未皆眞 背後至言豈足深信, 경목지사공미개진 배후지언기족심신

뒷담화로 하는 말은 대부분 진실이 아닌 경우가 많다. 오늘날은 급격한 변화의 시대고 허위와 거짓이 판을 치는 세상이

기도 하다. 속이기 위해서 눈속임을 하기도 하지만 급속한 변화 때문에 어제는 확실했던 것이 오늘은 사실이 아닐 수도 있다. 이처럼 직접 보면서도 그 진실을 알 수 없는 경우가 많은데 남들이 전해주는 말은 어떻겠는가? 남에게 듣는 말은 검증이 필요하고, 특히 남을 비방하고 험담하는 말을 무조건 믿어서는 안 된다. 뒤에서 하는 비방은 등 뒤에서 비수를 찌르는 것과 같다. 당하는 사람은 항변도 자기변호도 하지 못한 채 당할 수밖에 없다.

"쓸데없는 말과 급하지 않은 일은 내버려두어 개의치 마라."

사람들이 뒷담화로 하는 말은 대부분 쓸데없는 말이다. 굳이 하지 않아도 될, 아니 해서는 안 될 말이라고 할 수 있다. 꼭 필요치 않은 말을 사람들과 나누다 보면 자신도 모르게 하지 말아야 할 말을 하기 쉽다. 다른 사람에게 치명적인 험담을 하거나 꼭 지켜야 할 비밀을 누설하는 경우도 있다. 뜻하지 않게 근거 없는 풍문의 발설자로 지목되어 곤란을 겪기도 한다. 무엇보다 쓸데없는 말과 급하지 않은 일에 치중하다 보면 정작 꼭 해야 할 말과 중요한 일을 할 시간이 부족하게 된다.

"다른 사람을 헤아리려면 먼저 자기 자신부터 헤아려라. 남을 해치는 말이 도리어 자신을 해치게 되고, 피를 머금어 남에게 뿜으면 먼저 자기 입이 더러워진다."

흔히 남을 비난하는 사람을 보면 자신에게도 같은 약점이 있는 경우가 많다. 자기 자신의 흠이 남에게 있을 때 오히려 눈에 잘 띄는 것이다. 가장 아픈 것은 남에게 나쁜 말을 하는 그 순간 이미 자신도 더러움을 입게 된다는 것이다. 남을 더럽히기 위해 피를 머금어 뿜는다면 가장 먼저 더럽혀지는 것은 자기 입이다.

흔한 잡담이나 한가한 대화를 한 다음에 뭔가 마음이 힘들고 개운치 않은 것을 느낄 때가 있을 것이다. 자기도 모르게 뒷담화를 한 경우다. 뒷담화를 하지 말아야겠다고 결심하면서도 계속하는 자신이 한심하게 느껴질 수도 있다. 하지만 너무 자책할 필요는 없다. 그만큼 뒷담화의 유혹에서 벗어나기 어렵기에 교황도 '뒷담화만 하지 않으면 성인이 된다'고 말했을 것이다.

만약 아무리 애써도 뒷담화의 유혹에서 벗어나기 어렵다면 《청언소품淸言小品》에 있는 이 말을 새겨보면 도움이 될 것이다.

"부질없는 이야기로 둘러앉아 떠들고 있으면 참된 총명함이 점차 사라진다."

뒷담화로 사라지는 것은 시간만이 아니다. 자신에게 가장 소중한 품격과 총명함도 함께 사라진다.

함께해야 할 사람과 멀리해야 할 사람

"자신을 해치는 자와는 더불어 말할 수 없고,
자신을 버리는 자와는 더불어 일할 수 없다."
《맹자》

'유유상종類類相從'이라는 말이 있다. '같은 무리끼리 서로 어울려 사귄다'는 뜻으로 그리 긍정적으로 쓰이는 말은 아니다. 사전의 용례에서도 "유유상종이라고 하더니 고만고만한 녀석들끼리 모였다"라는 예문을 들고 있다.

'유유상종'은 원래 《주역》에서 유래한 말인데 부정적인 뜻만 있는 것은 아니다. 《주역》 〈계사전〉에는 "세상은 비슷한 성질을 가진 것들끼리 모이고, 만물은 무리를 지어서 나뉘어 산다. 길흉이 그로 말미암아 생긴다"라고 실려 있다. 유유상종으로 나쁜 일도 생기지만 좋은 일도 있다는 말이다.

길흉이 나뉘는 것은 어떤 의도로 모여서 어떻게 일을 하느냐에 달려 있다. 같은 뜻으로 모여서 함께 힘을 합쳐 일을 이루고자 하면 그것은 좋은 일이다. 하지만 비슷한 것끼리 모여 바른 일을 하지 않거나 잘못된 풍토를 만들면 그 결과가 좋을 리 없다. 연고주의, 학벌주의, 인종주의와 같은 것들이 그 예다. 이로써 보면 유유상종에는 또 다른 시사점이 있다. 어떤 기준으로 어떤 무리에 속할 것인지를 분명히 해야 한다. 단지 비슷하다는 이유로 속할 것이 아니라, 좋은 목적으로 올바른 일을 하는 무리에 속하도록 노력해야 한다. 맹자는 특히 함께해서는 안 될 사람의 기준을 '말'에 두었다.

"선비가 해서는 안 되는 말을 하는 것은 말로써 남을 떠보아 이익을 취하려는 것이고, 말을 할 수 있는데도 하지 않는 것도 말을 하지 않음으로써 남을 떠보는 것이다. 이런 것은 모두 구멍을 뚫고 담장을 넘어 도둑질을 하려는 부류와 같다."

말을 하지 않아야 할 때 하는 것은 경박함이다. 말을 해야 하는데 하지 않는다면 그것은 곧 감추는 것이다. 평상시의 사귐에서 이 두 가지도 바람직하지 않다. 사귐에 진실과 솔직함이 없기 때문이다. 하지만 만약에 다른 사람을 기만하여 자기 이익을 취하려는 데 목적이 있다면, 그것은 최악이다. 맹자는 담을 넘어 남의 것을 훔치는 것만이 도둑질이 아니라 말로 하는 것 역시 도둑질과 같다고 말한다. 당연히 함께 어울려서는 안 될 사람이다.

《맹자》〈이루 상〉에는 함께해서는 안 될 사람의 예를 또 한 가지 들고 있는데, 우리에게도 익숙한 말이 실려 있다.

> 자신을 해치는 자와는 더불어 말할 수 없고, 자신을 버리는 자와는 더불어 일할 수 없다自暴者 不可與有言也 自棄者 不可與有爲也, 자포자 불가여유언야 자기자 불가여유위야.

지금도 흔히 쓰는 '자포자기'가 실려 있는 원전이다. 자포자기는 '절망에 빠져 스스로를 버린다'는 뜻이다. 맹자는 자포자기하는 사람과는 말도 하지 말고 함께 일하지도 말라고 한다. 그 이유는 이렇다.

"말로 예의를 비난하는 것을 스스로 해친다고 하고, 나는 인仁에 머무를 수 없고 의義를 따를 수 없다고 하는 것을 스스로 포기한다고 한다. 인은 사람이 머물러야 할 편안한 집이고, 의는 사람이 걸어야 할 바른길이다. 편안한 집을 비워두고 기거하지 않고, 바른길을 버리고 그 길을 걷지 않으니, 슬프도다!"

인과 의는 '사랑과 배려의 마음으로 의로운 삶을 살라'는 것으로, 그 당시는 물론 지금도 통하는 도덕률이다. 사람으로서 지켜야 할 근본 도리라고 할 수 있는데, 맹자는 이것의 기준을

'말'로 삼았다. 말로써 자기를 버리고 포기하는 사람은 함께하기 어려운 사람이라는 것이다.

맹자가 엄격하게 함께해서는 안 될 사람의 기준을 말했다면 순자는 그 세부적인 실천 방안을 말하고 있다. 우리가 따르기에 도움이 되는 내용이다.

"비루한 것을 묻는 자에게는 대답하지 말 것이며, 비루한 말을 하는 자에게는 묻지 말 것이며, 비루한 얘기를 하는 자의 말은 듣지 말 것이며, 다투려는 자와는 말다툼을 하지 말아야 한다. 그러므로 반드시 올바른 길을 좇아서 오면 그것을 안 뒤에야 그와 접촉하며, 올바른 길로 오지 않으면 곧 그를 피해야 한다."

어떤 사람과 사귀고 어떤 사람과 함께해야 하는지를 말하고 있는데 역시 그 기준은 말이다. 사람은 그 몸담는 곳에 따라서 그 길이 정해진다고 한다.

《태자소부잠太子少傅箴》에 실려 있는 "먹을 가까이 하는 사람은 검어지고, 붉은 물건과 가까이하면 붉어진다近墨者黑 近朱者赤, 근묵자흑 근주자적"는 부정적인 경우이고, 《순자》 〈권학勸學〉에 실려 있는 "구불구불 자라는 쑥도 곧게 자라는 삼밭에서 크면 곧아진다麻中之蓬, 마중지봉"는 긍정적인 경우로, 쓰임은 다르지만 그 의미는 동일하다.

평범한 사람들이 사람을 읽고 판단하는 것은 결코 쉬운 일이 아니다. 그러나 평상시 그의 말을 유심히 살펴보면 그 인간됨을 짐작할 수 있다. 이로써 보면 '유유상종'으로 길흉을 만드는 것은 '말'에 달려 있다. 따라서 좋은 말, 향기로운 말을 하는 사람들 틈에 있어야 한다.

사람은 몸담는 곳에 따라 길이 정해진다.

따라서 향기로운 말을 하는 사람들 틈에

있어야 한다.

후회만 하지 말고 즉시 고쳐라

"잘못을 반성하는 일이 없어서는 안 되지만,
지나치게 오래 마음에 품어서도 안 된다."
《근사록》

다음은《논어》〈술이〉에 실려 있는 글이다.

"인격을 수양하지 못하는 것, 배운 것을 익히지 못하는 것, 옳은 일을 실천하지 못하는 것, 잘못을 고치지 못하는 것, 이것이 나의 걱정거리다."

얼핏 보면 평범한 사람들의 스스로 반성하는 글로 보인다. 하지만 이 글은 공자가 했던 말이다. 학문과 수양에서 최고 경지에 이른 공자가 이런 반성을 했다는 것은 의외다. 공자의 겸손함과 솔직함을 잘 보여주는 동시에 우리 평범한 사람들에게 위로가 된다. 항상 잘못을 저지르고, 부족함을 자책하며 살고 있지만, 공자와 같은 사람도 마찬가지였다는 것을 보며 마음의 위안을 삼을 수 있다.

특히 마지막 '잘못을 고치지 못하는 것이 나의 걱정거리다'는 더욱 그렇다. 잘못을 고치지 못하는 것이 걱정이 되려면 먼저 잘못을 저지른 것이 전제되어야 한다. 매일 잘못을 저지르고 반성하며 고치려고 하지만 잘되지 않아 속상한 것이 바로 평범한 우리의 모습이기 때문이다.

일상에서 특히 많이 후회하는 것 중에는 말에 의한 것이 많다. 하지 않아야 할 말을 하고, 지나친 말을 하고, 상대에게 상처를 주는 말을 하고 항상 후회한다. 심지어 꼭 해야 할 말을 하지 못해서 가슴을 치는 경우도 있다. '다음부터는 절대로 실수하지 말아야지…' 결심하지만, 언제 그랬냐는 듯이 곧 같은 잘못을 되풀이한다. "차라리 밑 빠진 독을 막을 수 있어도 코밑의 입은 막기 힘들다"는 고전의 성어를 보며 위안하지만, 나의 말로 상처를 받고 힘들어하는 상대를 보면 때로는 나 자신이 정말 미워질 때도 있다. 그럴 때 적용할 수 있는 고전의 가르침이 있다. 단순한 위로가 아닌, 지혜로운 해법이다. 먼저 《전습록傳習錄》에 실린 글이다.

> 후회는 병을 고칠 수 있는 약이다. 하지만 더 중요한 것은 잘못을 고치는 것이다.

제자인 설간이 항상 후회하고 반성하는 모습을 보이자, 실질과 실천을 강조했던 양명학의 창시자 왕양명이 한 말이다. 후회하고 반성하는 것은 자기의 발전을 위해 꼭 필요한 일이다. 하지만 정작 중요한 것은 그 잘못을 고치는 것이다. 잘못을 고치지 않으면서 후회하고 반성만 한다면 결코 좋은 일이 아니다. 잘못된 약은 오히려 병을 더 악화시킨다.

후회도 마찬가지다. 후회도 잘못을 고칠 수 있는 약이지만 실천하지 않고 오래 품고만 있으면 오히려 마음에 병이 될 수 있다. 잘못이 있으면 철저히 반성하되 즉각 행동으로 옮겨야 한다. 그 잘못을 바로잡음으로써 더 이상 후회를 마음에 두어서는 안 된다. 후회만 하면서 정작 아무 행동도 하지 않는 것은 나중에 더 큰 후회를 만든다.

《근사록》에 실려 있는 글은 좀 더 현실적이다.

> 잘못을 반성하는 일이 없어서는 안 되지만, 지나치게 오래 마음에 품어서도 안 된다罪己責躬不可無 然亦不當長留在心胸爲悔, 죄기책궁불가무 연역부당장류재심흉위회.

잘못을 저질렀을 때 자신을 반성하는 일은 꼭 필요하다. 앞으로 같은 실책을 반복하지 않고, 실수를 통해 더 큰 발전을 얻기 위해서는 당연히 거쳐야 하는 과정이다. 하지만 잘못을 했을 때 땅이 꺼지는 것처럼 괴로워하는 사람이 있다. 반성을 지나 자책이 되고 심하면 자포자기가 되고 만다. 이런 사람은 단 한 번의 잘못으로도 재기할 수 없는 상황에 빠져버리고, 더 도전할 의욕조차 잃어버리기 쉽다. 반성은 새로운 출발을 위한 원동력이 되어야 한다. 딛고 도약할 받침대가 되어야 한다. 성장을 위한 밑거름이 되어야 한다. 실패는 누구나 경험하는 일이지만 성공하는 사람은 그 실패를 결과가 아닌, 하나의 과정으로 생각한다.

말에 의한 잘못도 마찬가지다. 계속 마음에 품고 후회하고 있는 것은 나와 상대방, 둘 모두에게 그 문제가 해결되지 않은 것이다. 먼저 나 자신은 스스로 반성하고 고친 다음 털어버리면 된다. 만약 내 잘못으로 힘든 사람이 있다면 즉시 잘못을 인정하고 진심으로 사과를 하면 된다. 이때 공연한 자존심을 내세워서는 안 되고, 앞뒤를 재며 계산을 해서도 안 된다. 진실함이 없기 때문이다. 솔직한 인정과 진실한 사과는 오히려 더 좋은 관계를 만들 수 있는 지름길이다.

만약 그래도 상대가 풀리지 않는다면 기다려야 한다. '왜 사과했는데 풀리지 않지?' 역시 내 욕심이다. 상처를 주기는 쉽지만 그 상처를 가늠하기는 어렵다.

화날 때는 마음에 빨간불을 켜라

"화가 날 때는 그 뒤의 어려움을 생각하라."

《논어》

《중용》에서는 사람의 감정을 '희로애락喜怒哀樂'으로 표현했다. 우리가 잘 아는 네 가지 감정이다. 《예기》에 실려 있는 감정은 좀 더 세분화되어 있다. 바로 '희로애락애오구喜怒哀樂愛惡懼'의 일곱 가지 감정이다. 희로애락에 '사랑' '증오' '두려움'의 세 가지 감정을 더했다. 어른의 공부인 《대학》에서는 수신의 첫걸음을 이 감정을 다스리는 것으로 보았다. 감정을 제대로 다스리지 못하면 마음의 올바름을 얻을 수 없기 때문이다.

《대학》에는 이런 글이 실려 있다. "이른바 수신이 그 마음을 바르게 함에 있다는 것은, 몸에 분하고 노여워하는 바가 있다면 그 바름을 얻을 수 없고, 두려워하고 근심하는 바가 있어도 그 바름을 얻을 수 없고, 좋아하고 즐기는 바가 있어도 그 바름을 얻을 수 없고, 근심하고 걱정하는 바가 있어도 그 바름을 얻을 수 없다."

이 감정들 중에 가장 다스리기 어려운 것은 바로 '노怒', 즉 분노일 것이다. 물론 어떤 감정이든 중요하지 않은 것이 없고 잘 다스려야 한다. 하지만 분노는 순간적으로 생기는 감정이기에 예상하기도, 절제하기도 어렵다. 무엇보다 자신은 물론 다른 사람에게도 직접적인 피해를 주기에 그 폐해가 심각하다. 하지만 순간적으로 솟아나는 분노를 쉽게 다스릴 수 있는 사람은 드물다. 없다고 해도 과언이 아닐지도 모른다. 이것은 옛 선인들도 마찬가지였다. 명도선생明道先生이라고 불리는 북송의 유학자 정호가 장자에게 했던 말이다.

"사람의 감정에서 쉽게 일어나 다스리기 어려운 것 중에 분노가 특히 심하다. 단지 화날 때는 얼른 그 화내는 것을 잊고 사리의 옳고 그름을 살펴보아라. 그러면 외부의 유혹이 미워할 만한 것이 아님을 알 수 있고, 도를 향하는 마음이 이미 절반을 넘어선 것이다."

장자가 "성정을 안정시키려고 해도 오히려 외물外物에 얽매이게 된다"고 묻자 정호가 대답했던 말이다. 여기서 외물이란 감정을 유발하는 외부의 모든 욕망과 유혹을 말한다. 성리학의 창시자 주자도 "나의 기질상의 병통은 대부분 분노와 원망을 다스리지 못하는 데 있다"고 하며 스스로 분노와 원망을 다스리기 어렵다고 토로했다.

공자는 감정을 다스리는 해답을 '생각'에서 찾았다. 《논어》〈계씨〉에 실려 있는 '군자로서 항상 생각해야 하는 아홉 가지君子有九思, 군자유구사'다.

> 볼 때는 밝게 볼 것을 생각하고, 들을 때는 똑똑하게 들을 것을 생각하고, 얼굴빛은 온화하게 할 것을 생각하고, 용모는 공손할 것을 생각하고, 말을 할 때는 진실하게 할 것을 생각하고, 일을 할 때는 공경스럽게 할 것을 생각하고, 의심이 날 때는 질문할 것을 생각하고, 화가 날 때는 어려움을 생각하고, 이득이 되는 것을 보면 그것이 의로운지를 생각한다視思明 聽思聰 色思溫 貌思恭 言思忠 事思敬 疑思問 忿思難 見得思義, 시사명 청사총 색사온 모사공 언사충 사사경 의사문 분사난 견득사의.

여기서 감정에 관련된 것은 여덟째와 아홉째로, 화가 날 때와 욕심이 날 때다. 공자는 먼저 화가 날 때는 그것 때문에 닥칠 수 있는 어려움을 생각해야 한다고 했다. 오늘날에도 마찬가지지만 분노를 자제하지 못했을 때 다른 사람에게 피해를 주게 되고, 그 때문에 엄청난 문제들이 생긴다. 심지어 개인의 문제를 넘어 사회 전체의 문제로까지 파급될 수도 있다.

분노는 단순한 감정이 아니라 상당히 복합적인 감정이다. 미움, 좋음, 미안함, 사랑, 원망, 당황, 불안이 뒤섞여 화가 나기에 해결책을 찾기도 어렵다. 심지어 자기 자신도 어떤 감정 때문에 화가 났는지 알 수 없는 경우가 대부분이다. 이때 공자는 '생각하라'고 했다. 물론 감정이 극도로 치우쳤는데 한가히 이치와 도리를 생각한다는 것은 무리다. 어느 누구도 쉽게 할 수 있는 일은 아니다. 그래서 공자는 이 분노가 가져올 결과, 그 뒤에 생길 어려움과 후회를 생각하라고 권한다. 물론 이조차도 쉬운 일은 아니다. 그 해답이 《대학》에 실려 있다. 바로 멈춤이다.

"멈출 것을 안 다음에야 정해지는 것이 있고, 정해진 후에야 마음이 고요해질 수 있고, 고요해진 후에야 편안해질 수 있고, 편안해진 후에야 생각할 수 있으며, 생각한 후에야 얻을 수 있다."

무엇을 원하든 그 시작은 바로 멈춤이다. 분노와 감정을 다스리는 것도 마찬가지다. 화가 나서 감정이 최고조에 이를 때, '잠깐 멈춤'의 빨간 불을 켜야 한다. 잠깐 후면 사라질 순간의 감정과 내 삶의 소중한 것들을 바꾸지 않는 길이다.

8

입을 닫고 귀를 연다

지자불언

知者不言

말은 마음의 표현이다.

마음속에 있는 뜻을 진실하게 전하는 것이 근본이다.

지나치게 꾸미는 데 집중하면

뜻은 사라지고 겉치레만 남고 만다.

말을 많이 하려고, 꾸미려고 노력하지 마라.

진실한 마음이 전달되면,

말하지 않아도 통한다.

지혜로운 사람은 말을 비운다

"아는 사람은 말하지 않고
말하는 사람은 알지 못한다."
《도덕경》

《도덕경》을 보면 "공부는 날마다 채워가는 것이고 도는 날마다 비우는 것이다爲學日益 爲道日損, 위학일익 위도일손"라는 구절이 있다. 공부와 도에 대한 노자의 사상을 잘 나타내주는 말이다. 공부는 날마다 지식과 수양을 통해 자신을 채워나가는 일이다. 하지만 도는 자신을 비워서 없애는 것이다. 여기서 비운다는 것은 뭔가를 이루고자 하는 자신의 욕심과 감정이다. 아무것도 하지 않는 무위에 이르기 위해서는 그 어떤 것도 남지 않아야 하기 때문이다. 이어지는 글에서 그 의미를 더욱 자세히 설명하고 있다.

"덜어내고 또 덜어내면 '하는 일 없음無爲, 무위'에 이른다. 하는 일이 없으면 못하는 일도 없다無爲而無不爲, 무위이무불위. 항상 아무 일도 하지 않아야 천하를 얻는다. 일을 해서 얻으려고 하면 천하를 얻기에는 부족하다."

노자의 철학이 다 그렇지만 지나치게 추상적이라 선뜻 이해하기는 어렵다. 여기서 핵심은 '하는 일이 없으면 못하는 일도 없다'다. 아무 일도 하지 않음으로써 일을 이루고 천하를 얻는다는 노자의 무위 철학으로, 자연을 연상하면 된다. 자연이 아무런 인위적인 일을 하지 않아도 조화롭게 유지되는 것처럼 사람 사는 세상도 마찬가지라는 것이다. 이런 노자의 생각을 말에 적용한 것이 바로 이 구절이다.

> 아는 사람은 말하지 않고 말하는 사람은 알지 못한다知者不言 言者不知, 지자불언 언자부지.

《도덕경》에 실려 있는 이 구절 역시 도에 관한 말이다. 진정으로 도를 아는 사람은 도에 대해 말하지 않고, 어설프게 아는 사람은 함부로 도에 대해 말한다는 것이다. 진정한 도는 감각을 막고 욕망을 버리고 그 뛰어남과 빛남도 감춰서 오히려 세상의 평범함, 심지어 먼지와도 같은 하찮은 존재와 하나가 될 수 있어야 한다. 그 경지가 되는 것을 노자는 '현묘한 합치', 즉

도에 이르는 것이라고 했다.

이 경지에 이르게 되면 가까이할 수도, 멀리할 수도, 이롭게 할 수도, 해롭게 할 수도, 귀하게 할 수도, 천하게 할 수도 없으니, 세상에서 가장 귀한 존재가 될 수 있다. 따라서 도의 경지에 이른 사람은 함부로 도를 말하지 않는다. 자신을 드러낼 욕심이 없기 때문이다. 하지만 어설프게 도의 일부를 맛본 사람은 자신을 드러내고 싶은 욕심에 도를 떠들고 다닌다.

이 구절은《장자》에도 실려 있는데 좀 더 쉽게 쓰여 있다.

> 아는 사람은 말하지 않고 말하는 사람은 알지 못한다. 그 때문에 성인은 말하지 않음으로써 가르침을 베푼다.知者不言 言者不知 故聖人行不言之敎, 지자불언 언자부지 고성인행 불언지교

장자는 가르침이라는 측면에서 이 구절을 말하고 있다. 지혜롭고 지식이 많은 사람은 오히려 말을 아낀다. 배움 앞에서 부족한 자신을 알기에 스스로 겸손한 자세를 취하는 것이다. 남을 가르칠 때도 마찬가지다. 가르침에 앞서서 반드시 실천함으로써 직접 보여준다. 실천이 따르지 않는 가르침은 오히려 역효과라는 것을 잘 알고 있기 때문이다.

하지만 어리석은 사람은 자신을 과시하고 싶은 마음에 온종일 떠들고 다닌다. 자신이 알고 있는 알량한 지식으로 가르

치려고 들고 선생 노릇을 하려고 한다.

지혜로운 사람의 또 다른 특징은 말의 간결함이다. 사람들에게 말을 시켜보면 자신감이 넘치고 내세울 것이 많은 사람은 말이 짧고 간결하다. 핵심을 찔러서 말하기에 군더더기가 필요 없는 것이다. 하지만 부족하고 모자란 사람의 말은 길고 장황하다. 자신을 돋보이게 하려고 이것저것 마구 들이댄다. 하지만 차분히 들어보면 실속이 없는 말이 대부분이다.

말은 마음의 표현이라고 했다. 마음에 있는 것이 말로 나오는 것이다. 따라서 말은 마음속에 있는 뜻을 진실되게 전달하는 것이 근본이다. 물론 커뮤니케이션 시대에 무턱대고 말을 아끼는 것도 바람직하지 않다. 때와 상황에 맞게 말을 해야 하고, 내 뜻을 정확하고 효과적으로 전달하기 위해 여러 가지 기법을 사용하는 것도 당연히 필요하다. 하지만 지나치게 꾸미는 데 집중하면 뜻은 사라지고 겉치레만 남게 된다. 그래서 노자는 말의 목적을 다시 한번 짚어주고 있다.

말을 많이 하려고, 번드르르하게 꾸미려고 노력하지 말고 마음속에 있는 뜻을 진실되게 전달하라. 만약 그럴 자신이 없다면 차라리 입을 닫고 말을 하지 마라. 말로 드러나기 쉬운 것은 인격이나 지식이 아니라 무식과 결함이다.

스스로 낮춰야 높아진다

"교만은 손해를 부르고
겸손은 이익을 받는다."
《서경》

중국의 고대 역사서이자 삼경 중 하나인 《서경》〈대우모大禹謨〉에는 "교만은 손해를 부르고 겸손은 이익을 받는다滿招損 謙受益, 만초손 겸수익"라는 성어가 실려 있다. 이 성어를 자신의 일생을 통해 확실하게 보여준 인물이 있는데, 바로 초한 전쟁의 영웅 한신이다. 한나라 유방과 초나라 항우의 천하 쟁패전인 이 치열한 전쟁에서 두 사람 못지않게 중요한 역할을 했던 장군이 한신이다.

중국의 변두리 회음현의 건달이었던 한신은 진나라에 대항하는 혁명이 일어났을 때 처음엔 항우의 숙부인 항량 휘하에 있었다. 이후 항량이 패해 죽자 항우 밑으로 들어갔다. 항우에게도 인정을 받지 못해 다시 유방을 찾았고, 거기서 법을 어겨 참수형을 당할 위기에 처하기도 했다. 하지만 유방의 심복이었던 하후영과 소하의 추천을 받아 대장군에 중용되었다. 대장군이 되어 유방에게 올렸던 계책이 유방의 마음을 사로잡았고, 함께 천하를 통일한 후 한신은 제나라와 초나라의 왕에 봉해졌다.

《사기》〈회음후열전淮陰侯列傳〉에는 한신이 회음현의 건달이었을 때의 고사가 실려 있다. 백정 일을 하던 한 청년이 한신을 깔보며 말했다. "너는 몸집이 크고 칼을 차고 다니는 것을 좋아하지만 사실은 겁쟁이에 지나지 않는다. 네가 죽음이 두렵지 않다면 나를 찔러라. 죽음이 두렵다면 내 가랑이 밑을 기어나가라." 한신은 한참 동안 그를 쳐다보다가 몸을 굽혀서 가랑이 밑을 기어 지나갔다. 심지어 빨래터의 아낙네에게 밥을 얻어먹던 한신이 "꼭 은혜를 갚겠소"라고 하자, "자기 밥벌이도 못하는 사람에게 무슨 보답을 바라겠소?"라는 핀잔을 듣기도 했다.

훗날 초나라 왕이 되었을 때 한신은 가장 먼저 자신에게 치욕을 안겼던 건달을 호위무사로 삼았다. 수모를 주었던 아낙에게는 천금의 상을 내렸다. '과하지욕胯下之辱'의 고사와 '일반천금一飯千金'의 고사가 여기서 나왔다. 한신은 그 건달을 만난 후 이렇게 말했다. "이 자가 그 당시 나를 욕보일 때 내가 죽일 수 없었겠는가? 죽여도 나에게 아무 이로움이 따르지 않을 것이기에 내가 참았고, 그래서 지금의 내가 될 수 있었다." 이것이 바로 한신이 가졌던 겸손의 모습이며, 자신을 낮춤으로써 더 높이는 지혜다. 이 일을 통해 한신은 초나라 백성으로부터도 큰 존경을 얻을 수 있었다.

하지만 한신은 최고의 성공을 거둔 후 청년 시절의 겸손함을 잃고 만다. '다다익선多多益善'의 고사가 잘 말해준다. "나는 얼마만큼의 장병을 지휘할 수 있겠느냐"는 유방의 물음에 "폐하는 십만 명이 한계입니다"라고 대답하고, 한신 자신은 "많으면 많을수록 좋다"고 대답한 고사다. 화가 난 유방에게 "폐하의 능력은 군졸이 아닌 장수를 거느리는 능력입니다"라고 수습하기는 했지만, 이런 교만이 결국 유방의 신임을 잃게 만들었다. 스스로 유방보다 더 뛰어나다는 교만에 사로잡혀 유방의 의심을 샀고, 뒤늦게 반란을 꾀하다가 자신은 물론 일족이 죽임을 당하는 파국을 맞고 말았다.

한신은 파란만장한 일생을 통해 '만초손 겸수익'의 이치를 말해준다. 아무리 겸손한 사람이라도 일단 높은 자리에 오르게 되면 교만을 절제하기가 쉽지 않다. 이를 말해주는 많은 고전의 글들이 있는데, 특히 우리 삶에서 적용해 실천할 수 있도록 도움을 주는 글은 《근사록》에 실려 있다.

> 쳐다보는 일에는 절도가 있는 것이니, 상대를 볼 때 시점의 높고 낮음이 있다. 보는 시점이 높으면 거만해지고 시점이 낮으면 온화해진다. (…) 시점의 높고 낮음을 시험해보면 자신이 공경하고 오만한 것은 반드시 그 시점이 말해준다. 그 시점을 내리고자 하는 자는 그 마음을 온유하게 하고자 함이다. 그 마음이 온유해지면 듣고 말하는 것이 공경스럽고 또한 믿음직스럽다.

여기서 시점視點이란 사람이나 사물을 바라보는 시선을 말한다. 겸손함과 오만함을 나누는 것은 바로 상대를 어떻게 바라보느냐에 달려 있다. 상대를 존중하고 높이면 결국 자신도 높임을 받게 된다. 하지만 남을 하찮게 보고 낮춰 보면 결국 함께 낮춰진다. 그것이 겉으로 드러나는 것이 바로 말이다. 상대방을 존중하는 겸손한 말은 언제나 존중하는 말로 돌아온다. 하지만 상대를 얕잡아 보고 자신을 높이는 오만한 말은 좋게 돌아오지 않는다. 자신보다 지위나 신분이 낮은 사람에게도 마찬가지다. 높은 지위와 신분을 내세우며 상대를 밑으로 내려본다면 겉으로는 몸을 굽힐망정 진정한 존중은 받을 수 없다.

겸손한 말과 행동의 혜택은 그 누가 아닌 자신에게 주어진다. 그런 사람은 인생이 즐거울 뿐 아니라 치욕을 당할 일이 없다. 그 첫걸음이 바로 세상과 사람을 바라보는 시선을 낮출 줄 아는 지혜다.

바라보는 눈이 높으면 거만해지고

바라보는 눈이 낮으면 온화해진다.

낮은 곳에서 바라본다면

사람들이 저절로 높여줄 것이다.

나를 높이는 말을 경계하라

"말은 신중히 하지 않으면 안 된다."
《논어》

자공은 공문십철에 속하는 제자다. 재아와 함께 언어에 뛰어난 제자로 꼽히는데 안타깝게도 공자로부터 크게 인정받지는 못했다. 공자는 자공이 언어를 비롯해 외교, 상술에는 탁월한 능력이 있지만 군자로서의 수양과 학문에는 부족함이 있다고 보았던 것이다.

자공은 타고난 재능으로 큰 부자가 되었고, 정치에도 뛰어나 위나라의 재상까지 지냈으므로 오늘날로 치면 가장 성공한 사람에 속한다. 그 당시에도 세속적인 성공을 꿈꾸는 사람들에게는 가장 뛰어난 인물로 추앙받았다. 부와 성공, 그리고 명예를 모두 가졌으니 충분히 그럴 만했다. 심지어 스승인 공자보다 더 뛰어나다는 평을 하는 사람도 있었지만 자공은 자신을 낮출 줄 알았다.

이를 보면 비록 공자로부터 크게 인정받지는 못했지만 자공 역시 뛰어난 군자라고 할 수 있겠다. 자신을 알고 낮출 수 있는 사람은 당연히 평범함을 뛰어넘는 비범한 사람이니까. 무엇보다 그의 뛰어난 말솜씨를 보면 왜 언어에 뛰어난 공문십철로 꼽히는지를 잘 알 수 있다. 《논어》 〈자장〉에 실려 있는 두 가지 고사다.

노나라의 대부 숙손무숙이 조정에서 "자공이 공자보다 더 뛰어나다"라고 말했던 것을 전해 듣고 자공이 겸손하게 말했다. "궁궐의 담에 비유하자면 나의 담은 어깨 정도의 높이이므로 궁 안의 좋은 것들을 엿볼 수 있지만, 스승님의 담은 몇 길이나 되므로 그 문을 찾아 들어가지 못하면 종묘의 아름다움과 풍성함을 볼 수 없습니다. 당연히 그 문을 찾아낸 사람도 적을 것이므로, 그분이 그렇게 이야기하는 것도 당연하지 않겠습니까?"

멋진 비유로 자신이 도저히 공자를 따를 수 없음을 이야기하고 있다. 자신의 경지는 평범한 중에 좀 더 뛰어난 정도이므로 사람들은 그 경지를 가늠해볼 수 있다는 것이다. 설사 좀 키가 모자란 사람이라도 발꿈치만 들어주면 그 속을 들여다

볼 수 있으므로 사람들이 보고 경탄할 수 있다.

하지만 담이 몇 길이나 되는 경지라면 사람들은 속을 들여다볼 수도 없고, 그 안에 얼마나 놀랍고 아름다운 것이 있는지 도무지 알 수 없다. 문을 찾아서 들어가면 되지만 문을 찾는 것 역시 보통 사람들은 어렵다. 따라서 그 경지를 볼 수 있는 사람은 극히 드물 수밖에 없고, 자신이 더 낫다고 말했던 사람 역시 마찬가지라는 것이다. 사람들은 보지 못한 것은 미리 상상하지도 예측하지도 못하기 때문이다.

또 다른 고사는 제자인 진자금과의 대화로, 진자금이 "선생께서 겸손해서 그렇지 공자가 어찌 선생의 현명함을 따르겠습니까?"라고 하자 자공은 이렇게 대답했다.

> 군자는 한마디 말로 지혜롭다고 여겨지기도 하고, 한마디 말로 지혜롭지 않다고 여겨지기도 한다. 말은 신중히 하지 않으면 안 된다言不可不愼也, 언불가불신야. 스승님에게 미칠 수 없는 것은 마치 하늘에 사다리를 놓고 올라갈 수 없는 것과 같다.

진자금은 자공의 제자였으므로 스승을 높이고 싶은 마음이 있었다. 물론 진심이었겠지만, 한편으로는 스승을 높임으로써 그 문하에 있는 자신을 드러내고 싶은 마음도 있었을 것이다. 자공은 그것을 꾸짖었다. 한 사람을 높이기 위해 사람들은 다른 뛰어난 사람과 비교하는 방법을 취할 때가 많다. 평판이 좋고 뛰어난 사람과 견주어 자신 역시 뛰어나다는 점을 보여주고 싶은 것이다. 하지만 그 비교 우위를 위해 다른 사람을 낮추거나 폄하한다면 결코 바람직하지 않다. 자칫하면 한마디의 말로 사람들의 믿음을 잃기 때문이다. 자공은 이를 가르치고 있다.

자공의 가르침은 이에 그치지 않는다. 멋진 비유로 자신은 도무지 스승의 경지에 미치지 못함을 말하고 있다. 내가 아무리 뛰어나다고 해도 땅에 발을 디디고 사는 사람에 불과하다. 하지만 스승의 지혜는 이미 하늘에 닿아 있는 경지다. 사다리로는 아무리 노력해도 하늘에 닿을 수 없듯이 그 누구도 공자의 경지에 미치지 못하고, 감히 짐작해볼 수도 없다고 자공은 말하고 있다.

자공은 제자에게 '말의 중요성'을 말해주면서 스스로 그 모범을 보여주고 있다. '말은 모름지기 이렇게 하는 것이다!' 대화 속에서 가르침을 주는 최고의 경지라고 할 수 있겠다.

사람들은 누구나 자신을 높여주는 사람을 좋아한다. 자기를 인정하고 높여주는 데 싫어할 사람이 누가 있으랴. 하지만 이때도 반드시 염두에 두어야 할 것이 있다. 누군가 눈앞에서 지나치게 높여주고 칭찬한다면 반드시 경계해야 한다. 스스로 듣기에 민망할 정도거나 상식으로 받아들이기 힘들 때는 그가 보여주지 않는 의도를 살펴볼 필요가 있다. 말의 신중함이 없이, 지나치게 꾸미는 말이나 번드르르한 행동을 하는 사람은 진실함이 없다.

아랫사람이더라도 잘못했다면 인정하라

"성인이 천하를 통치할 수 있는 것은
받는 것에 있지 빼앗는 것이 아니다."
《신자》

《논어》〈양화〉에 실려 있는 고사다.
공자가 무성武城에 가서 마을에 음악 소리가 흘러나오는 것을 듣고 빙그레 웃으며 말했다. "닭을 잡는데 어찌 소 잡는 칼을 쓰느냐?" 공자의 제자이자 무성의 읍재邑宰인 자유가 대답했다. "예전에 제가 선생님께 배우기는 '군자가 도를 배우면 남을 사랑하고, 소인이 도를 배우면 부리기가 쉽다'고 하셨습니다." 공자가 대답했다. "얘들아, 자유의 말이 옳다. 아까 한 말은 농담이었다."

무성은 노나라에서도 국경 지대에 인접한 곳으로, 그 지명으로도 짐작할 수 있듯이 거칠고 무도한 사람들이 모여 사는 곳이었다. 예의보다는 무력을 숭상하고, 말보다는 주먹이 앞서는 그곳을 잘 다스리기는 분명히 쉬운 일은 아니었을 것이다. 하지만 공자의 제자 자유가 읍재로 부임한 후, 그곳에서는 다툼의 소리는 사라지고 아름다운 현악기의 음악 소리가 흘러나오게 되었다.

위의 고사에서 공자는 자신의 가르침을 우직할 정도로 충실하게 수행하고 있는 제자에게 한마디 해주고 싶었을 것이다. 제자가 충실하게 나랏일을 잘 해내는 것이 대견해서 공자는 약간 들뜬 기분이었을지도 모른다. 그래서 칭찬을 오히려 가벼운 농담에 담아 던졌는데, 요즘도 흔히 쓰는 '닭 잡는데 소 잡는 칼을 쓰느냐?'는 놀림이었다. '무성과 같이 작고 거친 마을을 다스리는 데 굳이 예와 악이라는 군자의 도가 필요한가?'라는 뜻이었다.

물론 공자는 모두가 웃을 수 있는 농담이라고 생각하고 말한 것이었다. 대부분의 사람들은 유교의 창시자이자 성인으로까지 꼽히는 공자를 대단히 엄숙하고 진지한 사람으로 생각한다. 하지만 공자는 제자에게 농담을 던질 정도로 유연하고 감성적인 사람이었다. 시와 음악을 사랑했고, 그것이 주는 즐거움도 누릴 줄 알았다. 아니, 시와 음악이 수양을 완성하는 데 가장 필요한 것으로 강조했다. 그래서 위의 고사와 같은 오해도 생겼던 것이다.

예전에 자유는 스승으로부터 도를 이루는 데 음악이 중요하다는 가르침을 얻었다. 그리고 한 치의 의심도 없이 백성을 다스리는 도구로써 음악을 활용했다. 하지만 갑작스러운 스승의 농담에 자유는 당황했다. 그래서 정색을 하면서 반문했다. "예전에 스승님께서 음악은 도를 이루는 데 가장 중요하기에 군자뿐 아니라 백성들에게도 가르쳐야 한다고 했습니다. 그때 스승님께서 주셨던 가르침과 지금의 말씀이 다르지 않습니까?"

그 자리에는 많은 제자가 함께 있었고 갑작스러운 스승과 제자의 논쟁에 분위기는 싸늘해졌을 것이다. 오랜만에 만난 즐거움과 반가움은 잠시였다. 민망하고 당황스러운 분위기가 되자 공자는 즉시 자기 잘못을 인정했다. 공자는 많은 제자가 지켜보는 곤란한 상황에서 말실수를 솔직하게 인정함으로써 제자의 체면을 살려주고 자칫 어색해질 수도 있는 분위기에서도 벗어났다.

오늘날에도 윗사람이 아랫사람과의 관계에서 자신의 실책을 인정하기는 참 어렵다. 자존심이 상하고, 무엇보다도 권위를 해친다고 생각하기에 더더욱 그렇다. 그래서 공연한 핑계를 대거나 대충 얼버무림으로써 그 자리를 회피하기도 한다. 그래도 여의치 않으면 도리어 언성을 높이거나 화를 냄으로써 판을 깨버린다. 하지만 이렇게 함으로써 문제를 해결하기는커녕 결국 더 큰 문제를 만들고 만다. 잘못을 저지른 것에 그치지 않고 부끄러움이 없는 사람, 비열한 사람의 이미지까지 얻게 된다.

꼭 윗사람이 아니라 동등한 관계의 사람, 심지어 아랫사람이라도 마찬가지다. 잘못을 바로 인정하기는 어렵다. 그래서 변명하거나 거짓말을 함으로써 더 큰 문제를 만들게 된다. 작은 실수로 끝낼 수 있는 문제가 거짓말하는 사람, 진실함이 없는 사람이라는 중대한 결격사유로 되고 만다. 만약 자신의 실책으로 상대방이 상처를 입었다면 그 사실을 바로 인정하고 솔직하게 사과를 하는 것이 가장 좋은 해결책이다. 그리고 권위를 지킬 수 있는 최선의 방법이기도 하다.

> 성인이 천하를 통치할 수 있는 것은 받는 것에 있지 빼앗는 것이 아니다聖人之有天下也 受之也 非取之也, 성인지유천하야 수지야 비취지야.

《신자愼子》에 실려 있는 구절이다. 권위와 명예는 결코 스스로는 얻을 수 없고 다른 사람으로부터 받는 것이다. 사람들로부터 존경을 받기 위해 애쓰면 애쓸수록 점점 더 우스꽝스러워지고 결국 존경과는 거리가 더욱 멀어지게 된다. 부와 지위를 내세우며 존경을 강요하는 사람은 더욱 그렇다. 진정한 존경을 얻기 위해 가장 필요한 것이 바로 자신을 낮추는 겸손이다. 그리고 잘못을 스스럼없이 인정하는 솔직함이다. 평상시 적절한 유머와 농담으로 마음의 벽을 허물 수 있다면 최선이다.

천성을 이기는 습관의 힘

"습관이 오래되면 천성이 된다."

《서경》

'세 살 버릇 여든 간다'는 속담이 있다. 어린 시절부터 습관을 잘 들여야 한다는 말이다. 습관은 한자로 '되풀이하여 익힌다'라는 뜻의 익힐 습習과 버릇을 뜻하는 관慣으로 이루어져 있다. 우리 사전에는 '오랫동안 되풀이하여 몸에 익은 채로 굳어진 개인적 행동'으로 풀이되어 있다. 관은 마음 심心과 꿸 관貫 이 합쳐진 말이다. '마음이 하나로 꿰어진 것 같이 일관성 있게 하는 행동'이라고 할 수 있다.

습관에 대해서는 동서고금의 많은 학자가 그 중요성을 강조하고 있다. 잘 알려진 인물 중에 습관에 대해 말을 하지 않은 사람이 없다고 해도 과언이 아닐지도 모른다. 고대 철학자 아리스토텔레스는 "인간은 반복적으로 행하는 것에 의해 판명되는 존재다. 따라서 탁월함은 단일 행동이 아니라 습관에서 온다"라고 말했다. 또한 수학자 파스칼은 "습관은 제2의 천성으로 제1의 천성을 파괴한다"라고 했고, 소설가 도스토옙스키는 "습관이란 인간으로 하여금 그 어떤 일도 할 수 있게 만들어 준다"고 했다.

우리에게 잘 알려진 자기 계발 작가 스티븐 코비는《성공하는 사람들의 7가지 습관》에서 다음과 같은 격언을 소개한다. "우리의 생각이 씨앗을 뿌리면 행동의 열매를 얻게 되고, 행동의 씨앗을 뿌리면 습관의 열매를 맺는다. 습관의 씨앗은 성품을 얻게 하고, 성품은 우리의 운명을 결정짓는다." 결국 우리의 운명이 습관에 달려 있다는 말이다.

동양의 경전에서도 습관의 중요성에 대해 말하고 있다.《서경》에는 '습여성성習與性成', 즉 '습관이 오래되면 천성이 된다'라는 성어가 실려 있다. 여기서는 특이하게도 습관의 부정적인 측면을 이야기하고 있는데, 상나라의 명재상 이윤이 상탕왕의 뒤를 이어 왕위에 오른 태갑이 불의를 거듭하자 꾸짖는 대목에서 나온다.

> 그대의 불의가 습관이 되고 그 습관이 천성이 되었으니 도의를 따

> 르지 않는 사람과는 가까이 할 수 없다茲乃不義 習與性成 予不狎于弗順, 자내불의 습여성성 여불압우불순.

재상이 왕의 잘못을 이처럼 단호하게 꾸짖는 것은 일반적인 상식으로는 이해하기 어려운 일이다. 하지만 이윤은 태갑의 할아버지이자 상나라의 시조인 탕왕과 함께 나라를 일군 창업 공신이다. 탕왕의 손자인 태갑이 감히 거부하기 어려운 인물이었던 것이다. 이윤은 태갑을 선왕의 묘 가까이에 있는 별궁에 머물게 하며 반성하게 했다. 3년 동안 인고의 세월을 보낸 태갑은 "하늘의 재앙은 피할 수 있지만, 스스로 재앙을 부르면 살아날 수 없다"는 뼈저린 자기반성을 하며 왕좌로 복귀할 수 있었다. 스스로 만든 불의한 습관을 고쳐 개과천선하는 데 무려 3년이라는 시간이 걸렸던 것이다.

《논어》〈양화〉에도 공자가 습관에 대해 말했던 것이 실려 있는데, 좀 더 현실적이고 설득력이 있다. "사람의 본성은 서로 비슷하나 습관에 의해 멀어진다性相近也 習相遠也, 성상근야 습상원야." 이 말은 '천성을 나쁘게 타고나서 어쩔 수 없다'고 자포자기하는 사람에게 큰 가르침을 주는 말이다. 사람은 누구나 무한한 가능성을 갖고 태어나지만 살아가면서 행하는 습관이 사람들 간의 차이를 만든다. 어떤 천성을 타고났든 습관을 잘 가꾸어나간 사람은 성공하고, 습관을 나쁘게 들인 사람은 실패를 겪을 수밖에 없다.

습관에 대한 지적 거인들의 통찰을 보면 사람은 스스로 만든 습관에 의해 좌우되는 존재라는 것을 잘 알 수 있다. 그리고 습관이 삶의 모든 부분에 영향을 끼친다는 사실도 알 수 있다. 말에서도 마찬가지다. 어릴 때부터 좋은 말의 습관을 기른 사람은 품격 있는 말을 할 수 있다. 또한 자신의 삶을 품격 있고 아름답게 만들 수 있다. 말을 절제하고, 고운 말을 해왔던 습관이 자신의 삶을 이루고, 그 삶의 결실로서 아름답고 품격 있는 말이 된다.

반면에 거칠고 험한 삶을 살아왔던 사람은 그 말 역시 험하고 속되다. 물론 이런 구분이 결코 사회적 성공이나 지위에 따른 것은 아니다. 높은 학식과 지위를 가진 사람들 중에도 막말과 속된 말로 무너지는 사람이 많은 것을 보면 잘 알 수 있다. 말의 품격은 지위나 능력이 아닌 속사람의 품성에 달려 있다.

멋진 외모와 높은 지위를 자랑하지만 입만 열면 무너지는 사람이 있다. 겉모습으로 많은 사람의 명망을 받지만 말이 뒷받침해주지 않는 것이다. 말에도 공부가 필요한 이유다. 그 공부는 자신의 입을 다스리는 절제와 자신을 돌아보는 성찰의 자세를 습관으로 만드는 것이다. 그 바탕이 되는 것이 바로 인문 고전 독서다. 속됨을 고치는 데는 책만 한 것이 없다.

후회에서 벗어날 수 없는 이유

"마음이 안정되어 있으면
그 말이 신중하고 여유가 있다.
마음이 안정되어 있지 못하면
그 말이 가볍고 급하다."
《근사록》

하루를 돌이켜볼 때, 혹은 지난 일을 돌아볼 때 가장 후회스러웠던 일은 '말'로 인한 것이 많다. '그때 그 말만 참았더라면….' 대부분의 사람이 많이 해본 말일 것이다. 꼭 말로 판이 깨지는 큰 문제가 생겼을 경우만이 아니다. 대화가 끝났을 때 상대의 태도가 바뀌었거나 뭔가 불편한 감정이 느껴질 때, 혹은 스스로 자신의 말에 대해 거리낌이 있을 때도 마찬가지다.

상대에게 상처가 되지 않았을까, 내 말이 너무 지나치지는 않았을까, 내가 너무 경솔하게 보인 것은 아닐까, 내가 너무 부정적인 말만 한 것은 아닐까 등 다양한 이유로 우리는 후회한다. 그리고 그때마다 말버릇을 고쳐야겠다고 결심한다. 하지만 얼마 지나지 않아서 또 후회를 하고 같은 상황이 거듭된다. '나는 도대체 왜 이럴까?' 자책의 강도도 점차 더 강해진다.

같은 후회가 되풀이되는 것은 꼭 '말'만의 문제가 아니기 때문이다. 내가 하는 말은 내 마음과 연관이 있다. 그래서 고전에서는 어떤 일을 하든지 먼저 그 마음부터 다스리라고 한다.

어른의 공부 《대학》에는 사람이 지켜야 할 여덟 가지 도리, 8조목이 있다. '격물, 치지, 성의, 정심, 수신, 제가, 치국, 평천하'가 그것이다. 우리는 '수신제가치국평천하'에 대해서는 잘 알고 있다. 하지만 그전에 반드시 거쳐야 할 단계가 있다. '격물치지格物致知'를 통해 사물의 이치를 깨닫고 그것을 기반으로 '성의정심誠意正心', 즉 바른 뜻을 세우고 마음을 바르게 해야 한다. 큰일을 하고 싶다면 바른 마음이 먼저 필요하다는 이치다. 이런 이치가 가장 많이 적용되는 것이 바로 '말'이다. 올바르고 아름다운 말은 자신을 바르게 지킨 사람修身, 수신만이 할 수 있다. 그것을 잘 말해주는 것이 《근사록》에 실려 있는 글이다.

> 마음이 안정되어 있으면 그 말이 신중하고 여유가 있다. 마음이 안정되어 있지 못하면 그 말이 가볍고 급하다. 心定者 其言重以舒 不定者 其言輕以疾, 심정자 기언중이서 부정자 기언경이질

여기서 우리는 거듭되는 말실수를 바로 잡을 힌트를 얻을 수 있다. 먼저 내 마음을 안정시켜야 한다. 《맹자》에서는 마음이 안정되지 못하는 이유와 극복하는 방법을 일러준다.

"마음을 기르는 데 욕심을 줄이는 것보다 더 좋은 것은 없다. 욕심을 줄인다면 설사 선한 본성을 보존하지 못한 것이 있더라도 적을 것이고, 욕심이 많다면 선한 본성을 보존한 것이 있다 하더라도 적을 것이다."

마음이 조급한 것은 지나친 욕심이 마음을 가로막고 있기 때문이다. 빨리 성공하고 싶어서, 빨리 부자가 되고 싶어서 마음을 주체하지 못한다. 물론 오늘날 성공과 물질을 추구하는 마음을 탓할 수는 없다. 누구나 성공하고 싶고 부자가 되고 싶다. 문제는 오직 성공, 오직 부자에 집착하는 마음이다. 이 때문에 불법과 편법을 마다하지 않고, 다른 사람에게 어떤 피해를 끼치는지 염두에 두지 않는다.

여기서 우리는 왜 조급한 말을 거듭하는지에 대해서도 그 단서를 찾을 수 있다. 나를 내세우고 싶은 욕심, 다른 사람을 누르고 대화를 주도하고 싶은 욕심, 무시당하지 않으려는 우려가 내 마음을 초조하고 조급하게 만든다. 그 욕심을 줄이고 가다듬을 수 있을 때 삶도, 말도 안정될 수 있다.

그리고 지나간 실수에 너무 연연하지 않아야 한다. 지난 실수 때문에 긴장하면 마음이 안정될 수 없다. 누구나 완벽한 사람은 없다. 크고 작은 실수를 하고, 후회하고 반성하고, 고쳐나가는 것이 평범한 사람들의 일상이라고 해도 과언이 아니다. 잘못은 반드시 반성해야 하지만 지나친 자책이 되어서는 안 된다. 지나친 자책에 빠지면 침울해지거나 빠른 만회를 위해 마음이 조급해진다. 이때 또 다른 실수, 더 큰 실수가 생겨난다. 말도 마찬가지다. 《근사록》에 이어서 등장하는 것은 공부다.

"사람의 말이 너무 빠른 것은 기질이 안정되어 있지 않기 때문이다. 이것 또한 마땅히 되풀이하여 익혀야 한다. 익혀서 자연히 완화될 때 비로소 기질이 변하게 된다. 학문은 기질의 변화에 이르러서야 비로소 성과를 거둔다."

기질을 고치는 것은 본성을 바꾸는 것이므로 쉬운 일이 아니다. 하루아침에 될 수도 없기에, 조급해서는 안 된다. 기질을 바꾸는 데 다른 방법은 없다. 꾸준히 좋은 글을 읽고 몸에 체득해 익혀나가는 것을 습관으로 한다면 기질이 안정될 수 있다. 기질이 안정됨에 따라 말도 안정을 찾을 수 있다.

만약 말이 빨라지고 조급해진다면 한 템포 늦추는 지혜가 필요하다. 잠깐 호흡을 멈춘 다음, 길게 심호흡을 하면서 마음을 안정시킨다. 그리고 차분하게 말을 이어나가면 된다. 아름답고 좋은 말은 누구나 원하는 것이다. 그 첫걸음이 바로 마음의 다스림이다. 욕심으로 마음이 흔들리는 것을 절제할 수 있다면 말로 후회하는 일도 점차 줄어들 것이다.

사람은 습관에 의해 좌우되는 존재다.

평상시 하는 말도 습관이다.

그 말들이 모여 품격 있는 사람을 만든다.

참고 멈추는
대화를 하라

"만족함을 알면 욕됨이 없고,
멈출 줄 알면 위태롭지 않아서 오래갈 수 있다."
《도덕경》

감정과 욕구. 사람들이 마음을 지키지 못하는 두 가지 이유다. 사람들은 감정을 다스리지 못해 흔들리고 욕구를 절제하지 못해 무너진다. 다스리겠다는 마음 때문에 오히려 더 마음이 힘들어지기도 한다. 하지만 이 두 가지가 쉽게 다스려지는 것은 아니다. 두 가지 모두 하늘이 준 본성이기 때문이다.

기쁘고 화나고 슬프고 즐겁고 사랑하고 미워하고 두려워하는 일곱 가지 감정을 통해 사람들은 느끼고 표현하고 세상에 반응한다. 욕구도 마찬가지다. 입과 배가 먹을 것을 구하고, 몸이 잠과 편안함을 구하기에 사람들은 삶을 영위할 수 있다. 바로 살아 있다는 증거가 되는 것이다.

옛사람들도 수양을 위해 감정과 본성을 무조건 막아야 한다고 하지 않았다. 단지 감정은 조화롭게 발산하고, 욕구는 욕심이나 탐욕이 되지 않도록 노력했을 뿐이다. 하지만 아무리 높은 경지에 이른 사람들조차 본성을 억누르는 일에 어려움을 겪었다. 그래서 평생을 두고 성찰하고 수양했는데, 그 시작은 바로 멈추는 것이다. 《도덕경》에는 이렇게 실려 있다.

> 명예와 몸 중에 어느 것이 더 소중한가? 몸과 재물 중에 어느 것이 더 중요한가? 얻음과 잃음 중에 어느 것이 더 병폐인가? 그러므로 지나치게 좋아하면 반드시 크게 잃고 많이 쌓아두면 반드시 크게 망한다. 만족함을 알면 욕됨이 없고, 멈출 줄 알면 위태롭지 않아서 오래갈 수 있다知足不辱 知止不殆 可以長久, 지족불욕 지지불태 가이장구.

욕구가 욕심이 되고 탐심이 되는 것은 스스로 만족하지 못하기 때문이다. 더 많은 것을 갖고 싶고 더 좋은 것을 누리고 싶고 더 높아지고 싶기에 사람들은 만족하지 못한다. '조금만, 조금만 더.' 마치 깨진 독, 채워지지 않는 그릇을 채우려고 노력하는 것과 같다. 하지만 그 마지막은 허무하다. 끝내 채워지지 않는 욕심 때문에 좌절하고 만다.

노자는 근본적인 질문을 던진다. 과연 인생에서 정말 소중한 것은 무엇인가? 생명인가, 명예인가? 생명인가, 재물인가? 곧 사라질 것들을 얻기 위해 더 소중한 것을 놓치고 있는 것은 아닌가? 그래서 노자는 잠시 멈추라고 한다. 잠시 멈춘 다음 삶에 대해 성찰해보라는 것이다.

'만족함을 알면 욕됨이 없고, 멈출 줄 알면 위태롭지 않다.' 이 삶의 원리는 대화에서도 그대로 적용된다. 만족할 줄 아는 것은 말을 참을 줄 아는 절제의 능력이다. 물론 말을 통해 나를 표현하고, 상대를 내 뜻대로 이끌고 싶은 욕구는 본능에 속한다. 하지만 대화는 상대적이다. 대화의 주도권을 잡기 위해 말을 독점하거나, 오직 상대를 누르려고 한다면 원만한 합의에 이를 수 없다.

내가 하고 싶은 말이 있다면 상대의 말에도 귀를 기울일 수 있어야 한다. 입을 닫고 귀를 열 때 마음도 열린다. 어떤 대화에서도 상대를 완전히 굴복시키는 것은 어렵다. 단지 각자 서 있는 자리를 한 걸음씩 좁혀나가면 된다. 내가 서 있는 자리를 고수하고, 내가 하고 싶은 말만 한다면 그 거리는 항상 그대로다.

대화를 그치는 것도 마찬가지다. 대화란 시작하기는 쉬워도 그치기는 어렵다. 좋은 분위기에서의 대화도 그렇고 불편한 대화도 마찬가지다. 좋은 분위기에서는 더 나누고 싶어서 그치는 것이 아쉽다. 친구들 간의 대화에서는 '조금만 더, 조금만 더' 하다가 시간 가는 줄 모른다. 연인들 간의 대화도 마찬가지다. 온종일 함께 있다가 귀가하지만, 잠자리에 누우면 다시 전화를 든다. 끊는 것이 아쉬워서 밤을 지새고, 전화기를 붙잡은 채 잠들기도 한다. 이처럼 좋은 분위기에서 대화를 그치지 못하는 것은 얼마든지 괜찮다. 체력만 받쳐주면 되니까.

하지만 불편한 분위기에서 대화를 계속하는 것은 좋지 않다. 체력은 물론 정신적으로도 상처를 입게 된다. 특히 상대가 감정적으로 크게 격앙했을 때나 마치 끝장을 보겠다는 듯이 덤빌 때는 지혜롭게 대처할 수 있어야 한다. 함께 맞부딪칠 것이 아니라 한 걸음 물러서야 한다.

감정과 감정이 맞부딪치면 더 치열하게 감정이 달아오른다. 불에 불을 더하면 더 뜨거워지는 것과 같다. 만약 상대가 감정을 높이면 나는 차갑게 가라앉힌다. 상대가 억지를 부리면 나는 논리적으로 말한다. 상대가 언성을 높이면 나는 목소리를 낮춘다. 상대가 막말을 하면 나는 품격 있는 말로 대답한다. 만약 이 방법도 통하지 않으면 대화를 그쳐야 한다. 다음을 기약하고 미련 없이 자리를 떠난다. 그래야 함께 위태로움에 빠지지 않는다.

때로는
침묵이 낫다

"말이 많으면 빨리 궁하여지니
차라리 속을 비워 지키느니만 못하다."
《도덕경》

"..."

한글의 문장부호 중에 말줄임표가 있다. 말줄임표는 그 자체로 말하는 사람의 마음을 표현한다. 말할 것은 많으나 하지 않는다는 뜻이다. 그 이유는 여러 가지가 있다. 너무 벅차서, 너무 당황스러워서, 감정이 차올라서, 말문이 막혀서, 내 마음을 도저히 말로 표현하기 어려워서. 《주역》〈계사전〉에 실린 "글은 말을 다하지 못하고, 말은 뜻을 다하지 못한다書不盡言 言不盡意, 서부진언 언부진의"가 그것이다.

글과 말로 담기에는 우리가 가진 것이 너무 많다. 그리고 너무 번잡하다. 욕심도, 감정도 그렇다. 노자는 이렇게 말했다.

> 말이 많으면 빨리 궁하여지니 차라리 속을 비워 지키느니만 못하다
> 多言數窮 不如守中, 다언삭궁 불여수중.

말이 많으면 곤란에 빠지게 되니 말을 줄이라는 뜻이다. 하지만 이 문장의 의미는 그리 단순하지는 않다. 노자 철학의 핵심을 말하고 있다. 《도덕경》 5장의 맨 마지막인 이 글의 앞부분을 보면 이해가 쉽다.

> 천지는 인하지 않아서天地不仁, 천지불인 만물을 짚 강아지처럼 여긴다. 성인도 인자하지 않아서聖人不仁, 성인불인 백성을 짚 강아지로 여긴다. 하늘과 땅 사이는 텅 비어 있어 마치 풀무와 같다. 비어 있기에 다함이 없고, 움직일수록 더 많이 나온다.

공자의 철학은 인仁을 핵심으로 한다. 흔히 '인자하다'로 해석되지만 함축하고 있는 의미는 훨씬 깊고 넓다. 나 자신을 수양해 바로 세우고忠, 충, 다른 사람을 존중하는 것恕, 서이다. 즉 사랑과 배려의 정신이라고 할 수 있다. 하지만 노자는 오히려 인을 부정하고 있다.

천지도 인하지 않고, 위대한 성인도 사람들을 인으로 대하

지 않는다는 것이다. 오히려 천하에서 가장 하찮은 것, 짚으로 만든 강아지로 여긴다. 강아지도 아닌, 짚으로 만든 강아지로 여기니 천하게 여김을 넘어 아예 없는 것처럼 취급하는 것과 같다.

이해하기가 좀 어렵지만, 노자는 유가에서 말하는 인의 개념보다 더 높은 차원으로 인을 말해주고 있다. 천하를 위한답시고, 사람들을 위해준다고 공연히 인을 내세우며 간섭하지 말라는 것이다. 자연처럼 오히려 아무것도 하지 않을 때 세상은 더 평안해진다. 위정자들이 공연히 이것저것 간섭하지 않아야 사람들은 더 잘 살아갈 수 있다. 풀무나 피리가 바로 그렇다. 속이 텅 비어 있기에 바람을 만들어 불을 더 잘 피울 수 있고, 아름다운 음악을 만들어낼 수 있다.

하지만 사람들은 무엇이든지 채우려고 한다. 비어 있으면 뭔가 부족하다고 느끼고 남들보다 뒤처지는 것으로 생각한다. 말도 마찬가지다. 말로써 나를 드러내려고 한다. 말을 하지 않으면 아무것도 하지 않은 것 같고 존재감이 없다고 느낀다. 하지만 이런 마음으로 말을 하게 되면 문제가 생긴다. 하지 않아도 될 말을 하고, 해서는 안 될 말을 하고, 상황에 어울리지 않는 말을 하고, 분위기를 깨뜨리는 말을 하게 된다. 결국 후회하게 되고, 심하면 일을 망치는 경우를 만든다.

물론 사소한 말실수를 너무 자책할 필요는 없다. 좀 더 신중하고 멋진 말로 만회하면 된다. 하지만 이런 말버릇이 습관이 되면 곤란하다. 말실수가 잦아지면 반드시 큰일을 망치게 된다. 지도자의 위치에 있는 사람이 말로 곤란을 겪는 것이 바로 이 때문이다. 소위 막말, 무례한 말, 속된 말이 그것이다.

또한 무식을 드러내는 것도 바로 말이다. 별로 아는 것도 없으면서 말을 많이 하게 되면 금방 밑천이 드러나게 된다. 우리가 흔히 하는 말로 "가만히 있으면 중간은 간다"가 있다. 어떻게 보면 소극적이고 패배주의적인 자세로 볼 수도 있지만, 알지 못하면서 나서기보다는 차라리 조용히 경청하는 자세가 더 낫다는 뜻으로 해석할 수도 있다. 노자의 말이 그것을 가르친다. 나를 드러내고 잘난 체하려는 마음을 버리고 겸손하게 자신을 낮출 때 오히려 자신을 지킬 수 있다.

말은 마음의 표현이다. 하지만 우리 마음은 말만으로 표현되지 않는 것도 많다. 말로 표현하기에는 너무 크고 복잡하고 난해하다. 무엇보다 어려운 것은 내 마음을 나도 모르는 때가 많다는 것이다. 나도 모르는 마음을 말로 하면 누구도 그것을 정확히 알 수 없다. 심지어 말을 하는 나 자신도 내가 무슨 말을 하는지 모르게 된다. 이럴 때 필요한 것이 바로 말줄임표다. 말을 하지 않음으로써 내 마음을 표현하는 것, 진정한 달인의 경지다.

9
함께 승리한다

지피지기
知彼知己

자신을 아는 것은 스스로를 성찰하는 것이다.

상대를 아는 것은 이해하고 인정하는 것이다.

나를 알고 상대를 알면

승자와 패자가 아닌, 모두 승자가 된다.

대화는 조화와 소통의 예술이다.

함께 어우러질 때 아름다운 결실을 맺는다.

둘 다 이기는
싸움을 하라

"적을 알고 나를 알면
백 번을 싸워도 위태롭지 않다."
《손자병법》

《손자병법》은 제나라 사람 손무가 쓴 열세 편의 병법서다. 손자는 제나라에 내란이 일어나자 자신의 병법서를 들고 오나라 왕 합려를 찾아간다. 그리고 명재상 오자서와 힘을 합쳐 오나라를 가장 강력한 패권국으로 만들었다. 《손자병법》이 최고의 전쟁 병법서로 손꼽히게 되는 것은 바로 이런 점에 힘입었다고 할 수 있다. 단순히 종이에 적힌 병법 이론이 아니라 전쟁에서 증명된 실전 병법서이기 때문이다.

"적을 알고 나를 알면 백 번을 싸워도 위태롭지 않다知彼知己百戰不殆, 지피지기 백전불태"는 《손자병법》에서 가장 잘 알려진 구절로, 원문은 '지피지기 백전불태'다. 흔히 '지피지기 백전백승'이라고 알고 있는데 《손자병법》에 그런 말은 나오지 않는다. 싸워서 언제나 이기는 것이 최선이 아니라는 것이다. 손자는 무조건 이기는 것을 좋게 여기지 않았다. 설사 적과 싸워 승리를 거두어도 자신도 큰 피해를 입는다면 다른 강대국으로부터 침략을 당할 위험에 빠지게 된다. 그래서 손자는 전쟁에서 가장 중요한 것은 자신을 안전하게 지키는 것이라는 가르침을 남겼다.

'지피지기 백전불태'의 다음에는 이렇게 실려 있다. "적을 알지 못하고 나를 알면 한 번 이기고 한 번 진다. 적도 모르고 나도 모르면 싸울 때마다 반드시 위험에 빠진다." 여기서 한 가지 의문이 생긴다. 정보전에 실패해서 적을 알지 못하면 상대와 한 번씩 승패를 나눌 수 있다는 것은 충분히 이해가 간다. 하지만 적은 물론 나 자신도 몰라서 싸울 때마다 위험에 빠진다는 것은 쉽게 이해하기 힘들다. 전쟁에 나선 군대가 어떻게 자신도 모를 수 있을까?

전쟁뿐 아니라 일상에서도 우리는 의외로 자신을 잘 모르는 경우가 많다. 강점과 약점, 성격과 기질은 물론 능력과 가능성도 제대로 모른다. 자신을 객관적으로 보지 못하는 것이다. 이런 현상에는 많은 요인들이 있겠지만 가장 대표적인 것 두 가지가 바로 자기 비하와 자만심이다.

자기 비하에 빠진 사람은 자신의 가치를 인정하지 못하고, 자기를 사랑하지 못한다. 자기를 실패자로 규정함으로써 할 수 있는 일도 포기해버리고 만다. 한편 자만심에 빠진 사람은 자신을 냉철하게 보지 못한다. 나만 옳다고 여기는 편협한 시각과 다른 사람보다 내가 더 낫다는 근거 없는 우월 의식이 자신을 바르게 보지 못하게 하는 것이다.

《한비자》에서는 "지혜의 어려움은 남이 아니라 자기 자신을 보는 데 있다. 그러므로 자신을 볼 수 있어야 현명한 사람이다"라고 했다. 《도덕경》에서도 "남을 아는 것은 지식이지만 스스로를 아는 것은 명철함이다. 남을 이기는 자는 힘이 있지만 스스로를 이기는 것이 진정한 강함이다"라고 했다.

소크라테스도 "너 자신을 알라"고 외치며 아테네의 교만한 지식인들을 질타했다. 많은 고전에서 이처럼 '자신을 알라'고 강조하는 것은 그만큼 자기를 아는 것이 쉽지 않기 때문이다. 자신을 아는 것은 자신을 성찰하는 것이다. 자신을 객관적으로 바라보고, 부족함을 깨닫고, 부족함을 채우기 위해 날마다 노력하는 것을 말한다. 결코 쉬운 일이 아니라는 것을 누구나 절감할 것이다.

다음으로 다른 사람을 안다는 것의 핵심은 상대방의 장점만이 아니라 단점도 알고, 그것을 인정할 수 있어야 한다는 것이다. 상대방의 좋은 점만 볼 것이 아니라 부족한 점이 있다는 것을 이해해야만 상대를 진심으로 받아들일 수 있다. 그리고 상대방이 나와 다르다는 점도 인정해야 한다. 사람들은 흔히 자기 관점으로 세상을 바라본다. 사람을 보는 것도 마찬가지다. 자기 위주로 보고 판단하게 되는데 이 때문에 왜곡과 굴절이 생긴다. 편견과 선입견이 바로 그것이다. 편견과 선입견을 극복하지 못하면 제대로 상대를 알 수 없다.

대화도 마찬가지다. 어떤 상대와 대화하느냐에 따라서 그 방법은 달라질 수 있어야 한다. 상대를 아는 것은 겉으로 드러나는 모습에만 한정되는 것은 아니다. 상대의 나이나 지위, 경제적 부와 지식의 정도를 아는 것은 기본이다. 이미 알려져 있는 사실이고 설사 모른다고 해도 조금만 관심을 기울이면 알 수 있다.

상대를 제대로 알려면 보이지 않는 것을 볼 수 있어야 한다. 성격, 기질, 장단점, 그리고 감추고 싶어하는 콤플렉스를 알고 그에 맞게 대처할 수 있다면 더 높은 차원의 대화로 이끌 수 있다. 무엇보다 중요한 것은 그가 무엇을 좋아하느냐다. 상대가 좋아하는 것을 대화의 주제로 삼고, 많이 알고 있는 것을 말하도록 이끌면 가장 효과적인 대화가 된다.

좋은 대화란 서로 교감하고 배려하는 조화로운 관계를 만들어가는 것이다. 설혹 첨예한 주제로 대화를 하는 경우에도 마찬가지다. 서로 약점을 캐고 단점을 공격한다면 상처투성이의 대화가 되고 만다. 먼저 상대를 인정하고 배려할 때 상대방도 나를 인정한다. 내가 상대를 알기 위해 노력하면 상대도 나를 알기 위해 노력한다. 이것이 바로 '지피지기'의 대화며, 둘 다 다치지 않는 안전한 대화다.

싸우지 말고 이겨라

"백 번 싸워 백 번 이기는 것이 최고가 아니다.
싸우지 않고 굴복시키는 것이 최고의 경지다."
《손자병법》

《손자병법》은 2500년 전 고대 중국의 인물이 쓴 책이지만 시대와 지역을 넘어 최고의 병법서로 꼽힌다. 미국의 육군 사관학교 웨스트포인트에서도 교재로 쓰고 있고, 세계적인 기업들에서 기업 경영에 참고하기도 한다. 단순히 전쟁을 잘하는 방법에 그치지 않고 사람의 심리에 대한 깊은 통찰과 전쟁의 의미에 대한 철학적 함의가 담겨 있기 때문이다.

그 대표적인 구절이 《손자병법》 〈모공謀攻〉에 실려 있다.

> 백 번 싸워 백 번 이기는 것이 최고가 아니다. 싸우지 않고 굴복시

키는 것이 최고의 경지다. 百戰百勝 非善之善者也 不戰而屈人之兵 善之善者也, 백전백승 비선지선자야 부전이굴인지병 선지선자야

이 구절의 앞에서 손자는 이렇게 말하고 있다. "전쟁의 법칙에 따르면 적국을 온전히 두고 굴복시키는 것이 최상책이고, 적국과 싸움을 벌여 굴복시키는 것은 차선책이다."

물론 전쟁의 목적은 적국을 굴복시켜 종속시키는 것이다. 일단 적국을 점령하면 영토와 백성이 늘어나고, 국력이 강해진다. 하지만 상대를 완전히 전멸시키면 아무것도 남지 않는다. 전리품도 사라지고 폐허가 된 국토를 회복시키는 데도 힘이 들게 된다. 무엇보다 문제가 되는 것은 아군 역시 큰 피해를 입게 된다는 점이다.

어떤 이유에서든 윤리 도덕서가 아닌 전쟁의 기술을 배우는 병법서에서 싸우지 않고 이기라는 것은 의외라고 할 수 있다. 하지만 중국의 병법서에서는 비슷한 개념들이 많이 실려 있다. 최고의 병법가이자 명장군이었던 오자는 "전쟁에서 다섯 번을 싸워서 이기면 화를 입고, 단 한 번 싸워서 이기면 황제가 된다"고 했다.

제나라의 명재상 관중은 "가장 좋은 것은 싸우지 않고 이기는 것이고, 그다음은 한 번 싸워서 이기는 것이다"라고 했다. 관중은 그 이유를 "전쟁이 빈번하면 군사들이 피로하고, 군주

는 승리가 거듭되면 교만해진다. 교만한 군주가 피곤한 군사를 데리고 전쟁을 하면 나라가 위태로워진다"고 했다.

이처럼 고전에서 '싸우지 말고 이기라'고 말하는 것은 전략적 가치가 있기 때문이다. 치열한 전쟁의 시대에 나라를 온전히 보존하고 더욱 강성하게 만들려면 싸우기보다는 전략을 써서 상대를 굴복시키는 것이 좋다. 이 말은 대인관계에서도 통하는 소중한 이치다.

조직 생활은 물론 어떤 상황에서도 반드시 강력한 존재가 있기 마련이다. 이런 사람들은 뛰어난 능력과 지식, 그리고 탁월한 인화력으로 두각을 나타낸다. 많은 경우 이런 사람들을 질투의 대상으로 삼거나, 경쟁 상대로 여겨 사사건건 대립하거나, 극복해야 할 존재로 여기고 멀리한다. 하지만 그렇게 해서는 아무것도 얻기 어렵다. 강한 상대일수록 가까이하면서 상대의 강점과 능력을 배우고, 내 힘을 키워나가는 것이 최선의 방책이다. 적이 아니라 친구로 삼는 것이다. 그렇게 할 때 자신은 물론 상대방도, 조직도 발전할 수 있다.

대화를 할 때도 마찬가지다. 시비를 가려야 하거나 문제가 생겼을 때 바로 달려가 언쟁을 벌이는 것은 바람직하지 않다. 언성이 높아지면 당연히 상대의 언성도 높아지게 된다. 말이 끓어오르면서 감정도 함께 끓어올라 도무지 통제할 수 없는 상태가 되기도 한다. 심해지면 오직 상대에게 상처 주는 것이 목표가 된다. 어떻게 하면 큰 타격을 입힐까, 어떤 말을 하면 가장 아파할까, 험한 말을 쏟아붓게 된다. 결국 대화가 아니라 감정 폭발의 장이 되고 만다.

대화를 잘하는 사람은 어떤 대화에서도 무조건 이기는 사람이 아니다. 무조건 이기는 데 집중하게 되면 수단과 방법을 가리지 않게 되고, 자칫하면 억지를 부리는 막무가내의 사람으로 이미지를 만들 수도 있다. 안타깝게도 '싸움닭'이라는 불명예스러운 이름을 얻기도 한다.

대화에서 가장 핵심적인 요체는 바로 '싸우지 않고 이기는 것'이다. 당장 굴복시키는 데 집중하지 않으면 상대방뿐만 아니라 나도 지킬 수 있다. 탁월한 언변과 담대함으로 상대를 완전히 굴복시키면 그 당시는 좋을지도 모른다. 하지만 그 사람과의 관계는 완전히 무너져 다시 회복되기 힘들다. 상대에게 상처를 주지 않고, 겸손과 배려로 대하면 지금 당장은 아닐지 몰라도 결국은 이기는 사람이 될 수 있다. 먼저 베푼 한 번의 양보가 상대의 마음을 얻는 지름길이 된다. 마음을 함께할 수 있다면 승자와 패자가 아닌, 함께 승자가 된다.

싸우지 않고 이기는 것이

최고의 경지다.

무조건 이기려는 대화는

상대도 나도 다치게 한다.

기세와 타이밍으로 주도해라

"기세는 거침없이 절도는 신속하게."

《손자병법》

《손자병법》에 따르면 작전에는 정규 전술과 비정규 전술이 있다. 정규 전술은 정규 병력正兵, 정병으로 적과 맞서는 것이고 비정규 전술은 기습 병력奇兵, 기병으로 적을 기습하는 것이다. 일종의 변칙 공격으로서 오늘날로 치면 게릴라 전술이라고 할 수 있다.

손자는 승리를 거두기 위해서는 이 두 가지 전술을 번갈아 가며 잘 활용할 수 있어야 한다고 말했다. 그렇게 할 때 운용할 수 있는 기법이 많아지고, 변화가 마치 천지처럼 무궁무진하고, 강물의 흐름처럼 끊이지 않는다는 것이다.

이를 대화에 적용해보면 정규 전술은 기본적인 지식을 충실히 갖추고 있는 것이다. 대화의 주제에 대해 잘 알고 있고, 폭넓은 지식을 갖추고 있는 사람은 대화의 주도권을 쥘 수 있다. 비정규 전술은 대화의 기법을 잘 활용하는 것이다. 때와 상황에 맞게 대화를 운영하는 것으로 순간적인 판단력과 순발력을 필요로 한다.

손자는 이와 더불어 전쟁을 할 때 가장 중요한 두 가지를 강조했다. 정규 전술과 비정규 전술의 변화는 무궁무진하지만 지켜야 할 승리의 원칙은 단 두 가지로 집약된다. 바로 '세勢'와 '절節'이다.

> 바위조차 굴려버리는 빠르고 거센 물살과 같은 힘이 '세'다. 독수리처럼 빠른 속도로 사냥감을 단숨에 채가는 힘은 '절'이다. 그래서 싸움을 잘하는 자는 세는 더욱 거침없이 만들고 절은 더욱 빠르게 만들어 승리한다其勢險 其節短, 기세험 기절단. 세는 팽팽히 시위를 당긴 활과 같고, 절은 격발된 화살처럼 순발력이 있어야 한다.

'세'는 나무를 심는다는 의미의 예埶와 힘 력力이 합쳐진 한자다. 나무가 무성히 자라듯이 원기가 왕성하고 힘이 있다는 것이다. 군대의 기세, 병사들의 사기, 정신력 등 외형적이 아닌 내면의 힘을 말한다. 물리적인 힘이 아닌 정신적인 힘이다. 세가 있으면 비겁한 병사들도 용감해질 수 있어서 실제보다 훨씬 더 큰 힘을 발휘할 수 있다. 하지만 세가 없으면 아무리 용감한 병사라고 해도 자기 능력을 발휘하지 못한다. 조직의 나약함과 패배주의에 물들기 때문이다. 약한 군대가 강한 군대를 이기거나 강한 군대가 약한 군대에 패배하는 이변은 이와 같은 기세의 차이로 일어난다.

'절'은 이처럼 하나로 모인 기세를 신속하고 정확하게 사용하는 것을 말한다. 적의 약점을 정확히 포착하여 결정적인 순간이라고 판단되면, 빠르고 짧고 확실하게 목표를 공격하는 것이다. 한마디로 '세'가 가장 효율적으로 발휘될 수 있도록 만드는 것이 바로 '절'이다.

대화에서의 '세'란 상대의 기를 누르는 기세다. 대화를 시작하기도 전에 위축되어 있다면 그 대화에서 원하는 것을 얻기 어렵다. 기세가 강한 사람은 이미 대화를 하기 전부터 상대를 누르고 들어간다. 하지만 아무리 기세가 높다고 해도 그 기세를 적절하게 발휘하지 않으면 역시 이기기 어렵다. 바로 상대의 약점을 정확하게 찾아서 그 지점을 공격하는 것이다. 우리가 흔히 하는 말로 허를 찌르는 것이라고 할 수 있다. 가장 적절한 타이밍에 가장 취약한 곳을 공격하는 것으로, 《손자병법》에서 말하는 '절'이다.

'세'와 '절'은 전쟁을 승리로 이끄는 결정적인 공격 도구라고 할 수 있다. 하지만 아무리 좋은 공격 도구가 있어도, 그 도구를 활용하지 못하면 승리하기 어렵다. 설사 상대보다 훨씬 강해서 패하지 않는다고 해도 승리하기는 어렵다. 만약 힘들게 승리를 거둔다고 해도 '통쾌한 승리'가 아닌 '찜찜한 승리'가 되고 만다.

《손자병법》을 비롯한 많은 고전에서는 '싸우지 않고 이기는 것이 최선'이라고 말하고 있다. 당연하다. 순간적인 감정을 절제하지 못하거나 아무런 실익도 없는 싸움은 반드시 피해야 한다. 하지만 싸우지 않으면 안 되는 상황은 언제든 일어날 수 있다. 시비를 가려 일을 바로잡아야 하거나, 중요한 상황에서 내 의견을 반드시 관철시켜야 하거나, 상대가 끝까지 포기하지 않고 논쟁을 걸어올 때와 같은 경우다. 그런 상황에 처하게 되면 망설이지 말고 싸워야 하고, 싸웠다면 반드시 이겨야 한다. 그때 필요한 것이 '세'와 '절'이다.

《손자병법》에서는 '세'와 '절'에 덧붙여 반드시 이길 수 있는 방법을 하나 더 제시한다. "유능한 장수는 적이 아군의 뜻대로 움직이도록 조종할 줄 알아야 한다. 그것은 형세를 만드는 것이다. 예를 들어 이익을 던져주어 상대를 움직이게 하는 것이다. 그다음 복병을 숨겨두고 불시에 공격한다."

승리를 위해서는 반드시 대화의 방향을 나의 의도대로 이끌 수 있어야 한다. 유리한 형세, 즉 상대의 약점을 찌르고 나의 장점을 살릴 수 있는 대화의 주제로 상대를 이끄는 것이다. 아무리 기세가 좋고 순발력이 좋아도 상대가 막강하다면 이길 수 없다. 필요하다면 유도 전술, 변칙 공격도 쓸 수 있어야 한다. 상대의 의표를 찔러 당황하게 만들면 이길 확률이 높아진다.

대화에서 이기는 5가지 조건

"지략, 신의, 사랑, 용기, 엄정."

《손자병법》

《손자병법》〈시계始計〉에는 훌륭한 장수가 반드시 지녀야 할 다섯 가지가 실려 있다. 바로 "지智, 신信, 인仁, 용勇, 엄嚴"이다.

'지'는 상황을 읽고 정세를 판단하는 지략智略이다. 지략은 폭넓은 군사 지식을 기반으로 하지만 단순히 지식만으로는 안 된다. 지식을 실전에 적용할 수 있는 사고의 능력은 물론 경험과 경륜 또한 뒷받침되어야 한다. 춘추시대 조나라의 명장군 조사의 아들 조괄은 뛰어난 병법 지식을 갖추고 있었지만 실전 경험이 없었다. 그는 지식만 내세우며 교만하게 행동하다가 자신은 물론 40만 대군 모두를 죽음으로 몰아넣고 말았다.

장수의 지는 지식과 경륜, 그리고 겸손을 겸비한 자질이다.

'신'은 자신의 신념과 소신을 확고히 지켜나가는 것이다. 그리고 이를 기반으로 부하들로부터 확고한 신뢰를 받는 것이다. 그 제일의 조건이 바로 신상필벌信賞必罰이다. 공을 세운 사람에게는 확실하게 상을 내리고, 잘못이 있으면 반드시 벌을 내려야 한다. 그리고 장수는 스스로 솔선수범해서 희생할 수 있어야 한다. 《삼략》에는 "우물이 완성되지 않았다면 장수는 목이 마르다고 하지 않는다"라고 실려 있다. 자신의 권력을 이용해 이권만 챙길 줄 아는 상사는 누구에게도 믿음을 얻지 못한다.

'인'은 부하들을 사랑과 배려로 이끄는 것이다. 진정한 리더는 사람의 마음을 얻는 데 뛰어난 능력이 있다. 그 힘이 바로 인에서 나온다. 《맹자》에는 "군주가 인자한 정치를 베풀면 백성들이 윗사람을 존경하고 그를 위해 목숨을 바친다"라고 실려 있다. 장수가 사랑과 배려의 정신으로 군대를 이끌면 중간 간부들은 장수를 진정으로 따르고, 병사들은 목숨을 바쳐 충성한다.

'용'은 용기를 뜻하지만 단순히 용맹에 한정되는 것은 아니다. 용기가 지나쳐서 만용이 되어서도 안 되고, 어떤 상황에서도 물러서지 않는 무모함이 되어서도 안 된다. 장수의 만용과 무모함은 병사들의 생명을 담보로 하기 때문이다. 장수의 용기는 냉철한 판단과 과감한 결단력을 기반으로 한다. 적을 공격할 때는 과감해야 하지만, 나보다 강한 적 앞에서는 한 걸음 물러서서 훗날을 도모할 줄 아는 것도 용기다. 그것을 위해서는 적을 알고 나를 아는 '지피지기'의 지혜가 반드시 뒷받침되어야 한다.

'엄'은 스스로에 대한 엄정함이다. 이런 엄정함을 기반으로 엄격하게 군대의 기강을 지키는 것이다. 《울요자尉繚子》에는 "사랑은 부하를 따르게 하고, 위엄은 상관의 체통을 세워준다"라고 실려 있다. 평소에는 부하를 사랑으로 대해야 하지만 공적인 일에서는 엄격하게 위엄을 지켜야 한다.

지략, 신의, 사랑, 용기, 엄정. 이 다섯 가지는 훌륭한 장수가 지녀야 할 핵심 자질이며, 전쟁을 승리로 이끄는 요건이다. 하지만 이 다섯 가지 덕목을 유심히 살펴보면 어느 것 하나 쉽게 이루어지는 것은 없다. 오랜 기간 수련하고 단련해야 몸에 갖출 수 있는, 바로 '수신'의 덕목이다.

장수에게 필요한 이 다섯 가지 덕목을 대화에 적용해보자. 이 덕목을 갖추고 있다면 어떤 대화를 하더라도 흔들리지 않고, 당당할 수 있고, 성공적으로 이끌 수 있다. 먼저 '지'다. 자신의 주장하는 바를 설득하려면 반드시 든든한 지식 기반이 있어야 한다. 아무리 설득력이 좋은 사람이라고 해도 자신이 모르는 것을 설득하기는 어렵다. 임시변통과 순발력으로 잠깐 눈을 가릴 수는 있겠지만 결국은 드러나고 만다. 자칫하면 요란한 빈 깡통의 이미지를 줄 수도 있다.

다음으로 '신'은 말보다 먼저 확고한 믿음을 얻을 수 있어야 한다. 진정한 믿음은 말이 아닌, 충실한 삶의 모습에서 얻을 수 있다. 아무리 뛰어난 사람이라고 해도 믿음을 얻지 못한다면 상대를 설득하기 어렵다.

'인'은 배려다. 대화를 원만히 하기 위해서는 상대방을 배려할 수 있어야 한다. 예를 갖춰야 하고 상처를 주지 않도록 해야 한다. 아무리 치열한 논쟁의 자리에서도 마찬가지다. 대화의 유일한 목적이 상대를 누르고 승리를 쟁취하는 것이 되어서는 안 된다. 소통과 공감의 장이 되어야 한다.

'용'은 어떤 상대 앞에서도 당당할 수 있는 담대함이다. 강한 상대 앞에서 주눅 들어서 입을 열지 못하면 어떤 결과도 만들 수 없다. 누구 앞에서도 당당하게 내 뜻을 말할 수 있어야 하고, 결론을 내릴 때는 단호하고 결단력 있게 해야 한다. 만약 상대방이 옳다는 확신이 들면 내 뜻을 굽히고 상대의 손을 들어주는 것도 용기다.

마지막으로 '엄'은 정해진 대화의 룰을 지키는 것이다. 특히 대담이나 토론을 할 때 주어진 시간과 원칙을 지킬 수 있어야 한다. 무조건 상대의 말을 막거나 내 주장만 계속한다면 다람쥐 쳇바퀴 도는 것처럼 어떤 결론도 도출하지 못한다.

대화는 상대와 함께 만드는 조화와 소통의 예술이다. 아름답고 귀하게 만들기 위해서는 반드시 스스로 내실 있는 존재가 되어야 한다. 또한 배려와 존중을 통해 상대도 빛나게 만들어야 한다. 어떤 분야에서든 진정한 고수는 자신뿐 아니라 상대의 능력도 최대치로 이끌어낸다. 그리고 함께 최선의 결과를 도출해낸다. 대화도 마찬가지다.

속임수의 도를 적용하라

"전쟁은 속임수의 도다."

《손자병법》

《손자병법》의 맨 앞 장인 〈시계〉에는 "전쟁은 속임수의 도다 兵者詭道也, 병자궤도야"라는 말이 실려 있다. 다짜고짜 속임수라는 말을 쓰니 좀 거북할 수도 있지만, 전쟁이란 나라의 존망과 백성의 생사가 걸려 있다는 측면에서 보면 당연한 이야기다. 이기기 위해서라면 속임수가 아니라 그 어떤 일이라도 할 수 있어야 한다.

손자 이전 시대에는 전쟁에서 귀족 신분으로 이루어진 군대로 정정당당하게 싸우는 것을 미덕으로 삼았다. 예법과 격식에 따라 정형화되어 있었고, 설사 승패가 달린 문제라고 해도 도의에 어긋나면 행하지 않았다. 이러한 전쟁의 도의를 잘 보여주는 것이 《십팔사략十八史略》에 나오는 '송양지인宋襄之仁'의 고사다. '송나라 양공이 베푼 인정'이라는 뜻인데, 전쟁에서 도덕을 따지는 것이 얼마나 어리석은 일인지를 보여주는 고사다.

춘추시대 송나라 군대는 초나라 군대와 강을 사이에 두고 대치하고 있었다. 초나라가 공격을 위해 강을 건널 때 신하가 간언을 했다. "적의 군대는 많고 우리는 적습니다. 적이 강을 건너느라 전열이 흐트러진 지금이 절호의 기회입니다. 빨리 공격해야 합니다." 그러자 송양공이 대답했다. "군자는 상대방의 약점을 노리는 것이 아니요. 적이 강을 건너 전열을 정비한 다음 정정당당하게 공격하도록 합시다."

결국 송나라는 막강한 초나라에 크게 패배했고, 양공 자신도 화살을 맞아 큰 부상을 입고 결국 죽고 말았다. 손자는 이처럼 전쟁터에서 쓸데없는 명분에 집착하다가 패망하는 어리석음을 경계했다. 그리고 전쟁에서 행해야 할 '속임수의 도'에 대해 이렇게 알려주었다.

> 적을 공격할 능력이 있지만 없는 것처럼 하고, 공격할 필요가 있지만 안할 것처럼 하고, 가까우면 먼 척 멀면 가까운 척한다. 미끼로 적을 유인하고, 적을 혼란스럽게 한 다음 공격한다. 적이 강하

면 수비로 기회를 기다리고, 더 강력한 적과는 싸움을 피해야 한다. 쉽게 분노하는 적은 약을 올려 도발하고, 비굴하게 굴어서 자만하게 만든다. 적이 안정되어 있으면 계략을 써서 피곤하게 만들고, 내부 단합이 잘 되어 있으면 이간질로 분열시킨다. 공격은 예상치 못하는 곳에, 예상치 못한 시점에 해서 의표를 찔러야 한다. 이것이 바로 승리의 비법이다. 하지만 막상 싸우기 전에 적에게 알려져서는 안 된다.

'속임수의 도'는 바로 전쟁 전에 적을 혼란스럽게 하는 심리전이다. 적을 끊임없이 괴롭혀 불안하게 하고 초조하게 만들어 스스로 무너지게 만든다. 쉬운 예로 스포츠에서 다양한 전략을 쓰는 것을 상상해보면 된다. 먼저 '공격할 능력이 있지만 없는 것처럼 하는 것'은 '허허실실虛虛實實' 전략이다. '허허실실'은 상대를 오판하게 하고 실수하게 만든다.

그리고 적의 성향과 상태에 따라 다른 전략을 쓴다. 이익을 탐하는 상대는 이익으로 유혹해 분열시킨다. 다혈질이거나 성질을 자제하지 못하는 사람이라면 화를 자극하고 분을 내도록 도발해서 이성을 잃게 만든다. 교만한 상대는 자만심을 자극해서 정확한 판단을 할 수 없게 만든다.

공격의 때를 아는 것도 중요하다. 상대가 나보다 강하면 수비를 강화하면서 때를 기다릴 수 있어야 한다. 무모한 적개심이나 근거 없는 자신감으로 공격해서는 안 된다. 자존심을 내세우며 이기지도 못할 상대와 싸우면 영영 재기하지도 못할 수 있다. 그다음은 상대가 전혀 예상치 못하는 전략을 쓸 수 있어야 한다. 상대가 충분히 예상할 수 있는 뻔한 시간에, 뻔한 장소에, 뻔한 전략으로 공격한다면 오히려 상대의 작전에 말려들고 만다.

일상에서도 너무 뻔한 사람은 한계가 있다. 새로운 것은 아무것도 없이 항상 같은 생각에 사로잡혀 있는 사람은 상대를 지루하게 만들 뿐이다. 대화에서도 마찬가지다. 항상 같은 대답, 같은 리액션을 하고, 심지어 유머까지도 재탕, 삼탕을 하는 사람은 너무 식상하다. 이미 몇 번이나 들었던 말을 또 하고, 심지어 아무런 기교도 없이 무미건조한 톤으로 말함으로써 계속 하품을 유발할 때도 있다. 대화에서 가장 치명적인 사람이 바로 이런 유형이라고 해도 과언이 아니다.

대화에서 오로지 상대를 제압하는 데 목적을 두는 것은 바람직하지 않다. 하지만 어떤 대화에서든 주도권을 쥘 수 있는 능력이 필요하다. 때때로 상대가 전혀 예상치 못하는 말을 할 수 있어야 하고, 적절한 유머와 농담으로 분위기를 살릴 수 있어야 한다. 다양한 기법을 활용하여 대화를 다채롭고 변화무쌍하게 이끄는 것도 좋다. 만약 이런 재능이 부족한 사람이라면, 〈시계〉의 결론으로 손자가 말했던 것을 유념하면 좋겠다.

"먼저 치밀하게 계산하여 계획이 많으면 이기고, 계획이 적으면 진다. 만약 계획이 아예 없다면 말할 것도 없다."

치밀하게 계획하고 철저하게 준비한다면 어떤 강적을 만나더라도 위태롭지 않다. 설사 이기지 못하더라도 최소한 지지는 않을 것이다.

유머와 농담으로 분위기를 살린다.

다양한 기법으로 변화무쌍하게 이끈다.

뻔한 사람은 상대를 지치게 한다.

빠른 결단으로 상대를 제압하라

"전쟁의 요체는 빠른 승리를 거두는 것이지
오래 끄는 것이 아니다."
《손자병법》

'졸속拙速'이라는 말이 있다. 일을 지나치게 서둘러서 어설프고 서툴다는 뜻으로 좋은 표현으로 쓰이는 말은 아니다. 졸속 행정, 졸속 추진, 졸속 처리 등 어떻게 쓰여도 모두 부정적이다. 하지만 《손자병법》에서 졸속은 비록 차선책이지만 좋은 의미로 쓰였다.

"전쟁 준비가 다소 졸속이더라도 속도를 추구해야지, 교묘한 작전을 세운다고 시간을 끌어서는 안 된다."

물론 전쟁에서는 교묘한 작전과 속도가 함께하면 최선이다. 하지만 만약 둘을 함께 추구할 수 없다면 차라리 속전속결해야 한다. 손자는 그 이유를 이렇게 설명했다. 무엇보다 전쟁에는 하루에 천금이라는 막대한 재정이 들어간다. 그 당시 나라 간의 전쟁에서는 최소한 전차 1000대와 무장한 병사 10만 명이 필요했다. 이들을 위해 군량미와 물자를 보급해야 하고, 그 외에도 행정 비용, 군수 비용 등 막대한 비용이 들어간다. 이런 막대한 재정 부담을 지면서도 전쟁을 오래 끈다면 나라가 망할 수도 있다.

다음은 병사들의 사기와 체력의 문제다. "싸움을 끌게 되면 병사들이 피로해지고 사기가 꺾이게 되며, 병력 손실이 많아지고 재정이 말라버리게 된다. 그 틈을 타서 이웃 나라가 쳐들어오는데, 그렇게 되면 아무리 지혜로운 자라고 해도 수습하기 어렵다." 나라 밖에서 장기전을 벌이면 병사들의 사기와 체력이 떨어지고, 재정이 고갈되는데 이렇게 되면 당연히 국가의 방어력도 떨어지기 마련이다. 그러면 곧 이웃 나라의 침범을 받게 되고, 나라가 위기에 빠진다.

손자는 이의 대비책을 이렇게 제시했다. "전쟁을 잘하는 장수는 한 사람을 두 번 거듭해서 징집하지 않는다. 식량을 거듭해서 징발하지 않고, 적지에서 빼앗아서 해결한다. 그래야 군량의 부족 없이 넉넉하게 쓸 수 있다."

한 사람을 두 번 징집하지 않는 것은 병사들의 체력과 사기를 염두에 둔 것이고, 한편으로는 국가의 재정을 위해 생산에 종사하는 사람을 남겨두는 것이다. 식량의 징발도 마찬가지다. 나라의 식량을 거듭 전장으로 실어간다면 나라의 재정은 물론 백성들의 살림이 파탄 나게 된다. 그래서 지혜로운 장수는 나라 안에서가 아니라 적지에서 식량을 빼앗아 조달하고, 포로를 전향시켜 아군에 편입시킨다. 적의 전력을 아군으로 돌리는 것으로, "싸워 이길수록 더욱 강해진다"가 이것을 뜻하는 구절이다.

손자는 결론으로 이렇게 말했다.

> 전쟁의 요체는 빠른 승리를 거두는 것이지 오래 끄는 것이 아니다兵貴勝 不貴久, 병귀승 불귀구. 이런 전쟁의 본질을 깊이 아는 장수가 백성의 운명을 한 손에 쥐고 나라의 흥망을 어깨에 짊어지고 있다.

속전속결을 위한 가장 기본적인 전제는 빠른 결단이다. 정확한 판단과 빠른 결단이 없으면 빠른 승리를 거두지 못한다. 《손자병법》에서는 지구전이 아닌, 빠른 승리가 필요하다는 측면에서 이 전략이 실려 있다. 하지만 어떤 상황에서도 이 구절은 적용될 수 있다. 특히 대화에서는 더욱 그렇다.

대화를 하다 보면 빠른 결론을 내리지 못하고 질질 끌 때가 있다. 의견이 첨예하게 대립하거나, 상대가 논리적으로 대응하는 것이 아니라 억지를 부리는 경우다. 이때는 강력한 한마디로 상대방을 제압할 수 있어야 한다. 탄탄한 내면에서 우러나오는 짧고 강력한 촌철살인의 한마디 말로 핵심을 찔러야 한다. 그 힘은 평상시에 쌓아 올린 내면의 힘, 깊은 내공에서 얻을 수 있다.

하지만 그렇게 해도 대화가 끝나지 않고 지지부진하게 계속될 수도 있다. 상대가 막무가내로 큰 목소리를 내며 내리누르려고 하는 경우다. 이럴 때는 과감하게 대화를 끝내는 것이 좋다. 물론 이기지 못한 대화가 안타까울 수도 있고, 그대로 끝내기에는 만족스럽지 못할 수도 있다. 하지만 상대가 억지를 부리면 나 역시 억지로 대응하게 되고, 상대가 큰 소리를 내며 감정적으로 대하면 나도 모르게 소리를 높이게 된다.

흙탕물 안에 있는 사람은 자신이 나오기보다 어떻게든 끌어들이려고 한다. 말려들면 함께 흙탕물을 뒤집어쓰게 되는 것이다. 설사 그 지경까지 이르지 않는다고 해도 내 마음이 편안할 수 없다. 오래 논쟁을 거듭하면 불편하고 꺼림칙한 마음에 사로잡히게 된다. 이런 불편함은 쉽게 풀리지 않고 굉장히 오래간다. 만약 상황이 여의치 않다면 승패에 연연하지 말고 빨리 끝내라. 나를 안전하게 지키는 것이 최선이다.

꿀이 흐르는 입을 주의하라

"나에게 좋은 말을 하는 사람은 도둑이요
나를 나쁘게 말하는 사람은 스승이다."
《명심보감》

《논어》〈공야장〉에서 공자는 비슷한 시기에 활동했던 좌구명의 예를 들며 자신이 부끄럽게 여겨 피하고 싶은 일들을 말해주고 있다. 좌구명은 노나라의 기록을 맡아보는 태사太史로, 《국어國語》의 저자로 알려져 있다.

"교묘한 말과 꾸미는 얼굴, 그리고 과도한 공손을 좌구명이 부끄럽게 여겼는데, 나 또한 그렇다. 원한을 감추고 그 사람과 벗하는 것을 좌구명이 부끄럽게 여겼는데, 나 또한 부끄럽게 여긴다."

여기서 '교묘한 말과 꾸미는 얼굴'은 '교언영색巧言令色'이 원문으로 《논어》에 거듭해서 실려 있다. 잘 알려진 "교묘한 말과 꾸미는 얼굴을 한 사람 중에는 인한 사람이 드물다巧言令色 鮮矣仁, 교언영색 선의인"의 성어다. 과도한 공손은 그것이 행동으로 드러난 모습이다. 비굴할 정도로 아부를 하고 과도하게 몸을 굽히며 예를 표하지만 그런 행동에는 반드시 목적이 있다.

힘 있는 사람에게 잘 보여서 환심을 사려는 의도, 자신의 진정한 모습을 감추려는 가식, 실력이 아닌 관계에 의존하려는 얄팍한 마음이 바로 그것이다. 하지만 자신에게 이익이 있을 때까지만이다. 상황이 변해서 이익을 얻을 수 없게 되면 즉시 얼굴을 바꾼다. 원한을 감추고 그 사람과 벗하는 것은 좀 더 심각하다. 마음속으로는 밉고 원한이 있는데도 벗하는 것은 상대가 강하고 힘이 있기 때문이다. 겉으로는 친구인 척하지만 마음으로는 항상 그 사람이 잘못되기를 바라고 뒤에서 비방하고 있다.

'교언영색'의 사람을 공자는 싫어하고 멀리하려고 했다. 하지만 교언영색은 우리 평범한 사람에게도 정도의 차이는 있지만 내재되어 있는 모습이기도 하다. 솔직하게 자신의 내면을 들여다보면, 힘 있는 사람에게 잘 보이고 싶고 좋은 관계를 맺고 싶지 않은 사람이 어디 있으랴. 그런 마음이 겉으로 드러난 것이 바로 교언영색인 것이다. 이로써 보면 교언영색은 도덕성의 경계선에 서 있다고 할 수 있다.

공자와 같은 경지의 사람에게는 부끄러운 일이지만, 평범한 사람들에게는 넘지 말아야 할 경계다. 그 선을 넘어서면 최소한의 도덕성이 무너지기 시작하는 것이다. 그 선을 넘어섰을 때 드러나는 모습이 바로 '간성난색姦聲亂色'이다. 《예기》 〈악기樂記〉에 실려 있는 글로서 그 구절 전체를 보면 이렇다.

"간사한 소리와 음란한 모습姦聲亂色, 간성난색을 눈과 귀에 머물게 하지 않고, 음란한 음악과 사특한 예淫樂慝禮, 음락특례를 마음에 접하지 않도록 한다."

'교언영색'이 단지 사람의 환심을 사기 위해 말과 행동을 교묘하게 꾸미는 것이라면, '간성난색'은 사람의 선한 본성을 흩트리고 타락으로 이끄는 유혹을 말한다. 더 정도가 심하고 폐해가 강력하다. 공자는 교언영색을 하는 사람을 잘 가려서 대하라고 권했지만, 여기서 간성난색은 눈과 귀에 머물게 해서는 안 된다고 경계했다. 아예 듣지도 보지도 말라는 것이다.

하지만 '간성난색'과 '음락특례'는 피하고 싶다고 해서 피할 수 있는 것은 아니다. 사회생활을 하다 보면 어쩔 수 없이 간사한 소리를 들어야 할 때도 있고, 간교한 사람이나 상황을 수시로 만나야 한다. 무엇보다도 곤란한 것은 우리에게는 말과 사람을 읽고 판단할 수 있는 능력이 부족하다는 것이다. 평범한 사람들이 다른 사람의 말을 듣고 진실한지, 간사한 말인지를 정확하게 가리기는 어렵다. 심지어 달콤한 아부의 말, 마음을 간지럽히는 간사한 소리에 마음이 더 끌리는 경우도 많다.

이들의 수완과 말재주는 천성적으로 탁월하고, 우리의 허점과 허영심을 교묘하게 찌르기 때문이다. '좋은 약은 입에 쓰고 충언은 귀에 거슬린다'는 말을 머리로는 수긍하지만, 본능적으로 받아들이기가 어렵다. 그때 새겨야 할 것이 바로 《명심보감》에 실려 있는 글이다.

> 나에게 좋은 말을 하는 사람은 도둑이요 나를 나쁘게 말하는 사람은 스승이다道吾善者 是吾賊 道吾惡者 是吾師, 도오선자 시오적 도오악자 시오사.

지나치게 단순화되어 있기는 하지만 혼란한 세태에서 사람을 판단하는 기준으로 삼을 만하다. 겉모습이 지나치게 좋아 보이는 사람, 귀가 녹을 정도로 달콤한 말을 하는 사람은 경계해야 한다. 진실함이 없어 믿을 수가 없기 때문이다. 심지어 '구밀복검口蜜腹劍'의 성어처럼, 입에는 꿀이 흐르지만 배에는 비수를 숨기고 있을 수도 있다. "아첨은 고양이처럼 남을 핥는다. 그러나 모르는 사이에 그를 할퀸다." 유대 격언이 핵심을 찌른다.

과도하게 예의를 차리는 사람,

귀가 녹을 정도로 달콤한 말은 경계하라.

좋은 약은 입에 쓰고 충언은 귀에 거슬린다.

KI신서 8769

우아한 승부사

1판 1쇄 인쇄 2019년 11월 20일
1판 4쇄 발행 2022년 6월 10일

지은이 조윤제
펴낸이 김영곤
펴낸곳 ㈜북이십일 21세기북스

디자인 this-cover.com
출판마케팅영업본부 본부장 민안기
출판영업팀 이광호 최명열
제작팀 이영민 권경민

출판등록 2000년 5월 6일 제406-2003-061호
주소 (10881)경기도 파주시 회동길 201(문발동)
대표전화 031-955-2100 팩스 031-955-2151 이메일 book21@book21.co.kr

ISBN 978-89-509-8425-0 03320